suhrkamp taschenbuch 3460

Als Kind war Mehmed Pascha, aus einem kleinen bosnischen Dorf stammend, von den Türken entführt worden. Nach einer beeindruckenden Karriere erfüllt er sich schließlich als Großwesir des türkischen Sultans einen Traum: Die Brücke über die Drina, nahe der Stadt Wischegrad, soll das Abend- und das Morgenland, den Ort seiner Herkunft mit den Orten seines Lebens verbinden. Unter vielen Mühen und Opfern vor allem der ortsansässigen Bevölkerung wird die steinerne Brücke gebaut; 1571 vollendet, bildet sie fortan mit ihren elf prächtigen, weitgespannten Bögen den Mittelpunkt des Lebens in Wischegrad. Sie wird Zeuge der großen Auseinandersetzungen zwischen Orient und Okzident, erlebt den Rückzug der Türken, die Ausbreitung des österreichisch-ungarischen Reiches. 1914 wird sie zerstört – eine Welt geht in Stücke.

Die Brücke über die Drina ist wohl das berühmteste Werk von Ivo Andrić (1892-1975), das er während des Zweiten Weltkriegs schrieb, ebenso wie auch die Romane *Wesire und Konsuln* (st 3308) und *Das Fräulein*. 1961 erhielt er den Nobelpreis für Literatur. Im Suhrkamp Verlag liegen von ihm außerdem *Liebe in einer kleinen Stadt* (st 2583), *Omer-Pascha Latas* (st 3376) und *Der verdammte Hof* (BS 1349.) vor.

Ivo Andrić
Die Brücke über die Drina

Eine Wischegrader Chronik

Roman

Aus dem Serbokroatischen
von Ernst E. Jonas

Suhrkamp

Titel der Originalausgabe:
Na Drini Cuprija

suhrkamp taschenbuch 3460
Erste Auflage 2003

Lizenzausgabe mit freundlicher Genehmigung
des Carl Hanser Verlags München Wien
Suhrkamp Taschenbuch Verlag

Satz: Hümmer GmbH, Waldbüttelbrunn
Druck: C. H. Beck, Nördlingen
Printed in Germany
ISBN 3-518-39960-8

1 2 3 4 5 6 – 08 07 06 05 04 03

Die Brücke über die Drina

1 Den größeren Teil ihres Laufes fließt die Drina zwischen steilen Bergen durch enge Schluchten oder durch tiefe Täler mit schroff abfallenden Ufern. Nur an einigen Stellen des Flußlaufes erweitern sich seine Ufer zu offenen Niederungen und bilden, sei es auf einer, sei es auf beiden Seiten des Flusses, sonnige und fruchtbare, teils ebene, teils wellige Flächen, die zur Bestellung und Besiedlung geeignet sind. Eine solche Erweiterung entsteht auch hier bei Wischegrad, wo die Drina in jähem Sturz aus der tiefen und engen Klamm hervorbricht, die die Butkower Felsen und die Uzawer Berge bilden. Die Schleife, die die Drina hier macht, ist ungewöhnlich scharf, und die Berge auf beiden Seiten sind so steil und nähern sich einander so sehr, daß sie wie ein geschlossenes Massiv aussehen, aus dem der Fluß hervorquillt wie aus einer braunen Wand. Aber da öffnen sich die Berge plötzlich zu einem unregelmäßigen Amphitheater, dessen Durchmesser an der breitesten Stelle nicht größer ist als etwa fünfzehn Kilometer Luftlinie.

An dieser Stelle, wo die Drina mit der ganzen Schwere ihrer grünen und überschäumten Wassermasse aus dem scheinbar geschlossenen Gefüge der schwarzen und steilen Berge hervorbricht, steht die große, gleichmäßig geschnittene, steinerne Brücke mit ihren elf weitgespannten Bögen. Von dieser Brücke aus erstreckt sich fächerförmig, wie von einer Grundlinie aus, die ganze wellige Niederung mit der Stadt Wischegrad und ihrer Umgebung, mit ihren in Hügel eingebetteten Weilern, bedeckt mit Äckern, Weideflächen und Pflaumengärten, durchkreuzt von Feldrainen und Zäunen und gesprenkelt mit Waldstücken und spärlichen Gruppen von Nadelbäumen. Aus dieser Blickebene betrachtet, sieht es aus, als ergösse sich aus den breiten Bögen der weißen Brücke nicht nur die grüne Drina, sondern auch diese ganze sonnige und gezähmte Fläche mit allem, was auf ihr ist, und mit dem südlichen Himmel über ihr.

Am rechten Ufer des Flusses, gleich hinter der Brücke, liegt der Hauptteil der Stadt mit dem Marktplatz, teils in der Ebene und teils auf den Abhängen der Hügel am Ufer. Auf der anderen Seite erstreckt sich längs des linken Ufers das Maluchija-Feld, die zerstreute Vorstadt zu beiden Seiten der Landstraße, die nach Sarajewo führt. Die beiden Enden der Landstraße nach Sarajewo bindend, verbindet die Brücke zugleich auch die Stadt mit ihrer Vorstadt.

Wenn man sagt »verbindet«, dann ist das schlechterdings dasselbe, als sagte man: die Sonne geht morgens auf, damit wir Menschen am Tage sehen und die notwendigen Arbeiten verrichten können, und sie geht abends unter, damit wir schlafen und von des Tages Mühen ausruhen können. Denn diese große, steinerne Brücke, dieses wertvolle Bauwerk einzigartiger Schönheit, wie es nicht einmal viele wohlhabendere und verkehrsreichere Städte besitzen (»es gibt nur noch zwei solcher im ganzen Türkischen Reich«, sagte man in alter Zeit), ist der einzige ständige und sichere Übergang am ganzen mittleren und oberen Lauf der Drina und die unentbehrliche Spange auf dem Wege, der Bosnien mit Serbien und, über Serbien hinaus, auch mit den übrigen Teilen des Türkischen Reiches bis nach Stambul verbindet. Die Stadt und ihre Vorstadt aber sind nur Siedlungen, wie sie sich unvermeidlich immer an wichtigen Verkehrspunkten und zu beiden Seiten großer und wichtiger Brücken entwickeln.

So sind auch hier mit der Zeit die Häuser ausgeschwärmt und haben sich die Siedlungen an beiden Enden der Brücke vermehrt. Die Stadt lebte von der Brücke und wuchs aus ihr wie aus ihrer unzerstörbaren Wurzel.

Um das Bild der Stadt klar zu sehen und die Natur ihres Verhältnisses zur Brücke voll zu verstehen, muß man wissen, daß in der Stadt noch eine Brücke besteht, wie es auch noch einen Fluß gibt. Das ist der Rsaw und die Holzbrücke über ihn. Unmittelbar am Ende der Stadt mündet der Rsaw in die Drina, so daß der Mittelpunkt der Stadt und gleichzeitig ihr Hauptteil auf der sandigen Landzunge zwischen den beiden Flüssen, dem großen und dem kleinen, liegt, die sich hier vereinigen. Die zerfaserten Stadtränder erstrecken sich jenseits der Brücken auf dem linken Ufer der Drina und auf dem rechten Ufer des Rsaw. Eine Stadt am Wasser. Aber wenn es auch noch einen Fluß und eine Brücke gibt, so bezeichnen doch die Worte »auf der Brücke« niemals die Brücke über den Rsaw, einen einfachen Holzbau, ohne Schönheit, ohne Geschichte, ohne anderen Sinn, als daß sie den Ortsbewohnern und ihrem Vieh zum Übergang dient, sondern immer nur die Steinbrücke über die Drina.

Die Brücke ist etwa zweihundertfünfzig Schritte lang, und breit ist sie rund zehn Schritte, außer in der Mitte, wo sie sich zu zwei völlig gleichen Terrassen zu beiden Seiten der Fahrbahn erweitert und so doppelte Breite erhält. Dieser Teil der Brücke heißt die Kapija, das Tor. Dort sind nämlich auf dem mittleren Pfeiler, der sich nach oben verbreitert, auf beiden Seiten Auslässe angebaut, so daß auf diesem Pfeiler, links und rechts der Fahrbahn, je eine Terrasse ruht, kühn und harmonisch aus der Gradlinigkeit der Brücke hinausgeschoben in den Raum über dem brausenden, grünen Wasser in der Tiefe. Sie sind etwa fünf Schritte lang und ebenso breit, von einer steinernen Einfassung, wie auch die ganze Brücke in ihrer Länge, umgrenzt, aber sonst offen und ohne Dach. Die linke Terrasse, wenn man aus der Stadt kommt, heißt das Sofa. Sie liegt zwei Stufen höher und wird eingefaßt von Sitzbänken, die an der Brüstung entlang führen. Stufen, Sitze und Einfassung sind alle aus dem gleichen hellen Stein, wie aus einem Guß. Die rechte Terrasse, gegenüber dem Sofa, ist die gleiche, nur leer und ohne Sitze. Aber auf der Mitte ihrer Einfassung erhebt sich eine Mauer bis über Manneshöhe; darin ist in ihrem oberen Teil eine Platte aus weißem Marmor eingelassen, die eine reiche türkische Inschrift – Tarich – mit einem Chronogramm trägt, die in dreizehn Versen den Namen dessen nennt, der die Brücke erbaute, und das Jahr, in dem sie erbaut wurde. Dem unteren Teil der Mauer entfließt ein Quell; ein dünner Wasserstrahl aus dem Maul eines steinernen Drachen. Auf dieser Terrasse hat sich der Kaffeeverkäufer mit seinen Töpfen und Kaffeeschälchen, dem immer glühenden Kohlenbecken und dem Jungen niedergelassen, der den Gästen auf dem Sofa gegenüber den Kaffee bringt. Das ist die Kapija.

Auf der Brücke und ihrer Kapija, um sie und in Verbindung mit ihr verläuft und spielt sich, wie wir sehen werden, das Leben des Menschen aus der Stadt ab. In allen Erzählungen über persönliche, häusliche und gemeinsame Erlebnisse kann man immer wieder die Worte »auf der Brücke« hören. Und in der Tat, auf der Drinabrücke tun die Kinder ihre ersten Schritte, spielen die Jungen ihre ersten Spiele. Die christlichen Kinder, geboren auf dem linken Drinaufer, gehen schon in den ersten Tagen ihres Lebens über die Brücke, denn schon in der ersten Woche bringt man sie zur Taufe in die Kirche. Aber auch alle anderen Kinder, auch die auf dem rechten Ufer geborenen und die mohammedanischen Kinder, die überhaupt nicht getauft werden, haben, genau wie einst ihre Väter und Großväter, den größten Teil ihrer Kindheit in der Nähe der Brücke verbracht. Sie haben an ihr Fische geangelt oder unter ihren Bögen nach Tauben gejagt. Von ihren jüngsten Jahren an haben sich ihre Augen an die harmonischen Linien dieses großen Bauwerkes aus hellem, porösem, genau und makellos behauenem Stein gewöhnt. Alle meisterhaft gearbeiteten Rundungen und Vertiefungen wie auch alle Erzählungen und Legenden haben sie kennengelernt, die sich an das Bestehen und den Bau der Brücke knüpfen, in denen sich wundersam und unentwirrbar Phantasie und Wirklichkeit, Wachsein und Traum verflechten. Von jeher haben sie sie so gekannt, unbewußt, als hätten sie sie mit auf die Welt gebracht, so wie man Gebete kennt, ohne sich zu erinnern, von wem man sie gelernt noch wann man sie zum erstenmal gehört hat.

Sie wissen, daß Großwesir Mechmed Pascha die Brücke erbaut hat, dessen Geburtsdorf Sokolowitschi ist, dort hinter einem der Berge, die Brücke und Stadt umrahmen. Nur der Wesir konnte alles geben, was man braucht, um dieses unvergängliche Wunder aus Stein zu bauen. (Der Wesir – das ist im Bewußtsein der Kinder irgend etwas Herrliches, Gewaltiges, Furchtbares und Ungewisses.) Gebaut hat sie Rade, der Baumeister, der Jahrhunderte hätte leben müssen, um alles zu bauen, was es an Schönem und Ewigem in serbischen Landen gibt, ein legendärer und wahrhaft namenloser Meister, wie ihn sich jede Masse erdenkt und wünscht, denn sie mag nicht viel im Gedächtnis behalten müssen noch vielen etwas schulden, und sei es auch nur in der Erinnerung. Sie wissen, daß die Wassernixe, die Vila, den Bau gestört hatte, so wie schon immer und überall irgendwer jeden Bau stört, und nachts hatte sie das abgerissen, was am Tage aufgebaut worden war. Solange, bis ein »Etwas« aus dem Wasser zu sprechen anhob und dem Baumeister Rade riet, zwei unmündige Kinder, Zwillinge, Bruder und Schwester, namens Stoja und Ostoja (Halte und Bleibe) zu suchen und in den Mittelpfeiler der Brücke einzumauern. Sofort begann man, in ganz Bosnien nach solchen Kindern zu suchen. Eine Belohnung wurde für den ausgesetzt, der sie finden und herbeischaffen würde.

Schließlich fanden die Sejmen[1] in einem entfernten Dorf die Zwillinge an der Mutterbrust und nahmen sie im Namen des Wesirs mit sich, aber als sie sie wegtrugen, wollte sich die Mutter nicht von ihnen trennen und wankte, wehklagend und weinend, unempfindlich gegen Flüche und Stöße, hinter ihnen her bis nach Wischegrad. Dort gelang es ihr, sich vor den Baumeister zu drängen.

Die Kinder wurden eingemauert, denn es konnte nicht anders sein. Aber der Baumeister – so sagt man – empfand Mitleid und ließ in dem Pfeiler Öffnungen, durch die die unglückliche Mutter ihre geopferten Kinder stillen konnte. Das sind die schön ausgehauenen blinden Fenster, eng wie Schießscharten, in denen jetzt die Wildtauben nisten. Zur Erinnerung daran fließt schon seit Jahrhunderten Muttermilch aus dem Gemäuer. Das sind jene weißen Rinnsale, die zu gewissen Jahreszeiten aus den makellosen Fugen heraussträufeln und deren unverwischbare Spur auf dem Stein zurückbleibt. (Die Vorstellung von Frauenmilch erweckt im kindlichen Bewußtsein etwas, das ihnen gleichzeitig zu nahe und fast peinlich und ebenso unklar und geheimnisvoll ist wie Wesire und Baumeister und das sie verwirrt und erschreckt.) Diese milchi-

1 Wachtposten

gen Spuren auf den Pfeilern verreiben die Leute und verkaufen sie als Heilpulver an Frauen, die nach der Niederkunft keine Milch haben.

Im Mittelpfeiler der Brücke, unter der Kapija, ist eine größere Öffnung, eine enge, aber hohe Tür ohne Füllung, wie eine riesige Schießscharte. In diesem Pfeiler, heißt es, ist ein großes Zimmer, ein dunkler Raum, in dem der Schwarze Mann lebt. Das wissen alle Kinder. In ihren Träumen und Schwindelgeschichten spielt er eine große Rolle. Wem er sich zeigt, der muß sterben. Kein Kind hat ihn bis jetzt gesehen, denn Kinder sterben nicht. Aber gesehen hat ihn eines Nachts Hamid, jener kurzatmige, ewig betrunkene oder verkaterte Lastträger mit den entzündeten Augen, und noch in der gleichen Nacht starb er, dort neben der Mauer. Übrigens war er sinnlos betrunken und hatte bei fünfzehn Grad Kälte unter freiem Himmel auf der Brücke genächtigt. In diese dunkle Öffnung sehen die Kinder oft vom Ufer wie in einen Abgrund, der gleichzeitig Furcht einflößt und anzieht. Sie verabreden sich, alle unverwandt hinzusehen, und wer zuerst etwas erschaue, der solle rufen. Sie starren alle in den breiten, dunklen Riß, zitternd vor Neugierde und Furcht, bis es irgendeinem empfindsamen Kinde scheint, als finge die Öffnung an, sich wie ein schwarzer Vorhang zu bewegen und zu verschieben, oder bis einer jener spottlustigen und rücksichtslosen Spielkameraden (deren es immer einen gibt) »der Schwarze Mann« schreit und tut, als wolle er fortlaufen. Das verdirbt das Spiel und ruft Enttäuschung und Unmut bei denen hervor, die das Spiel der Phantasie lieben, die Ironie hassen und glauben, mit geduldigem Hinschauen könne man wirklich etwas sehen und erleben. Und nachts, im Schlaf, ringen und kämpfen manche von ihnen mit diesem Schwarzen Mann aus der Brücke wie mit dem Schicksal, bis die Mutter sie weckt und aus dem quälenden Traum erlöst. Und während sie den Jungen kaltes Wasser trinken läßt (»um den Schreck zu verjagen«) und nötigt, den Namen Gottes auszusprechen, schläft er schon wieder, müde vom Tagesspiel, den festen kindlichen Schlaf, in dem Ängste noch nicht Fuß fassen können und nicht lange andauern.

Oberhalb der Brücke sieht man an dem steilen Ufer aus grauem Kalkstein auf beiden Seiten runde Vertiefungen, immer zwei und zwei, in regelmäßigen Abständen, als seien die Hufspuren eines Pferdes übernatürlicher Größe in den Stein gemeißelt. Sie kommen oben von der alten Burg, senken sich den Abhang zum Ufer hinab und tauchen am anderen Ufer wieder auf, wo sie sich in der braunen Erde und im Pflanzenwuchs verlieren.

Die Kinder, die an diesem steinigen Ufer im Sommer den ganzen Tag lang kleine Fische fangen, wissen, daß das Spuren aus alten Zeiten und von alten Kriegern sind. Damals lebten auf Erden große Helden, der Stein war noch unreif und weich wie Erde, und die Pferde waren, wie auch die Helden, von riesenhaftem Wuchs. Nur sind es für die christlichen Kinder die Hufspuren des »Schrekken«, die geblieben sind seit der Zeit, als Kraljewitsch Marko, der oben in der alten Burg im Turm schmachtete, entfloh, den Hügel hinabritt und über die Drina sprang, über die es damals keine Brücke gab. Und die türkischen[1] Kinder wissen, daß es nicht der Kraljewitsch Marko war und auch gar nicht sein konnte (denn woher sollte wohl ein Ungläubiger und Hundesohn solche Kräfte und ein solches Pferd haben), nein, das war Alija Dscherseles auf seiner geflügelten Araberstute, der bekanntlich Fähren und Fährleute verachtete und Flüsse wie Bächlein übersprang. Sie streiten darüber auch gar nicht, so sehr sind die einen wie die anderen von der Richtigkeit ihres Glaubens überzeugt. Und es gibt kein Beispiel, daß es jemals irgendwem gelungen wäre, einem anderen seinen Glauben zu nehmen, oder daß einer seine Meinung geändert hätte.

In diesen Vertiefungen, die rund und tief sind wie Schüsseln, hält sich das Wasser noch lange nach dem Regen wie in steinernen Gefäßen. Diese Gruben, mit lauwarmem Regenwasser angefüllt,

---

1 Die Bezeichnungen *Türken* und *türkisch* werden in diesem Buch häufig auch für die bosnischen Mohammedaner gebraucht, aber nicht als Begriff der Volkstumszugehörigkeit, sondern als zwar falsche, aber seit jeher in Bosnien eingebürgerte Bezeichnungen.

nennen die Kinder Brunnen und halten, die einen wie die anderen, ohne Unterschied des Glaubens, in ihnen kleine Fische, Gründlinge und Stichlinge, die sie mit der Angel fangen.

Und am linken Ufer liegt, gleich oberhalb des Weges, ein ziemlich großer Erdhügel, jedoch aus irgendeiner festeren Erde, grau und versteinert. Auf ihm wächst und blüht nichts außer einem harten, stacheligen Gras, das wie stählerner Draht ist. Dieser Erdhügel ist Ziel und Grenze aller kindlichen Spiele um die Brücke. Früher hieß dieser Ort Radisaws Grab. Und es geht die Sage, daß das irgendein serbischer Held, ein gewaltiger Mann war. Und als der Wesir Mechmed Pascha es unternahm, eine Brücke über die Drina zu bauen, und Leute entsandte, da beugten sich alle und leisteten Frondienste, nur dieser Radisaw erhob sich, wiegelte das Volk auf und ließ dem Wesir sagen, er solle von diesem Unterfangen ablassen, denn es würde ihm nicht so leicht gelingen, eine Brücke über die Drina zu bauen. Und nicht wenig Mühe kostete es den Wesir, ehe er den Radisaw überwand, denn das war ein gewaltiger Held unter den Menschen, kein Gewehr und kein Säbel konnten ihn verwunden, kein Strick und keine Kette ihn binden, er zerriß sie wie dünne Fäden. So einen starken Talisman trug er bei sich. Und wer weiß, was noch geschehen wäre, ob der Wesir jemals die Brücke gebaut, wenn sich nicht unter den Männern des Wesirs einer gefunden hätte, der weise und geschickt war und Radisaws Diener bestach und ausfragte. So gelang es ihnen, den Radisaw im Schlaf zu überraschen und mit einer seidenen Schnur zu erdrosseln, denn nur gegen Seide wirkte sein Talisman nicht. Unsere Frauen glauben, daß es eine Nacht im Jahre gibt, in der man sehen kann, wie ein starkes weißes Licht geradewegs vom Himmel auf diesen Hügel fällt. Und das ist irgendwann im Herbst, in der Zeit zwischen Mariä Geburt und Mariä Himmelfahrt. Aber den Kindern, die halb gläubig, halb ungläubig aufblieben, um an den Fenstern zu wachen und zu Radisaws Grab hinüberzustarren, ist es nie gelungen, das himmlische Feuer zu sehen, denn immer überwältigte sie vorher der Schlaf. Dafür haben wiederum Reisende, denen gar nichts daran liegt, irgendeinen weißen Schein auf dem

Hügel oberhalb der Brücke gesehen, wenn sie des Nachts in die Stadt zurückkehrten.

Die Türken in der Stadt dagegen erzählen von alters her, daß dort ein Derwisch namens Schechit Turcheni als Märtyrer gefallen sei, der ein großer Held war und hier den Übergang über die Drina gegen ein Ungläubigenheer verteidigte. Und daß hier weder ein Grabstein noch ein Mausoleum steht, das habe der Derwisch so gewünscht, der ohne Zeichen und Gedenksteine begraben sein wollte, damit niemand wisse, daß er hier liege. Wenn dann je wieder ein Ungläubigenheer herankäme, dann werde er aus diesem Grabhügel aufstehen und es aufhalten, wie er es damals getan habe, so daß über die Wischegrader Brücke hinaus niemand kommen könne. Aber dafür erleuchte manchmal der Himmel selbst das Grab mit seinem Licht.

So verläuft das Leben der Stadtkinder unter der Brücke und um sie herum in ziellosem Spiel oder kindlichen Phantasien. Aber mit den ersten Jahren der Reife verlegt es sich auf die Brücke, oder besser auf die Kapija, wo die jugendliche Phantasie neue Nahrung und neue Räume findet, wo aber auch schon die Sorgen, Kämpfe und Geschäfte des Lebens beginnen.

An der Kapija und um die Kapija erleben sie die ersten Liebesschwärmereien, erste Blicke treffen sich im Vorübergehen, erste Zurufe und erstes Geflüster. Hier spielen sich auch die ersten Handelsgeschäfte ab, die ersten Streitereien und Verabredungen, die ersten Zusammenkünfte und das erste Warten. Hier auf der steinernen Brüstung der Brücke werden die ersten Kirschen und Melonen verkauft, der morgendliche Trank, der Salep[1], und warme Brötchen. Aber hier versammeln sich auch Bettler, Lahme und Kranke, ebenso wie die Jungen und Gesunden, die sich zeigen oder andere suchen wollen, wie auch alle, die irgend etwas Besonderes an Früchten, Kleidung oder Waffen vorzuweisen haben. Oft setzen sich hier die reifen, angesehenen Männer nieder, um über öffentliche Angelegenheiten und gemeinsame Sorgen zu beraten,

1 Salep = ein heißes, gesüßtes Getränk aus Kräuterwurzeln

aber noch häufiger die jungen Burschen, die nichts als Scherze und Lieder im Kopf haben. Hier werden bei großen Ereignissen und historischen Veränderungen die Bekanntmachungen und Aufrufe angeschlagen (an jener erhöhten Wand, unter der Marmorplatte mit der türkischen Inschrift, über dem Quell), aber hier wurde auch, noch bis 1878, gehängt, oder es wurden die Köpfe aller derer aufgespießt, die aus irgendeinem Grunde hingerichtet wurden; und solcher Hinrichtungen gab es in dieser Stadt an der Grenze, besonders in unruhigen Jahren, viele; zu manchen Zeiten, wie wir noch sehen werden, sogar täglich.

Keine Hochzeit und keine Beerdigung kann über die Brücke, ohne bei der Kapija haltzumachen. Hier ordnen sich gewöhnlich die Hochzeitszüge, ehe sie zum Marktplatz weiterziehen. Sind die Zeiten ruhig und sorglos, dann trinken sie eine Runde Raki und fangen an zu singen und tanzen einen Kolo, und oft halten sie sich viel länger auf, als sie es eigentlich wollten. Und bei einer Beerdigung setzen die Träger, um sich auszuruhen, gewöhnlich den Toten einen Augenblick hier bei der Kapija ab, wo er ja auch einen guten Teil seines Lebens verbracht hat.

Die Kapija ist der wichtigste Teil der Brücke, so wie die Brücke der wichtigste Teil der Stadt ist, oder wie es ein türkischer Reisender, den die Wischegrader gut bewirtet hatten, in seinem Reisebuch niederschrieb: »Ihre Kapija ist das Herz der Brücke, und die ist das Herz dieser Stadt, die jedem im Herzen bleiben muß.« Sie zeigt, wie sehr die alten Baumeister, von denen man erzählt, sie hätten mit Vilen und dunklen Mächten Umgang gehabt und sogar Kinder lebendig einmauern müssen, einen Sinn nicht nur für Beständigkeit und Schönheit eines Baues hatten, sondern auch für den Nutzen und die Bequemlichkeit, die dieses Bauwerk noch den fernsten Geschlechtern bieten würde. Und wenn man das hiesige Leben kennt und gut darüber nachdenkt, dann muß man sich eingestehen, daß nur wenige Menschen in diesem Bosnien eine solche Bequemlichkeit und einen solchen Genuß haben, wie ihn jeder, auch der letzte Städter, auf der Kapija haben kann.

Natürlich zählt der Winter nicht, denn dann geht nur, wer muß, über die Brücke, aber auch der beschleunigt seine Schritte und beugt den Kopf unter dem kalten Wind, der ständig über dem Fluß weht. Dann verweilt selbstverständlich niemand auf den offenen Terrassen der Kapija. Aber zu jeder anderen Jahreszeit ist die Kapija ein wahrer Segen für groß und klein. Da kann jeder hiesige Städter, zu jeder Tages- und Nachtzeit, auf die Kapija gehen und sich auf das Sofa setzen oder zu Geschäft oder Unterhaltung bei ihr verweilen. Hinausragend und einige fünfzehn Meter hoch über dem grünen, rauschenden Fluß schwebt dieses steinerne Sofa im Raum über dem Wasser, von dunkelgrünen Bergen auf drei Seiten umschlossen, über sich den Himmel mit seinen Wolken oder den Sternen und mit offenem Blickfeld den Fluß hinab, über das enge Amphitheater dieser Gegend, das die blauen Berge in der Tiefe abschließen.

Wieviel Wesire und Reiche gibt es auf der Welt, die ihre Freude oder Sorge oder ihre Lust und Muße auf einen solchen Ort hinaustragen können? Wenige, sehr wenige. Und wie viele von uns haben im Laufe der Jahrhunderte in der Reihe der Geschlechter den Morgen, das Abendgebet versessen oder die Nachtstunden, während unmerklich das gestirnte Gewölbe zu Häupten sich weiterbewegte. Unzählige von uns haben dort gesessen, den Kopf in die Hände gestützt, angelehnt an den behauenen glatten Stein und unter dem ewigen Spiel des Lichtes auf den Bergen und den Wolken am Himmel die gleichen, aber immer neu verwickelten Fäden unserer Wischegrader Geschicke entwirrt. Irgend jemand hat vor langen Jahren behauptet (es war zwar ein Fremder, und er sprach im Scherz), daß diese Kapija einen Einfluß auf das Schicksal der Stadt und selbst auf den Charakter ihrer Bürger gehabt hätte. In diesem endlosen Sitzen, so behauptete der Fremde, müsse man den Schlüssel für die Neigung vieler Städter zur Nachdenklichkeit und Träumerei und einen der Hauptgründe jener melancholischen Sorglosigkeit suchen, für die die Einwohner der Stadt bekannt wären.

Jedenfalls läßt es sich nicht leugnen, daß die Wischegrader von alters her im Vergleich zu den Bewohnern anderer Orte als leichtsinnige Leute gelten, dem Genuß zugeneigt und leicht im Geldausgeben. Ihre Stadt liegt an günstiger Stelle, die umliegenden Dörfer sind fruchtbar und reich, und das Geld fließt in der Tat reichlich durch Wischegrad, aber es hält sich nicht lange dort auf. Findet sich wirklich ein sparsamer und häuslicher Bürger ohne jegliche Leidenschaft, dann ist es gewöhnlich ein Zugewanderter; aber das Wischegrader Wasser und die Luft sind so beschaffen, daß schon seine Kinder mit offenen Händen und gespreizten Fingern geboren werden und, der Ansteckung allgemeiner Verschwendung und Sorglosigkeit unterliegend, nach der Devise leben: »Der neue Tag bringt einem jeden, was ihm das Schicksal an irdischen Gütern beschieden hat.«

Man erzählt, daß der Graue Nowak[1], als er hinfällig wurde, sich zurückziehen und das Hajdukenleben in der Romanija aufgeben mußte, zu Jung-Grujitza, der sein Nachfolger werden sollte, also sprach:

»Wenn du im Hinterland liegst, sieh dir den Reisenden gut an, der des Weges kommt. Siehst du ihn stolz reiten im roten Übergewand, mit silbernem Brustharnisch und weißen Gamaschen, dann ist er aus Fotscha. Schlage gleich zu, denn der hat genug bei sich, und auch sein Ranzen ist voll. Siehst du einen ärmlich gekleideten Reisenden, den Kopf gesenkt, hingekauert auf dem Pferd, als ginge er auf Bettelfahrt, schlage ruhig zu, der ist aus Rogatschitza. Die sind alle Knicker und Duckmäuser, stecken aber voll Geld wie der Granatapfel voller Kerne. Siehst du aber einen Narren: die Beine auf dem Sattel gekreuzt, der die Gitarre schlägt und aus vollem Halse singt, dann schlage nicht zu, mach dir nicht unnütz die Hände schmutzig, laß den Flederwisch laufen, der ist aus Wischegrad, und der hat nichts, denn bei denen bleibt das Geld nicht.«

Dies alles würde nur die obige Meinung jenes Fremden bestärken. Aber dennoch ist es schwer, mit Sicherheit zu sagen, in welchem Maße diese Meinung richtig ist: Wie bei so vielen anderen Dingen, ist es auch hier nicht leicht zu bestimmen, was Ur-

---

1 Figur aus dem Volkslied

sache und was Wirkung ist. Hat die Kapija aus den Städtern das gemacht, was sie sind, oder wurde sie vielmehr in ihrem Geiste und ihrer Lebensauffassung erdacht und nach ihnen und ihren Bedürfnissen und Gewohnheiten gebaut? Eine überflüssige und müßige Frage. Es gibt keine zufälligen Bauwerke, losgelöst von der menschlichen Gesellschaft, aus der ihre Bedürfnisse, Wünsche und Auffassungen hervorgesprossen sind, so wie es in der Baukunst keine willkürlichen Linien und unbegründeten Formen gibt. Das Werden und Leben jedes großen, schönen und nützlichen Bauwerks wie auch sein Verhältnis zur Siedlung, in der es errichtet wurde, trägt oft verwickelte und geheimnisvolle Dramen und Geschichten in sich. Eines indessen ist sicher: zwischen dem Leben der Menschen in der Stadt und dieser Brücke besteht eine innige, jahrhundertealte Bindung. Ihre Geschicke sind so miteinander verflochten, daß sie sich getrennt nicht vorstellen lassen – und nicht ausgedrückt werden können. Daher ist die Erzählung vom Werden und Geschick der Brücke zu gleicher Zeit auch eine Erzählung vom Leben der Stadt und ihrer Menschen von Geschlecht zu Geschlecht, ebenso wie sich durch alle Erzählungen über die Stadt die Linie der steinernen Brücke hindurchzieht, der Brücke auf elf Bögen, mit der Kapija als Krone in der Mitte.

2 Jetzt verlohnt es sich, daß wir zu den Zeiten zurückkehren, als an diesem Ort an eine Brücke noch nicht zu denken war, erst recht nicht an eine solche, wie es diese ist.

Vielleicht hat auch in jenen alten Zeiten mancher Reisende, wenn er müde und verregnet hier vorüber kam, gewünscht, es möchte irgendein Wunder diesen breiten und tosenden Fluß überbrücken und ihm ermöglichen, schneller und müheloser zu seinem Ziel zu gelangen. Denn ohne Zweifel haben sich die Menschen, seit sie auf Erden wandeln und hierher reisen und Hindernisse überwinden, schon immer vorgestellt, wie es wäre, wenn an dieser Stelle ein Übergang geschaffen würde, so wie alle Reisenden immer von einem guten Weg, sicheren Reisegefährten und einer warmen Herberge träumen. Nur trägt nicht der Wunsch eines jeden Früchte, noch ist jede Vorstellung von einem Willen und einer Kraft begleitet, die die Wünsche verwirklicht.

Das erste Bild einer Brücke, dem es bestimmt war, verwirklicht zu werden, leuchtete, natürlich noch völlig unbestimmt und nebelhaft, in der Phantasie eines zehnjährigen Jungen aus dem benachbarten Dorfe Sokolowitschi an einem Morgen des Jahres 1516 auf, als man ihn auf dem Wege von seinem Dorf zum fernen, strahlenden und fruchtbaren Stambul dort vorüberführte.

Damals strömte reißend diese gleiche Drina, ein grüner und brausender Bergfluß, »der sich häufig trübt« – wie das Volkslied sagt –, dort zwischen ihren nackten und kahlen, steinigen oder sandigen Ufern dahin. Die Stadt bestand auch damals, aber mit anderem Aussehen und anderen Maßstäben. Auf dem rechten Flußufer, auf dem Gipfel einer steilen Anhöhe, dort, wo heute Ruinen liegen, erhob sich die wohlbewahrte alte Burg, eine stark gegliederte Befestigung noch aus der Blütezeit der bosnischen Könige, mit Türmen, Kasematten und Mauern, das Werk eines der mächtigen Fürsten aus dem Hause Pawlowitsch. An den Hängen unterhalb dieser Burg und unter ihrem Schutz lagen die christlichen Siedlungen Mejdan und Bikawatz und der kürzlich türkisch gewordene Weiler Duschtsche. Unten in der Ebene, zwischen Drina und Rsaw, wo sich später die eigentliche Stadt entwickelte, lagen nur die Stadtäcker, von einem Weg durchschnitten, an dem das alte hölzerne Rasthaus, der Chan, und einige Wassermühlen und Hütten lagen.

Dort, wo die Drina die Landstraße durchschneidet, war die berühmte »Fähre von Wischegrad«. Das war eine schwarze, alte Fähre und auf ihr ein mürrischer, langsamer Fährmann namens Jamak, den herauszurufen, wenn er wachte, schwerer war, als einen anderen auf tiefstem Schlaf zu wecken. Er war ein Mann von hünenhaftem Wuchs und ungewöhnlicher Kraft, aber er war heruntergekommen in vielen Kriegen, in denen er sich hervorgetan hatte. Er besaß nur ein Auge, ein Ohr und ein Bein; das andere war aus Holz. So, ohne Gruß und ohne ein Lächeln, beförderte er Waren und Reisende, launenhaft und eigenwillig, langsam und unregelmäßig, aber ehrlich und sicher, so daß seine Vertrauenswürdigkeit und Ehrlichkeit genauso weit bekannt waren wie seine Langsamkeit und Eigenwilligkeit. Mit den Reisenden, die er beförderte, wollte er weder Gespräche noch Berührung haben. Die kupfernen Groschen, die sie bezahlten, warfen die Leute auf den Boden der schwarzen Fähre, wo sie den ganzen Tag über in Sand und Wasser lagen, und erst am Abend sammelte sie der Fährmann nachlässig mit einem hölzernen Napf ein, mit dem er das Wasser aus dem Kahn schöpfte, und trug sie in seine Hütte am Ufer.

Die Fähre arbeitete nur, wenn Strömung und Höhe des Flusses normal oder nur wenig darüber waren, aber sobald sich der Fluß trübte und über eine gewisse Grenze stieg, zog Jamak seine plumpe Fähre ein, band sie in einer Ausbuchtung fest, und so wurde die Drina unüberquerbar wie das größte Meer. Dann wurde Jamak auch auf seinem gesunden Ohr taub, oder er ging einfach hinter die Burg, um seinen Acker anzusehen. Dann konnte man den ganzen Tag über die Reisenden am anderen Ufer sehen, die durch Bosnien kamen und wie verzweifelt am steinigen Ufer standen, von wo sie, durchfroren und verregnet, vergeblich nach Fähre und Fährmann Ausschau hielten und von Zeit zu Zeit über den trüben, wütenden Fluß langgezogene Rufe erschallen ließen:

»Hooooo, Jaamaaak!«

Niemand antwortete und niemand zeigte sich, ehe nicht das Wasser genügend gefallen war. Den Zeitpunkt aber bestimmte Jamak selbst, finster, unerbittlich, ohne Widerrede und Erklärung.

Die Stadt, damals noch eine gedrängte, kleine Siedlung, hielt sich auf dem rechten Drinaufer, oben am Hang des steilen Hügels, gerade unter den Ruinen der einstigen Burg, denn damals bestand die Stadt noch nicht in dem Umfang und in der Form, die sie später erhielt, als die Brücke gebaut war und Verkehr und Handel aufblühten.

An jenem Novembertag traf am linken Ufer des Flusses ein langer Zug beladener Pferde ein und machte halt, um dort zu übernachten. Der Janitscharen-Aga mit seiner bewaffneten Begleitung kehrte nach Konstantinopel zurück, nachdem er in den Dörfern Ostbosniens die festgesetzte Zahl christlicher Kinder für den Blutzoll, den Adschami-Oglan, eingesammelt hatte.

Es war schon das sechste Jahr seit der letzten Einziehung dieser Blutabgabe verflossen, daher war diesmal die Auswahl leicht und reich gewesen; ohne Mühe hatte man die notwendige Anzahl gesunder, frischer und stattlicher männlicher Kinder im Alter zwischen dem zehnten und fünfzehnten Lebensjahr gefunden, wenn auch viele Eltern die Kinder im Wald verbargen, sie lehrten, sich als geistesschwach oder hinkend zu verstellen oder sie in Lumpen kleideten und im Schmutz verkommen ließen, nur um der Wahl des Aga zu entgehen. Einige hatten sogar dem eigenen Kind einen Finger abgeschnitten und es so verstümmelt.

Die ausgewählten Jungen wurden auf kleinen bosnischen Pferden in langem Zuge weitergeschafft. Am Pferd hingen zwei geflochtene Körbe, wie für Obst, auf jeder Seite einer, und in jeden Korb wurde ein Junge gesetzt und mit ihm sein kleines Bündel und ein Fleischkuchen, das letzte, was er aus dem Vaterhause mitnahm. Aus diesen Körben, die gleichmäßig schwankten und knarrten, schauten die frischen und verschüchterten Gesichter der entführten Jungen heraus. Einige schauten ruhig über den Rücken des Pferdes solange wie möglich nach dem Heimatort aus, einige weinten und aßen zu gleicher Zeit, und einige schliefen, den Kopf an den Packsattel gelehnt.

In einigem Abstand von den letzten Pferden gingen in dieser ungewöhnlichen Karawane, zerstreut und atemlos keuchend, viele Eltern oder Anverwandte dieser Jungen, die man für immer fortführte, damit sie in einer fremden Welt beschnitten, zu Türken gemacht würden und, nachdem sie ihren Glauben und ihre Herkunft vergessen, ihr Leben in den Janitscharenabteilungen oder in irgendeinem anderen hohen Dienst im Türkischen Reich verbringen. Es waren größtenteils Frauen, meist Mütter, Großmütter und Schwestern der geraubten Jungen. Wenn sie sich zu sehr näherten, wurden sie von den Reitern des Aga, die ihre Pferde unter lautem Fluchen auf sie zutrieben, mit Peitschenhieben auseinandergejagt.

Dann zerstreuten sie sich und versteckten sich im Walde am Wegrand, aber kurz danach sammelten sie sich doch wieder hinter dem Zuge und mühten sich, mit tränenerfüllten Augen über dem Korbrand den Kopf des Kindes zu erspähen, das man ihnen entführte. Besonders hartnäckig und nicht aufzuhalten waren die Mütter. Sie hasteten, ohne darauf zu achten, wohin sie traten oder wo sie standen, mit entblößten Brüsten, zerzaust, alles um sich vergessend, und weinten und klagten wie um einen Toten, andere schrien und jammerten, als zerschnitten Geburtswehen ihren Schoß, und, blind vor Tränen, liefen sie geradewegs in die Peitschen der Reiter hinein und antworteten auf jeden Peitschenschlag mit der sinnlosen Frage: »Wohin führt ihr ihn? Wohin entführt ihr ihn mir?« Einige versuchten, ihr Kind selbst anzurufen, um ihm noch etwas von sich mitzugeben, einen letzten Rat oder eine letzte Ermahnung für den Weg – soviel zwei Worte zu sagen vermögen.

»Rade, mein Junge, vergiß deine Mutter nicht ...«

»Ilija! Ilija! Ilija!« rief eine andere Frau, verzweifelt mit ihrem Blick den bekannten, lieben Kopf suchend, und wiederholte das unaufhörlich, als wollte sie dem Kind diesen Namen fest einprägen, den man ihm doch schon in einigen Tagen für immer abnehmen würde.

Aber der Weg ist lang, die Erde hart, der Körper schwach und die Osmanen mächtig und unbarmherzig. Nach und nach blieben die Frauen zurück und, ermüdet vom Laufen, vertrieben von Schlägen, gab eine nach der anderen ihr aussichtsloses Mühen auf. Hier an der Wischegrader Fähre mußten auch die Hartnäckigsten haltmachen, denn auf die Fähre ließ man sie nicht, und über das Wasser gab es keinen Weg. Hier konnten sie ruhig am Ufer sitzen und weinen, denn niemand vertrieb sie mehr. Dort warteten sie, wie versteinert und unempfindlich gegen Hunger, Durst und Kälte, bis sie am anderen Ufer noch einmal den langgestreckten Zug der Pferde und Reiter erspähten, wie er sich in Richtung auf Dobrun entlangwand, und bis sie in ihm noch einmal ihr eigenes Kind erahnten, das für immer aus ihren Augen entschwand.

An jenem Novembertage blickte in einem dieser zahlreichen

Körbe ein dunkelhaariger Junge von etwa zehn Jahren aus dem Bergdorf Sokolowitschi schweigend und trockenen Auges um sich. In seiner rotgefrorenen Hand hielt er ein kleines, krummes Messer, und zerstreut zerschnitzelte er damit den Rand seines Korbes, aber gleichzeitig betrachtete er alles um sich herum. Er prägte sich das steinige, mit spärlichen, kahlen, dürftigen grauen Weiden bewachsene Ufer ein, den mißgestalteten Fährmann und die baufällige Wassermühle, voller Spinnen und Durchzug, in der sie übernachten mußten, ehe sie alle über die trübe Drina, über der die Krähen krächzten, gelangten. Als ein körperliches Unbehagen irgendwo in sich trug der Junge – wie die Schärfe einer schwarzen Schneide, die ihm von Zeit zu Zeit schmerzvoll die Brust zerteilte – die Erinnerung an diesen Ort, wo der Weg abbricht, wo sich die Hoffnungslosigkeit und die Trübsal des Jammers auf den steinigen Ufern des Flusses ablagern, dessen Übergang schwer ist, teuer und voll Unsicherheit. Das war der wunde Punkt dieses auch sonst steinigen und armen Landes, in dem der Mangel öffentlich und offenkundig wird, in dem der Mensch, von übermächtigen Elementen aufgehalten und ob seiner Ohnmacht beschämt, eigene und fremde Not und Rückständigkeit mit ansehen und klarer einsehen muß.

Alles dies lag in jenem körperlichen Unbehagen, das in dem Jungen an jenem Novembertage zurückblieb und ihn auch später nie ganz verließ, obgleich er Leben und Glauben, Namen und Heimat wechselte. Was weiter aus diesem Jungen im Korb geworden ist, das sagen die Geschichtsschreiber in allen Sprachen und das weiß man in der weiten Welt besser als hier bei uns. Mit der Zeit wurde er ein junger und tapferer Waffenträger am Hofe des Sultans, dann Kapudanpascha (das heißt Großadmiral), dann Schwiegersohn des Sultans, Großwesir, Heerführer und Staatsmann von Weltruf, dieser Mechmed Pascha Sokoli, der auf drei Erdteilen zumeist siegreiche Kriege führte, die Grenzen des Türkischen Reiches erweiterte, es nach außen sicherte und durch gute Verwaltung im Innern festigte. In diesen mehr als sechzig Jahren diente er drei Sultanen, erlebte Gutes und Böses, wie es nur wenige Auserwählte erleben, und erhob sich zu uns unbekannten Höhen der Macht und des Ansehens, zu denen nur wenige für immer kommen. Dieser neue Mensch, der da in der fremden Welt entstand, in die wir ihm nicht einmal in Gedanken folgen können, mußte alles vergessen, was er in dem Dorf hinterließ, aus dem man ihn einst fortführte. Er hatte zweifellos auch den Übergang über die Drina bei Wischegrad vergessen; das öde Ufer, an dem die Reisenden vor Kälte und Ungewißheit zittern, die langsame, wurmstichige Fähre, den wunderlichen Fährmann und die hungrigen Krähen über dem trüben Wasser. Aber jenes Gefühl des Unbehagens, das von all dem zurückgeblieben war, ist niemals ganz verschwunden. Im Gegenteil, mit den Jahren und dem Alter hat es sich immer häufiger gemeldet: immer diese gleiche Schärfe der schwarzen Schneide, die seine Brust durchzieht und zerteilt mit jenem besonderen, wohlbekannten Schmerz aus der Kindheit, der sich so deutlich von allen Qualen und Schmerzen unterschied, die ihm das Leben später gebracht hatte. Mit geschlossenen Augen wartete der Wesir dann, daß die schwarze Schneide aufhöre und der Schmerz nachlasse. In einem solchen Augenblick kam er auf den Gedanken, daß er sich von diesem Unbehagen befreien würde, wenn er jene Fähre an der fernen Drina beseitigte, bei der sich unaufhörlich das Elend und aller Verdruß sammeln und ablagern, indem er die steilen Ufer und das böse Wasser zwischen ihnen überbrückte, die beiden Enden des Weges verbände, der hier abgebrochen war, und so für immer und sicher Bosnien mit dem Osten, den Ort seiner Herkunft mit den Orten seines Lebens verband. So war er der erste, der in einem Augenblick hinter geschlossenen Augenlidern die feste und schlanke Silhouette der großen steinernen Brücke erschaute, die an dieser Stelle entstehen sollte.

Noch im gleichen Jahre begann auf Befehl des Wesirs und auf seine Kosten der Bau der großen Brücke über die Drina. Er dauerte fünf Jahre. Dies hätte für die Stadt und die ganze Landschaft eine außergewöhnlich lebhafte und wichtige Zeit sein müssen, voller Verkehr, voll kleiner und großer Ereignisse. Aber seltsamerweise blieben in der Stadt, die seit Jahrhunderten alle möglichen Ereignisse im Gedächtnis bewahrte und wiedererzählte, auch solche, die nur mittelbar mit der Brücke verbunden waren, nicht viele Einzelheiten über die Ausführung der eigentlichen Bauarbeiten an der Brücke erhalten.

Das Volk behält und erzählt das wieder, was es verstehen kann und was es zur Legende umzuformen vermag. Alles andere geht an ihm mit der stummen Gleichmütigkeit namenloser Naturerscheinungen vorüber, ohne tiefere Spuren zu hinterlassen. Es berührt seine Phantasie nicht und bleibt nicht in seiner Erinnerung. Dieses mühevolle und lange Bauen war ihm eine fremde Arbeit auf fremde Kosten. Erst da sich, als Frucht dieser Mühen, die große Brücke zeigte, begannen die Menschen sich der Einzelheiten zu entsinnen und das Werden der nun bestehenden, kunstvoll gebauten und dauerhaften Brücke mit phantasievollen Geschichten zu schmücken, die sie wiederum kunstvoll aufzubauen und lange zu behalten vermochten.

3 Im Frühjahr des Jahres, in dem sich der Wesir zu dem Bau der Brücke entschloß, trafen seine Leute mit ihrer Begleitung in der Stadt ein, um alles vorzubereiten, was für den Bau der Brücke notwendig ist. Es waren ihrer viele, mit Pferden, Wagen, verschiedenen Gerätschaften und Zelten. Alles dies rief Furcht und Verwirrung in dem kleinen Städtchen und den Dörfern der Umgebung hervor, besonders unter dem Christenvolk.

An der Spitze dieser Abteilung stand Abidaga, der Hauptbeauftragte des Wesirs für den Bau der Brücke, und ihm war Tosun Effendi, der Baumeister, beigeordnet. Von diesem Abidaga sprach man schon im voraus als von einem rücksichtslosen, unbarmherzigen und über alle Maßen strengen Manne. Sobald sie sich in ihren Zelten unterhalb des Mejdan eingerichtet hatten, berief Abidaga die Vertreter der Behörden und alle angesehenen Türken zu einer Besprechung. Dabei wurde nicht viel besprochen, denn es sprach nur einer, nämlich Abidaga. Die Versammelten fanden sich einem kräftigen Manne gegenüber, mit ungesund rotem Gesicht und grünen Augen, in reicher Stambuler Tracht, mit kurzem rotem Vollbart und einem nach ungarischer Art wunderlich aufgewirbelten Schnurrbart. Die Rede, die dieser Gewaltmensch den versammelten Männern hielt, überraschte sie noch mehr als sein Aussehen.

»Vermutlich sind euch bereits vor meiner Ankunft Gerüchte über mich zu Ohren gekommen, und ich weiß schon, daß diese Gerüchte weder gut noch angenehm sein können. Wahrscheinlich habt ihr gehört, daß ich Arbeit und Gehorsam von jedem verlange, daß es meine Art ist, jeden zu schlagen und zu erschlagen, der nicht arbeitet, wie es sich gehört, und der nicht ohne Widerrede gehorcht, daß es die Worte, ›es geht nicht‹ und ›das haben wir nicht‹ bei mir nicht gibt, daß es bei mir für das geringste Wort um den Kopf geht, kurz gesagt, daß ich ein erbarmungsloser, unheimlicher Mensch bin. Ich will euch sagen, daß diese Gerüchte weder erdacht noch übertrieben sind. Bei mir gibt es kein Herumlungern. Einen solchen Ruf habe ich in langjährigen Diensten in der getreuen Erfüllung der Befehle des großen Wesirs erworben. Ich vertraue auf Allah, daß ich auch diese Arbeit vollenden werde, zu der ich entsandt wurde, und ich hoffe, daß mir, wenn ich nach vollendeter Arbeit von hier fortgehe, noch schlimmere und noch schwärzere Gerüchte vorangehen werden als die, welche zu euch kamen.«

Nach dieser ungewöhnlichen Einleitung, die alle schweigend und mit niedergeschlagenen Augen anhörten, erklärte Abidaga den Männern, daß es sich um ein Bauwerk von großer Bedeutung handle, wie es nicht einmal reichere Länder hätten, daß die Arbeiten fünf, vielleicht auch sechs Jahre dauern würden, daß aber der Wille des Wesirs bis auf das i-Tüpfelchen und auf die Minute pünktlich erfüllt werden müsse. Danach erläuterte er, was man zuerst brauche, wie die Vorarbeiten aussehen würden und was man dabei von den hiesigen Türken erwarte und von den Rajas[1], den Christen, verlange.

---

1 Türkische Untertanen, die nicht Mohammedaner sind

Neben ihm saß Tosun Effendi, ein schmächtiger, bleicher und gelber Neutürke, von griechischen Inseln gebürtig, der Baumeister, der schon viele der Stiftungen Mehmed Paschas in Stambul erbaut hatte. Er war ruhig und gleichmütig, gerade als hörte oder verstünde er die Rede Abidagas nicht. Er blickte auf seine Hände, und nur von Zeit zu Zeit hob er den Blick. Dann konnte man seine großen schwarzen, samten glänzenden Augen sehen, die schönen, kurzsichtigen Augen eines Mannes, der nur auf seine Arbeit schaut und nichts anderes vom Leben und von der Welt sieht, fühlt oder versteht.

Verwirrt und niedergeschlagen kamen die Männer unter dem engen und heißen Zelt hervor. Sie fühlten, wie ihnen der Schweiß unter den neuen Festgewändern herunterrann und wie Furcht und Sorge schnell und unwiderstehlich von jedem von ihnen Besitz ergriffen.

Was jetzt auf die Stadt und dieses ganze Gebiet herabstürzte, war eine große, unverständliche Heimsuchung, deren Ende man nicht absehen konnte. Zuerst begann man, im Wald Holz zu fällen und herauszuführen. Soviel Bauholz wurde zu beiden Seiten der Drina aufgestapelt, daß die Leute lange Zeit glaubten, die Brücke würde aus Holz gebaut. Danach begannen die Erdarbeiten, das Ausschachten, dann die Arbeiten am felsigen Ufer. Diese Arbeiten wurden größtenteils in Fronarbeit geleistet. So ging es bis spät in den Herbst, als die Arbeiten vorübergehend abgebrochen wurden und der erste Teil des Werkes vollendet war.

Alles dies wurde unter Abidagas Aufsicht und unter seinem grünen, langen Stab geleistet, der sogar in das Volkslied einging. Denn wenn Abidaga mit diesem Stab auf einen zeigte, weil er bemerkte, daß der faulenzte oder nicht arbeitete, wie er sollte, den ergriffen die Wachen, die Sejmen, sofort, verprügelten ihn auf der Stelle, begossen den Blutüberströmten und Bewußtlosen mit Wasser und schickten ihn wieder an die Arbeit. Ehe Abidaga im späten Herbst die Stadt verließ, berief er wiederum die Ältesten und die angesehensten Männer der Stadt und sagte ihnen, daß er sich über Winter an einen anderen Ort begebe, daß sein Auge aber hierbleibe. Alle würden sie für alles sich verantworten müssen. Wenn man auch nur das geringste an den Arbeiten zerstört fände oder auch nur eine einzige Latte vom aufgestapelten Bauholz fehle, dann würde er die ganze Stadt mit einer Geldbuße belegen. Auf ihre Bemerkung, daß auch eine Überschwemmung Schaden anrichten könne, antwortete er kühl und ohne zu zögern, dies sei ihr Gebiet und auch ihr Fluß, und damit auch ihr Schaden, den dieser anrichte.

Den ganzen Winter über bewachten die Städter das Bauholz und hüteten die Arbeiten wie ihren Augapfel. Und mit dem Frühjahr erschien Abidaga mit Tosun Effendi, aber es erschienen auch dalmatinische Steinmetzen, die das Volk die »römischen Meister« nannte. Es waren ihrer im Anfang etwa dreißig. An ihrer Spitze stand Meister Antonio, ein Christ aus Ulzinj. Er war ein hochgewachsener, schöner Mann, mit großen Augen, kühnem Blick, einer Adlernase und braunem Haar, das ihm bis auf die Schultern fiel. Er kleidete sich wie ein großer Herr, nach westlicher Art. Sein Gehilfe war ein Schwarzer, ein richtiger Neger, ein lustiger junger Mensch, den die ganze Stadt und dieses ganze arbeitende Volk »Mohr« nannte.

Wenn es im vorigen Jahre, nach den Holzstapeln zu urteilen, aussah, als beabsichtige Abidaga die Brücke aus Holz zu bauen, so schien es jetzt den Leuten, als wollte er hier an der Drina ein neues Stambul bauen. Man begann, den Stein aus den Steinbrüchen heranzuschaffen, die in den Bergen bei Banja, eine Stunde Weges von der Stadt, angelegt wurden.

Im folgenden Jahre brach hier bei der Wischegrader Fähre ein ganz besonderes Frühjahr heran. Neben dem, was in jedem Jahre zu dieser Zeit emporkeimt und blüht, sproßte aus der Erde eine ganze Siedlung von Hütten hervor; es entstanden neue Wege und Zugänge zum Wasser; zahllose Ochsenkarren und Mietpferde zogen geschäftig hin und her. Vom Mejdan und Okolischte sahen die Leute, wie mit jedem Tage, unten am Fluß, gleich einer Saat, das unruhige Gewimmel von Mensch, Vieh und Baumaterial aller Art ständig wuchs.

Am steilen Ufer arbeiteten die Steinmetzmeister. Dieser ganze Fleck nahm die gelbliche Farbe des Steinstaubes an. Und etwas weiter ab, auf der sandigen Fläche, löschten einheimische Taglöhner Kalk und bewegten sich, zerlumpt und weiß, durch den weißen Rauch, der sich hoch über die Kalkgrube erhob. Die Wege waren aufgerissen von überladenen Wagen. Die Fähre arbeitete den ganzen Tag und beförderte Bauholz, Aufseher und Arbeiter vom einen Ufer zum anderen. Bis zum Gürtel im grünen Frühjahrswasser watend, rammten besondere Arbeiter Pflöcke und Pfähle ein und setzten mit Lehm gestampftes Flechtwerk zusammen, das den Lauf des Wassers ableiten sollte.

Alles dies betrachtete das Volk, das bisher friedlich in diesem abgelegenen Städtchen auf den Hängen neben der Fähre über die Drina gelebt hatte. Und gut wäre es gewesen, wenn es nur hätte betrachten können, aber diese Arbeiten nahmen einen solchen Umfang und eine solche Gewalt an, daß sie alles Lebende und Tote nicht nur in der Stadt selbst, sondern auch noch in weitem Umkreis in ihren Wirbel hineinzogen. Mit dem zweiten Jahre wuchs die Zahl der Arbeiter so sehr, daß es ihrer so viele gab, wie das Städtchen männliche Einwohner zählte. Alle Wagen, alle Pferde und Ochsen arbeiteten nur für die Brücke. Alles, was nur gehen und rollen konnte, wurde aufgegriffen und in die Arbeit eingespannt, manchmal gegen Lohn, manchmal aber auch mit Gewalt, als Fronarbeit. Geld gab es mehr denn früher, aber Teuerung und Mangel wuchsen schneller, als dies Geld eintraf; bis es dem einzelnen in die Hände kam, war es schon zur Hälfte aufgezehrt. Noch schwerer als Teuerung und Mangel drückten das ansässige Volk Unruhe, Unordnung und Unsicherheit, die jetzt, als Folge der Anhäufung so zahlreicher Arbeiterschaft aus aller Welt, über die Stadt hereinbrachen. Und trotz Abidagas Strenge waren Schlägereien unter den Arbeitern und Diebstähle in Höfen und Gärten häufig. Die mohammedanischen Frauen mußten das Gesicht verhüllen, selbst wenn sie nur auf ihren eigenen Hof gingen, denn von überallher konnte sie der Blick dieser zahllosen Arbeiter, der fremden wie der einheimischen, treffen. Und die Türken in der Stadt hielten viel auf die Vorschriften des Islam, um so mehr, als sie erst seit kurzem Türken waren und es erst recht keinen einzigen gab, der sich nicht seines Vaters oder Großvaters als Christen oder neugebackenen Türken erinnert hätte. Alles dies mißbilligten die älteren Leute mohammedanischen Glaubens offen und wandten sich ab von diesem verhaßten Gedränge von Arbeitern, Zugvieh, Holz, Erde und Stein, das sich immer mehr auf beiden Seiten der Fähre ausbreitete und verwickelte und das mit seinem Wühlen und Wachsen nun schon ihre Gassen, Höfe und Felder anfraß.

Anfangs waren sie alle stolz auf die große Stiftung, die der Wesir, der aus ihrer Heimat stammte, errichten wollte. Damals wußten sie noch nicht, was sie heute sehen, daß dieses herrliche Bauwerk soviel Aufhebens und Unruhe, Mühe und Kosten erfordern würde. Schön ist es, dachten sie, dem herrschenden, wahren Glauben anzugehören, schön ist es, einen Wesir in Stambul zum Landsmann zu haben, und noch schöner ist es, sich eine feste und wertvolle Brücke über den Fluß vorzustellen, aber was jetzt vor sich geht, hat weder Sinn noch Verstand. Eine Hölle hatte man aus ihrer Stadt gemacht, einen Hexenreigen aus unverständlichen Arbeiten, aus Rauch, Staub, Geschrei und Gewühl. Die Jahre vergingen, die Arbeiten breiteten sich aus und wuchsen, aber man sah weder ihr Ende noch ihren Sinn. Allem möglichen glich dies, nur keiner Brücke.

So dachten die Türken, diese Neutürken in der Stadt, und unter vier Augen gestanden sie, daß ihnen von Herrschaft und Stolz und künftigem Ruhm schon übel geworden sei und daß sie gern der Brücke und des Wesirs wieder ledig wären. Sie baten zu Gott, er möge sie von dieser Heimsuchung befreien und ihnen und ihren Häusern den einstigen Frieden und die Ruhe des bescheidenen Lebens neben der althergebrachten Fähre über den Fluß wiedergeben.

Es verdroß die Türken, und erst recht verdroß es die christlichen Rajas des ganzen Wischegrader Gebietes, nur daß niemand diese auch nur fragte oder sie ihren Verdruß hätten zeigen können. Und nun ging es schon in das dritte Jahr, daß die Menschen an dem neuen Bau mit persönlicher Arbeit, mit Pferden und mit Ochsen fronten. Und das nicht nur die hiesigen Rajas, nein auch die aus drei umliegenden Gerichtsbezirken. Abidagas berittene Wachen, die Sejmen, griffen die Rajas auf den Dörfern und auch in den Städten auf und trieben sie zur Arbeit an die Brücke. Gewöhnlich überraschten sie sie im Schlaf und fingen sie wie Hühner ein. In ganz Bosnien warnte ein Reisender den andern, er solle nicht an die Drina gehen, denn wer dort hinkäme, den nähme man, ohne zu fragen, wer er sei, noch was er sei oder wohin er reise, und zwinge ihn, ein paar Tage wenigstens zu arbeiten. Die Christen in der Stadt kauften sich mit Bestechung frei. Die jungen Burschen in den Dörfern versuchten in den Wald zu flüchten, aber die Sejmen holten sofort Geiseln aus diesem Hause, häufig auch Frauen, an Stelle der geflüchteten jungen Männer.

Den dritten Herbst schon fronte das Volk an der Brücke, und an nichts konnte man sehen, daß es vorwärtsging und sich die Not ihrem Ende näherte. Der Herbst war schon weit fortgeschritten, die Blätter gefallen, die Wege vom Regen aufgeweicht, die Drina gestiegen und trübe und die kahlen Stoppelfelder voll träger Krähen. Aber Abidaga stellte die Arbeiten nicht ein. In der spärlichen Novembersonne schleppten die Bauern Holz und Steine, patschten mit bloßen Füßen oder groben Opanken in den aufgeweichten Wegen, schwitzten vor Anstrengung oder froren im Wind, zogen ihre schweren wollenen Pluderhosen voll neuer Löcher und alter Flicke fester um sich und banden die zerrissenen Enden ihres einzigen Hemdes aus grobem Leinen, das von Regen, Schlamm und Rauch schwarz war, fester, aber sie durften es nicht waschen, denn es würde im Wasser in lauter kleine Fasern zerfallen. Über allem schwebte Abidagas grüner Stab, denn Abidaga ging die Steinbrüche in Banja und alle Arbeiten um die Brücke ab, und das ein paar Male am Tage. Er war wütend und verbittert gegen alle Welt, weil die Tage kürzer wurden und die Arbeit nicht so schnell fortschritt, wie er es wünschen mochte. Im schweren Überrock aus russischem Pelz und hohen Stiefeln, das Gesicht krebsrot, stieg er auf den Gerüsten der Pfeiler herum, die sich schon über dem Wasser erhoben, ging in die Schmieden, Magazine und Arbeiterhütten und fiel über alle der Reihe nach her.

»Kurz sind die Tage. Immer kürzer! Ihr Hundesöhne glaubt wohl, ihr könnt euer Brot umsonst essen!«

So schrie er sie an, als seien sie schuld daran, daß es so spät Tag wird und so früh dunkelt. Aber wenn die Dämmerung, die unerbittliche und hoffnungslose Wischegrader Dämmerung, hereinbrach, wenn die steilen Berge die Stadt enger einschlossen und die Nacht schnell herabsank, schwer und dumpf, als wäre es die letzte, dann stieg Abidagas Wut aufs höchste; und da er niemanden mehr hatte, an dem er sie auslassen konnte, fraß er sie in sich hinein und konnte nicht schlafen vor lauter Gedanken an die viele Arbeit, die ruhte, und an das viele Volk, das herumlungerte und den Tag stahl. Er knirschte mit den Zähnen. Er rief die Aufseher zusammen und rechnete aus, wie man, von morgen an, den Tag besser verwenden und die Arbeitskräfte stärker ausnützen könnte.

Währenddessen schläft das Volk in den Hütten und Schuppen, es ruht sich aus und sammelt neue Kräfte. Aber es schlafen nicht alle; auch sie verstehen wachzubleiben in ihrem Interesse und auf eigene Art. In einem geräumigen und trockenen Schuppen brennt in der Mitte ein Feuer, fast ist es am Verlöschen, denn nur die Glut ist geblieben, die im halbdunklen Raum zuckt. Der ganze Raum ist von Rauch erfüllt, vom säuerlichen, schweren Geruch feuchter Kleider und Opanken und den Ausdünstungen von dreißig menschlichen Körpern. Sie alle sind Fronarbeiter, Bauern aus der Umgebung, hörige Dorfarmut. Alle sind voller Straßenkot, verregnet, übermüdet und voller Sorgen. Diese unbezahlte und aussichtslose Fronarbeit verzehrt sie, während ihre Äcker, oben in den Dörfern, vergeblich auf die Herbstbestellung warten. Die meisten sind noch wach. Sie trocknen ihre Fußlappen am Feuer, flicken ihre Opanken oder sehen einfach in die Glut. Unter ihnen hat sich von irgendwoher ein Montenegriner eingefunden, die Sejmen ergriffen ihn auf der Landstraße, und nun front er schon einige Tage, auch wenn er unaufhörlich jedem erzählt und beweist, daß dies alles für ihn sehr schwer und unziemlich sei und seine Ehre eine solche Zwangsarbeit nicht ertrage. Jetzt hat sich der größte Teil der wachenden Bauern, besonders die jüngeren, um ihn gesammelt. Aus der tiefen Tasche seiner grauen Joppe zieht er eine Gusla, unansehnlich und klein wie ein Handteller, und einen kurzen Bogen. Einer der Bauern geht vor den Schuppen und wacht, daß niemand von den Türken dazukommt. Alle sehen den Montenegriner an, als erblickten sie ihn jetzt zum ersten Male, und die Gusla, die in seinen großen Händen verschwindet. Er beugt sich hinab, die Gusla ruht in seinem Schoß, und den Kopf der Gusla verdeckt er mit seinem Kinn; mit Harz reibt er die Saiten ein und haucht auf den Geigenbogen: alles ist feucht und trieft. Und während er alle diese kleinen Handgriffe vornimmt, selbstbewußt und ruhig, als sei er allein auf dieser Welt, starren sie ihn unverwandt an. Schließlich erklingt der erste Ton, schrill und ungleichmäßig. Die Unruhe wächst. Der Montenegriner setzt sich zurecht und läßt seine nasale Stimme mit dem Ton der Gusla zusammenklingen. Alles stimmt überein, und alles kündet eine wundersame Erzählung an. Und nachdem er so seine Stimme und die Gusla aufeinander abgestimmt, wirft der Montenegriner mit einem Male ruckartig und stolz den Kopf nach hinten, daß der Adamsapfel an seinem mageren Halse heraustritt und sein scharfes Profil im Lichte aufblinkt, stößt einen gedämpften und gedehnten Ton aus: »Aaah – aaaah!« und fährt sofort deutlich und voll klingend fort:

Wein trinkt Stefan, Zar der Serben,
In Prizren, der edlen Stadt,
Neben ihm die alten Patriarchen:
Vier sind es der alten Patriarchen,
Ihm zur Seite neun Bischöfe stehen,
Und noch zwanzig der hohen Wesire,
Und in langer Reih der Serben Adel,
Wein schenkt ein der Kämmerer Mijajlo,
Und die Schwester Kandosia leuchtet
mit dem Glanze ihrer Edelsteine ...

Die Bauern schließen sich immer enger um den Guslar, aber ohne das geringste Geräusch; nicht einmal ihren Atem hört man. Die Augen leuchten ihnen vor Begeisterung und Entrückung. Ein Schauern überkommt sie, die Rücken richten sich auf, die Brüste dehnen sich, die Augen glänzen, die Finger an ihren Händen verkrampfen sich, und die Muskeln an ihren Kiefern spannen sich. Der Montenegriner spinnt und schmückt sein Lied schneller, schöner und kühner, und die durchnäßten, ausgemergelten Fronarbeiter, ergriffen und unempfindlich gegen alles übrige, begleiten das Lied wie ihr eigenes, schöneres und lichteres Schicksal.

Unter den vielen fronenden Bauern war auch ein gewisser Radisaw aus Unischte, einem kleinen Dorf gleich oberhalb der Stadt. Ein untersetzter Mann mit dunklem Gesicht und unruhigen Augen, in der Hüfte stark gebeugt, ging er schnell, die Füße weit auseinandergesetzt und Kopf und Schultern immer links – rechts, links – rechts schwenkend, als siebte er Mehl. Er war weder so arm, wie er aussah, noch so einfältig, wie er sich gab. Sie nannten sich Herak, hatten ein gutes Stück Land, und es war ihrer viel Mannsvolk im Hause, aber ihr ganzes Dorf war in den letzten vierzig Jahren türkisch geworden, so daß sie sehr zusammengedrängt und vereinsamt waren. So klein, geduckt und eilig »siebte« dieser Radisaw in jenen Herbstnächten von einem Schuppen zum anderen, mischte sich behende unter die Bauern und tuschelte mit einzelnen. Seine Rede aber war im wesentlichen diese:

»Brüder, es ist nun genug des Elends, und es ist nötig, daß wir uns verteidigen. Ihr seht ja, wie uns dieser Bau zugrunde richten und verschlingen wird. Auch unsere Kinder werden an ihm noch fronen, wenn wir überhaupt noch da sind. Dies geschieht nur, um uns auszurotten, und zu nichts anderem. Die Armen und die Rajas brauchen keine Brücke, sondern die Türken: und wir heben kein Heer aus und treiben keinen Handel, und die Fähre ist für uns mehr als genug. Es haben sich aber einige von uns besprochen, in der Nacht, wenn es still ist, hinauszugehen und niederzureißen und zu zerstören, soviel wir können, was da geschaffen und aufgebaut wurde, und dann das Gerücht zu verbreiten, daß eine Fee den Bau zerstört und keine Brücke über die Drina will. Wir wollen doch sehen, ob das nicht etwas hilft. Einen anderen Weg haben wir nicht, und etwas muß geschehen.«

Es fanden sich, wie immer, Kleinmütige und Ungläubige, die meinten, das sei ein unfruchtbarer Gedanke, denn die mächtigen und listigen Türken würden sich von ihrem Unterfangen nicht abbringen lassen, und man müsse auch weiterhin fronen nach Gottes Ratschluß und nicht aus Schlimmem noch Schlimmeres machen. Aber es fanden sich auch solche, die meinten, alles sei besser, als auch weiterhin so zu schleppen und zu warten, bis einem auch der letzte Kleiderfetzen und das letzte Fünkchen Kraft von der schweren Arbeit und Abidagas kargem Brot abfalle; man müsse mit jedem gehen, der meine, er finde einen Ausweg. Das waren meist Jugendliche; aber auch ernste, verheiratete Männer, Hausväter, stimmten zu, ohne Begeisterung und Heftigkeit, und sprachen besorgt:

»Also, gut, reißen wir es ein, der Teufel soll es holen, so lange er uns noch nicht geholt hat. Und wenn auch das nichts hilft ...«

Und mit einer Geste verzweifelter Entschlossenheit unterstrichen sie ihre Worte.

So verbreitete sich in diesen ersten Herbsttagen das Gerücht, zunächst unter den Arbeitern und dann auch in der Stadt, daß sich die Wassernixe in die Arbeit an der Brücke eingemischt hätte, daß sie über Nacht abreiße und zerstöre, was des Tages gebaut werde, und daß es aus dem Bau nichts werden könne. Zur gleichen Zeit begannen sich in der Tat über Nacht unerklärliche Schäden an den abgedeichten Stellen, ja auch an den Maurerarbeiten zu zeigen. Das Werkzeug, das die Maurer bis jetzt auf den begonnenen, am weitesten entfernten Pfeilern liegen gelassen hatten, begann zu fehlen und zu verschwinden, die Erdarbeiten wurden durchstochen und zerstört.

Das Gerücht, es würde keine Brücke gebaut werden können, ging weit in das Land, Türken verbreiteten es und Christen, und immer mehr wurde es zu einem festen Glauben. Die christlichen Rajas triumphierten, nur geflüstert, ganz unhörbar und schadenfroh, aber aus vollem Herzen. Und die einheimischen Türken, die früher voll Stolz auf den Bau des Wesirs geblickt hatten, begannen verächtlich zu zwinkern und mit der Hand abzuwinken. Mancher unserer Neutürken, der nach dem Glaubenswechsel nicht das gefunden, was er erwartet hatte, sondern sich auch weiterhin zu seinem spärlichen Mahl niedersetzte und mit zerrissenen Kleidern durch das Leben schritt, hörte und wiederholte mit Genuß die Erzählungen vom großen Mißerfolg und fand eine bittere Genugtuung darin, daß auch Wesire nicht alles erreichen und ausführen können, was sie sich gerade vornehmen. Schon sprach man davon, daß sich die fremden Meister zur Abreise vorbereiteten und daß dort keine Brücke sein würde, wo nie eine gewesen war, und man sie auch nicht hätte beginnen sollen. Alles dies verknüpfte sich miteinander und verbreitete sich in der Welt.

Leicht erdenkt das Volk Geschichten und schnell verbreitet es sie, die Wirklichkeit aber verknüpft und vermischt sich wundersam und untrennbar mit diesen Geschichten. Die Bauern, die des Nachts dem Guslaren zuhörten, erzählten, die Fee, die den Bau zerstöre, habe Abidaga wissen lassen, daß sie erst dann mit der Zerstörung aufhören würde, wenn er in die Grundmauern zwei Kinder, Zwillinge, Bruder und Schwester, namens Stoja und Ostoja (Halte und Bleibe) einmauere. Und einige schworen, sie hätten die Sejmen gesehen, wie sie in den Dörfern ein solches Kinderpaar suchten. (Die Sejmen waren tatsächlich auf die Dörfer gegangen, aber sie hatten nicht nach Kindern gesucht, sondern auf Abidagas Befehl im Volke herumgehorcht und gefragt, ob man nicht wüßte, wer die Unbekannten seien, die die Brücke zerstörten.)

Zu der Zeit ereignete es sich, daß in einem Dorfe oberhalb Wischegrads ein armes, taubstummes und geistesschwaches Mädchen, das in fremdem Hause diente, schwanger wurde, aber sie wollte oder konnte nicht sagen, von wem. Dies war ein seltenes, unerhörtes Ereignis, daß ein Mädchen, und noch dazu ein solches, schwanger wurde und daß der Vater unbekannt blieb. Und das Ereignis sprach sich weit herum. Gerade in diesen Tagen gebar das Mädchen in einem Schuppen Zwillinge, aber beide waren tot. Die

Frauen halfen ihr bei der Geburt, die ungewöhnlich schwer war, und begruben die Kinder sofort in einem Pflaumengarten. Aber das Mädchen, dem nicht beschieden war, Mutter zu sein, stand schon am dritten Tage auf und begann, die Kinder überall im Dorf zu suchen. Vergeblich erklärten sie ihr, die Kinder seien tot zur Welt gekommen und beerdigt. Um ihr Herumfragen abzuschütteln, sagten sie ihr oder machten ihr eher mit Gesten verständlich, ihre Kinder seien fortgeschafft in die Stadt, dort, wo die Türken die Brücke bauten. Schwach und verzweifelt, wie sie war, streifte sie weiter bis zur Stadt und begann um das Gerüst und die Baustelle herumzuschleichen, verängstigt den Menschen in die Augen zu sehen und mit unverständlichem Brummeln nach den Kindern zu fragen. Die Leute sahen sie erstaunt an oder verjagten sie, damit sie nicht bei der Arbeit störe. Als sie sah, daß man nicht verstand, was sie wollte, knöpfte sie ihr grobes Bauernhemd auf und zeigte ihnen die wehen, milchstrotzenden Brüste, deren Warzen bereits von der unaufhaltsam herausfließenden Milch aufgesprungen waren und bluteten. Niemand wußte, wie man ihr helfen und erklären sollte, daß ihre Kinder nicht in die Brücke eingemauert seien, denn auf alle guten Worte und alles Zureden brummelte sie nur traurig und durchsuchte mit scharfem, ungläubigem Blick jeden Winkel. Schließlich hörten sie auf, sie zu vertreiben, ließen sie auf der Baustelle herumstreifen und gingen ihr mit schmerzvollem Bedauern aus dem Wege. Die Köche gaben ihr vom Brei der Arbeiter, was sich unten am Kessel angesetzt hatte. Sie nannten sie die irre Ilinka, und ihnen tat es auch die ganze Stadt gleich. Sogar Abidaga ging ohne ein Wort an ihr vorüber, wandte abergläubisch den Kopf zur Seite und befahl, ihr Essen zu geben. So lebte sie dort neben der Baustelle als stille Irre. Mit ihr blieb auch das Gerede, die Türken hätten die Kinder in die Brücke eingemauert. Die einen glaubten daran, die anderen nicht, aber alle wiederholten und verbreiteten es.

Die Beschädigungen entstanden aber auch weiterhin, bald mehr, bald weniger, und gleichzeitig mit ihnen verbreiteten sich immer hartnäckiger die Gerüchte, daß die Feen keine Brücke über die Drina wollten.

Abidaga wütete. Es kränkte ihn tief, daß sich jemand finden sollte, der es wagte, trotz seiner sprichwörtlichen Strenge, die er als seinen besonderen Stolz pflegte, irgend etwas gegen sein Werk und seine Absichten zu unternehmen. Es ekelte ihn vor diesem Volk, vor Mohammedanern wie vor Christen, die langsam und ungeschickt bei der Arbeit waren, aber schnell bereit zu Hohn und Herabsetzen und so gut spöttische und zersetzende Worte für alles zu finden wußten, was sie nicht verstanden oder nicht zu schaffen vermochten. Er stellte Wachen an beiden Ufern des Flusses aus. Die Schäden an den Erdarbeiten hörten dann auf, aber über dem Wasser wurde weiter zerstört. Nur in mondhellen Nächten gab es keine Schäden. Dies stärkte Abidaga, der nicht an Feen glaubte, in seiner Meinung, daß diese Fee nicht unsichtbar sei und nicht vom Himmel komme. Lange Zeit wollte und konnte er denen nicht glauben, die ihm sagten, das sei Bauernbosheit, aber jetzt überzeugte er sich mehr und mehr davon, daß es doch so war. Und das trieb ihn in noch größere Wut. Aber zur gleichen Zeit wußte er, daß er stillhalten und seinen Grimm verheimlichen müsse, wenn er dem Schädling beikommen, ihn fassen und all dem gefährlichen Gerede von den Feen und daß die Arbeiten an der Brücke eingestellt würden schnell und gründlich ein Ende machen wolle. Er rief den Obersten der Sejmen zu sich, einen gewissen Plewljak[1], der in Stambul aufgewachsen war, einen bleichen, kränklichen Menschen.

Diese beiden Männer stießen sich triebhaft gegenseitig ab und zogen sich gleichzeitig an und stießen zusammen. Denn zwischen ihnen wogten und webten ständig unverständliche Haßgefühle, Abneigung, Furcht und Mißtrauen. Abidaga, der zu niemandem weich noch freundlich war, zeigte gegen diesen bleichen Neutürken eine unverhüllte Abneigung. Alles, was er tat oder sprach, reizte Abidaga, ihn zu beschimpfen und herabzusetzen. Und je mehr sich Plewljak erniedrigte und zuvorkommend und eifrig zeigte, desto mehr wuchs Abidagas Abneigung. Der Oberste der

1 ein Mann aus Plewlje

Sejmen fürchtete sich vom ersten Tage an abergläubisch vor Abidaga. Diese Furcht verwandelte sich mit der Zeit in einen schweren Alb, der ihn nicht mehr verließ. Auf Schritt und Tritt, häufig auch im Traum, grübelte er: was wird Abidaga dazu sagen? Vergeblich versuchte er sich einzuschmeicheln und es ihm recht zu machen. Alles, was von ihm ausging, nahm Abidaga mit Unmut auf. Und dieser unverständliche Haß hemmte und verwirrte Plewljak und machte ihn noch steifer und linkischer. Er glaubte fest, daß er um Abidaga eines Tages nicht nur Brot und Stellung, sondern auch den Kopf verlieren würde. Daher lebte er in ständiger Aufregung und fiel von tödlicher Melancholie in furchtbaren und grausamen Eifer. Als er jetzt, bleich und steif, vor Abidaga stand, sagte ihm dieser mit vor Wut unterdrückter Stimme:

»Höre zu, du Hohlkopf, du weißt Bescheid mit diesen Schweinesöhnen, du kennst ihre Sprache und ihre Schliche, und trotz alledem bist du nicht imstande, herauszubekommen, welcher Taugenichts sich hier unterstanden hat, das Werk des Wesirs zu stören. Aber das kommt daher, weil du genauso ein Taugenichts bist wie die, nur hat sich ein noch größerer Taugenichts als du gefunden und dich als Obersten der Sejmen eingesetzt. Es hat sich aber noch keiner gefunden, der dich nach deinem Verdienst belohnt. Das werde ich tun, wenn es noch niemand getan hat. Damit du es weißt, ich werde dich in die Erde einstampfen, daß von dir nicht so viel Schatten bleibt, wie der kleinste Grashalm wirft. Wenn innerhalb von drei Tagen nicht jegliches Beschädigen der Arbeiten aufhört, wenn du mir nicht den herbeischaffst, der ihn anrichtet, und nicht alle diese verrückten Gerüchte über Feen und über Einstellung der Arbeiten zum Schweigen bringst, dann werde ich dich auf dem höchsten Gerüst bei lebendigem Leibe auf einen Pfahl spießen, damit dich alle Welt sieht und an deinem Beispiel Furcht lernt und Vernunft annimmt. Das schwöre ich dir bei meinem Leben und Glauben, und das ist kein leichter Eid. Heute ist Donnerstag, du hast noch Zeit bis zum Sonntag. Und jetzt scher dich zum Teufel, der dich zu mir geschickt hat. Marsch! Raus!«

Auch ohne Eid hätte Plewljak Abidagas Drohung geglaubt, denn schon im Traum zitterte er vor dessen Blick und Stimme. Jetzt machte er sich in einem jener krampfhaften, panischen Angstanfälle voller Verzweiflung sofort an die Arbeit. Er versammelte alle seine Leute und, unvermittelt aus tödlicher Starre in eine irre Wut verfallend, begann er sie zu beschimpfen:

»Ihr Rotzlöffel, habt ihr denn keine Augen im Kopf!« schrie Plewljak, als spieße man ihn lebend auf den Pfahl, und starrte jedem einzelnen der Sejmen dabei ins Gesicht. »Hält man etwa so Wache und hütet des Sultans Eigentum? Wenn es zum Kochtopf geht, dann seid ihr alle schnell und beweglich, aber wenn es heißt, sich im Dienst zu mühen, dann sind eure Füße lahm und der Verstand steht euch still. Und ich muß mich für euch schämen! Aber bei mir gibt es kein Faulenzen mehr. Ich sage euch, ich mache aus diesem Baugerüst eine Schlachtbank für alle Sejmen! Kein einziger von euch behält seinen Kopf, wenn innerhalb von zwei Tagen dieses Wunder nicht aufhört und ihr die Lumpen nicht faßt und erschlagt. Zwei Tage habt ihr noch zu leben, das schwöre ich euch bei meinem Glauben und beim Koran.«

So schrie er noch lange. Und da er schließlich nicht mehr wußte, was er ihnen noch sagen und womit er sie noch bedrohen sollte, spuckte er sie der Reihe nach an. Aber als er sich ausgetobt und vom Druck der Angst befreit hatte, die als Wut von ihm abfiel, ging er sofort mit der Kraft der Verzweiflung an die Arbeit. Die Nacht verbrachte er, das Ufer mit den Sejmen durchstreifend. Einmal schien es ihnen, als hörten sie, wie irgend etwas an jenem Teil des Gerüstes klopfte, der sich am weitesten in den Fluß vorschob, und sie liefen dorthin. Sie hörten noch, wie sich ein Brett löste, ein Stein herausbröckelte und ins Wasser fiel; als sie aber an die Stelle kamen, fanden sie tatsächlich das Gerüst zerbrochen und die Mauer zerstört, aber vom Täter keine Spur. In dieser gespenstischen Leere zitterten die Sejmen vor nächtlicher Kälte und abergläubischer Furcht. Sie riefen einander zu, starrten in die Dunkelheit und schwenkten rasch entzündete Kienspäne, aber alles war vergebens. Wiederum war Schaden angerichtet, aber die

Täter waren weder gefaßt noch erschlagen, gerade so, als seien sie wirklich unsichtbare Wesen.

In der kommenden Nacht bereitete Plewljak die Belagerung besser vor. Einige Leute ließ er auf das andere Ufer übersetzen. Als die Dunkelheit anbrach, verstärkte er überall bis zum äußersten Ende des Gerüstes seine Sejmen und setzte sich selbst mit zweien seiner Leute in einen Kahn, den er in der Dunkelheit unbemerkt bis zum linken Ufer brachte. Von dort konnten sie mit ein paar Ruderschlägen bei einem der beiden angefangenen Pfeiler sein. So konnten sie den Schädling von zwei Seiten fassen, daß es kein Entrinnen gäbe, wenn er nicht gerade geflügelt oder unter Wasser zu leben gewohnt war.

Die ganze lange und kalte Nacht lag Plewljak im Kahn, versteckt unter Schafsfellen und gequält von den schwärzesten Gedanken, die er unaufhörlich in seinem Kopfe wälzte: würde Abidaga wirklich seine Drohung wahrmachen und ihm das Leben nehmen, das unter einem solchen Vorgesetzten auch so kein Leben sondern Qual und Furcht war? Aber auf dem ganzen Bau hörte man auch nicht das geringste Geräusch außer dem eintönigen Plätschern und Murmeln des unsichtbaren Wassers. So kam die Morgendämmerung heran, und Plewljak fühlte in seinem erstarrten Körper, wie auch sein Leben hinabdämmerte und sich verkürzte.

In der nächsten, dritten und letzten Nacht das gleiche Wachen, die gleiche Verteilung, das gleiche angstvolle Lauschen. Mitternacht ging vorüber. Plewljak erfaßte ein tödlicher Gleichmut. Da hörte man ein leichtes Plätschern und dann, stärker, einen dumpfen Stoß an den in den Fluß gerammten, eichenen Pfosten, auf denen das Gerüst ruhte. Von dort ertönte ein scharfer Pfiff. Aber Plewljaks Kahn war schon abgestoßen. Aufrecht stehend, starrte er in die Dunkelheit, schwenkte die Arme und rief mit unterdrückter Stimme:

»Rudert, rudert, los doch!«

Die schlaftrunkenen Männer ruderten scharf, aber die starke Strömung erfaßte sie trotzdem etwas früher, als sie es sollte. Statt am Gerüst anzulegen, trieben sie flußabwärts und konnten sich der Strömung nicht erwehren. Sie hätte sie weit fortgetragen, wenn sie nicht unerwartet etwas aufgehalten hätte.

Hier, mitten in der Strömung, wo es weder Pfosten noch Gerüste gab, stieß ihr Kahn mit dumpfem Aufschlag an etwas Hölzernes und Schweres. Das hielt sie auf. Erst jetzt unterschieden sie, daß die Sejmen oben auf dem Gerüst mit irgend jemand handgemein geworden waren. Die Sejmen, Neutürken, Söhne aus unseren Landstrichen, schrien oben alle durcheinander; in der Dunkelheit überkreuzten sich ihre abgebrochenen und unverständlichen Rufe:

»Festhalten, nicht loslassen!«

»Kahriman, hierher!«

»Ich bin es, ich!«

Unter diesem Geschrei hörte man, wie ein schwerer Gegenstand oder ein menschlicher Körper in das Wasser klatschte.

Plewljak war einige Augenblicke lang in völliger Ungewißheit, wo er eigentlich steckengeblieben war und was dort vorging, aber, sobald er sich wieder etwas zurechtfand, begann er, den Kahn mit dem Bootshaken von den Balken abzustoßen, auf die er aufgelaufen war, und ihn stromaufwärts näher an das Baugerüst heranzubringen. Nun war er schon bei den eichenen Pfählen und, dadurch ermutigt, rief er mit lauter Stimme:

»Einen Kienspan, zündet einen Kienspan an! Reicht mir den Strick!«

Zunächst antwortete ihm niemand. Schließlich, nach vielem Hin- und Widerschreien, bei dem niemand auch nur hinhörte, noch verstehen konnte, flammten oben, unsicher und zaghaft, schwache Kienspäne auf. Dieser erste Schein verwirrte die Augen noch mehr und vermischte Menschen und Dinge mit ihren Schatten und dem roten Widerschein auf dem Wasser zu einem unruhigen Wirbel. Aber jetzt flammten in noch einigen Händen Kienspäne auf. Das Licht beruhigte sich, die Menschen begannen sich zurechtzufinden und einander zu erkennen. Alles entwirrte und erklärte sich schnell.

Zwischen Plewljaks Kahn und dem Gerüst lag ein kleines Floß

aus drei Balken, nur vorn hatte es ein Ruder, ein richtiges Floßruder, aber kürzer und schwächer. Das Floß war mit einem Strick aus Haselruten an einem der eichenen Pfähle festgemacht und hielt sich gegen das schnelle Wasser, das es überspritzte und mit aller Kraft flußabwärts zerrte. Die Sejmen auf dem Gerüst halfen ihrem Führer über das Floß und zu sich auf das Gerüst. Alle waren außer Atem und verstört. Auf den Bohlen lag ein gefesselter Bauer, ein Christ. Man sah, wie sich seine Brust stark und schnell hob und seine Augen sich entsetzlich verdrehten, so daß das Weiße der Augäpfel sichtbar wurde.

Der älteste der vier Sejmen berichtete Plewljak aufgeregt, wie sie, an verschiedenen Stellen auf dem Gerüst versteckt, gewacht hätten. Und als sie ein Ruder hörten, da hätten sie geglaubt, es wäre der Kahn ihres Vorgesetzten, aber sie wären so klug gewesen, sich nicht zu melden, sondern zu warten, was nun geschehe. Dann hätten sie gesehen, wie sich zwei Bauern vorsichtig den Balken näherten und mit vieler Mühe das Floß festmachten. Sie hatten sie hinaufklettern und bis zu sich herankommen lassen, dann sie mit ihren Streitäxten angegriffen, niedergeschlagen und begonnen, sie zu fesseln. Diesen hier, der von den Schlägen auf den Kopf bewußtlos gewesen sei, hätten sie leichter gebunden, aber der andere, der zuerst so getan hätte, als wäre er betäubt, der sei ihnen wie ein Fisch entglitten und durch die Bretter ins Wasser gefallen.

Hier machten die Sejmen angsterfüllt eine Pause in ihrer Rede, Plewljak aber begann zu toben:

»Wer hat ihn losgelassen? Sagt, wer hat ihn losgelassen, ich werde euch alle in Stücke hauen, alle!«

Die Burschen schwiegen und blinzelten mit den Augen im roten unruhigen Licht, und Plewljak drehte sich um, als suche er jenen im Dunkeln. Dabei belegte er sie wahllos mit Flüchen, wie er sie am Tage noch nie gegen sie gebraucht. Aber dann riß er sich zusammen, beugte sich über den gefesselten Bauern wie über einen wertvollen Schatz und, noch am ganzen Leibe zitternd, zischte er zwischen den Zähnen mit fast tränenerstickter Stimme hervor:

»Hütet mir den hier, hütet ihn gut! Oh, ihr Hurensöhne, wenn ihr mir den laufen laßt, dann rollen eure Köpfe!«

Die Sejmen setzten sich um den Bauern in Bewegung, noch zwei eilten vom Ufer über das Gerüst herbei. Plewljak gab Befehle, er ermahnte sie, ihn besser zu fesseln und fester zu halten. So trugen sie ihn, wie einen Toten, langsam und vorsichtig bis auf das Ufer. Plewljak ging hinter ihnen her, ohne zu achten, wo er ging, und ohne den Blick von dem gefesselten Mann zu lassen. Und mit jedem Schritt schien es ihm, als wachse er, als beginne er erst jetzt zu leben.

Am Ufer flammten neue Kienspäne auf und gaben neues Licht. Der gefangene Bauer wurde in eine der Arbeiterhütten hineingetragen, in der ein Feuer brannte, und mit Stricken und Ketten, die man vom Herd genommen hatte, an einen Balken gefesselt.

Dies war niemand anders als Radisaw aus Unischte.

Plewljak hatte sich etwas beruhigt, er schrie nicht, noch fluchte er, aber er konnte nirgends ruhig stehen bleiben. Er schickte Sejmen das Ufer hinab, um den anderen Bauern zu suchen, der ins Wasser gesprungen war, obgleich es klar war, daß ihn, wenn er schon nicht ertrunken war, niemand in einer so dunklen Nacht finden und noch weniger fassen würde. Er gab noch alle möglichen anderen Befehle, ging hinein, kam wieder heraus, machte wieder kehrt, trunken vor Erregung. Er begann, den gefesselten Bauern auszufragen, aber auch das gab er wieder auf. Überhaupt alles, was er tat, sollte nur seine Unruhe stillen und verdecken, denn in der Tat dachte er nur an eines: er wartete auf Abidaga. Und er brauchte nicht lange zu warten.

Nach seiner Gewohnheit erwachte Abidaga gegen Mitternacht, als sein erster Schlaf vorüber war, und da er nicht wieder einschlafen konnte, stand er am Fenster und blickte in die Dunkelheit hinaus. Von seinem Blockhaus auf dem Bikawatz sah man am Tage das Flußtal und den ganzen Bau mit seinen Hütten, Mühlen, Schuppen und den ganzen mit Material übersäten Raum um ihn. Jetzt, in der Dunkelheit, erahnte er das alles nur und dachte mit Erbitterung, wie langsam und schwer die Arbeit voranginge und wie das eines Tages auch dem Wesir zu Ohren kommen müsse. Einer würde schon dafür sorgen. Wenn niemand anders, dann dieser glatte, kalte und hinterhältige Tosun Effendi. Und dann konnte es geschehen, daß er beim Wesir in Ungnade fiele. Und gerade das läßt ihn nicht schlafen, und wenn er einschläft, dann zittert er noch in seinen Träumen davor. Das Essen vergiftet es ihm, die Menschen sind ihm zuwider, das Leben ist ihm verhaßt, wenn er nur daran denkt. Ungnade, das heißt, daß man fern vom Wesir ist, daß einem die Feinde ins Gesicht lachen (oh! nur das nicht!), daß man nichts und niemand ist, daß man zum Lumpengesindel gehört, nicht nur in den Augen anderer, nein, auch in den eigenen Augen. Das heißt, daß man seinen schwer erworbenen Besitz verliert, oder, wenn man ihn schon behält, daß man ihn verstohlen verzehren muß, fern von Stambul, irgendwo in der Verbannung, in finsterer Provinz, vergessen, überflüssig, lächerlich, in Not. Nein, nur das nicht! Dann wäre es besser, die Sonne nicht mehr zu schauen, die Luft nicht zu atmen. Hundertmal besser wäre es dann, nichts zu sein und nichts zu besitzen! – Diese Gedanken kommen ihm immer wieder und drängen ihm häufig das Blut zum Kopf, daß es schmerzvoll in den Schläfen schlägt, aber auch so hören sie nie ganz auf, sondern ruhen wie ein schwarzer Bodensatz in ihm. Das alles würde für ihn die Ungnade bedeuten, und die Ungnade ist möglich an jedem Tag, zu jeder Stunde, denn alles arbeitet daran, daß sie komme, er allein arbeitet dagegen und verteidigt sich; nur er allein gegen alle und alles. Und das geht schon fünfzehn Jahre so, seit er zu Ansehen und Einfluß gelangt ist, seit ihm der Wesir große und wichtige Arbeiten anvertraut. Wer kann das aushalten? Wer dabei schlafen und ruhig bleiben? –

Obgleich die Herbstnacht kalt und feucht war, öffnete Abidaga das Fenster und schaute in das Dunkel, denn es war ihm, als ersticke er im geschlossenen Raum. Da bemerkte er, daß sich auf dem Gerüst und am Ufer Lichter bewegten. Als er sah, daß es mehr wurden, fiel ihm ein, daß etwas Ungewöhnliches geschehen sein müsse. Er zog sich an und weckte den Diener. So traf er vor dem erleuchteten Schuppen gerade in dem Augenblick ein, da Plewljak nicht mehr wußte, worauf er schimpfen, wem er befehlen, überhaupt was er noch tun sollte, um die Zeit zu verkürzen.

Die unerwartete Ankunft Abidagas verwirrte ihn vollends. So sehr hatte er diese Stunde herbeigewünscht, und nun, da sie gekommen, brachte er es nicht fertig, sie so zu nützen, wie er es sich erträumt hatte. Er stotterte vor Aufregung und vergaß den gefesselten Bauern. Abidaga sah nur verächtlich über seinen Kopf hinweg und wandte sich sofort zu dem Gefangenen. In dem Schuppen entfachten sie ein helles Feuer, so daß auch der entfernteste Winkel davon erleuchtet war, und die Sejmen legten noch immer neue Scheite nach.

Abidaga stand vor dem gefesselten Bauern, den er um ein vieles überragte. Alle erwarteten seine Worte, er aber dachte: gegen so etwas muß ich also kämpfen und mich halten, von so etwas hängt also meine Stellung und mein Geschick ab, von diesem jämmerlichen, geistesschwachen Plewljak und von der verständnislosen, verstockten Tücke und Widerspenstigkeit dieses Christenpacks. Dann riß er sich von diesen Gedanken los und begann Befehle zu geben und den Bauern zu verhören.

Der Schuppen füllte sich mit Sejmen, draußen hörte man die Stimmen der wachgewordenen Aufseher und Arbeiter. Abidaga stellte seine Fragen über Plewljak hinweg.

Radisaw behauptete zunächst, er und noch ein junger Bursche hätten beschlossen zu fliehen und daher das kleine Floß gebaut und seien flußabwärts gefahren. Als man ihm die ganze Sinnlosigkeit seiner Behauptung zeigte, denn in finsterer Nacht könnte man nicht auf einem unruhigen Fluß voller Wirbel, Felsen und Sandbänke fahren, und wer fliehen wolle, der steige nicht auf Gerüste, um die Arbeiten zu stören, da verstummte er und sagte nur barsch:

»Was denn, in euren Händen liegt ja doch alles, macht, was ihr wollt.«

»So, jetzt wirst du sehen, was wir können«, antwortete Abidaga lebhaft.

Die Sejmen lösten die Ketten und machten dem Bauern die Brust frei. Die Ketten warfen sie in das hell brennende Feuer. Da die Ketten rußig waren, beschmutzten sie sich die Hände und hinterließen überall auf dem halbnackten Bauern und auf sich selbst schwarze Spuren. Als die Ketten nahe am Rotglühen waren, trat Merdschan, der Zigeuner, hinzu und zog mit einer langen Zange das eine Ende aus dem Feuer, während ein Sejmen ebenso das andere Ende ergriff.

Plewljak übersetzte Abidagas Worte.

»Los, nun sag uns die volle Wahrheit.«

»Was soll ich euch sagen; ihr könnt alles, also wißt ihr auch alles.«

Die beiden trugen die Kette herbei und legten sie dem Bauern um die breite, behaarte Brust. Das angesengte Haar zischte auf. Der Mund verkrampfte sich dem Bauern, die Halsadern schwollen an, die Rippen traten aus den Weichen, und die Bauchmuskeln spannten und bewegten sich, wie wenn einer erbricht. Er stöhnte vor Schmerz, zerrte an den Stricken, mit denen er gebunden war, und wand sich vergeblich, um die Berührung des Körpers mit dem heißen Eisen zu verringern. Seine Augen blinzelten und füllten sich mit Tränen. Sie nahmen die Ketten ab.

»Das war nur der Anfang. Wäre es nicht besser, wenn du sprächest?«

Der Bauer schnaufte nur durch die Nase, aber er schwieg.

»Sprich, wer war der andere!«

»Er nennt sich Jowan, aber ich weiß nicht, aus welchem Hause und aus welchem Dorfe.«

Wiederum brachten sie die Ketten, das verbrannte Haar und Fleisch zischte auf. Hustend vor Rauch und sich krümmend vor Schmerzen, begann der Bauer stockend zu sprechen.

Nur zu zweit hätten sie sich verabredet, die Arbeiten an der Brücke zu stören. So hätten sie geglaubt, handeln zu müssen, und so hätten sie auch gehandelt. Niemand weiter hätte davon gewußt oder daran teilgenommen. Anfangs hätten sie es vom Ufer aus an verschiedenen Stellen getan, es wäre ihnen auch gelungen, aber als sie gesehen hätten, daß Wächter auf dem Gerüst und am Ufer ständen, wären sie auf den Gedanken gekommen, drei Balken zu einem Floß zu verbinden und so unbemerkt vom Fluß aus an den Bau heranzukommen. Das sei vor drei Tagen gewesen. Schon in der ersten Nacht hätte man sie um ein Haar ertappt. Sie wären gerade noch entkommen. Darum waren sie in der folgenden Nacht überhaupt nicht hinausgegangen. Und als sie es diese Nacht mit dem Floß wieder versucht hätten, da sei eben das geschehen, was ja alle wüßten. – »Das ist alles. So war es, so haben wir es gemacht, nun tut ihr das Eurige.«

»O nein, so einfach ist das nicht, sprich, wer hat euch dazu angestiftet! Was du bis jetzt ausgehalten hast, ist noch nichts gegenüber dem, was dir noch bevorsteht.«

»Meinetwegen, tut, was euch beliebt.«

Dann trat Merdschan, der Schmied, mit seiner Zange heran. Er kniete vor dem Gefesselten nieder und begann, ihm die Nägel von den nackten Zehen zu reißen. Mit zusammengebissenen Zähnen schwieg der Bauer, aber das sonderbare Zucken, das seinen Körper trotz der Fesselung bis zum Gürtel schüttelte, verriet, daß der Schmerz groß und ungewöhnlich sein mußte. Einmal murmelte der Bauer etwas Undeutliches durch die Zähne. Plewljak, der seine Worte und Bewegungen beobachtete und gierig auf irgendein Geständnis lauerte, gab dem Zigeuner mit der Hand ein Zeichen und sprang sofort hinzu:

»Wie? Was sagst du?«

»Nichts. Ich sage: ihr quält mich unschuldig und verliert nur Zeit damit.«

»Sprich, wer hat dich angestiftet?«

»Wer soll mich schon angestiftet haben? Der Scheitan[1]!«

»Der Scheitan?«

»Der Scheitan, jedenfalls jener, der auch euch angestiftet hat, hierher zu kommen und eine Brücke zu bauen.«

Der Bauer sprach leise, aber fest und bestimmt.

Der Scheitan! Ein eigenartiges Wort, so verbittert und in so

1 Teufel

ungewöhnlicher Lage ausgesprochen. Der Scheitan! Auch das gibt es, dachte Plewljak, und stand mit gesenktem Kopf, als verhöre ihn der Gefesselte und nicht er ihn. Dieses eine Wort traf ihn an empfindlichster Stelle und erweckte in ihm wieder alle Sorgen und Befürchtungen in ihrer ganzen Stärke und Größe, als seien sie nicht dadurch gelöscht, daß man diesen einen ergriff. Vielleicht ist wirklich alles dies, dieser Abidaga, der Brückenbau, dieser verrückte Bauer, nur ein teuflisches Werk des Scheitan! Vielleicht ist dies das einzige, vor dem man sich fürchten muß. Plewljak erschauerte und fand wieder in die Wirklichkeit zurück. Eigentlich hatte ihn Abidagas laute, donnernde Stimme aufgerüttelt: »Was ist? Dich schläfert wohl, du Faulpelz?« brüllte Abidaga und schlug mit seiner kurzen ledernen Peitsche an seinen rechten Stiefelschaft.

Der Zigeuner kniete mit der Zange in der Hand und blickte mit schwarzen, glänzenden Augen eingeschüchtert und unterwürfig zu Abidagas hoher Gestalt auf. Die Sejmen schürten das Feuer, das auch ohne sie wieder aufgeflammt wäre. Der ganze Raum strahlte warm und festlich. Überhaupt der ganze Schuppen, der sonst ärmlich und unansehnlich dahindämmerte, wuchs mit einem Male, er erweiterte und veränderte sich. In ihm und um ihn herum herrschte jene feierliche Erregung und besondere Stille, wie sie an allen Orten herrscht, an denen Recht gesprochen wird, man einen Menschen foltert oder sich andere schicksalhafte Dinge ereignen. Abidaga, Plewljak und der Gefesselte bewegten sich und sprachen wie Schauspieler, und alle übrigen gingen gesenkten Hauptes auf den Zehen umher und sprachen nur, wenn unbedingt notwendig, aber auch dann nur im Flüsterton. Jeder wünschte in seinem Innersten, nicht an diesem Ort und bei diesem Geschäft zu sein, weil aber dies nicht möglich war, dämpfte ein jeder seine Worte und verringerte seine Bewegungen, um sich wenigstens auf diese Weise ein wenig fernzuhalten.

Als er sah, daß das Verhör langsam ging und keine Früchte versprach, verließ Abidaga mit einer ungeduldigen Bewegung und lauten Flüchen den Schuppen. Hinter ihm her tänzelte Plewljak, ihm folgten die Sejmen.

Draußen dämmerte es. Die Sonne zeigte sich noch nicht, aber der ganze Horizont war hell. Tief zwischen den Bergen sah man Wolken, in langen blaßvioletten Streifen auseinandergezogen, und zwischen ihnen den hellen, klaren Himmel von fast grünlicher Farbe. Über die feuchte Erde zogen sich niedrige Nebelschwaden, aus denen die Kronen der Obstbäume mit schütterem, gelbem Laub hervorragten. Taktmäßig mit der Peitsche an seinen Stiefel schlagend, gab Abidaga seine Befehle: man solle den Schuldigen weiter verhören, besonders nach Mithelfern, aber man solle ihn nicht über die Maßen foltern, damit er nicht zusammenbräche; man solle alles vorbereiten, was nötig sei, um ihn heute mittag bei lebendigem Leibe zu pfählen, und zwar auf dem äußersten Gerüst, auf der höchsten Stelle, so daß ihn die ganze Stadt und alle Arbeiter von beiden Seiten des Flusses sähen; Merdschan solle alles vorbereiten und der Ausrufer in den Gassen bekanntmachen, daß das Volk mittags auf der Brücke sehen könne, wie es denen ginge, die den Brückenbau stören, daß sich dort auf dem einen oder auf dem anderen Ufer die ganze männliche Bevölkerung zu versammeln habe, Türken und Rajas, vom Kinde bis zum Greise.

Der Tag, der herandämmerte, war ein Sonntag. Sonntags wurde, wie an jedem anderen Tage, gearbeitet, aber heute waren selbst die Aufseher zerstreut. Es war kaum richtig Tag geworden, da hatte sich schon die Nachricht von der Ergreifung des Schuldigen, von seiner Folterung und bevorstehenden Hinrichtung verbreitet, die mittags stattfinden sollte. Jene gedämpfte und feierliche Stimmung aus dem Schuppen hatte sich über das ganze Gebiet um den Bau herum verbreitet. Die Fronarbeiter schafften schweigend, jeder vermied es, dem anderen in die Augen zu sehen, und jeder schaute auf die vor ihm liegende Arbeit, als sei sie das Alpha und Omega der Welt.

Schon eine Stunde vor Mittag sammelte sich die Stadtbevölkerung, größtenteils Türken, auf dem Plateau an der Brücke. Die Kinder kletterten auf die hohen Blöcke unbehauenen Steines, die dort lagen. Die Arbeiter schwärmten um die langen, schmalen Bretter, an denen das Schwarzbrot für die Fronarbeiter verteilt wurde, das zuwenig war zum Leben und zuviel zum Sterben. Kauend betrachteten sie schweigend und verstört ihre Umgebung. Bald darauf erschien Abidaga in Begleitung Tosun Effendis, Meister Antonios und noch einiger angesehener Türken. Alle standen sie auf einer erhöhten, trockenen Fläche zwischen der Brücke und dem Schuppen, in dem der Verurteilte war. Abidaga ging noch einmal zur Hütte, wo ihm gemeldet wurde, es sei alles bereit: dort liege der Eichenpfahl, etwa vier Arschin lang, zugespitzt, wie es sich gehöre, oben mit Eisen beschlagen und ganz dünn und spitz, von oben bis unten mit Talg gut eingefettet; dort auf dem Gerüst seien die Balken befestigt, zwischen die der Pfahl eingepaßt und befestigt werden solle, der Holzhammer zum Einschlagen, die Stricke und alles übrige.

Plewljak begann hin- und herzulaufen, das Gesicht aschgrau, die Augen gerötet. Nicht einmal jetzt konnte er Abidagas flammenden Blick aushalten.

»Höre, wenn nicht alles geht, wie es soll, und wenn du mich vor aller Welt bloßstellst, dann kommt mir nicht unter die Augen, du und dieser Scheißkerl von Zigeuner; ich ersäufe euch in der Drina wie junge Hunde.«

Und dann fügt er, zu dem zitternden Zigeuner gewandt, milder hinzu:

»Sechs Groschen bekommst du für die Arbeit und weitere sechs, wenn er bis zum Abend am Leben bleibt. Also paß auf.«

Von der Hauptmoschee auf dem Marktplatz erscholl die scharfe, durchdringende Stimme des Hodscha, der zum Mittagsgebet rief. Unter dem versammelten Volke entstand Unruhe, und kurz darauf öffnete sich die Tür des Schuppens. Zehn Sejmen stellten sich in zwei Reihen, je fünf zu beiden Seiten, auf. Zwischen ihnen ging Radisaw, barfüßig und barhäuptig, schnell und gebeugt wie immer, aber beim Gehen »siebte« er nicht mehr, sondern ging mit kurzen, eigenartigen Schritten, er hüpfte fast auf den verstümmelten Füßen, die blutige Löcher statt der Fußnägel zeigten, auf der Schulter trug er einen langen, weißen, zugespitzten Pfahl. Hinter ihm ging Merdschan mit noch zwei Zigeunern, die ihm bei der Vollstreckung des Urteils helfen sollten. Plötzlich ritt von irgendwoher Plewljak auf seinem Braunen herzu und setzte sich an die Spitze des Zuges, der nur etwa einhundert Schritte bis zum Gerüst zurückzulegen hatte.

Das Volk reckte die Hälse und stellte sich auf die Zehenspitzen, um den Mann zu sehen, der gewagt hatte, Verschwörung und Widerstand anzuzetteln und den Bau zu beschädigen. Alle waren sie überrascht vom armseligen und elenden Aussehen dieses Menschen, den sie sich ganz anders vorgestellt hatten. Natürlich wußte auch niemand von ihnen, warum er so lächerlich hüpfte und von einem Fuß auf den anderen tänzelte, und niemand sah jene Brandmale der Ketten, die ihm wie breite Riemen über die Brust liefen, denn sie hatten ihm das Hemd und die Joppe übergestreift. Daher erschien er allen viel zu jämmerlich und unansehnlich für die Tat, wegen der man ihn zum Richtplatz führte. Lediglich der lange weiße Pfahl gab allem eine schaurige Größe und zog die Blicke auf sich.

Als sie an die Stelle kamen, an der die Erdarbeiten am Ufer begannen, stieg Plewljak ab und übergab mit einer feierlichen und übertriebenen Geste die Zügel dem Pferdeknecht, während er sich mit den übrigen auf dem steilen, zerfurchten Wege verlor, der zum Wasser hinunterführte. Kurz darauf konnte das Volk sehen, wie sie in der gleichen Reihenfolge wieder auf dem Gerüst auftauchten und langsam und vorsichtig nach oben stiegen. Auf dem engen Weg aus Balken und Brettern umringten und umdrängten die Sejmen Radisaw vollends, damit er ihnen nicht in den Fluß entspringe. So bewegten sie sich langsam weiter und stiegen immer höher, bis sie zum Ende kamen. Dort war über dem Wasser ein Raum von der Größe eines mittleren Zimmers mit Brettern belegt. Auf diese Fläche stellten sich, wie auf eine Bühne, Radisaw, Plewljak und die drei Zigeuner, während die übrigen Sejmen rund herum auf dem Gerüst verteilt blieben.

Das Volk drängte und schob sich zum Schauspiel. Etwa hundert Schritte trennte es von diesen Brettern, so daß es jeden Menschen und jede Bewegung sehen, aber weder Worte hören noch Einzelheiten unterscheiden konnte. Das Volk und die Arbeiter auf dem linken Ufer waren dreimal soweit vom Schauspiel entfernt und drängten und stießen noch mehr, um möglichst gut zu hören und zu sehen. Aber nichts war zu hören, und was man sah, das schien anfangs viel zu einfach und gar nicht unterhaltsam. Gegen das Ende zu aber wurde es so furchtbar, daß alle den Kopf abwandten und viele schnell nach Hause eilten, bereuend, überhaupt gekommen zu sein.

Als sie Radisaw befahlen, sich niederzulegen, zögerte er einen Augenblick, und dann, ohne die Zigeuner oder die Sejmen anzusehen, gerade als seien sie überhaupt nicht vorhanden, näherte er sich fast vertraulich Plewljak wie seinesgleichen und sprach ruhig und dumpf zu ihm:

»Höre, wenn es dir in dieser und in jener Welt gut gehen soll, dann tue ein gutes Werk und durchstich mich, damit ich mich nicht wie ein Hund quälen muß.«

Plewljak riß sich los und schrie ihn an, als verteidige er sich gegen diese zu vertrauliche Art des Gesprächs:

»Marsch, Christenhund! So ein Held bist du also, daß du das Eigentum des Sultans zerstörst und hier wie ein Weib jammerst. Es geschieht alles, wie es befohlen ist und wie du es verdient hast.«

Radisaw senkte den Kopf noch tiefer, während die Zigeuner an ihn herantraten und sich anschickten, ihm Joppe und Hemd abzustreifen. Auf der Brust zeigten sich, gerötet und voller Blasen, die Brandwunden der glühenden Ketten. Ohne noch ein Wort zu sprechen, legte sich der Bauer, wie ihm befohlen, nieder, das Gesicht zum Boden gekehrt. Die Zigeuner traten hinzu, banden ihm zunächst die Hände auf den Rücken und befestigten dann an jedem Fuß, am Knöchel, einen Strick. Sie zogen, jeder von einer Seite, und spreizten seine Beine weit auseinander. Inzwischen legte Merdschan den Pfahl auf zwei kurze Rundhölzer, so daß die Spitze dem Bauern zwischen die Beine zeigte. Dann zog er ein kurzes, breites Messer aus dem Gürtel, kniete vor dem ausgestreckten Verurteilten nieder und beugte sich über ihn, um ihm den Stoff der Hose zwischen den Beinen zu zerschneiden und die Öffnung zu erweitern, durch die der Pfahl in den Körper eindringen sollte. Dieser furchtbarste Teil der Henkersarbeit blieb glücklicherweise für die Zuschauer unsichtbar. Man sah nur, wie der gefesselte Körper unter dem kurzen, unbemerkten Messerstich erschauerte, sich bis zur Hüfte aufbäumte, als wolle er aufstehen, aber sofort wieder zurückfiel und dumpf auf die Bretter aufschlug. Sobald er dies beendet hatte, sprang der Zigeuner auf, nahm den hölzernen Hammer vom Boden und begann mit ihm auf das untere, stumpfe Ende des Pfahles langsam und gleichmäßig zu schlagen. Nach jedem zweiten Schlag machte er einen Augenblick halt und betrachtete zunächst den Körper, in den er den Pfahl trieb, und dann die beiden Zigeuner, die er ermahnte, langsam und gleichmäßig zu ziehen. Der Körper des ausgespreizten Bauern krampfte sich von selbst zusammen; bei jedem Hammerschlag krümmte und buckelte sich das Rückgrat, aber die Stricke zogen ihn auseinander und streckten ihn. Die Stille war auf beiden Ufern so groß, daß man jeden Hammerschlag und sein Echo, irgendwo am steilen Ufer, unterscheiden konnte. Die am nächsten Stehenden konnten hören, wie der Mann mit der Stirn auf die Bretter schlug, und daneben ein anderes, ungewöhnliches Geräusch; aber das war weder ein Schmerzensschrei noch ein Wehruf noch ein Todesröcheln noch irgendein menschlicher Laut, sondern dieser ganze auseinandergezerrte, gefolterte Körper gab ein Knarren und Knirschen von sich wie ein Zaun, den man umtritt, oder wie Holz, das bricht. Nach jedem zweiten Schlag trat der Zigeuner zu dem ausgestreckten Körper, beugte sich über ihn, prüfte, ob der Pfahl den richtigen Weg einhalte, und, wenn er sich überzeugt hatte, daß kein einziges der wichtigsten Eingeweide verletzt war, dann kehrte er um und setzte seine Arbeit fort.

Alles dies hörte man kaum auf dem jenseitigen Ufer, und noch weniger sah man es, aber allen zitterten die Beine, ihre Gesichter wurden bleich und die Finger an den Händen kalt.

Plötzlich hörte das Klopfen auf. Merdschan sah, wie sich oben am rechten Schulterblatt die Muskeln spannten und die Haut hob. Schnell schritt er hinzu und machte an der emporgehobenen Stelle einen Kreuzschnitt. Blasses Blut floß heraus, zunächst spärlich, dann immer stärker. Noch zwei, drei Schläge, leicht und vorsichtig; und an der aufgeschnittenen Stelle begann die mit Eisen beschlagene Spitze des Pfahles herauszutreten. Er schlug noch ein paar Male zu, bis die Spitze in gleicher Höhe mit dem rechten Ohr war. Der Mann war auf den Pfahl getrieben wie ein Lamm auf den Bratspieß, nur daß ihm die Spitze nicht aus dem Munde, sondern aus dem Rücken herauskam, und weder die Eingeweide noch Herz oder Lunge stärker verletzt waren. Nun warf Merdschan den Hammer fort und trat hinzu. Er betrachtete den reglosen Körper, das Blut umgehend, das aus den Stellen, an denen der Pfahl ein- und austrat, herausgelaufen war und sich in kleinen Tümpeln auf den Brettern gefangen hatte. Die zwei Zigeuner drehten den steifen Körper auf den Rücken und schickten sich an, die Füße unten am Pfahl festzubinden. Inzwischen sah Merdschan nach, ob der Mann noch lebe, und betrachtete sorgfältig dieses Gesicht, das mit einem Male aufgedunsen, breiter und größer geworden war. Die Augen waren weit geöffnet und unruhig, die Augenlider aber unbeweglich, der Mund aufgerissen und beide Lippen im Krampf erstarrt, hinter ihnen schimmerten weiß die zusammengepreßten Zähne hervor. Einzelne seiner Gesichtsmuskeln beherrschte der Mann nicht mehr, daher wirkte das Gesicht wie eine Maske. Aber das Herz schlug dumpf und die Lunge ging unter einem kurzen und beschleunigten Atem. Die beiden Zigeuner schickten sich an, ihn wie ein Stück Vieh am Spieß zu erheben. Merdschan schrie sie an, vorsichtig zu sein, den Körper nicht zu rütteln, und half selbst mit. Sie steckten das untere, dickere Ende des Pfahles zwischen die beiden Balken und schlugen alles mit großen Nägeln fest. Dann stützten sie ihn von hinten in gleicher Höhe mit einer kurzen Latte ab, die sie ebenfalls am Pfahle und an den Balken des Gerüstes festnagelten.

Als auch dies beendet war, zogen sich die Zigeuner weiter zurück und mischten sich unter die Sejmen, während auf jenem freien Raum, volle zwei Arschin emporgehoben, steif, ausgereckt und nackt bis zum Gürtel, der Mann auf dem Pfahl allein zurückblieb. Aus der Entfernung ahnte man nur, daß der Pfahl, an dem seine Beine mit den Knöcheln angebunden, während die Hände auf dem Rücken gefesselt waren, mitten durch ihn hindurchging. Er erschien daher dem Volk wie ein Standbild, das am äußersten Ende des Gerüstes, hoch über dem Fluß, in der Luft schwebte.

Auf beiden Ufern ging ein Stimmengewirr und Wogen durch die Menge. Einige senkten den Blick, während andere schnell nach Hause eilten, ohne den Kopf zu wenden. Die meisten blickten stumm auf diese in den Raum hinausgehobene, unnatürlich starre und steife menschliche Gestalt. Das Entsetzen ließ ihre Eingeweide zu Eis werden und die Füße unter ihnen erstarren, aber sie konnten sich nicht rühren, noch den Blick von diesem Schauspiel losreißen. Und unter dieser verängstigten Menge bewegte sich die irre Ilinka, jedem sah sie in die Augen. Sie bemühte sich, den Blick aufzufangen und in ihm zu lesen und zu erforschen, wo sich ihre geopferten und begrabenen Kinder befänden.

Nun traten Plewljak, Merdschan und noch zwei Sejmen erneut an den Verurteilten heran und schickten sich an, ihn aus der Nähe zu betrachten. Unten floß am Pfahl nur ein dünnes Blutrinnsel herab. Der Mann lebte und war bei Bewußtsein. Seine Flanken hoben und senkten sich, die Halsadern klopften, die Augen rollten langsam, aber unaufhörlich. Durch die zusammengepreßten Zähne quoll ein gedehntes Knurren hervor, in dem man mit Mühe einzelne Worte unterscheiden konnte.

»Türken, Türken ...« röchelte der Mann auf dem Pfahl, »Türken auf der Brücke ... wie Hunde sollt ihr verrecken ... wie Hunde umkommen ...!«

Die Zigeuner sammelten ihr Werkzeug ein, und alle stiegen gemeinsam mit Plewljak und den Sejmen über das Gerüst hinunter zum Ufer. Das Volk wich vor ihnen zurück und schickte sich an, auseinanderzugehen. Nur die Jungen auf den hohen Steinblöcken und kahlen Bäumen erwarteten noch etwas, und da sie nicht wußten, was das Ende, noch was genug sei, warteten sie, was weiter mit dem sonderbaren Mann geschehen würde, der da über dem Wasser schwebte, als sei er im Sprunge stehen geblieben.

Plewljak näherte sich Abidaga und meldete, es sei alles genau und gut ausgeführt und der Verurteilte lebe, und es habe den Anschein, als werde er noch eine Weile leben, denn die Eingeweide seien nicht verletzt. Abidaga antwortete ihm nichts, nicht einmal mit einem Blick, er winkte nur mit der Hand zum Zeichen, daß man ihm sein Pferd vorführe, und schickte sich an, sich von Tosun Effendi und Meister Antonio zu verabschieden. Alle begannen auseinanderzugehen. Man hörte, wie auf dem Markt der Ausrufer das vollstreckte Urteil ausrief und die gleiche oder noch schwerere Strafe ankündigte, die jeden erwarte, der ähnliches versuchen würde.

Plewljak stand unschlüssig auf der Plattform, die sich plötzlich geleert hatte. Sein Bursche hielt das Pferd, und die Sejmen warteten auf Befehle. Er fühlte, daß er etwas sagen müsse, aber er konnte es nicht vor Aufregung, die erst jetzt in ihm zu wachsen und ihn aufzuschwellen begann, als sollte er fortfliegen. Erst jetzt kam ihm alles das zum Bewußtsein, woran er früher, ganz beansprucht von den Vorbereitungen zur Hinrichtung, nicht hatte denken können. Erst jetzt erinnerte er sich Abidagas Drohung, er werde ihn bei lebendigem Leibe pfählen, wenn es ihm nicht gelänge, den Schuldigen zu fassen. Diesem Schrecklichen war er entkommen, aber um Haaresbreite, im letzten Augenblick. Der dort auf dem Gerüst hatte mit aller Kraft des Nachts heimtückisch daran gearbeitet, daß es wirklich so geschähe. Aber nun war es umgekehrt gekommen. Und allein der Anblick dieses Menschen, der, angebunden und über den Fluß hinausgeschoben, noch lebte, erfüllte ihn zugleich mit Schrecken und mit einer schmerzhaften Freude, daß nicht ihn dieses Schicksal ereilt habe und daß sein Körper unangetastet, frei und beweglich sei. Von diesem Gedanken breiteten sich unwiderstehlich feurige Dornen in seiner Brust aus, gingen in seine Füße, in die Hände und drängten ihn, sich zu bewegen, zu lachen und zu sprechen, als müsse er sich selbst überzeugen, daß er gesund sei, daß er sich frei bewegen, sprechen, laut lachen, wenn er wolle, auch singen könne und nicht vom Pfahl ohnmächtige Verwünschungen knurre und den Tod als einziges Glück erwarte, das ihm noch widerfahren könnte. Seine Hände bewegen sich von selbst, seine Füße beginnen von selbst zu tanzen, sein Mund öffnet sich von selbst, und aus ihm bricht ein krampfhaftes Lachen, und von selbst sprudeln die Worte:

»Ha, ha, ha! – Radisaw, du Bergfee, was bist du so steif geworden? Was untergräbst du nicht die Brücke? Was knurrst und röchelst du? Singe doch, du Fee! Tanze doch, du Fee!«

Überrascht und verstört schauten die Sejmen zu, wie ihr Oberster mit ausgebreiteten Armen tanzte und, singend und röchelnd vor Lachen, vor sonderbaren Worten und weißem Schaum, der ihm immer mehr aus den Mundwinkeln quoll, fast erstickte. Und sein Pferd, der Braune, warf ihm von der Seite furchtsame Blicke zu.

4 Alle, die an dem einen oder anderen Ufer der Vollstreckung der Strafe beigewohnt hatten, verbreiteten in der Stadt und in der Umgebung furchtbare Gerüchte. Eine unbeschreibliche Furcht befiel die Bürger und Arbeiter. Langsam und schrittweise drang den Menschen die volle Erkenntnis dessen ins Bewußtsein, was hier in ihrer Nähe an diesem kurzen Novembertage geschehen war. Alle Gespräche drehten sich um den Menschen, der dort oben über dem Gerüst am Pfahl noch immer lebte. Jeder gelobte sich in seinem Innersten, daß er von ihm nicht sprechen würde; aber was nützte das, wenn die Gedanken ständig zu ihm zurückkehrten und den Blick dahin zwangen.

Die Bauern, die Steine auf Ochsenkarren aus Banja heranfuhren, senkten die Augen und trieben ihre Ochsen sanft zur Eile an. Die Arbeiter am Ufer und auf dem Gerüst riefen einander bei der Arbeit gedämpft an und nur soviel, wie unvermeidlich war. Selbst die Aufseher, mit ihren Haselruten in der Hand, waren ruhiger und milder gestimmt. Die dalmatinischen Steinmetzen wandten, bleich und mit zusammengebissenen Zähnen, der Brücke den Rücken zu und schlugen zornig auf ihre Meißel, die in der allgemeinen Stille wie eine Schar Spechte klopften.

Schnell kam die Dämmerung, und die Arbeiter eilten zu ihren

Hütten, vom Wunsche getrieben, dem Gerüst möglichst fern zu sein. Noch ehe es völlig dunkel wurde, kletterten Merdschan und ein Abidaga ergebener Bursche erneut zu Radisaw und stellten mit Sicherheit fest, daß der Verurteilte auch jetzt, vier Stunden nach Vollzug der Strafe, noch lebte und bei Bewußtsein war. Im Fieberschauer bewegte er langsam und schwerfällig die Augen, als er aber den Zigeuner erblickte, begann er lauter zu stöhnen. In diesem Stöhnen, mit dem er seine Seele aufgab, konnte man nur einzelne Worte unterscheiden. – »Türken ... Türken ... Brücke!«

Befriedigt kehrten sie zu Abidagas Haus auf dem Bikawatz zurück und erzählten unterwegs jedem, daß der Verurteilte noch lebe, daß er mit den Zähnen knirsche und vom Pfahl schön und deutlich spreche; es sei Hoffnung, daß er noch bis morgen mittag leben werde. Befriedigt war auch Abidaga, und er befahl, man solle Merdschan die versprochene Belohnung auszahlen.

In dieser Nacht schlief alles Lebendige in der Stadt und um die Brücke in Furcht ein. Es schlief eigentlich nur ein, wer schlafen konnte, und viele gab es, zu denen der Schlaf nicht kommen wollte.

Am nächsten Morgen dämmerte ein sonniger Novembermontag heran. Weder dort um den Bau noch in der ganzen Stadt gab es ein Auge, das nicht auf jenes verworrene Gewirr von Balken und Brettern über dem Wasser geblickt hätte, wo am äußersten Ende, wie am Bug eines Schiffes, aufrecht und losgelöst, der Mann auf dem Pfahl aufragte. Und mancher, der beim Erwachen geglaubt, er habe nur geträumt, was sich gestern vor aller Augen auf der Brücke ereignet hatte, stand jetzt und blickte unverwandt auf seinen qualvollen Traum, der sich fortsetzte und als Wirklichkeit im Sonnenlicht andauerte.

Bei den Arbeitern die gleiche gestrige Stille voller Zerknirschung und Verbitterung. In der Stadt das gleiche Flüstern und die gleiche Verlegenheit. Merdschan und jener Bursche Abidagas kletterten erneut auf das Gerüst und betrachteten den Verurteilten von allen Seiten; sie sprachen etwas untereinander, hoben den Blick und schauten nach oben in das Gesicht des Bauern; einmal zog ihn

Merdschan an den Hosen. Schon an der Art, wie sie zum Ufer hinunterstiegen und schweigend zwischen den geschäftigen Menschen hindurchgingen, begriffen alle, daß der Bauer ausgelitten hatte. Und alle Serben empfanden etwas wie eine Erleichterung, wie einen unsichtbaren Sieg.

Jetzt blickten sie alle mutiger hinauf zum Gerüst und zum Verurteilten. Alle fühlten sie, daß sich die Waage in ihrem ständigen Ringen und Sich-Messen mit den Türken jetzt auf ihre Seite geneigt hatte. Der Tod war das schwerste Pfand. Die bis dahin von Furcht geschlossenen Münder öffneten sich von selbst. Schmutzig, naß, unrasiert und bleich, mit Kiefernstangen große Blöcke Banjaer Steine wälzend, machten sie für einen Augenblick halt, um in die Hände zu spucken und mit unterdrückter Stimme, einer zum anderen, zu sagen:

»Gott sei seiner Seele gnädig!«

»Ach, der Gram! Leid unseres Herzens!«

»Siehst du denn nicht, daß er ein Heiliger geworden ist? Ein Heiliger, verstehst du!«

Und jeder warf dem Verstorbenen, der sich aufrecht hielt, als schreite er einer Abteilung voran, einen verstohlenen Blick zu. Oben, in seiner Höhe, schien er ihnen nicht mehr entsetzlich oder bedauernswert. Im Gegenteil, allen war jetzt klar, wie sehr er sich abgesondert und erhöht hatte. Er stand nicht auf der Erde, er hielt sich nicht mit den Händen, er schwamm nicht, er flog nicht; er trug seinen Schwerpunkt in sich selbst; befreit von irdischen Bindungen und Lasten, spürte keine Qual mehr, keine Macht konnte ihm etwas anhaben, weder Gewehr noch Säbel, weder menschliches Wort noch türkisches Gericht. So, nackt bis zum Gürtel, mit gebundenen Händen und Füßen, aufrecht, den Kopf zum Pfahl zurückgeworfen, erinnerte dieses Bild nicht so sehr an einen menschlichen Körper, der wächst und zerfällt, als vielmehr an ein hoch erhobenes, festes und unvergängliches Standbild, das dort für immer bleiben würde.

Die Fronarbeiter wandten sich ab und bekreuzigten sich verstohlen.

Auf dem Mejdan liefen die Frauen über den Hof, eine zur andern, um ein paar Minuten miteinander zu flüstern und sich gemeinsam auszuweinen, dann eilten sie sofort wieder zurück nach Hause, damit ihnen das Essen nicht anbrenne. Eine entzündete ein Totenlicht. Bald brannten in allen Häusern die Totenlichter, versteckt in den Winkeln der Stuben. Die Kinder blinzelten mit den Augen, sie blickten in feiertäglicher Stimmung in diesen Glanz und, da sie die unverständlichen, abgebrochenen Sätze der Erwachsenen hörten (»Behüte, Herr, und beschütze uns!« – »Ein Märtyrer, er ist von Gott aufgenommen, als hätte er die größte Kirche gestiftet!« – »Stehe uns bei, Du einziger Gott, vertreibe den Feind und gib ihm keine lange Macht!«), fragten sie unermüdlich, was das sei, ein Märtyrer, wer eine Kirche stifte und wo das sei. Besonders die Jungen waren neugierig. Aber die Mütter versuchten, sie zu beruhigen.

»Sei still, mein Kind! Sei still, höre auf deine Mutter und hüte dich, solange du lebst, vor den Türken, den Verfluchten.«

Aber noch ehe zum zweiten Male die Dunkelheit herabzusinken begann, ging Abidaga erneut die Baustelle ab, und, zufrieden mit der Wirkung dieses furchtbaren Beispiels, befahl er, den Bauern vom Gerüst abzunehmen:

»Werft den Hund den Hunden vor!«

In dieser Nacht, die sich schnell herabsenkte, feucht und lauwarm wie im Frühjahr, erhob sich ein unverständliches Flüstern und Gewoge unter den Arbeitern. Auch wer früher von Zerstörung und Widerstand nichts hatte hören wollen, war nun bereit, viel zu geben und alles zu tun. Der Mensch auf dem Pfahl wurde zur allgemeinen Sorge und zum allgemeinen Heiligtum. Einige hundert gequälter Menschen, gedrängt von einem eingeborenen Trieb, von der Kraft des Mitleids und uralter Gewohnheiten, wallten unbewußt auf und vereinigten sich im Bemühen, die Leiche des Märtyrers zu bekommen, sie der Schändung zu entreißen und christlich zu beerdigen. In vorsichtigem Flüstern und Sich-Verabreden von Hütte zu Hütte und Schuppen zu Schuppen sammelten die Fronarbeiter unter sich die Summe von sieben Groschen, um mit ihr Merdschan zu bestechen. Für dieses Werk wählten sie drei der Geschicktesten unter sich, und diesen gelang es, mit dem Henker in Verbindung zu treten. Naß und müde von der Arbeit, verhandelten nun die drei Bauern, langsam, verschlagen, umständlich. Ein finsteres Gesicht machend, sich auf dem Kopfe kratzend und absichtlich stotternd, sprach der älteste Bauer zum Zigeuner:

»Das wäre also auch geschehen. Das Urteil ist vollstreckt, und damit mag es sein Bewenden haben. Nur, du weißt, wie das ist, er ist, sozusagen, ein Mensch, ich möchte sagen, ein Geschöpf Gottes, und es wäre nicht recht, wenn ihn, zum Beispiel, die wilden Tiere fräßen und die Hunde zerrissen.«

Merdschan, der gut heraushörte, daß es sich um ein Geschäft handle, verteidigte sich, eher traurig als hartnäckig.

»Aber nicht doch! Sagt mir nichts! Ihr bringt mich in des Teufels Küche. Ihr wißt ja nicht, welch Luchs der Abidaga ist!«

Der Bauer quälte sich, er machte ein finsteres Gesicht und dachte bei sich: Er ist ein Zigeuner, ein Wesen ohne Gott und Seele, weder kannst du ihn zum Gevatter machen noch dich mit ihm verbrüdern oder ihn bei irgend etwas auf Erden oder im Himmel beschwören, die rechte Hand aber hielt er in der flachen Joppentasche und in ihr krampfhaft die sieben Groschen.

»Laß nur, ich weiß schon, wie es ist. Wir wissen, zum Beispiel, daß auch du es nicht leicht hast. Auch du wirst dabei nicht zu kurz kommen. Hier, vier Groschen guten Geldes haben wir gefunden, und wir meinen, das ist genug.«

»Nein, nein, teurer ist mir mein Leben als alle Schätze der Welt. Und Abidaga würde mich nicht leben lassen, denn der sieht alles, auch wenn er schläft. O weh, ich vergehe, wenn ich nur daran denke!«

»Vier, na, auch fünf, wenn es sein muß. Alles würde sich finden«, fuhr der Bauer fort, ohne auf das Gejammer des Zigeuners zu achten.

»Ich wage es nicht, ich wage es nicht, und damit Schluß!«

»Gut, dir ist aufgetragen, daß du diesen ... Leib, zum Beispiel, sagen wir ... den Hunden vorwirfst, und das wirst du tun, und was weiter aus ihm wird, darum kümmerst du dich nicht, es wird dich niemand danach fragen. Siehst du, dann würden wir, zum Beispiel, diesen ... Leib nehmen und ihn nach unserem Gesetz beerdigen, aber heimlich, versteht sich, daß keine Menschenseele darum weiß. Und du wirst, zum Beispiel, am nächsten Tage sagen, daß die Hunde, sagen wir, diesen ... Leib verschleppt haben. Und niemandem geschieht etwas, du aber bekommst das Deinige.«

Der Bauer sprach vorsichtig und durchdacht, nur stockte er mit wunderlicher Zurückhaltung vor dem Wort Leib, das er wie ein frommes Wort aussprach.

»Soll ich etwa um fünf Groschen den Kopf verlieren! Nein, nein, niemals!«

»Für sechs«, fügte der Bauer ruhig hinzu.

Und da richtete sich der Zigeuner auf, breitete die Hände aus, machte ein ernsthaftes Gesicht mit dem Ausdruck erschütternder Ehrlichkeit, dessen nur Menschen fähig sind, die Lüge und Wahrheit nicht unterscheiden, und stand vor dem Bauern, als sei er der Verurteilte und der Bauer der Henker.

»So sei es um meinen Kopf geschehen, wenn dies nun einmal mein Schicksal ist, und mag meine Zigeunerin als Witwe und meine Kinder als Waisen zurückbleiben: Gebt mir sieben Groschen und nehmt den Toten, nur, daß es niemand sieht oder erfährt!«

Der Bauer schüttelte den Kopf und bedauerte tief, daß er diesem Gauner alles bis auf den letzten Groschen geben mußte. Gerade, als habe ihm der in die fest zusammengepreßte Faust geschaut!

Und dann besprachen sie sich des langen und breiten, wann Merdschan den Toten vom Gerüst abnehmen, wie er ihn auf das andere Flußufer hinüberschaffen und auf die steinige Stelle neben dem Wege werfen werde, damit es Abidagas Leute und Vorübergehende sähen. Und im Gestrüpp, etwas abseits, würden die drei versteckt sein. Sobald die Dunkelheit käme, würden sie die Leiche nehmen, sie fortschaffen und beerdigen, aber an abgelegener Stelle und ohne sichtbare Spuren, damit es vollkommen danach aussähe, als hätten sie die Hunde über Nacht zerrissen und aufgefressen. Drei Groschen würde man im voraus geben und vier morgen, nach vollendeter Arbeit.

Noch in der gleichen Nacht wurde alles, wie verabredet, ausgeführt.

Mit der Dämmerung schaffte Merdschan die Leiche hinüber und warf sie auf das Ufer unterhalb des Weges. Sie glich nicht jenem Körper, den sie alle diese beiden Tage steif und aufgerichtet auf dem Pfahl gesehen hatten; das war wieder der alte Radisaw, klein und gebeugt, nur ohne Blut und ohne Leben. Und sofort kehrte er, gemeinsam mit den Trägern, über das Gerüst auf das andere Ufer in die Stadt zurück. Die Bauern warteten im Gestrüpp. Es kam noch vereinzelt ein verspäteter Arbeiter oder Türke vorüber, der zu seinem Hause zurückkehrte. Dann wurde die ganze Gegend ruhig und dunkel. Die Hunde, jene großen, räudigen, hungrigen und verängstigten, heimat- und herrenlosen Hunde, begannen sich zu melden. Versteckt im Gebüsch, warfen die Bauern mit Steinen nach ihnen und vertrieben sie, daß sie mit eingezogenem Schwanze flüchteten, aber nur auf zwanzig Schritte von der Leiche, und dort lauerten sie, was weiter geschehen würde. In der Dunkelheit bemerkte man, wie ihre Augen glühten und leuchteten. Als man schon sah, daß die Nacht voll hereingebrochen war und keine Wahrscheinlichkeit bestand, daß noch irgend jemand dazukommen würde, traten die Bauern mit Hacke und Schaufel aus dem Versteck heraus. Zwei Bretter, die sie ebenfalls mitgebracht hatten, legten sie eines auf das andere und darauf den Toten, und so trugen sie ihn bergauf. Dort, in einer Vertiefung, die die Frühjahrs- und Herbstwasser auf ihrem Sturz von den Bergen zur Drina geschaffen hatten, entfernten sie schnell, ruhig, ohne Worte und Geräusch den groben Kies, der sich dort als trockener, unaufhörlicher Steinbach herunterrollte. In dieses Grab legten sie den steifen, kalten und verkrampften Körper. Der älteste Bauer sprang in die Grube, schlug mehrmals vorsichtig mit dem Stahl auf den Stein und entzündete zunächst den Schwamm und dann die Spitze eines zusammengerollten Wachsstockes, die er mit beiden Händen schützte; dann pflanzte er sie zu Häupten des Verstorbenen ein und bekreuzigte sich dreimal schnell und laut. Mit ihm bekreuzigten sich auch die beiden oben im Dunkel. Danach schwenkte der Bauer seine leere Hand zweimal über dem Toten, als begieße er ihn mit unsichtbarem Wein, und sprach zweimal ruhig und demütig die rituellen Worte:

»Mit den Heiligen nimm Du, Christus, die Seele Deines Dieners auf.«

Dann flüsterte er noch einige Worte, zusammenhanglos und unverständlich, aber gesprochen wie ein Gebet, feierlich und schwer, so daß sich die beiden über dem Grab unaufhörlich bekreuzigten. Und als er verstummte, reichten sie ihm von oben die zwei Bretter, und er fügte sie über der Leiche schräg der Länge nach ein, daß sie ein Dach bildeten. Er bekreuzigte sich noch einmal, löschte die Kerze und zog sich aus dem Grabe. Vorsichtig und langsam schickten sie sich dann gemeinsam an, Erde darauf zu werfen, die sie gut festtraten, damit kein sichtbarer Hügel über dem Grab bleibe. Und als sie damit fertig waren, brachten sie den Kies wieder darauf, als steinernen Bach über die frisch ausgegrabene Erde, bekreuzigten sich noch einmal und machten sich in einem großen Bogen auf den Rückweg, um möglichst weit vom Grabe auf den Weg zu stoßen.

Noch in der gleichen Nacht fiel ein dichter, stiller Regen ohne Wind, und der Morgen, der heraufdämmerte, war voll milchigem Nebel und schwerer, lauer Feuchtigkeit, die das ganze Flußtal erfüllte. An einem weißen Glanz, der bald wuchs, bald fiel, sah man, daß die Sonne irgendwo mit dem Nebel kämpfte, den sie nicht durchdringen konnte. Alles war gedämpft und gespenstisch neu und fremd. Die Menschen tauchten unvermittelt aus dem Nebel auf und verloren sich ebenso unvermittelt in ihm. Bei diesem Wetter fuhr am frühen Morgen ein einfacher Wagen durch die Stadt. Auf ihm saßen zwei Sejmen und hielten den gefesselten Plewljak, der noch bis gestern ihr Vorgesetzter gewesen.

Seit er vorgestern, in einem Anfall unerwarteter Begeisterung, daß er noch lebe und nicht auf dem Pfahle stecke, vor allen zu tanzen begonnen hatte, war er nicht wieder zur Ruhe gekommen.

Alle Muskeln an ihm tanzten; kein Fleck hielt ihn, ständig quälte ihn ein unbezähmbares Verlangen, sich selbst zu überzeugen und den anderen zu beweisen, daß er gesund und heil sei und sich bewegen könne. Manchmal erinnerte er sich Abidagas (das war der schwarze Punkt in seiner Freude!), und sofort verfiel er in tiefes Nachdenken. Aber in der Zeit sammelte er neue Kraft, die ihn unbezähmbar trieb, sich zu drehen und wie toll zu hüpfen. Und wieder erhob er sich und begann zu tanzen, mit ausgebreiteten Armen, mit den Fingern schnalzend und sich in den Hüften wie eine Tänzerin wiegend, um mit immer neuen lebhaften und hastigen Bewegungen zu beweisen, daß er nicht auf dem Pfahl stecke. Dazu keuchte er im Rhythmus des Tanzes:

»Seht, seht ... auch das kann ich, seht, auch das ... seht!«

Er wollte nichts essen, und jede Unterhaltung, die er begann, brach er unvermittelt ab und ging zum Tanz über, sich bei jeder Bewegung kindlich überzeugend:

»Hier, sieh doch, hier, auch das, sieh doch!«

Als sie es gestern abend schließlich wagten, Abidaga zu sagen, wie es um Plewljak stand, antwortete er kalt und kurz:

»Bringt den Verrückten nach Plewlje, sie sollen ihn zu Hause festbinden, damit er nicht draußen als Verrückter herumtobt. Für diese Arbeit taugte er sowieso nicht.«

So wurde es auch getan. Aber da sich der Oberste nicht beruhigen konnte, mußten ihn seine Sejmen an dem Wagen, auf dem er saß, festbinden. Er weinte und wehrte sich, und solange er sich irgendwie mit einem Teil seines Körpers rühren konnte, zuckte er und schrie sein: »Seht, seht!« Schließlich mußten sie ihm Füße und Hände binden, so daß er auf dem Wagen saß, aufgerichtet wie ein Getreidesack und ganz in Stricke eingewickelt. Aber jetzt, wo er sich nicht mehr rühren konnte, begann er sich einzubilden, sie schlügen ihn auf den Pfahl, und er begann sich unter entsetzlichem Geschrei zu bäumen und zu wehren:

»Mich nicht, mich nicht! Greift die Fee! Nicht, Abidaga!«

Aus den letzten Häusern am Ausgang der Stadt eilten die Leute, aufgeschreckt durch dieses Geschrei, heraus, aber der Wagen mit den Sejmen und dem Kranken verlor sich auf der Landstraße nach Dobrun schnell im dichten Nebel, durch den man die Sonne nur ahnen konnte.

Diese unerwartete, traurige Abreise Plewljaks jagte den Leuten noch stärkeren Schrecken in die Glieder. Man begann zu flüstern, daß der verurteilte Bauer unschuldig gewesen sei und daß ihn dieser Plewljak auf dem Gewissen habe. Unter den Serben auf dem Mejdan erzählten die Frauen, daß die Feen den toten Körper Radisaws unter den Butkower Felsen beerdigt hätten und daß des Nachts ein starkes Licht auf sein Grab falle: Tausende und aber Tausende brennender Lichter leuchteten und flackerten in langer Reihe vom Himmel bis zur Erde. Sie hätten sie durch ihre Tränen gesehen.

Alles mögliche wurde geflüstert und geglaubt, aber die Furcht war stärker denn alles. Und die Arbeit an der Brücke ging schnell und glatt, ohne Unterbrechung und Störung weiter. Und sie wäre, Gott weiß wie lange, weitergegangen, hätte nicht Anfang Dezember unerwartet ein starker Frost eingesetzt, gegen den auch Abidagas Gewalt nichts vermochte.

Einen solchen Frost und solche Schneestürme hatte es in der ersten Dezemberhälfte seit Menschengedenken nicht gegeben. Der Stein fror am Boden fest, und das Holz zersprang vor Kälte. Ein feiner Pulverschnee verwehte die Gegenstände, das Werkzeug und ganze Schuppen, und am nächsten Morgen trieb ihn ein launischer Wind an eine andere Stelle und verwehte einen anderen Winkel. Von selbst hörte die Arbeit auf, und die Furcht vor Abidaga verblaßte und erlosch dann völlig. Abidaga trotzte einige Tage, am Ende aber gab er nach. Er entließ die Arbeiter und stellte die Arbeit ein. Bei dickstem Schneegestöber ritt er mit seinen Leuten fort. Am gleichen Tage reiste auch Tosun Effendi im Bauernschlitten ab, eingepackt in Decken und Stroh, und nach ihm Meister Antonio, aber in entgegengesetzter Richtung. Und das ganze Lager der Fronarbeiter verstreute sich in die Dörfer und tiefen Täler, es verschwand ungehört und unbemerkt wie Wasser, das im Boden versickert. Zurück blieb nur der Bau, wie ein fortgeworfenes Spielzeug.

Vor der Abreise berief Abidaga wiederum die Ältesten der Türken zu sich. Er war niedergedrückt in seiner ohnmächtigen Wut und sagte ihnen, wie im vorigen Jahre, er lasse alles in ihrer Fürsorge und Verantwortlichkeit.

»Ich gehe, aber mein Auge bleibt. Und paßt mir gut auf: besser, ihr schlagt ein Dutzend ungehorsamer Köpfe ab, als daß auch nur ein einziger Nagel des Sultans umkommt. Sobald das Frühjahr anbricht, werde ich wieder hier sein und von jedem Rechenschaft fordern.«

Die Ältesten versprachen alles wie vor einem Jahre und gingen besorgt nach Hause, eingehüllt in Jacken, Joppen und Schals, im Innersten Gott dankend, daß er der Welt Winter und Schneestürme gegeben habe und mit seiner Macht wenigstens so der Gewalt der Gewaltigen eine Grenze setze.

Und als das Frühjahr anbrach, da kam nicht Abidaga, sondern es traf ein neuer Beauftragter des Wesirs, Arif Beg, gemeinsam mit Tosun Effendi ein. Abidaga war gerade das geschehen, wovor er sich so sehr gefürchtet hatte. Irgend jemand, irgendeiner, der ihn gut kannte und alles aus der Nähe gesehen, hatte dem Großwesir genaue und erschöpfende Angaben über sein Verhalten an der Wischegrader Brücke gemacht. Der Wesir war genau davon unterrichtet, daß in diesen zwei Jahren jeden Tag zwischen zwei- und dreihundert Fronarbeiter ohne einen Pfennig Lohn, häufig auch bei eigener Verpflegung, gearbeitet hatten, während Abidaga das Geld des Wesirs für sich behalten hatte. (Man hatte auch die Summe Geldes errechnet, die er sich bis jetzt angeeignet.) Seine Unehrlichkeit hätte er, wie das oft im Leben geschieht, hinter großem Eifer und übertriebener Strenge verborgen, so daß das Volk dieses ganzen Gebietes, nicht nur die Rajas, nein auch die Türken, statt die große Stiftung zu segnen, sowohl die Stunde, in der der Bau begonnen, als auch den, der ihn errichtet, verfluchten. Mehmed Pascha, der sein ganzes Leben lang gegen den Diebstahl und die Unehrlichkeit seiner Beamten gekämpft hatte, befahl dem untreuen Beauftragten, die ganze Summe zu erstatten, mit dem Rest seiner Habe und mit seinem Harem aber sofort in ein kleines

Dorf in Anatolien zu ziehen und sich lebend nicht wieder hören zu lassen, wenn er nicht wolle, daß ihm noch Schlimmeres widerfahre.

Zwei Tage nach Arif Beg traf auch Meister Antonio aus Dalmatien mit den ersten Arbeitern ein. Tosun Effendi stellte ihn dem neuen Beauftragten vor. An einem strahlenden und warmen Apriltag schritten sie den Bau ab und teilten die ersten Arbeiten ein. Als sich Arif Beg zurückzog und die beiden allein am Ufer zurückblieben, schaute Meister Antonio Tosun Effendi genauer ins Gesicht, der auch an einem so sonnigen Tage fest in einen langen schwarzen Mantel gehüllt war.

»Das ist eine ganz andere Art Mensch. Gott sei Dank! Nur frage ich mich, wer so klug und kühn war, dem großen Wesir alles zu sagen und dieses Vieh abzuhalftern.«

Tosun Effendi blickte vor sich hin und sagte ruhig:

»Dieser ist zweifellos besser.«

»Das muß jemand gewesen sein, der Abidagas Arbeit gut kannte und Zugang zum Wesir hat und sein Vertrauen genießt.«

»Sicher, sicher, dieser ist besser«, antwortete Tosun Effendi, ohne den Blick seiner gesenkten Augen zu heben, und wickelte sich noch fester in seinen Mantel.

So begann die Arbeit unter dem neuen Beauftragten Arif Beg.

Das war wirklich ein ganz anderer Mensch. Außergewöhnlich langbeinig, gebeugt, bartlos, mit vorstehenden Backenknochen und schräg stehenden schwarzen und lachenden Augen. Das Volk taufte ihn sofort Glattgesicht. Ohne Geschrei, ohne Stock, ohne grobe Worte und sichtbare Anstrengung befahl und teilte er ein, lächelnd und unbesorgt, wie aus unsichtbarer Höhe, aber nichts ließ er durchgehen oder verlor es aus den Augen. Auch er verbreitete um sich jene Atmosphäre strengen Eifers für alles, was Wille und Befehl des Wesirs, nur war er ein ruhiger, gesunder und ehrlicher Mensch, der nichts zu scheuen oder zu verstecken hatte und andere nicht zu erschrecken und zu verfolgen brauchte. Die Arbeit verlief mit der gleichen Schnelligkeit (denn gerade Schnelligkeit wünschte der Wesir), Fehler wurden mit der gleichen Strenge bestraft, aber die unbezahlte Fronarbeit hörte mit dem ersten Tage auf. Alle Arbeiter wurden bezahlt und erhielten Verpflegung in Mehl und Salz, und alles ging besser und schneller als zu Abidagas Zeiten. Auch jene irre Ilinka war verschwunden: sie hatte sich im Winter irgendwo auf dem Dorfe verloren.

Der Bau wuchs und breitete sich aus.

Jetzt sah man, daß die Stiftung des Wesirs nicht nur eine Brücke, sondern auch eine Herberge, ein Karawan-Serail sein würde, in dem die Reisenden aus der Ferne, die über die Brücke kämen, Unterkunft für sich, für ihre Pferde und ihre Wagen finden, wenn sie hier von der Nacht überrascht würden. Nach Arif Begs Anweisungen begann der Bau des Karawan-Serail. Am Eingang zur Stadt, zweihundert Schritte von der Brücke, dort, wo der Anstieg beginnt, über den der Weg auf den Mejdan führt, liegt eine Hochfläche, auf der bisher mittwochs der Viehmarkt abgehalten wurde. Auf dieser Fläche begann man den Bau des neuen Rasthauses, des Chan. Die Arbeit ging langsam voran; aber schon aus den Anfängen konnte man sehen, daß es sich um ein festes, reiches Gebäude handelte, in großen und weiten Linien erdacht. Die Menschen bemerkten gar nicht, wie der große Chan aus Stein langsam aber stetig wuchs, denn der Bau der Brücke zog ihre ganze Aufmerksamkeit auf sich.

Was jetzt an der Drina gearbeitet wurde, war so verwickelt, alle Arbeiten griffen so ineinander und waren nur mittelbar mit der Brücke verbunden, daß die Müßiggänger aus der Stadt, die vom Ufer die Arbeiten wie irgendeine Naturerscheinung betrachteten, ihnen nicht mehr mit Verständnis zu folgen vermochten. Neue Dämme und Schanzen wurden in den verschiedensten Richtungen aufgeworfen, der Fluß in Rinnen und Kanäle aufgeteilt und aus einem Bett in das andere übergeführt. Meister Antonio brachte aus Dalmatien besonders kunstfertige Seiler und kaufte allen Hanf, sogar in den Nachbarkreisen, auf. Diese Meister drehten in besonderen Gebäuden Seile ungewöhnlicher Stärke und Dicke. Griechische Zimmerleute bauten nach seinen und Tosun Effendis Plänen große hölzerne Kräne mit Seilwinden, setzten sie auf Flöße und hoben an diesen Seilen auch die schwersten Steinblöcke und schafften sie zu den Pfeilern, die der Reihe nach aus dem Flußbett emporwuchsen. Vier Tage wenigstens brauchte ein jeder dieser großen Blöcke vom Ufer bis zu seinem Platz in den Fundamenten des Brückenpfeilers.

Während sie alles dies Tag für Tag, Jahr für Jahr betrachteten, begannen unsere Leute, den Überblick über die Zeit und die wahren Absichten des Baumeisters zu verlieren. Es schien ihnen, daß der Bau nicht nur nicht vorwärts schreite, sondern sich immer mehr in irgendwelchen nebensächlichen Hilfsarbeiten verwirre und verliere, und je länger es dauere, desto weniger dem gleiche, was er sein sollte. Menschen, die selbst nichts arbeiten und im Leben nichts unternehmen, verlieren leicht die Geduld und verfallen in Fehler, wenn sie fremde Arbeit beurteilen sollen. Die Wischegrader Türken begannen wieder, die Achseln zu zukken und mit der Hand abzuwinken, wenn sie von der Brücke sprachen. Die Christen schwiegen, aber sie betrachteten den Bau mit schadenfrohen und hinterhältigen Gedanken im Herzen und wünschten ihm Mißerfolg, wie jedem türkischen Unternehmen. Etwa zu dieser Zeit schrieb der Abt des Klosters Banja bei Priboj auf die letzte, leere Seite seines Monatsbuches (Menäum): »Es sey allen kundgethan, daß Memet Pascha eine Brücke bauet über die Drina zu Wischegrad. Und es geschähe allda eine große Gewalt dem Christenvolk von den Türken und schwere Fronarbeit. Vom Meere holeten sie die Meister herbei. Dreier Jahre lang baueten sie und viele Schärflein verbraucheten sie. Das Wasser zweiteileten und dreiteileten sie, aber eine Brücke kunnten sie nit schlagen.«

Die Jahre vergingen, es wechselten Sommer und Herbste, Winter und Frühjahre einander ab, die Arbeiter und Meister kamen und gingen. Jetzt war die ganze Drina überwölbt, aber nicht mit einer Brücke, sondern mit einem hölzernen Gerüst, das einem sinnlosen Gewirr fichtener Balken und Bretter glich. Auf der einen wie auf der anderen Seite bemerkte man hohe, hölzerne Kräne, getragen von gut gebundenen Flößen. Auf beiden Ufern des Flusses rauchten die Feuer, auf denen das Blei geschmolzen wurde, mit dem man die Fugen in den Steinplatten ausgoß und unsichtbar Stein mit Stein verband.

Am Ende dieses dritten Jahres ereignete sich einer jener Unglücksfälle, ohne die große Bauwerke selten errichtet werden können. Es wurde der mittlere Pfeiler fertiggestellt, der etwas höher und oben breiter als die übrigen war, denn auf ihm sollte das Brückentor, die Kapija, ruhen. Beim Heranschaffen eines großen Steinblockes stockte die Arbeit. Die Arbeiter umschwärmten den gewaltigen, viereckigen Steinblock, der, umwunden mit dicken Seilen, zu ihren Häupten schwebte. Dem Kran war es nicht gelungen, ihn genau auf sein Lager zu bringen. Meister Antonios Gehilfe, der Mohr, eilte ungeduldig hinzu und begann (in jener sonderbaren gemischten Sprache, die im Laufe der Jahre unter diesen Menschen aus verschiedenen Teilen der Welt entstanden war) mit lauten, ärgerlichen Rufen denen unten auf dem Wasser, die den Kran bedienten, Befehle zu geben. In diesem Augenblick gaben unverständlicherweise die Seile nach, und der Block stürzte, zunächst mit einem Ende und dann mit seinem ganzen Gewicht auf den aufgeregten Neger, der nicht über sich, sondern unter sich auf das Wasser geschaut hatte. Durch einen eigenartigen Zufall war der Block genau dorthin gefallen, wohin er sollte, aber im Fallen hatte er den Neger erfaßt und dessen ganze untere Körperhälfte eingequetscht. Es entstand ein Auflauf, Verwirrung und Geschrei. Schnell kam auch Meister Antonio herbei. Der junge Schwarze war nach der ersten Bewußtlosigkeit wieder zu sich gekommen: er stöhnte durch die zusammengebissenen Zähne und sah Meister Antonio ängstlich traurig in die Augen. Bleich, mit zusammengezogenen Brauen, gab Meister Antonio Befehl, die Arbeiter sollten sich sammeln, Werkzeug holen und gemeinsam den Block anheben. Aber alles war vergeblich. Der Junge verlor schnell sein Blut, sein Atem brach und sein Blick verschleierte sich. In einer halben Stunde starb er, krampfhaft die Hand des Meisters in der seinen haltend.

Die Beisetzung des Mohren war ein feierliches Ereignis, dessen man sich noch lange erinnerte. Alle männlichen Mohammedaner gaben ihm das Geleite und trugen einige Schritte seinen Sarg, in dem nur die obere Hälfte seines jungen Körpers lag, denn die andere war unter dem Steinblock geblieben. Meister Antonio errichtete ihm ein schönes Grabdenkmal aus dem gleichen Stein, aus dem auch die Brücke gebaut wurde. Ihn erschütterte der Tod dieses jungen Burschen, den er aus seiner Armut in Ulzinj, wo einige dorthin verschlagene Negerfamilien lebten, als Knaben fortgeführt hatte. Aber die Arbeit ruhte nicht einen Augenblick.

In diesem und im folgenden Jahre war der Winter milde, und es wurde noch bis Mitte Dezember gearbeitet. Das fünfte Jahr des Bauens war herangekommen. Jetzt begann sich dieser breite und unregelmäßige Kreis aus Holz, Stein, Hilfsgeräten und verschiedenstem Material zu lichten.

Auf der Fläche neben dem Weg zum Mejdan stand schon der neue Chan, befreit vom Gerüst. Es war ein großes Gebäude mit einem Stockwerk, aus dem gleichen Stein gebaut wie auch die Brücke. Noch wurde am Chan innen und außen gearbeitet, aber schon jetzt konnte man aus der Ferne sehen, wie sehr er durch Größe, Harmonie der Linien und Festigkeit des Bauens von allem abstach, was man in der Stadt jemals hatte erbauen oder erdenken können. Dieses Gebäude aus hellem, gelbem Stein, mit einem Dach von dunkelroten Ziegeln und mit einer Reihe fein geschnittener Fenster erschien den Städtern wie etwas Üppiges und unwahrscheinlich Feiertägliches, das von nun an Bestandteil ihres alltäglichen Lebens werden sollte. Gebaut vom Wesir, sah es aus, als sollten nur Wesire in ihm absteigen. Von allem ging ein Abglanz von Größe, Geschmack und Üppigkeit aus, der sie verwirrte.

Zur gleichen Zeit begann auch jene formlose Masse gekreuzter Balken und Latten über dem Fluß abzunehmen und dünner zu werden, und hinter ihnen erkannte man jetzt immer besser und deutlicher die wahre Brücke aus schönem Banjaer Stein. Noch immer arbeitete man einzeln und in ganzen Gruppen an Dingen, die den Augen der Leute sinnlos und ohne Beziehung zu allem übrigen erschienen, aber jetzt war es auch für den letzten ungläubigen

Städter klar, daß alle diese Menschen eine Brücke bauten, nach einem einzigen Gedanken und einer einzigen, unfehlbaren Rechnung, die hinter jeder dieser einzelnen Tätigkeiten stand. Zuerst zeigten sich jene Bögen, die in ihrer Höhe und Weite die kleinsten und dem Ufer am nächsten waren, aber dann wurden sie einer nach dem andern enthüllt, bis auch der letzte das Gerüst abwarf und sich die ganze Brücke auf ihren elf mächtigen Bögen, vollendet und wunderbar in ihrer Schönheit, wie eine neue und fremde Landschaft den Augen der Städter darbot.

Schnell im Bösen wie im Guten, waren die Wischegrader über ihren Zweifel und Unglauben beschämt. Nun versuchten sie nicht einmal, ihr Staunen zu verbergen, und konnten ihre Begeisterung nicht bändigen. Der Übergang über die Brücke war noch nicht gestattet, aber das Volk sammelte sich auf beiden Ufern, besonders auf dem rechten, auf dem der Marktplatz und der größere Teil der Stadt liegt, und schaute zu, wie die Arbeiter über sie gingen und daran arbeiteten, den Stein auf der Einfassung und auf den erhöhten Sitzen der Kapija zu glätten. Die versammelten Wischegrader Türken betrachteten diese fremde Arbeit auf fremde Kosten, der sie volle fünf Jahre alle möglichen Schimpfnamen gegeben und die schlimmste Zukunft vorausgesagt hatten.

»Ich habe es euch ständig gesagt«, sprach freudig erregt ein kleiner Hodscha aus Duschtsche, »daß der Hand des Sultans nichts entgleitet und daß diese klugen Leute am Ende das bauen werden, was sie unternommen haben; aber ihr sagtet ständig: ›Nein, das wird nichts, das können sie nicht.‹ Und nun seht ihr, daß sie sie gebaut haben, und was für eine Brücke, welche Schönheit und welche Annehmlichkeit.« – Alle stimmten ihm zu, obgleich sich niemand recht erinnern konnte, was er ihnen gesagt haben sollte, und alle wußten, daß er gemeinsam mit ihnen sowohl über den Bau als auch über den, der ihn errichtet, übel geredet. Und, aufrichtig verzückt, konnten sie sich vor Bewunderung nicht lassen.

»Eh, Leute, Leute, was entsteht da in unserer Stadt!«

»Siehst du, das ist die Kraft und der Geist eines Wesirs: wohin er mit seinen Augen schaut, da sprießen Wohltat und Fortschritt.«

»Und das ist noch gar nichts«, fügte der kleine lustige und lebhafte Hodscha hinzu, »sie wird noch schöner werden! Seht, wie sie sie striegeln und zurichten, wie ein Pferd für den Markt!«

So wetteiferten sie in Ergüssen der Begeisterung und suchten immer neue, schönere und stärkere Lobesworte. Nur Ahmedaga Scheta, ein reicher Getreidehändler, ein übellauniger Mensch und Geizhals, blickte noch immer verächtlich auf den Bau und auf jene, die ihn lobten. Groß, gelb und gebeugt, mit finsterem, scharfem Blick, dünnen, wie zusammengeklebten Lippen, blinzelte er in die Septembersonne des schönen Tages und ging als einziger nicht von seiner früheren Meinung ab. (Denn es gibt bei manchen Menschen grundlosen Haß und Neid, die größer und stärker sind als alles, was andere Menschen schaffen und erdenken können.) Jenen, die begeistert die Größe und Festigkeit der Brücke lobten und sagten, sie sei stärker als jede Festung, warf er verächtlich zu:

»Noch hat sie kein Hochwasser mitgemacht, unser richtiges Wischegrader Hochwasser! Dann werdet ihr ja sehen, was von ihr übrigbleibt!«

Alle widersprachen ihm erbittert und lobten die, die an der Brücke gearbeitet hatten, besonders Arif Beg, der, immer vornehm lächelnd und wie spielend, einen solchen Bau schuf. Aber Scheta war fest entschlossen, niemandem etwas zuzugestehen.

»Ja, wenn nicht Abidaga und sein grüner Stab gewesen wären und seine Disziplin und Gewalt – hätte dann, möchte ich euch fragen, dieses Glattgesicht mit seinem Lachen und mit den Händen auf dem Rücken die Brücke fertig bauen können?«

Und erbost über die allgemeine Begeisterung wie über eine persönliche Beleidigung, ging Scheta wütend in sein Magazin, um dort auf seinem alltäglichen Platz zu sitzen, von dem man weder Sonne noch Brücke sah, noch das Geschrei und den Lärm der begeisterungstrunkenen Menschen hörte.

Aber Scheta war eine vereinzelte Ausnahme. Die Freude und Begeisterung der Bürger wuchs und griff auf die umliegenden Dörfer über. In den ersten Oktobertagen, als die Brücke fertiggestellt war, gab Arif Beg ein großes Fest. Dieser Mann mit den vornehmen Gewohnheiten, unspürbarer Strenge und seltener Ehrlichkeit, der das ganze ihm anvertraute Geld für das verwendete, wozu es bestimmt war, ohne etwas für sich zu behalten, war für das Volk die Hauptperson bei diesem Fest. Von ihm sprach man mehr als vom Wesir selbst. So fiel auch seine Feierlichkeit reich und glänzend aus.

Die Aufseher und die Arbeiter erhielten Geld und Kleider geschenkt, und das allgemeine Gastmahl, an dem jeder teilnahm, der wollte, dauerte zwei Tage. Auf die Gesundheit des Wesirs wurde gegessen, getrunken, gespielt, getanzt und gesungen; es gab Pferderennen und Wettläufe; an die Armen wurden Fleisch und Süßigkeiten verteilt. Auf dem Platz, der die Brücke mit der Stadt verbindet, wurde in Kesseln Halwa[1] gekocht und noch warm an das Volk verteilt. Da aß sich auch der an Süßigkeiten satt, der es zum Bairam[2] nicht getan hatte. Bis in die umliegenden Dörfer gelangte die Halwa, und wer immer sie kostete, wünschte dem Wesir Gesundheit und seinen Bauten langes Bestehen. Es gab Kinder, die vierzehnmal an den Kessel gingen, bis sie die Köche, die sie wiedererkannten, verjagten, indem sie mit dem Kochlöffel nach ihnen schlugen. Ein Zigeunerkind starb, denn es hatte sich an der heißen Halwa übergessen. – Solcher Dinge erinnerte man sich lange und sprach von ihnen, wenn man vom Werden der Brücke erzählte, um so mehr, als freigebige Wesire und ehrliche Beauftragte in den späteren Jahrhunderten, scheint es, ausstarben und solche Feierlichkeiten selten und schließlich vollkommen unbekannt wurden, bis sie endlich in eine Reihe mit den Märchen von Feen, von den eingemauerten Zwillingen Stoja und Ostoja (Halte und Bleibe) und ähnlichen Wundern rückten.

Solange die Festlichkeiten dauerten, und überhaupt in den ersten Tagen, gingen die Menschen zahllose Male über die Brücke, von einem Ufer auf das andere. Die Kinder liefen, und die Älteren gingen langsam, im Gespräch, oder von jedem Punkt aus die

1 Süßspeise aus Mehl, Butter und Zucker
2 Großer mohammedanischer Feiertag

neuen Aussichten betrachtend, die sich von der Brücke boten. Die Alten und Lahmen wurden auf Bahren getragen, denn niemand wollte zurückbleiben und auf seinen Anteil an diesem Wunder verzichten. Jeder, auch der kleinste Städter, fühlte, als hätten sich seine Fähigkeiten mit einem Male vervielfacht und seine Stärke vergrößert, als sei eine wunderbare, übermenschliche Heldentat in das Maß seiner Kräfte und in die Grenzen seines Alltagslebens gerückt, als sei neben den bisher bekannten Elementen, Wasser und Himmel, mit einem Male noch ein weiteres entdeckt worden, als sei durch irgend jemandes Wunderkraft mit einem Male für alle und jeden einer der höchsten Wünsche, ein uralter Menschheitstraum verwirklicht: über das Wasser zu gehen und den Raum zu beherrschen.

Die türkischen jungen Burschen führten unaufhörlich einen Reigentanz um den Halwakessel und dann über die Brücke, denn dort schien es ihnen, als flögen sie und nicht als bewegten sie sich über die Erde. Dann bildeten sie auf der Kapija einen Kreis und stampften und schlugen mit den Füßen auf die neuen Platten, als wollten sie die Festigkeit der Brücke erproben. Um diesen dichtgedrängten Kreis junger Leiber, die unermüdlich im gleichen Rhythmus stampften, sprangen die Kinder und liefen zwischen den tanzenden Beinen wie durch einen beweglichen Zaun hindurch; dann standen sie in der Mitte des Kreises, zum ersten Male in ihrem Leben auf der Brücke, über die man schon jahrelang sprach, und noch dazu auf der Kapija, von der man sagte, daß in ihr der unglückliche verstorbene Mohr eingeschlossen sei und sich des Nachts zeige. Während sie sich an dem Tanz der jungen Männer erfreuten, vergingen sie zugleich vor jener Angst, die der Mohr schon zu seinen Lebzeiten, als er an der Brücke arbeitete, den Stadtkindern eingeflößt hatte. Auf dieser hohen, neuen und ungewöhnlichen Brücke schien es ihnen, als hätten sie die Mutter und das Geburtshaus seit langem verlassen und sich in das Land der schwarzen Menschen, der wunderbaren Bauten und ungewöhnlicher Tänze verirrt. Sie bangten, aber sie konnten sich nicht vom Gedanken an den Mohren freimachen, noch sich vom Tanz auf der wunderbaren neuen Kapija losreißen. Erst ein neues Wunder vermochte ihre Aufmerksamkeit auf sich zu lenken.

Ein gewisser Murat, genannt *Muta*, ein schwachsinniger Bursche aus der Agafamilie der Turkowitsch aus Nesuke, mit dem sie in der Stadt häufig ihren Scherz trieben, war plötzlich auf die steinerne Brückeneinfassung gestiegen. Man hörte Kinder kreischen, bewundernde und erschreckte Aufschreie der Älteren, und der Idiot setzte, wie beschwingt, mit ausgebreiteten Armen auf den schmalen Platten Fuß vor Fuß, als schwebe er nicht über dem Wasser, sondern beteilige sich an dem schönsten Spiel. Neben ihm her ging eine Schar von Kindern und Müßiggängern und ermutigte ihn. Aber am anderen Ende der Brücke erwartete ihn sein Bruder Aliaga und verprügelte ihn wie ein kleines Kind.

Viele gingen weit den Fluß hinab, eine halbe Stunde Weges bis Kalata oder Mesalin und betrachteten von dort die Brücke, die sich, weiß und leicht auf ihren elf Bögen ungleicher Größe, wie eine wunderbare Arabeske vom grünen Wasser zwischen den dunklen Bergen abhob.

In diesen Tagen wurde auch die große, weiße Tafel mit eingemeißelter Inschrift gebracht und auf der Kapija in die Mauer aus rötlichem Stein eingelassen, die sich ganze drei Arschin[1] über die Einfassung erhob. Lange Zeit sammelte sich das Volk um die Inschrift und betrachtete sie, bis sich irgendein schreibkundiger Schüler oder ein Hafis fand, der mit mehr oder weniger Kunstfertigkeit für einen Kaffee oder eine Melonenscheibe oder auch nur für einen Gotteslohn die Inschrift vorlas, so gut er es konnte und vermochte.

Über hundert Male wurden in jenen Tagen die Verse dieses Tarich buchstabiert, die ein gewisser Badi, ein Verseschmied aus Stambul, geschrieben hatte und die Rang und Namen dessen nannten, der diese Stiftung gebaut, und das Jahr des Heils 979 nach der Hedschra, das heißt 1571 nach christlicher Zeitrechnung, in dem sie vollendet. Dieser Badi schrieb für gutes Geld

1 Etwa zwei Meter

leichte und klingende Verse und verstand es kunstvoll, sie bei jenen Großen abzusetzen, die große Bauwerke errichteten oder ausbauten. Die ihn kannten (und auch ein wenig beneideten), sagten spöttisch, das Himmelsgewölbe sei noch das einzige Bauwerk, an dem kein Tarich aus Badis Feder stehe. Er aber war trotz seinem guten Verdienst ein armer Schlucker und Hungerleider, ständig im Kampfe gegen jene besondere Not, die häufig die Dichter als ein eigener Fluch begleitet, von der kein Geld und keine Belohnungen sie befreien können.

Nur wenig schreibkundig, mit hartem Schädel und der lebhaften Phantasie unserer Menschen begabt, las und deutete jeder der städtischen Gelehrten Badis Tarich auf der steinernen Platte auf seine Art, der wie jeder Text, der einmal an die Öffentlichkeit gebracht, nun dort stand, ewig im ewigen Stein, für immer und unwiderruflich den Blicken und Deutungen aller Menschen, der klugen wie der dummen, der böswilligen wie der wohlmeinenden, ausgesetzt. Und jeder Hörer behielt die Verse, die seinem Ohr und seiner Sinnesart am besten entsprachen. So wurde, was dort vor den Augen aller Welt in den festen Stein gehauen stand, von Mund zu Mund auf die verschiedenste Art, häufig verändert und bis zur Sinnlosigkeit entstellt, wiedergegeben.

Auf dem Stein stand zu lesen:

SIEHE MEHMED PASCHA, DER GRÖSSTE UNTER
DEN WEISEN UND GROSSEN SEINER ZEIT,
ERFÜLLTE DAS GELÖBNIS SEINES HERZENS,
UND MIT SEINER FÜRSORGE UND SEINEM EIFER
ERBAUTE ER EINE BRÜCKE ÜBER DEN DRINAFLUSS.
ÜBER DIESEM WASSER, TIEF UND SCHNELLEN LAUFES,
KONNTEN SEINE VORGÄNGER NICHTS ERBAUEN.
ICH ERHOFFE VON DER GNADE GOTTES,
DASS IHM DIESER BAU FEST SEIN MÖGE,
DASS IHM SEIN LEBEN IM GLÜCK VERLAUFE
UND ER NIEMALS TRAUER ERFAHRE.
DENN ZEIT SEINES LEBENS HAT ER GOLD UND

SILBER FÜR STIFTUNGEN GESPENDET;
UND NIEMAND KANN SAGEN,
DASS EIN VERMÖGEN VERGEUDET,
DAS FÜR SOLCHE ZWECKE VERWENDET WURDE.
BADI, DER DIES GESEHEN, SPRACH,
ALS DER BAU VOLLENDET, FOLGENDE WIDMUNG:
›GOTT SEGNE DIESEN BAU,
DIESE WUNDERBARE UND HERRLICHE BRÜCKE!‹

Endlich hatte sich das Volk sattgegessen, sattgewundert, sattgegangen und an den Versen der Aufschrift sattgehört. Dieses Wunder der ersten Tage war in ihr Alltagsleben eingegangen, und sie überschritten die Brücke, eilfertig, gleichmütig, besorgt und zerstreut, so wie das rauschende Wasser unter ihr dahinfloß, als sei es einer jener zahllosen Wege, die sie und ihr Vieh mit ihren Füßen glattgestampft hätten. Und die Tafel mit der Aufschrift schwieg in der Wand wie jeder andere Stein.

Jetzt war die Landstraße vom linken Ufer mit jenem Ende der Landstraße auf dem erhöhten Plateau am anderen Ufer verbunden. Verschwunden waren die dunkle, wurmstichige Fähre und ihr launischer Fährmann. Tief unter den letzten Bögen der Brücke lagen die sandigen Anschwemmungen und die steilen Ufer, die hinauf- oder hinabzugehen gleich schwer gewesen war, und auf denen man so qualvoll gewartet und so oft vergeblich von einer Seite zur anderen gerufen hatte. Alles dies war gleichzeitig mit dem wirbelnden Fluß wie durch einen Zauber überbrückt. Hoch über allem schritt man wie auf Flügeln geradewegs vom einen hohen Ufer zum anderen über die breite und lange Brücke, die fest und beständig war wie ein Fels und unter den Hufen ein Echo gab, als sei sie ganz aus einer einzigen dünnen Steinplatte.

Es verschwanden auch jene hölzernen Wassermühlen und Hütten, in denen die Reisenden aus Not übernachtet hatten. An ihrer Stelle stand das feste, großartige Karawan-Serail und nahm die Reisenden auf, deren Zahl mit jedem Tage wuchs. Den Chan betrat man durch ein schöngeformtes breites Tor. Zu beiden Seiten des Tores waren zwei große Fenster und in ihnen Gitter, aber nicht aus Eisen, sondern aus Kalkstein gemeißelt, jedes aus einem Stück. Im weiten, rechteckigen Hof war Platz für Gepäck und Waren, und ringsum reihten sich die Türen von sechsunddreißig Zimmern. Hinten, unter dem Hügel, waren die Ställe; zum allgemeinen Erstaunen waren auch sie aus Stein, als habe man sie für das Gestüt des Sultans gebaut. Einen solchen Chan gab es von Sarajewo bis Jedren[1] nicht. Hier konnte jeder Reisende einen Tag und eine Nacht bleiben und, ohne einen Pfennig zu zahlen, Nachtquartier, Feuer und Wasser für sich, seine Bedienung und seine Pferde bekommen.

Alles dies war, wie auch die Brücke selbst, eine Stiftung des großen Wesirs Mehmed Pascha, der vor mehr denn sechzig Jahren dort hinter diesen Bergen oben im Dorfe Sokolowitschi geboren war und den sie in seiner Kindheit mit einer Schar serbischer Bauernkinder als Blutzoll nach Stambul geführt hatten. Die Kosten für die Erhaltung des Karawan-Serail kamen aus einer Stiftung, die Mehmed Pascha aus einem großen Besitz geschaffen hatte, den er in den neueroberten Gebieten, in Ungarn, erbeutete.

So verschwanden mit dem Bau der Brücke und des Chan viele Mühen und Unbequemlichkeiten. Vielleicht wäre auch jener ungewöhnliche Schmerz verschwunden, den der Wesir in seiner Kindheit von der Wischegrader Fähre aus Bosnien mitgebracht hatte, der Schmerz der schwarzen, scharfen Klinge, die ihm von Zeit zu Zeit die Brust entzweischnitt. Aber es war Mehmed Pascha nicht bestimmt, ohne diesen Schmerz zu leben und sich lange des Gedankens an seine Wischegrader Stiftung zu erfreuen. Bald nach Abschluß der letzten Arbeiten, als gerade erst das Karawan-Serail richtig begonnen hatte, Gäste aufzunehmen, und als die Brücke in der Welt von sich hören machte, da fühlte Mehmed Pascha noch einmal den Schmerz der »schwarzen Klinge« in seiner Brust. Und dies war das letzte Mal.

Eines Freitags, da er mit seinem Gefolge die Moschee betrat,

---

1 Edirne, Adrianopel

näherte sich ihm ein exaltierter zerlumpter Derwisch und streckte ihm die linke Hand, Almosen heischend, entgegen. Der Wesir wandte sich um und befahl einem Manne aus seinem Gefolge, ihm etwas zu geben, der Derwisch aber zog aus seinem rechten Ärmel ein schweres Fleischmesser hervor und stieß es dem Wesir mit aller Kraft zwischen die Rippen. Die Begleiter hieben den Derwisch zusammen. Der Wesir und sein Mörder hauchten im gleichen Augenblick ihren Atem aus. Auf den grauen Steinplatten vor der Moschee lagen sie so einige Augenblicke einer neben dem anderen. Der ermordete Mörder, grob, vollblütig, mit ausgestreckten Beinen und Armen, als sei er noch getragen vom zornigen Schwung seines sinnlosen Stoßes. Und neben ihm der große Wesir, mit über der Brust geöffnetem Obergewand und weit fortgeschleudertem Turban. In den letzten Lebensjahren war er abgemagert und ging gebeugt, sein Gesicht war irgendwie dunkel und scharf geworden. Und wie er so mit entblößter Brust und barhäuptig, blutig, verkrampft und eingefallen dalag, glich er mehr einem alten zu Tode geprügelten Bauern aus Sokolowitschi, denn dem gestürzten Würdenträger, der noch bis vor einigen Minuten das Türkische Reich gelenkt hatte.

Monate und Monate vergingen, bis die Nachricht von der Ermordung des Wesirs auch zur Stadt vordrang, und dann auch nicht als klar bestimmte Tatsache, sondern als heimliches Geflüster, das wahr sein konnte oder auch nicht. Denn im Türkischen Reich war es nicht gestattet, schlechte Nachrichten und Unglücksfälle zu verbreiten, auch dann nicht, wenn sie im Nachbarlande geschehen waren, wieviel weniger aber, wenn es sich um eigenes Unglück handelte. Im übrigen hatte auch niemand Veranlassung, viel und lange vom Tode des großen Wesirs zu sprechen. Die Partei seiner Gegner, der es schließlich gelungen war, ihn zu stürzen, sorgte dafür, daß mit seiner feierlichen Beisetzung auch jede lebhaftere Erinnerung an ihn begraben wurde. Und Mehmed Paschas Verwandte, Mitarbeiter und Anhänger in Stambul hatten größtenteils nichts dagegen, daß man vom einstigen großen Wesir möglichst wenig spreche, denn dadurch wuchsen ihre Aussichten, sich bei den neuen Machthabern einzuschmeicheln und ihre Vergangenheit vergessen zu machen.

Aber die beiden schönen Bauwerke an der Drina begannen schon ihre Wirkung auf Handel und Wandel, auf die Stadt Wischegrad und die ganze Umgebung auszuüben und übten sie weiter aus, ohne Rücksicht auf Lebende oder Tote, auf jene, die aufstiegen, oder jene, die fielen. Die Stadt begann schnell, vom Hügel zum Wasser hinabzusteigen, sich auszubreiten und zu entfalten und immer mehr um die Brücke und das Karawan-Serail zu drängen, das das Volk den Steinernen Chan nannte.

So ward die Brücke mit ihrer Kapija und so wuchs die Stadt um sie. Über drei Jahrhunderte lang waren danach ihre Bedeutung für das Wachstum der Stadt und ihre Bedeutung im Leben der Städter so, wie wir sie anfangs kurz geschildert hatten. Als wäre Sinn und Wesen ihres Bestehens in ihrer Stetigkeit begründet. Ihre lichte Linie im Bild der Stadt änderte sich ebensowenig wie die Konturen der umliegenden Berge am Himmel. In der wechselnden Reihe und im Verblühen der menschlichen Geschlechter blieb sie unverändert wie das Wasser, das unter ihr dahinfließt. Auch sie alterte natürlich, aber nach einem Zeitmaß, das soviel weiter war, nicht nur als die Länge eines Menschenlebens, sondern auch als ganze Geschlechterreihen, daß man dieses Älterwerden mit dem Auge nicht bemerken konnte. Ihr Lebensalter, wenn auch in sich sterblich, glich der Ewigkeit, denn sein Ende war nicht abzusehen.

5

Vorüber war das erste Jahrhundert, eine Zeit, die lang und todbringend ist für die Menschen und viele ihrer Werke, aber unfühlbar für große, gut erdachte und festgegründete Bauwerke, und die Brücke mit der Kapija und das Karawan-Serail neben ihr standen und nützten den Menschen wie am ersten Tage. So wäre über sie auch das zweite Jahrhundert hinweggegangen mit seinem Wechsel der Jahreszeiten und menschlichen Geschlechter, und die Bauwerke hätten ohne Änderung fortbestanden. Aber, was die

Zeit nicht vermochte, das erreichte das willkürliche und nicht voraussehbare Zusammentreffen ferner Ereignisse.

Zu dieser Zeit, gegen Ende des siebzehnten Jahrhunderts, sang, sprach und flüsterte man in Bosnien viel von Ungarn, das zu verlassen sich das türkische Heer nach hundertjähriger Besatzung anschickte. Viele bosnische, mohammedanische Grundherren hatten ihre Gebeine auf ungarischer Erde gelassen, als sie in den Kämpfen bei diesem Rückzug das ungarische Besitztum, das sie für ihre Kriegstaten zu Lehen erhalten hatten, verteidigten. Man hätte sagen können, daß dies die Glücklicheren waren, denn mancher kehrte nackt und bloß in seine bosnische Heimat zurück, wo ihn ein magerer Boden und ein enges und ärmliches Leben nach der reichen Weite und dem Herrentum auf den großen ungarischen Besitzungen erwarteten. Ein fernes und unklares Echo alles dessen gelangte auch bis hierher, aber niemand dachte auch nur daran, daß dieses in Volksliedern besungene Land *Ungarn* sich irgendwie mit dem wirklichen Alltagsleben der Stadt verknüpfen könnte. Aber dennoch war es so. Mit dem Rückzug der Türken aus Ungarn blieben unter anderem auch die Besitzungen jener Stiftung, aus der das Karawan-Serail in Wischegrad erhalten wurde, außerhalb der Grenzen und gingen verloren.

Sowohl die Leute in der Stadt als auch die Reisenden, die schon über hundert Jahre den Steinernen Chan benutzten, hatten sich an ihn gewöhnt und niemals auch nur darüber nachgedacht, aus welchen Mitteln er erhalten wurde, wie diese aufgebracht würden und wo ihre Quelle war. Alle benutzten ihn und genossen ihn wie einen gesegneten und fruchttragenden Obstbaum am Wegesrand, der niemandem und jedem gehört; mechanisch murmelten sie das obligate Gebet für den Seelenfrieden des Wesirs, aber sie dachten nicht daran, daß der Wesir bereits hundert Jahre tot war, noch fragten sie sich, wer heute des Sultans Land und Stiftungen erhalte und verteidige. Wer konnte sich auch vorstellen, daß die Dinge in der Welt so voneinander abhängen und auf so weite Entfernungen miteinander verknüpft sind? Daher bemerkte man in der ersten Zeit in der Stadt überhaupt nicht, daß die Einnahmen versiegt waren. Die Bedienung arbeitete, und der Chan nahm wie früher die Reisenden auf. Man glaubte, das Geld zur Unterhaltung habe sich verspätet, wie es auch früher geschehen war. Indessen vergingen die Monate und dann die Jahre, aber das Geld kam nicht. Die Burschen verließen die Arbeit. Der damalige Mutevelia, der Verwalter der Stiftung, Dauthodscha Mutewelitsch – denn so wurde ihre Familie im Volk genannt, und dies blieb ihnen als Familienname –, wandte sich an alle Stellen, aber eine Antwort bekam er nicht. Die Reisenden bedienten sich selbst und säuberten den Chan, soviel für sie und ihre Tiere unbedingt notwendig war, aber jeder, der abreiste, hinterließ seinen Schmutz und seine Unordnung, die sollte der nächste beseitigen und aufräumen, so wie auch er das aufgeräumt, was er in Unordnung und Schmutz vorgefunden hatte. Aber hinter jedem blieb ein wenig mehr Unsauberkeit zurück, als er vorgefunden hatte.

Dauthodscha tat alles, um den Chan zu retten und am Leben zu erhalten. Zunächst verbrauchte er vom Seinigen, und dann begann er bei den Verwandten zu borgen. So flickte er von Jahr zu Jahr das wertvolle Gebäude und hielt es instand. Denen, die ihm vorhielten, daß er sich zugrunde richte, indem er etwas erhalte, was sich nicht erhalten lasse, erwiderte er, daß er sein Geld gut anlege, denn er leihe es Gott aus, und er als Mutevelia, als Verwalter, sei der letzte, der diese Stiftung aufgeben dürfe, die, wie es scheine, alle aufgegeben hätten.

Dieser weise und fromme, dickschädlige und hartnäckige Mann, dessen sich die Stadt noch lange erinnerte, ließ sich durch nichts von seinem aussichtslosen Mühen abbringen. In seiner hingebungsvollen Arbeit hatte er sich längst in die Erfahrung geschickt, daß unser Schicksal auf Erden im Kampf gegen Zerstörung, Tod und Mangel beschlossen liegt und daß der Mensch verpflichtet sei, auch dann in diesem Kampf auszuharren, wenn er völlig aussichtslos sei. Wenn er vor dem Chan saß, der unter seinen Augen verfiel, dann antwortete er jenen, die ihm abrieten oder ihn bedauerten:

»Mich braucht ihr nicht zu bedauern. Denn wir alle sterben nur einmal, die großen Männer aber zweimal; einmal, wenn sie von der Erde verschwinden, und zum zweitenmal, wenn ihre Stiftung zerfällt.«

Als er schon keine Taglöhner mehr beschäftigen konnte, jätete er, alt wie er war, mit seinen eigenen Händen das Unkraut um den Chan und machte kleinere Ausbesserungen am Gebäude. So ereilte ihn auch eines Tages der Tod, als er auf das Dach gestiegen war, um einige beschädigte Dachziegel auszubessern. Es war natürlich, daß ein Wischegrader Hodscha nicht erhalten konnte, was ein Großwesir gegründet, die historischen Ereignisse aber zum Verfall verurteilt hatten.

Nach Dauthodschas Tode begann der Chan schnell baufällig zu werden. Überall zeigten sich die ersten Zeichen des Verfalls. Die Kanäle verstopften sich und begannen zu stinken, das Dach ließ den Regen durch, Fenster und Türen den Wind, und die Ställe versanken in Schmutz und Unkraut. Aber von außen sah das herrliche steinerne Gebäude noch immer unverändert, ruhig und unvergänglich in seiner Schönheit aus. Jene großen Bogenfenster im Erdgeschoß mit den Gittern, die zart wie feinste Spitzen, aus weichem Stein in einem Stück geschnitten waren, blickten ruhig in die Welt. Aber an den oberen, einfachen Fenstern zeigten sich schon die Zeichen des Mangels und der Verwahrlosung und der inneren Unordnung. Nach und nach begannen die Leute das Nachtquartier in der Stadt zu umgehen oder in Ustamujitschs Chan in der Stadt für Bezahlung zu übernachten. Immer seltener wurden die Reisenden im Karawan-Serail, obgleich man dort statt Bezahlung nur das obligate Gebet für das Seelenheil des Wesirs auszusprechen brauchte. Als es schließlich klar wurde, daß das Geld nicht kommen und niemand die Stiftung des Wesirs übernehmen würde, gaben alle, auch der neue Mutevelia, die Sorge für das Gebäude auf, und das Karawan-Serail blieb stumm und verlassen und begann zu verfallen wie alle Gebäude, in denen niemand lebt und um die sich niemand kümmert. Rund herum wuchsen wildes Gras, Kletten und Dornen. Auf dem Dach begannen Krähen und Dohlen zu nisten und sich in schreienden, schwarzen Schwärmen niederzulassen.

So wurde der Steinerne Chan des Wesirs vorzeitig und unerwartet – alle solchen Dinge kommen scheinbar unerwartet! – verlassen und begann zu verfallen.

Aber wenn auch das Karawan-Serail durch das Eintreffen ungewöhnlicher Umstände seiner Aufgabe untreu werden und vorzeitig verfallen mußte, blieb die Brücke, die weder Aufsicht noch Unterhalt brauchte, aufrecht und unverändert, verband die getrennten Ufer und man trug, wie am ersten Tage ihres Bestehens, lebende und tote Lasten über den Fluß.

In ihren Mauern nisteten die Vögel, in den unsichtbaren Rissen, die die Zeit in den Mauern öffnete, sproßten kleine Grasbüschel. Der gelbliche, poröse Stein, aus dem die Brücke erbaut war, festigte und schloß sich unter dem wechselnden Einfluß von Feuchtigkeit und Hitze; bestürmt von Wind, der in beiden Richtungen durch das Flußtal wehte, gewaschen vom Regen und getrocknet von der Sonnenglut, nahm der Stein mit der Zeit die gedämpfte Weiße des Pergaments an und strahlte in der Dunkelheit wie von innen erleuchtet. Die großen und häufigen Überschwemmungen, die eine schwere und ständige Not für die Stadt waren, vermochten ihr nichts. Sie kamen in jedem Jahre, im Frühjahr und im Herbst, aber sie waren nicht immer gleich gefährlich und schicksalsvoll für die Stadt neben der Brücke. Mindestens einmal in jedem Jahre schwoll die Drina, trübte sich und führte unter großem Tosen abgerissene Zäune von den Äckern, losgespülte Baumstümpfe und eine dunkle Schicht von trockenen Blättern und Gestrüpp aus den Bergwäldern unter den Brückenbögen hindurch. In der Stadt litten die Höfe, Gärten und Lagerräume der nächsten Häuser. Und damit hatte es sein Bewenden. Aber in unregelmäßigen Abständen von einigen zwanzig bis dreißig Jahren kamen große Hochwasser, deren man sich später erinnerte, so wie man sich an Aufstände und Kriege erinnert und die noch lange als Datum genommen wurden, nach dem man die Zeit und das Alter von Bauwerken und die Länge des menschlichen Lebens rechnete (»etwa fünf oder sechs Jahre vor dem großen Hochwasser«, »als das große Hochwasser war«).

Nach diesen großen Überschwemmungen blieb nur wenig an beweglicher Habe in jenem größeren Teil der Stadt, der in der Ebene, auf der sandigen Landzunge zwischen Drina und Rsaw, liegt. Ein solches Hochwasser warf die ganze Stadt um einige Jahre zurück. Diese Generation verbrachte den Rest ihrer Tage mit der Ausbesserung der Schäden und des Unheils, die das »große Hochwasser« hinterlassen hatte. Bis zu ihrem Lebensende beschworen sie in ihren Gesprächen die Schrecken der Herbstnacht herauf, da sie in eisigem Regen und bei höllischem Wind im Lichte spärlicher Laternen Waren herauszogen, ein jeder aus seinem Laden, und sie auf den Mejdan in fremde Häuser und Lagerschuppen hinaufschafften. Und als sie dann am nächsten Tage, am trüben Morgen, vom Hügel auf diese Stadt hinunterblickten, die sie unbewußt und stark wie ihr eigenes Herzblut liebten, und das trübe hochgehende Wasser betrachteten, wie es reißend in Höhe der Hausdächer durch die Straßen strömte, dann errieten sie an diesen Dächern, von denen das Wasser mit Krachen Brett um Brett losriß, wessen Haus noch stand.

Bei Feierlichkeiten, zu Weihnachten oder in den Ramadan-Nächten, pflegten die ergrauten, schwerfälligen und besorgten Hausväter – die Christen wie die Mohammedaner – aufzutauen und gesprächig zu werden, sobald die Rede auf das größte und schwerste Ereignis ihres Lebens, auf »das Hochwasser«, kam. In einem Abstand von fünfzehn bis zwanzig Jahren, in denen sie von neuem Haus und Gut erworben hatten, erschien »das Hochwasser« als etwas zugleich Furchtbares und Großes, etwas Teures und Nahestehendes; es war das innigste Band zwischen den noch lebenden, aber immer seltener werdenden Menschen dieser Generation; denn nichts bindet die Menschen so aneinander wie gemeinsam und glücklich überstandenes Unglück. Auch sie fühlten sich fest verbunden durch die Erinnerung an dieses verflossene Unheil. Daher liebten sie so sehr die Erinnerungen an den schwersten Schlag, den ihnen das Leben versetzt hatte, und fanden in ihnen eine Befriedigung, die den Jüngeren unverständlich blieb. Ihre Erinnerungen waren unerschöpflich, und sie waren unermüdlich in der Wiederholung dieser Erinnerungen; im Gespräch ergänzten sie einander und erinnerten sich gegenseitig; sie brauchten nur einer dem anderen in die alten Augen mit den sklerotischen, vergilbten Augäpfeln zu sehen, um zu erblicken, was die Jüngeren nicht einmal erahnen konnten; sie berauschten sich an ihren eigenen Worten, und sie ertränkten ihre heutigen Alltagssorgen in der Erinnerung an größere, die längst und glücklich vorüber waren.

In den warmen Stuben ihrer Häuser sitzend, über die einst dieses Hochwasser hinweggegangen war, erzählten sie mit besonderem Genuß zum hundertsten Male einzelne rührende oder tragische Szenen wieder. Und je schwerer und qualvoller die Erinnerung war, desto größer war die Freude am Erzählen. Betrachtet durch den Tabaksrauch oder durch ein Gläschen milden Raki, änderten, vergrößerten und übertrieben Phantasie und Ferne oft diese Szenen, aber das bemerkte niemand von ihnen, und jeder hätte geschworen, daß sie wirklich so gewesen seien, denn unbewußt hatten sie sich alle an dieser unabsichtlichen Verschönerung beteiligt.

So lebten stets noch ein paar der Alten, die sich des letzten »großen Hochwassers« erinnerten, über das sie immer wieder miteinander sprechen konnten, wobei sie den Jüngeren gegenüber ständig wiederholten, daß es solche Heimsuchungen wie einst nicht mehr gäbe, aber auch nicht solchen Wohlstand und Segen.

Eine der größten Überschwemmungen überhaupt, die sich im letzten Jahre des achtzehnten Jahrhunderts ereignete, blieb besonders lange in der Erinnerung haften und wurde immer wieder erzählt.

In der damaligen Generation soll es, wie die Alten später erzählten, fast niemanden mehr gegeben haben, der sich der letzten Überschwemmung noch gut erinnert hätte. Trotzdem waren sie alle in jenen regnerischen Herbsttagen auf der Wacht gewesen, wußten sie doch, »daß das Wasser ein tückischer Feind ist«. Sie räumten die Lagerräume in unmittelbarer Nähe des Flusses, gingen nachts mit Laternen das Ufer ab und horchten auf das Brausen des Wassers, denn die alten Leute behaupteten, man könne an einem besonderen Rauschen der Strömung hören, ob das Hochwasser eines der üblichen sein werde, die jedes Jahr die Stadt träfen und unbedeutenden Schaden anrichteten, oder ob es eines jener, zum Glück seltenen, werde, die Brücke und Stadt überschwemmten und alles forttrügen, was nicht stark gemauert und fest gegründet sei. Am folgenden Tage sah man, daß die Drina nicht stieg, und in dieser Nacht versank die Stadt in tiefen Schlaf, denn die Menschen waren übermüdet von der Schlaflosigkeit und Aufregung der vergangenen Nacht. So geschah es, daß das Wasser sie täuschte. In dieser Nacht kam in seit Menschengedenken nicht dagewesener Stärke der Rsaw hinzu und verstopfte, von Schlamm gerötet, die Drina an der Mündung und dämmte sie ab. So schlossen sich die beiden Flüsse einfach über der Stadt zusammen.

Beim Suljaga Osmanagitsch, einem der reichsten Türken der Stadt, war damals ein reinblütiges Araberpferd, ein Fuchs von hohem Wert und großer Schönheit. Sobald die aufgestaute Drina zu steigen begann, volle zwei Stunden, ehe sie sich in die Straßen ergoß, begann dieser Fuchs zu wiehern und hörte nicht auf, ehe er nicht das Gesinde und den Hausherrn geweckt und sie ihn nicht aus dem Stall, der unmittelbar am Fluß lag, hinausgeführt hatten. So wurde der größte Teil der Stadt geweckt. Unter dem kalten Regen und wütenden Wind der düsteren Oktobernacht begann die Flucht und die Bergung dessen, was sich bergen ließ. Nur halb bekleidete Menschen wateten bis zu den Knien im Wasser und trugen auf ihrem Rücken aus dem Schlaf aufgestörte, weinende Kinder. Das Vieh brüllte ängstlich. Jeden Augenblick hörte man, wie Baumstämme und Wurzelknollen, die die Drina aus den überschwemmten Wäldern mitführte, mit dumpfem Stoß an die Pfeiler der steinernen Brücke schlugen.

Oben auf dem Mejdan, bis zu dem das Wasser niemals und in keinem Falle gelangen konnte, waren alle Fenster erleuchtet und bewegten sich und schwangen unaufhörlich schwache Laternen durch die Dunkelheit. Alle Häuser waren geöffnet und nahmen die betroffenen, verregneten und verstörten Menschen mit ihren Kindern und der notdürftigen Habe in den Armen bei sich auf. In den Schuppen brannten Feuer, an denen sich die Menschen trockneten, die nicht in den Häusern Platz finden konnten.

Die angesehensten Männer der Stadt hatten sich, nachdem sie die Ihrigen in den Häusern, die Moslems bei den Moslems und die Christen und Juden bei den Christen, untergebracht, im großen, ebenerdigen Zimmer in Hadschi Ristans Hause versammelt. Hier saßen die Bezirksältesten und Stadträte aller Stadtviertel, übermüdet und vom Regen durchnäßt, nachdem sie alle ihre Mitbürger geweckt und der Reihe nach fortgeschafft hatten. In bunter Reihe Mohammedaner, Christen und Juden. Die Kraft der Elemente und die Last des gemeinsamen Unglücks hatten diese Männer einander nähergebracht und wenigstens für diese Nacht jene Kluft überbrückt, die den einen Glauben vom anderen trennte und besonders die Rajas von den Türken. Suljaga Osmanagitsch, der Kaufmann Petar Bogdanowitsch, Mordo Papo, Pope Mihailo, ein kräftiger, schweigsamer und kluger Pfarrer, der dicke und ernste Mula Ismet, der Wischegrader Hodscha, und Ilias Levi, genannt Hadschi Liatscho, der Rabbiner, bis weit über die Stadt hinaus bekannt ob seines gesunden Urteils und offenen Wesens. Da waren noch in bunter Reihe etwa zehn angesehene Bürger aller drei Glaubensrichtungen. Alle waren sie durchnäßt, bleich, mit gespannten Kinnmuskeln, aber äußerlich ruhig. Sie saßen, rauchten und sprachen über das, was beim Bergen geleistet und was noch zu tun sei. Jeden Augenblick kamen jüngere Männer herein, von denen das Wasser in Bächen herabrann, und meldeten, daß alles Lebendige auf den Mejdan und die Festung hinaufgeschafft und dort in den türkischen und den christlichen Häusern untergebracht sei und daß das Wasser unten gleichmäßig steige und eine Gasse nach der anderen erobere.

Wie die Nacht weiterrückt – und sie rückt langsam weiter, als sei sie gewaltig und schwelle und wachse unaufhörlich wie das Wasser da unten –, da beginnen die Bürger und Ältesten sich an Kaffee und Raki zu erwärmen. Es bildet sich ein warmer und enger Kreis, wie eine neue Existenz, aus reiner Wirklichkeit und doch in sich unwirklich, die nicht ist, was gestern war, noch was morgen sein wird; etwas wie eine Insel, aus dem Strome der Zeit aufgetaucht. Das Gespräch wächst und wird stärker und ändert, wie auf eine unausgesprochene Verabredung, seine Richtung. Sie vermeiden es, sogar von früheren Hochwassern, die nur aus der Erzählung bekannt sind, zu sprechen; sie erzählen von anderen Dingen, die nichts mit dem Wasser und dem Unglück gemein haben, das in diesem Augenblick geschieht.

Verzweifelte Männer machen verzweifelte Anstrengungen, um ruhig und gleichmäßig, ja fast leichtsinnig zu erscheinen. Nach einem stillschweigenden, abergläubischen Übereinkommen und nach den ungeschriebenen, aber geheiligten Regeln bürgerlicher Würde und kaufmännischer Ordnung, die von alters her herrschen, hielt es jeder für seine Pflicht, sich anzustrengen und in diesem Augenblick wenigstens scheinbar seine Sorgen und Ängste zu verbergen und im Angesicht des Unglücks, gegen das man nichts vermag, in scherzendem Ton von fernliegenden Dingen zu sprechen.

Aber gerade als die Männer begannen, sich in diesem Gespräch zu beruhigen, den Augenblick des Vergessens und in ihm die Ruhe und Kraft zu finden, die sie am nächsten Morgen so sehr brauchen würden, da kam jemand hinzu und führte den Kosta Baranatz hinein. Dieser noch junge Kaufmann war vollkommen durchnäßt, voller Schlamm bis zu den Knien. Verwirrt vom Licht und den vielen Menschen, betrachtete er seine in Unordnung geratenen Kleider wie im Traume und wischte sich mit der flachen Hand das Wasser aus dem Gesicht. Man machte ihm Platz und bot ihm Raki an, den er nicht bis zum Munde zu bringen vermochte. Er zitterte am ganzen Leibe. Man flüsterte sich zu, er habe in den dunklen Strom springen wollen, der jetzt über dem sandigen Ufer lief, gerade über der Stelle, an der seine Scheunen und Schuppen gewesen waren.

Es war dies ein junger Mann, ein Zugewanderter, den man vor einigen zwanzig Jahren als Lehrling in die Stadt gebracht hatte. Hier hatte er später in ein gutes Haus eingeheiratet und es schnell zu etwas gebracht. Als Bauernsohn, der in den letzten paar Jahren durch kühne und rücksichtslose Geschäfte schnell reich geworden und viele Häuser überflügelt hatte, war er nicht daran gewöhnt, zu verlieren, noch verstand er, ein Unglück zu ertragen. Und in diesem Herbst hatte er große Mengen an Pflaumen und Nüssen, weit über seine wirklichen Kräfte hinaus, in der Berechnung aufgekauft, daß er in diesem Winter den Preis für Trockenpflaumen und Nüsse bestimmen, so seiner Schulden ledig werden und verdienen würde, so wie es ihm im vergangenen Jahre geglückt war. Jetzt aber war er vernichtet.

Wiederum mußte eine gewisse Zeit verstreichen, um den Eindruck zu löschen, den der Anblick dieses verlorenen Mannes auf alle gemacht hatte. Denn sie waren ja alle, der eine mehr, der andere weniger, von diesem Hochwasser betroffen, und nur aus angeborenem Anstand beherrschten sie sich besser als dieser Emporkömmling.

Die ältesten und angesehensten Männer lenkten das Gespräch wieder auf harmlose Dinge. Man begann lange Erzählungen aus alten Zeiten, die keinerlei Verbindung zu dem Unglück besaßen, das sie hier zusammengetrieben hatte und von allen Seiten umgab.

Man trank heißen Raki. In den Erzählungen tauchten sonderbare Gestalten aus alten Zeiten auf, Erinnerungen an Sonderlinge aus der Stadt und alle möglichen lächerlichen und ungewöhnlichen Begebenheiten. Pope Mihailo und Hadschi Liatscho gingen voran. Und wenn das Gespräch unabsichtlich wieder auf frühere »Hochwasser« kam, dann erwähnten sie nur, was leicht und scherzhaft war oder zumindest nach so vielen Jahren so erschien, als wollten sie durch diesen Zauber der Überschwemmung trotzen. Man sprach vom Popen Jowan, der hier einst Pfarrer gewesen und von dem seine Pfarrkinder sagten, er sei ein guter Mensch, aber er habe »keine glückliche Hand« und sein Gebet finde vor Gott wenig Gehör.

Während der sommerlichen Trockenheit, die oft die ganze Ernte vernichtet, führte Pope Jowan vergeblich Bittprozessionen durch und verlas Gebete um Regen, aber danach kam gewöhnlich nur noch größere Trockenheit und Hitze. Als aber nach einer solchen Trockenheit eines Herbstes die Drina zu steigen begann und eine allgemeine Überschwemmung drohte, da ging Pope Jowan an das Ufer, versammelte seine Gemeinde und begann ein Gebet zu verlesen, daß der Regen aufhöre und das Wasser falle. Damals rief ihm ein gewisser Jokitsch, ein Trinker und Tagedieb, der meinte, daß Gott gewöhnlich das Gegenteil von dem schickte, um das Pope Jowan betete, mit lauter Stimme zu:

»Nicht dieses, Herr Pfarrer, sondern das vom Sommer, um Regen, das hilft bestimmt, daß das Wasser verschwindet.«

Der dicke und ernsthafte Ismet Effendi erzählte wiederum von seinen Vorgängern und ihrem Kampf mit dem Hochwasser. So gingen bei einem lang zurückliegenden Hochwasser einmal zwei Wischegrader Hodschas hinaus, um ihr Gebet, die Dova, gegen diese Gefahr zu sprechen. Der eine Hodscha hatte sein Haus im unteren Teil der Stadt, dem die Überschwemmung drohte, der andere aber auf dem Berge, wohin das Hochwasser nicht kommen konnte. Zuerst sprach der Hodscha vom Berge seine Gebete, aber das Wasser wollte und wollte nicht fallen. Da rief ein einheimischer Zigeuner, dessen Haus schon im Wasser zu versinken begann:

»Aber Leute, nehmt doch den Hodscha vom Markte, dessen Haus unter Wasser steht wie auch die unsrigen. Seht ihr denn nicht, daß der vom Berge nur mit halbem Herzen betet?«

Hadschi Liatscho, rot und freundlich, mit üppigen weißen Lokken, die unter seinem ungewöhnlich flachen Fez hervorquollen, lachte über all dies und rief dem Popen und dem Hodscha zu:

»Sprecht mir nicht soviel von Gebeten gegen das Hochwasser, sonst könnte es unseren Leuten einfallen, uns alle drei hinauszujagen, damit wir bei diesem Sturzregen Gebete lesen und das Wasser beschwören.«

Und so reihten sich die Gespräche aneinander, die, an sich bedeutungslos und anderen unverständlich, nur für sie und ihre Generation eine Bedeutung haben konnten; alles irgendwelche harmlose, aber ihnen bekannte und nahestehende Erinnerungen eines gleichen, schönen und schweren Lebens in der Stadt, ihres Lebens; aber all dieses weit Zurückliegende und längst Veränderte stand in engster Verbindung zu ihnen und war dennoch fern jenem nächtlichen Drama, das sie zu diesem phantastischen Kreis zusammenfügte.

So überwanden die angesehenen Männer, gefestigt und seit ihrer Kindheit an Unglücksfälle aller Art gewöhnt, die Nacht des »großen Hochwassers«, fanden in sich selbst die Kraft zu äußerlichen Scherzen angesichts des Unheils, das hereingebrochen war, und setzten sich so über die Not hinweg, der sie nicht entrinnen konnten.

Aber in ihrem Inneren waren sie stark besorgt, und hinter diesem Scherz und Lachen über das Unglück wälzte ein jeder, wie hinter einer Maske, im Geiste besorgte Gedanken und horchte unaufhörlich auf das Rauschen des Wassers und des Windes unten in der Stadt, in der ihm alles geblieben war, was er besaß. Und am nächsten Morgen, nach so verbrachter Nacht, konnten sie vom Mejdan aus in der Ebene ihre Häuser sehen, von denen einige zur Hälfte und andere bis zum Dach unter Wasser standen. Damals sahen sie auch zum ersten und letzten Male im Leben ihre Stadt ohne Brücke. Die Wasserfläche war um volle zehn Meter gestiegen, so daß sich die weiten und hohen Bögen verstopft hatten und sich das Wasser über die Brücke ergoß, die unter ihm verschwand. Nur die erhöhte Stelle, an der die Kapija stand, erhob sich aus der ebenen Fläche trüben Wassers und ragte, vom Wasser überflossen, wie ein kleiner Wasserfall heraus.

Zwei Tage später aber fiel das Wasser schnell, der Himmel heiterte sich auf, und die Sonne strahlte warm und reich, wie sie es nur an einigen Oktobertagen in jener sonnigen Gegend kann. Die Stadt sah an jenem schönen Tage furchtbar und bedauernswert aus. Die Hütten der Zigeuner und der armen Leute am Ufer waren in der Richtung der Strömung geneigt, viele ohne Dach, Kalk und Lehm waren von ihnen abgefallen, und schwarz zeigte sich das Flechtwerk aus Haselruten, so daß sie aussahen wie Gerippe.

In den ummauerten Höfen starrten die Bürgerhäuser aus zerbrochenen Fenstern; an jedem zeigte eine rote Schlammspur, wie weit es unter Wasser gestanden hatte. Viele Ställe waren fortgeschwemmt und Scheuern umgestürzt. In den niedrigen Läden stand knietiefer Schlamm und in diesem Schlamm alle Ware, die nicht rechtzeitig fortgeschafft werden konnte. In den Gassen lagen ganze Bäume, die das Wasser von irgendwo herangeschwemmt hatte, und die aufgetriebenen Leichen von ertrunkenem Vieh.

Das war ihre Stadt, in die sie nun hinuntergehen sollten, um in ihr weiterzuleben. Aber zwischen den noch überschwemmten Ufern, über dem Wasser, das sich, noch immer trübe und reißend, brausend dahinwälzte, stand die Brücke, weiß und unverändert, in der Sonne. Das Wasser reichte noch immer bis zur Mitte der Pfeiler, und die Brücke sah aus, als sei sie in einen anderen und tieferen Fluß getreten als den, der gewöhnlich unter ihr dahinfließt. Oben, an der Brüstung, hatten sich Schlammschichten abgesetzt, die jetzt trockneten und in der Sonne aufrissen, und an der Kapija hatte sich ein ganzer Haufen Zweige und Treibgut verfangen, aber alles das änderte nicht im geringsten das Aussehen der Brücke, die als einzige das Hochwasser ohne Schaden überstanden hatte und aus ihm unverändert auftauchte.

Alles in der Stadt stürzte sich sofort auf Arbeit und Verdienst und die Ausbesserung des Schadens, und niemand hatte Zeit, über Sinn und Bedeutung der siegreichen Brücke nachzudenken. Aber ein jeder, der seiner Arbeit nachging in dieser heimgesuchten Stadt, in der das Wasser alles ohne Ausnahme beschädigt oder zumindest verändert hatte, wußte, daß es in seinem Leben etwas gab, das jedem Element widersteht und das wegen der unfaßlichen Harmonie seiner Formen und der unsichtbaren, weisen Kraft seiner Fundamente aus jeder Prüfung unzerstörbar und unverändert hervorgeht.

Der nachfolgende Winter war schwer. Alles, was schon auf Höfen und in Scheuern geordnet war, Holz, Getreide, Hafer, hatte das Hochwasser davongetragen; es hieß, die Häuser, Ställe und Zäune auszubessern und auf Borg neue Ware an Stelle der alten zu suchen, die in den Lagern verdorben war. Kosta Baranatz, der wegen seiner zu verwegenen Spekulationen mit Pflaumen am meisten gelitten hatte, überlebte diesen Winter nicht; er grämte sich vor Kummer und Scham zu Tode. Es blieben seine kleinen Kinder, fast in Armut, und eine nicht große, auf alle Dörfer verstreute Schuld zurück. Es blieb auch die Erinnerung an ihn als einen Menschen, der über seine Kräfte hinauswollte.

Aber schon im nächsten Sommer begann das Gedenken an das große Hochwasser in die Erinnerung der älteren Leute überzugehen, in der es noch lange leben würde, die Jugend aber saß in Gesang und Unterhaltung auf der weißen, glatten, steinernen Kapija über dem Wasser, das tief unter ihnen dahinfloß und mit seinem Rauschen ihr Lied ergänzte. Das Vergessen heilt alles, und das Lied ist die schönste Form des Vergessens, denn im Liede erinnert sich der Mensch nur dessen, was er liebt.

So lernte auf der Kapija, zwischen Himmel, Fluß und Erde, Generation auf Generation, nicht im Übermaß zu beklagen, was das trübe Wasser fortträgt. Dort nahm sie die unbewußte Philosophie der Stadt auf: daß das Leben ein unfaßbares Wunder ist, denn unaufhörlich verbraucht und verströmt es, und dennoch dauert es an und steht fest »wie die Brücke über die Drina«.

6 Außer den Hochwassern gab es auch noch andere Angriffe auf die Brücke und ihre Kapija; die Entwicklung der Ereignisse und der Verlauf der menschlichen Konflikte brachten sie mit sich; aber weniger noch als das feuchte Element konnten sie der Brücke schaden oder dauernd etwas an ihr verändern.

Zu Anfang des vorigen Jahrhunderts brach in Serbien der Aufstand aus. Diese Stadt, dicht an der Grenze zwischen Bosnien und Serbien, war schon seit jeher in unmittelbarer Verbindung und ständiger Berührung mit allem, was in Serbien vorging, sie war mit ihm wie der »Nagel mit dem Finger« verwachsen. Nichts, was sich im Wischegrader Gebiet ereignete – Mißernte, Krankheit, Gewalttaten oder Aufstand –, konnte denen aus dem Uschitzer Kreis gleichgültig bleiben, und umgekehrt. Nur anfangs erschienen die Dinge fern und bedeutungslos; fern, denn sie spielten sich da hinten am anderen Ende des Belgrader Paschaluks[1] ab, bedeutungslos, denn Gerüchte über Aufstände waren keinerlei Neuigkeit. Seit ein Türkisches Reich besteht, gab es auch sie, denn es gibt keine Macht ohne Aufstand und Verschwörung, so, wie es keinen Besitz ohne Sorge und Verlust gibt. Aber mit der Zeit griff der Aufstand in Serbien immer mehr in das Leben des ganzen bosnischen Paschaluks und besonders in das Leben dieser Stadt ein, die eine Wegstunde von der Grenze liegt.

Je mehr sich der Aufstand in Serbien ausbreitete, desto mehr forderte man von den bosnischen Türken, Männer für das Heer zu stellen und zu seiner Ausrüstung und Versorgung beizusteuern. Soldaten und Trosse, die man nach Serbien schickte, gingen zu einem guten Teil über die Stadt. Das brachte Unkosten, Unbequemlichkeiten und Gefahren für die Türken, besonders aber für die Serben, die in diesen Jahren mehr denn je zuvor verdächtigt, verfolgt und ausgepreßt wurden. Eines Sommers drang der Aufstand schließlich auch bis in diese Gegenden vor. Die Aufständischen hatten Uschitze umgangen und waren bis auf zwei Stunden Weges an die Stadt herangekommen. Dort zerschossen sie mit einer Kanone Lutwibegs festes Haus in Weletowo, und in der Umgegend brannten sie Türkenhäuser nieder.

Es gab in der Stadt Türken und Serben, die behaupteten, sie hätten »Karageorges Geschütz« mit eigenen Ohren gehört. (Natürlich mit völlig entgegengesetzten Gefühlen.) Aber wenn es auch strittig sein konnte, ob der Donner des Aufständischen-Geschützes bis zur Stadt zu hören war – denn der Mensch glaubt oft das zu hören, wovor er sich fürchtet oder worauf er hofft –, so konnte doch kein Zweifel über die Feuer bestehen, die die Aufständischen des Nachts auf dem Panos, einer steilen und kahlen Anhöhe zwischen Weletowo und Gostilje, entzündeten, auf der man die vereinzelten hohen Kiefern von der Stadt aus mit bloßem Auge zählen

1 Provinz

konnte. Türken wie Serben sahen die Feuer gut und beobachteten sie genau, obgleich sich die einen wie die anderen so stellten, als sähen sie sie nicht. Aus verdunkelten Fenstern oder aus der Finsternis dichter Gärten verfolgten die einen wie die anderen ihr Aufflammen, ihre Bewegungen und ihr Erlöschen. (Unsere Frauen bekreuzigten sich im Dunkeln und weinten aus unverständlicher Rührung, und in ihren Tränen brachen sich diese Feuer des Aufstandes wie jene verzauberten Flammen, die einst auf Radisaws Grab fielen und die ihre Ururgroßmütter vor fast drei Jahrhunderten ebenso durch ihre Tränen vom gleichen Mejdan beobachtet hatten.)

Diese flackernden, ungleichmäßigen Feuer auf dem dunklen Hintergrund der Sommernächte, in denen Himmel und Berge miteinander verschmolzen, erschienen den Serben wie ein neues Sternbild, aus dem sie begehrlich kühne Botschaften lasen und bangend ihr Geschick und die kommenden Ereignisse voraussagten. Für die Türken waren dies die ersten Wellen eines feurigen Meeres, das sich dort in Serbien ausbreitete und hier bis an die Berghänge über der Stadt brandete. In diesen Sommernächten bewegten sich die Wünsche und Gebete der einen wie der anderen um diese Feuer, nur in entgegengesetzter Richtung. Die Serben beteten zu Gott, er möge diese rettungbringende Flamme, die eins war mit jener, die sie von jeher in sich trugen und sorgfältig in ihrer Seele verbargen, auch nach hier, auf unsere Berge, tragen, und die Türken beteten zu Gott, er möge sie aufhalten, erdrücken und auslöschen, auf daß die umstürzlerischen Absichten der Ungläubigen vereitelt würden und wieder die alte Ordnung und der gute Friede des wahren Glaubens herrschten. Die Nächte waren damals erfüllt von vorsichtigem und leidenschaftlichem Geflüster, die unsichtbaren Wellen der kühnsten Wünsche und Träume, der unwahrscheinlichsten Gedanken und Pläne durchzogen sie und kreuzten, überschlugen und brachen sich in der blauen Dunkelheit über der Stadt. Am nächsten Morgen aber, wenn der Tag graute, gingen Türken und Serben ihrer Arbeit und ihren Geschäften nach, trafen sich und gingen aneinander mit erloschenen und ausdruckslosen

Gesichtern vorüber, grüßten einander und sprachen jene hundert üblichen Worte städtischer Höflichkeit, die seit je in der Stadt umliefen und vom einen zum anderen gingen wie falsches Geld, das dennoch den Verkehr ermöglicht und erleichtert.

Als aber nach Sankt Eliä die Feuer auf dem Panos erloschen und sich der Aufstand aus dem Uschitzer Gebiet verzog, da zeigte wiederum weder die eine noch die andere Seite ihre Gefühle. Es wäre auch schwer gewesen zu sagen, welches die wahren Gefühle der einen wie der anderen waren. Die Türken waren zufrieden, daß sich der Aufstand entfernte, und hofften, er werde völlig erlöschen und sich dort verlieren, wo alle gottlosen und bösen Unterfangen enden. Dennoch war diese Befriedigung unvollständig und verfinstert, denn es war schwer, eine so nahe Gefahr zu vergessen. Viele von ihnen sahen noch lange in ihren Träumen phantastische Aufstandsfeuer wie einen Funkenschwarm auf allen Gipfeln um die Stadt oder hörten Karageorges Geschütz, aber nicht als ein gedämpftes, fernes Grollen, sondern als brüllende, alles erschütternde Kanonade. Die Serben dagegen waren, was verständlich ist, nach dem Verschwinden der Feuer auf dem Panos betrübt und enttäuscht, aber auf dem Grunde ihrer Seele, jenem wahren und letzten Grunde, der sich niemandem enthüllt, blieb die Erinnerung an das Vergangene und das Bewußtsein, daß immer wiederkommen könne, was einmal gewesen sei; es blieb ihnen auch die Hoffnung, die wahnsinnige Hoffnung, jenes große Vorrecht der Unterdrückten. Denn diejenigen, die da herrschen und unterdrükken müssen, um zu herrschen, sind gezwungen, mit Vernunft zu herrschen; überschreiten sie aber, fortgetragen von ihrer Leidenschaft oder getrieben vom Gegner, die Grenzen des vernünftigen Verhaltens, so geraten sie auf den abschüssigen Pfad und kennzeichnen damit selbst den Weg ihres Unterganges. Dagegen bedienen sich die Unterdrückten und Ausgebeuteten leicht des Vernünftigen wie des Unvernünftigen, denn dies sind nur zwei verschiedene Waffen im ständigen, bald heimlichen, bald offenen Kampf gegen den Unterdrücker.

Zu diesen Zeiten war die Bedeutung der Brücke als einzige sichere Verbindung zwischen dem bosnischen Paschaluk und Serbien ungewöhnlich gestiegen. In der Stadt lag jetzt eine ständige Abteilung Soldaten, die auch zu Zeiten der Ruhe nicht aufgelöst wurde und die Brücke über die Drina schützte. Damit sie diese Aufgabe möglichst gut und mit möglichst wenig Mühe erfüllen könnten, gingen die Soldaten daran, mitten auf der Brücke ein hölzernes Blockhaus zu errichten, ein wahres Ungetüm und eine Scheußlichkeit nach Form, Lage und Material, aus dem es gebaut. (Aber überall auf der Welt errichtet das Militär für seine eigenen Zwecke und vorübergehende Bedürfnisse solche Bauwerke, die später, mit den Augen des bürgerlichen Lebens und friedlicher Bedürfnisse betrachtet, absurd und unverständlich erscheinen.) Es war dies ein ganzes Haus mit einem Stockwerk, plump und aus Balken und groben Brettern zusammengeschlagen, mit einem freien Durchlaß, wie einem Tunnel, darunter. Das Blockhaus ruhte auf starken Balken, so daß es auf der Brücke ritt und sich nur an seinen beiden Enden auf die Kapija, mit dem einen auf ihre linke und mit dem anderen auf die rechte Terrasse, stützte. Unter ihm war ein freier Durchlaß für Wagen, Pferde und Fußgänger, aber vom Oberstock, in dem die Posten schlafen sollten und zu dem offene, fichtene Treppen hinaufführten, konnte man jeden, der hindurchkam, beobachten, seine Papiere und sein Gepäck nachsehen und in jedem Augenblick, wenn es notwendig werden sollte, den Durchlaß sperren.

Dies veränderte in der Tat das Aussehen der Brücke. Die liebliche Kapija verschwand unter dem hölzernen Bau, der mit seinen Balken auf ihr wie ein mißgestalteter Riesenvogel hockte.

Am gleichen Tage aber, da das Blockhaus fertig war, noch stark nach Fichtenholz roch und leer von jedem Schritt widerhallte, wurde es sofort von der Wache bezogen. Sobald der erste Morgen dämmerte, hatte das Blockhaus, wie eine Falle, schon die ersten Opfer erfaßt.

In der niedrigen und roten Sonne des frühen Morgens versammelten sich unter ihm Soldaten und einige bewaffnete Bürger, Türken, die des Nachts Wache hielten und so die Soldaten unterstützten. In der Mitte dieses Haufens saß auf einem Balken der Wachhabende, und vor ihm stand ein alter Landstreicher und Betbruder, ähnlich einem Bettelmönch, aber sanftmütig und getrost, irgendwie sauber in seiner Armut, leicht und lächelnd, trotz seinem grauen Haar und runzligen Gesicht. Dieses Hutzelmännchen, Jelisije aus Tschajnitze, war ein Sonderling. Schon seit Jahren besuchte er, leichtmütig, feierlich und lächelnd, Kirchen und Klöster, Kirmessen und Feiern und betete zu Gott, kasteite sich und fastete. Nur hatten ihn früher die türkischen Behörden nicht weiter beachtet und ihn als Geistesschwachen und Gottesmann ziehen lassen, wohin er wollte, und sprechen lassen, was er wollte. Aber mit dem Aufstand in Serbien waren andere Zeiten und schärfere Maßnahmen gekommen. Aus Serbien waren einige türkische Familien in der Stadt eingetroffen, denen die Aufständischen alles niedergebrannt hatten; sie verbreiteten jetzt Haß und suchten Rache. Überall wurden Wachen ausgestellt und die Aufsicht verschärft, die einheimischen Türken aber waren besorgt, erbittert und mißgestimmt, und so wurde alles argwöhnisch und spinnefeindlich angesehen.

Der Greis war auf dem Wege von Rogatitza, zu seinem Unglück als erster Reisender, gerade an dem Tage herangekommen, da das Blockhaus fertiggestellt und die erste Wache dort eingezogen war. Er war in der Tat zur Unzeit herangekommen, der Tag graute erst, und der Alte trug vor sich, wie man eine brennende Kerze trägt, einen dicken Stab, der mit sonderbaren Zeichen und Lettern geschmückt war. Wie die Fliege von der Spinne, wurde er vom Blockhaus verschlungen. Sie befragten ihn kurz. Er solle sagen, wer er sei, was er sei und woher, und er solle die Muster und die Schrift auf dem Stab erklären; er aber antwortete auch, was sie ihn nicht fragten, frei und offen, als spräche er vor einem gerechten Gottesgericht und nicht vor den bösen Türken. Er sagte, er sei niemand und nichts; ein Reisender auf Erden, ein vergänglicher Reisender in diesen vergänglichen Zeiten, ein Schatten auf der Sonne, aber er verbringe seine kurzen und gezählten Tage im Gebet und ziehe von Kloster zu Kloster, bis er alle heiligen Stätten,

Stiftungen und Gräber der serbischen Könige und Großen besucht habe. Und die Figuren und Buchstaben auf dem Stabe bezeichneten die Zeiten serbischer Freiheit und Größe, die vergangenen und die künftigen. Denn, so sagte der Greis mit sanftem Lächeln voll frommen Staunens, die Zeit der Auferstehung sei nahegekommen, und, nach dem zu urteilen, was man in den Büchern lese und auf Erden und am Himmel sehen könne, sei sie ganz nahe. Das Reich der Auferstehung, erkauft in Versuchungen, und auf Gerechtigkeit gegründet.

»Ich weiß, ihr Herren, daß es euch nicht lieb ist, solches zu hören, und daß ich vor euch nicht solche Dinge sagen sollte, aber ihr habt mich aufgehalten und fordert, daß ich euch in allem die reine Wahrheit sage, also kann ich nicht anders. Gott ist die Wahrheit, und es gibt nur einen Gott! Und nun erbitte ich von euch, laßt mich ziehen, denn es verlangt mich, noch heute nach Banja in das Kloster der Heiligen Dreieinigkeit zu kommen.«

Dolmetsch Schefko übersetzte und bemühte sich vergeblich, bei seinen mangelhaften Kenntnissen der türkischen Sprache Ausdrücke für abstrakte Begriffe zu finden. Der Wachhabende, ein kränklicher Anatolier, hörte, noch schlaftrunken, auf die unklaren, kaum zusammenhängenden Worte des Übersetzers und warf von Zeit zu Zeit einen Blick auf den Greis, der ihn ohne Furcht und böse Gedanken ansah und mit den Augen bestätigte, daß alles so sei, wie es der Dolmetsch sagte, obgleich er die türkischen Worte nicht verstand. Dem Wachhabenden dämmerte es irgendwo in seinem Bewußtsein, daß dies so ein verrückter Giauren-Derwisch sei, ein gutmütiger und harmloser Narr. Und im Stab des Alten, den sie sofort an mehreren Stellen durchsägt hatten, im Glauben, er sei hohl und in ihm seien Briefe versteckt, wurde nichts gefunden. Aber in Schefkos Übersetzung klangen die Worte des Alten verdächtig, sie rochen nach Politik und gefährlichen Absichten. Der Wachhabende hätte, wenn es nach ihm gegangen wäre, diesen Armen und Geistesschwachen seines Weges weiter ziehen lassen; aber da hatten sich auch die übrigen Soldaten und die Bürgerwachen angesammelt und hörten der Vernehmung zu. Da war auch sein Wachtmeister Tahir, ein triefäugiger und heimtückischer Bösewicht, der ihn schon mehrfach bei den Vorgesetzten angeschwärzt und des Mangels an Vorsicht und Strenge beschuldigt hatte. Und dann dieser Schefko, der beim Übersetzen augenscheinlich die Worte so verdrehte, wie es für den Kopf des alten Schwärmers am ungünstigsten war, dieser Schefko, der gerne schnüffelte und weitermeldete und der auch ohne Grund imstande war, ein böses Wort auszusagen oder zu beschwören. Da waren auch diese Stadttürken, Freiwillige, die, finster und gewichtig, die Stadt abgingen, verdächtige Reisende festnahmen und sich ohne Grund in seine dienstlichen Angelegenheiten einmischten. Alles dies traf zusammen. Und alle waren sie in diesen Tagen wie trunken vor Erbitterung, vor dem Wunsch, sich zu rächen und den zu bestrafen und zu erschlagen, den sie erreichen konnten, wenn sie schon nicht den erreichen konnten, den sie möchten. Er verstand sie nicht und gab ihnen auch nicht recht, aber er sah, daß sie alle darauf brannten, das Blockhaus müsse schon am ersten Morgen sein Opfer erhalten, und er befürchtete, daß auch er wegen ihrer trunkenen Erbitterung dafür büßen müßte, wenn er sich ihnen widersetzte. Der Gedanke aber, daß er wegen dieses verrückten Alten Verdruß haben könnte, schien ihm unerträglich. Und der Alte mit seinen Reden vom Serbischen Reich wäre auch nicht weit gekommen zwischen den Türken dieser Gegend, unter denen es in diesen Tagen wie im Bienenstock summte. Mochte ihn also das trübe Wasser forttragen, wie es ihn herangetragen.

Kaum war der Alte gefesselt und der Wachhabende bereit, in die Stadt zu gehen, um nicht der Hinrichtung zuzusehen, da erschienen die Posten und ein paar Türken, die einen ärmlich gekleideten jungen Serben heranführten. Seine Kleidung war zerfetzt und Gesicht und Hände zerkratzt. Es war ein gewisser Mile, ein armer Waisenjunge aus Lijeska, der in einer Wassermühle in Osojnitza in Diensten stand. Er war höchstens seine neunzehn Jahre alt, gesund, stark und vollblütig.

Mile hatte vor Sonnenaufgang Gerste in den Mühlentrichter geschüttet und das Wasser in den großen Mühlengraben hineingelassen und war dann in ein Gehölz oberhalb der Mühle gegangen, um Holz zu schneiden. Tüchtig ausholend, hackte er die weichen Erlenzweige wie Stroh. Er fand Vergnügen an der Frische und Leichtigkeit, mit der das Holz unter seiner Axt fiel. Seine eigenen Bewegungen beglückten ihn. Und die Axt war scharf, und das schlanke Holz war zu dünn für die Kraft, die er in sich fühlte. Irgend etwas in ihm blähte sich auf und trieb ihn, bei jeder Bewegung zu jauchzen. Diese Jauchzer folgten einander immer schneller und verknüpften sich miteinander. Und Mile, der, wie alle Lijeskaer, weder Gehör hatte noch singen konnte, grölte aus vollem Halse in diesem dichten schattigen Gehölz. Ohne sich etwas zu denken und im völligen Vergessen, wo er sich eigentlich befand, sang er, was er von anderen hatte singen hören.

Zur Zeit da sich Serbien »erhob«, hatte das Volk aus dem alten Lied:

Als Alibeg, ein junger Held, im Felde war,
Ein Mädchen war sein Fahnenträger,

ein neues gemacht:

Als Georg, noch ein junger Held, im Felde war,
Ein Mädchen war sein Fahnenträger.

In diesem großen und seltsamen Kampfe, der in Bosnien jahrhundertelang zwischen den beiden Religionen und, unter dem Deckmantel der Religion, um das Land, die Macht und die eigene Lebensauffassung und Weltordnung geführt wurde, hatten die Gegner einander nicht nur die Frauen, Pferde und Waffen, sondern auch die Lieder abgenommen. Und mancher Vers ging auf diese Art wie eine wertvolle Beute vom einen zum anderen über.

Gerade dieses Lied wurde in der letzten Zeit unter den Serben gesungen, aber vorsichtig und versteckt, fern jedem türkischen Ohr, hinter verschlossenen Türen, auf Familienfesten oder entfernten Weideplätzen, die ein türkischer Fuß kaum einmal im Jahre betrat und auf denen der Mensch um den Preis der Einsamkeit und Armut in der Wildnis lebte, wie er wollte, und sang, was er wollte. Und gerade dieses Lied war Mile, dem Müllerburschen, eingefallen, um es im Wäldchen, unmittelbar unterhalb des Weges, zu singen, auf dem die Türken aus Olujak und Orachowatz in die Stadt zum Markt zogen.

Der Morgen graute erst auf den Bergspitzen, und hier in seiner Umgebung, im Schatten, herrschte noch völlige Dämmerung. Ganz taufrisch war er, warm von gutem Nachtschlaf, heißem Brot und lebhafter Arbeit. Er holte aus und schlug die schlanke Erle nahe an der Wurzel, und sie beugte sich wie die junge Braut über die Hand des Gevatters; sie überschüttete ihn mit kaltem Tau wie mit feinem Regen und blieb gebeugt stehen, denn das Wäldchen war so dicht, daß sie nicht zu Boden fallen konnte. Mit einer Hand, wie im Spiel, schnitt er dann die grünen Zweige ab. Dabei sang er aus vollem Halse, einzelne Worte mit besonderem Genuß betonend. »Georg«, das ist für ihn etwas Unklares, aber Großes und Kühnes. »Mädchen und Fahne« sind ebenfalls ihm unbekannte Dinge, die aber irgendwie den höchsten Wünschen seiner Träume entsprechen: ein Mädchen zu haben und die Fahne zu tragen. Auf jeden Fall war es schön, diese Worte auszusprechen. Und alle Kraft, die er in sich fühlte, trieb ihn, sie zahllose Male laut auszusprechen, und vom Aussprechen dieser Worte wuchs wiederum die Kraft in ihm und zwang ihn, sie noch lauter zu wiederholen.

So sang Mile bei Tagesanbruch, bis er die Bäumchen abgeschlagen und abgeästet, um die er in das Wäldchen hinaufgegangen. Dann ging er den feuchten Hang hinunter, die grüne Last hinter sich herziehend. Vor der Wassermühle waren ein paar Türken. Ihre Pferde hatten sie angebunden und warteten auf etwas. Es waren ihrer etwa zehn. Er stand wieder so da, wie er ins Holz gegangen war, ungeschickt, zerlumpt und verwirrt, ohne »Georg« vor den Augen, ohne das Mädchen und die Fahne neben sich. Die Türken warteten, bis er die Axt abgelegt, dann fielen sie von allen Seiten über ihn her, fesselten ihn nach kurzem Kampf mit einem langen Halfterstrick und führten ihn in die Stadt. Unterwegs schlugen sie ihn mit Knütteln auf den Rücken oder traten ihn mit den Füßen in den Hintern und fragten ihn dabei, wo denn jetzt sein Georg sei. Dazu fluchten sie auf seine Fahne und das Mädchen.

Unter dem Blockhaus auf der Kapija, wo sie gerade jenen verrückten Alten gefesselt hatten, sammelten sich, obgleich der Morgen erst dämmerte, schon neben den Soldaten auch einige Müßiggänger aus der Stadt. Unter ihnen waren geflüchtete Türken, Abgebrannte aus Serbien. Alle waren bewaffnet und feierlich, als handle es sich um ein großes Ereignis und um einen Entscheidungskampf. Ihre Aufregung stieg noch mit der aufgehenden Sonne. Und die Sonne stieg schnell, begleitet von leuchtenden, roten Nebeln, unten am Horizont, oberhalb von Golesch. Den verstörten jungen Menschen empfingen sie, als sei er der Führer des Aufstandes, obgleich er zerlumpt und arm war und vom linken Drinaufer herbeigeführt wurde, auf dem es keinen Aufstand gab.

Die Türken aus Orachowatz und Olujak, aufgebracht über die Frechheit, von der sie einfach nicht glauben konnten, daß sie nicht beabsichtigt sei, bezeugten, daß der Bursche unmittelbar am Wege herausfordernde Lieder von Karageorge und ungläubigen Kämpfern gesungen habe. Der Bursche sah wirklich nicht nach irgendeinem Helden oder gefährlichen Anführer eines Kampfes aus. Verängstigt, in feuchten Lumpen, zerkratzt und verprügelt, bleich blickte er mit vor Aufregung schielenden Augen den Wachhabenden an, als erwarte er von ihm die Rettung. Da er selten in die Stadt kam, wußte er nicht einmal, daß man auf der Brücke ein Blockhaus gebaut hatte; daher erschien ihm alles noch sonderbarer und unwirklicher, als habe er sich im Traum in eine fremde Stadt unter böse und gefährliche Menschen verirrt. Stotternd versicherte er mit gesenktem Blick, er sei ein armer Müllerbursche, er habe Holz geschnitten und wisse selbst nicht warum man ihn hergeführt. Er zitterte vor Furcht und konnte in der Tat nicht begreifen, was eigentlich geschehen und wie er aus jener festlichen Stimmung im frischen Wald plötzlich gefesselt und verprügelt auf die Kapija in den Mittelpunkt der Aufmerksamkeit so vieler Menschen gekommen war, denen er jetzt Rede und Antwort stehen sollte. Daß er jemals auch nur das unschuldigste Lied gesungen, das hatte er längst selbst vergessen.

Aber die Türken blieben beim Ihrigen: er habe aufrührerische Lieder gesungen, und das in dem Augenblick, als sie vorübergekommen seien, und er habe sich widersetzt, als sie ihn hätten fesseln wollen. Und dies bestätigte ein jeder von ihnen unter Eid dem Wachhabenden, der sie verhörte.

»Valachi? – Bei Gott?«

»Valachi! – Bei Gott!«

»Bilachi? – Auf Eid?«

»Bilachi! – Auf Eid!«

Und so dreimal. Dann stellten sie den Burschen neben Jelisije und gingen, den Henker zu wecken, der, wie es schien, einen besonders festen Schlaf hatte. Der Alte blickte den Jungen an, der verwirrt mit den Augen blinzelte, fassungslos und beschämt, ungewohnt, so abgesondert am hellichten Tage mitten auf der Brücke unter so vielen Menschen zu stehen.

»Wie heißt du?« fragte der Alte.

»Mile«, erwiderte der Junge unterwürfig, als antworte er noch den Türken auf ihre Fragen.

»Mile, mein Sohn, wir wollen uns küssen.« Der Greis beugte sein graues Haupt auf Miles Schulter. »Wir wollen uns küssen und bekreuzigen: Im Namen des Vaters, des Sohnes und des Heiligen Geistes. Im Namen des Vaters, des Sohnes und des Heiligen Geistes. Amen.«

So bekreuzigte er sich und den Jungen nur mit Worten, denn ihnen waren die Hände gefesselt, und schnell, denn der Henker näherte sich ihnen bereits.

Der Henker, einer der Soldaten, beendete schnell seine Arbeit, und die ersten Vorübergehenden, die von oben zum Markttag herabkamen und die Brücke überschritten, sahen bereits die beiden Köpfe auf den neuen, knotigen Pfählen neben dem Blockhaus und, bestreut mit Kies und festgetreten, den blutigen Fleck, auf dem sie auf der Brücke abgeschlagen worden waren.

So begann das Blockhaus zu »arbeiten«.

Von dem Tage an wurden alle, die man als Verdächtige oder als Schuldige im Zusammenhang mit dem Aufstand, sei es auf der

Brücke selbst, sei es irgendwo an der Grenze, ergriffen hatte, auf die Kapija geschafft. Und wer einmal gefesselt zum Verhör unter das Blockhaus gebracht war, kam selten wieder lebend heraus. Dort wurden ihnen die heißen oder auch einfach unglücklichen Köpfe abgeschlagen und auf Pfähle gesteckt, die man um das Blockhaus aufgestellt hatte. Ihre Leichen aber warf man von der Brücke in die Drina, wenn sich niemand einfand, die enthauptete Leiche abzukaufen und zu bestatten.

Der Aufstand dauerte mit kürzeren oder längeren Pausen Jahre an, und die Zahl derer, die man flußabwärts schickte, »einen anderen, besseren und vernünftigeren Kopf zu suchen«, ward im Laufe der Jahre immer größer. Der Zufall wollte es, jener Zufall, der die Schwachen und Unvorsichtigen vernichtet, daß diesen Reigen zwei einfache Menschen eröffneten, zwei aus der Schar der Unerfahrenen, Armen und Unschuldigen, denn diese sind häufig die ersten, die der Schwindel vor dem Wirbel unwiderstehlich anzieht und verschlingt. So schmückten der junge Mile und der alte Jelisije, im gleichen Augenblick und an der gleichen Stelle enthauptet, vereinigt wie Brüder, als erste mit ihren Köpfen das Soldatenblockhaus auf der Kapija, das von nun an, solange die Aufstände andauerten, solchen Schmuck nicht wieder ablegte. So gingen diese beiden, die vorher nichts voneinander gehört oder gesehen hatten, gemeinsam in die Erinnerung ein und blieben in ihr fester und länger als so viele andere, bedeutsamere Opfer.

Damit verschwand die Kapija unter dem blutigen und übelberüchtigten Blockhaus und mit ihr die Zusammenkünfte, Unterhaltungen, die Lieder und die Mußestunden. Auch die Türken gingen nur ungern dort vorüber, von den Serben aber überschritt die Brücke nur, wer unbedingt mußte, dann aber gesenkten Hauptes und eilend.

Um das hölzerne Blockhaus, dessen Bretter mit der Zeit grau und dann schwarz wurden, bildete sich schnell jene Atmosphäre, die in der Regel Gebäude umgibt, in denen ständig Soldaten wohnen. An den Balken trocknete Soldatenwäsche, aus den Fenstern schütteten sie in die Drina Schmutz, Spülicht und alle Abfälle, die ganze Unsauberkeit des Kasernenlebens. Davon blieben am weißen Mittelpfeiler lange, schmutzige Rinnsale, die man schon von weitem sah.

Das Amt des Henkers übte für lange Zeit stets der gleiche Soldat aus. Das war ein dicker, schwarzer Anatolier mit trüben Augen, Negerlippen und einem fetten, aufgedunsenen, erdfarbenen Gesicht, das immer so aussah, als lächle es das Lächeln feister, gutmütiger Menschen. Er nannte sich Heiruddin und wurde schnell in der ganzen Stadt und weit längs der Grenze bekannt. Seine Arbeit führte er mit Freude und Ehrgeiz aus, jedenfalls war er darin ungewöhnlich geschickt und schnell. Die Städter sagten damals von ihm, er habe eine leichtere Hand als Muschan, der Barbier. Alt wie jung kannte ihn, wenigstens dem Namen nach, sein Name aber rief bei den Leuten zugleich Frösteln und Neugierde hervor. Bei sonnigem Wetter saß oder lag er den ganzen Tag auf der Brücke im Kühlen unter dem hölzernen Blockhaus. Von Zeit zu Zeit pflegte er die auf den Pfählen ausgestellten Köpfe abzugehen, wie ein Melonengärtner seine Melonen, um sich dann wieder auf seine Bank zu legen, gähnend und sich streckend, schwer, triefäugig und gutmütig, wie ein alter, zotteliger Schäferhund. Am Ende der Brücke, hinter der Mauer aber versammelten sich neugierige Kinder und betrachteten ihn furchtsam.

Aber wenn es sich um die Arbeit handelte, dann war Heiruddin geschickt und gewissenhaft bis ins kleinste. Er liebte es nicht, daß sich irgend jemand in seine Tätigkeit einmischte. Das aber geschah immer häufiger, je mehr der Aufstand um sich griff. Als die Aufständischen die Dörfer oberhalb der Stadt anzündeten, überschritt die Verbitterung bei den Türken jegliches Maß. Nicht nur, daß sie alle Aufständischen und Spione oder wen sie für solche hielten, festnahmen und dem Wachhabenden auf der Brücke zuführten, sie wollten sich in ihrer Verbitterung auch in die Vollstreckung der Strafe einmischen.

Dort steckte eines Tages auch der Kopf des Wischegrader Pfarrers, jenes gleichen Popen Mihajlo, der zur Zeit des »großen Hochwassers« die Kraft gefunden hatte, mit dem Hodscha und dem Rabbiner zu scherzen. Im allgemeinen Groll gegen die Serben wurde er unschuldig hingerichtet, und Zigeunerkinder steckten ihm eine Zigarette zwischen die toten Lippen.

Das waren Dinge, die Heiruddin scharf verurteilte und, wann immer er konnte, auch verhinderte.

Als der dicke Anatolier an einem bösartigen Geschwür starb, setzte der neue Henker, allerdings weniger geschickt, die Arbeit fort, und noch ein paar Jahre, ehe nicht der Aufstand in Serbien nachließ, steckten immer zwei bis drei abgeschlagene Köpfe auf der Kapija. Die Menschen, die in solchen Zeiten schnell hart werden und abstumpfen, hatten sich so daran gewöhnt, daß sie gleichmütig und ohne sie zu beachten an ihnen vorübergingen und nicht einmal sofort bemerkten, daß man aufgehört hatte, sie hier auszustellen.

Als sich aber die Verhältnisse in Serbien und an der Grenze beruhigt hatten, verlor das Blockhaus Sinn und Bedeutung. Aber obgleich der Übergang über die Brücke schon seit langem frei und ohne Aufsicht war, schlief auch weiterhin eine Wache darin. In jedem Heer ändern sich die Dinge langsam, im türkischen Heere aber langsamer denn in jedem anderen. Und so wäre es auch, Gott weiß wie lange noch geblieben, wäre nicht eines Nachts durch eine vergessene Kerze ein Brand ausgebrochen. Das Blockhaus aus kienigen Brettern, noch warm von der Tageshitze, brannte völlig nieder, das heißt bis zu den Steinplatten auf Brücke und Kapija.

Die aufgeregten Leute in der Stadt betrachteten den gewaltigen Brand, der nicht nur die Brücke, sondern auch die umliegenden Berge feurig beleuchtete und sich im Fluß mit einem unruhigen roten Widerschein spiegelte. Und als der Morgen graute, zeigte sich die Brücke in ihrer alten, ursprünglichen Form, befreit von dem hölzernen, plumpen Bau, der jahrelang ihre Kapija verdeckt hatte. Die weißen Platten zeigten rußige Brandspuren, aber Regen und Schnee wuschen auch sie bald ab. So blieb vom Blockhaus und den blutigen Ereignissen, die sich mit ihm verbanden, keine weitere Spur als einige schwere Erinnerungen, die immer mehr verblaßten und zugleich mit dieser Generation verschwanden, und ein Eichenbalken, der nicht verbrannt war, weil er in eine Stufe auf der Kapija eingepreßt war.

Die Kapija aber wurde wieder für die Stadt, was sie ihr immer gewesen war. Auf der linken Terrasse, von der Stadt kommend, zündete der Kaffeeverkäufer wieder sein Kohlenbecken an und ordnete sein Geschirr. Beschädigt war nur die Wasserleitung, denn jener Drachenkopf, aus dem das Wasser floß, war geschmolzen. Die Leute begannen wieder, sich auf dem Sofa aufzuhalten und dort die Zeit im Gespräch, in Geschäften oder in müßigem Träumen zu verbringen. In den Sommernächten sangen dort die jungen Burschen in Gruppen oder saßen als Einzelgänger und erstickten ihren Liebeskummer oder jenen unbestimmten schmerzenden Wunsch nach Reisen in weite Fernen, nach großen Taten und ungewöhnlichen Erlebnissen, der häufig junge Menschen aus beschränkter Umgebung quält. Und schon nach einigen zwanzig Jahren sang und lachte dort eine neue Generation, die sich weder an das plumpe hölzerne Blockhaus noch an die dumpfen Anrufe der Posten, die nachts die Reisenden anhielten, noch an Heiruddin oder die ausgestellten Köpfe erinnerte, die dieser mit geschäftsmäßiger Kunst abgeschlagen hatte. Nur noch die alten Frauen riefen, wenn sie die Kinder verfolgten, die ihnen Obst stahlen, ihre lauten und wütenden Verwünschungen:

»Gebe Gott, daß dir der Heiruddin den Schopf kämmte! Auf der Kapija hätte dich die Mutter wiedergefunden.«

Aber die Kinder, die über den Zaun flüchteten, konnten den wahren Sinn dieser Verwünschungen nicht verstehen. Sie wußten natürlich, daß sie nichts Gutes und Angenehmes bedeuteten.

So erneuerten sich die Geschlechter neben der Brücke, sie aber schüttelte wie Staub alle Spuren von sich ab, die vergängliche Launen und Einfalle auf ihr hinterlassen hatten, und blieb nach wie vor unverändert und unveränderlich.

7 Die Zeit verstrich über Brücke und Stadt in Jahren und in Jahrzehnten. Es waren jene Jahrzehnte um die Mitte des neunzehnten Jahrhunderts, in denen sich das Türkische Reich in stillem Fieber verzehrte. Mit den Augen des Zeitgenossen gesehen, erschienen diese Jahre verhältnismäßig ruhig und glücklich, obgleich in ihnen Anlaß zu Sorge und Furcht bestand, obgleich sie Dürren und Überschwemmungen, gefährliche Seuchen und aufregende Ereignisse aller Art brachten. Nur ereignete sich das alles langsam, schrittweise, in kurzen Zuckungen zwischen langen, ruhigen Pausen.

Die Grenze zwischen dem Belgrader und dem bosnischen Paschaluk, die dort oberhalb der Stadt verlief, begann sich in diesen Jahren immer schärfer abzuzeichnen und Aussehen und Bedeutung einer Staatsgrenze anzunehmen. Das änderte die Lebensverhältnisse für das ganze Gebiet und damit auch für die Stadt, es beeinflußte Handel und Wandel, die allgemeine Stimmung der Menschen und auch die wechselseitigen Beziehungen zwischen Türken und Serben.

Die alten Türken machten finstere Gesichter, blinzelten ungläubig mit den Augen, als wünschten sie, die unangenehme Vision zu vertreiben, sie wurden böse, drohten und besprachen sich untereinander, um dann monatelang die ganze Angelegenheit zu vergessen, solange sie die unfreundliche Wirklichkeit nicht wieder daran erinnerte und erneut mit Besorgnis erfüllte.

So saß an einem Frühlingstage einer der Türken aus Weletowo, oben von der Grenze, auf der Kapija und erzählte aufgeregt den versammelten, angesehenen Türken, was in Weletowo dieser Tage geschehen.

Irgendwann, im vergangenen Winter, erzählte der Mann aus Weletowo, sei oberhalb ihres Dorfes der übelberüchtigte Jowan Mitschitsch, Serdar von Rujan, geradeswegs aus Arilje mit bewaffneten Burschen aufgetaucht und habe begonnen, die Grenze zu besichtigen und nachzumessen. Als sie ihn gefragt hätten, wohin des Weges und was er hier wolle, habe er nur frech geantwortet, er sei niemandem Rechenschaft schuldig, am wenigsten den bosnischen Neutürken; aber, wenn sie es durchaus wissen wollten, hätte er gesagt, dann richte er ihnen aus, daß ihn Fürst Milosch geschickt habe, damit er sich ansehe, wo die Grenze verlaufen und bis wohin Serbien reichen solle.

»Wir haben gedacht«, fuhr der Mann aus Weletowo fort, »er sei ein betrunkener Wallache[1], der nicht weiß, was er redet, und wir wissen schon seit langem, welch Räuber und Bösewicht er ist. Und weisen ihn ab und vergessen ihn. Noch waren keine zwei Monate vergangen, da tauchte er wieder auf, und gleich mit einer ganzen Kompanie von Miloschs Sejmen und einem Abgesandten, einem Mubaschir des Sultans, einem weichen und blassen Stambuler. Unseren Augen trauen wir nicht. Aber der Mubaschir bestätigt uns alles. Er senkt die Augen vor Scham, aber er bestätigt. ›So ist es‹, sagt er, ›von der Regierung des Sultans befohlen, daß Milosch im Namen des Sultans Serbien verwalten und daß die Grenze festgelegt werden soll, damit man wisse, wie weit seine Verwaltung reiche.‹ Als sich die Leute des Mubaschir anschickten, die Pfähle auf jenem Hang unterhalb von Tetrebitza einzuschlagen, da geht dieser Mitschitsch hinter ihnen her, reißt die Pfähle wieder aus und wirft sie ihnen nach. Der wütende Wallache – mögen ihn die Hunde fressen – springt dem Mubaschir in die Augen, schreit ihn an wie einen Untergebenen und bedroht sein Leben. ›Nein‹, sagt er, ›das ist nicht die Grenze; die Grenze haben der Sultan und der russische Zar festgelegt und dem ›Fürsten‹ Milosch darüber einen Erlaß, einen Ferman gegeben, sie verläuft jetzt am Lim gerade bis zur Wischegrader Brücke und von dort weiter an der Drina; also ist das alles Serbien. Und auch das ist‹, sagt er, ›nur für eine Weile, denn später wird es nötig sein, sie weiter vorzurücken.‹ Kaum hat ihn der Mubaschir zur Vernunft bringen können, und dort oberhalb Weletowo haben sie die Grenze festgelegt. Und so bleibt es, wenigstens für jetzt. Nur, dadurch sind uns Zweifel und gewisse Befürchtungen gekommen, und wir wissen nicht, was wir tun und wohin wir uns wenden sollen. Wir haben uns mit den Uschitzern

---

1 Türkischer Sammelname für alle Christen

besprochen, aber auch die wissen selbst nicht, was sein wird, noch wohin das alles führen soll. Und der alte Hadschi Suko, der zweimal zur Kaaba nach Mekka gepilgert ist und schon über neunzig Jahre zählt, sagt, es wird kein Menschenalter dauern, und die türkische Grenze wird sogar bis zum Kara Denjiz, bis zum Schwarzen Meer, fünfzehn Tagereisen von hier, zurückweichen.«

Die angesehenen Wischegrader Türken hörten dem Mann aus Weletowo zu. Nach außen schienen sie ruhig, aber in ihrem Innersten waren sie erschüttert und verwirrt. Unter seinen Worten rückten sie unwillkürlich von ihren Plätzen fort und hielten sich mit der Hand am steinernen Sitz fest, als käme von irgendwoher ein mächtiger, aber unsichtbarer Strom und bewegte die Brücke unter ihnen fort. Sich wieder fassend, fanden sie Worte, um die Bedeutung dieser Ereignisse zu verringern und herabzusetzen.

Sie liebten keine unangenehmen Nachrichten oder schweren Gedanken noch ernsthafte und besorgte Gespräche auf der Kapija, aber sie sahen selbst, daß dies auf nichts Gutes hindeute; sie konnten nicht leugnen, was der Mann aus Weletowo erzählte, und sie wußten nicht recht, wie sie ihn beruhigen und trösten sollten. Daher konnten sie es kaum erwarten, daß der Bauer in sein Bergdorf Weletowo zurückging, zusammen mit den unangenehmen Nachrichten, die er mitgebracht. Damit würde natürlich die Sorge nicht geringer, aber wenigstens verzöge sie sich von hier. Und als der Mann gegangen, waren sie froh, daß sie wieder zu ihren Gewohnheiten zurückkehren und auch weiterhin ruhig auf der Kapija sitzen konnten, ohne diese Gespräche, die dem Menschen das Leben unangenehm und die Zukunft furchtbar machten. Sie überließen es lieber der Zeit, die Schwere der Ereignisse, die sich da hinter den Bergen heranwälzten, zu mildern und zu erleichtern.

Auch die Zeit tat das Ihre. Das Leben verlief äußerlich unverändert. Mehr denn dreißig Jahre waren seit dieser Unterredung auf der Brücke vergangen. Aber jene Pfähle, die der Mubaschir des Sultans und der Serdar von Rujan an der Grenze eingesetzt, schlugen Wurzeln, wuchsen fest und trugen später für die Türken bittere Früchte: Die Türken mußten auch die letzten Städte in Serbien verlassen. Und an einem Sommertage kam über die Wischegrader Brücke ein trauriger Zug von Flüchtlingen aus Uschitze.

Es waren jene heißen Tage mit angenehmen Dämmerstunden auf der Kapija, an denen die Türken aus der Stadt beide Terrassen über dem Wasser anfüllten. An solchen Tagen wurden ganze Körbe Melonen herangeschafft. Die reifen Zucker- und Wassermelonen wurden den ganzen Tag gekühlt, und am Abend aßen sie die Müßiggänger auf dem Sofa. Zu zweit wetteten sie, ob die Melone innen weiß oder rot sei. Dann schnitten sie sie auf, und wer verlor, der zahlte, gemeinsam aber wurde sie im Gespräch und unter lautem Scherz gegessen.

Aus den steinernen Terrassen strahlte noch die Hitze des Tages, aber vom Wasser her meldete sich mit der Dämmerung schon ein kühler Luftzug. Der Fluß war hellglitzernd in der Mitte, aber unter den Weiden an den Ufern schattig und dunkelgrün. Alle Gipfel im Umkreis waren rot vom Sonnenuntergang, die einen glühend und die anderen kaum merklich. Über ihnen, auf der ganzen südwestlichen Hälfte dieses Amphitheaters, das sich dem Blick von der Kapija eröffnete, änderten die Sommerwolken unaufhörlich ihre Farbe. Diese Wolken sind eines der großen Schauspiele, die die Kapija im Sommer bietet. Sobald es tagt und die Sonne herauskommt, zeigen sie sich hinter den Bergen als dichte, weiße, silbrige oder graue Massen, phantastische Landschaften, unregelmäßige und zahlreiche Kuppeln üppiger Bauten. Und wenn sie einen gewissen Umfang angenommen haben, bleiben sie den ganzen Tag unbeweglich und schwer über den Gipfeln um die Stadt, die in der Sonne glüht, hängen. Und die Türken, die an einem solchen Abend auf der Kapija sitzen, haben diese Wolken ständig als weiße, seidene Sultanszelte vor Augen, die in ihrer Phantasie Erscheinungen und Schauspiele nebelhafter Feldzüge und Kriege erwecken und wundersame Bilder unermeßlicher Kräfte und Üppigkeit wiedergeben. Erst in der Dunkelheit löschen und zerstreuen sich die Sommerwolken um die Stadt, und am Himmel eröffnen sich neue Zauber aus Sternen und Mondschein.

Niemals kann man die wunderbaren, außergewöhnlichen

Schönheiten der Kapija besser empfinden als an solchen Sommertagen, zu dieser Stunde. Man sitzt auf ihr wie auf einer Zauberschaukel, gleichzeitig geht man auf Erden, schwimmt auf dem Wasser, fliegt im Raum und ist dennoch fest und sicher verbunden mit der Stadt und seinem weißen Häuschen dort an dem Ufer mit seinem Garten und den Pflaumenbäumen ringsum. Mancher dieser bescheidenen Bürger, der nicht viel mehr besitzt als dieses Haus und das kleine bißchen Laden am Markt, empfindet bei Kaffee und Tabak in solchen Stunden den Reichtum der Welt und die Unermeßlichkeit der Gottesgaben. Alles das vermag durch die Jahrhunderte den Menschen ein Bauwerk zu geben, das schön und stark, zu guter Stunde erdacht, an rechter Stelle errichtet und glücklich ausgeführt wurde.

Auch dies war ein solcher Abend, erfüllt von Gesprächen, Lachen und Scherzen, die die Bürger untereinander austauschten oder Vorübergehenden zuwarfen.

Die lebhaftesten und lautesten Scherze woben sich um einen ziemlich kleinen, aber starken jungen Menschen sonderbaren Aussehens. Das war Salko Tschorkan, der Einäugige.

Tschorkan war der Sohn einer Zigeunerin und eines Soldaten oder Offiziers aus Anatolien, der einmal in der Stadt gedient und sie verlassen hatte, noch ehe ihm dieser unerwünschte Sohn geboren wurde. Bald starb auch die Mutter, und das Kind wuchs, ohne jemanden von den Seinen zu haben, auf. Es nährte ihn die ganze Stadt; er gehörte allen und gehörte doch zu niemandem. Er half in Läden und Häusern, verrichtete alle Arbeiten, die niemand anders verrichten wollte, reinigte Gruben und Abflüsse und grub alles ein, was da krepierte oder das Wasser herantrieb. Niemals hatte er ein eigenes Haus noch einen eigenen Familiennamen oder einen festen Beruf gehabt. Er aß, wo er gerade war, stehend oder im Gehen, schlief auf den Dachböden und kleidete sich in die bunten Lumpen, die ihm andere gaben. Schon als Kind hatte er ein Auge verloren. Verschroben, gutmütig, ein Spaßvogel und Trunkenbold, diente er den Städtern zu Scherz und Gelächter ebensosehr wie zur Arbeit.

Um Tschorkan hatten sich einige junge Leute, Kaufmannssöhne, geschart, lachten und trieben mit ihm grobe Scherze.

Die Luft roch nach reifen Melonen und gebranntem Kaffee. Von den großen steinernen Platten, die, noch warm von der Tagesglut, mit Wasser besprengt und gut gefegt waren, erhob sich lau und duftend der besondere Duft der Kapija, der durch Sorglosigkeit ansteckte und zu müßigem Träumespinnen verführte.

Es war der Augenblick zwischen Tag und Nacht. Die Sonne war untergegangen, aber noch zeigte sich nicht der helle Stern über dem Moljewnik. In einem solchen Augenblick, da auch die einfachsten Dinge das Aussehen einer Erscheinung annehmen können, voller Größe, Furchtbarkeit und besonderer Bedeutung, zeigten sich die ersten Flüchtlinge aus Uschitze auf der Brücke.

Die Männer gingen meist zu Fuß, verstaubt und bedrückt, und die dicht verhüllten Frauen oder kleinen Kinder schwankten auf den kleinen Pferden, festgebunden zwischen Windeln oder auf Kisten. Der eine oder andere angesehene Mann ritt wohl auf einem besseren Pferd, aber in einem so traurigen Trott und gesenkten Kopfes, daß er das Unglück noch mehr verriet, das sie hierher vertrieben. Einige führten eine Ziege am Strick. Andere trugen ein Lamm in den Armen. Alle schwiegen, nicht einmal die Kinder weinten. Man hörte nur das Trappeln der Pferde, die Schritte der Menschen und das gleichförmige Klappen der kupfernen und hölzernen Gegenstände auf den überladenen Tieren.

Das Erscheinen dieser übermüdeten und heimatlos gewordenen Menschen ließ mit einem Male die Lebhaftigkeit auf der Kapija erlöschen. Die Älteren blieben auf den steinernen Bänken. Die Jüngeren erhoben sich nacheinander und bildeten zu beiden Seiten der Kapija eine lebendige Mauer, zwischen der sich der Zug hindurchbewegte. Einige der Städter sahen nur mitleidsvoll auf die Flüchtlinge und schwiegen, andere riefen ihnen ein »Merhaba« als Gruß zu und versuchten, sie aufzuhalten und ihnen irgend etwas anzubieten, aber die beachteten das Angebotene nicht und antworteten kaum auf den Gruß. Sie eilten nur, um noch bei Tageslicht das Nachtquartier auf dem Okolischte zu erreichen.

Es waren ihrer im ganzen etwa einhundertzwanzig Familien. Über einhundert Familien gingen weiter nach Sarajewo, wo sie Aussicht hatten, unterzukommen, einige fünfzehn aber blieben hier in der Stadt; das waren zumeist jene, die hier einen der Ihrigen hatten.

Ein einziger dieser übermüdeten Menschen, dem Aussehen nach ein armer Mann ohne Anhang, machte einen Augenblick auf der Kapija halt, trank sich reichlich am Wasser satt und nahm die angebotene Zigarette. Er war ganz weiß vom Straßenstaub, seine Augen glänzten wie im Fieber, und sein Blick fand auf keinem einzigen Gegenstand Ruhe. Gierig den Rauch einziehend, sah er mit diesem glänzenden, unangenehmen Blick um sich, ohne etwas auf die ängstlichen und höflichen Fragen einzelner zu antworten. Er strich nur über seinen langen Schnurrbart, dankte kurz, und mit der Bitterkeit, die Ermüdung und das Gefühl des Alleinseins in einem Menschen hinterlassen, sagte er einige Worte, während er sie alle mit einem Blick umfaßte, der nichts sah:

»Ihr sitzt hier und treibt euren Scherz und wißt gar nicht, was da hinter Stanischewatz vorgeht. Wir sind hier in türkisches Land geflüchtet, aber wohin werdet ihr mit uns zusammen flüchten, wenn auch Bosnien an die Reihe kommt? Das weiß noch niemand, und es denkt auch noch keiner von euch daran.«

Hier unterbrach der Mann mit einem Male seine Rede. Was er gesagt hatte, das war zugleich viel für diese bis vor kurzem sorglosen Menschen und wenig für seine Erbitterung, die ihn weder hatte schweigen lassen noch ihm gestattete, sich klar auszudrücken. Er unterbrach selbst das unangenehme Schweigen, verabschiedete sich mit einem Danke und eilte, den Zug wieder einzuholen. Alle riefen ihm laut gute Wünsche nach.

An diesem ganzen Abend blieb auf der Kapija eine gedrückte Stimmung zurück. Alle waren düster und schweigsam. Sogar Tschorkan saß stumm und reglos auf einer der steinernen Stufen. Um ihn herum lagen verstreut die Schalen der Melonen, die zu essen er gewettet hatte. Den Kopf hatte er traurig in die Hände gestützt, den Blick gesenkt und vertieft, als blicke er nicht auf den Stein vor sich, sondern in irgendeine weite, kaum erkennbare Ferne. Die Leute gingen früher auseinander als sonst.

Aber schon am nächsten Tage war alles wieder beim alten, denn die Städter liebten es nicht, das Schlechte zu behalten und sich im voraus Sorgen zu machen; in ihrem Blute trugen sie die Erkenntnis, daß das wahre Leben nur aus den Windstillen besteht und daß es wahnwitzig und vergeblich wäre, diese seltenen Windstillen auf der Suche nach einem anderen, festeren und stetigeren Leben zu trüben, das es nicht gibt.

In diesen fünfundzwanzig Jahren um die Mitte des neunzehnten Jahrhunderts wütete zweimal in Sarajewo die Cholera und einmal die Pest. In diesen Fällen hielt sich die Stadt an die Anweisungen, die nach der Überlieferung Mohammed seinen Gläubigen für das Verhalten während einer Seuche gegeben hatte: »Solange die Krankheit an einem Orte herrscht, gehet nicht dorthin, denn ihr könntet euch anstecken; seid ihr aber am Orte, wo die Krankheit herrscht, gehet nicht fort aus diesem Ort, denn ihr könntet andere anstecken.« Aber da sich die Menschen auch an die heilsamsten Lehren selbst dann nicht halten, wenn sie vom Abgesandten Gottes ausgehen, falls sie nicht durch die »Kraft der Obrigkeit« dazu gezwungen werden, beschränkte oder unterbrach die Regierung, sobald eine Seuche ausbrach, völlig jeglichen Post- und Reiseverkehr. Dann änderte auch das Leben auf der Kapija sein Aussehen. Die geschäftigen oder müßigen, nachdenklichen oder singenden Städter verschwanden, und auf dem gleichen Sofa saßen wiederum, wie zur Zeit der Aufstände und Kriege, eine Wache von einigen Soldaten. Sie hielten die Reisenden an, die aus Sarajewo kamen, und wiesen sie durch Winken mit den Gewehren und laute Zurufe zurück. Von den Reitern nahmen sie die Post an, aber mit allen Vorsichtsmaßregeln. Auf der Kapija brannte dann ein kleines Feuer aus »aromatischen Hölzern«, das einen starken, weißen Rauch entwickelte. Die Soldaten ergriffen jeden einzelnen Brief mit einer Zange und hielten ihn in diesen Rauch. Erst die so entseuchten Briefe wurden weitergeleitet. Waren wurden überhaupt nicht angenommen. Aber die Hauptarbeit hatten sie nicht mit den

Briefen, sondern mit den lebendigen Menschen. Jeden Tag erschienen ein paar von ihnen, Reisende, Händler, Boten und Landstreicher. Schon beim Zugang zur Brücke erwartete sie ein Posten und gab ihnen bereits von weitem ein Zeichen, daß es nicht weiter gehe. Der Reisende blieb stehen, begann aber zu verhandeln, sich zu rechtfertigen und seinen Fall zu erläutern. Und jeder von ihnen meinte, man müsse ihn unbedingt in die Stadt lassen, jeder versicherte, er sei kerngesund und habe nicht das geringste mit der Cholera – »möge sie fernbleiben!« – dahinten irgendwo in Sarajewo zu tun. Bei diesen Erklärungen kommen die Reisenden nach und nach bis zur Mitte der Brücke und nähern sich der Kapija. Dort mischen sich auch die übrigen Soldaten in das Gespräch, und, während sie so in einem Abstand von ein paar Schritten sprechen, schreien sie alle laut und winken mit den Händen. Die Soldaten schreien schon deshalb, weil sie den ganzen Tag auf der Kapija sitzen, Raki trinken und Knoblauch essen; ihr Dienst gibt ihnen das Recht dazu, denn es heißt, daß diese beiden Dinge gut gegen die Seuche sind; und sie machen von diesem Recht ausgiebig Gebrauch.

Mancher Reisende wird es müde, die Soldaten zu betteln und zu überzeugen, und kehrt unverrichteter Dinge, niedergeschlagen den Weg über Okolischte zurück. Es gibt aber auch Ausdauernde und Angriffslustige, die stehen dann stundenlang auf der Kapija und lauern auf einen Augenblick der Schwäche und Unaufmerksamkeit oder hoffen auf irgendeinen glücklichen Zufall. Wenn zufällig der Vorgesetzte der Stadtsoldaten, Salko Hedo, da ist, dann besteht keine Aussicht, daß die Reisenden irgend etwas erreichen. Hedo ist jene wahre, geheiligte Obrigkeit, die den, mit dem sie spricht, gar nicht richtig sieht oder hört und sich mit ihm nur soviel befaßt, wie nötig, um ihm den Platz anzuweisen, der ihm nach den bestehenden Vorschriften und Bestimmungen zukommt. Während er dies tut, ist er blind und taub, und wenn er damit fertig ist, dann wird er auch stumm. Vergeblich beschwört und umschmeichelt ihn der Reisende.

»Salihaga, gesund bin ich ...«

»Na, dann geh nur mit deiner Gesundheit wieder dahin, woher du gekommen bist. Los, scher dich!«

Mit Hedo gibt es kein weiteres Gespräch. Sind aber die jüngeren Soldaten allein, dann läßt sich noch etwas erreichen. Je länger der Reisende auf der Brücke steht und je mehr er ihnen zuschreit, mit ihnen streitet, spricht und ihnen von seinen Sorgen erzählt, auch von der, um deretwillen er auf diese Reise gegangen, und von allen übrigen Sorgen seines Lebens, um so mehr kommt er ihnen irgendwie näher und wird ihnen bekannter, und um so weniger gleicht er einem Menschen, der die Cholera haben könnte. Schließlich bietet sich einer der Soldaten an, er würde in der Stadt die Bestellung des Reisenden dem ausrichten, den sie angehe. Das ist der erste Schritt zum Nachgeben. Aber der Reisende weiß, daß sich sein Geschäft nicht mit einer Bestellung erledigen läßt und daß die Soldaten in ihrem jetzigen Zustand, ständig benebelt oder halb betrunken, viele Bestellungen schwer behalten und falsch ausrichten. Daher zieht er das Gespräch hin, bittet, bietet Geld an, beruft sich auf Gott und die Welt. Solange, bis der von den Soldaten, den er als den weichsten erspäht, allein auf der Kapija bleibt. Dann wird die Angelegenheit irgendwie bereinigt. Der einsichtsvolle Soldat wendet sein Gesicht jener erhöhten Mauer zu, als läse er die alte Aufschrift an ihr, die Hände legt er auf den Rücken und streckt den Handteller der rechten Hand aus. Der ausdauernde Reisende schiebt dem Soldaten das verabredete Geld auf den Handteller, späht nach rechts und links, gleitet über die andere Hälfte der Brücke und verliert sich in der Stadt. Der Soldat kehrt wieder auf seinen Platz zurück, vertilgt Knoblauch und begießt ihn mit Raki. Das erfüllt ihn mit einer sorglosen und frohen Entschlossenheit und gibt ihm die Kraft, zu wachen und die Stadt vor der Cholera zu schützen.

Aber die Nöte dauern nicht ewig – und dies haben sie mit den Freuden gemein –, sondern sie gehen vorüber, oder sie lösen einander ab und geraten in Vergessenheit. Das Leben auf der Kapija erneuert sich immer und allem zum Trotz, und die Brücke ändert sich nicht mit den Jahren, noch mit den Jahrhunderten oder mit den schmerzlichsten Änderungen der menschlichen Beziehungen. Alles dies geht über sie ebenso hinweg, wie das unruhige Wasser unter ihren glatten und formvollendeten Bögen dahinfließt.

8

Es waren nicht nur Kriege, Seuchen und Flüchtlingszüge, die zu dieser Zeit die Brücke trafen. Das Leben auf der Kapija unterbrachen auch andere, außergewöhnliche Ereignisse, nach denen man später das Jahr, in dem sie geschehen, benannte und lange in der Erinnerung bewahrte.

Links und rechts der Kapija ist die steinerne Brüstung seit langem blankgeschliffen und etwas dunkler als die übrigen Teile. Seit Jahrhunderten setzen hier die Bauern ihre Last ab, wenn sie sich auf dem Wege über die Brücke ausruhen wollen, oder die Müßiggänger stützen sich mit ihrem Rücken und den Ellbogen bei der Unterhaltung auf, wenn sie jemanden erwarten oder wenn sie, einsam, auf die Arme gestützt, auf das Wasser in der Tiefe unter sich schauen, wie es schäumend und schnell forteilt, immer neu und doch immer das gleiche.

Aber niemals hatte sich soviel müßiges und neugieriges Volk auf die Brüstung gestützt und auf die Wasserfläche geschaut, als läse und enträtsele es sie, wie in den letzten Tagen im August jenes Jahres. Das Wasser war trübe vom Regen, obgleich der Sommer erst zu Ende ging. In den Strudeln unter den Bögen bildete sich weißer Schaum und drehte sich, gemeinsam mit kleinen Zweigen und Holzsplittern, im Kreise. Den Kopf in die Hand gestützt, blickten die müßigen Städter aber eigentlich gar nicht in diesen Fluß, den sie von jeher kannten und der ihnen nichts Neues zu sagen hatte; sie suchten vielmehr auf der Wasserfläche wie auch in ihren Gesprächen eine Erklärung und etwas wie eine sichtbare Spur eines unklaren und schweren Schicksals, das sie in diesen Tagen alle überrascht und verwirrt hatte.

Zu dieser Zeit ereignete sich hier auf der Kapija etwas, das man nicht vergißt und das sich vielleicht nicht wiederholen wird, solange es an der Drina eine Brücke und eine Stadt gibt. Dieses

Ereignis erregte und erschütterte die Stadt und ging weiter, in andere Orte und Landstriche, wie eine Sage durch die Welt geht.

Dies ist eigentlich eine Erzählung von zwei Wischegrader Weilern, vom Welji Lug und Nesuke. Diese zwei Weiler liegen an den beiden entgegengesetzten Enden jenes Amphitheaters, das die dunklen Berge und grünen Hügel um die Stadt bilden.

Die große Landgemeinde Straschischte, an der Nordostseite des Tales, liegt der Stadt am nächsten: ihre Häuser, Äcker und Gärten sind über einige Hügel verstreut und in die Täler eingefügt, die von diesem Hügel geteilt werden. Auf dem sanft gewölbten Sattel eines dieser Hügelchen stehen einige fünfzehn Häuser, versteckt zwischen Pflaumengärten und rings von Äckern umgeben. Das ist der Weiler Welji Lug, eine stille, schöne und reiche Türkensiedlung auf der Anhöhe. Der Weiler gehört zur Landgemeinde Straschischte, aber er liegt näher zur Stadt als zu seiner Gemeinde, denn die Leute vom Welji Lug sind in einer halben Stunde unten in der Stadt, wo sie, wie die übrigen Städter, ihre Lagerräume und Läden haben. Zwischen ihnen und den richtigen Städtern gibt es auch keinen Unterschied, es sei denn, daß ihr Besitz dauerhafter und sicherer ist, weil er auf festem, fruchtbarem Boden liegt und nicht überschwemmt wird, die Menschen aber bescheidener und zurückhaltender sind, ohne die schlechten Gewohnheiten der Stadt. Der Welji Lug hat guten Boden, gesundes Wasser und schöne Menschen.

Hier lebt auch ein Zweig der Wischegrader Osmanagitsch. Wenn auch die in der Stadt die wohlhabenderen und zahlreicheren sind, so meint man doch im Volke, daß sie »heruntergekommen« und daß die wahren Osmanagitsch die vom Welji Lug sind, wo auch ihr Ursprung ist. Sie sind ein schöner Menschenschlag, empfindlich und stolz auf ihre Herkunft. Ihr Haus ist jenes größte, das unmittelbar unter dem Hügel, gegen Südwesten gekehrt, stets frisch gekalkt, mit einem Dach aus geschwärzten Schindeln und vierzehn Glasfenstern weiß hinüberschaut. Dieses Haus sieht man schon von weitem, und es ist das erste, das dem Reisenden in die Augen fällt, wenn er den Weg nach Wischegrad hinunterkommt oder wenn er sich beim Fortgang umwendet. Die letzten Strahlen der Sonne, die hinter den Lijeskaer Bergen untergeht, fangen und brechen sich immer am weißen und leuchtenden Gesicht dieses Hauses. Und die Städter sind seit langem daran gewöhnt, abends von der Kapija zu betrachten, wie sich der Sonnenuntergang in Osmanagitschs Fenstern spiegelt, wie sie dann eines nach dem anderen erlöschen und wie häufig, wenn die Sonne bereits gesunken und die Stadt im Schatten liegt, noch eines dieser Fenster in einem letzten, zwischen den Wolken verirrten Abglanz leuchtet und noch einige Augenblicke als ein roter, großer Stern über der erloschenen Stadt strahlt.

Ebenso bekannt und angesehen ist auch der Herr dieses Hauses, Awdaga Osmanagitsch, ein feuriger, jäher Mann im Leben wie in seinen Geschäften. Er hat ein »Magazin« in der Stadt, einen niedrigen, dämmerigen Raum, in dem auf Brettern und geflochtenen Gestellen Mais, getrocknete Pflaumen und Tannenzapfen ausgebreitet liegen. Awdaga treibt nur Großhandel, daher ist das Magazin auch nicht jeden Tag geöffnet, sondern regelmäßig nur an den Markttagen, und sonst in der Woche nur, wenn es das Geschäft erfordert. Im Magazin ist immer einer von Awdagas Söhnen, während er selbst gewöhnlich auf der Bank vor dem Magazin sitzt. Dort unterhält er sich mit den Kunden oder mit Bekannten. Er ist ein stattlicher, frisch aussehender Mann, aber mit völlig grauem Barthaar. Seine Stimme ist heiser und erstickt. Schon seit Jahren quält ihn eine schwere Atemnot. Wenn er sich im Gespräch erregt und die Stimme hebt, und das geschieht bei ihm häufig, dann erstickt ihn mit einem Male ein schwerer Husten, seine Halsmuskeln spannen sich, sein Gesicht wird rot, und die Tränen schießen ihm in die Augen, in seiner Brust aber pfeift, zischt und rasselt es wie ein Sturm in den Bergen. Wenn aber der Hustenanfall vorüber ist, dann sammelt er sich sofort, atmet tief ein und setzt die Unterhaltung da fort, wo er sie unterbrochen, nur mit einer veränderten, dünneren Stimme. In der Stadt und Umgebung ist er als ein Mann scharfen Wortes, offener Hand und kühnen Herzens bekannt. So ist er in allem, auch im Handel, selbst wenn es ihm zum Schaden gereicht. Oft genug stützt oder steigert er mit einem kühnen Wort den Preis der Pflaumen oder des Maises, selbst wenn das nicht zu seinem Nutzen ist, sondern einfach irgendeinem bäuerlichen Hasenfuß oder knauserigen Handelsmanne zu Trotz geschieht. Überhaupt gilt sein Wort in der Stadt, man nimmt es an, auch wenn man weiß, daß er oft jäh und subjektiv in seinem Urteil ist. Und wenn Awdaga vom Welji Lug herabsteigt und sich vor seinem Magazin niedersetzt, dann ist er selten allein, denn die Leute sprechen gern mit ihm und wünschen seine Meinung zu hören. Denn er ist offen und lebhaft, immer bereit, auszusprechen und zu verteidigen, was andere lieber verschweigen möchten. Seine Atemnot und jene schweren Hustenanfälle unterbrechen jeden Augenblick seine Rede, aber, eigenartig genug, sie stören diese nicht, sondern machen sie überzeugender und geben seiner ganzen Ausdrucksweise eine schwere und schmerzliche Würde, der nicht leicht zu widerstehen ist.

Awdaga hat fünf erwachsene und verheiratete Söhne und eine einzige Tochter, die die jüngste ist und erst das heiratsfähige Alter erreicht hat. Von dieser Tochter Fata weiß man, daß sie ungewöhnlich schön ist und in allem dem Vater gleicht. Mit der Frage ihrer Heirat beschäftigt sich die ganze Stadt und fast die ganze Umgebung. Seit jeher ist es bei uns so, daß in jeder Generation ein Mädchen durch seine Schönheit, seinen Fleiß und seine Herrlichkeit in Erzählung und Lied eingeht. Sie ist dann für diese paar Jahre das Ziel aller Wünsche und das unerreichbare Beispiel; an ihrem Namen entzündet sich die Phantasie, an ihm verschwenden die Männer ihre Begeisterung, und mit ihm verbindet sich der Neid der Frauen. Das sind jene außergewöhnlichen Wesen, die die Natur auserwählt und zu gefährlichen Höhen erhebt.

Diese Tochter Awdagas glich dem Vater nicht nur an Gestalt und Aussehen, sondern auch an Klugheit und Beredsamkeit. Das wußten die Burschen am besten, die auf Hochzeiten und Zusammenkünften versucht hatten, sie mit billigen Schmeicheleien und kühnen Scherzen zu gewinnen oder zu verwirren. Ihre Schlagfertigkeit war nicht geringer denn ihre Schönheit. Daher sang man im

Lied von Awdagas Fata (die Lieder von solchen außergewöhnlichen Geschöpfen springen von irgendwoher allein hervor!):

Wie klug bist du, wie schön bist du,
Awdagas schöne Fata!

So sang und sprach man in der Stadt und um sie herum, aber nur sehr wenige hatten den Mut, um das Mädchen vom Welji Lug zu freien. Und als auch sie alle, einer nach dem anderen, abgewiesen waren, bildete sich um Fata bald eine Leere, jener Kreis aus Bewunderung, Haß und Neid, aus uneingestandenen Wünschen und schadenfrohem Abwarten, der in der Regel Geschöpfe mit außergewöhnlichen Gaben und einem außergewöhnlichen Geschick umgibt. Solche Menschen, von denen man singt und spricht, werden bald von ihrem besonderen Geschick davongetragen und hinterlassen statt eines erfüllten Lebens Gedicht und Erzählung.

Oft geschieht es hier bei uns, daß ein Mädchen, das man weit und breit rühmt, gerade deswegen keine Freier findet und sitzen bleibt, während sich Mädchen, die ihr in nichts gleichkommen, leicht und schnell verheiraten. Fata geschah das nicht, denn für sie fand sich ein Bewerber, der sowohl die Kühnheit besaß, sie zu begehren, als auch die Kunstfertigkeit und Ausdauer, sein Ziel zu erreichen.

In jenem unregelmäßigen Kreis, den der Wischegrader Kessel bildet, liegt, genau an der entgegengesetzten Seite vom Welji Lug, der Weiler Nesuke.

Oberhalb der Brücke, eine knappe Wegstunde flußaufwärts, mitten zwischen jenen steilen Bergen, aus denen die Drina wie aus einer dunklen Wand in scharfer Kehre herausbricht, liegt ein schmaler Streifen guten, fruchtbaren Bodens am steinigen Flußufer. Das ist eine Anschwemmung des Flusses und steiler Gebirgsbäche von den Butkower Felsen. Auf ihr liegen Äcker und Gärten und am Hang steile Wiesen mit dünnem Gras, die sich nach den Gipfeln in Steinfelder und dunkles Gestrüpp verlieren. Der ganze Weiler ist Eigentum der Beg Hamsitsch, die sich auch Turkowitsch nennen. Auf der einen Hälfte leben in fünf bis sechs Häusern Hintersassen, und auf anderen sind die Häuser der Beg Hamsitsch, mit Mustajbeg Hamsitsch an der Spitze. Der Weiler liegt eingeschmiegt in den Schatten, ohne Sonne, aber auch ohne Wind, reicher an Obst und Heu als an Weizen. Auf allen Seiten von hohen, steilen Bergen umschlossen und eingeengt, liegt er den größeren Teil des Tages im Schatten, immer aber in der Stille, so daß jeder Hirtenruf und jeder stärkere Glockenton des Viehs als lautes und vielfaches Echo von den Bergen zu hören ist. Zu ihm führt nur ein einziger Weg aus Wischegrad. Wenn man, aus der Stadt kommend, die Brücke überschreitet und die Hauptstraße verläßt, die sich nach rechts wendet, dann zum Flußufer selbst hinuntersteigt, so stößt man auf einen schmalen, steinernen Pfad, der von der Brücke nach links am öden Hang längs der Drina unmittelbar neben dem Wasser wie ein weißer Saum auf dem dunklen Abhang verläuft, der steil zum Fluß abfällt. Ein Reiter oder Fußgänger auf diesem Weg scheint, von der Brücke gesehen, auf einem schmalen Balken zwischen Wasser und Felsgeklüft zu gehen, und sein Bild spiegelt sich ständig im ruhigen grünen Fluß.

Dieser Weg führt aus der Stadt nach Nesuke, von Nesuke aber gibt es keinen weiteren Weg, es gibt auch nichts, wohin er führen noch wer ihn benutzen sollte. Nur oberhalb der Häuser sind in den steilen, mit schütterem Wald bewachsenen Hang zwei tiefe Rinnen eingeschnitten, in denen die Hirten hinaufklettern, wenn sie zum Vieh in die Berge gehen.

Hier liegt das große weiße Haus des Ältesten Hamsitsch, des Mustajbeg. Es ist um nichts kleiner als das der Osmanagitsch auf dem Welji Lug, aber zum Unterschied von diesem völlig unsichtbar in dieser Niederung und im Dickicht an der Drina. Im Halbkreis um das Haus wachsen elf hohe Pappeln, die mit ihrem Rauschen und Schwanken ständig diese auf allen Seiten umschlossene und schwer zugängliche Landschaft beleben. Unter ihm stehen, nur wenig kleiner und bescheidener, die Häuser der anderen beiden Brüder Hamsitsch. Alle Hamsitsch haben viele Kinder, und alle sind sie dünn, groß, bleich im Gesicht, schweigsam und zurückhaltend, aber einmütig und fleißig bei der Arbeit, gewöhnt, das zu schätzen und zu verteidigen, was ihres ist. Ebenso wie die wohlhabenderen Leute vom Welji Lug, haben auch sie in der Stadt ihre Magazine, in die sie alles bringen, was sie in Nesuke erwirtschaften. Zu jeder Jahreszeit wimmeln und schwärmen sie und ihre Hintersassen wie Ameisen auf diesem schmalen Pfad neben der Drina, die einen tragen Ware in die Stadt, und die anderen kehren nach abgeschlossenem Geschäft mit Geld im Gürtel in ihr unsichtbares Dorf zwischen den Bergen zurück.

Bei Mustajbeg Hamsitsch, in jenem weißen und großen Hause, das den Wanderer wie eine angenehme Überraschung am Ende dieses steinernen Pfades erwartet, der nirgendwo hinzuführen scheint, sind vier Töchter und ein einziger Sohn, Nail. Dieser Nailbeg aus Nesuke, der einzige Sohn des Beg, hatte als einer der ersten sein Auge auf Fatima vom Welji Lug geworfen. Auf irgendeiner Hochzeit hatte er sich in ihre Schönheit durch eine aufgeknarrte Tür verschaut, an der wie eine Traube eine ganze Schar begeisterter Burschen hing. Als er sie das nächstemal wieder erblicken konnte, umgeben von Freundinnen, rief er ihr in kühnem Scherz zu:

»Gebe Gott, daß dich Mustajbeg aus Nesuke Schwiegertochter nennen möge!«

Fata kicherte unterdrückt.

»Du brauchst nicht zu lachen«, sagte der aufgeregte Bursche durch die schmale Türöffnung, »auch dieses Wunder wird eines Tages geschehen.«

»Ja, wenn Welji Lug nach Nesuke hinuntersteigt!« antwortete das Mädchen mit neuem Kichern und einer stolzen Wendung des Körpers, die nur solchen Frauen und in diesem Alter eigen ist und die mehr sagte als ihre Worte und ihr Lachen.

So fordern von der Natur besonders reich beschenkte Geschöpfe oft kühn und unbedacht das Schicksal heraus. Ihre Antwort an den jungen Hamsitsch wurde bekannt und von Mund zu Mund wiederholt wie alles übrige, das sie tat und sprach.

Die Hamsitsch sind keine Menschen, die vor der ersten Schwierigkeit umkehren und mutlos werden. Auch andere, weniger wichtige Geschäfte erledigen sie nicht unmittelbar im Sturm, wieviel weniger aber eine Frage wie diese. Der Versuch, den sie über einige Verwandte in der Stadt machten, brachte nicht mehr Erfolg. Dann aber nahm der alte Mustajbeg Hamsitsch die Verheiratung seines Sohnes in die Hand. Er hatte mit Awdaga seit je gemeinsame Geschäfte. Durch seine hitzige und stolze Art hatte Awdaga in der letzten Zeit bedeutende Verluste erlitten, aus denen sich Verpflichtungen ergaben, denen er nur mit Mühe rechtzeitig nachkommen konnte. Mustajbeg half und unterstützte, wie nur gute Stadtleute einander in schweren Augenblicken zu stützen und zu helfen vermögen: einfach, natürlich und ohne Worte.

In diesen halbdunklen und kühlen Magazinen und auf den glatten Steinsitzen vor ihnen werden nicht nur Fragen des Geldes und der kaufmännischen Ehre, sondern auch ganze Menschengeschicke entschieden. Was zwischen Awdaga Osmanagitsch und Mustajbeg Hamsitsch geschah, wie Mustajbeg für seinen einzigen Sohn Nail um Fata bat und wie ihm der heftige und ehrliebende Awdaga das Mädchen »gab«, das wird niemand je erfahren. Ebenso erfuhr man nie ganz, wie sich die Dinge oben auf dem Welji Lug zwischen dem Vater und seiner schönen einzigen Tochter abspielten. Von irgendeinem Widerstand ihrerseits konnte natürlich keine Rede sein. Ein Blick voll schmerzlicher Überraschung, nur jene trotzige, ihr eigene Wendung des ganzen Körpers, und dann ein stummes und taubes Beugen unter den väterlichen Willen, wie es überall und je bei uns gewesen. Wie im Traum begann sie, ihre Brautausstattung zu lüften, zu ergänzen und zu ordnen.

Auch aus Nesuke drang kein Wort in die Welt. Die vorsichtigen Hamsitsch suchten nicht, daß ihnen die Leute in leeren Reden ihren Erfolg bestätigten. Sie hatten erreicht, was sie wollten, und, wie immer, waren sie mit ihrem Erfolg zufrieden. Sie brauchten dazu niemandes Teilnahme, wie sie auch in Unglücksfällen und Mißerfolgen niemals Mitgefühl suchten.

Dennoch sprachen die Leute über alles dies, viel, umständlich und rücksichtslos, wie die Leute eben reden. In der ganzen Stadt und um sie herum sprach man davon, wie die Hamsitsch erreicht hätten, was sie wollten; wie Awdagas schöne, stolze und kluge

Tochter, der in ganz Bosnien kein Freier gut genug war, überlistet und gebändigt sei; daß nun doch »der Welji Lug nach Nesuke hinuntersteigen« werde, auch wenn sich Fata offen verschworen hatte, er würde es nie tun. Denn die Leute lieben solche Gespräche über Fall und Erniedrigung jener, die sich zu hoch erheben.

Einen Monat lang redete alle Welt von diesem Ereignis und spülte sich mit Fatas künftiger Erniedrigung das Maul wie mit einem süßen Wasser. Einen Monat lang wurde in Nesuke und auf dem Welji Lug alles vorbereitet.

Einen Monat lang arbeitete Fatima mit ihren Freundinnen, Verwandten und den Stickerinnen an ihrer Aussteuer. Die Mädchen sangen. Und auch sie sang. Auch dazu fand sie die Kraft. Und sie hörte sich selbst singen und dachte dabei ihre eigenen Gedanken. Denn mit jedem Nadelstich wußte sie (und sie wiederholte es sich ständig), daß weder sie noch ihre Stickerei jemals Nesuke sehen würden. Das vergaß sie keinen Augenblick. Nur schien es ihr bei Arbeit und Lied, daß es vom Welji Lug bis nach Nesuke weit und ein Monat eine lange Frist sei. Das gleiche geschah des Nachts. Nachts, wenn sie unter dem Vorwand, sie müsse noch etwas arbeiten, allein geblieben war, nachts öffnete sich vor ihr die Welt, reich, voller Licht und erfreulicher Änderungen, unabsehbar.

Die Nächte auf dem Welji Lug sind warm, aber frisch. Die Sterne sind niedrig und unruhig, alle verbunden durch einen weißen funkelnden Schein. Am Fenster stehend, blickt Fata in diese Nacht. Im ganzen Körper empfindet sie eine ruhige, süße Kraft, die sich ausbreitet, sie spürt jeden Teil ihres Körpers wie eine besondere Quelle der Freude und Kraft; die Füße, Hüften, Arme, den Hals und besonders die Brüste. Ihre Brüste, üppig und schwer, aber fest, berührten das hölzerne Gitter am Fenster. Und an dieser Stelle fühlt sie, wie der ganze Hügel, mit allem, was auf ihm ist, mit dem Haus, den Gebäuden und Äckern, warm, tief, gleichmäßig atmet und sich zusammen mit dem lichten Himmel und der nächtlichen Weite hebt und senkt. Von diesem Atmen steigt und fällt, steigt und fällt das hölzerne Gitter am Fenster, berührt die Spitzen ihrer Brüste und entfernt sich irgendwohin, weit von ihr, kommt zurück und berührt sie von neuem, senkt und entfernt sich dann wieder in stetigem Wechsel.

Ja, die Welt ist groß, gewaltig ist die Welt auch am Tage, wenn das Wischegrader Tal vor Hitze zittert und das Getreide fast hörbar heranreift, wenn die Stadt weiß leuchtet, ausgegossen um den grünen Fluß und abgeschlossen durch die grade Linie der Brücke und die schwarzen Berge. Aber des Nachts, des Nachts erst, wenn sich der Himmel belebt und aufflammt, öffnet sich die Unendlichkeit und gewaltige Kraft dieser Welt, in der man sich verliert und sich selbst nicht zu finden vermag, noch weiß, wohin man gegangen, noch was man will oder tun soll. Hier lebt man nur, wahrhaft, heiter und lange, hier gibt es weder Worte, die schwer für das ganze Leben verpflichten, noch todbringende Versprechungen oder ausweglose Situationen mit einer kurzen Frist, die unerbittlich läuft und abläuft, mit Tod oder Schande als einzigem Ausweg am Ende. Ja, hier ist es nicht wie im Alltagsleben, wo das einmal Gesagte unwiderruflich und das Versprochene unausweichlich bleibt. Hier ist alles frei, unendlich, namenlos und stumm.

Da ertönt von irgendwo unten ein schwerer, tiefer und erstickter Laut:

»Aaach, kchkchkch! Aaach, kchkchkch!«

Da unten im Erdgeschoß kämpft Awdaga mit seinen nächtlichen Hustenanfällen.

Sie erkennt diese Stimme nicht nur, sondern sie sieht auch den Vater deutlich, wie er dasitzt und raucht, nach Atem ringt und vom Husten gequält wird. Sie sieht, so scheint es ihr, seine großen, braunen Augen, bekannt wie eine teure Landschaft, diese Augen, die völlig den ihren gleichen, nur daß sie vom Alter beschattet und erfüllt sind von einem tränenschweren, lächelnden Glanz, diese Augen, in denen sie die Ausweglosigkeit ihres Geschickes zum ersten Male an jenem Tage erschaute, als ihr gesagt wurde, daß sie den Hamsitsch versprochen sei und sich in einem Monat die Aussteuer vorbereiten solle.

»Kcha, kcha, kcha! Aach!«

Jener Rausch der nächtlichen Schönheit und Größe der Welt,

den sie noch eben verspürt, erlischt kraß. Jenes üppige Atmen der Erde hört auf. Die Brüste des Mädchens erstarren in einem leichten Krampf. Die Sterne und die Weiten versinken. Nur das Schicksal, ihr Schicksal, ausweglos, jäh, morgig, erfüllt und vollzieht sich, gleichzeitig mit der verrinnenden Zeit, in der Stille der Reglosigkeit und Leere, die hinter allem bleibt.

Dumpf hallt der Husten aus dem Erdgeschoß.

Ja, sie hört und sieht ihn, als sei er hier vor ihr. Das ist ihr lieber, mächtiger, einziger Baba, ihr Vater, mit dem sie sich eins fühlt, untrennbar, süß, seit sie von sich weiß. Und selbst dieses schwere und erschütternde Husten fühlt sie in der eigenen Brust. Sein Mund hat zwar dort *ja* gesagt, wo sie *nein* sagte. Aber sie ist in allem eins mit ihm, also auch darin. Und dieses *Ja* empfindet sie als ihres (ebensosehr wie auch ihr *Nein*). Und daher ist ihr Schicksal jäh, ungewöhnlich, dem kommenden Tag anheim gegeben – daher sieht sie keinen Ausweg und kann ihn auch nicht sehen, denn es gibt keinen. Eines weiß sie. Wegen dieses väterlichen *Ja*, das sie ebenso bindet wie ihr *Nein*, muß sie mit Mustajbegs Sohn vor den Kadi treten, denn es ist unausdenkbar, daß Awdaga Osmanagitsch sein Wort nicht hielte. Aber ebenso weiß sie, ebenso gut und sicher, daß ihr Fuß Nesuke nicht betreten kann, denn dann würde wiederum sie ihr Wort nicht halten. Das aber ist natürlich unmöglich, denn auch das ist das Wort eines Osmanagitsch. Hier, an diesem toten Punkt, zwischen ihrem *Nein* und dem väterlichen *Ja*, zwischen dem Welji Lug und Nesuke, hier an der ausweglosesten Stelle muß sie einen Ausweg suchen. Dort weilen jetzt ihre Gedanken. Nicht mehr in den Weiten der großen und reichen Welt, nein, nicht einmal auf dem ganzen Wege vom Welji Lug bis Nesuke, sondern auf jener kurzen und traurigen Wegstrecke vom Gericht, wo sie der Kadi mit Mustajbegs Sohn verheiraten wird, bis zum Ende der Brücke, wo der steile, steinige Abhang sich zu dem schmalen Pfad senkt, auf dem man nach Nesuke gelangt und auf den sie, das weiß sie mit Gewißheit, niemals ihren Fuß setzen wird. Dieses Stückchen Weges durchflog ihr Gedanke unaufhörlich von einem Ende zum anderen, wie ein Weberschiffchen durch das Gewebe fliegt. Vom Gericht durch die halbe Stadt, dann über den Markt bis zum Ende der Brücke, aber von dort kehrt er jedesmal wie vor einem Abgrund um, über die Brücke, den Markt, durch die halbe Stadt, zum Gericht. Und immer wieder: vor – zurück, vor – zurück! Hier webte sich ihr Schicksal.

Und dieser Gedanke, der weder stillstehen noch einen Ausweg zu finden vermochte, machte immer häufiger auf der Kapija halt, auf jenem schönen und lichten, steinernen Sofa, auf dem die Männer im Gespräch sitzen und die Jungen singen, unter dem der grüne, schnelle und tiefe Fluß rauscht. Erschreckt von einem solchen Ausweg, eilte er dann, wie fluchbeladen, immer wieder vom einen Ende des Weges zum anderen und machte, nachdem er keine andere Lösung gefunden, erneut auf der Kapija halt. Und mit jeder Nacht hielt ihr Gedanke immer häufiger an dieser Stelle und verweilte immer länger an ihr. Aber schon die Vorstellung jenes Tages, da sie wirklich und nicht nur in ihren Gedanken diesen Weg gehen und noch vor dem Ende der Brücke einen Ausweg finden müßte, trug den ganzen Schrecken des Todes und die ganze Furchtbarkeit eines Lebens in Schande in sich. In ihrer Ohnmacht und Verlassenheit schien es ihr, als müsse allein die Furchtbarkeit eines solchen Gedankens diesen Tag in die Ferne rücken oder wenigstens hinauszögern.

Aber die Tage vergingen, weder schnell noch langsam, sondern gleichmäßig und schicksalsschwer, und mit ihnen rückte auch der Hochzeitstag heran.

Am letzten Donnerstag im August (das war dieser vom Schicksal bestimmte Tag) kamen die Hamsitsch zu Pferde, um das Mädchen zu holen. Unter dem schweren, neuen Übergewand, wie unter einem Panzer, wurde Fata auf das Pferd gesetzt und in die Stadt geführt. Zur gleichen Zeit wurden im Hofe die Pferde mit den Kisten der Brautausstattung beladen. Auf dem Gericht wurde vor dem Kadi die Eheschließung vollzogen. So war das Wort gehalten, mit dem Awdaga seine Tochter dem Sohne Mustajbegs gab. Danach setzte sich der kleine Zug nach Nesuke in Bewegung, wo das Hochzeitsfest vorbereitet war.

Die halbe Stadt und den Markt hatten sie hinter sich gelassen, diesen Teil jenes ausweglosen Weges, den Fata in Gedanken so viele Male zurückgelegt hatte. Es war hart, wirklich, gewöhnlich und fast leichter, als es in Gedanken war. Weder Sterne noch Weiten noch das erstickte Husten des Vaters noch der Wunsch, daß die Zeit schnell oder langsamer gehen möge. Als sie auf die Brücke kamen, fühlte das Mädchen noch einmal, wie in den Sommernächten am Fenster, jeden Teil ihres Körpers, krafterfüllt und losgelöst, und besonders die Brüste in einem leichten Krampf wie in einem Panzer. Sie kamen auf die Kapija. Wie sie es viele Male in Gedanken getan, beugte sich das Mädchen hinüber und bat flüsternd den jüngsten Bruder, der neben ihr ritt, er möge ihr die Steigbügel ein wenig kürzen, denn jetzt käme jener steile Übergang von der Brücke auf den steinernen Pfad, der nach Nesuke führt. Sie hielten an, zunächst die beiden, dann, etwas zurück, die übrigen Hochzeitsgäste zu Pferde. Nichts Ungewöhnliches war darin. Es war weder das erste noch das letztemal, daß Hochzeiten auf der Kapija haltmachten. Während der Bruder abstieg, das Pferd umging und die Zügel über den Arm warf, trieb das Mädchen das ihrige an den äußersten Rand der Brücke, setzte ihren rechten Fuß auf die steinerne Brüstung, schwang sich, wie beflügelt, aus dem Sattel über die Mauer und stürzte sich aus der Höhe in den brausenden Fluß unter der Brücke. Der Bruder, der ihr nachstürzte und mit seinem ganzen Körper auf der Brüstung lag, konnte gerade noch mit der Hand ihr weites Übergewand ergreifen, vermochte sie aber nicht zu halten. Die übrigen Hochzeitsgäste sprangen mit wilderschreckten Aufschreien von den Pferden und standen dann einen Augenblick in den seltsamsten Stellungen, als wären sie versteinert, an der steinernen Brüstung.

Noch am gleichen Tag fiel gegen Abend ein ausgiebiger und für diese Jahreszeit ungewöhnlich kalter Regen. Die Drina schwoll an und trübte sich. Am nächsten Tage warf das hochgehende, gelbe Wasser Fatas Leiche auf eine Sandbank bei Kalata. Dort bemerkte sie ein Fischer und ging sofort und meldete es dem Polizeihauptmann, dem Mulasim. Bald darauf traf der Mulasim mit dem

Stadtältesten, dem Fischer und Salko Tschorkan ein. Denn ohne Tschorkan konnte ein solches Ereignis nicht vor sich gehen.

Die Leiche lag im weichen, nassen Sand. Die Wellen bespülten und übergossen sie von Zeit zu Zeit mit trübem Wasser. Das neue Übergewand aus schwarzem Tuch, das das Wasser nicht hatte abreißen können, hatte sich umgestülpt, den Kopf eingehüllt und bildete, mit dem langen und dichten Haar vermischt, eine schwarze Masse neben dem weißen und üppigen Mädchenkörper, von dem die Flut die leichten Hochzeitskleider abgerissen hatte. Gramumwölkt, mit zusammengebissenen Zähnen betraten Tschorkan und der Fischer die Sandbank, berührten vorsichtig und schüchtern das Mädchen, als lebe es noch, zogen es aus dem feuchten Sand, in dem es zu versinken begann, trugen es auf das Ufer und bedeckten es da sofort mit ihrem Übergewand, das naß und voller Schlamm war.

Noch am gleichen Tage wurde die Ertrunkene auf dem nächsten türkischen Friedhof, am steilen Hang unter dem Gipfel beerdigt, auf dem sich der Welji Lug erhebt. Am Abend aber sammelten sich die müßigen Leute in der Schenke um den Fischer und Tschorkan mit jener ungesunden und häßlichen Neugierde, die besonders bei Leuten entwickelt ist, deren Leben leer, bar jeder Schönheit und arm an Aufregungen und Erlebnissen ist. Sie traktierten die beiden mit Raki und Tabak, um von ihnen vielleicht irgendeine Einzelheit über die Leiche und die Beisetzung zu hören. Aber nichts half. Auch der Raki konnte ihnen nicht die Zunge lösen. Nicht einmal Tschorkan, der Einäugige, sprach etwas. Er rauchte unaufhörlich und blickte mit seinem einzigen, glänzenden Auge dem Rauch nach, den er mit starkem Stoß möglichst weit von sich fortblies. Nur von Zeit zu Zeit sahen sich die beiden, Tschorkan und der Fischer, an, erhoben schweigend ihre Rakigläser, beide im gleichen Augenblick, als stießen sie unsichtbar miteinander an, und leerten sie auf einen Zug.

So geschah dies Ungewöhnliche und noch nicht Dagewesene auf der Kapija. Der Welji Lug stieg nicht nach Nesuka hinab, und Awdagas Fata heiratete keinen Hamsitsch.

Awdaga Osmanagitsch kam nicht mehr in die Stadt hinunter. Er starb noch im gleichen Winter, erstickt vom Husten, ohne je zu einer Menschenseele auch nur ein Wort über den Gram zu sagen, an dem er starb.

Im nächsten Frühjahr verheiratete Mustajbeg Hamsitsch seinen Sohn mit einem anderen Mädchen aus Brankowitschi.

In der Stadt sprach man noch eine Weile von diesem Ereignis, dann aber begann man es zu vergessen. Es blieb nur das Lied von dem Mädchen, das durch seine Schönheit und Klugheit über alles leuchtet, als sei es unvergänglich.

9 Etwa siebzig Jahre nach Karageorges Aufstand gab es wieder Krieg in Serbien, und sofort antwortete die Grenze mit einem Aufstand. Wiederum flammten türkische und serbische Häuser auf den Höhen in Schlijeb, Gostilja, Crntschitschi und Weletowo auf. Zum ersten Male nach so vielen Jahren erschienen auf der Kapija wieder die abgeschlagenen Köpfe hingerichteter Serben. Es waren magere und kurz geschorene Bauernschädel, mit flachen Hinterköpfen, knochigen Gesichtern und langen Schnurrbärten: ganz als wären es dieselben wie vor siebzig Jahren. Aber das alles hielt nicht lange an. Sobald der Krieg zwischen der Türkei und Serbien zu Ende ging, beruhigten sich die Leute wieder. Es war zwar nur ein scheinbarer Friede, und hinter ihm verbargen sich Furcht, aufgeregte Gerüchte und besorgtes Flüstern. Immer bestimmter und offener sprach man vom Einmarsch österreichischer Truppen in Bosnien. Im Frühsommer 1878 zogen Einheiten der regulären türkischen Armee auf dem Marsch von Sarajewo nach Priboj durch die Stadt. Es setzte sich die Meinung fest, daß der Sultan Bosnien ohne Widerstand übergeben würde. Einige mohammedanische Familien bereiteten sich vor, in den Sandschak überzusiedeln, unter ihnen waren auch solche, die vor dreizehn Jahren aus Uschitze zugezogen waren, weil sie nicht unter serbischer Herrschaft hatten leben wollen. Nun schickten sie sich wiederum an, vor einer anderen, neuen christlichen Herr-

schaft zu flüchten. Die meisten aber blieben und warteten in peinlicher Unschlüssigkeit und scheinbar gleichmütig die Ereignisse ab.

Anfang Juli kam der Mufti aus Plewlje mit einigen seiner Leute, aber um so größerem Eifer, um in Bosnien den Widerstand gegen die Österreicher zu organisieren. Der ernsthafte blonde Mann mit dem ruhigen, gefaßten Aussehen und einer doch feurigen Natur saß auf der Kapija, wohin er an einem schönen Sommertage die angesehensten Türken der Stadt zusammengerufen hatte. Er bemühte sich, sie für den Kampf gegen die Österreicher zu begeistern. Er versicherte ihnen, daß der größte Teil des regulären Heeres trotz den amtlichen Befehlen bleiben würde, um sich gemeinsam mit dem Volke dem neuen Eroberer entgegenzustellen. Er forderte alle jüngeren Leute auf, sich ihm sofort anzuschließen, und verlangte, man solle ihm Verpflegung nach Sarajewo schikken. Der Mufti wußte, daß die Wischegrader niemals den Ruhm genossen hatten, begeisterte Krieger zu sein, und daß sie ein leichtsinniges Leben einem leichtsinnigen Sterben vorziehen. Dennoch überraschten ihn die Lauheit und Zurückhaltung, auf die er stieß. Da er sich nicht länger aufhalten konnte, drohte der Mufti ihnen mit dem Volksgericht und dem Zorn Gottes und ließ seinen Gehilfen, Osman Effendi Karamanli, zurück, damit er die Wischegrader Türken weiter von der Notwendigkeit ihrer Teilnahme am allgemeinen Aufstand überzeuge.

Schon während der Gespräche mit dem Mufti hatte Alihodscha Mutewelitsch den heftigsten Widerstand gezeigt. Seine Familie war eine der ältesten und angesehensten in der Stadt. Sie zeichnete sich nie durch großen Besitz aus, sondern durch ihre Ehrlichkeit und Offenheit. Seit je galten sie als Dickschädel, aber unzugänglich jeglicher Bestechung, Furcht, Schmeicheleien oder irgendwelchen anderen niedrigeren Rücksichten oder Beweggründen. Über zweihundert Jahre lang war das älteste Mitglied ihrer Familie »Mutewelija«, der Hüter und Verwalter der Stiftung Mehmed Paschas in der Stadt, gewesen. Er hatte den berühmten Steinernen Chan neben der Brücke verwaltet. Wir haben gesehen, wie der

Steinerne Chan mit dem Verlust Ungarns seine Einkünfte, aus denen er erhalten wurde, einbüßte, und wie er durch das Zusammentreffen der Umstände zur Ruine wurde, so daß von der Stiftung des Wesirs nur die Brücke blieb, als öffentliches Gut, das keine besondere Pflege erforderte und keine Einnahmen trägt. Es blieb aber auch den Mutewelitsch ihr Familienname als stolze Erinnerung an das Amt, das sie viele Jahre hindurch so ehrenvoll versehen. Das Amt erlosch in der Tat bereits damals, als Dauthodscha in seinem Kampf um die Erhaltung des Steinernen Chan unterlag, der Stolz aber war geblieben und mit ihm die angeborene Gewohnheit, daß sich die Mutewelitsch vor allen anderen berufen fühlten, sich um die Brücke zu kümmern, und daß sie sich irgendwie für ihr Schicksal verantwortlich fühlten, war doch die Brücke, zumindest als Bauwerk, Bestandteil der großen und schönen Stiftung, die sie verwaltet hatten und die so traurig erloschen und verfallen war. Und noch eine Gewohnheit war seit alters in der Familie festgelegt, daß in jeder Generation wenigstens einer der Mutewelitsch die Schule besuchte und Ulema[1] wurde. Nun war dies Alihodscha. Ansonsten waren sie ziemlich klein geworden an Zahl und an Besitz. Geblieben waren ihnen ein paar Hintersassen und ein Laden, den sie seit alters in der Stadt, an bester Stelle, unmittelbar auf dem Markt in der Nähe der Brücke besaßen. Alihodschas beide älteren Brüder waren im Krieg gefallen, der eine in Rußland, der andere in Montenegro.

Alihodscha war ein noch junger Mann, lebhaft, heiter und vollblütig. Als echter Mutewelitsch hatte er in der Regel in allen Dingen eine eigene Meinung, die er hartnäckig verteidigte und bei der er hartnäckig verblieb. Wegen seiner geraden Natur und Selbständigkeit im Denken geriet er oft mit dem städtischen Ulema und den Stadtältesten in Streit. Er hatte Amt und Titel eines Hodscha, aber weder übte er dieses Amt aus noch hatte er daraus irgendwelche Einkünfte. Um möglichst unabhängig zu sein, leitete er selbst den Laden, der ihm vom Vater überkommen war.

---

1 Mohammedanischer geistlicher Würdenträger

Wie die meisten Wischegrader Mohammedaner war auch Alihodscha gegen einen bewaffneten Widerstand. In seinem Falle konnte weder von Feigheit noch von Lauheit in Glaubenssachen die Rede sein. Genau wie der Mufti oder sonst jemand der Aufständischen haßte er die fremde christliche Macht, die da kommen sollte, und alles, was sie bringen würde. Aber da er sah, daß der Sultan in der Tat Bosnien dem Schwaben[1] überließ, und er auch seine Mitbürger kannte, war er gegen einen unorganisierten Volkswiderstand, der nur eine Niederlage bringen und das Unglück noch schwerer machen würde. Nachdem sich aber diese Auffassung einmal in seinem Kopfe festgesetzt hatte, sprach er sie offen aus und verteidigte sie scharf. Auch dieses Mal stellte er unbequeme Fragen und machte scharfsinnige Bemerkungen, die den Mufti am meisten verwirrten. Damit stärkte er unter den Wischegradern, die auch sonst nicht schnell zum Kampf und nicht besonders zu Opfern bereit waren, ungewollt den Geist des Widerstandes gegen die kriegerischen Absichten des Mufti.

Als Osman Effendi Karamanli zurückgeblieben war, um die Gespräche mit den Wischegradern fortzusetzen, fand er sich Alihodscha gegenüber. Und einige Begs und Agas, die die Worte erst lange im Munde herumwälzten und die Ausdrücke abwogen, in Wirklichkeit aber völlig mit Alihodscha übereinstimmten, sahen zu, wie der ehrliche und aufbrausende Hodscha sich zu weit vorwagte, und ließen ihn die Angelegenheit mit Karamanli ausfechten.

Die angesehenen Wischegrader Türken saßen am Abend mit gekreuzten Beinen, nach Alter und Ansehen im Kreise geordnet, auf der Kapija. Unter ihnen Osman Effendi, ein großer, magerer und bleicher Mann. Jeder Muskel seines Gesichtes war unnatürlich gespannt, die Augen fiebrig, Stirn und Wangen voller Narben, wie bei einem Fallsüchtigen. Ihm gegenüber stand frisch, ziemlich klein, aufrecht und hitzig Alihodscha und stellte mit seiner schrillen Stimme immer neue Fragen. Welche Kräfte hat man? Wohin

---

1 Sammelname für alle Fremden

geht man? Mit welchen Mitteln? Wie? Was ist das Ziel? Was wird im Falle eines Mißlingens? Die kalte, fast schadenfrohe Kleinlichkeit, mit der der Hodscha diese Angelegenheit behandelte, verhüllte nur seine eigene Besorgnis und Bitterkeit angesichts der christlichen Übermacht und der augenfälligen türkischen Ohnmacht und Zerrüttung. Aber der fanatische und dunkle Osman Effendi war nicht der Mann, solche Dinge zu sehen und zu verstehen. Gewalttätiger und maßloser Natur, ein krankhafter Fanatiker, verlor er schnell die Geduld und Beherrschung und stürzte sich auf jedes Zeichen des Zweifels und der Nachgiebigkeit, als handle es sich um die Schwaben selbst. Dieser Hodscha reizte ihn, und er antwortete ihm in verhaltener Wut, nur mit allgemeinen Ausdrücken und groben Worten. Man ginge, wohin man müsse und mit dem, was man habe. Hauptsache sei, den Erzfeind nicht kampflos in das Land zu lassen, wer aber viel frage, störe nur und helfe dem Gegner. Schließlich antwortete er, völlig in Harnisch geraten, mit kaum verhüllter Verachtung auf jede Frage des Hodscha: »Es ist Zeit zu sterben«, »Wir wollen lieber im Kampfe sterben«, »Wir werden alle bis auf den letzten Mann fallen.«

»Ach so«, fiel ihm der Hodscha ins Wort, »und ich habe gedacht, ihr wolltet die Schwaben aus Bosnien vertreiben und hättet uns dazu zusammengerufen. Wenn es aber ums Sterben geht, auch wir wissen zu sterben, Effendi, auch ohne dich. Es ist nichts leichter als Sterben.«

»Ich sehe schon, dir steht der Sinn nicht nach Sterben«, antwortete ihm Karamanli grob.

»Ich sehe jedenfalls, daß dir der Sinn nach Sterben steht«, antwortete der Hodscha scharf, »nur weiß ich nicht, warum du für dieses dumme Geschäft auch noch Gesellschaft suchst.«

Hier artete das Gespräch in einen gewöhnlichen Streit aus, in dem Osman Effendi den Alihodscha als Ungläubigen bezeichnete, als einen jener Verräter, deren Köpfe, wie die der Rebellen, auf dieser Kapija verfaulen sollten, der Hodscha aber trieb seine Haarspalterei weiter und verlangte hartnäckig Gründe und Beweise, gerade als höre er die Beleidigungen und Drohungen nicht.

Man hätte schwerlich zwei schlechtere Unterhändler und weniger zueinander passende Menschen finden können. Nichts anderes war von ihnen zu erwarten, als daß sie die allgemeine Verwirrung vergrößerten und einen weiteren Streit schufen. Das war zu bedauern, aber nicht zu ändern, denn in den Augenblicken allgemeiner Erschütterungen und großer, unerbittlicher Veränderungen tauchen gewöhnlich gerade solche entweder mit Krankheit oder Mängeln behaftete Menschen auf und führen die Dinge falsch oder auf den Holzweg. Dies ist eben eines der Zeichen unruhevoller Zeiten.

Den Begs und Agas aber war dieser leere Streit willkommen, blieb doch so die Frage ihrer Teilnahme am Aufstand offen, und sie mußten sich nicht selbst unmittelbar äußern. Vor Wut zitternd und laut drohend, zog Osman Effendi am nächsten Tage mit einigen seiner Leute dem Mufti nach gen Sarajewo.

Die Nachrichten, die im Laufe des Monats eintrafen, stärkten die Agas und Begs immer mehr in ihrer opportunistischen Auffassung, daß es besser wäre, in der Stadt und den eigenen Häusern sitzen zu bleiben. Mitte August waren die Österreicher in Sarajewo eingezogen. Kurz darauf wurde die unglückliche Schlacht auf dem Glasinatz geschlagen. Das war zur gleichen Zeit auch das Ende jeglichen Widerstandes. Auf dem steilen Weg von Lijeska über Okolischte kamen die Reste der zerschlagenen türkischen Truppen in die Stadt herunter. Es waren Soldaten aus dem regulären Heer, die sich trotz Befehl des Sultans auf eigene Faust dem Widerstand angeschlossen hatten, vermischt mit einheimischen Aufständischen. Die Soldaten baten nur um Brot und Wasser und fragten um den Weg nach Uwatz, die Aufständischen aber waren erbitterte und kampflustige Männer, die die Niederlagen nicht gebrochen hatten. Braungebrannt, verstaubt und zerlumpt, antworteten sie bissig auf die Fragen der unkriegerischen Wischegrader Türken und bereiteten sich vor, Schützengräben auszuheben und den Übergang über die Drinabrücke zu verteidigen.

Und wiederum zeichnete sich Alihodscha aus; rücksichtslos und unermüdlich bewies er, daß sich diese Stadt nicht verteidigen lasse und daß eine Verteidigung sinnlos sei, wenn »der Schwabe schon ganz Bosnien von einem Ende bis zum anderen eingesackt« habe. Die Aufständischen sahen dies auch selbst ein, aber sie wollten es nicht zugeben, denn diese sauber gekleideten, gut genährten Menschen, die ihre Häuser und ihren Besitz hüteten und sich klug und feige dem Kampf fernhielten, reizten sie und forderten sie heraus. In diese Kerbe schlug wie ein Besessener auch dieser gleiche Osman Effendi Karamanli, noch bleicher, noch kriegerischer, noch aufbrausender. Er war einer jener Menschen, für die es keinen Mißerfolg gibt. Er sprach vom Widerstand, an jedem Ort, um jeden Preis, und unaufhörlich vom Sterbenmüssen. Vor seinem wütenden Eifer beugten und verkrochen sich alle, nur nicht Alihodscha. Er bewies dem angriffslustigen Osman Effendi, ohne auch nur die geringste Schadenfreude, kalt und rücksichtslos, daß mit dem Aufstand genau das geschehen sei, was er ihm vor einem Monat hier auf der gleichen Kapija vorausgesagt habe. Er empfahl ihm, mit seinen Leuten möglichst schnell nach Plewlje zu ziehen und nicht aus Schlimmem noch Schlimmeres zu machen. Der Hodscha war jetzt weniger angriffslustig, irgendwie mitleidvoll vorsichtig gegenüber diesem Karamanli, wie zu einem Kranken. Denn in seinem Innern, unter der Hülle seines äußeren Jähzornes war der Hodscha über das herannahende Unglück stark erschüttert. Er war unglücklich und verbittert, wie es nur ein rechtgläubiger Mohammedaner sein kann, wenn er sieht, daß eine fremde Macht unerbittlich herannaht, neben der die uralte Ordnung des Islam nicht mehr lange wird bestehen können. Aus seinen Worten klang, auch gegen seinen Willen, dieser versteckte Kummer heraus.

Auf alle Beleidigungen Karamanlis antwortete er vollends traurig:

»Glaubst du, Effendi, daß es mir leichtfällt, lebend abzuwarten, bis ich den Schwaben hier auf unserem Grund und Boden sehe? Als ob auch wir nicht sähen, was uns bevorsteht und welche Zeiten herankommen? Wir wissen, wo es uns schmerzt und was wir verlieren; wir wissen es wohl. Wenn es nur darum geschah, uns dies zu verdolmetschen, dann hättest du nicht ein zweites Mal zu kommen brauchen; du hättest, bei Gott, überhaupt nicht aus Plewlje fortzugehen brauchen; denn diese Rechnungen verstehst du nicht. Verstündest du sie, dann tätest du nicht, was du getan hast, noch sprächest du, was du jetzt sprichst. Schlimmer ist diese Qual, mein lieber Effendi, als du denkst, auch ich weiß ihr keine Abhilfe, aber ich weiß, daß Hilfe nicht in dem liegt, was du uns rätst.«

Aber Osman Effendi war taub für alles, was seiner tiefen und aufrichtigen Leidenschaft nach Widerstand nicht zu Munde geredet war, und er haßte diesen Hodscha ebensosehr wie den Schwaben, gegen den er aufstand. So tauchen immer in der Nähe eines übermächtigen Feindes und vor großen Niederlagen in jeder vom Schicksal gekennzeichneten Gesellschaft brudermordender Haß und innere Streitigkeiten auf. Da er keine neuen Ausdrücke mehr fand, bezeichnete er Alihodscha unaufhörlich als Verräter und empfahl ihm ironisch, sich rasch noch taufen zu lassen, ehe die Schwaben kämen.

»Meine Vorfahren haben sich nie taufen lassen, also werde auch ich es nicht tun. Ich, Effendi, werde mich weder mit dem Schwaben taufen lassen noch mit einem Narren in den Krieg ziehen«, antwortete ihm ruhig der Hodscha.

Alle angesehenen Türken in Wischegrad waren der gleichen Ansicht wie auch Alihodscha, aber sie alle hielten es nicht für angebracht, das auszusprechen, wenigstens nicht so scharf und unverblümt. Sie fürchteten sich vor den herankommenden Österreichern, aber auch vor Karamanli, der mit seiner Abteilung die Stadt beherrschte. Daher schlossen sie sich in ihre Häuser ein und verbargen sich auf den Landgütern außerhalb der Stadt. Wenn sie aber einer Begegnung mit Karamanli nicht aus dem Wege gehen konnten, dann senkten sie die Augen, heuchelten Zustimmung und suchten nur den günstigsten Anlaß und die sicherste Art, sich aus der Affäre zu ziehen.

Auf dem Plateau, vor den Ruinen des Karawan-Serail, hielt Karamanli vom Morgengrauen bis zum Dunkelwerden unaufhörlich Versammlungen ab. Hier bewegte sich stets ein bunter Haufe Volkes: Karamanlis Leute, Passanten, jene, die gekommen waren, um etwas vom neuen Herrn der Stadt zu erbitten, dann Vorübergehende, die die Aufständischen, mit mehr oder weniger Gewalt, herangeholt hatten, um ihren Vorgesetzten zu hören. Karamanli aber redete ständig. Auch wenn er nur zu einem einzelnen sprach, schrie er, als spräche er zu Hunderten. Er war noch bleicher, rollte mit den Augen, deren Weißes sich merklich gelb gefärbt hatte, und in seinen Mundwinkeln sammelte sich weißer Schaum. Einer der Städter erzählte ihm die Volkssage der Mohammedaner vom Schechit Turhani, dem Kämpfer und Märtyrer für den Islam, der hier vor grauen Zeiten gefallen sei, als er einem Ungläubigenheer den Übergang über die Drina verwehrte, jetzt aber in seinem Grabe liege, drüben am anderen Ufer der Drina, unmittelbar oberhalb der Brücke, und zweifellos in dem Augenblick auferstehen würde, da der erste Soldat der Ungläubigen die Brücke betrete. Karamanli griff sofort diese Legende auf und setzte sie dem Volke als unerwartete und wirkliche Hilfe vor.

»Brüder, diese Brücke ist ein Vermächtnis des Wesirs. Es steht geschrieben, daß keine Macht der Ungläubigen sie je überschreiten wird. Wir verteidigen sie nicht allein, nein, mit uns geht jener Schechit Turhani, den kein Gewehr treffen und kein Säbel schlagen kann. Wenn der Feind herankommt, dann wird er dort aus seinem Grabe auferstehen, sich auf die Brücke stellen und die Arme ausbreiten, die Schwaben aber werden bei seinem Anblick in den Knien schwach werden, das Herz wird ihnen plötzlich aussetzen, und sie werden vor Furcht nicht einmal fliehen können. Türkische Brüder, geht nicht auseinander, sondern folgt mir alle auf die Brücke!«

So schrie Karamanli vor dem versammelten Volke. Steif, in seinem schwarzen, abgetragenen Gewand, die Arme ausgebreitet, um zu zeigen, wie jener Schechit dastehen würde, sah er aus wie ein hohes, schwarzes und dünnes Kreuz mit einem Turban auf der Spitze.

Das alles wußten die Wischegrader Türken, besser sogar als Karamanli, denn jeder von ihnen hatte diese Sage in seiner Kindheit oft gehört und wiedererzählt, aber sie zeigten nicht die geringste

Lust, das Leben mit der Sage zu vermischen und auf die Hilfe der Toten zu rechnen, wo niemand von den Lebenden zu helfen vermochte. Alihodscha, der seinen Laden nicht verließ, dem aber die Leute alles erzählten, was vor dem Steinernen Chan gesprochen wurde und geschah, winkte nur mit einer traurigen und bedauernden Geste ab.

»Ich habe es gewußt, daß dieser Narr weder Lebende noch Tote unbehelligt lassen wird. Gott sei uns gnädig!«

Karamanli aber, ohnmächtig gegenüber dem wirklichen Feind, richtete seine ganze Wut gegen Alihodscha. Er drohte, schrie und verschwor sich, er werde, noch ehe er die Stadt verlassen müsse, den widerspenstigen Hodscha auf der Kapija wie einen Dachs festnageln, damit er so die Schwaben empfange, gegen die er nicht habe kämpfen noch andere kämpfen lassen wollen.

Diesen ganzen Streit unterbrachen die Österreicher, die sich auf den Hängen der Lijeska zeigten. Nun sah man ein, daß sich die Stadt in der Tat nicht verteidigen ließ. Karamanli war der letzte, der aus der Stadt ging, auf dem erhöhten Plateau vor dem Karawan-Serail die beiden Geschütze zurücklassend, die er bis hierher mitgebracht hatte. Aber noch ehe er abzog, erfüllte er seine Drohung. Er befahl seinem Burschen, Schmied von Beruf, einem Menschen von riesenhaftem Wuchs und Hühnerverstand, er solle Alihodscha fesseln und, so gefesselt, mit dem rechten Ohr an jenem Eichenbalken festnageln, der von dem einstigen Blockhaus, eingepreßt zwischen zwei Steinstufen, auf der Kapija übriggeblieben war.

In jenem allgemeinen Gedränge und Durcheinander, das auf dem Markt und um die Brücke herrschte, hörten zwar alle den lauten Befehl, aber niemand verstand ihn, als müsse er so ausgeführt werden, wie er gegeben war. Was wird nicht alles geredet und welche groben Worte und furchtbaren Flüche hört man nicht in solchen Zeiten? So war es auch hiermit. Zuerst erschien es völlig unwahrscheinlich, mehr als Drohung, als Schimpfen oder etwas Ähnliches. Nicht einmal Alihodscha nahm es besonders ernst. Selbst der Schmied, dem es befohlen und der damit beschäftigt war, die Geschütze zu verkeilen, schien zu zögern und nachzudenken. Aber der Gedanke, daß man den Hodscha auf der Kapija festnageln müsse, war aufgetaucht, und in den Köpfen dieser verhetzten und verbitterten Menge wurden die Aussichten und Möglichkeiten für die Ausführung und Nichtausführung eines solchen Verbrechens gegeneinander abgewogen. Wird man – wird man nicht! Anfangs schien das den meisten, wie es auch war, sinnlos, häßlich und unmöglich. Aber in diesen Augenblicken allgemeiner Erregung mußte irgend etwas geschehen, etwas Großes, Ungewöhnliches, und nur dies war zu tun möglich. Wird man nicht – oder wird man etwa doch? Diese Möglichkeit verdichtete sich immer mehr und wurde mit jeder Minute und jeder Bewegung immer wahrscheinlicher und natürlicher. Warum sollte man schließlich nicht? Zwei Mann hielten schon den Hodscha, der sich nicht einmal viel wehrte. Sie banden ihm die Hände auf den Rükken. Alles das war noch weit entfernt von einer solchen furchtbaren und irrsinnigen Wirklichkeit. Aber es kam ihr schon immer näher. Der Schmied, als schäme er sich plötzlich seiner Schwäche und Unentschlossenheit, holte von irgendwoher den Hammer hervor, mit dem er noch bis eben die Geschütze verkeilt hatte. In dem Gedanken, daß der Schwabe sozusagen bereits da sei, nur eine halbe Stunde Weges von der Stadt, fand der Schmied die Entschlossenheit, dies wirklich bis zum Ende auszuführen. Und aus dem gleichen schmerzlichen Gedanken schöpfte der Hodscha seinen trotzigen Gleichmut gegenüber allem, auch gegenüber dieser unverdienten, unsinnigen und schmachvollen Strafe, der sie ihn unterwarfen.

Und so geschah in einigen Augenblicken das, was in jedem einzelnen dieser Augenblicke unmöglich und unwahrscheinlich erschienen war. Niemand hätte das für möglich gehalten oder gutgeheißen, dennoch trug aber jeder ein wenig dazu bei, daß sich der Hodscha auf der Brücke wiederfand, mit dem rechten Ohr festgenagelt an einem hölzernen Balken, der hier auf der Kapija lag. Und als alles vor dem Schwaben, der zur Stadt herunterkam, geflohen war, da blieb der Hodscha in dieser sonderbaren, schmerzhaften und lächerlichen Stellung, verurteilt, reglos zu knien, denn jede, auch die geringste Bewegung schmerzte ihn und drohte, sein Ohr zu zerreißen, das ihm groß und schwer wie ein Berg zu sein schien. Er rief, aber niemand war da, ihn zu hören und aus dieser qualvollen Stellung zu befreien, denn alles Lebendige hatte sich in die Häuser verkrochen oder war auf die Dörfer gegangen, aus Furcht vor dem einrückenden Schwaben und ebenso großer Furcht vor den abrückenden Aufständischen. Die Stadt schien ausgestorben und die Brücke verlassen, als habe der Tod alles ausgelöscht. Kein Lebender oder Toter war da, sie zu verteidigen, nur auf der Kapija hockte der reglose Alihodscha, mit dem Kopf an einen Balken genagelt, vor Schmerzen stöhnend, und ersann auch in dieser Lage noch neue Beweise gegen Karamanli.

Die Österreicher rückten langsam heran. Ihre Vorhuten erblickten vom anderen Ufer vor dem Karawan-Serail neben der Brücke die beiden Geschütze und machten sofort halt, um ihre Gebirgsgeschütze zu erwarten. Gegen Mittag schossen sie aus einem Wäldchen auf das verlassene Karawan-Serail einige Granaten, die den auch so schon baufälligen Chan beschädigten und jene ungewöhnlich zarten, in einem Stück aus weichem Stein geschnittenen Fenstergitter zerstörten. Erst nachdem sie die beiden türkischen Geschütze genau angemessen, umgeworfen und gesehen hatten, daß sie verlassen waren und niemand antwortete, stellten die Schwaben das Feuer ein und begannen, sich Brücke und Stadt vorsichtig zu nähern. Auf dic Kapija kamen langsamen Schrittes, das Gewehr im Anschlag, ungarische Honved-Soldaten. Unschlüssig hielten sie vor dem verkrampften Hodscha, der aus Furcht vor den Granaten, die über seinen Kopf hinwegheulten, für einen Augenblick den Schmerz seines festgenagelten Ohres vergessen hatte. Als er die verhaßten Soldaten mit gefälltem Gewehr sah, begann er schmerzhaft und gedehnt zu stöhnen, denn er rechnete damit, daß dies eine Sprache sei, die jeder verstehe. Das rettete ihn davor, von den Honveds erschossen zu werden. Während die einen Schritt für Schritt über die Brücke vorrückten, blieben andere bei ihm stehen und betrachteten ihn aus der Nähe, ohne seine Stellung zu begreifen. Erst als ein Sanitäter kam, fanden sie eine Zange, zogen vorsichtig den Nagel heraus (es war einer, wie man sie zum Beschlagen der Pferde nimmt) und befreiten Alihodscha. Steif und ermüdet, wie er war, sank er auf die steinernen Stufen und stöhnte und ächzte. Der Sanitäter bestrich ihm das verletzte Ohr mit einer Flüssigkeit, die brannte. Durch seine Tränen sah der Hodscha, wie in einem ungewöhnlichen Traum, auf dem linken Arm des Soldaten ein breites weißes Band und auf ihm ein großes Kreuz aus rotem Stoff. Nur im Fieber kann man so entsetzliche und furchtbare Traumgesichte haben. Dieses Kreuz schwamm und tanzte in seinen Tränen und verdeckte ihm, wie eine Spukerscheinung, seinen Gesichtskreis. Dann verband ihm der Soldat die Wunde und wickelte ihm darüber den weißen Hodschaturban. Mit so eingewickeltem Kopfe, im Kreuz zerbrochen, richtete sich der Hodscha auf und blieb einige Augenblicke, auf die steinerne Brückeneinfassung gestützt, stehen. Nur schwer beruhigte und sammelte er sich. Ihm gegenüber, auf der anderen Seite der Kapija, unmittelbar unter der türkischen Inschrift auf dem Stein, klebte ein Soldat ein großes, weißes Papier an. Obgleich ihm der Kopf vor Schmerzen dröhnte, konnte der Hodscha seine angeborene Neugierde, das Plakat zu betrachten, nicht überwinden. Es war der Aufruf des Generals Filipowitsch, des Oberbefehlshabers der österreichischen Besatzungstruppen, in serbischer und türkischer Sprache, an die Bevölkerung von Bosnien und der Herzegowina zum Einmarsch der österreichischen Truppen. Mit dem rechten Auge blinzelnd, buchstabierte Alihodscha den Text in türkischer Sprache, aber nur die Sätze, die in Fettdruck hervorgehoben waren.

»Bewohner von Bosnien und der Herzegowina!

Die Truppen des Kaisers von Österreich und Königs von Ungarn sind im Begriffe, die Grenzen Eueres Landes zu überschreiten.

Sie kommen nicht als Feinde, um sich dieses Landes gewaltsam zu bemächtigen.

Sie kommen als Freunde, um den Übeln ein Ende zu bereiten,

welche seit einer Reihe von Jahren nicht nur Bosnien und die Herzegowina, sondern auch die angrenzenden Länder von Österreich-Ungarn beunruhigen.«

– – – –

»Der Kaiser und König konnte nicht länger ansehen, wie Gewaltthätigkeit und Unfriede in der Nähe Seiner Provinzen herrschten – wie Noth und Elend an die Grenzen Seiner Staaten pochten.

Er hat das Auge der europäischen Staaten auf Euere Lage gelenkt, und im Congresse zu Berlin wurde einstimmig beschlossen, daß Österreich-Ungarn Euch die Ruhe und Wohlfahrt wiedergebe, die Ihr so lange entbehrt.

Seine Majestät, der Sultan, von dem Wunsche für Euer Wohl beseelt, hat sich bewogen gefunden, Euch dem Schutze Seines mächtigen Freundes, des Kaisers und Königs, anzuvertrauen.«

– – – –

»Der Kaiser und König befiehlt, daß alle Söhne dieses Landes gleiches Recht nach dem Gesetze genießen, daß sie Alle geschützt werden in ihrem Leben, ihrem Glauben, ihrem Hab und Gut.«

– – – –

»Bewohner von Bosnien und der Herzegowina!

Begebt Euch mit Vertrauen unter den Schutz der glorreichen Fahnen von Österreich-Ungarn.

Empfanget unsere Soldaten als Freunde – gehorchet der Obrigkeit, nehmt Euere Beschäftigung wieder auf, und Ihr sollt geschützt sein in den Früchten Euerer Arbeit.«

Der Hodscha las stockend, Satz für Satz, er verstand nicht jedes Wort, aber jedes flößte ihm Schmerz ein; einen ganz besonderen Schmerz, völlig anders dem, den er in seinem verletzten Ohr, im Kopf und im Rücken spürte. Erst jetzt, nach diesen Worten, den »Worten des Kaisers«, war ihm mit einem Male klar, daß es aus war mit ihm, mit all den Seinen und allem, was ihnen gehörte, aus für immer, aber auf eine sonderbare Art: die Augen sahen weiter, der Mund sprach, man lebte weiter, aber das Leben, jenes wahre

Leben, gab es nicht mehr. Ein fremder Herrscher hatte die Hand auf sie gelegt und ein fremder Glaube sie überwältigt. Das ging klar hervor aus diesen großen Worten und unklaren Versprechungen und noch mehr aus jenem bleiernen Schmerz in der Brust, der heftiger und schwerer war als irgendein menschlicher Schmerz, den man sich vorstellen kann. Und Tausende solcher Narren wie dieser Osman Karamanli konnten weder helfen noch etwas daran ändern. (So stritt der Hodscha in seinem Inneren noch immer.) »Alle werden wir unser Leben hingeben!« – »Bis zum letzten Mann werden wir kämpfen!« Was nützen alle diese großen Worte, wenn nun eine solche Zeit anbricht, wo der Mensch so hinsiecht, daß er weder leben noch kämpfend sterben kann, sondern wie ein Balken in der Erde verfault und jedem gehört, nur nicht sich selbst. Das ist das wahre, große Elend, das diese Karamanlis nicht sehen und nicht begreifen und mit ihrer Verständnislosigkeit nur noch schwerer und schändlicher machen.

In diesen Gedanken ging Alihodscha langsam von der Brücke. Und er bemerkte nicht, daß ihn der Sanitäter begleitete. Es schmerzte ihn das Ohr, aber mehr noch drückten ihn die Worte des Kaisers, als hätte sich eine der bleiernen und bitteren Kanonenkugeln der Österreicher mitten in seine Brust gesenkt. Er ging langsam, und es schien ihm, als würde er niemals wieder auf das andere Ufer gelangen, als sei diese Brücke, die Zierde der Stadt und seit ihrem Bestehen auf das engste mit seiner Familie verknüpft, auf der er aufwuchs und neben der er ein Menschenleben verbrachte, plötzlich in der Mitte, dort bei der Kapija zerbrochen, als sei sie durch das große weiße Papier des schwäbischen Aufrufs in der Mitte wie von einer lautlosen Explosion zerrissen worden, als klaffe dort ein Abgrund und ständen nur noch einzelne Pfeiler rechts und links dieses Einschnittes, als gäbe es keinen Übergang mehr, denn die Brücke verband ja nicht mehr zwei Ufer, und jeder müsse für ewig auf der Seite bleiben, auf der er sich in diesem Augenblick zufällig befunden.

Langsam ging Alihodscha in seinen Fiebervorstellungen, er bewegte sich wie ein Schwerverwundeter, und seine Augen füllten sich unaufhörlich mit Tränen. Er ging schwankend, als sei er ein Bettler, der, gebrechlich, zum ersten Male die Brücke überschreitet und eine fremde, unbekannte Stadt betritt. Der Klang von Stimmen ließ ihn zusammenzucken. Einige Soldaten gingen an ihm vorüber. Unter ihnen erblickte er wieder das gutmütige und freundliche Gesicht dessen mit dem roten Kreuz auf dem Arm, der ihn befreit. Freundlich lächelnd, zeigte der Soldat auf seinen Verband und fragte ihn etwas in einer unverständlichen Sprache. Der Hodscha glaubte, er biete ihm noch irgendwelche Hilfe an, und wurde sofort steif und abweisend:

»Es geht schon, es geht. Ich brauche niemanden.«

Und lebhafteren, entschlossenen Schrittes ging er weiter, seinem Hause zu.

10

Der feierliche und amtliche Einzug der österreichischen Truppen war erst am nächsten Tage.

Nie hatte eine solche Ruhe über der Stadt gelegen. Die Läden wurden nicht geöffnet. Fenster und Türen der Häuser waren geschlossen, obgleich es ein sonniger und heißer Tag gegen Ende August war. Die Gassen verödet, Höfe und Gärten wie ausgestorben. In den türkischen Häusern Niedergeschlagenheit und Verlegenheit, in den christlichen Vorsicht und Mißtrauen. Überall aber und bei allen Furcht. Die einrückenden Schwaben fürchten einen Hinterhalt. Die Türken fürchten sich vor den Schwaben, die Serben vor Schwaben und Türken. Die Juden fürchten sich vor allem und vor jedem, denn besonders in Kriegszeiten ist jeder stärker denn sie. Allen dröhnt noch das gestrige Schießen der Artillerie in den Ohren. Und wären die Menschen nur ihrer eigenen Angst gefolgt, dann hätte keine Menschenseele an diesem Tage auch nur den Kopf aus dem Hause herausgesteckt. Aber der Mensch hat auch noch andere Herren über sich. Die österreichische Abteilung, die gestern in die Stadt eingerückt war, suchte den Polizeihauptmann, den Mulasim und seine Polizisten auf. Der Offizier, der diese Abteilung befehligte, beließ dem Mulasim seinen Säbel und befahl ihm, seinen Dienst auch weiter zu versehen und die Ordnung in der Stadt aufrechtzuerhalten. Es wurde ihm mitgeteilt, daß der Kommandant, ein Oberst, am nächsten Tage, eine Stunde vor Mittag, eintreffen werde und daß ihn die angesehensten Männer der Stadt, und zwar die Vertreter der drei Konfessionen, an der Brücke zu empfangen hätten. Der grauköpfige und resignierte Mulasim berief sofort den Mullah Ibrahim, Huseinaga, den Muderis[1], den Popen Nikola und den Rabbiner David Levy und eröffnete ihnen, daß sie als »die geistlichen Würdenträger und ersten Männer« den österreichischen Kommandanten am nächsten Mittag auf der Kapija empfangen, ihn im Namen der Bürgerschaft begrüßen und bis in die Stadt geleiten müßten.

Lange vor der festgesetzten Zeit trafen sich die vier »Würdenträger« auf dem verlassenen Marktplatz und gingen langsamen Schrittes auf die Kapija. Dort hatte schon Salko Hedo, der Gehilfe des Mulasim, mit einem Polizisten einen langen, leuchtend bunten türkischen Teppich ausgebreitet und mit ihm die Stufen und die Mitte der steinernen Bank bedeckt, auf der der österreichische Kommandant sitzen sollte. Einige Zeit standen sie dort, feierlich und schweigend; als sie aber sahen, daß nirgendwo auf dem weißen Wege vom Okolischte herab auch nur eine Spur des Kommandanten zu erblicken war, schauten sie einander an, und wie auf Verabredung setzten sie sich auf den unbedeckten Teil der steinernen Bank. Pope Nikola zog einen großen ledernen Tabaksbeutel hervor und bot auch den anderen an.

Nun saßen sie auf dem Sofa wie einst, da sie jung und sorglos waren und wie alle Jugend ihre Zeit auf der Kapija verbrachten. Nur waren sie jetzt schon alle bei Jahren. Pope Nikola und Mullah Ibrahim waren alt, der Muderis und der Rabbiner reife Männer, alle feiertäglich gekleidet, und jeder erfüllt von Sorgen um sich und um die Seinen. Sie betrachteten einander lange und eingehend in der grellen Sommersonne, und jeder erschien dem anderen zu stark gealtert und zu verbraucht für seine Jahre. Jeder erinnerte

---

1 Direktor der höheren mohammedanischen Schule

sich des anderen, wie er in der Jugend oder Kindheit gewesen, als sie neben dieser Brücke aufgewachsen, ein jeder in seiner Generation ein grünes Holz, von dem man noch nicht weiß, was aus ihm werden wird.

Sie rauchten und sprachen über das eine, in ihren Gedanken aber wälzten sie das andere und blickten jeden Augenblick zum Okolischte, wo sich der Kommandant zeigen sollte, von dem nun alles abhing und der für sie und ihre Gemeinde und für die ganze Stadt Gutes wie Böses, Beruhigung oder neue Gefahren bringen konnte.

Pope Nikola war zweifellos der ruhigste und gesammeltste von den vieren, zumindest schien es so. Er hatte schon die Siebzig überschritten, aber er war noch immer rüstig und stark. Ein Sohn des berühmten Popen Mihajlo, den die Türken auf dieser gleichen Brücke enthaupteten, hatte Pope Nikola eine unruhige Jugend gehabt. Ein paarmal war er nach Serbien geflohen und hatte sich vor dem Haß und der Rache einiger Türken verborgen. Durch seine unbändige Natur und seine Haltung gab er auch Anlaß zu Haß und Rachsucht. Als aber die unruhigen Jahre vorüber waren, da setzte sich der Sohn des Popen Mihajlo in die väterliche Pfarre, heiratete und beruhigte sich (»Schon seit langem bin ich zur Vernunft gekommen, und auch unsere Türken sind zahmer geworden«, sagte Pope Nikola im Scherz). Schon fünfzig Jahre sind es her, seitdem Pope Nikola nun seiner ausgedehnten, verstreuten und schwierigen Pfarre an der Grenze vorsteht, ruhig und weise, ohne andere größere Erschütterungen und Mißgeschicke als die, welche das Leben selbst mit sich bringt, mit der Hingabe eines Dieners und der Würde eines Fürsten, immer gerade und gleichmäßig, zu den Türken, zum Volk und zu den Behörden.

Weder vor noch nach ihm hatte es jemals unter den Städtern einen Mann gegeben, der so sehr die allgemeine Achtung genoß und ohne Unterschied des Glaubens, des Geschlechtes und der Jahre ein solches Ansehen besaß wie dieser Pope, den sie alle seit alters her »Großvater« nannten. Für die ganze Stadt und den ganzen Kreis ist er die Verkörperung der serbischen Kirche und alles dessen, was das Volk als Christentum bezeichnet und ansieht. Und noch mehr, das Volk sieht in ihm das Urbild des Priesters und des Ältesten überhaupt, so wie es sich ihn in dieser Stadt und unter solchen Verhältnissen vorstellt.

Er ist ein Mann von hoher Gestalt und ungewöhnlicher Körperkraft, nicht besonders schreibkundig, aber mit weitem Herzen, gesundem Verstand und einem heiteren und freien Geist. Sein Lächeln entwaffnet, beruhigt und ermutigt; es ist das unbeschreibliche und unschätzbare Lächeln eines kraftvollen, edlen Menschen, der mit sich selbst und allem um sich im Frieden lebt; seine großen grünen Augen verengen sich dann zu einer schmalen, dunkelbraunen Schneide, aus der goldene Funken hervorbrechen. So ist er auch bis in sein Alter geblieben. In seinem langen Mantel aus Fuchspelz, mit dem großen, roten Bart, der, mit den Jahren erst angegraut, seine ganze Brust bedeckt, mit einer gewaltigen Priesterkappe auf dem wilden Haar, das hinten zu einem festen Knoten zusammengedreht ist und unter der Kappe verschwindet, schreitet er durch die Stadt, als sei er der Priester dieser Stadt neben der Brücke und dieses ganzen bergigen Landes, und zwar nicht erst seit einigen fünfzig Jahren und nicht nur seiner Kirche, sondern von jeher, aus alten Zeiten, da die Welt noch nicht in die heutigen Glaubensrichtungen und Kirchen geteilt war. Aus den Läden beiderseits der Straße grüßen ihn die Leute, gleichviel welchen Glaubens sie sind. Die Frauen treten zur Seite und warten, gesenkten Hauptes stehend, daß Großvater vorübergehe. Die Kinder (sogar auch die jüdischen) unterbrechen ihr Spiel und hören auf zu schreien, und die älteren unter ihnen nähern sich feierlich und schüchtern der gewaltigen und schweren großväterlichen Hand, um für einen Augenblick zu fühlen, wie auf ihre geschorenen Köpfe und vom Spiel erhitzten Gesichter wie ein guter und angenehmer Tau seine starke und heitere Stimme herabrieselt:

»Sollst leben, sollst lange leben, mein Sohn!«

Dieser Akt der Ehrfurcht vor Großvater gehörte zum uralten und allgemein anerkannten Zeremoniell, mit dem die Generationen der Städter geboren wurden.

Auch in Pope Nikolas Leben gab es einen Schatten. Seine Ehe war kinderlos geblieben. Dies war zweifellos etwas Schweres, aber niemand erinnerte sich, weder von ihm noch von seiner Frau je ein Wort der Klage gehört oder auch nur einen traurigen Blick gesehen zu haben. Im Hause hatten sie immer wenigstens zwei angenommene Kinder, aus seiner oder ihrer Verwandtschaft vom Dorfe. Diese Kinder versorgten sie bis zur Heirat und nahmen dann neue auf.

Neben Pope Nikola saß Mullah Ibrahim, ein großer, magerer, vertrockneter Mann mit schütterem Bart und herabhängendem Schnurrbart. Er war nicht viel jünger als Pope Nikola, hatte eine große Familie und einen schönen Besitz, den ihm sein Vater hinterlassen, aber er war so nachlässig, mager und schüchtern, daß er mit seinen kindlichen blanken blauen Augen eher irgendeinem Einsiedler und armen frommen Pilger denn dem Wischegrader Hodscha und geistigen Würdenträger glich. Mullah Ibrahim hatte ein Gebrechen: er stotterte, und zwar sehr heftig und langdauernd. (»Man muß viel Zeit mitbringen, wenn man mit Mullah Ibrahim sprechen will«, sagte man in der Stadt im Scherz.) Aber Mullah Ibrahim war weit bekannt ob seiner Güte und Feinfühligkeit. Der ganze Mensch strömte Wohlwollen und Heiterkeit aus, und schon bei den ersten Worten vergaß jeder sein äußeres Aussehen und sein Stottern. Er zog alle jene zu sich heran, die mit Krankheit, Armut oder irgendeiner anderen Mühsal beladen waren. Aus den entferntesten Dörfern kamen sie zu Mullah Ibrahim, um bei ihm Rat zu suchen. Vor seinem Hause standen stets Leute, die auf ihn warteten. Männer und Frauen sprachen ihn oft auf der Straße um Rat und Hilfe an. Er wies niemals jemanden ab, aber er vergab keine teuren Talismane und Amulette wie andere Hodschas. Gewöhnlich setzten sie sich sofort im ersten besten Schatten oder etwas abseits auf dem ersten besten Stein nieder, der Mann brachte seine Not vor, Mullah Ibrahim hörte ihn aufmerksam und mitfühlend an und sagte ihm dann ein paar gute Worte, wobei er stets die beste mögliche Lösung fand, oder er langte mit seiner mageren Hand in die tiefe Tasche seines Oberkleides und, sich umblickend, ob es auch niemand sehe, drückte er ihm etwas Geld in die Hand. Nichts war ihm etwa schwer oder unangenehm oder unmöglich, wenn es darum ging, irgendeinem Moslem zu helfen. Dafür hatte er immer Zeit und fand immer Geld. Nicht einmal sein Stottern störte ihn dabei, denn während er mit seinem in Not geratenen Gläubigen sprach, vergaß er sogar das Stottern. Ein jeder ging von ihm, wenn schon nicht völlig getröstet, so doch wenigstens vorübergehend beruhigt, denn er sah, daß jemand seine Not wie die eigene empfand. Ständig von jedermanns Sorgen und Bedürfnissen umgeben, niemals an sich denkend, hatte er, so wenigstens schien es ihm, sein ganzes Leben in Gesundheit, Glück und Wohlstand verbracht.

Der Wischegrader Muderis, Hussein Effendi, war ein kleinerer und fülliger Mann, noch jung an Jahren, schön gekleidet und wohl gepflegt. Ein schwarzer, kurzer Bart, sorgfältig zu einem regelmäßigen Oval um das weiß und rötliche Gesicht gestutzt, mit runden schwarzen Augen. Von guter Schulbildung, wußte er genug, galt als ein Mann, der viel weiß, und war selbst der Meinung, er wisse noch mehr. Er sprach gern und liebte es, daß man ihm zuhörte. Er war überzeugt, daß er gut spreche, und das veranlaßte ihn, viel zu sprechen. Er drückte sich vorsichtig und salbungsvoll aus, sprach mit maßvollen Bewegungen, die Hände leicht gehoben, beide in gleicher Höhe, weiße, gepflegte Hände, mit rosafarbenen Nägeln, beschattet von dichten, kurzen und schwarzen Härchen. Und beim Sprechen bewegte er sich, als stehe er vor dem Spiegel. Er besaß die größte Bibliothek in der Stadt, eine eisenbeschlagene und gut verschlossene Kiste voller Bücher, die ihm sein Lehrer, der berühmte arabische Hodscha, bei seinem Tode hinterlassen und die er nicht nur sorgfältig vor Staub und Motten hütete, sondern in der er auch nur selten und sparsam las. Aber daß er so viele teure Bücher besaß, hob schon seinen Wert in den eigenen Augen und verschaffte ihm ein Ansehen bei den Menschen, die nicht wußten, was ein Buch ist. Man wußte, daß er eine Chronik der wichtigsten Ereignisse in der Stadt schrieb. Und dies brachte ihm bei den Bürgern das Ansehen eines gelehrten und außergewöhnlichen Menschen, denn man meinte, daß er damit den guten Ruf der Stadt und eines jeden einzelnen in seiner Hand habe. In Wirklichkeit war diese Chronik weder umfangreich noch gefährlich. In den fünf, sechs Jahren, seit sie der Muderis führte, füllte sie ganze vier Seiten eines kleinen Heftes. Denn die meisten Stadtereignisse befand der Muderis nicht für wichtig oder würdig genug, in seine Chronik einzugehen. Daher war sie so unfruchtbar, trocken und steif wie eine hochmütige alte Jungfer.

Der vierte der »Würdenträger« war David Levy, der Wischegrader Rabbiner, ein Enkel jenes bekannten alten Rabbi Hadschi Liatscho, der ihm seinen Namen, seine Stellung und seinen Besitz, aber nichts von seinem Geist und seiner Heiterkeit als Erbe hinterlassen hatte.

Er war ein junger, schmächtiger und bleicher Mann mit dunklen, samtenen, traurig blickenden Augen. Er war unaussprechlich schüchtern und schweigsam. Er war erst einige Zeit Rabbiner und hatte kürzlich geheiratet. Um gewichtiger und stärker auszusehen, trug er weite und reiche Kleider aus schwerem Stoff, sein Gesicht war von Bart und Schnurrbart verdeckt, aber unter diesen Kleidern ahnte man den schwachen, leicht frierenden Körper, und durch den dünnen schwarzen Bart sah man das kränkliche Oval seines Knabengesichtes. Es war ihm eine furchtbare Qual, wenn er irgendwo unter die Leute gehen und sich an Gesprächen und Entscheidungen beteiligen mußte, da er sich ständig als klein, schwach und den Aufgaben nicht gewachsen empfand.

Nun saßen sie alle vier schwitzend in ihren Sonntagskleidern in der Sonne, aufgeregter und sorgenvoller, als sie es zeigen wollten.

»Rauchen wir noch eine; Zeit haben wir ja, hol's der Teufel, der kann ja auch nicht wie ein Vogel auf die Brücke geflogen kommen«, sprach Pope Nikola als ein Mann, der es seit langem gelernt, Sorge und wahre Gedanken, seine eigenen wie die fremden, unter einem Scherz zu verbergen.

Alle blickten zum Okolischte, und dann griffen sie zum Tabak.

Das Gespräch tropfte langsam und vorsichtig und drehte sich ständig um den Empfang des Kommandanten. Alles lief darauf hinaus, daß Pope Nikola derjenige sei, der ihn begrüßen und willkommen heißen müsse. Mit zusammengekniffenen Lidern und gefurchten Augenbrauen, so daß seine Augen jene dunkle Schneide bildeten, aus der wie ein Lächeln goldene Funken hervorschossen, betrachtete Pope Nikola sie alle drei lange, schweigend und aufmerksam.

Der junge Rabbi verging vor Furcht. Er besaß nicht die Kraft, den Rauch von sich fortzublasen, sondern dieser wand sich noch lange durch seinen Bart. Der Muderis war nicht weniger verängstigt. Seine ganze Beredsamkeit und Würde eines gelehrten Mannes hatten ihn heute morgen plötzlich verlassen. Er war sich auch nicht im entferntesten bewußt, wie verstört und bis zu welchem Grade verschüchtert er aussah, denn die hohe Meinung, die er von sich hatte, erlaubte ihm nicht, sich so etwas vorzustellen. Er versuchte, eine seiner gelehrten Reden mit gemessenen Gesten zu halten, die alles erläutern, aber die schönen Hände fielen ihm von selbst in den Schoß, und seine Worte verwirrten sich und rissen ab. Er wunderte sich selbst, wohin sich seine gewohnte Würde verloren, und bemühte sich unaufhörlich vergebens, sie zu suchen, wie etwas, an das er seit langem gewöhnt und das er gerade jetzt, da er es am nötigsten brauchte, irgendwo verlegt hatte.

Mullah Ibrahim war etwas bleicher als gewöhnlich, aber sonst ruhig und gefaßt. Er und Pope Nikola blickten sich von Zeit zu Zeit an, als verständigten sie sich mit den Augen. Schon seit ihrer Jugend waren sie gute Bekannte und Freunde, soweit man zu den damaligen Zeiten von Freundschaft zwischen Mohammedanern und Christen sprechen konnte. Als Pope Nikola in seinen jungen Jahren seine »Händel« mit den Wischegrader Türken hatte und sich verbergen und flüchten mußte, hatte ihm Mullah Ibrahim, dessen Vater in der Stadt sehr mächtig war, irgendeinen Dienst erwiesen. Später, als ruhigere Zeiten für die Stadt herangekommen, die Beziehungen zwischen beiden Religionen erträglich geworden und sie beide in die reiferen Jahre gekommen waren, freundeten sie sich an und nannten einander im Scherz »Nachbar«, denn ihre Häuser lagen an den beiden entgegengesetzten Enden der Stadt. Bei Trockenheit, Seuchen und anderen Nöten, die hereinbrachen, standen sie, ein jeder unter seinem Volke, auf dem gleichen Posten. Auch sonst, wenn sie sich auf dem Mejdan oder dem Okolischte trafen, grüßten sie sich und fragten einander nach dem Befinden, wie sich nirgendwo Pope und Hodscha begrüßten und miteinander sprachen.

»Alles, was da unten kreucht und fleucht und mit menschlicher Stimme spricht, das tragen wir beide, du und ich, auf unserer Seele.«

»Bei Gott, so ist es, Nachbar«, stotterte Mullah Ibrahim, »das tragen wir wirklich.«

(Die Städter aber, die in allem einen Anlaß zum Lachen finden, sagen von Menschen, die in Freundschaft leben: »Sie stehen zueinander wie Pope und Hodscha.« Und das ist ihnen schon zum Sprichwort geworden.)

Auch jetzt verstanden sich die beiden gut, obgleich sie kein Wort gesprochen hatten. Pope Nikola wußte, wie schwer es Mullah Ibrahim zumute war, und Mullah Ibrahim wußte, daß es auch dem Popen nicht leicht war. Und sie blickten einander an, wie so viele Male im Leben und bei so vielen verschiedenen Anlässen: wie zwei Männer, die für alle Menschenseelen in der Stadt die Verantwortung tragen, der eine für die, die sich bekreuzigen, der andere für die, die sich verneigen.

Da hörte man ein Trappeln. Heran eilte ein Polizist auf einem kleinen Klepper. Außer Atem und verängstigt schrie er schon von weitem wie ein Ausrufer:

»Da kommt der Herr, da kommt er auf dem weißen Pferd!«

Nun erschien auch plötzlich der immer ruhige, immer gleichmäßig liebenswürdige und schweigsame Mulasim.

Vom Okolischte herab wirbelte Staub auf.

Diese Männer, geboren und aufgewachsen in diesem abgelegenen Winkel der Türkei, und zwar der heruntergekommenen Türkei des neunzehnten Jahrhunderts, hatten, natürlicherweise, niemals Gelegenheit gehabt, die richtige, starke und gut organisierte Armee einer Großmacht zu sehen. Alles, was sie bis jetzt hatten sehen können, das waren unvollständige, schlecht gekleidete und unregelmäßig bezahlte Einheiten türkischer Soldaten oder, was noch schlimmer, die gewaltsam aufgebotene bosnische Landwehr ohne Disziplin und Begeisterung. Jetzt zeigte sich ihnen zum ersten Male die wirkliche »Macht und Ordnung« eines Kaiserreiches, siegreich, glänzend und selbstbewußt. Ein solches Heer mußte ihre Augen blenden und ihnen das Wort in der Kehle stocken lassen. Schon auf den ersten Blick sah man, an der Ausrüstung der Pferde und an jedem Knopf der Soldaten, hinter diesen paradierenden Husaren und Jägern den tiefen und starken Hintergrund, die Macht, Ordnung und den Wohlstand einer anderen Welt. Die Überraschung war groß und der Eindruck tief.

Voran ritten zwei Trompeter auf feisten Apfelschimmeln, dann kam ein Fähnlein Husaren auf Rappen. Die Pferde waren alle gestriegelt und tänzelten wie Mädchen, leicht und gehalten. Die Husaren mit ihren roten, schirmlosen Kappen und gelben Schnüren über der Brust, alle sonnenverbrannte junge Männer mit aufgezwirbelten Schnurrbärtchen, sahen frisch und ausgeschlafen aus, als kämen sie eben aus der Kaserne. Hinter ihnen ritt eine Gruppe von sechs Offizieren mit dem Obersten an der Spitze. Auf ihm ruhten alle Blicke. Sein Pferd war höher als die anderen, bläßfüßig, mit ungewöhnlich langem und gebogenem Hals. Hinter den Offizieren folgte ein Kompanie Infanterie, Jäger, in grünen Uniformen, mit Federn auf dem Ledertschako und weißem Lederzeug auf der Brust. Sie schlossen das Blickfeld ab und sahen aus wie ein wandernder Wald.

Trompeter und Husaren ritten bis zu den Würdenträgern und dem Mulasim, machten auf dem Platz halt und stellten sich zu beiden Seiten auf.

Die bleichen und aufgeregten Männer auf der Kapija standen mitten auf der Brücke, das Gesicht den herankommenden Offizieren zugewendet. Einer der jüngeren Offiziere ritt an den Obersten heran und sagte ihm etwas. Alle verlangsamten die Gangart.

Einige Schritte vor den »Würdenträgern« hielt der Oberst plötzlich und sprang vom Pferde. Das gleiche taten die Offiziere hinter ihm, wie auf ein Zeichen. Soldaten liefen hinzu, übernahmen die Pferde und führten sie einige Schritte zurück.

Sobald er mit den Füßen die Erde berührt hatte, verwandelte sich der Oberst. Er war klein und unansehnlich, übermüdet, ein unangenehmer und gefährlicher Mann. Gerade, als habe er als einziger von ihnen und für sie alle Krieg geführt.

Erst jetzt sah man, wie einfach gekleidet, verwahrlost und ungepflegt er im Gegensatz zu seinen frischen und straffen Offizieren aussah. Das Bild eines Menschen, der sich unbarmherzig verbraucht; der sich selbst verzehrt. Das Gesicht von der Sonne verbrannt, bärtig, die Augen trübe und unruhig und die hohe Mütze etwas schräg aufgesetzt, die Uniform zerknittert und zu weit für den mageren Körper. An den Füßen Reitstiefel mit niedrigen, weichen Schäften ohne Glanz. Breitbeinig gehend und mit der Reitpeitsche spielend, kam er näher. Einer der Offiziere meldete ihm und zeigte auf die versammelten Männer vor ihm. Der Oberst betrachtete sie kurz mit dem scharfen, wütenden Blick eines Menschen, der ständig vor schweren Aufgaben und großen Gefahren steht. Man konnte sofort erkennen, daß er auch gar nicht anders blicken konnte.

In diesem Augenblick begann Pope Nikola mit ruhiger, tiefer Stimme zu sprechen. Der Oberst hob den Kopf und ließ seinen Blick auf dem Gesicht des stattlichen Mannes im schwarzen Gewand ruhen. Dieses breite, ruhige Antlitz eines biblischen Patriarchen fesselte für einen Augenblick seine Aufmerksamkeit. Man konnte überhören, was dieser Greis sprach, oder ihn nicht verstehen, aber sein Gesicht konnte man nicht unbeachtet lassen. Pope Nikola sprach fließend und natürlich, mehr zu dem jungen Offizier gewendet, der seine Worte übersetzen sollte, als zu dem Obersten selbst. Im Namen der anwesenden Geistlichen aller Konfessionen versicherte er dem Obersten, sie seien, gemeinsam mit dem Volke, bereit, sich der neuen Macht zu beugen, und sie würden alles tun, was in ihren Kräften stünde, um die Ruhe und Ordnung zu wahren, die die neue Obrigkeit fordere. Sie bäten aber, daß das Heer sie und ihre Familie schütze und ihnen ein friedliches Leben und ehrliche Arbeit ermögliche.

Pope Nikola sprach kurz und kam schnell zu Ende. Der flinke Oberst hatte keine Gelegenheit, die Geduld zu verlieren. Dafür aber wartete er nicht, bis der junge Offizier seine Übersetzung beendete. Mit der Peitsche abwinkend, unterbrach er ihn mit scharfer und abgehackter Stimme:

»Schon gut! Schutz werden alle genießen, die sich gut führen. Aber Ruhe und Ordnung müssen die überall halten. Anders geht es nicht, ob sie wollen oder nicht.«

Und mit dem Kopfe nickend, wandte er sich ohne Gruß und Blick. Die Geistlichen wichen auf die Seite aus. An ihnen vorüber zogen der Oberst, nach ihm die Offiziere, dann die Pferdeburschen. Niemand kümmerte sich um die »Würdenträger«, die allein auf der Kapija zurückblieben.

Alle waren enttäuscht. Denn heute morgen und in der vergangenen Nacht, in der niemand von ihnen viel geschlafen, hatten sie sich hundertmal gefragt, wie wohl dieser Augenblick aussehen würde, da sie auf der Kapija den Kommandanten der Kaiserlichen Armee empfingen. Alles mögliche hatten sie sich vorgestellt, ein jeder nach seinem Geist und seiner Natur, und sie waren auf das Schlimmste gefaßt gewesen. Der eine hatte sich schon gesehen, wie sie ihn geradewegs in die Verbannung, in das ferne Österreich, abführten, daß er sein Haus und seine Stadt nie wieder sehen würde. Ein anderer hatte sich der Erzählungen über Heiruddin erinnert, der einst auf dieser gleichen Kapija die Köpfe abschlug. Auf alle mögliche Art hatten sie es sich vorgestellt, nur nicht so, wie es sich abspielte, mit diesem kleinen, aber scharfen und bösartigen Offizier, dem der Krieg zum wahren Leben geworden, der, ohne an sich zu denken und auf andere Rücksicht zu nehmen, alle Menschen und Länder um sich nur als Gegenstand oder Mittel zu Kampf und Krieg ansah und der sich benahm, als führe er den Krieg in seinem Namen und auf seine Rechnung.

So standen sie und blickten einander unschlüssig an. Ihre Blicke schienen stumm zu fragen: »Sind wir am Leben geblieben, und ist wirklich das Schlimmste vorüber?«, »Was erwartet uns noch, und was sollen wir tun?«

Der Mulasim und Pope Nikola fanden sich als erste. Sie beschlossen, daß die »Würdenträger« ihre Pflicht erfüllt hätten und daß ihnen nun nichts anderes zu tun bleibe, als nach Hause zu gehen und auf das Volk einzuwirken, daß es sich nicht fürchte und fliehe, aber gut achtgebe, was es tue. Die anderen, bleich im Gesicht und ohne Gedanken im Kopfe, nahmen diesen Beschluß auf, wie sie auch jeden anderen aufgenommen hätten, denn sie waren nicht imstande, selbst irgend etwas zu beschließen.

Der Mulasim, den nichts aus seiner Ruhe bringen konnte, ging weiter seinem Amt nach. Der Polizist rollte den bunten, langen Teppich zusammen, dem es nicht bestimmt gewesen, den Kommandanten aufzunehmen, neben ihm stand Salko Hedo, kalt und unempfindlich wie das Schicksal. Die »Würdenträger« waren inzwischen auseinandergegangen, jeder auf seine Art und in seine Richtung. Der Rabbiner eilte mit kleinen Schritten, um möglichst schnell daheim zu sein und die Wärme und den Schutz des heimischen Raumes zu fühlen, in dem seine Mutter und seine Frau lebten. Der Muderis ging etwas langsamer, aber tief in Gedanken versunken. Nun, da alles unerwartet leicht und gut, wenn auch ziemlich grob und unangenehm, vorübergegangen war, schien es ihm völlig klar, daß auch kein Grund zur Furcht vorhanden gewesen, und ihm war, als habe er sich in Wahrheit auch niemals vor irgend etwas gefürchtet. Er dachte nur nach, welche Bedeutung dieses Erlebnis in seiner Chronik haben könnte und wieviel Platz es in ihr einnehmen müßte. Zwanzig Zeilen würden etwa genügen. Vielleicht auch nur fünfzehn, vielleicht gar noch weniger. Und je mehr er sich seinem Hause näherte, desto geringer wurde diese Zahl. Mit jeder eingesparten Zeile schien es ihm in seinen eigenen Augen, als werde alles um ihn geringer und bedeutungsloser, während er, der Muderis, immer wichtiger werde und wachse.

Mullah Ibrahim und Pope Nikola gingen gemeinsam bis zum

Fuße des Mejdan. Beide schwiegen, überrascht und vor den Kopf geschlagen durch das Aussehen und Auftreten des Kaiserlichen Obersten. Beide eilten, möglichst schnell zu ihren Glaubensgenossen zu kommen. Dort, wo sich ihre Wege trennten, blieben sie einen Augenblick stehen und sahen einander schweigend an. Mullah Ibrahim rollte mit den Augen und zuckte mit den Lippen, als kaue er ständig das gleiche Wort, das er nicht aussprechen konnte. Pope Nikola, der sein Lächeln voll goldener Funken wiedergefunden, mit dem er sich und den Hodscha ermunterte, sprach seinen eigenen und des Hodschas Gedanken aus:

»Böse Sache, diese Armee, Mullah Ibrahim!«

»Rrrecht hhhast du, bbböse«, stotterte Mullah Ibrahim, die Hände erhebend, und verabschiedete sich mit Kopfbewegung und Gesichtsausdruck.

Schwer und langsam schritt Pope Nikola zu seinem Hause neben der Kirche. Die Pfarrfrau empfing ihn, ohne etwas zu fragen. Sofort streifte er die Stiefel ab, zog den Mantel aus und nahm die Priestermütze von dem dichten, verschwitzten Gewirr roter und grauer Haare. Er setzte sich in den kleinen, ebenerdigen Erker. Auf der hölzernen Einfassung stand schon das Glas Wasser mit einem Stückchen Zucker. Nachdem er sich erfrischt und eine Zigarette angezündet hatte, schloß er ermüdet die Augen. Aber vor seinem inneren Blick zuckte noch immer der flinke Oberst wie ein Blitz, der den Menschen blendet und ihm das ganze Blickfeld ausfüllt, so daß er nur ihn sieht und dennoch sein Bild nicht erfassen kann. Ausatmend stieß der Pope den Rauch weit von sich und sprach leise zu sich selbst:

»Ein abscheulicher Kerl, hol's der Teufel!«

Aus der Stadt hörte man eine Trommel und dann die Trompete der Jägerabteilung, durchdringend und siegreich, mit einer neuen, ungewohnten Melodie.

11 So vollzog sich die große Umwandlung im Leben des Städtchens neben der Brücke, ohne andere Opfer als Alihodschas Mißgeschick. Schon nach einigen Tagen war das Leben wieder im vollen Gange und, wie es schien, im Wesen unverändert. Auch Alihodscha erholte sich und machte, wie auch die übrigen Kaufleute, wieder seinen Laden in der Nähe der Brücke auf, nur trug er von nun an seinen weißen Hodschaturban auf der rechten Seite etwas tiefer, damit man die Narbe an seinem verletzten Ohr nicht sehe. Jene »bleischwere Kanonenkugel«, die sich ihm mitten in seine Brust gesenkt hatte, als er das rote Kreuz auf dem Arm des österreichischen Soldaten und durch seine Tränen die »Worte des Kaisers« las, war zwar nicht verschwunden, sie war aber klein wie eine Kugel am Gebetkranz geworden, und so ließ sich mit ihr leben. Auch war er ja nicht der einzige, den sie drückte.

So begann die neue Zeit unter der Besatzung, die vom Volke, da es sie nicht verhindern konnte, als etwas Vorübergehendes angesehen wurde. Was kam nicht alles in diesen wenigen ersten Jahren nach der Besatzung über die Brücke! Gelb gestrichene Heeresfahrzeuge rasselten in langen Reihen über die Brücke und brachten Verpflegung, Bekleidung, Mobiliar und bis dahin nie gesehene Einrichtungen und Gegenstände.

In der ersten Zeit sah man nur Soldaten. Wie Wasser aus der Erde, quollen sie hinter jeder Ecke und jedem Strauch hervor. Der Markt war voll von ihnen, aber sie waren auch in allen anderen Teilen der Stadt. Jeden Augenblick kreischte irgendeine erschreckte Frau auf, wenn sie im Hof oder im Pflaumengarten hinter dem Haus unerwartet auf Soldaten gestoßen war. In ihren dunkelblauen Uniformen, gebräunt von den zweimonatigen Märschen und Gefechten, froh, daß sie lebten, erfüllt vom Wunsche nach Erholung und Erleben, wimmelten sie in Stadt und Umgebung herum. Auf der Brücke waren sie zu jeder Tageszeit. Von den Bürgern ging kaum einer auf die Kapija, denn sie steckte immer voller Soldaten. Da saßen sie, sangen in verschiedenen Sprachen, scherzten, kauften Obst in ihren blauen Mützen mit dem ledernen

Schirm und einer Kokarde aus gelbem Blech, in die die Initialen des Kaisers, FJI[1], eingeschnitten waren.

Aber mit dem Herbst begannen die Soldaten abzurücken. Nach und nach wurden es unmerklich weniger und weniger. Es blieben nur Gendarmerieabteilungen. Sie nahmen Wohnungen und richteten alles für einen ständigen Aufenthalt ein. Gleichzeitig begannen Beamte einzutreffen, große und kleine Beamte mit Familien und Dienerschaft, nach ihnen Meister und Handwerker für die Arbeiten und Berufe, die es bis dahin bei uns nicht gegeben. Es kamen Tschechen, Polen, Kroaten, Ungarn und Deutsche.

Im Anfang schien es, als kämen sie zufällig, wie vom Winde herangeweht, und nur zu vorübergehendem Aufenthalt, um unter uns mehr oder weniger das Leben zu leben, das man hier seit je lebte, als müßten die zivilen Behörden noch für einige Zeit die Besetzung fortführen, die das Heer begonnen. Mit jedem Monat, der verging, wurde indessen die Zahl der Fremden immer größer. Was aber das Volk in der Stadt am meisten überrascht und mit Staunen und Mißtrauen erfüllt, das ist nicht so sehr ihre Anzahl, als vielmehr ihre unverständlichen und undurchsichtigen Pläne, ihr unermüdlicher Arbeitseifer und die Ausdauer, mit der sie darangehen, diese Pläne auszuführen. Diese Fremden ruhen nicht und lassen auch niemanden in Ruhe; sie scheinen entschlossen zu sein, mit ihrem unsichtbaren, aber immer stärker fühlbaren Netz von Gesetzen, Verordnungen und Vorschriften das Leben selbst mit seinen Menschen, Tieren und toten Gegenständen zu erfassen und alles um sich herum zu ändern und zu verrücken; das äußere Bild der Stadt, die Gewohnheiten und die Natur der Menschen von der Wiege bis zum Grabe. Aber dies alles verrichten sie ruhig und ohne viele Worte, ohne Gewalt und Herausforderung, so daß man nichts hat, dem man sich widersetzen könnte. Stoßen sie auf Nichtverstehen oder Widerstand, dann halten sie sofort ein, besprechen sich irgendwo unsichtbar, ändern die Richtung ihrer Arbeiten und führen doch aus, was sie sich vorgenommen. Jedes

1 Franz Joseph I.

Werk, das sie beginnen, erscheint harmlos, ja sogar sinnlos. Sie vermessen irgendein Brachland, kennzeichnen Holz im Wald, besichtigen die Aborte und Abflußkanäle; schauen Pferden und Kühen ins Maul, prüfen Maße und Gewichte, fragen nach Krankheiten im Volke, nach Zahl und Namen der Obstbäume, nach den Schaf- und Geflügelrassen. – Es sieht aus, als spielten sie. So unverständlich, unwirklich und unernst erscheinen alle ihre Geschäfte in den Augen des Volkes. – Und dann versinkt das alles, was sie mit soviel Sorgfalt und Eifer ausführten, irgendwo, als sei es für immer sang- und klanglos verschwunden. Aber einige Monate, oft ein ganzes Jahr danach, wenn das Volk es schon längst vergessen, dann tritt mit einem Male der Sinn dieser auf den ersten Blick sinnlosen und längst vergessenen Maßnahme zutage: die Ältesten der einzelnen Stadtviertel werden auf das Rathaus bestellt, und es wird ihnen die neue Verfügung über den Holzschlag, über die Typhusbekämpfung, über den Verkauf von Obst und Süßigkeiten oder über Viehpässe bekanntgegeben. So gibt es jeden Tag neue Verordnungen. Und mit jeder Verordnung wird der einzelne irgendwo begrenzt oder verpflichtet, während sich das gemeinsame Leben der Stadt oder des Dorfes und aller seiner Einwohner ausweitet, verflicht und verzweigt.

In den Häusern aber, und nicht nur in den mohammedanischen, sondern auch in den christlichen, änderte sich nichts. Dort lebte, arbeitete und vergnügte man sich weiter nach alter Art, Brot wurde im Backtrog angerührt, Kaffee im Herd geröstet, Wäsche im Zuber gekocht und in der »Lauge« gewaschen, die den Frauen die Finger zerfraß und wundrieb; gewebt und gestickt wurde auf Webstuhl und Stickrahmen. Die alten Bräuche der Festlichkeiten, Feiertage und Hochzeiten wurden voll beibehalten, von den neuen Bräuchen, die die Fremden mitgebracht hatten, wurde nur hie und dort geflüstert, wie von etwas Unwahrscheinlichem und Fernem. Kurzum, man arbeitete und lebte wie seit alters her und wie man in den meisten Häusern auch noch fünfzehn, zwanzig Jahre nach der Besetzung arbeiten und leben würde.

Dafür aber änderte sich das äußere Bild der Stadt sichtlich und schnell. Die gleichen Menschen, die in ihren Häusern in allem die alte Ordnung beibehielten und nicht daran dachten, sie zu ändern, beruhigten sich im wesentlichen leicht mit diesen Veränderungen in der Stadt und nahmen sie nach längerem oder kürzerem Wundern und Murren hin. Natürlich bedeutete auch hier das neue Leben, wie überall und immer unter solchen Verhältnissen, in Wahrheit eine Mischung aus Altem und Neuem. Die alten Auffassungen und Werte stießen sich mit den neuen, vermischten sich oder lebten nebeneinander her, als warteten sie, wer wen überleben werde. Die Menschen rechneten nach Gulden und Kreuzern, aber ebenso nach Groschen und Para, sie maßen nach Arschin, nach Okka und Dram, aber auch nach Metern, Kilogramm und Gramm, sie legten die Termine für Zahlungen und Lieferungen nach dem neuen Kalender fest, noch häufiger aber nach alten Gewohnheiten, auf den Georgitag oder zu Michaelis. Wie einem Naturgesetz folgend, stemmte sich das Volk gegen alles Neue, aber es ging darin nicht bis zum Ende, denn den meisten war das Leben wichtiger und teurer als die Form, in der sie lebten. Nur bei vereinzelten Ausnahmen spielte sich der Kampf zwischen Altem und Neuem als ein tieferes und wahrhaftes Drama ab. Für sie war die Lebensform untrennbar und unbedingt mit dem Leben selbst verbunden.

Ein solcher Mensch war Schemsibeg Brankowitsch aus Crntscha, einer der wohlhabendsten und angesehensten Begs in der Stadt. Er hatte sechs Söhne, von denen vier bereits verheiratet waren. Ihre Häuser bildeten eine ganze kleine Siedlung, umgeben von Äckern, Pflaumengärten und Hainen. Schemsibeg war der unbestrittene, schweigsame und strenge Herrscher dieser großen Gemeinschaft. Groß, von den Jahren gebeugt, den gewaltigen weißen, mit Gold durchflochtenen Turban auf dem Haupte, geht er nur des Freitags zur Stadt hinunter, um in der Moschee das gemeinsame Gebet zu verrichten. Seit dem ersten Tage der Besatzung macht er nirgends in der Stadt halt, spricht mit niemandem und blickt nicht um sich. In das Haus der Brankowitsch darf kein einziges Stückchen neuer Tracht oder Schuhwerks, noch neues Handwerkszeug oder ein neues Wort hinein. Keinen einzigen seiner Söhne läßt er irgendeine Arbeit ergreifen, die mit der neuen Obrigkeit verbunden ist, die Enkel schickt er nicht zur Schule. Davon leidet ihre ganze Gemeinschaft Schaden; unter den Söhnen herrscht Unzufriedenheit über die Starrköpfigkeit des Alten, aber niemand wagt oder versucht, sich auch nur mit einem Wort oder Blick aufzulehnen. Die Türken aus der Stadt, die mit den neuen Leuten arbeiten und sich mit ihnen vermischen, grüßen Schemsibeg, wenn er durch die Stadt kommt, mit stummer Hochachtung, in die sich Furcht, Bewunderung und ein schlechtes Gewissen mischen. Die ältesten und besten Türken aus der Stadt gehen oft nach Crntscha wie nach einem Wallfahrtsort, um Schemsibeg zu besuchen und mit ihm zu sprechen. Dort sind die Zusammenkünfte jener, die, entschlossen, in ihrem Trotz bis zum Ende zu verharren, nicht gewillt sind, sich um irgendeinen Preis und in irgend etwas vor der Wirklichkeit zu beugen. Es sind lange Sitzungen ohne viele Worte und ohne wirkliche Beschlüsse.

Schemsibeg sitzt rauchend auf dem roten Sitzteppich, sommers wie winters eingehüllt und zugeknöpft, und die Gäste um ihn herum. Das Gespräch dreht sich gewöhnlich um irgendeine neue, unverständliche und verhaßte Maßnahme der Besatzung oder um die Türken, die sich immer mehr der neuen Ordnung der Dinge anpassen. Alle empfinden die Notwendigkeit, vor diesem hartnäckigen und würdigen Manne ihre Erbitterung, Besorgnisse und Zweifel auszubreiten. Und jedes Gespräch endet mit den Fragen, wohin das wohl führt und wo es ein Ende haben werde. Wer sind und was sind diese Fremden, die, so scheint es, weder Ruhe noch Atempause noch Maß und Grenze kennen? Und was wollen sie eigentlich? Mit was für Plänen sind sie gekommen, warum haben sie soviel Bedürfnisse, als ob eines aus dem anderen wüchse, und wozu das alles? Welche Unruhe treibt und drängt sie wie ein Fluch zu unaufhörlich neuen Arbeiten und Unternehmungen, deren Ende nicht abzusehen ist?

Schemsibeg aber betrachtet sie nur und schweigt meist. Sein Gesicht ist dunkel, aber nicht von der Sonne gebräunt, sondern von innen heraus. Sein Blick ist hart, aber wie abwesend und verloren.

Die Augen sind getrübt, und um die dunklen Augäpfel liegt ein weißgrauer Kreis, wie bei einem alten Adler. Der große Mund ohne sichtbare Lippen, fest zusammengekniffen, bewegt sich langsam, als wälze er stets das gleiche Wort, ohne es auszusprechen.

Dennoch gehen die Leute mit einem Gefühl der Erleichterung von ihm weg, zwar weder getröstet noch beruhigt, aber doch gerührt und getragen von seinem Beispiel fester und aussichtsloser Unnachgiebigkeit.

Und wenn Schemsibeg am nächsten Freitag in die Stadt kommt, dann erwartet ihn wieder eine Veränderung an Menschen oder Gebäuden, die am vorigen Freitag noch nicht da war. Damit er sie nicht sehen muß, senkt er die Augen zu Boden, aber dort, im festgetrockneten Straßenschlamm, sieht er die Spuren von Pferdehufen und bemerkt, wie neben den türkischen, runden und vollen Hufplatten immer häufiger die gebogenen schwäbischen Hufeisen mit ihren scharfen Zacken an den Enden auftauchen. So liest sein Blick auch hier im Straßenschlamm das gleiche und unbarmherzige Urteil, das er überall auf den Gesichtern und Dingen um sich sieht, das Urteil einer Zeit, die sich nicht aufhalten läßt.

Als er sah, daß auch seine Blicke dem Neuen nicht mehr ausweichen konnten, gab Schemsibeg es auf, überhaupt noch in die Stadt zu kommen. Er zog sich völlig auf seine Crntscha zurück, und dort saß er als schweigsamer, aber strenger und unerbittlicher Herrscher, allen zur Last, am meisten aber sich selbst. Auch weiterhin besuchten ihn, als lebendes Heiligtum, die älteren und angeseheneren Türken aus der Stadt. (Unter ihnen besonders Alihodscha Mutewelitsch.) Im dritten Jahr der Besatzung aber starb Schemsibeg ohne Krankheit. Er starb an diesem Gram, ohne jenes bittere Wort, das er ständig in seinem alten Mund wälzte, jemals ausgesprochen und noch einmal den Fuß in die Stadt gesetzt zu haben, in der alles neue Wege ging.

Und in der Tat, die Stadt ändert jäh ihr Gesicht, denn die Fremden fällen Bäume, pflanzen neue an anderer Stelle ein, bessern die Wege aus, legen neue an, heben Kanäle aus und errichten öffentliche Gebäude. Schon in den ersten paar Jahren wurden die verstreuten Läden am Markt abgerissen, die bis dahin eigentlich niemanden gestört hatten. An Stelle dieser alten Läden mit hölzernem Vorbau wurden neue, festgemauerte mit Ziegel- oder Blechdächern und eisernen Rolläden an den Türen gebaut. (Als Opfer dieser Maßnahmen sollte auch Alihodschas Laden abgerissen werden, aber der Hodscha wehrte sich entschlossen, prozessierte und zog die Sache auf alle mögliche Art in die Länge, bis es ihm gelang, seinen Laden zu erhalten, wie er war und wo er war.) Der Markt wurde erweitert und eingeebnet. Errichtet wurde ein neues Amtsgebäude, ein großes Haus, in welches das Gericht und die Kreisverwaltung einziehen sollten. Auch das Militär arbeitete auf eigene Rechnung noch schneller und rücksichtsloser als die Zivilbehörden. Es baute Baracken auf, legte Wege und Pflanzungen an und veränderte das Aussehen ganzer Hügel.

Die alten Städter finden sich nicht mehr zurecht und staunen. Und gerade wenn sie glauben, daß das Ende dieses unverständlichen Eifers gekommen sei, beginnen die Fremden irgendeine neue noch unverständlichere Arbeit. Die Städter bleiben stehen und betrachten diese Arbeiten, aber nicht, wie Kinder gern den Arbeiten der Erwachsenen zuschauen, sondern umgekehrt, wie Erwachsene einen Augenblick vor kindlichem Zeitvertreib verweilen. Denn dieses ständige Bedürfnis der Fremden, zu bauen und abzureißen, zu graben und zu mauern, aufzurichten und umzugestalten, ihr kunstvolles Streben, die Wirkung der Naturkräfte vorauszusehen, um ihnen zu entgehen oder zu steuern, versteht und schätzt hier niemand. Im Gegenteil, alle Städter und besonders die älteren Leute sehen darin eine ungesunde Erscheinung und ein böses Zeichen. Wäre es nach ihnen gegangen, dann hätte die Stadt ausgesehen wie alle orientalischen Städte. Was zerbrochen, das hätte man geflickt, was sich neigt, abgestützt, aber als Vorbeugung und darüber hinaus hätte sich niemand ohne Not und planmäßig Arbeit gemacht, an die Fundamente der Gebäude gerührt und das gottgegebene Aussehen der Stadt verändert.

Aber die Fremden führten auch weiterhin ihre Arbeiten aus, eine nach der anderen, schnell, konsequent, nach unbekannten und wohlvorbereiteten Plänen, zur immer größeren Überraschung und Verwunderung der Städter. So kam, völlig unerwartet für unser Volk, auch die Reihe an das verfallene und verlassene Karawan-Serail, das auch in seinem jetzigen Zustand noch immer, wie vor dreihundert Jahren, ein Ganzes mit der Brücke bildete. Was man den Steinernen Chan nannte, war allerdings schon seit langem eine völlige Ruine. Die Türen waren vermorscht, jene spitzenartigen Gitter aus weichem Stein vor den Fenstern zerbrochen, das Dach war in das Innere des Gebäudes gestürzt, und aus ihm wuchsen eine große Akazie und ein Wust namenlosen Gestrüpps und Unkrauts, aber die äußeren Wände waren noch immer ganz und bildeten ein gerades, aufrecht stehendes harmonisches Rechteck aus weißem Stein. In den Augen aller Städter, von der Geburt bis zum Tode, war dies keine gewöhnliche Ruine, sondern der Abschluß der Brücke, ein Bestandteil der Stadt, wie ihr eigenes Haus, und niemals hätte jemand auch nur im Traum daran gedacht, daß man den alten Chan anrühren könne und an ihm etwas ändern müsse, was die Zeit und die Natur nicht selbst beseitigt hätten. Aber eines Tages kam auch er an die Reihe. Zunächst maßen die Ingenieure lange an der Ruine herum, dann kamen Arbeiter und Taglöhner und begannen Stein um Stein abzubauen und alle möglichen Vögel und kleines Getier, das sich dort eingenistet, aufzuscheuchen und zu vertreiben. Schnell war die Fläche oberhalb des Marktes neben der Brücke kahl und leer und aus dem Chan ein Haufen guter, säuberlich aufgeschichteter Steine geworden. Binnen wenig mehr denn Jahresfrist war an Stelle des einstigen Karawan-Serail eine große, plumpe, einstöckige Kaserne errichtet, blaßblau gekalkt, mit grauem Blech abgedeckt und mit Schießscharten an den Ecken. Auf dem erweiterten Plateau exerzierten den ganzen Tag die Soldaten, die zum gewaltigen Geschrei eines Unteroffiziers mühselig ihre Glieder streckten und wie Unglückliche mit dem Gesicht in den Staub sanken. Am Abend aber erschallten aus den zahlreichen Fenstern dieses häßlichen Gebäudes die Klänge unverständlicher Soldatenlieder mit Mundharmonikabegleitung, bis der durchdringende Ton der Trompete mit ihrer traurigen Zapfenstreichmelodie, bei der alle Hunde in der Stadt wie besessen zu heulen anfingen, diese Geräusche verstummen ließ und das letzte Licht in den Fenstern löschte. So verschwand die schöne Stiftung des Wesirs, und so begann die Kaserne, die das Volk, seinen Gewohnheiten getreu, den Steinernen Chan nannte, ihr Leben auf dem Plateau neben der Brücke, in völligem Mißklang zu allem, was sie umgab.

Die Brücke war jetzt völlig abgesondert und allein übriggeblieben.

Auch im Leben auf der Brücke stießen die vererbten und unveränderlichen Gewohnheiten der Einheimischen mit den Neuerungen zusammen, die die Fremden und ihre Ordnung gebracht hatten, und in diesen Zusammenstößen war in der Regel das Alte und Einheimische zum Nachgeben und zur Anpassung verurteilt.

Soweit es von unserem Volke abhängt, wäre das Leben auf der Kapija auch weiterhin ohne Änderung verlaufen. Man merkte nur, daß auch die Serben und Juden immer freier, in immer größerer Zahl und zu jeder Tageszeit auf der Kapija erschienen, ohne, wie einst, auf die Türken und deren Gewohnheiten und Rechte Rücksicht zu nehmen. Sonst blieb alles beim alten. Tagsüber saßen hier die Händler und Kaufleute, die die Bauern abfangen und ihnen Wolle, Geflügel und Eier abkaufen, und neben ihnen hockten die Nichtstuer, die mit der Sonne von einem Ende der Stadt zum anderen rücken. Gegen Abend kamen auch die anderen Städter, Kaufleute und Handwerker, um sich ein wenig zu unterhalten oder nur zu schweigen und den breiten, grünen, von Weiden eingefaßten und mit Sandbänken besprenkelten Fluß hinabzublikken. Die Nacht aber gehörte den jungen Burschen und den Betrunkenen. Für sie gab es nie eine Grenze, weder in der Zeit, noch im Verweilen oder im Verhalten.

In diesem nächtlichen Teil des Lebens gab es, wenigstens in der ersten Zeit, Veränderungen und Mißverständnisse. Die neue Obrigkeit hatte auch eine ständige Beleuchtung in der Stadt eingeführt. Schon im ersten Jahre wurden in den Hauptstraßen und an den Kreuzungen auf grünen Pfosten Laternen aufgestellt, in denen

Petroleumlampen brannten. (Die Lampen reinigte, füllte und zündete der lange Ferhad an, ein armer Mann mit einer Stube voller Kinder, der bis dahin auf dem Utschumat, dem Kreisamt, Dienste verrichtet, zum Ramadan aus dem Böller geschossen und ähnliche Geschäfte besorgt hatte, ohne einen ständigen und sicheren Lohn dafür zu haben.) So wurde die Brücke an einigen Stellen beleuchtet, und auch auf der Kapija. Der Pfahl für diese Laterne wurde an jenem Eichenbalken befestigt, der im Mauerwerk vom einstigen Blockhaus übriggeblieben war. Diese Laterne auf der Kapija hatte einen langen Kampf zu bestehen gegen die genießerischen Gewohnheiten jener, die gern im Dunkeln auf der Kapija sangen, rauchten oder plauderten, und gegen die Zerstörungslust der jungen Burschen, in der sich Liebessehnsucht, Langeweile und Raki mischten. Sie reizte dieses flackernde Licht, und oft waren am Morgen Laterne und Petroleumlampe zerschlagen. Viele Geldbußen und Urteile gab es um diese Lampe. Eine Zeitlang hütete sogar ein besonderer Stadtwächter dieses Licht. So hatten die nächtlichen Besucher nun auch einen lebenden Zeugen, der ihnen noch unangenehmer war als das Licht. Aber die Zeit tat das ihre, und die neuen Generationen gewöhnten sich mit der Zeit daran und fanden sich damit ab, ihren nächtlichen Gefühlen beim schwachen Licht der städtischen Laterne freien Lauf zu lassen, ohne jedesmal mit Steinen, Stöcken oder dem ersten besten, harten Gegenstand, der ihnen in die Hand geriet, nach ihr zu werfen. Dies war um so leichter, als in den mondhellen Nächten, wenn die Kapija besonders stark besucht war, die Lampen überhaupt nicht angezündet wurden.

Nur einmal im Jahre mußte die Brücke eine große Beleuchtung über sich ergehen lassen. In jedem Jahre, am Vorabend des 18. August, dem Geburtstag des Kaisers, schmückte die Obrigkeit die Brücke mit Laubkränzen und einer Reihe junger Fichten, und mit der ersten Dämmerung flammten Reihen von Lampen und kleinen Lichtern auf. Hunderte leerer Konservenbüchsen aus der Heeresverpflegung, gefüllt mit Talg und Stearin, leuchteten in langen Reihen auf der steinernen Brückeneinfassung. Sie erhellten die Linie der Brücke, während sich die Enden und Pfeiler, auf denen sie ruhte, im Dunkel verloren, so daß der erleuchtete Teil aussah, als schwebe er im Raum. Aber jedes Licht verbrennt schnell, und jedes Fest geht vorüber. Schon am nächsten Tage war die Brücke wieder, wie sie immer ist. Nur blieb den Kindern aus dieser Generation das neue und ungewöhnliche Bild der Brücke unter dem kurzen Spiel des Lichtes vor Augen, lebhaft und eindrucksvoll, aber kurz und vorübergehend wie ein Traum.

Außer der ständigen Beleuchtung führte die neue Obrigkeit auf der Kapija auch Sauberkeit ein, das heißt, eine besondere Art von Sauberkeit, die ihren Auffassungen entsprach. Obstreste, Melonenkerne und die Schalen von Nüssen und Haselnüssen blieben jetzt nicht mehr tagelang auf den steinernen Platten liegen, bis sie der Regen fortspülte oder der Wind forttrug. Alles dies kehrte und reinigte jeden Morgen ein besonderer Straßenkehrer der Gemeinde. Und dies störte letzten Endes niemand sehr, denn die Leute finden sich schnell mit der Sauberkeit ab, auch wenn sie nicht ihren Gewohnheiten und Bedürfnissen entspricht, vorausgesetzt natürlich, daß sie sie nicht selbst halten müssen.

Noch eine Neuerung hatten die Besatzungszeit und die neuen Menschen eingeführt. Auf der Kapija begannen, zum ersten Male seit ihrem Bestehen, auch Frauen zu erscheinen. Die Beamtenfrauen und -töchter, ihre Dienstmädchen und Ammen, verweilten hier im Gespräch oder kamen an Feiertagen, um sich mit ihren Begleitern aus Heer oder Zivil hier niederzusetzen. Das geschah nicht häufig, aber es verdarb den älteren Leuten, die gekommen waren, um hier über dem Wasser in Ruhe und Frieden ihre Pfeife zu rauchen, die Stimmung und verwirrte und erregte die jüngeren.

Es bestand natürlich schon immer eine gewisse Verbindung zwischen der Kapija und den Frauen in der Stadt, aber nur insofern, als die Männer kamen, um den Mädchen, die über die Brücke gingen, irgendein Schmeichelwort zuzurufen oder um ihre Schwärmerei, ihren Kummer oder Streit um Frauen hier auf der Kapija auszusprechen, auszutragen oder abklingen zu lassen. Mancher Unbeweibte versaß hier Stunden und Tage in stillem Singen (»so vor sich hin«) oder eingehüllt in Tabakrauch oder auch nur in stummer Betrachtung des schnellen Wassers und zahlte so jener Schwärmerei seinen Zoll, der wir alle verfallen und der sich nur wenige zu entziehen vermögen. Mancher Eifersuchtshandel unter den jungen Burschen wurde hier ausgetragen und beigelegt und manche Liebesränke gesponnen. Viel wurde von Frauen und Liebe gesprochen oder geträumt, manche Leidenschaft geboren und manche gelöscht. Alles dies hatte es immer gegeben, aber die Frauen selbst hatten sich nie auf der Kapija aufgehalten, noch auf ihr gesessen, weder die christlichen noch erst recht nicht die mohammedanischen. Nun hatte sich das geändert.

An Sonn- und Feiertagen trafen sich auf der Kapija die Köchinnen mit rotem Gesicht und eingeschnürter Taille, denen das Fett über und unter dem Mieder hervorquoll, daß es ihnen den Atem abschnürte. Mit ihnen kamen ihre Unteroffiziere in ausgebürsteten Uniformen mit blitzenden Knöpfen, roten Schnüren und »Schützentroddeln« auf der Brust. An Werktagen aber ergingen sich am Abend die Beamten und Offiziere mit ihren Frauen, machten auf der Kapija halt, sprachen in ihrer unverständlichen Sprache, lachten laut und bewegten sich zwanglos.

Diese müßigen, ungezwungenen und lachenden Frauen waren allen ein Dorn im Auge, den einen mehr, den anderen weniger. Die Leute wunderten sich und zögerten eine Weile, dann aber begannen sie, sich daran zu gewöhnen, wie sie sich schon an so viele andere Neuerungen gewöhnt hatten, selbst wenn sie sie nicht annahmen.

Man kann überhaupt sagen, daß alle diese Änderungen auf der Brücke unbedeutend, oberflächlich und von kurzer Dauer waren. Zahlreiche und weittragende Veränderungen im Geist und in den Gewohnheiten der Bürger und im äußeren Bild der Stadt verliefen, als gingen sie an der Brücke vorüber, ohne sie zu berühren. Es schien, als würde die weiße, alte Brücke, über die drei Jahrhunderte ohne Spur und Narben hinweggegangen waren, auch unter dem neuen Herrscher unverändert bleiben und auch dieser Flut von Neuheiten und Veränderungen widerstehen, wie sie immer auch den höchsten Überschwemmungen widerstanden hatte, und aus den wütenden, trüben Wassermassen, die sie überfluteten, unberührt und weiß, wie wiedergeboren, aufgetaucht war.

12 So wurde nun das Leben auf der Kapija noch lebhafter und bunter.

Jetzt sammelte sich den ganzen Tag über und noch in den späten Nachtstunden dieses ganze zahlreiche und bunte Volk an, einheimisches und fremdes, Junge und Alte. Alle waren sie nur mit sich und ihren eigenen Gedanken, Launen und Leidenschaften beschäftigt, die sie auf die Kapija geführt hatten. Daher achteten sie auch nicht auf Vorübergehende, die, geleitet von anderen Gedanken und eigenen Sorgen, gesenkten Hauptes oder abwesenden Blickes, über die Brücke gingen, ohne rechts und links zu schauen oder die zu beachten, die auf der Kapija saßen.

Zu diesen Vorübergehenden gehörte jedenfalls auch Milan Glasintschanin vom Okolischte, ein großer, magerer, bleicher und gebeugter Mann. Sein ganzer Körper wirkte wie durchsichtig und schwerelos, aber als hätte er bleierne Füße. Daher schwankte er beim Gehen wie das Heiligenbild in den Händen der Kinder bei einer Prozession. Haar und Bart waren grau wie bei einem Greis, die Augen hielt er gesenkt. So ging er jetzt hier mit dem Schritt eines Nachtwandlers vorüber. Er bemerkte nicht, daß sich irgend etwas auf der Kapija oder in der Welt geändert hatte, und wurde kaum von den Menschen beachtet, die hierher kamen, um zu sitzen, zu träumen, zu singen, zu handeln, zu plaudern oder nichts zu tun. Die Alten hatten ihn vergessen, die Jugend erinnerte sich seiner nicht, die Fremden kannten ihn nicht. Dennoch war sein Schicksal eng mit der Kapija verbunden, wollte man zumindest nach dem urteilen, was man noch vor einigen zehn, zwölf Jahren in der Stadt über ihn gesprochen und geflüstert hatte.

Milans Vater, Nikola Glasintschanin, war irgendwann zur Zeit, als der Aufstand in Serbien auf seinem Höhepunkt war, in die Stadt zugezogen. Er hatte sich einen schönen Besitz auf dem Okolischte gekauft. Ständig hielt sich die Meinung, er sei von irgendwoher mit vielem, aber nicht gerade auf friedliche Weise erworbenem Geld geflohen. Niemand hatte Beweise dafür, und jeder glaubte es nur zur Hälfte. Aber niemand wies es auch ganz zurück. Zweimal hatte er sich verheiratet, aber es stellte sich kein Kindersegen ein. Nur einen Sohn, Milan, hatte er großgezogen und ihm alles, was er besaß, hinterlassen. Öffentliches und Verstecktes. Auch Milan hatte nur einen Sohn, Petar. Der Besitz wäre diesem zugefallen und auf ihn übergegangen, hätte Milan nicht eine, eine einzige, aber übermächtige Leidenschaft besessen – das Spiel.

Der echte Kleinstädter ist von Natur kein Spieler. Wie wir gesehen haben, sind seine Leidenschaften anders geartet: unmäßige Liebe zu den Frauen und der Hang zum Trinken, Singen, Stromern oder zum müßigen Träumen am heimatlichen Fluß. Die Fähigkeit des Menschen ist in allem, also auch darin, begrenzt. Daher streiten die Leidenschaften in ihm, verdrängen einander und schließen einander häufig aus. Das bedeutet nicht, daß es in der Stadt keine Menschen gab, die nicht auch diesem Laster ergeben waren, aber die Zahl der Spieler war tatsächlich, mit anderen Städten verglichen, ziemlich gering, und zumeist waren es Fremde oder Zugewanderte. Milan Glasintschanin war jedenfalls einer von ihnen. Seit frühester Jugend hatte er sich völlig dem Spiel ergeben. Fand er in der Stadt nicht die Gesellschaft, die er zum Spiel brauchte, dann ging er sogar über Land in einen anderen Gerichtsbezirk, von wo er entweder die Taschen voll Geld, wie ein Kaufmann vom Markt, oder mit leerem Beutel, ohne Uhr und Kette, oder Tabaksdose und Ringe, in jedem Falle aber bleich und unausgeschlafen, als sei er krank, zurückkehrte.

Sein regelmäßiger Platz war sonst Ustamujitschs Chan, unten am Wischegrader Markt. Dort gibt es ein enges Zimmerchen ohne Fenster, in dem auch tagsüber eine Lampe brennt und in dem sich immer drei, vier Mann zusammenfinden, denen das Spiel über alles geht. Dort sitzen sie häufig, eingeschlossen in Tabaksrauch und abgestandener Luft, mit blutunterlaufenen Augen, trockenem Munde und zitternden Händen, Tag und Nacht beisammen und frönen wie Märtyrer ihrer Leidenschaft. In diesem Zimmerchen verbrachte Milan einen guten Teil seiner Jugend und ließ einen guten Teil seiner Kraft und seiner Habe zurück.

Er war nicht viel älter als dreißig Jahre, als sich in ihm eine plötzliche und für die meisten unerklärliche Veränderung vollzog, die ihn für immer von seiner schweren Leidenschaft heilte, gleichzeitig aber sein Leben änderte und ihn zu einem anderen Menschen machte.

Eines Herbstes, es mag etwa vierzehn Jahre her sein, kam ein Fremder in den Chan. Weder alt noch jung, weder häßlich noch schön, in mittleren Jahren und von mittlerer Gestalt, schweigsam, und nur mit den Augen lächelnd. Ein Geschäftsmann, der ganz auf die Sache eingestellt ist, wegen der er gekommen. Er übernachtete hier, und in der Dämmerung stieß er auch auf dieses Zimmerchen, in dem die Spieler schon seit dem Nachmittag saßen. Sie nahmen ihn voller Mißtrauen auf, er aber verhielt sich so ruhig und bescheiden, daß sie es nicht einmal bemerkten, wie auch er anfing, ziemlich kleine Beträge auf die Karten zu setzen. Er verlor mehr, als er gewann, machte ein finsteres Gesicht, ärgerte sich und zog mit unsicherer Hand Silbergeld aus den inneren Taschen. Nachdem er ziemlich viel verloren hatte, mußten sie auch ihn die Karten austeilen lassen. Anfangs gab er langsam und vorsichtig, dann aber immer lebhafter und freier. Er spielte ohne Erregung, aber kühn und bis zu Ende. Der Haufen Silbergeldes vor ihm wuchs. Die Spieler begannen abzufallen. Einer bot eine goldene Kette als Einsatz, aber der Fremde wies das kühl ab und erklärte, es werde nur um Geld gespielt.

Um die fünfte Betstunde endete das Spiel, denn niemand hatte mehr bares Geld bei sich. Milan Glasintschanin war der letzte, aber auch er mußte sich schließlich zurückziehen. Der Fremde entschuldigte sich höflich und ging auf sein Zimmer.

Am nächsten Tage spielte man wieder. Und wieder gewann und verlor der Fremde abwechselnd; gewann aber immer mehr, als er verlor, so daß die Städter wieder kein Geld behielten. Sie schauten ihm auf die Hände und Rockärmel, betrachteten ihn von allen Seiten, brachten neue Karten und wechselten die Plätze auf der

Sitzbank, aber es half nichts. Sie spielten das einfache und übelberüchtigte Spiel »Otuz bir« (einunddreißig[1]), das sie alle seit ihrer Kindheit kannten, aber des Fremden Art zu spielen, konnten sie nicht erfassen. Bald hörte er bei neunundzwanzig oder bei dreißig auf, bald blieb er auf fünfundzwanzig. Er nahm jeden Einsatz, den kleinsten wie den höchsten, und ging über kleine Unregelmäßigkeiten der Spieler hinweg, als sähe er sie nicht, größere aber wies er kühl und ohne viel Worte zurück.

Milan Glasintschanin quälte und reizte die Anwesenheit des Fremden im Chan. In diesen Tagen fühlte er sich auch ohnedies wie zerschlagen und im Fieber. Er verschwor sich, daß er nicht wieder spielen wolle, dennoch kam er wieder, verlor alles bis auf den letzten Heller und kehrte voller Zorn und Scham nach Hause zurück. Am vierten oder fünften Abend gelang es ihm, sich zu beherrschen und zu Hause zu bleiben. Er hatte Geld bereitgelegt und sich angezogen, blieb aber trotzdem bei seinem ersten Entschluß. Sein Kopf war schwer und der Atem unruhig. Er aß schnell und viel, ohne zu wissen, was er aß. Danach ging er ein paarmal vor das Haus, rauchte, wanderte auf und ab und betrachtete die dunkle Stadt unten in der hellen Herbstnacht. Lange so auf und ab wandernd, sieht er mit einem Male eine unsichere Gestalt, die des Weges daherkommt, sich umwendet und vor seinem Zaun haltmacht.

»Guten Abend, Nachbar!«, ruft der Unbekannte. An der Stimme erkennt er ihn, es ist der Fremde aus dem Chan. Der Mann war offenbar zu ihm gekommen und wollte sich unterhalten. Milan geht zum Zaun.

»Du kommst heute abend nicht in den Chan?« fragte ihn der Fremde ruhig und kühl, wie beiläufig.

»Ich bin heute nicht recht aufgelegt. Es sind ja genug Spieler da.«

»Es ist niemand mehr da. Alle sind vorzeitig gegangen. Aber, laß uns doch ein Spielchen machen.«

---

1 Wird gespielt wie das deutsche ›Siebzehn und Vier‹, nur daß die höchste Zahl nicht einundzwanzig, sondern einunddreißig beträgt

»Es ist schon spät, und ich wüßte auch nicht wo.«

»Wir setzen uns auf die Kapija. Jetzt wird gleich der Mond aufkommen.«

»Aber es ist doch nicht die rechte Zeit dazu«, verteidigte sich Milan, sein Mund ist trocken wie aus Holz und die Worte, als seien es nicht die seinen.

Der Fremde stand etwas abseits und wartete, als dächte er gar nicht daran, daß etwas anders sein könne, als er es sagte.

Und wirklich schließt Milan das Gartentor auf und geht mit dem Mann; obgleich er sich in Worten und Gedanken mit letzter Willensanstrengung dieser stillen Kraft noch widersetzte, die ihn zog und der er sich nicht entziehen konnte, so sehr sie ihn auch beleidigte und in ihm Widerstand und Abneigung gegen den Fremden hervorrief.

Schnell stiegen sie vom Okolischte herab. Groß und bereits im Abnehmen, erhob sich in der Tat der Mond hinter Stanischewatz. Die Brücke sah unendlich und unwirklich aus, ihre Enden verloren sich im milchigen Nebel, und die Pfeiler versanken nach unten in Finsternis; die eine Seite jedes Pfeilers und Bogens war grell erleuchtet und die andere in völligem Schatten; diese beleuchteten und dunklen Flächen brachen und schnitten sich in scharfen Linien, die ganze Brücke glich einer sonderbaren Arabeske, entstanden im vergänglichen Spiel aus Licht und Dunkelheit.

Auf der Kapija war keine Menschenseele. Sie setzten sich. Der Fremde zog Karten hervor. Milan versuchte, noch einmal zu sagen, es sei ungünstig, man könne die Karten nicht gut erkennen und das Geld nicht unterscheiden, aber der Fremde hörte nicht mehr auf ihn. Das Spiel begann.

Anfangs sprachen sie noch ein paar Worte, als aber das Spiel höher wurde, verstummten sie völlig. Sie drehten nur ihre Zigaretten und zündeten eine an der anderen an. Die Karten gingen ein paar Male von der einen Hand in die andere, setzten sich aber schließlich beim Fremden fest. Das Geld fiel ohne Klang auf den Stein, auf dem sich ein dünner Tau niederschlug. Es kam jener Augenblick, den Milan gut kannte, da der Fremde auf neunundzwanzig eine zwei und auf dreißig ein As zog. Die Kehle schnürte sich ihm zusammen, und sein Blick trübte sich. Aber das Gesicht des Fremden schien im Mondlicht noch ruhiger als gewöhnlich. In einer knappen Stunde hatte Milan all sein Geld verloren. Der Fremde schlug vor, Milan solle nach Hause gehen und neues holen, und er werde ihn begleiten. Sie gingen und kamen wieder zurück und setzten das Spiel fort. Milan spielte wie stumm und taub; er erriet die Karten mehr, als daß er sie sah, und mit Zeichen sagte er, was er wollte. Überhaupt, als seien die Karten zwischen ihnen beiden nebensächlich geworden und nur mehr ein Vorwand für das verzweifelte Ringen ohne Atempause. Als er wieder ohne Geld war, befahl ihm der Fremde, nach Hause zu gehen und neues zu holen, er aber blieb auf der Kapija und rauchte. Er hielt es nicht für notwendig, ihn zu begleiten, denn es war einfach undenkbar, daß Milan etwa nicht gehorchen oder ihn täuschen und zu Hause bleiben könnte. Und Milan gehorchte, ohne Widerrede ging er und kam folgsam wieder. Nun wendete sich das Glück plötzlich. Milan holte seinen Verlust wieder ein. Vor Aufregung wurde ihm der Knoten im Halse noch enger. Der Fremde begann den Einsatz zu verdoppeln, dann zu verdreifachen. Das Spiel wurde immer schneller und immer schärfer. Zwischen ihnen fuhren die Karten zischend hin und her, wogte das Geld wie Ebbe und Flut in Silber und Gold. Beide schwiegen. Milan atmete nur erregt, abwechselnd schwitzte und fror er im Mondlicht der milden Nacht. Er spielte, gab Karten aus und deckte sie auf, aber nicht weil ihm der Sinn nach dem Spiel stand, sondern weil er mußte. Er fühlte, wie ihm der Fremde nicht nur das Geld, Dukaten um Dukaten, sondern auch das Mark aus den Knochen und das Blut aus den Adern Tropfen um Tropfen herauszog und ihn mit jedem neuen Verlust Kraft und Wille immer mehr verließen. Von Zeit zu Zeit betrachtete er verstohlen seinen Gegner im Spiel. Er erwartete, das Gesicht des Teufels mit gefletschten Zähnen und Augen wie glühenden Kohlen zu sehen, aber im Gegenteil, vor ihm stand immer das gewöhnliche Gesicht des Fremden, mit dem angespannten Ausdruck eines Mannes, der seine alltägliche Arbeit verrichtet, der sich eilt zu vollenden, was er begonnen, und dem dies weder leicht noch angenehm ist.

Bald hatte Milan wieder sein ganzes Bargeld verloren. Nun schlug der Fremde vor, um das Vieh, dann um Land und Besitz zu spielen.

»Vier gute Kaiserdukaten setze ich, und du den Braunen mit Sattel dagegen. Ist es dir recht?«

»Gut.«

So ging der Braune fort und nach ihm noch zwei Lastpferde, dann die Kühe und Kälber. Wie ein sorgfältiger und besonnener Kaufmann zählte der Fremde dem Namen nach alles Vieh aus Milans Stalle auf und schätzte jedes Stück genau ab, als sei er in diesem Hause geboren und aufgewachsen.

»Hier elf Dukaten für deinen Acker, den du die Salkusche nennst! Gilt es?«

»Es gilt!«

Der Fremde gab Karten. Bei fünf Karten hatte Milan nur achtundzwanzig.

»Noch?« fragte der Fremde ruhig.

»Noch eine«, sagte Milan mit kaum hörbarem Flüstern, und alles Blut stieg ihm zu Herzen.

Der Fremde drehte ruhig die Karte um. Es war eine Zwei, die rettende Karte. Gleichmütig stieß Milan durch die Zähne:

»Genug!«

Krampfhaft preßte und verbarg er die Karten. Er mühte sich, Stimme und Gesicht einen möglichst gleichmütigen Ausdruck zu geben, damit der Gegner nicht wüßte, auf wieviel er stehe.

Nun begann der Fremde, offen für sich Karten zu ziehen. Als er bis siebenundzwanzig gekommen war, unterbrach er und blickte Milan ruhig in die Augen, der aber senkte den Blick. Der Fremde zog noch eine Karte. Es war eine Zwei. Er atmete kurz und kaum hörbar. Es schien, als würde er bei neunundzwanzig stehenbleiben, und Milan begann bereits im Vorgefühl der Siegesfreude, das Blut in den Kopf zurückzukehren. Aber dann gab sich der Fremde einen Ruck, schob die Brust stärker hervor und warf den Kopf zurück, daß ihm Stirn und Augen im Mondschein aufleuchteten, und drehte noch eine Karte um. Wiederum eine Zwei. Es sah unwahrscheinlich aus, daß dreimal nacheinander eine Zwei herauskommen sollte, aber dennoch war es so. Auf der umgedrehten Karte erblickte Milan seinen Acker, gepflügt und geeggt wie im Frühjahr, wenn er am schönsten ist. Die Furchen begannen sich im Kreise um ihn zu drehen, als verlöre er das Bewußtsein, aber die ruhige Stimme des Fremden rief ihn wieder zu sich.

»Otuz bir! Der Acker ist mein.«

Nun kamen die anderen Äcker an die Reihe, dann beide Häuser, dann der Eichenhain in Osojnitza. In der Bewertung waren sie sich gewöhnlich einig. Manchmal gewann auch Milan und strich die Dukaten ein. Dann blitzte ihm wie Gold die Hoffnung auf, aber nach zwei bis drei unglücklichen »Spielen« hatte er sein Geld verloren und setzte wieder seinen Besitz.

Als das Spiel wie ein Sturzbach alles fortgetragen, machten beide Spieler einen Augenblick halt, aber nicht, um Atem zu schöpfen, denn davor fürchteten sie sich schließlich beide, sondern um nachzudenken, um was sie weiter spielen könnten. Der Fremde war gesammelt, mit dem Ausdruck eines sorgfältigen Geschäftsmannes, der sich nach der ersten Hälfte des Geschäftes ausruht, dem es aber eilt, zur zweiten Hälfte überzugehen. Milan war erstarrt, wie völlig erfroren; das Herz klopfte ihm bis zum Hals, und der steinerne Sitz unter ihm hob und senkte sich. Da sagte der Fremde mit seiner eintönigen, langweiligen Stimme, ein wenig durch die Nase:

»Weißt du was, mein Freund? Machen wir noch ein Spiel, aber diesmal geht es um das Ganze. Ich setze alles, was ich heute abend gewonnen habe, und du dein Leben. Wenn du gewinnst, dann ist wieder alles dein, wie es gewesen, Geld, Vieh und Land. Wenn du verlierst, dann springst du von der Kapija in die Drina.«

Und das sprach er genauso trocken und geschäftsmäßig wie alles übrige, als handle es sich um die gewöhnlichste Verabredung zwischen zwei Spielern, die ihrer Leidenschaft verfallen sind.

Nun geht es um die Seele, dachte Milan und machte Anstrengungen, sich zu erheben und sich diesem unverständlichen Wirbel zu widersetzen, der alles fortgetragen und nun auch ihn mit unwiderstehlicher Kraft in sich hineinriß, aber der Fremde zwang ihn mit einem einzigen Blick auf seinen Platz zurück. Und, als spielten sie im Chan, um einen Einsatz von drei, vier Groschen, nickte er mit dem Kopf und streckte die Hand aus. Beide zogen sie Karten. Der Fremde eine Vier und Milan eine Zehn. An ihm war es, Karten zu geben. Das erfüllte ihn mit Hoffnung. Er gab, und der Fremde forderte immer mehr Karten.

»Noch! Noch! Noch!«

Fünf Karten hatte er genommen, und erst dann sagte er: »Genug!« Nun zog Milan. Als er bis achtundzwanzig gekommen war, unterbrach er einen Augenblick und betrachtete die zusammen gelegten Karten des Fremden und dessen rätselhaftes Gesicht. Nicht einmal ahnen konnte man, auf wieviel er stehengeblieben, aber es war sehr wahrscheinlich, daß er mehr als achtundzwanzig hatte, erstens, weil er heute abend nicht auf niedrigen Zahlen stehen blieb, zweitens, weil er fünf Karten hatte. Seine letzte Kraft zusammenreißend, nahm Milan noch eine Karte. Es war eine Vier. Also: zweiunddreißig und *aus*.

Er starrte, aber er konnte seinen Augen nicht trauen. Es schien ihm unmöglich, daß alles mit einem Male so verloren sein sollte. Von den Fußzehen bis zum Scheitel durchströmte ihn etwas Feuriges und Brennendes. Alles wurde ihm mit einem Male klar: was der Wert des Lebens, was der Mensch und was seine verfluchte und unerklärliche Leidenschaft, um Eigenes und Fremdes, um sich selbst und alles um sich herum zu spielen. Alles war klar und licht wie der Tag, als hätte er geträumt, daß er gespielt und verloren, aber alles war gleichzeitig wahrhaftig, unwiderruflich und nicht wieder gutzumachen. Er wollte irgend etwas aussprechen, schreien, irgend jemand zu Hilfe rufen, wenigstens mit einem Seufzer, aber nicht einmal soviel Kraft fand er in sich.

Neben ihm wartete der Fremde.

Und da krähte mit einem Male ein Hahn irgendwo am Ufer, dünn und laut, einmal und sofort auch ein zweites Mal. Er war so nahe, daß man hörte, wie er mit den Flügeln schlug. Im selben Augenblick verflogen die umgedrehten Karten wie unter einem Windstoß, löste sich das Geld auf und zerstob, erzitterte die ganze Kapija in ihren Grundfesten. Milan schloß die Augen vor Schrekken und glaubte, sein letztes Stündlein sei gekommen. Als er die Augen wieder öffnete, sah er, daß er allein war. Sein Gegenspieler war wie eine Seifenblase zerplatzt, und mit ihm waren Karten und Geld von der steinernen Bank verschwunden.

Die orangefarbene Sichel des abnehmenden Mondes schwamm am Grunde des Horizonts. Es erhob sich ein kühler Wind. Das Rauschen des Wassers in der Tiefe wurde lauter. Im Bemühen, sich zu sammeln und zu erkennen, wo er sich befand und was mit ihm geschehen, betastete Milan den Stein, auf dem er saß. Dann erhob er sich schwer und ging wie auf fremden Füßen heim auf den Okolischte.

Stöhnend und wankend kam er kaum bis vor das Haus. Dort fiel er wie ein Verwundeter nieder und schlug mit dem Körper dumpf an die Tür. Die wachgewordenen Hausgenossen brachten ihn ins Bett.

Zwei Monate lag er in Fieberdelirien. Sie glaubten, er würde es nicht überstehen. Pope Nikola kam und gab ihm die Letzte Ölung. Dennoch kam er zu sich und stand wieder auf, aber als ein anderer Mensch. Er war vorzeitig zum Greis geworden und zum Sonderling, der zurückgezogen lebte, wenig sprach und mit den Leuten nicht mehr Umgang pflegte, als er mußte. Auf seinem Gesicht, das kein Lächeln kannte, lag ständig der Ausdruck einer schmerzlichen, gespannten Aufmerksamkeit. Er kümmerte sich nur um sein Haus und ging seinen Geschäften nach, als habe er nie etwas von Geselligkeit und von Karten gewußt.

Noch während er krank war, erzählte er dem Popen Nikola alles, was ihm in jener Nacht auf der Kapija zugestoßen, und später sagte er es noch zwei guten Freunden, denn er fühlte, daß er mit diesem Geheimnis auf der Seele nicht leben könnte. Die Leute hörten etwas und, als sei zu wenig, was wirklich geschehen, fügten sie noch etwas hinzu und schmückten die ganze Erzählung aus. Dann aber wandten sie, wie es die Leute gewöhnlich tun, ihre Aufmerksamkeit dem Schicksal eines anderen zu und vergaßen Milan und sein Erlebnis. So lebt, arbeitet und bewegt sich unter den Städtern, was vom einstigen Milan Glasintschanin übriggeblieben war. Die jüngere Generation kennt ihn nur so, wie er heute ist, und ahnt nicht, daß er jemals anders gewesen. Und er selbst hat es so gut wie vergessen. Wenn er, von seinem Hause zur Stadt herunterkommend, mit dem schweren und langsamen Schritt eines Nachtwandlers über die Brücke wandert, dann geht er ohne die geringste Erregung, ja sogar ohne Erinnerung, an der Kapija vorüber. Es fällt ihm nicht einmal ein, daß dieses Sofa mit den weißen, steinernen Sitzen und sorglosen Menschen irgendwelche Verbindung mit jenem furchtbaren Ort haben könnte, irgendwo am Ende der Welt, an dem er eines Nachts sein letztes Spiel spielte, alles auf die trügerische Karte setzend, was er besaß, ja auch sich selbst und sein Leben, hier wie im Jenseits.

Überhaupt fragte sich Milan oft, ob nicht dieses ganze nächtliche Erlebnis auf der Kapija nur ein Traum gewesen, den er geträumt, während er bewußtlos vor der Haustür lag, nur die Folge, nicht aber die Ursache seiner Krankheit. Auch Pope Nikola und die beiden Freunde, denen er sich anvertraut, sind eigentlich eher geneigt, Milans ganze Erzählung als Traum und Phantasie anzusehen, die ihm im Fieber erschien. Denn niemand von ihnen glaubt recht daran, daß der Teufel »Otuz bir« spielt und den auf die Kapija führt, den er holen will. Aber unsere Erlebnisse sind häufig so verwickelt und schwierig, daß es kein Wunder ist, wenn sie die Menschen mit der Teilnahme des Leibhaftigen selbst rechtfertigen, indem sie sich bemühen, sie damit zu erklären oder zumindest leichter erträglich zu machen.

Nun, wie es auch gewesen sein mag, ob mit dem Teufel oder ohne seine Hilfe, ob im Traum oder in Wahrheit, sicher ist, daß Milan Glasintschanin, nachdem er über Nacht Gesundheit, Jugend und ungeheures Geld verloren, wie durch ein Wunder für immer seiner Leidenschaft ledig wurde. Und nicht nur dies. An Milan Glasintschanins Erzählung knüpft sich die Geschichte noch eines Schicksals, und auch deren Faden geht von der Kapija aus.

Am nächsten Tage, nach jener Nacht, in der Milan Glasintschanin – im Traum oder im Wachen – sein furchtbares und letztes Spiel auf der Kapija spielte, kam ein sonniger Herbsttag herauf. Es war ein Sonnabend. Wie immer des Sonnabends, versammelten sich auf der Kapija die Wischegrader Juden, Kaufleute, mit ihren Söhnen. Müßig und feiertäglich, in Atlashosen und Oberkleidern aus Tuch, mit dunkelrotem, flachem Fez auf dem Kopf, heiligten sie streng den Tag des Herrn, indem sie am Fluß entlang wandelten, als suchten sie jemand in ihm. Meist aber saßen sie auf der Kapija und führten laute und lebhafte Gespräche in altspanischer[1] Sprache, wobei sie nur die Kraftausdrücke auf serbisch aussprachen.

Unter den ersten, die an diesem Morgen auf der Kapija erschienen, war Bukus Gaon, der älteste Sohn des frommen, ehrwürdigen und armen Barbiers Avram Gaon. Er war sechzehn Jahre alt und hatte noch immer keine ständige Arbeit und keinen festen Beruf gefunden. Der junge Bursche hatte, anders als alle Gaons, einen »Vogel« im Kopfe, der ihn in keinem Handwerk seßhaft werden ließ und ihn trieb, überall und in allem nach etwas Höherem und Schönerem zu suchen. Als er sich setzen wollte, sah er erst nach, ob der steinerne Sitz auch sauber sei. Da erblickte er in der Fuge zwischen zwei Platten einen schmalen goldenen Schein. Es war das Gleißen des Goldes, das den menschlichen Augen so lieb ist. Er blickte genauer hin. Es konnte kein Zweifel sein: hier war irgendwie ein Goldstück hineingeraten. Der Bursche blickte sich um, ob ihn auch niemand sähe, und suchte etwas, womit er den Dukaten, der ihn aus der steinernen Fuge anlachte, herausholen könnte. Aber sofort erinnerte er sich, daß ja Sabbat sei und daß es Anstoß und Sünde wäre, irgendeine Arbeit zu verrichten. Erregt und verwirrt saß er auf dieser Stelle und stand bis zum Mittag nicht auf. Als es aber Zeit zum Mittagessen war und alle Juden, die alten wie die jungen, nach Hause gegangen waren, fand er einen stärkeren

1 Die sephardischen Juden sprechen einen altspanischen Dialekt

Strohhalm und holte, Sünde und Feiertag vergessend, den Dukaten vorsichtig zwischen den beiden Platten hervor. Es war ein guter Kaiserdukaten, dünn und fast ohne Schwere, wie ein dünnes, trockenes Blatt. Er kam zu spät zum Mittagessen. Und als er sich am ärmlich gedeckten Tisch niedersetzte, an dem sie ihrer dreizehn saßen – elf Kinder, der Vater und die Mutter –, hörte er nicht zu, wie der Vater ihn schalt und einen Tagedieb und Faulenzer hieß, der nicht einmal zum fertigen Essen rechtzeitig kommen könne. In den Ohren summte es ihm, und vor seinen Augen gleißte es. Vor ihm eröffneten sich Tage ungeahnter Üppigkeit, von der er immer geträumt hatte. Es schien ihm, als trüge er die Sonne in seiner Tasche.

Mit diesem Dukaten ging er am nächsten Tage, ohne viel zu überlegen, in Ustamujitschs Chan und schob sich in jenes Zimmerchen, in dem fast zu jeder Tages- und Nachtzeit das Spiel im Gange ist. Davon hatte er immer geträumt, aber er hatte niemals soviel Geld besessen, um es wagen und das Glück versuchen zu können. Jetzt konnte er diesen Traum verwirklichen.

Dort verbrachte er einige schmerzvolle und erregende Stunden. Anfangs empfingen ihn alle mit Verachtung und Mißtrauen. Als sie sahen, daß er einen Kaiserdukaten wechselte, dachten sie sofort, daß er irgend jemand bestohlen, aber sie waren bereit, seinen Einsatz anzunehmen. (Denn, wenn Spieler der Herkunft von jedermanns Geld nachforschen wollten, dann könnte nie auch nur ein Spiel zustandekommen.) Aber nun erhob sich für den Anfänger eine neue Qual. Wenn er gewann, stieg ihm das Blut zu Kopfe und sein Blick vernebelte sich von Schweiß und Hitze. Erlitt er aber einen größeren Verlust, dann war ihm, als stocke sein Atem und vergehe sein Herz. Aber nach allen diesen Qualen, von denen jede wie aussichtslos erschien, verließ er an diesem Abend den Chan mit vier Dukaten in der Tasche. Wenn er auch vor Erregung wie zerschlagen und im Fieber war, als hätte man ihn mit feurigen Ruten gestäupt, so ging er dennoch aufrecht und stolz. Vor seinem glühenden Blick eröffneten sich weite und glänzende Aussichten, die die Not seiner Familie verdeckten und die ganze Stadt vom

Erdboden löschten. Er ging wie trunken, mit feierlichem Schritt. Zum ersten Male im Leben fühlte er nicht nur das Gleißen und den Klang, sondern auch die Schwere des Goldes.

Noch in diesem selben Herbst wurde Bukus, so jung und grün er war, ein Landstreicher und Berufsspieler und verließ das elterliche Haus. Der alte Gaon verging vor Schande und Kummer um seinen erstgeborenen Sohn, und die ganze jüdische Gemeinde empfand dieses Unglück als das ihre.

Später verließ er die Stadt und ging in die Welt, seinem bösen Spielerschicksal entgegen. Und niemals wieder, heute ist es schon vierzehn Jahre her, hat man etwas von ihm gehört. Das hat, so sagt man, der »Teufelsdukaten« aus ihm gemacht, den er auf der Kapija gefunden und am Sabbat herausgeholt.

13

Das vierte Jahr der Besatzungszeit war gekommen. Es schien, als habe sich alles ziemlich beruhigt und »eingespielt«. Und wenn auch die unwiederbringliche »süße Stille« der türkischen Zeiten nicht wiederkehrte, so begann doch wenigstens eine Ordnung nach den neuen Auffassungen einzukehren. Aber dann rührte es sich wieder im Lande, unerwartet traf neues Militär in der Stadt ein, und wieder stand eine Wache auf der Brücke. Dazu aber war es so gekommen:

Die neue Obrigkeit hatte in diesem Jahre begonnen, in Bosnien und der Herzegowina Rekruten auszuheben. Dies hatte im Volke, besonders unter den Mohammedanern, lebhafte Aufregung hervorgerufen. Sie hatten sich vor fünfzig Jahren erhoben, als der Sultan den ersten *Nisam*, ein stehendes Heer, nach europäischer Art gekleidet, ausgebildet und ausgerüstet, einführte, denn sie wollten kein Giaurenkleid anziehen und keine Riemen anlegen, die sich auf der Brust kreuzten und so das verhaßte Symbol des Kreuzes bildeten. Und jetzt sollten sie dieses gleiche, verhaßte »enge Gewand« anziehen, und noch dazu im Dienste eines fremden, andersgläubigen Kaisers.

Schon im ersten Jahre der Besetzung, als die Obrigkeit die

Numerierung der Häuser und die Zählung der Einwohnerschaft begann, hatten diese Maßnahmen bei den Türken Mißtrauen hervorgerufen und unbestimmte, aber tiefe Befürchtungen erweckt.

Wie immer unter solchen Verhältnissen, setzten sich die Angesehensten und Gebildetsten unter den Türken der Stadt unauffällig zusammen, um sich über den Sinn dieser Maßnahmen und die Haltung zu besprechen, die man dazu einnehmen sollte.

An einem Maitage fanden sich diese »angesehensten Männer« wie zufällig auf der Kapija zusammen und besetzten alle Plätze auf dem Sofa. Ruhig ihren Kaffee trinkend und vor sich hin blickend, sprachen sie flüsternd über die neuen, verdächtigen Maßnahmen der Obrigkeit. Alle waren sie unzufrieden mit diesen neuen Bestimmungen. Diese widersprachen ihrer ganzen Art nach all ihren Auffassungen und Gewohnheiten, denn jeder von ihnen empfand eine solche Einmischung der Obrigkeit in die persönlichen Dinge und das Familienleben als eine überflüssige und unverständliche Erniedrigung. Niemand aber wußte den wahren Sinn dieser Vorschrift zu deuten, noch zu sagen, wie man sich ihr widersetzen solle. Unter ihnen saß auch Alihodscha, der sonst selten auf die Kapija kam, denn ihn juckte noch immer schmerzhaft das rechte Ohr, wenn er nur jene steinernen Stufen ansah, die auf das Sofa führten.

Der Wischegrader Muderis, Huseinaga, ein belesener und beredter Mann, als der Berufenste, erläuterte, was diese Kennzeichnung der Häuser durch Nummern und die Zählung der Kinder und Erwachsenen bedeuten könne.

»Das ist, so dünkt es mich, schon seit jeher eine Gewohnheit der Ungläubigen. Es mag einige dreißig Jahre her sein, wenn nicht mehr, da war in Trawnik der Wesir Tahirpascha aus Stambul. Das war ein Neutürke, aber unaufrichtig und ein Heuchler, in seiner Seele war er Ungläubiger geblieben, wie er es vorher gewesen. Die Leute erzählten, er habe neben sich eine Glocke stehen, und wenn er einen aus der Dienerschaft rufe, dann klingle er mit dieser Glocke wie ein Pope in der Kirche, bis der Diener kommt. Also, dieser Tahirpascha begann als erster, die Häuser in Trawnik zu zählen und an jedem eine Tafel mit einer Nummer anzubringen. (Daher nannten sie ihn auch Tachtar, den »Täfler«.) Aber das Volk erhob sich, sammelte alle diese Tafeln von den Häusern ein, trug sie auf einen Platz und verbrannte sie. Beinahe hätte es darum sogar Blutvergießen gegeben. Aber zum Glück hörte man in Stambul davon und berief ihn aus Bosnien ab. Möge sich seine Spur verwischen! Also, hier handelt es sich um etwas Ähnliches. Der Schwabe will Rechnung und Verzeichnis über alles haben, also auch über unsere Köpfe.«

Alle blickten vor sich hin und hörten dem Muderis zu, der bekannt dafür war, daß er lieber langatmig fremde Meinungen erzählte, als klar und eindeutig seine Ansicht zu dem zu sagen, was heute vorging.

Wie immer verlor Alihodscha als erster die Geduld.

»Dies tut der Schwabe nicht aus Gründen des Glaubens, Muderis Effendi, sondern aus Berechnung. Er kennt weder Spaß noch Müßiggang, nicht einmal, wenn er schläft, sondern kümmert sich um sein Geschäft. Jetzt erkennt man das noch nicht, aber in ein paar Monaten oder in einem Jahre wird man das erkennen. Denn der verstorbene Schemsibeg Brankowitsch hat sehr wahr gesprochen, als er sagte: ›Die schwäbischen Minen haben eine lange Zündschnur!‹ Diese Zählung der Häuser und Menschen, so meine ich, braucht er entweder für irgendeine neue Abgabe, oder er will die Leute zur Zwangsarbeit oder zum Militär ausheben. Es kann aber auch für das eine und für das andere sein. Wenn ihr mich aber fragt, was wir tun sollen: Ich denke, einen offenen Aufstand zu machen, sind wir nicht fähig. Das sieht auch Gott, und die Menschen wissen es. Aber wir brauchen auch nicht in allem zu gehorchen, was man uns befiehlt. Niemand braucht sich ihre Hausnummern zu merken oder zu sagen, wie alt er ist, mögen sie selbst erraten, wann wer geboren ist. Wenn sie aber zu weit gehen und an die Familie und an das, was unsere Ehe betrifft, rühren, verweigern wir es und dann mag geschehen, was uns von Gott bestimmt ist.«

Noch lange sprachen sie über diese unbequemen Maßnahmen

der Obrigkeit, aber im wesentlichen blieb es bei dem, was Alihodscha gesagt: beim passiven Widerstand. Die Leute verbargen ihre Jahre oder machten falsche Angaben und entschuldigten sich damit, daß sie nicht lesen und schreiben könnten. Nach den Frauen aber durfte niemand auch nur fragen, denn das hätten sie als schwerste Beleidigung angesehen. Die Tafeln mit den Hausnummern befestigten sie allen Anweisungen und Drohungen der Behörden zum Trotz an unsichtbarer Stelle oder auf dem Kopfe stehend. Oder sie kalkten sofort ihr Haus und überstrichen dabei, wie zufällig, auch die Hausnummer.

Da sie sahen, daß der Widerstand tief und aufrichtig, wenn auch versteckt war, schauten die Behörden durch die Finger und vermieden eine strenge Anwendung der Gesetze mit allen Folgen und Zusammenstößen, die sich daraus unweigerlich ergeben hätten.

Seit dieser Zeit waren zwei Jahre vergangen. Jene Unruhe um die Volkszählung war schon vergessen, als man wirklich mit der Aushebung der jungen Männer ohne Unterschied des Glaubens und des Standes begann. In der östlichen Herzegowina kam es jetzt zum offenen Aufstand, an dem sich dieses Mal neben den Mohammedanern zum Teil auch die Christen beteiligten. Die Führer des aufständischen Volkes suchten Verbindung mit dem Ausland, besonders mit der Türkei, denn sie behaupteten, die Besatzungsmacht habe die Ermächtigungen überschritten, die man ihr auf dem Berliner Kongreß gegeben, und sie habe nicht das Recht, in den besetzten Gebieten, die noch immer unter türkischer Oberhoheit stünden, Rekruten auszuheben. In Bosnien gab es keinen organisierten Widerstand, aber über Fotscha und Goraschde drang der Aufstand bis in die Nähe des Wischegrader Bezirks. Einzelne Aufständische oder kleinere Überreste der zerschlagenen Gruppen versuchten, in den Sandschak oder nach Serbien zu flüchten, wobei sie über die Wischegrader Brücke gingen. Wie immer unter solchen Verhältnissen, begann neben dem Aufstand auch das Hajdukentum sich auszubreiten.

Damals wurde, nach so vielen Jahren, wieder eine Wache auf der Kapija aufgestellt. Obgleich es Winter und tiefer Schnee gefallen war, standen Tag und Nacht auf der Kapija zwei Gendarmen auf Posten. Sie hielten unbekannte und verdächtige Vorüberkommende an, befragten sie und durchsuchten ihre Sachen.

Schon nach zwei Wochen traf in der Stadt eine Streifkorpsabteilung ein und löste die Gendarmen auf der Kapija ab. Das »Streifkorps« wurde aufgestellt, sobald der Aufstand in der Herzegowina ernsteres Ausmaß anzunehmen begann. Es waren bewegliche Kampfeinheiten, ausgewählt und ausgerüstet für den Einsatz in schwierigem Gelände, zusammengestellt aus gut bezahlten Freiwilligen. Unter ihnen waren Leute, die als Soldaten ersten Aufgebotes mit den Besatzungstruppen gekommen waren und nicht zurückgehen wollten, sondern blieben, um im Streifkorps zu dienen. Es gab auch solche, die aus der Gendarmerie in diese neue bewegliche Abteilung abkommandiert wurden. Und schließlich gab es auch eine gewisse Anzahl Einheimischer, die als Vertrauensleute und Wegekundige dienten.

Den ganzen Winter über, der weder leicht noch kurz war, stand eine Wache von zwei Streifkorpsmännern auf der Kapija. Gewöhnlich war es ein Fremder und ein Einheimischer. Sie bauten kein Blockhaus wie damals die Türken zur Zeit des Karageorge-Aufstandes in Serbien. Es gab auch keine Hinrichtungen und abgeschlagenen Köpfe. Dennoch gab es auch dieses Mal, wie immer, wenn die Kapija gesperrt wurde, ungewöhnliche Ereignisse, die ihre Spuren in der Stadt hinterließen. Denn schwere Zeiten können nicht ohne irgend jemandes Unglück abgehen.

Unter den Streifkorpsmännern, die sich auf der Kapija ablösten, war auch ein junger Mensch, ein Kleinrusse aus Ostgalizien, namens Gregor Fedun. Dieser junge, dreiundzwanzigjährige Bursche war von riesenhaftem Wuchs, aber kindlichem Verstand, stark wie ein Bär, aber schüchtern wie ein Mädchen. Er diente gerade seine Zeit ab, als sein Regiment nach Bosnien verlegt wurde. Er hatte in den Kämpfen bei Maglaj und auf dem Glasinatz gefochten. Danach verbrachte er anderthalb Jahre in den Garnisonen Ostbosniens. Als aber die Zeit seiner Entlassung kam, fiel es ihm schwer, in seine galizische Stadt Kolomea und sein Vaterhaus, das reich war an Kindern und arm an allem übrigen, zurückzukehren. Er war schon in Budapest bei seiner Einheit, als der Aufruf zum freiwilligen Eintritt in das Streifkorps veröffentlicht wurde. Als Soldat, der Bosnien aus mehrmonatigen Kämpfen kannte, wurde Fedun sofort angenommen. Und er freute sich aufrichtig bei dem Gedanken, daß er die bosnischen Waldlichtungen und Städtchen wieder sehen würde, in denen er schwere wie frohe Tage verlebt hatte und mit denen ihn jetzt Erinnerungen verbanden, in denen jene schweren Tage schöner und lebhafter glänzten als die frohen. Er erhitzte sich vor Freude und blähte sich auf vor Stolz, wenn er sich die Gesichter der Eltern, Brüdern und Schwestern vorstellte, wie sie die Silbergulden erhielten, die er ihnen vom reichhaltigen Streifkorpssold schicken würde. Und zu allem hatte er das Glück, nicht in die östliche Herzegowina geschickt zu werden, wo die Kämpfe mit den Aufständischen ermüdend und oft auch sehr gefährlich waren, sondern in die Stadt an der Drina, wo die ganze Aufgabe nur im Patrouillieren und Wachestehen bestand.

Dort verbrachte er den Winter, oft stundenlang mit den Füßen stapfend und sich in die Finger hauchend, in den frostklaren Nächten auf der Kapija, wenn der Stein vor Kälte springt, der Himmel über der Stadt bleich wird und die großen, herbstlichen Sterne zu kleinen, bösen Lichtfünkchen werden. Dort erlebte er auch den Frühling und bemerkte seine ersten Anzeichen auf der Kapija: jenes schwere und dumpfe Bersten des Eises auf der Drina, das man irgendwo in seinen Eingeweiden spürt, und jenes hohle Sausen irgendeines neuen Windes, der die ganze Nacht durch die kahlen Wälder der eng zusammengedrängten Berge oberhalb der Brücke heult.

Der junge Bursche stand Posten, wenn die Reihe an ihn kam, und fühlte, wie das Frühjahr, das sich in Erde und Wasser ankündigte, langsam in ihn eindrang, ihm alle Sinne trunken machte und alle seine Gedanken verwirrte. Er stand auf Posten und sang all die kleinrussischen Lieder, die man in seiner Heimat singt. Bei diesen Liedern schien es ihm mit jedem Frühlingstage mehr, als erwarte er irgend jemand an diesem vorgeschobenen und windumheulten Platze.

Anfang März richtete das Kommando einen Hinweis an die Abteilung, die die Brücke bewachte, die Aufmerksamkeit zu verdoppeln, denn nach glaubwürdigen Mitteilungen sei der bekannte Hajduk Jakob Tschekrlija aus der Herzegowina nach Bosnien übergetreten und halte sich jetzt irgendwo in der Umgebung von Wischegrad versteckt, von wo er aller Wahrscheinlichkeit nach versuchen werde, heimlich die serbische oder die türkische Grenze zu überschreiten. Die Streifkorpsmänner, die auf der Brücke Wache standen, erhielten auch eine Beschreibung Tschekrlijas mit dem Hinweis, daß es sich um einen Hajduken handle, der zwar klein und unansehnlich von Gestalt, aber stark, kühn und ungewöhnlich gewandt sei und dem es schon mehrere Male gelungen sei, die Patrouillen, die ihn bereits eingekesselt hatten, zu täuschen und ihnen zu entkommen.

Auch Fedun hörte beim Rapport den Hinweis und nahm ihn ernst wie alle amtlichen Bekanntmachungen. Eigentlich erschien er ihm leicht übertrieben, denn er konnte sich nicht vorstellen, wie jemand unbemerkt die ungefähr zehn Schritte Raum überqueren sollte, die die Brücke breit ist. Ruhig und sorglos verbrachte er tags und nachts ein paar Stunden auf der Kapija. Seine Aufmerksamkeit hatte er in der Tat verdoppelt, aber sie war nicht vom Auftauchen dieses Jakob in Anspruch genommen, von dem nichts zu hören noch zu sehen war, sondern von jenen zahllosen Zeichen und Erscheinungen, mit denen sich das Frühjahr auf der Kapija ankündigt.

Es ist nicht leicht, seine Aufmerksamkeit ausschließlich auf einen Gegenstand zu richten, wenn man dreiundzwanzig Jahre alt ist und einem Schauer von Kraft und Leben durch den Körper strömen und rund herum der Frühling von allen Seiten braust, flimmert und duftet. Der Schnee schmilzt in den Schluchten, der Fluß ist schnell und grau wie undurchsichtiges Glas, der Wind, der von Nordosten kommt, trägt den Hauch des Schnees von den Bergen und der ersten Knospen aus den Tälern. Alles das berauschte und zerstreute Fedun, der den Raum von einer Terrasse zur anderen abmaß oder, wenn er nachts auf Posten stand, sich an die Mauer lehnte und mit dem Wind seine kleinrussischen Lieder summte. Weder bei Tag noch in der Nacht verließ ihn aber das Gefühl, daß er irgend jemanden erwarte, ein Gefühl, das zugleich quälend und schön war und gleichsam in allem, was auf dem Wasser, auf der Erde und am Himmel geschah, seine Bestätigung fand.

Eines Tages, etwa um die Mittagszeit, kam an der Wache ein türkisches Mädchen vorüber. Sie war in den Jahren, in denen sich die mohammedanischen Mädchen noch nicht verschleiern, aber auch nicht mehr völlig unverhüllt gehen, sondern sich in einen dünnen, großen Schal, die Boschtscha, hüllen, die ihren ganzen Körper, Arme, Kinn und das Haupt bedeckt, aber noch immer einen Teil des Gesichtes, Augen, Nase, Mund und Wangen, freiläßt. Dies ist jene kurze Zeitspanne zwischen Kindheit und Mädchentum, da das mohammedanische Mädchen züchtig und freudig den Liebreiz des noch kindlichen, aber schon weiblichen Gesichtes zeigt, das vielleicht schon morgen vom Schleier für immer verhüllt wird.

Keine Menschenseele war auf der Kapija. Mit Fedun war ein gewisser Stewan aus Pratsche auf Posten, einer der Bauern aus dem Streifkorps. Dieser Mann in reiferen Jahren, dem Alkohol nicht abhold, schlief, unvorschriftsmäßig auf dem steinernen Sofa sitzend.

Fedun betrachtete das Mädchen vorsichtig und furchtsam. Um sie schlang sich eine bunte Boschtscha, die in der Sonne mit den Windstößen und dem Rhythmus des mädchenhaften Schrittes wie lebend wogte und flatterte. Ein ruhiges und schönes Gesicht, fest und eng eingerahmt vom zusammengezogenen Gewebe der Boschtscha. Die Augen gesenkt, aber bewegt. So ging sie an ihm vorüber und verschwand über die Brücke in der Stadt.

Der junge Bursche ging lebhafter von einer Terrasse zur anderen und blickte ständig in Richtung zum Markt. Jetzt schien es ihm, als habe er wirklich jemand, auf den er warte. Nach einer halben Stunde – noch herrschte auf der Brücke mittägliche Stille – kehrte das türkische Mädchen aus der Stadt zurück und ging wieder an dem verwirrten jungen Burschen vorüber. Jetzt betrachtete er sie etwas länger und kühner, und, was das Wunderbarste war, auch sie sah ihn an, mit einem kurzen, aber freien Blick, von der Seite, leicht lächelnd, leicht verschlagen, aber mit jener heiteren Verschlagenheit, mit der Kinder einander im Spiel täuschen. Langsam gehend, aber sich doch schnell entfernend, mit tausend Bewegungen und Biegungen in der weiten Boschtscha, in die ihre ganze junge, aber schon kräftige Gestalt eingehüllt war, entschwebte sie. Die orientalischen Streifen und lebhaften Farben ihrer Boschtscha zeigten sich noch lange zwischen den Häusern am anderen Ufer.

Erst jetzt rüttelte sich der junge Bursche wach. Er stand noch an der gleichen Stelle und in der gleichen Haltung wie in dem Augenblick, da sie an ihm vorüberging. Er riß sich los und blickte mit dem Gefühl eines Menschen um sich, der irgend etwas verabsäumt hatte. In der trügerischen Märzsonne schlummerte Stewan. Dem jungen Burschen schien es, als seien sie beide irgendwie schuldig und als hätte eine ganze Kompanie in dieser Zeit unbemerkt an ihnen vorübermarschieren können, die er selbst weder ihrer Länge noch ihrer Bedeutung für sich und die übrige Welt nach hätte abschätzen können. Da er sich schämte, weckte er Stewan mit übertriebenem Eifer, und beide standen bis zur Ablösung weiter auf Posten.

Den ganzen Tag über, in den Ruhestunden, wie auf Posten, zog das türkische Mädchen wie eine Erscheinung zahllose Male durch sein Bewußtsein. Am nächsten Tage aber, wiederum gegen Mittag, als auf Brücke und Markt die wenigsten Menschen waren, kam sie in Wirklichkeit wieder über die Brücke.

Wie in einem Spiel, dessen Regeln er nur zur Hälfte kannte, betrachtete Fedun wieder dieses von dem bunten Tuch umrahmte Gesicht. Alles war genau wie gestern. Nur waren die Blicke länger, das Lächeln lebhafter und kühner. Als habe er auf seine Art teil am Spiel, schlief Stewan wieder auf der Steinbank und verschwor sich danach wieder, wie gewöhnlich, er habe nicht geschlafen, und er könne nicht einmal des Nachts im Bett auch nur ein Auge schließen. Bei der Rückkehr blieb das Mädchen fast stehen und sah dem Streifkorpsmann gerade in die Augen. Er warf ihr zwei Worte zu, unklar und ohne Bedeutung. Dabei fühlte er, wie ihm die Füße vor Aufregung schwach wurden, und vergaß völlig, wo er sich befand.

Das sind jene großen Kühnheiten, wie wir sie nur im Traum vollbringen. Als sich das Mädchen wieder am anderen Ufer verlor, erzitterte der junge Bursche vor Furcht. Es war unwahrscheinlich, daß es ein türkisches Mädchen wagte, einen schwäbischen Soldaten anzublicken. Etwas so Unerhörtes und noch nicht Dagewesenes konnte sich nur im Traum ereignen, im Traum oder im Frühling auf der Kapija. Außerdem wußte er sehr wohl, daß in diesem Lande und in seiner Stellung nichts so anstößig und gefährlich war, wie eine mohammedanische Frau anzurühren. Davor hatte man ihn beim Militär und auch jetzt beim Streifkorps gewarnt. Die Strafen für solche Kühnheit waren schwer. Mancher aber zahlte den beleidigten und in Wut gebrachten Türken mit seinem Leben. Alles dies wußte er und hatte auch den ehrlichen Willen, sich an Ordnung und Vorschriften zu halten, aber dennoch handelte er dagegen. Das Unglück der Unglücklichen liegt eben darin, daß ihnen Dinge, die sonst unmöglich und verboten sind, für einen Augenblick zugänglich und leicht werden oder wenigstens so scheinen. Haben sie sich aber einmal ständig in ihre Wünsche eingenistet, dann zeigen sie sich wieder, wie sie wirklich sind, unzugänglich und verboten, mit allen Folgen, die es für die bringt, die sich dennoch erdreisten, nach ihnen zu greifen.

Auch am dritten Tage gegen Mittag zeigte sich das türkische Mädchen. Und so, wie im Traum alles nach den menschlichen Wünschen geht, als der einzigen Wirklichkeit, der sich alles übrige unterordnet, schlief Stewan wieder, überzeugt und bereit, dem anderen stets zu versichern, er habe die Augen keinen Augenblick geschlossen; und auf der Kapija war kein weiterer Fußgänger. Der junge Bursche sprach sie wieder an, er stotterte ein paar Worte, das Mädchen verlangsamte seinen Schritt und antwortete ihm etwas ebenso Unklares und Schüchternes.

Dies gefährliche und unwahrscheinliche Spiel ging fort. Am vierten Tag paßte das Mädchen beim Vorübergehen wieder den Augenblick ab, da niemand auf der Kapija war, und fragte den erglühenden jungen Burschen flüsternd, wann er das nächste Mal auf Posten sein werde. Er sagte, daß er mit der ersten Dämmerung, etwa um die Stunde Akscham, wenn der Muezzin zum Abendgebet ruft, wieder auf der Kapija sein werde.

»Ich werde meine alte Großmutter in die Stadt auf das Amt führen und allein zurückkommen«, flüsterte das Mädchen, ohne haltzumachen und den Kopf zu wenden, und sah ihn dabei mit jenem schrägen und sprechenden Blick an. Aber in jedem dieser alltäglichen Worte lag eine versteckte Freude, daß sie ihn wiedersehen würde.

Sechs Stunden später war Fedun wieder mit seinem schläfrigen Kameraden auf der Kapija. Nach dem Regen war eine kühle Dämmerung hereingebrochen, die ihm voller Versprechungen erschien. Die Vorübergehenden wurden immer seltener. Da zeigte sich auf dem Wege von Osojnitza das türkische Mädchen, eingewickelt in ihre Boschtscha, deren Farben die Dämmerung dämpfte. Neben ihr ging eine alte, gebeugte Türkin, vermummt in ein schweres, schwarzes Übergewand. Es war, als ginge sie auf vier Füßen, denn mit der rechten Hand stützte sie sich auf einen Stab und mit der linken auf den Arm des Mädchens.

So gingen sie an Fedun vorüber. Das Mädchen ging langsam und paßte ihren Schritt dem langsamen Gang der Greisin an, die sie führte. Die Augen, die durch die Schatten der ersten Dämmerung noch größer schienen, richtete sie jetzt frei und offen gerade in die Augen des jungen Burschen, als könne sie sich nicht von ihm losreißen. Als sie in der Stadt verschwunden waren, überlief den jungen Burschen ein Frösteln, und er begann mit schnellen Schritten von einer Terrasse zur anderen zu gehen, als wolle er wiedergutmachen, was er versäumt. Mit einer Erregung, die

Furcht gleichkam, wartete er jetzt auf die Rückkehr des Mädchens. Stewan döste.

Was wird sie mir im Vorübergehen sagen? dachte der junge Bursche. Was soll ich ihr sagen? Vielleicht wird sie mich auffordern, daß wir uns irgendwo des Nachts, an versteckter Stelle, treffen? Er erschauerte vor Lust und der erregenden Gefahr, die in diesem Gedanken lag.

Eine ganze Stunde verging im Warten, es verging auch noch die Hälfte der zweiten, und das Mädchen kehrte nicht zurück. Aber auch in diesem Warten lag Lust. Und die Lust wuchs mit der Dämmerung, die sich herabsenkte. Schließlich zeigte sich statt des Mädchens die Ablösung. Aber dieses Mal kamen nicht nur die zwei Streifkorpsmänner, die auf Wache sollten, sondern mit ihnen kam auch Wachtmeister Draschenowitsch persönlich, ein strenger Mann, mit kurzem, schwarzem Bart. Er befahl Fedun und Stewan mit einer bösen und scharfen Stimme, sie sollten sich in der Kaserne sofort in den Schlafsaal begeben und diesen ohne neuen Befehl nicht verlassen. Fedun stieg das Blut zu Kopfe beim Gedanken an eine unbestimmte Schuld.

Der große und kalte Schlafsaal mit seinen zwölf an einer Seite aufgestellten Betten war leer. Die Mannschaften waren zum Abendessen oder in der Stadt. Fedun und Stewan warteten, verwirrt und ungeduldig, grübelnd und vergeblich suchend, warum sie der Wachtmeister so streng und unerwartet eingesperrt. Nach einer Stunde, als die ersten Soldaten zum Schlafen heraufkamen, stürmte ein Unteroffizier mit finsterer Miene herein und befahl ihnen laut und scharf, mit ihm zu kommen. An allem fühlten sie, wie die Strenge ihnen gegenüber zunahm und alles zusammen nach nichts Gutem aussah. Sobald sie hinausgeführt waren, trennte man sie und begann, sie einzeln zu verhören.

Die Nacht rückte weiter. Es kamen die Stunden, da auch das letzte Licht in der Stadt erlosch, aber die Fenster in der Kaserne waren noch alle gleichmäßig erleuchtet. Von Zeit zu Zeit hörte man die Klingel am Tor, das Klappern von Schlüsseln und das Zuschlagen schwerer Türen. Ordonnanzen kamen und gingen und eilten durch die dunkle und schlafende Stadt zwischen Kaserne und Amtsgebäude, in dessen oberem Stockwerk auch noch die Lampen brannten, hin und her. Schon an diesen äußeren Zeichen konnte man sehen, daß in der Stadt etwas Ungewöhnliches vorging.

Als sie Fedun gegen elf Uhr in das Büro des Rittmeisters führten, schien es ihm, als seien Tage und Wochen seit dem, was auf der Kapija geschah, vergangen. Auf dem Tisch brannte eine metallene Petroleumlampe mit einem grünen Porzellanschirm. Neben ihr saß Rittmeister Kretschmar. Seine Hände waren bis zu den Ellenbogen beleuchtet, während Oberkörper und Kopf im Schatten des grünen Schirmes lagen. Der junge Bursche kannte dieses bleiche und volle, fast weibische, bartlose Gesicht mit dem kaum sichtbaren kleinen Schnurrbärtchen und dunklen Augenringen, die um die grauen Augen in regelmäßigen Kreisen lagen. Diesen starken und ruhigen Offizier mit seinen langsamen Worten und schweren Bewegungen fürchtete man im Streifkorps wie das Feuer. Es gab nur wenige Menschen, die den Blick dieser großen grauen Augen lange aushalten konnten und die nicht stotterten, wenn sie auf seine Fragen antworteten, bei denen jedes Wort ruhig, aber abgehackt, losgelöst und klar von der ersten bis zur letzten Silbe ausgesprochen wurde, wie in der Schule oder auf dem Theater. Ein wenig abseits vom Tisch stand Wachtmeister Draschenowitsch. Auch sein Oberkörper war ganz im Schatten, nur seine Hände waren grell beleuchtet; lose herabhängende, behaarte Hände; auf einer von ihnen glänzte ein breiter goldener Trauring.

Draschenowitsch stellte Fragen.

»Sagen Sie uns, wie Sie die Zeit von fünf bis sieben Uhr verbracht haben, als Sie mit dem Streifkorps-Hilfsbeamten Stewan Kalatzan auf der Kapija im Wachtdienste waren?«

Fedun schoß das Blut zu Kopfe. Jeder verbringt seine Zeit so gut er vermag und versteht, aber niemand denkt dabei daran, daß er sich später vor einem strengen Gericht verantworten und über alles Geschehene bis in die kleinsten Einzelheiten, bis zu den verstecktesten Gedanken und bis zur letzten Minute, Rechenschaft ablegen muß. Niemand, am allerwenigsten aber, wenn jemand dreiundzwanzig Jahre alt ist und die Zeit im Frühling auf der Kapija verbrachte. Was sollte er antworten? Auf Posten sind die zwei Stunden wie immer vergangen, wie gestern und vorgestern. Aber in diesem Augenblick konnte er sich an nichts Alltägliches und Gewöhnliches erinnern, das er hätte sagen können. Vor seiner Erinnerung reihten sich nur nebensächliche und unerlaubte Dinge aneinander, die jedem geschehen, die man aber Vorgesetzten nicht zu sagen pflegt: daß Stewan nach seiner Gewohnheit geschlummert; daß er, Fedun, ein paar Worte mit einem unbekannten türkischen Mädchen gewechselt; daß er danach mit herabsinkender Dämmerung leise und hingerissen alle Lieder seiner Heimat gesungen und auf die Rückkehr des Mädchens und mit ihr auf etwas Erregendes und Ungewöhnliches gewartet. Gott, wie schwer war es, zu antworten, unmöglich, alles zu sagen, und ungünstig zu schweigen! Und man mußte sich eilen, denn die Zeit verging und vergrößerte nur die Verwirrung und Verlegenheit. Und wie lange dauerte nun schon dieses Schweigen?

»Na?« meldete sich der Rittmeister. Alle kannten dieses »na«, klar, glatt, mächtig, wie das Geräusch eines starken, komplizierten und gut geölten Mechanismus. – Und Fedun begann zu stottern und sich von Anfang an zu verwirren, als sei er schuldig.

Die Nacht verging, aber die Lampen erloschen weder in der Kaserne noch im Amtsgebäude. Die Verhöre, Protokolle und Gegenüberstellungen reihten sich aneinander. Verhört wurden auch die anderen, die an diesem Tage auf der Kapija auf Posten gestanden hatten. Man hatte auch einige der Passanten aufgefunden und vorgeführt. Aber es war augenscheinlich, daß sich der Ring um Fedun und Stewan und in ihrem Verhör um die »alte« Türkin schloß, die von einem Mädchen geführt worden war.

Dem jungen Burschen schien es, als stürzten jene verzauberten und unentwirrbaren Verantwortlichkeiten aus seinen Träumen über ihm zusammen. Beim Morgengrauen wurde er Stewan gegenübergestellt. Der Bauer blinzelte hinterhältig, sprach gekünstelt mit einer irgendwie dünner gewordenen Stimme und berief sich ständig darauf, daß er ein schreibunkundiger Bauer sei und sich in allem »diesem Herrn Fedun«, wie er seinen Wachkameraden in seiner Rede ständig bezeichnete, gefügt habe.

So muß man antworten, dachte der junge Bursche, dem der Magen vor Hunger knurrte und der vor Aufregung zitterte, obgleich ihm immer noch nicht klar war, um was es sich handelte und worin eigentlich sein Vergehen und seine Schuld lagen. Der Morgen aber brachte ihm die volle Erklärung.

Die ganze Nacht drehte sich dieser unwahrscheinliche Reigen im Kreise; in seiner Mitte stand der Rittmeister; kalt, unerbittlich, selbst unbeweglich und stumm, ließ er niemand zur Ruhe kommen und schweigen. Mit seiner Haltung und seinem Blick glich er nicht so sehr einem Menschen, sondern eher einer Verkörperung der Pflicht, einem furchtbaren Priester des Rechtes, der Schwächen und Gefühlen unzugänglich, begabt mit unirdischer Kraft, ohne jegliches menschliche Bedürfnis nach Speise, Schlaf und Entspannung. Als es dämmerte, wurde Fedun zum zweiten Male vor den Rittmeister geführt. Im Arbeitszimmer waren außer dem Rittmeister und Draschenowitsch ein bewaffneter Gendarm und ein weibliches Wesen, das dem jungen Burschen auf den ersten Eindruck unwirklich erschien. Die Lampe war gelöscht. Das Zimmer, mit Blick nach Norden, war kalt und dämmerig. Der junge Bursche sah mit Staunen, wie der schreckliche Traum der Nacht auch im Tageslicht nicht verblassen und verschwinden wollte.

»Ist das der Mann, der auf Posten war?« fragte Draschenowitsch die Frau.

Mit einer großen Anstrengung, die ihn förmlich schmerzte, betrachtete Fedun sie jetzt zum erstenmal genau. Es war das mohammedanische Mädchen von gestern abend, nur ohne Boschtscha, barhäuptig, mit schweren braunen Zöpfen, die locker um den Kopf lagen. Sie trug bunte türkische Pluderhosen, aber die übrige Kleidung, Hemd, Gürtel und ärmellose Weste, war die der serbischen Mädchen aus den Dörfern der Hochebene oberhalb der Stadt. Ohne die Boschtscha wirkte sie älter und stärker. Ihr Gesicht war verändert, der Mund groß und böse, die Augenlider gerötet und die Augen hell und klar, als sei der Schatten von gestern abend verflogen.

»Er ist es«, antwortete die Frau mit einer gleichmütigen, festen Stimme, die Fedun ebenso neu und ungewöhnlich war wie ihr ganzes jetziges Aussehen.

Draschenowitsch fuhr fort, sie zu fragen, wie und wie oft sie im ganzen über die Brücke gegangen sei, was sie Fedun und was er ihr gesagt habe. Sie antwortete im allgemeinen richtig, aber gleichgültig und trotzig.

»Gut, Jelenka, was hat er dir das letztemal gesagt, als du vorübergekommen bist?«

»Irgendwas hat er gesagt, aber ich weiß nicht recht was, denn ich habe nicht auf ihn gehört, sondern nur daran gedacht, wie ich Jakob über die Brücke bringe.«

»Daran hast du gedacht?«

»Daran«, antwortete die Frau unwillig, die augenscheinlich übermüdet war und nicht mehr sagen wollte, als sie mußte. Aber der Wachtmeister war hartnäckig. Mit einer Stimme, in der etwas wie Drohung lag und die verriet, daß sie an widerspruchslosen Gehorsam gewöhnt war, verlangte er, die Frau solle alles wiederholen, was sie beim ersten Verhör auf dem Amt ausgesagt.

Sie wehrte sich, kürzte und überging einzelne Stellen ihrer früheren Aussage, er aber unterbrach sie immer wieder und führte sie mit scharfen und geschickten Fragen wieder zurück.

Nach und nach kam die ganze Wahrheit zu Tage. Sie hieß Jelenka und war aus Tositschi, von der Oberen Lijeska. Im vergangenen Herbst war der Hajduk Jakob Tschekrlija in diese Gegend gekommen und hatte dort, versteckt in einer Hütte oberhalb ihres Dorfes, überwintert. Aus ihrem Hause hatten sie ihm Essen und saubere Wäsche gebracht. Meist hatte sie es ihm gebracht. Dabei hatten sie sich ineinander verschaut und sich einander versprochen. Und als der Schnee zu tauen begann und die Streifkorpsrazzien häufiger wurden, beschloß Jakob, um jeden Preis über die Grenze nach Serbien zu gehen. Die Drina war um diese Jahreszeit schwer zu überschreiten, auch wenn sie nicht bewacht gewesen wäre, auf der Brücke aber stand ein ständiger Posten. Er entschloß sich für die Brücke und erdachte einen Plan, wie er die Wache täuschen wollte. Sie war mit ihm gegangen, entschlossen, ihm um jeden Preis zu helfen, auch um den ihres Lebens. Zuerst stiegen sie bis nach Lijeska hinunter und dann weiter bis in eine Höhle oberhalb Okolischte. Schon früher, in Glasinatz, hatte Jakob von einigen Zigeunern türkische Frauenkleider beschafft: Schleier, Pluderhosen und Umschlagtuch. Und dann hatte sie nach seinen Anweisungen begonnen, über die Brücke zu gehen, und zwar zu einer Zeit, da nur wenig Mohammedaner da waren, damit niemand von ihnen frage, zu wem dieses unbekannte Mädchen gehöre, und damit sich die Wache an sie gewöhne. So war sie an drei aufeinanderfolgenden Tagen über die Brücke gegangen, und dann hatte sie beschlossen, auch Jakob hinüberzuführen.

»Aber warum hast du ihn gerade hinübergebracht, als dieser Soldat auf Posten war?«

»Eben weil er mir irgendwie am weichsten vorkam.«

»Darum?«

»Darum.«

Auf des Wachtmeisters Drängen fuhr die Frau fort: Als alles bereits so vorbereitet gewesen, da habe sich Jakob in das Übergewand gehüllt, und sie habe ihn mit der ersten Dämmerung als ihre alte Großmutter hinübergebracht, an dem Posten vorüber, der nichts bemerkt hätte, denn dieser Junge habe auf sie geschaut und nicht auf die Alte, der ältere aber habe auf dem Sofa gesessen, als ob er schlafe.

Als sie auf den Markt kamen, gingen sie aus Vorsicht nicht geraden Weges durch die Stadt, sondern auf Nebenstraßen. Das verriet sie. Sie verliefen sich in der Stadt, die sie nicht kannten, und statt an der hölzernen Brücke über den Rsaw herauszukommen, um dann den Weg einzuschlagen, der von der Stadt zur einen wie zur anderen Grenze führt, fanden sie sich vor irgendeiner türkischen Kaffeestube, aus der gerade einige Leute herauskamen. Darunter war auch ein Gendarm, ein Türke, aus der Stadt gebürtig. Ihm erschien diese vermummte Alte, mit dem Mädchen, das er bisher noch nie gesehen, verdächtig, und er folgte ihnen. Er ging ihnen bis zum Rsaw nach. Dort trat er an sie heran, um sie zu fragen, wer sie seien und wohin sie gingen. Jakob, der durch den Schleier vor seinem Gesicht die Bewegungen des Gendarmen sorgfältig beobachtet hatte, hielt nun den Augenblick zu fliehen für gekommen. Er warf das Übergewand ab und stieß Jelenka mit solcher Kraft gegen den Gendarmen, daß sie beide taumelten (»denn er ist schmächtig und klein von Gestalt, aber stark wie die Erde und hat ein Herz wie nur selten ein Mensch!«). Sie hatte sich, wie sie selbst ruhig und sachlich zugab, dem Gendarmen zwischen die Beine gedrängt. Während sich der Gendarm von Jelenka freimachte, durchwatete Jakob den Rsaw, als wäre er eine kleine Pfütze, obgleich ihm das Wasser bis über die Knie ging, und verlor sich auf der anderen Seite im Gestrüpp. Sie hätten sie danach auf das Amt gebracht, sie geschlagen und ihr gedroht, aber sie könne und wolle nichts weiter sagen.

Vergeblich bemühte sich der Wachtmeister mit umgehenden Fragen und mit Schmeicheleien und Drohungen, aus dem Mädchen noch etwas mehr herauszubringen und etwas über sonstige Mittelspersonen und Helfershelfer und Jakobs weitere Absichten zu erfahren. Auf sie machte dies nicht den geringsten Eindruck. Worüber sie sprechen wollte, darüber hatte sie gesprochen, und mehr als genug, worüber sie aber nichts sagen wollte, war aus ihr trotz allen Bemühungen Draschenowitschs nicht herauszubringen.

»Es ist besser, du sagst uns jetzt alles, was du weißt, als daß sie den Jakob verhören und foltern, den sie jetzt sicher an der Grenze gefaßt haben.«

»Wen haben sie gefaßt? Ihn? Ha!«

Und das Mädchen sah den Wachtmeister bedauernd an wie einen Menschen, der nicht weiß, was er spricht, und die rechte Seite ihrer Oberlippe hob sich verächtlich. (Überhaupt drückten die Bewegungen dieser Oberlippe, die dann wie ein verkrampfter Blutegel aussah, ihre Gefühle der Wut, der Verachtung oder des Trotzes aus, wenn diese Gefühle stärker wurden als die Worte, über die sie verfügte. Dieses krampfhafte Zucken gab ihrem sonst schönen und ebenmäßigen Gesicht einen Augenblick lang einen peinlichen und unangenehmen Ausdruck.) Und mit völlig kindlichem und entrücktem Gesichtsausdruck, der in krassem Gegensatz zu diesem unschönen Krampfen der Oberlippe stand, blickte sie aus dem Fenster, wie ein Bauer auf seine Äcker schaut, wenn er sich vom Einfluß des Wetters auf die Saat überzeugen will.

»Was fällt euch ein! Eben dämmert es. Von gestern abend bis jetzt könnte er um ganz Bosnien herumwandern und nicht nur eine Grenze überschreiten, die eine oder zwei Stunden Weges von hier verläuft. Ich weiß schon. Mich könnt ihr schlagen und erschlagen, dazu bin ich auch mit ihm gegangen, aber ihn werdet ihr nicht wiedersehen. Daran braucht ihr gar nicht zu denken. Ha!«

Und ihre Oberlippe verkrampfte und hob sich auf der rechten Seite, ihr ganzes Gesicht aber sah mit einem Male viel älter, erfahren, frech und häßlich aus. Als sich aber diese Lippe schnell wieder beruhigt und gesenkt hatte, da nahm ihr Gesicht wieder den kindlichen Ausdruck einer lieblichen und unbewußten Kühnheit an.

Draschenowitsch wußte nicht, was er tun sollte, und sah den Rittmeister an, der ein Zeichen gab, das Mädchen wieder hinauszuführen. Dann begann er wieder, Fedun zu verhören. Das konnte nicht mehr lang oder schwierig sein. Der junge Bursche gestand alles und brachte es nicht fertig, irgend etwas zu seiner Verteidigung vorzubringen, nicht einmal das, was ihm Draschenowitsch selbst in seinen Fragen absichtlich in den Mund legen wollte. Auch die Worte des Rittmeisters, die zwar das unwiderrufliche und unbarmherzige Urteil in seiner ganzen Schwere enthielten, aus denen aber der verhaltene Schmerz über diese Schwere herausklang, konnten den jungen Burschen nicht aus seiner Lähmung lösen.

»Fedun«, sagte Kretschmar auf deutsch, »ich habe Sie für einen ernsten jungen Mann gehalten, der seine Pflicht und seine Lebensziele kennt, und ich habe geglaubt, daß aus Ihnen eines Tages ein ausgezeichneter Soldat, eine Zierde unserer Abteilung würde. Aber Sie vernarren sich in das erste Weibsstück, das Ihnen an der Nase vorbeigelaufen ist. Sie haben sich wie ein Schwächling benommen, wie ein Mensch, dem man eine ernste Aufgabe nicht anvertrauen kann. Ich muß Sie dem Gericht übergeben. Aber wie dessen Urteil auch immer ausfallen mag, die größte Strafe für Sie ist, daß Sie sich des Vertrauens nicht würdig erwiesen haben, das man in Sie setzte, und daß Sie es im rechten Augenblick nicht fertigbrachten, als Mann und als Soldat auf Ihrem Platz zu bleiben. Gehen Sie jetzt.«

Nicht einmal diese Worte, schwer, abgehackt, skandiert, konnten dem jungen Burschen irgend etwas Neues zu Bewußtsein bringen. Alles dies war schon in ihm. Das Auftauchen und die Sprache dieser Frau, des Hajdukenliebchens, Stewans Verhalten und der ganze Verlauf der kurzen Untersuchung zeigten ihm mit einem Male sein leichtsinniges, harmloses und unverzeihliches Frühlingsspiel auf der Kapija im wahren Lichte. Die Worte des Rittmeisters waren nur das amtliche Siegel dazu; eher als Fedun brauchte sie auch der Rittmeister selbst, um irgendeiner ungeschriebenen, aber uralten Forderung von Gesetz und Ordnung zu genügen. Wie vor einem Schauspiel ungeahnter Größe stand der junge Bursche vor der unfaßbaren Erkenntnis, was einige Augenblicke des Sichvergessens, zu böser Stunde und an gefährlicher Stelle erlebt, bedeuten können. Wären sie vergangen und dort auf der Kapija unbekannt geblieben, dann hätten diese Augenblicke nichts bedeutet. Einer jener Jugendstreiche, die man später unter Kameraden auf langweiligen, nächtlichen Patrouillen erzählt. So aber, auf Grund konkreter Verantwortlichkeit, bedeuteten sie alles. Sie bedeuteten mehr als den Tod: das Ende für alles und dazu ein unerwünschtes und unwürdiges Ende. Niemals wieder eine volle und ehrliche Rechtfertigung, weder vor sich noch vor anderen. Niemals wieder Briefe aus Kolomea, noch Familienbilder, noch die Postanweisungen, die er mit soviel Stolz nach Hause geschickt hatte. Das Ende eines Menschen, der sich getäuscht hatte und von anderen täuschen ließ.

Daher fand er auch nichts, was er dem Rittmeister hätte antworten können.

Die Aufsicht über Fedun war nicht besonders streng. Man gab

ihm Frühstück, das er wie mit fremdem Munde aß, dann befahlen sie ihm, sein persönliches Gepäck bereitzumachen, Waffen und Dienstsachen abzugeben, und um zehn Uhr würde er mit dem Postwagen in Begleitung eines Gendarmen nach Sarajewo gebracht werden, wo man ihn dem Garnisonsgericht übergeben werde.

Während der junge Bursche seine Sachen vom Brett über seinem Bett herunternahm, schlichen sich die paar Kameraden, die noch im Schlafsaal waren, auf den Zehenspitzen hinaus und schlossen vorsichtig und geräuschlos die Tür hinter sich. Um ihn bildete sich jener Kreis von Einsamkeit und schwerer Stille, der sich immer um einen Menschen, den das Unglück traf, wie um ein krankes Tier bildet. Er nahm zuerst die schwarze Tafel vom Haken, auf der mit Ölfarbe in deutscher Sprache sein Name, Dienstgrad, die Nummer seiner Abteilung und die Einheit, in der er diente, verzeichnet waren, und legte sie auf seine Knie, wobei er die beschriebene Seite nach unten drehte. Auf die schwarze Rückseite der Tafel schrieb der junge Bursche mit einem Stück Kreide schnell und klein: »Alles, was ich hinterlasse, an meinen Vater in Kolomej schicken. Ich grüße alle Kameraden und bitte die Vorgesetzten, mir zu verzeihen. G. Fedun.« Dann blickte er noch einmal durch das Fenster und sah soviel von der Welt, wie man in einer Sekunde von diesem beschränkten Blickfeld aus erschauen konnte. Nun nahm er sein Gewehr, lud es mit einer einzigen, scharfen Patrone, die vom Gewehrfett ganz klebrig war. Nachdem er sich die Schuhe ausgezogen und mit dem Taschenmesser den Strumpf über der rechten großen Zehe aufgeschnitten hatte, legte er sich auf das Bett, umklammerte das Gewehr mit den Händen und Knien, daß die Mündung sich am Kinn tief einpreßte, setzte den Fuß so an, daß das Loch im Strumpf auf den Abzug kam, und drückte ab. Die ganze Kaserne hallte von dem Schuß wider.

Nach einem großen Entschluß wird alles leicht und einfach. Der Arzt kam. Eine Kommission stellte den Befund fest, und das Protokoll darüber wurde in Abschrift dem Akt über Feduns Vernehmung beigefügt.

Nun erhob sich die Frage von Feduns Beisetzung. Draschenowitsch erhielt Befehl, zu Pope Nikola zu gehen und mit ihm zu sprechen, ob Fedun auf dem Friedhof beigesetzt werden könne, obgleich er sich selbst das Leben genommen, und ob der Pope bereit sei, den Verstorbenen einzusegnen, der dem unierten und nicht dem orthodoxen Glauben angehört habe.

Im letzten Jahre war Pope Nikola stark gealtert und begann, schwach auf den Füßen zu werden; er hatte sich daher den Popen Joso als Gehilfen für seine große Pfarre genommen. Das war ein schweigsamer, aber unruhiger Mann, mager und schwarz wie ein Rabe. In den letzten Monaten hatte er alle Geschäfte und Zeremonien in der Stadt und auf den Dörfern übernommen, und Pope Nikola, der sich nur noch mit Mühe bewegte, erledigte im wesentlichen nur, was er hier in seinem Hause oder in der Kirche ausüben konnte, die unmittelbar neben seinem Hause stand.

Auf Befehl des Rittmeisters ging Draschenowitsch zum Popen Nikola. »Großvater« empfing ihn, auf dem Sofa liegend; neben ihm stand Pope Joso. Als ihm Draschenowitsch die Frage des Todes und der Beisetzung Feduns vorbrachte, schwiegen beide Popen für einen Augenblick. Da er sah, daß Pope Nikola nicht sprach, begann Pope Joso als erster, unbestimmt und schüchtern: das sei eine außergewöhnliche und nicht übliche Angelegenheit, es lägen da Hindernisse in den Kirchenvorschriften wie in den festgelegten Gewohnheiten vor, und nur wenn nachgewiesen werden könne, daß der Selbstmörder nicht bei klarem Bewußtsein und gesundem Verstande gewesen sei, dann könne man etwas unternehmen. Aber da richtete sich Pope Nikola von seinem harten und schmalen, mit einem alten, verblichenen Teppich bedeckten Lager auf. Sein Körper nahm jene statuenhafte Kraft an, die er immer hatte, wenn er durch die Stadt wandelte, die ihn von rechts und links grüßte. Das erste Wort, das er aussprach, ließ sein breites, noch immer frisches Gesicht mit dem gewaltigen Schnurrbart, der in den Bart überfloß, mit den völlig weißen, dichten und buschigen Augenbrauen aufstrahlen, das Gesicht eines Mannes, der seit seiner Geburt gelernt, selbständig zu denken, seine Gedanken offen auszusprechen und sie gut zu verteidigen.

Ohne vieles Zögern und ohne große Worte antwortete er unmittelbar dem Popen und dem Wachtmeister:

»Jetzt, da das Unglück geschehen, gibt es nichts mehr zu beweisen. Wer wird bei klarem Verstande die Hand gegen sich aufheben? Und wer könnte es auf sein Gewissen nehmen, ihn wie einen Gottlosen einzugraben, irgendwo hinter dem Zaun und ohne Priester? Nein, du mein lieber Herr, Gott lasse dich leben, geh und befiehl, daß man den Toten einsarge, damit wir ihn möglichst bald begraben. Und das auf dem Friedhof, wo denn sonst! Ich werde ihn einsegnen. Und wenn später irgendwann einmal ein Pfarrer seines Bekenntnisses kommt, dann mag der hinzufügen und verbessern, was nach seiner Meinung nicht gewesen ist, wie es sein sollte.«

Und als Draschenowitsch gegangen, wandte er sich noch einmal an Pope Joso, der beschämt und überrascht war:

»Wer wollte einem Christenmenschen den Friedhof verweigern? Und warum sollte ich ihn nicht einsegnen? War es denn noch nicht genug Unglück, daß er ums Leben gekommen ist? Und da *drüben*, da mögen die nach seinen Sünden fragen, die auch uns alle nach den unsrigen fragen werden.«

So blieb der junge Mensch, der auf der Kapija gefehlt hatte, für immer in der Stadt. Begraben wurde er am nächsten Morgen unter dem greisen Totengesang des Popen Nikola, den Dimitrije, der Küster, begleitete.

Einer nach dem anderen traten die Streifkorpsmänner an das Grab und warfen eine Handvoll Erde auf den Sarg. Während zwei Totengräber schnell arbeiteten, umstanden sie noch einige Augenblicke das Grab, als warteten sie auf irgendeinen Befehl und schauten, wie auf der anderen Seite des Flusses eine gerade, weiße Rauchsäule aufstieg. Dort verbrannten sie auf der grünen Fläche oberhalb der Kaserne das blutige Stroh aus Feduns Strohsack.

Das jähe Schicksal des jungen Streifkorpsmannes, dessen Namen niemand mehr wußte, der aber mit seinem Leben für einige Augenblicke der Unachtsamkeit und der Verzückung im Frühling auf der

Kapija bezahlt hatte, gehörte zu jenen Ereignissen, für die die Menschen in der Stadt viel Verständnis besitzen und die sie lange behalten und wiedererzählen. Die Erinnerung an den empfindsamen, unglücklichen jungen Menschen hielt sich viel länger als die Wache auf der Kapija.

Schon im nächsten Herbst ließ der Aufstand in der Herzegowina nach. Einige der bekanntesten Anführer, Mohammedaner und Christen, flohen nach Montenegro oder in die Türkei. Hier in der Gegend blieben noch ein paar Hajduken, die in Wirklichkeit nichts mit dem Aufstand gegen die Rekrutenaushebung gemein hatten, sondern auf eigene Rechnung räuberten. Aber auch sie wurden gefaßt oder versprengt. Die Herzegowina beruhigte sich. Bosnien gab seine Rekruten ohne Widerstand. Aber der Abmarsch der ersten Rekruten aus der Stadt war weder leicht noch einfach.

Aus dem ganzen Kreise waren nicht mehr als etwa hundert Rekruten ausgehoben. Aber an dem Tage, da sie sich vor dem Amtsgebäude melden sollten, die Bauern mit ihren Taschen und die wenigen Städter mit ihren Holzkoffern, sah es aus, als herrsche in der Stadt eine Sterbeseuche oder ein Aufstand. Viele Rekruten hatten seit den frühen Morgenstunden unaufhörlich alles mögliche durcheinander getrunken. Die Bauern waren in sauberen, weißen Hemden. Nur wenige tranken nicht, sondern saßen neben ihren Habseligkeiten an der Mauer und dösten vor sich hin. Die meisten waren erregt, gerötet vom Trinken und verschwitzt von der Hitze des Tages. Vier, fünf Burschen aus dem gleichen Dorfe hatten einander umfaßt, steckten die Köpfe zusammen, und schwankend wie ein lebendes Geflecht begannen sie ihr unbeholfenes und gedehntes Lied, als seien sie allein auf der Welt.

»Ooh, du Määäädcheeeen, oooooh!«

Viel größere Aufregung als die Rekruten selbst schufen die Frauen, Mütter, Schwestern und Angehörigen dieser Burschen, die aus den abgelegenen Dörfern gekommen waren, um sie zu begleiten, sich noch einmal richtig sattzusehen, sich auszuweinen und auszujammern und ihnen unterwegs noch eine letzte Liebe und Zärtlichkeit zu erweisen. Der Markt an der Brücke war voll von diesem Frauenvolk. Sie saßen wie versteinert, als warteten sie auf ihr Urteil, sprachen miteinander und trockneten von Zeit zu Zeit ihre Tränen mit einem Zipfel des Kopftuches. Vergebens hatte man ihnen schon vorher auf den Dörfern klargemacht, daß die Jungen weder in den Krieg noch in die Sklaverei gingen, daß sie in Wien dem Kaiser dienen, genug zu essen, Kleidung und Schuhwerk haben und nach einer Frist von zwei Jahren nach Hause zurückkehren würden, daß auch die jungen Männer aus allen anderen Gegenden der Monarchie beim Militär dienten, und sogar drei Jahre. Alles dies ging an ihnen wie ein Wind, fremd und völlig unverständlich, vorüber. Sie gehorchten nur ihren Trieben und konnten sich nur von ihnen leiten lassen. Diese uralten, überkommenen Triebe aber drängten ihnen die Tränen in die Augen und die Jammerlaute in die Kehlen und zwangen sie, hartnäckig, solange es irgend ging, und sei es nur noch mit einem letzten Blick, den zu begleiten, den sie mehr liebten denn ihr eigenes Leben, den aber jetzt ein unbekannter Kaiser in ein unbekanntes Land zu unbekannten Versuchungen und Pflichten fortführte. Vergeblich mischten sich auch jetzt Gendarmen und Beamte aus dem Amtsgebäude unter sie, versicherten ihnen, es sei kein Grund zu so übertriebenem Kummer, und rieten, nicht den Weg zu versperren, nicht auf der Landstraße hinter den Rekruten herzulaufen und keine Unordnung und keinen Anstand zu machen, denn ihre Söhne würden alle gesund und lebend zurückkehren. Alles war völlig vergeblich. Die Frauen hörten ihnen zu, gaben ihnen stumpf und unterwürfig recht, brachen aber sofort danach erneut in Tränen und Wehklagen aus. Es schien, als liebten sie ihre Tränen und ihr Wehklagen ebensosehr wie den, um den sie weinten.

Als aber die Stunde des Abmarsches gekommen war, die Burschen sich, wie vorgeschrieben, in Viererreihen aufstellten und über die Brücke zogen, da entstand ein Auflauf und Gedränge, in dem auch die besonnensten Gendarmen kaum ihre Kaltblütigkeit bewahren konnten. Die Frauen liefen, und, sich drängend, daß jede neben einem der ihren sei, schoben sie einander und stießen sich zu Boden. Ihr Wehgeschrei mischte sich mit den Zurufen, Beschwörungen und letzten Ermahnungen. Einige liefen sogar vor den Zug der Rekruten, den vier Gendarmen anführten, warfen sich ihnen vor die Füße, schlugen sich auf die bloßen Brüste und schrien:

»Über mich! Nur über mich Unglückliche!«

Die Gendarmen hoben sie mit Mühe auf und zogen vorsichtig Stiefel und Sporen aus ihrem aufgelösten Haar und ihren verwikkelten Röcken.

Einige der Rekruten trieben beschämt selbst die Frauen mit ärgerlichen Bewegungen an, nach Hause zu gehen. Aber die meisten Burschen sangen oder überschrien sie, was noch den allgemeinen Lärm vergrößerte. Die paar Städter sangen, bleich vor Aufregung, geschlossen nach städtischer Art:

Sarajewo und Bosnien,
Jeder Mutter Herz muß bluten,
Wenn sie ihren jungen Sohn
Schickt dem Kaiser als Rekruten.

Das Lied rief noch stärkeres Weinen hervor.

Als sie endlich irgendwie die Brücke überschritten hatten, auf der sich der ganze Zug verwirrte, und auf den Weg nach Sarajewo gekommen waren, erwartete sie auf beiden Seiten in langer Reihe die Stadtbevölkerung, die hinausgegangen war, um den Rekruten das Geleit zu geben und sie zu beweinen, als führe man sie zum Erschießen. Und hier beweinte sie manche Frau, obgleich sie unter den Scheidenden niemand der ihrigen hatte. Denn jede hatte etwas, worüber sie weinen konnte, und am süßesten weint es sich um fremden Kummer.

Aber nach und nach wurden diese Reihen immer dünner. Auch einzelne der Bäuerinnen blieben zurück. Am hartnäckigsten waren die Mütter, die neben dem Zug herliefen wie fünfzehnjährige Mädchen, die Gräben neben der Straße von einer Seite zur anderen übersprangen und versuchten, die Gendarmen zu täuschen und in möglichster Nähe ihres Kindes zu bleiben. Die Burschen sahen dies, wandten sich um, bleich vor Aufregung und einer gewissen Scham, und riefen ihnen zu:

»Nun geh schon nach Hause, wenn ich es dir doch sage!«

Aber die Mütter folgten noch lange, blind für alles, außer für ihren Sohn, den man fortführte, und ohne auf etwas anderes zu hören als ihr eigenes Weinen.

Dann waren auch diese erregenden Tage vorüber. Die Leute verstreuten sich wieder auf ihre Dörfer, und in der Stadt wurde es ruhig. Als aber die ersten Briefe und die ersten Bilder der Rekruten aus Wien eintrafen, wurde alles leichter und erträglicher. Die Frauen weinten lange über diesen Briefen und Bildern, aber leichter und ruhiger.

Das Streifkorps wurde aufgelöst und verließ die Stadt. Auf der Kapija stand schon seit langem keine Wache mehr, sondern die Leute saßen dort wieder, genau wie sie auch vorher dort gesessen hatten.

Schnell vergingen die zwei Jahre. Und in diesem Herbst kehrten wirklich die ersten Rekruten zurück, sauber, geschoren und gut genährt. Die Leute versammelten sich um sie. Sie aber erzählten vom Soldatenleben und der Größe der Städte, die sie gesehen, und mischten dabei in ihr Gespräch ungewöhnliche Namen und fremde Ausdrücke. Bei der Aushebung des neuen Jahrganges gab es schon weniger Tränen und Aufregung.

Überhaupt wurde alles leichter und gewohnter. Eine Jugend wuchs heran, die keine klaren und lebhaften Erinnerungen mehr an die Türkenzeit besaß und schon in vielem die neue Lebensform angenommen hatte. Aber auf der Kapija lebte man nach den alten Gewohnheiten der Stadt. Trotz der neuen Art, sich zu kleiden, trotz den neuen Berufen und Geschäften, wurden sie dort in ihren Gesprächen, die für sie ein wahres Bedürfnis des Herzens und der Phantasie waren und blieben, wieder zu Wischegradern, wie sie es seit ewigen Zeiten gewesen. Die Rekruten zogen ohne Aufruhr und Gedränge ab. Von den Hajduken hörte man nur noch in den Erzählungen der Älteren. Die Streifkorpswache wurde ebenso vergessen wie die einstige türkische, als das Blockhaus auf der Kapija stand.

14 Das Leben in der Stadt an der Brücke wurde immer lebhafter, es erschien immer geordneter und reicher und erhielt ein gleichmäßiges Tempo und ein bis dahin ungekanntes Gleichgewicht, jenes Gleichgewicht, nach dem jedes Leben überall und seit jeher strebt, aber nur selten, teilweise und vorübergehend erreicht.

In den fernen und uns unbekannten Städten, aus denen nun auch dieses Gebiet regiert und verwaltet wurde, herrschte damals – im letzten Viertel des neunzehnten Jahrhunderts – in der Tat eine jener seltenen und kurzen Windstillen in den menschlichen Beziehungen und in den gesellschaftlichen Geschehnissen. Etwas von dieser Windstille spürte man auch in diesen abgelegenen Gegenden, so wie sich etwa eine große Stille des Meeres in den entferntesten Buchten fühlbar macht.

Es waren dies jene drei Jahrzehnte verhältnismäßigen Wohlstandes und scheinbaren Friedens der Ära Franz Josephs, als mancher Europäer glaubte, er habe die unfehlbare Formel für die Erfüllung des jahrhundertealten Traumes von einer vollen und glücklichen Entwicklung der Persönlichkeit in allgemeiner Freiheit und Fortschritt gefunden, als das neunzehnte Jahrhundert vor den Augen von Millionen Menschen seine vielfältigen und trügerischen Gaben und seine Fata Morgana der Bequemlichkeit, Sicherheit und des Glücks, zu erschwinglichen Preisen und auf Abzahlung für alle und jeden ausbreitete. In diese abgelegene bosnische Stadt drang von diesem ganzen Leben des neunzehnten Jahrhunderts nur ein schwacher Abglanz und nur in dem Maße und in der Form, in der ihn diese zurückgebliebene orientalische Welt aufzunehmen und auf ihre Art zu erfassen und anzuwenden vermochte.

Nachdem die ersten Jahre vergangen waren, in denen man mißtraute, sich nicht schicken wollte, zögerte und alles nur als vorübergehend empfand, begann die Stadt ihren Platz in der neuen Ordnung der Dinge zu finden. Das Volk fand Ordnung, Verdienst und Sicherheit. Und das genügte, damit das Leben, das äußere Leben, auch hier in den »Bahnen der Vervollkommnung und des Fortschritts« sich fortbewegte. Alles übrige wurde zurückgedrängt in jenes dunkle Unterbewußtsein, in dem die Grundgefühle und die unzerstörbaren Überzeugungen der einzelnen Rassen, Glaubensrichtungen und Kasten leben, gären und sich, scheinbar tot und begraben, für spätere, ferne Zeiten ungeahnter Veränderungen und Zusammenstöße vorbereiten, ohne die die Völker – so scheint es – nicht leben können, am wenigsten aber dieses Land.

Die neue Obrigkeit hatte nach den ersten Mißverständnissen und Konflikten bei den Menschen einen bestimmten Eindruck der Festigkeit und Dauer hinterlassen. (Auch sie selbst war von dieser Illusion erfüllt, ohne die es keine ständige und starke Regierung gibt.) Sie war unpersönlich, mittelbar und schon daher leichter zu ertragen als die alte türkische Herrschaft. Alles, was an ihr grausam und habgierig war, das verbarg sie hinter Würde, Glanz und geheiligten Formen. Die Menschen fürchteten die Obrigkeit, aber so, wie man Krankheit oder Tod fürchtet, und nicht, wie man vor Bosheit, Not und Gewalt zittert. Die Träger der neuen Macht, sowohl die militärischen als auch die zivilen, waren in ihrer Mehrzahl dem Lande fremd, dem Volk unbekannt und an und für sich unbedeutend, aber auf Schritt und Tritt fühlte man, daß sie kleine Rädchen eines großen Mechanismus waren und daß hinter jedem einzelnen von ihnen in langen Reihen und zahllosen Stufen mächtigere Männer und höhere Behörden standen. Dies verlieh ihnen ein Ansehen, das bei weitem ihre Persönlichkeit überragte, und einen magischen Einfluß, dem man leicht unterlag. Durch ihr Wissen, das hier groß erschien, durch ihre Ruhe und ihre europäischen Gewohnheiten flößten sie dem Volke, von dem sie sich so sehr unterschieden, Vertrauen und Respekt ein, ohne Neid oder wirkliche Kritik hervorzurufen, auch wenn sie weder angenehm noch beliebt waren.

Aber auch diese Fremden konnten sich nach einer gewissen Zeit nicht völlig dem Einfluß der ungewöhnlich orientalischen Umwelt entziehen, in der sie leben mußten. Ihre Kinder brachten neue Ausdrücke und fremde Namen unter die Stadtkinder, führten unter der Brücke neue Spiele ein und zeigten neues Spielzeug, ebenso schnell aber übernahmen sie von den einheimischen Kindern unsere Lieder, Redensarten, Reime und die uralten Spiele, Andschais, Klis und Schuda[1]. Ähnlich ging es auch mit den Erwachsenen. Auch sie brachten eine neue Ordnung mit ungewöhnlichen Worten und Gewohnheiten, übernahmen aber gleichzeitig selbst mit jedem Tage etwas von der Ausdrucksweise und Lebensform der Alteingesessenen. Unser Volk, besonders die Christen und Juden, begann zwar in Kleidung und Gebärden den Fremden, die die Besatzung hergeführt hatte, immer ähnlicher zu werden, aber auch die Fremden blieben von der Umgebung, in der sie leben mußten, nicht unberührt und unverändert. Mancher dieser Beamten, ein regsamer Ungar oder stolzer Pole, überschritt voller Besorgnis diese Brücke und betrat mit Abneigung die Stadt, in der er sich zu Anfang von allem abhob wie ein Tropfen Öles, der auf dem Wasser schwimmt. Aber schon ein paar Jahre später saß er stundenlang auf der Kapija, rauchte aus einer dicken Bernsteinspitze und schaute wie ein echter Wischegrader, wie sich der Rauch unter dem lichten Himmel in der reglosen Luft der Dämmerung verteilte und verlor. Oder er verbrachte den Abend mit unserem Hausherrn und Beg beim Akschamluk, der Abendunterhaltung, mit einem Strauß Basilikum vor sich und bei langsamer Unterhaltung ohne schweren und besonderen Sinn, trank langsam und aß mäßig dazu, wie es eben nur die Wischegrader verstehen. Und mancher dieser Fremden, Beamten und Handwerker verheiratete sich auch in der Stadt und war entschlossen, sie nicht wieder zu verlassen.

Für niemanden unter den Städtern bedeutete das neue Leben die Verwirklichung dessen, was sie in ihrer Seele trugen und seit jeher wünschten; im Gegenteil, Mohammedaner und Christen tra-

---

1 Kinderspiele: Andschais, eine Art Bockspringen, bei dem jeweils der als letzter Stehende alle seine Vormänner überspringt und sich dann vorn wieder aufstellt. Klis, ähnlich dem ›Klippspiel‹, ein an beiden Enden zugespitztes Holz wird vom Boden hoch und sofort weiter in das Spielfeld geschlagen, ähnlich dem Schlagball. Schuda ist eine Art Hockey, ein Ball oder auch eine Konservenbüchse wird mit Stöcken am Boden vorwärtsgetrieben.

ten ihm mit vielgestalteten und absoluten Vorbehalten entgegen, doch diese Reserven waren geheim und verborgen, das Leben aber sichtbar und mächtig, mit neuen, dem Anschein nach großen Möglichkeiten. Und nach kürzerem oder längerem Sträuben überließen sich die meisten der neuen Strömung, trieben Handel, erwarben und lebten nach den neuen Auffassungen und Formen, die der Persönlichkeit des Einzelmenschen mehr Aufschwung gaben und mehr Aussichten boten.

Das neue Leben war zwar nicht weniger bedingt und gebunden als das alte unter den Türken, nur war es leichter und menschlicher, und diese Bedingungen und Bindungen waren jetzt fern und kunstvoll miteinander verknüpft, daß sie der einzelne nicht unmittelbar fühlte. Daher erschien es jedem, als sei es um ihn plötzlich weiter und luftiger, vielfältiger und reicher geworden.

Dem neuen Staat gelang es, mit seinem guten Verwaltungsapparat auf schmerzlose Art, ohne Gewalt und Erschütterung aus dem Volke die Steuern und Abgaben herauszupressen, die ihm die türkische Herrschaft mit unvernünftigen, groben Methoden oder glattem Raub abgenommen hatte, und zwar nicht nur genauso viel, sondern mehr noch, schneller und sicherer.

So wie seinerzeit dem Militär die Gendarmerie und ihr die Beamten folgten, so kamen jetzt nach den Beamten die Kaufleute. Es kamen auch der Holzschlag und mit ihm fremde Unternehmer, Ingenieure und Arbeiter und allerhand Verdienst für die kleinen Leute und die Händler, neue Gewohnheiten und Änderungen in Sprache und Tracht unter dem Volk. Das erste Hotel wurde gebaut, von dem noch die Rede sein wird. Kantinen und Geschäfte, von denen man bisher nichts gewußt hatte, schossen auf. Neben den spanischen Juden, den Sepharden, die schon seit Jahrhunderten hier lebten, denn sie hatten sich etwa zur selben Zeit angesiedelt, wie die Brücke über die Drina gebaut wurde, erschienen nun auch die galizischen Juden, die Aschkenasen.

Wie frisches Blut begann das Geld in bisher ungesehenen Mengen umzulaufen und, was die Hauptsache war, öffentlich, kühn und offen. An diesem erregenden Umlauf in Gold, Silber und wertbeständigen Papieren konnte sich ein jeder die Hände wärmen oder sich wenigstens »sattsehen«, denn er rief auch beim ärmsten Menschen die Illusion hervor, daß sein Mangel nur vorübergehend und daher erträglich sei.

Auch früher gab es Geld und reiche Leute, aber dies waren nur wenige Menschen, und auch sie verbargen ihr Geld wie die Schlange ihre Füße und zeigten und trugen ihr Herrentum nur als Macht und Verteidigung, schwer für sie selbst wie für ihre Umgebung. Jetzt aber war der Reichtum, oder was man als solchen ansah und so bezeichnete, öffentlich und zeigte sich immer mehr im Genuß und in persönlicher Befriedigung; und daher konnte die Menge des Volkes etwas von seinem Glanz oder seinen Abfällen erhalten.

So war es auch in allem übrigen. Jede Befriedigung, die man bis dahin stehlen und verhehlen mußte, konnte man nun kaufen und öffentlich zeigen, was auch ihre Anziehungskraft und die Zahl jener vergrößerte, die sie suchten. Was früher unerreichbar, fern, teuer, verboten durch Gesetze oder allmächtige Rücksichten gewesen, das wurde jetzt in vielen Fällen jedem möglich und zugänglich, der die Mittel oder den Verstand dazu besaß. Viele Leidenschaften, Neigungen und Gelüste, die bisher an versteckten Orten verborgen wurden oder überhaupt unbefriedigt blieben, konnten und durften nun öffentlich volle oder wenigstens teilweise Befriedigung suchen. In Wirklichkeit lag auch darin mehr Zwang, Ordnung und gesetzliche Einschränkungen; Laster wurden bestraft, und Befriedigung wurde bezahlt, schwerer und teurer als einst, nur waren die Gesetze und Formen andere und ließen den Menschen auch hierin, wie in allem übrigen, die Illusion, daß das Leben auf einmal weiter, üppiger und freier geworden sei.

Es gab nicht viel mehr wirkliche Befriedigung und erst recht nicht viel mehr Glück als einst, aber es war zweifellos leichter, zur Befriedigung zu gelangen, und es schien, als sei überall und für jeden die Möglichkeit da, glücklich zu werden. Die alte und eingeborene Neigung der Wischegrader zu sorglosem Leben und Genuß fand Aufschwung und Möglichkeiten der Erfüllung in den neuen Gewohnheiten und neuen Formen des Handels und des Verdienstes der zugewanderten Fremden. Die polnischen Juden, die sich mit ihren zahlreichen Familien niedergelassen hatten, gründeten ihre ganze Arbeit darauf. Schreiber hatte einen Laden, der sich »Gemischtwarenhandlung« oder »Spezerei« nannte, Gutenplan eröffnete eine Militärakademie, Zahler führte ein Hotel, die Sperling eröffneten eine Selterwasserfabrik und ein photographisches »Atelier« und Zwecher ein Juwelier- und Uhrmachergeschäft.

Nach der Kaserne, die den Steinernen Chan ersetzte, wurde aus den übriggebliebenen Steinen ein Amtsgebäude errichtet und in ihm die Kreisverwaltung und das Gericht untergebracht. Nach ihnen war Zahlers Hotel das größte Gebäude in der Stadt. Das Hotel stand am Ufer, unmittelbar neben der Brücke. Dieses rechte Flußufer war mit einer alten Mauer befestigt, die das Ufer zu beiden Seiten der Brücke abstützte und zur gleichen Zeit mit der Brücke selbst errichtet worden war. Rechts und links der Brücke waren zwei Flächen, wie zwei Terrassen, über dem Wasser entstanden. Auf diesen Brachflächen, die das Volk *Musale*, Spielplätze, nannte, vergnügten sich von Generation zu Generation die Stadtkinder. Nun übernahm die Stadtverwaltung die linke Seite, zäunte das Brachland ein, pflanzte auf ihm Bäume und Gesträuch an und machte daraus eine Art Bezirksgärtnerei. Auf der rechten Fläche aber wurde das Hotel erbaut. Bisher war das erste Gebäude am Eingang zur Stadt Zarijas Schenke gewesen. Sie lag »am Wege«, so daß der müde und durstige Reisende, wenn er, über die Brücke kommend, die Stadt betrat, auf sie stoßen mußte. Jetzt war sie völlig beschattet von dem großen Gebäude des neuen Hotels; die niedrige und alte Schenke sah mit jedem Tag niedriger und zwerghafter aus, gerade als versinke sie in der Erde.

Amtlich wurde das neue Hotel nach der Brücke benannt, neben der es lag. Aber das Volk benennt alle Dinge nach seiner eigenen Logik und nach der wirklichen Bedeutung, die die Dinge für es haben. Über dem Eingang zu Zahlers Hotel verblich sehr schnell die deutsche Inschrift »Hotel zur Brücke«, die ein Soldat, ein Allerweltskerl von Beruf, in gotischen Buchstaben und blasser Farbe angebracht hatte. Das Volk nannte es »Lottikas Hotel«, und dieser Name blieb ihm für immer. Denn das Hotel gehörte zwar dem dicken, phlegmatischen Juden Zahler, der eine kränkliche Frau, Deborah, und zwei kleine Töchter, Minna und Irene, hatte, aber der wahre Herr und die Seele des Unternehmens war Zahlers Schwägerin, Lottika, eine junge, außerordentlich schöne Frau, eine Witwe mit freier Sprache und männlicher Offenheit.

Im Oberstock des Hotels lagen sechs saubere und ordentliche Gästezimmer und unten zwei Säle, ein großer und ein kleiner. In den größeren Saal gingen die bescheideneren Leute, die einfachen Bürger, Unteroffiziere und Handwerker. Der kleine Saal war vom großen durch Milchglastüren abgetrennt, auf deren einem Flügel *»Extra«* und auf dem anderen *»Zimmer«* in deutscher Sprache stand. Das war der Treffpunkt im gesellschaftlichen Leben der Beamten, Offiziere und der wohlhabenderen Einheimischen. Bei Lottika trank, spielte, sang, tanzte, führte man ernsthafte Gespräche oder schloß Geschäfte ab und aß gut und schlief sauber. Oft kam es vor, daß die gleiche Gesellschaft, diese Begs, Händler und Beamten, die Nacht über sitzen blieb, vom Dunkelwerden bis zum Hellwerden, und immer noch saßen, bis sie vor Trunk und Müdigkeit umsanken und ihnen beim Kartenspiel schwarz vor den Augen wurde. (Jetzt spielte man nicht mehr versteckt und heimlich in jenem finsteren, dumpfen Zimmerchen in Ustamujitschs Chan.) Lottika aber geleitete jene hinaus, die zuviel getrunken oder alles verloren, und empfing neue, nüchterne Gäste, die nach Trunk und Spiel verlangten. Niemand wußte und fragte auch nur, wann sich diese Frau ausruhte, wann sie schlief oder aß oder wann sie die Zeit fand, sich anzukleiden und zurechtzumachen. Denn sie war immer anwesend – so wenigstens schien es –, jedem zur Verfügung, zu allen liebenswürdig und gleich kühn und betulich. Stattlich, füllig, mit weißer Haut, schwarzem Haar und feurigen Augen, hatte sie eine vollendet sichere Art, mit den Gästen umzugehen, die reichlich Geld dortließen, aber oft, vom Alkohol davongetragen, gewalttätig und zudringlich wurden: Mit ihnen allen sprach sie freundlich, kühn, geistvoll, scharf, schmeichlerisch oder beruhigend. (Ihre Stimme war heiser und ungleichmäßig, manchmal aber ging sie in ein zärtliches Girren über. Und sie sprach falsch, denn sie hatte nie ordentlich Serbisch gelernt, mit ihrer besonderen, kraftvollen und bildreichen Ausdrucksweise, in der die einzelnen Fälle nicht am rechten Platz und das Geschlecht der Worte niemals sicher waren, die aber sonst, sowohl im Ton als auch im Sinne, völlig der Ausdrucksweise des Volkes entsprach.) Jeder von ihnen erhielt für sein Geld und seinen Zeitverlust ihre Anwesenheit und das ständige Spiel seiner Sinne. Diese beiden Dinge waren das einzige Beständige und Sichere. Alles übrige erschien als wirklich und war doch unwirklich. Für zwei Generationen der Wischegrader Lebemänner unter Christen und Begs war Lottika eine glänzende, teure und kalte Fata Morgana, die mit ihren Sinnen spielte. In Erzählungen erwähnte man jene wenigen, denen sie angeblich etwas gewährte, aber auch sie vermochten weder zu sagen was, noch wieviel.

Es war weder einfach noch leicht, mit den reichen und betrunkenen Städtern auszukommen, in denen oft ungeahnte gewalttätige Neigungen wach wurden. Aber Lottika, die unermüdliche Frau mit den kalten Sinnen, schnellem Verstand und männlichem Herzen, bändigte jede Wut, brachte jedes Gelüst sinnlos gewordener Männer mit einem unerklärlichen Spiel ihres vollkommen schönen Körpers, mit ihrer großen Verschlagenheit und nicht minder großen Kühnheit zum Schweigen, und es gelang ihr immer und bei jedem, zwischen ihnen und ihr den nötigen Abstand zu wahren, der die Wünsche noch mehr entzündete und ihren Wert hob. Sie spielte mit den entfesselten Männern in ihren gröbsten und gefährlichsten Augenblicken der Trunkenheit und Wut wie ein Stierkämpfer mit dem Stier, denn sie hatte diese Menschen schnell erkannt und den Schlüssel zu ihren, dem Anschein nach komplizierten Gelüsten und alle schwachen Seiten dieser grausamen und sinnlich sentimentalen Männer gefunden. Sie bot ihnen alles an, versprach viel, gab aber wenig oder, besser gesagt, nichts, denn die Wünsche dieser Menschen waren unersättlich, daß sie mit nichts gesättigt werden konnten und sich am Ende mit wenigem zufriedengeben mußten. Mit den meisten ihrer Gäste ging sie um wie mit Kranken oder mit Menschen, die an zeitweiligen Anfällen geistiger Umnachtung leiden. Aber man kann ruhig sagen, daß sie dennoch, trotz ihrem natürlich weder schönen noch besonders ehrenvollen Beruf, eine verständnisvolle Frau mildtätigen Herzens und gutmütiger Natur war, die es verstand, den zu trösten und zu unterstützen, der beim Trunk mehr verbrauchte, als er sollte, oder bei den Karten mehr verlor, als er durfte. Sie machte sie alle toll, denn sie waren alle toll geboren, sie täuschte sie, denn sie wollten getäuscht werden, und schließlich nahm sie ihnen nur das ab, was sie sowieso entschlossen waren, zu vergeuden und zu verlieren. Sie verdiente zwar viel, achtete aber auf ihr Geld und hatte schon in den ersten Jahren ein ganzes Vermögen angehäuft, aber sie verstand es, ebenso großzügig und ohne Worte »eine Schuld abzuschreiben« oder einen Verlust zu vergessen. Bettler und Kranke beschenkte sie, und mit viel Rücksicht und Sorgfalt, unauffällig und unaufdringlich half sie in Schwierigkeit geratenen reichen Familien, Armen und Witwen aus besseren Häusern, jener ganzen »verschämten Armut«, die nicht zu bitten vermag und sich schämt, ein Almosen anzunehmen. Und das tat sie mit der gleichen Kunstfertigkeit, mit der sie das Hotel leitete und betrunkene, lüsterne und gewalttätige Gäste von sich fernhielt, denen sie alles abnahm, was sie konnte, ohne ihnen etwas zu geben oder sie jemals völlig und endgültig abzuweisen.

Leute, die die Welt gesehen und die Geschichte kannten, meinten oft, daß es um diese Frau schade sei, daß ihr das Geschick einen so engen und untergeordneten Arbeitskreis zugedacht. Wäre sie nicht, was sie ist, und dort, wo sie ist, wer weiß, was aus dieser klugen und menschlichen Frau geworden wäre und was sie hätte leisten können, diese Frau, die nicht an sich selbst dachte und die, habgierig aber selbstlos, schön und verführerisch, aber keusch und kalt, ein Provinzhotel führte und kleinstädtischen Lebemännern die Taschen leerte. Vielleicht wäre sie eine jener berühmten Frauen geworden, von denen die Geschichte erzählt und die die

Geschicke großer Familien, Höfe oder Staaten leiten und stets alles zum besten wenden.

Zu dieser Zeit, um das Jahr 1885, als Lottika auf ihrem Höhepunkt stand, gab es genug Söhne reicher Eltern, die Tage und Nächte im Hotel verbrachten, in diesem Extrazimmer mit den Milchglastüren. Dort dösten sie am Spätnachmittag neben dem Ofen, noch müde und verkatert von der vergangenen Nacht, und vergaßen vor Schläfrigkeit und Ermüdung, wo sie waren, warum sie dort saßen und auf wen sie warteten. Diese Ruhe ausnützend, zog sich Lottika dann in ein kleines Zimmer oben im ersten Stock zurück, das für die Angestellten gedacht war, aus dem sie aber ihr »Büro« gemacht hatte und in das sie niemand einließ. Dieses enge Zimmer war mit allem möglichen Mobiliar, Photographien und Gold-, Silber- und Kristallgegenständen vollgestopft. Hier stand, verborgen hinter einer Gardine, Lottikas grüne Stahlkasse und ihr kleiner Schreibtisch, der vor Papier, Vorladungen, Quittungen, Rechnungen, deutschen Zeitungen, Ausschnitten der Börsenkurse und Ziehungslisten der Lotterien kaum zu sehen war.

In diesem engen, überfüllten und dumpfen Zimmerchen, dessen einziges Fenster kleiner war als die anderen im Hause und aus der Nähe gerade auf den ersten und engsten Brückenbogen blickte, verbrachte Lottika ihre freien Stunden und lebte jenen anderen, versteckten Teil ihres Lebens, der ihr gehörte.

Hier las Lottika in den Stunden abgestohlener Freiheit die Börsenberichte und studierte Prospekte, ordnete ihre Rechnungen, antwortete auf die Briefe der Banken, fällte Entscheidungen, gab Aufträge, verfügte über das eingezahlte Geld und schickte neue Einzahlungen. Dies war eine denen unten und der ganzen Welt unbekannte Seite von Lottikas Tätigkeit – der unsichtbare und wahre Teil ihres Lebens. Hier warf sie ihre lächelnde Maske ab, ihr Gesicht wurde hart und ihr Blick scharf und finster. Aus diesem Zimmer führte sie den Briefwechsel mit ihrer zahlreichen Verwandtschaft, den Apfelmaier in Tarnow, mit den verheirateten Schwestern und Brüdern und zahlreichen Vettern und Basen, lauter blutarmen, ostgalizischen Juden, die über ganz Galizien, Österreich und Ungarn verstreut lebten. Sie leitete die Geschicke von einem ganzen Dutzend jüdischer Familien, griff in ihr Leben bis in die kleinsten Einzelheiten ein, bestimmte Heiraten, schickte Kinder auf die Schule oder ließ sie ein Handwerk lernen, sandte Kranke zur Behandlung, ermahnte und schalt Arbeitsscheue und Verschwender und lobte Sparsame und Unternehmungslustige. Sie schlichtete ihre Familienstreitigkeiten, beriet bei Uneinigkeit und Unschlüssigkeit; sie wies alle auf einen vernünftigeren, besseren und würdigeren Lebensweg und ermöglichte und erleichterte ihnen gleichzeitig ein solches Leben. Denn mit jedem ihrer Briefe ging auch eine Postanweisung mit einem Geldbetrag ab, der es ermöglichen sollte, auf ihren Rat zu hören und ihre Empfehlungen auszuführen, irgendein seelisches oder körperliches Bedürfnis zu befriedigen oder eine Not zu beseitigen. (In dieser Förderung der ganzen Familie und darin, daß sie sich bemühte, jedes einzelne Familienglied auf den rechten Weg zu bringen, fand sie ihre einzige wahre Befriedigung und Entschädigung für alle Lasten und Verzichte ihres Lebens. Mit jedem weiblichen oder männlichen Mitglied der Familie Apfelmaier, das auf der gesellschaftlichen Stufenleiter wenigstens um eine Sprosse stieg, hob sich auch Lottika, und darin fand sie die Entschädigung für ihre schwere Arbeit und die Kraft zu weiteren Anstrengungen.)

Manchmal aber kam sie von unten aus dem »Extrazimmer« so übermüdet und angewidert herauf, daß sie weder die Kraft fand zu schreiben noch Briefe und Rechnungen zu lesen, sondern nur zum kleinen Fenster ging, um sich an der frischen Luft über dem Fluß sattzuatmen, einer anderen Luft als jener da unten. Ihr Blick fiel dann auf den mächtigen und schlanken Bogen, der das ganze Blickfeld abschloß, und auf das schnelle Wasser unter ihm. In der Sonne, in der Dämmerung, im winterlichen Mondschein oder im milden Sternenlicht, immer war er der gleiche. Seine beiden Seiten strebten zueinander hin, vereinigten sich in einer scharfen Spitze und stützten sich gegenseitig in vollendetem und unerschütterlichem Gleichgewicht. Mit den Jahren war das ihr einziger und vertrautester Ausblick geworden, der stumme Zeuge, an den sich diese Jüdin mit den zwei Gesichtern in jenen Augenblicken wandte, wenn sie Ruhe und Frische brauchte oder in ihren Geschäften und Familiensorgen auf einen toten Punkt oder an eine ausweglose Stelle gekommen war.

Aber die Augenblicke der Entspannung dauerten nie lange, denn gewöhnlich wurden sie durch Rufe von unten aus dem Lokal unterbrochen. Dort forderten entweder neue Gäste ihre Anwesenheit, oder ein erwachter und wieder nüchtern gewordener Trinker verlangte neue Getränke, man solle die Lampen anzünden, Musik herbeischaffen und Lottika holen. Dann verließ sie ihr Versteck und ging, nachdem sie die Tür sorgfältig mit einem besonderen Schlüssel abgeschlossen, hinunter, um den Gast zu begrüßen oder mit ihrem Lächeln und ihrer besonderen Sprache den Betrunkenen wie ein wachgewordenes Kind zu beruhigen und ihn zu veranlassen, sich wieder an den Tisch zu setzen, an dem eine neue nächtliche Sitzung mit Trinken, Unterhaltung, Gesang und Geldausgeben beginnen würde.

Denn da unten war in ihrer Abwesenheit alles schief gegangen. Die Gäste sind in Streit geraten. Ein Beg aus Crntsche, jung, bleich, mit stierem Blick, verschüttet jedes Getränk, das sie ihm bringen, findet an allem etwas auszusetzen und sucht Zank mit dem Personal oder den Gästen. Mit kurzen Unterbrechungen trinkt er schon tagelang im Hotel, seufzt nach Lottika, trinkt aber soviel und seufzt so tief, daß ihn dazu ein tieferes, viel größeres und ihm selbst unbekanntes Leid treiben muß, als es die unerhörte Liebe und grundlose Eifersucht gegenüber der schönen Jüdin aus Tarnow ist.

Lottika tritt furchtlos, leicht und natürlich an ihn heran.

»Was ist denn, Ejub? Was schreist du denn so, mein Junge?«

»Wo steckst du? Ich will wissen, wo du steckst!« lallt der Betrunkene mit milderer Stimme und blickt sie blinzelnd wie eine Erscheinung an. »Hier geben sie mir irgendein Gift zu trinken. Sie vergiften mich, sie vergiften mich, aber die wissen nicht, daß ich ..., wenn ich ...«

»Setz dich, setz dich«, beruhigt ihn die Frau und bewegt ihre weißen, duftenden Hände dicht vor seinem Gesicht, »setz dich, für dich hole ich die Sterne vom Himmel, wenn es sein muß; *ich* werde für dich etwas zu trinken finden.«

Und sie ruft den Kellner und bestellt etwas auf deutsch.

»Red mir nichts, was ich nicht verstehe, nicht so ein Kauderwelsch, vierzehn, fuffzehn, denn ich ..., du kennst mich.«

»Ich weiß, ich weiß, Ejub; ich kenne leider nicht viel, was besser, dich aber ...«

»Hm! Mit wem bist du gewesen, sprich!«

Und das Gespräch des betrunkenen Mannes und der nüchternen Frau geht weiter, ohne Ende und Faden, ohne Sinn und Ausweg, bei einer Flasche teuren Weines und zwei Gläsern, dem einen, das Lottika gehört und immer voll ist, und dem anderen, Ejubs, das unaufhörlich geleert wird und sich wieder füllt.

Und während der junge adlige Nichtstuer mit schwerer Zunge von Liebe und Tod, von Liebesschmerz ohne Linderung und ähnlichen Dingen spinnt und faselt, die Lottika auswendig weiß, denn jeder hiesige Betrunkene spricht das gleiche, sogar mit den gleichen Worten, steht sie auf und tritt an die anderen Tische, an denen die übrigen Gäste sitzen, die sich regelmäßig am Abend im Hotel versammeln.

An einem Tisch sitzen junge Städter, die erst anfangen auszugehen und zu trinken, kleinstädtische Snobs, denen Zarijas Schenke langweilig und zu einfach ist, die sich aber in diesem Hotel noch unsicher fühlen. An einem anderen sitzen Beamte, Fremde oder ein vereinzelter Offizier, der für diesen Tag das Offizierskasino verlassen hat und bis in das Zivilhotel herabgestiegen ist, denn er will Lottika um ein dringendes Darlehen bitten, an einem dritten Ingenieure, die eine Waldbahn für den Holztransport bauen.

Ganz in der Ecke sitzen und rechnen der Kaufmann Pawle Rankowitsch, einer der jüngeren, aber reicheren Bürger, und irgendein Österreicher, ein Unternehmer von der Bahn. Pawle trägt türkische Kleidung mit rotem Fez, den er auch im Lokal nicht abnimmt; er hat kleine Augen, die wie zwei leuchtend schwarze und schiefe Einschnitte im großen, bleichen Gesicht stehen, die sich aber in außergewöhnlich seltenen Augenblicken der Freude und des Triumphes ungewöhnlich weiten und groß, glänzend und teuflisch lächelnd werden können. Der Unternehmer trägt einen grauen Anzug von sportlichem Schnitt, mit hohen gelben Schnürstiefeln, die ihm bis an die Knie reichen. Der Unternehmer schreibt mit einem goldenen Bleistift an silberner Kette und Kaufmann Pawle mit einem kurzen, dicken Zimmermannsblei, den vor fünf Jahren einmal ein Zimmermann vom Militär in seinem Laden vergessen hat, als er bei ihm Nägel und Türbänder kaufte. Sie schließen einen Vertrag über die Verpflegung der Arbeiter an der Bahn ab. Vollkommen in ihr Geschäft vertieft, multiplizieren, teilen sie und zählen zusammen; sie reihen Zahlen aneinander, die einen sichtbar auf dem Papier, mit denen sie einander überzeugen und täuschen wollen, die anderen aber unsichtbar im Kopfe, mit denen sie angestrengt und schnell, ein jeder für sich, die versteckten Aussichten und den Gewinn errechnen.

Für jeden dieser Gäste findet Lottika ein passendes Wort, ein reiches Lächeln oder auch nur einen stummen Blick voller Verständnis. Dann kehrt sie zu dem jungen Beg zurück, der wieder unruhig und gewalttätig wird.

Im Laufe der Nacht aber, während der allgemeinen Trunkenheit, mit allen ihren stürmischen, verliebten, weinerlichen und groben Phrasen, die sie gut kennt, findet sich wieder eine ruhige Zeit, in der sie auf ihr Zimmer gehen und beim milchigen Licht einer Porzellanlampe ihre Ruhepause oder ihre Korrespondenz fortsetzen kann, bis es unten wieder zu einer Szene kommt oder bis man sie ruft.

Morgen aber kommt ein neuer Tag mit einem anderen oder auch demselben betrunkenen und launenhaften, adligen Verschwender, und für Lottika die gleiche Mühe, der sie sich mit lächelndem Gesicht unterziehen muß, und die gleiche Arbeit, die immer wie ein leichtes, ausgelassenes Spiel aussieht.

Es schien unverständlich und unerklärlich, wie sich Lottika in dieser Menge und Verschiedenartigkeit der Arbeiten zurechtfand und aufrechthielt, die ihren Tag und ihre Nacht ausfüllten und von ihr mehr Verschlagenheit forderten, als eine Frau besitzt, und mehr Kraft, als ein Mann aufzubringen vermag. Dennoch gelang es ihr, mit allem fertig zu werden, ohne sich je zu beklagen oder irgend jemandem etwas davon zu sagen, ohne je bei einer Arbeit von der soeben vollendeten oder von der zu sprechen, die ihr noch bevorstand. Und neben allem fand sie in ihrer Zeiteinteilung täglich immer wenigstens eine Stunde für Alibeg Paschitsch. Das war der einzige Mensch, von dem man in der Stadt annahm, daß es ihm gelungen sei, Lottikas Zuneigung wirklich und unabhängig von jeder Berechnung zu erwerben. Aber das war zugleich auch der zurückhaltendste und schweigsamste Mann in der Stadt. Der älteste der vier Brüder Paschitsch hatte nicht geheiratet – in der Stadt glaubte man, auch das sei wegen Lottika –, er betätigte sich nicht in Geschäften und nahm nicht teil am öffentlichen Leben der Stadt. Er betrank sich nicht und trieb sich nicht mit seinen Altersgenossen umher. Immer war er in gleicher Stimmung, gleich sympathisch und gleich gesellig zu allen ohne Unterschied. Er war still und zurückhaltend, aber er floh weder die Geselligkeit noch das Gespräch; dennoch erinnerte sich niemand, jemals seine persönliche Meinung gehört zu haben, noch wiederholte man etwas, was er gesagt hatte. Er war sich selbst genug und vollkommen zufrieden mit dem, was er war und was er in den Augen anderer bedeutete. Er selbst empfand nicht das Bedürfnis, irgend etwas darzustellen oder nach etwas anderem auszusehen, als was er war, und niemand kam auf den Gedanken, von ihm etwas anderes zu erwarten oder zu fordern. Er war einer jener Menschen, die ihre innere Würde wie einen schweren und edlen Beruf tragen, der ihr Leben ausfüllt; ein angeborener, großer und würdiger Adel, der seine Rechtfertigung nur in sich selbst trägt und sich weder erklären noch absprechen oder nachahmen läßt.

Mit den Gästen aus dem großen Saal hatte Lottika wenig Arbeit. Das war Sache der Kellnerin Maltschika und des »Zahlkellners« Gustav. Maltschika war eine in der ganzen Stadt bekannte, betuliche Ungarin, die aussah, als sei sie die Frau irgendeines Raubtierbändigers, und Gustav war ein rothaariger Deutschtscheche, jähzorniger Natur, mit entzündeten Augen, X-Beinen und Plattfüßen. Sie kannten alle Gäste und alle Städter überhaupt, sie wußten, wie jeder zahlt, wie er im Trunk war, sie wußten, wen man kühl empfangen, wen herzlich begrüßen und wen man überhaupt nicht einlassen durfte, denn »er paßt nicht in das Hotel«. Sie achteten darauf, daß viel getrunken und ordentlich bezahlt wurde, daß aber alles reibungslos und schön verlief, denn Lottikas Wahlspruch war: »Nur kein Skandal!« Geschah es dennoch einmal ausnahmsweise, daß irgend jemand unerwartet im Trunk rabiat wurde oder, nachdem er sich in anderen, schlechteren Lokalen bereits betrunken, mit Gewalt in das Hotel eindrang, dann erschien der Hausknecht Milan, ein großer, breitschultriger und derbknochiger, aus Litscha zugewanderter Mann, mit Riesenkräften, der wenig sprach und alle Arbeiten verrichtete. Er war immer vorschriftsmäßig als Hausknecht angezogen (denn darauf achtete Lottika). Er ging immer ohne Jacke, in brauner Weste und weißem Hemd, mit einer langen, grünen Tuchschürze, sommers wie winters aufgekrempelten Armem, daß man seine gewaltigen Unterarme, behaart und schwarz wie zwei große Bürsten, sah. Den Schnurrbart trug er aufgezwirbelt und das schwarze Haar steif von einer stark riechenden Soldatenpomade. Milan erstickte jeden Skandal bereits im Keime.

Diese unangenehme und unerwünschte Operation vollzieht sich nach einer seit langem festgelegten und geheiligten Tradition. Gustav redet dem rabiaten und unerwünschten Gast zu, bis sich ihm Milan von hinten genähert hat, dann tritt der Zahlkellner plötzlich zur Seite, und der Hausknecht faßt den Betrunkenen von hinten, mit einer Hand beim Gürtel und mit der anderen bei der Jacke, und das so geschickt und so schnell, daß noch niemand je erkannt hat, worin eigentlich Milans »Griff« besteht. Dann fliegt auch der stärkste Saufbold wie eine Puppe aus Lumpen und Stroh zur Tür, die Maltschika schon im richtigen Augenblick geöffnet hat, und durch die Tür geradeswegs auf die Straße. Gustav wirft ihm im gleichen Augenblick seine Kopfbedeckung, Stock oder sonstigen Sachen nach, und Milan zieht mit der ganzen Schwere seines Körpers laut rasselnd die eisernen Rolladen an der Tür herunter. Alles das vollzieht sich im Handumdrehen, verabredet und reibungslos, und, bis sich die Gäste umdrehen, sitzt der unerwünschte Besucher bereits auf der Straße und kann, wenn er schon ganz außer Rand und Band ist, nur noch mit dem Messer nach den Rolladen stoßen oder Steine dagegen werfen, was die Spuren auf ihnen auch bezeugen, aber das ist schon kein Skandal mehr im Hotel, sondern auf der Straße, und das ist Sache der Polizei, die sowieso immer vor dem Hotel steht. Milan passiert es niemals, wie anderen Kaffeehausbesitzern, daß ihm ein Gast, den er hinauswirft, Tische und Stühle mitzerrt und zerbricht oder sich mit Händen und Füßen an der Tür festhält, daß ihn kein Paar Ochsen hinausbringen kann. Niemals trägt Milan in diese Arbeit übertriebenen Eifer oder Bösartigkeit, Kampflust oder persönliche Abneigung hinein; daher erledigt er die Angelegenheit auch so vollendet gut und schnell. Eine Minute nach dem Hinauswurf ist er wieder an seiner Arbeit in der Küche oder am Ausschank, ganz als sei nichts vorgefallen. Und Gustav geht nur, wie zufällig, durch das Extrazimmer und zwinkert, indem er Lottika ansieht, die an irgendeinem Tisch mit feineren Gästen sitzt, kurz einmal mit beiden Augen gleichzeitig zu, das bedeutet, daß etwas vorgekommen, daß aber die Angelegenheit bereinigt ist. Dann blinzelt auch Lottika, ohne ihre Unterhaltung zu unterbrechen und ihr Lächeln abzulegen, ebenfalls blitzschnell und unmerklich mit beiden Augen zugleich: das heißt: In Ordnung, danke, paßt weiter auf.

Es bleibt nur noch die Frage, was der hinausgeworfene Gast verzehrt oder zerbrochen hat; diese Summe schreibt Lottika Gustav bei der Abrechnung der Tageskasse ab, die spät in der Nacht hinter einem roten Wandschirm vorgenommen wird.

15

Auf verschiedene Art kann sich dieser unruhige und so kunstvoll hinausgeworfene Gast, sofern er nicht vor dem Hotel sogleich in Haft genommen wird, wieder sammeln und von der Unannehmlichkeit, die ihm begegnet, wieder erholen. Er kann zur Kapija forttorkeln und sich dort an der Kühle erfrischen, die der Wind vom Wasser und den umliegenden Bergen mitbringt. Er kann aber auch in Zarijas Schenke gehen, die nur ein paar Schritte weiter, am Gemeindemarkt, liegt, und dort frei und ungestört mit den Zähnen knirschen und der unsichtbaren Hand drohen und fluchen, die ihn so hinterrücks und unwiderstehlich aus dem Hotel hinauswarf. Hier kann es, wenn die erste Dämmerung vorüber ist und die Einheimischen und Arbeiter, die nur ihr tägliches »Gläschen« trinken und sich mit ihresgleichen unterhalten, auseinandergehen, keinen Skandal geben, denn jeder trinkt, soviel er will und bezahlen kann, und jeder bewegt sich und spricht, wie ihm um das Herz ist. Hier verlangt man von den Gästen nicht, daß sie Geld ausgeben und sich betrinken und sich dabei noch verhalten, als ob sie nüchtern seien. Und wenn schließlich einer jedes Maß überschreitet, dann ist noch der schwere, schweigsame Zarija da, der mit seinem mürrischen, griesgrämigen Gesicht auch die wütendsten Saufbolde und Streithähne entwaffnet und entmutigt. Er beruhigt sie mit einer langsamen Bewegung seiner schweren Hand und mit seiner tiefen Stimme:

»Geh, laß das! Mach keinen Unsinn!«

Aber auch in dieser uralten Schenke, in der es weder Extrazimmer noch Kellner gibt, denn es bedient immer irgendein Bursche aus dem Sandschak, in bäuerlicher Tracht, mischen sich jetzt sonderbar die neuen Gewohnheiten mit den alten.

Zurückgezogen in die tiefsten Winkel, schweigen die bekannten und hartgesottenen Rakitrinker. Sie lieben den Schatten und die Stille, in der sie vor ihrem Raki wie vor einem Heiligtum sitzen, Gewimmel und Unruhe aber hassen sie. Mit ausgebranntem Magen, entzündeter Leber, zerrütteten Nerven, unrasiert und vernachlässigt, gleichgültig gegenüber allem in der Welt, sich selbst zur Last, sitzen sie und trinken und warten beim Trinken, daß in ihrem Bewußtsein endlich jenes zauberhafte Licht aufflamme, mit dem der Trunk diejenigen erleuchtet, welche sich ihm ganz hingeben, eine Freude, für die es süß ist zu leiden, zu verfallen und zu sterben, die sich aber leider mit den Jahren immer seltener zeigt und immer schwächer leuchtet.

Gesprächiger und lauter sind die Anfänger, meist Bürgerssöhne in den gefährlichen Jahren, die die ersten Schritte auf dem schlechten Wege tun und so den Tribut leisten, den sie alle den Lastern des Trunkes und der Untätigkeit, der eine kürzere, der andere längere Zeit, zahlen. Aber die meisten von ihnen bleiben nicht lange auf diesem Wege, sondern wenden sich von ihm ab, gründen eine Familie und geben sich Erwerb und Arbeit, dem bürgerlichen Leben unterdrückter Laster und mäßiger Leidenschaften hin. Nur eine unbedeutende Minderheit Verdammter und Vorherbestimmter setzt diesen Weg für immer fort, und, statt des Lebens den Alkohol, die kürzeste und trügerischste Illusion in diesem kurzen und trügerischen Leben, wählend, leben sie für ihn und verbrennen an ihm, bis sie so düster, stumpf und aufgedunsen werden wie jene, die im Schatten in der Ecke sitzen.

Seit die neuen Zeiten eines Lebens ohne Zügel und Rücksicht, mit lebhafterem Handel und besserem Verdienst gekommen sind, erscheint, neben Sumbo, dem Zigeuner, der schon seit einigen dreißig Jahren alle Trinkgelage mit seiner großen Flöte begleitet, nun auch Franz Furlan mit seiner Harmonika oft in der Schenke. Er ist ein magerer und rothaariger Mann mit einem goldenen Ohrring im rechten Ohr, Zimmermann von Beruf, aber ein allzu großer Liebhaber von Musik und Wein. Besonders gern hören ihn die Soldaten und die ausländischen Arbeiter.

Häufig geschieht es, daß ein Guslar hereinschneit, gewöhnlich ein Montenegriner, mager wie ein Einsiedler, ärmlich gekleidet, aber mit aufrechter Haltung und hellem Blick, ausgehungert und zugleich schüchtern, stolz und doch auf Mildtätigkeit angewiesen. Er sitzt eine Weile in der Ecke, auffällig zurückgezogen, bestellt nichts, blickt vor sich hin und stellt sich gleichmütig und als ginge ihn das alles nichts an, aber man sieht dennoch, daß er andere Absichten und Gedanken hegt, als sein Aussehen zeigt. Unsichtbar ringen in ihm viele widersprechende und unversöhnliche Empfindungen, aber besonders steht das Große, das er in der Seele trägt, im Gegensatz zu Not und Schwäche dessen, was er auszudrücken und vor den anderen zu zeigen vermag. Daher ist er vor den Leuten immer etwas verwirrt und unsicher. Stolz und geduldig wartet er, daß irgend jemand ein Lied verlangt, dann zieht er die Gusla noch immer etwas schüchtern aus dem Beutel, haucht sie an, sieht nach, ob der Bogen auch nicht feucht geworden ist, stimmt die Saite, und bei allem wünscht er augenscheinlich möglichst wenig Aufmerksamkeit auf seine technischen Vorbereitungen zu lenken. Wenn er das erste Mal mit dem Bogen über die Saite streicht, dann ist das noch ein zitternder Ton, voller Unebenheit wie ein holperiger Weg. Aber während er so ein paarmal über die Saite fährt, beginnt er bereits selbst, mit geschlossenem Mund, durch die Nase leise den Ton der Gusla zu begleiten, ihn mit seiner Stimme zu ergänzen und auszugleichen. Und wenn so beide Stimmen völlig zu einem klagenden gleichmäßigen Ton zusammenfließen, der die Grundlage für das Lied webt, dann verwandelt sich dieser Arme wie durch Zauber: verschwunden ist die quälende Scham; alle inneren Widersprüche beruhigen sich und erlöschen, alle äußeren Schwierigkeiten sind vergessen. Der Guslar hebt ruckartig den Kopf wie ein Mann, der die Maske der Bescheidenheit abwirft, da er nicht mehr zu verbergen braucht, was er ist und wer er ist, und beginnt mit unerwartet starker Stimme, geradezu jubelnd, die Einleitungsverse:

Es klagt das junge Königskraut:
Leiser Tau, warum meidest du mich?

Die Gäste, die sich solange ebenfalls gleichmütig stellten und sich miteinander unterhielten, verstummen plötzlich alle. Bei diesen ersten Versen durchfährt sie alle, Mohammedaner wie Christen, das gleiche Zittern eines unbestimmten Sehnens und Dürstens nach dem gleichen Tau, das im Lied wie in ihnen allen ohne Unterschied lebt. Aber gleich fährt der Guslar leiser fort:

Das war nicht das junge Königskraut ...

und, den Schleier von seinem Gleichnis lüftend, beginnt er die türkischen oder serbischen wahren Wünsche und Geschicke aufzuzählen, die sich hinter den Gestalten des Taues und des Königskrautes verbergen, während sich bei den Zuhörern sofort die Gefühle teilen und auf entgegengesetzten Wegen auseinandergehen, je nach dem, was ein jeder in sich trägt, wünscht und glaubt.

Nach einer ungeschriebenen Regel hören sie dennoch das Lied bis zum Ende an und verraten, geduldig und zurückhaltend, durch nichts ihre Gefühle; sie blicken nur in das Glas vor sich, in dem sie auf der glänzenden Oberfläche des Raki die gewünschten Siege erblicken und Kämpfe, Helden, Ruhm und Glanz sehen, wie es sie in der Welt nirgendwo gibt.

Am lebhaftesten ist es in der Schenke, wenn sich die jungen Kaufleute und reichen Bürgerssöhne betrinken. Dann gibt es Arbeit für Sumbo, Franz Furlan, Tschorkan und Schacha, die Zigeunerin.

Schacha ist eine schielende Zigeunerin, ein freches Mannweib, das mit jedem trinkt, der es bezahlen kann, aber nie betrunken wird. Ohne sie und ihre gewagten Scherze kann man sich kein Trinkgelage denken.

Die Gäste, die von ihnen unterhalten werden, wechseln einander ab, aber Tschorkan, Sumbo und Schacha sind immer die gleichen. Sie leben von Musik, Scherz und Raki. Ihre Arbeit liegt im Nichtstun anderer, ihr Verdienst in der Verschwendung anderer und ihr wahres Leben in den Nachtstunden, in jenen ungewöhnlichen Stunden, da gesunde und glückliche Menschen schlafen, wenn Raki und bis dahin gefesselte Neigungen stürmische und glänzende Stimmungen und unerwartete Begeisterungen schaffen, die immer dieselben sind, aber immer neu und unübertrefflich scheinen. Sie sind schweigsame bezahlte Zeugen, vor denen sich jeder so zeigen darf, wie er ist, nämlich als Mensch von Fleisch und Blut, ohne daß er es nachher bereuen oder sich schämen muß; mit ihnen und vor ihnen ist alles erlaubt, was vor den Leuten anstößig, im eigenen Hause aber schändlich und unmöglich wäre. Unter ihrem Namen und auf ihre Rechnung können sich alle diese wohlhabenden, angesehenen Väter und Söhne guter Familien für einen Augenblick so geben, wie sie sich vor niemandem zeigen dürfen, wie sie aber in ihrem Innern sind, wenigstens zeitweise und wenigstens in einem Teil ihres Wesens. Die Grausamen unter den Gästen dürfen sie verspotten, die Furchtsamen können sie beschimpfen, die Freigebigen beschenken; die Eitlen kaufen ihre Schmeicheleien, die Griesgrämigen und Launischen ihre Scherze und Verschrobenheiten, die Wüstlinge ihre Verwegenheiten oder Dienste. Sie sind etwas wie Künstler in einer Umwelt, in der die Kunst unbekannt ist. Sie sind ein ewiges und uneingestandenes Bedürfnis der Städter, deren Geistesleben eingeengt und verzerrt ist. Solche Männer und Frauen, Sänger, Spaßmacher, Sonderlinge und Possenreißer gibt es immer in der Stadt. Verschwindet einer von ihnen und stirbt, dann löst ihn ein anderer ab, denn neben den Bekannten und Berühmten entwickeln sich und wachsen neue heran, die neuen Generationen die Zeit verkürzen und das Leben froh machen. Aber lange Zeit wird vergehen, bis wieder so einer auftaucht, wie es Salko Tschorkan ist.

Als nach der österreichischen Besatzung der erste Zirkus in die Stadt kam, verschaute sich Tschorkan in ein Mädchen, das auf dem Drahtseil tanzte, und begann ihretwegen soviel Dummheiten und Ausschreitungen, daß er eingesperrt und verprügelt wurde, während die übermütigen angesehenen Bürger, die ihn verrückt gemacht und dazu angestiftet hatten, hohe Geldbußen zahlten.

Seitdem sind einige Jahre vergangen, die Menschen haben sich an viele Dinge gewöhnt, und das Eintreffen von Musikanten, Seiltänzern und Taschenspielern aus Österreich ruft nicht mehr solche allgemeine und ansteckende Aufregung hervor, wie sie beim ersten Zirkus herrschte, aber von Tschorkans Liebe zur Seiltänzerin wird noch immer gesprochen.

Seit langem verbraucht er seine Kräfte, indem er am Tage allen dient, des Nachts aber den reichen Bürgern und Begs als Sorgenbrecher und Narr beim Trinken. Und das schon von Generation zu Generation. Wenn sich die einen die Hörner abgelaufen haben und sich zurückziehen, heiraten und sich beruhigen, dann kommen andere, jüngere, die nun auch ihren Scherz treiben wollen. Nun ist er ausgezehrt und vorzeitig gealtert; viel mehr ist er in der Schenke als bei der Arbeit, und er lebt nicht so sehr vom Verdienst wie von Almosen und den Getränken und Imbissen, mit denen ihn die Reichen freihalten.

In den regnerischen Herbstnächten versinken die Menschen, die sich in Zarijas Schenke versammelt haben, in Langeweile. An einem Tisch sitzen einige Bürger. Die Gedanken sind langsam, und alles wendet sich traurigen und unangenehmen Dingen zu. Die Worte sind schwer, sie klingen leer und reizbar; die Gesichter sind kalt, abwesend und mißtrauisch. Auch der Raki kann die Stimmung nicht beleben und heben. Auf der Bank, in einer Ecke der Schenke, träumt Tschorkan; Schlaf, feuchte Wärme und der erste Raki überwältigten ihn; heute ist er bis auf die Haut naß geworden, als er einige Sachen sogar bis nach Okolischte hinauftragen mußte.

Da erwähnt einer jener trübseligen Gäste am Tisch der Bürger wie zufällig die Seiltänzerin aus dem Zirkus und Tschorkans einstige unglückliche Liebe für sie. Alle blicken in die Ecke, aber Tschorkan bleibt regungslos und stellt sich weiter schlafend. Mögen sie reden, was sie wollen; er hat sich fest entschlossen, und das gerade heute morgen in einem schweren Katzenjammer, auf ihre Sticheleien und Spottreden nicht zu antworten und keinen so sinnlosen Scherz mit sich treiben zu lassen, wie ihn gestern abend die Bürger in dieser gleichen Schenke mit ihm trieben.

»Ich glaube, daß sie sich auch heute noch schreiben«, sagt einer, »seht doch einmal diesen Verführer an, da wechselt er Liebesbriefe mit der einen, und hier im Städtchen hat er noch eine!« wirft ein anderer ein.

Tschorkan zwingt sich, unbeweglich zu bleiben, aber dieses Gespräch über ihn berührt und erregt ihn, als kitzelte die Sonne sein Gesicht; sein einziges Auge will sich mit Gewalt öffnen, und alle Muskeln entspannen sich zu einem glücklichen Lächeln. Er kann die Reglosigkeit und das Schweigen nicht mehr aushalten. Zunächst winkt er wie nachlässig und gleichmütig mit der Hand ab, dann aber meldet er sich dennoch:

»Vorbei, das ist längst vorbei.«

»Ach, vorbei ist das? Eh, Leute seht doch diesen Erzschelm Tschorkan. Die eine verzehrt sich da in der Fremde seinetwegen, und die andere ist hier ganz verrückt nach ihm. Das ist vorbei, auch dies wird vorübergehen, und dann kommt die dritte. Was bist du denn für ein Sünder, daß du so einer nach der anderen den Kopf verdrehst?«

Tschorkan ist bereits aufgestanden und nähert sich ihrem Tisch. Vergessen hat er Schlaf, Müdigkeit und seinen Entschluß von heute morgen, daß er sich nicht in eine Unterhaltung hineinziehen lassen will. Die Hand aufs Herz gelegt, versichert er den Herren, er sei nicht schuld, er sei durchaus nicht der Schürzenjäger und Verführer, als den sie ihn darstellen wollten. Seine Kleidung ist noch feucht und sein Gesicht verregnet und schmutzig, denn sein billiger, roter Fez färbt ab, aber es ist übergossen von einem Lächeln gerührter Seligkeit. Er setzt sich an den Tisch der Herren:

»Rum für Tschorkan«, schreit Santo Papo, ein fülliger und lebhafter Jude, Sohn des Mento und Enkel des Mordo Papo, der angesehenen Eisenhändler.

Denn in letzter Zeit trinkt Tschorkan, wenn irgend möglich, Rum statt Raki. Dieses neue Getränk ist wie geschaffen für solche Leute; es ist stärker, schneller in seiner Wirkung und angenehm anders als Raki. Es kommt in kleinen Flaschen von zwei Dezi, auf der Etikette ist das Bild einer jungen Mulattin mit fleischigen Lippen und feurigen Augen, einem breiten Strohhut auf dem Kopfe, großen, goldenen Ohrringen, und darunter steht in roter Schrift: *Jamaica*. (Dieses exotische Getränk für die Bosniaken im letzten Stadium des Alkoholismus, unmittelbar vor dem Delirium, wird in Slawonisch-Brod bei der österreichischen Firma *Eisler, Sirowatka & Co*. hergestellt.) Wenn er das Bild der Mulattin betrachtet, fühlt Tschorkan schon das Feuer und den Duft des neuen Getränkes, und sofort denkt er daran, daß er um diesen Schatz der Erde nie gewußt hätte, wäre er nur vor einem Jahre gestorben. Wieviel solcher Schönheit gibt es doch auf Erden! Er wird weich bei diesem Gedanken, und darum hält er nachdenklich immer einige Augenblicke inne, wenn er eine Flasche Rum öffnet. Und nach der Befriedigung, die er von diesem Gedanken hat, kommt der Genuß des Getränkes selbst.

Nun hält er die schmale Flasche vor das Gesicht, als flüstere er unhörbar mit ihr. Und derjenige, der begann und dem es gelang, ihn in ein Gespräch zu ziehen, fragt ihn streng:

»Was hast du denn mit diesem Mädchen vor? Willst du sie heiraten oder mit ihr nur spielen wie mit den übrigen?«

Es handelt sich um eine Paascha aus Duschtsche. Sie ist das schönste Mädchen in der Stadt, ein armes Mädchen ohne Vater, eine Stickerin wie ihre Mutter.

In zahlreichen Unterhaltungen und Trinkereien des vergangenen Sommers sprachen und sangen die jungen Burschen von Paascha und ihrer unnahbaren Schönheit. Schrittweise und unmerklich begeisterte sich außer ihnen auch Tschorkan, ohne selbst zu wissen, wie und warum. So begannen sie, ihren Scherz mit ihm zu treiben. Eines Freitags[1] nahmen sie ihn mit zum Spaziergang durch das Wohnviertel, wo man hinter Toren und hölzernen Fenstergittern der Bürgerhäuser das erstickte Kichern und Flüstern unsichtbarer Mädchen hören konnte. Von einem Altan, auf dem auch Paascha mit ihren Freundinnen war, fiel zufällig ein Stengel Balsamkraut Tschorkan vor die Füße. Er blieb verwirrt stehen, um nicht darauf zu treten, und konnte sich doch nicht entschließen, ihn aufzuheben. Die jungen Burschen, die ihn begleiteten, begannen ihm auf die Schulter zu klopfen und Glück zu wünschen, als ob Paascha unter so vielen anderen gerade ihn erwählt und ihm eine Aufmerksamkeit erwiesen, die noch keiner von ihr je erfahren habe.

In jener Nacht trank man in der Vorstadt neben dem Fluß unter Nußbäumen bis zum Morgengrauen. Tschorkan saß neben dem Feuer, zurückgelehnt und feierlich, bald hingerissen und singend, bald besorgt und nachdenklich. In dieser Nacht ließen sie ihn nicht bedienen noch bei der Zubereitung des Kaffees oder des Essens mithelfen.

»Weißt du denn überhaupt, was ein Stengel Balsamkraut, von Mädchenhand geworfen, bedeutet?« fragte ihn einer von ihnen. »Er bedeutet, daß dir Paascha ausrichtet: ›Ich verschmachte nach

---

1 Der Ruhetag der Mohammedaner

dir wie diese abgerissene Blume, und du wirbst nicht um mich, noch läßt du mich einen anderen nehmen.‹ Das bedeutet es.«

Und alle sprachen sie ihm von Paascha, der weißen, keuschen, einzigartigen, die sich wie eine reife Traube über die Mauer des Hofes winde und auf die Hand warte, die sie abpflücken werde, aber der, auf den sie am meisten warte, das sei eben er, Tschorkan.

Die Herren stellen sich wütend und beklagen sich: warum sie gerade auf ihn ein Auge geworfen? Andere verteidigen ihn. Tschorkan aber trinkt. Bald glaubt er an dies Wunder, bald weist er es als Unmöglichkeit zurück. Im Gespräch verteidigt er sich gegen die Scherze der Herren, behauptet, daß dies nichts für ihn sei, daß er arm, gealtert und unansehnlich sei, aber in den Augenblikken des Schweigens träumt er doch selbst von Paascha, von ihrer Schönheit und dem Glück, das sie schenken kann, gleichviel, ob es für ihn erreichbar ist oder nicht. Aber alles ist möglich in dieser tiefen Sommernacht, die sich von Raki, von Liedern und dem brennenden Feuer auf der Wiese ins Unendliche weitet; nichts ist wirklich, aber nichts ist unwahrscheinlich oder völlig ausgeschlossen. Die Herren verstellen sich und treiben mit ihm Spott, das weiß er; die Herren können nicht ohne Gelächter leben, sie müssen irgend jemand necken und mit ihm ihre Narreteien treiben, das ist schon immer gewesen, und so ist es auch heute. Aber wenn auch das alles Scherz ist, kein Scherz ist sein Traum von der herrlichen Frau und der unerreichbaren Liebe, von der er immer geträumt hat und auch heute träumt, kein Scherz sind diese Lieder, in denen die Liebe ebenso wirklich wie unwirklich und die Frau ebenso nahe und doch unerreichbar ist wie in seiner Phantasie. Für die Herren ist alles Scherz, auch dies, für ihn aber ist es Wahrheit und heiliger Ernst, die er seit je in sich trägt und die wahrhaft und zweifellos bestehen, unabhängig von der Kurzweil der Herren, von Trunk und Lied, unabhängig von allem, ja auch von Paascha selbst.

Alles dies weiß er wohl, und alles dies vergißt er wiederum. Denn seine Seele vergeht, und sein Verstand zerrinnt wie Wasser.

So ist Tschorkan drei Jahre nach seiner großen Liebe und Skandalgeschichte mit der deutschen Seiltänzerin in einen neuen und gewaltigen Liebeswahn verfallen, und so haben die müßigen Bürger ein neues, ebenso grausames wie erregendes Spiel gefunden, das ausreicht, sie monate- und jahrelang zu erheitern.

Das war im Hochsommer. Der Herbst ist vergangen und der Winter gekommen, aber Scherz und Spiel mit Tschorkans Liebe zur schönen Paascha füllt den Männern aus der Stadt die Abende und verkürzt ihnen die Tage. Sie rufen Tschorkan nicht anders denn »Bräutigam« und »Liebhaber«. Am Tage, während er verkatert und unausgeschlafen in den Läden kleine und große Arbeiten verrichtet, wundert und ärgert sich Tschorkan, daß sie ihn so rufen, und zuckt mit den Achseln; sobald aber die Nacht herniedersinkt, werden die Lampen in Zarijas Schenke angezündet, und irgend jemand ruft: »Rum für Tschorkan!«, ein anderer hebt leise zärtlich und wie zufällig an zu singen:

Akscham[1] *sinkt hernieder;*
Dein Gesicht ist schon im Schatten.

Mit einem Schlage ist nun alles verändert. Es gibt keine Lasten, kein Achselzucken mehr, es gibt keine Stadt, keine Schenke, nicht einmal den Tschorkan mehr, so wie er wirklich ist, durchgefroren, unrasiert, eingehüllt in Lumpen und abgelegte fremde Kleider. Es gibt nur einen hohen Altan, beleuchtet von der untergehenden Sonne, weinumrankt, mit einem Mädchen, das ausschaut und wartet, wem sie einen Strauß Balsamkraut zuwerfen soll. Es gibt zwar auch ein dröhnendes Gelächter um ihn herum, alle möglichen Bemerkungen und groben Hänseleien, aber das liegt alles fern, wie in einem Nebel, nur der, welcher singt, ist ganz nahe, hier neben seinem Ohr:

Ach wie gerne möchte ich mich wärmen
Am Sonnenglanz bei dir!

Und ihn wärmt diese erträumte, diese untergegangene Sonne, wie ihn noch niemals jene wirkliche erwärmte, die über der Stadt tagaus, tagein auf- und untergeht:

---

1 Abend

»Rum für Tschorkan!«

So vergingen die Winternächte. Gegen Ende des Winters ereignete sich Paaschas Hochzeit. Die arme Stickerin aus Duschtsche, mit ihrer Schönheit und ihren noch nicht neunzehn Jahren, heiratete Hadschi Omer, hinter der Festung, einen reichen und angesehenen Mann von fünfundfünfzig Jahren, und das als Nebenfrau.

Hadschi Omer ist schon über dreißig Jahre verheiratet. Seine Frau stammt aus einer großen Familie, sie ist als geschickt und klug bekannt. Ihr Besitz hinter der Festung ist ein ganzer Weiler, der gedeiht und voll von allen guten Dingen ist; ihre festen Läden in der Stadt geben ein sicheres und großes Einkommen. Und alles dies ist nicht so sehr das Verdienst des ruhigen und unbeweglichen Hadschi Omer, der nur zweimal des Tages von hinter der Festung bis in die Stadt reitet, als vielmehr der beweglichen und klugen, immer lächelnden Frau Hadschi Omers. Für alle türkischen Frauen in der Stadt und Umgebung ist ihre Meinung maßgebend und das letzte Wort in vielen Fragen.

Dies ist in allem die angesehenste Familie, aber die beiden schon altgewordenen Leute haben keine Kinder. Lange hat sie die Hoffnung gehalten. Hadschi Omer ist zur Kaaba nach Mekka gepilgert, die Frau hat für Arme und fromme Stätten gespendet, die Jahre sind vergangen, alles ist bei ihnen gewachsen und gediehen, aber beim Wichtigsten fehlte der Segen. Weise und voller Würde trugen sie ihr Unglück, Hadschi Omer und seine kluge Hanuma[1], aber Hoffnung auf Nachwuchs konnte nicht mehr sein. Die Frau stand in ihrem fünfundvierzigsten Jahre.

Es ging um das große Erbe, das Hadschi Omer hinterlassen würde. Mit dieser Frage befaßten sich nicht nur seine Verwandten und die seiner Frau, sondern ein wenig auch die ganze Stadt. Die einen wünschten, diese Ehe möge bis zum Ende ohne Kinder bleiben, andere wiederum meinten, es sei schade, wenn ein solcher Mann ohne Nachkommen sterbe und irgendwelche Verwandten seinen Besitz teilten und verzettelten, und daher redeten sie ihm zu,

---

1 Frau

eine andere, jüngere Frau zu nehmen, solange es noch Zeit sei und noch Aussicht auf Nachwuchs bestehe. In dieser Frage teilten sich die Türken der Stadt in zwei Lager. Gelöst wurde die Frage durch Hadschi Omers Frau, die Unfruchtbare, selbst. Offen, entschlossen und ehrlich, wie sie alles tat, sprach sie zu ihrem unentschlossenen Mann:

»Alles hat uns Gott gegeben, Dank und Lob sei ihm dafür, Eintracht, Gesundheit und Reichtum, aber was jeder Ärmste besitzt, das hat er uns versagt: daß wir Kinder haben und wissen, wem wir das alles hinterlassen. Das ist mein böses Geschick. Aber wenn ich es nach Gottes Willen tragen muß, du mußt es nicht. Ich sehe, daß die Stadt sich bemüht, dich zu verheiraten und sich um unsere Sorgen zu kümmern. Nun, wenn sie dich verheiraten wollen, dann will lieber ich dich verheiraten, denn niemand ist dir ein besserer Freund als ich.«

Und die Frau brachte ihm ihren Plan vor: da keinerlei Aussicht mehr bestehe, daß sie beide Kinder haben könnten, so müsse er, neben ihr, eine andere Frau nehmen, eine jüngere, mit der er noch Kinder haben könne. Das Gesetz gebe ihm das Recht dazu. Sie würde natürlich weiter im Hause bleiben als die »alte Hadschi-Frau« und achtgeben, daß alles ordnungsgemäß verlaufe.

Hadschi Omer sträubte sich und behauptete, daß er keinen besseren Gefährten als sie suche und daß er keine andere und jüngere Frau brauche. Aber Hadschi Omers Frau blieb nicht nur bei ihrer Meinung, sondern sie eröffnete ihm auch, wen sie ihm als Frau auserwählt habe. Wenn er schon heiraten und ein Kind haben müsse, dann sei es am besten, wenn er ein gesundes, junges und schönes, armes Mädchen nähme, die ihm gesunden Nachwuchs schenken und zeit ihres Lebens ihrem glücklichen Geschick danken würde. Ihre Wahl sei auf die schöne Paascha, die Tochter jener Stickerin aus Duschtsche, gefallen.

Und so geschah es. Nach dem Willen seiner älteren Frau und mit ihrer Hilfe heiratete Hadschi Omer die schöne Paascha. Und elf Monate später gebar ihm Paascha einen gesunden Knaben. Damit war die Frage von Hadschi Omers Nachfolge gelöst, viele Hoffnungen der Verwandten vernichtet und der Stadt das Maul gestopft. Paascha war glücklich, die »alte Hadschi-Frau« zufrieden, und sie lebten in Hadschi Omers Hause einmütig wie Mutter und Tochter.

Dieses glückliche Ende der Frage von Hadschi Omers Nachfolge war für Tschorkan der Beginn von neuem Mißgeschick. In diesem Winter war Tschorkans Trauer um Paaschas Heirat die Hauptunterhaltung der Müßiggänger in Zarijas Schenke. Der unglückliche Liebhaber trank wie nie zuvor; die Herren hielten ihn frei, und für sein Geld konnte ein jeder Tränen lachen. – Übermütig richteten sie ihm erfundene Bestellungen von Paascha aus und versicherten ihm, daß sie Tag und Nacht weine und sich nach ihm verzehre, ohne irgend jemand den wahren Grund ihres Kummers zu sagen. Und Tschorkan schwärmte, sang, weinte, antwortete ernsthaft und ausführlich auf alle Fragen und beklagte sein Geschick, das ihn so unansehnlich und arm geschaffen habe.

»Sag mal, Tschorkan, wieviel Jahre bist du eigentlich jünger als Hadschi Omer?« beginnt einer der müßigen Herren das Gespräch.

»Was weiß ich! Und was hilft es mir, daß ich jünger bin?« antwortet Tschorkan bitter.

»Ja, wenn es nach dem Herzen und nach der Jugend ginge, dann besäße Hadschi Omer nicht, was er besitzt, und unser Tschorkan säße nicht, wo er sitzt«, warf einer in das Gespräch ein.

Tschorkan aber braucht nicht viel, um gerührt und weich zu werden. Sie füllen ihm einen Rum nach dem andern ein und versichern ihm, daß er nicht nur jünger und schöner und »dem Herzen« der Paascha weit näher sei, sondern daß er auch letzten Endes gar nicht so arm sei, wie er meine und wie er aussehe. Diese müßigen Kaufleute haben in den langen Nächten beim Raki eine ganze Geschichte erdacht: daß sein Vater, der unbekannte türkische Offizier, den er niemals gesehen, irgendwo in Anatolien seinem außerehelichen Sohn in Wischegrad als einzigem Erben große Besitzungen hinterlassen habe, daß aber einige dortige Verwandte den Vollzug dieses Testaments verhindert hätten; daß Tschorkan jetzt nur irgendwo in der fernen und reichen Stadt Brussa aufzutauchen, die Ränke und den Betrug dieser falschen Erben zu zerschlagen und sich nur zu nehmen brauche, was ihm gehöre. Dann könnte er den ganzen Hadschi Omer und dessen angeblichen Reichtum aufkaufen.

Tschorkan hört ihnen zu, trinkt und seufzt nur. Ihn schmerzt dies alles, aber es tut ihm auch wohl, sich so als ein Mensch zu fühlen und zu benehmen, den sie hier in der Stadt wie dort irgendwo in einem fremden, schönen Lande, aus dem sein unbekannter Vater stammt, betrogen und bestohlen haben. Aber die Spötter um ihn tun so, als bereiteten sie seine Reise nach Brussa vor. Die Scherze sind lang, grausam und bis in alle Einzelheiten ausgedacht. Eines Nachts bringen sie einen vorgeblichen Reisepaß, führen Tschorkan in die Mitte des Wirtshaussaales, drehen ihn nach allen Seiten um und tragen seine Personalbeschreibung unter wüsten Scherzen und brüllendem Gelächter in den Paß ein. Ein anderes Mal errechnen sie, wieviel Geld er für die Reise nach Brussa brauche, wie er reisen und wo er übernachten werde. Und mit diesen Späßen vergeht ihnen wiederum ein gut Teil der langen Nacht.

Solange er nüchtern ist, verteidigt sich Tschorkan, er glaubt und glaubt auch wieder nicht, was sie ihm erzählen; und doch ist sein Unglaube stärker als sein Glaube. Genaugenommen glaubt er nichts, solange er nüchtern ist, ist er aber betrunken, verhält er sich, als glaube er doch. Denn wenn ihn der Alkohol fortreißt, dann fragt er nicht mehr, was Wahrheit, was Scherz oder was Lüge ist. Schon nach dem zweiten Fläschchen Rum spürt er in der Tat den duftenden Wind von dort, aus dem fernen, unerreichbaren Brussa, und sieht, *sieht wirklich* dessen grüne Gärten und weiße Bauten. Es ist wahr, daß er seit seiner Geburt in allem, in der Familie, im Besitz, in der Liebe, betrogen und unglücklich ist und daß ihm so vieles, vieles Unrecht angetan wurde, daß Gott und die Menschen seine Schuldner sind. Gewiß ist, daß er nicht das ist, wonach er aussieht und wofür ihn die Leute halten. Und mit jedem Glase quält ihn das Bedürfnis mehr, dies allen um sich herum zu sagen, obgleich er selbst fühlt, wie schwer es ist, eine Wahrheit zu beweisen, die in ihm klar und augenfällig ist, gegen die aber alles spricht, was um ihn herum und an ihm ist. Dennoch erklärt er das schon nach dem ersten Gläschen Rum jedem, die ganze Nacht hindurch mit abgebrochenen Worten, grotesken Bewegungen und Tränen des Alkohols. Und je mehr und je lebhafter er erklärt, desto mehr lachen und spotten alle um ihn herum. Sie lachen so sehr und so von Herzen, daß sich ihre Weichen aufblähen und ihre Kiefer krachen von diesem Gelächter, das ansteckend, nicht zu bändigen und süßer ist denn jegliche Speise und jeglicher Trank. In diesem Gelächter vergessen sie die Langeweile der Winternacht, und auch sie trinken wie Tschorkan ohne jegliches Maß.

»Bring dich um!« sagt ihm Mehaga Saratsch, der es mit seiner kalten und scheinbar ernsten Art am besten versteht, Tschorkan herauszufordern und zu reizen. »Wenn du nicht fähig warst, Paascha diesem alten Knacker, dem Hadschi Omer, abzunehmen, dann brauchst du nicht zu leben. Bring dich um, Tschorkan, das ist mein Rat.«

»Ja, ›bring dich um, bring dich um‹«, rechtfertigt sich Tschorkan, »glaubst du, daß ich nicht selbst schon daran gedacht habe? Hundert Male war ich so weit, von der Kapija in die Drina zu springen, und hundert Male hat mich etwas zurückgehalten.«

»Was hat dich zurückgehalten? Die Angst hat dich zurückgehalten, Schiß gehabt, Tschorkan!«

»Nein, es war keine Angst, bei Gott, es war keine Angst.«

Unter allgemeinem Lärm und Lachen springt Tschorkan auf, schlägt sich auf die Brust, bricht ein Stückchen von dem vor ihm liegenden Brot ab und hält es dem unbeweglichen und kalten Mehaga vor das Gesicht.

»Siehst du das da? Nun, so wahr dies Brot und eine Gabe Gottes ist, so wahr ist keine Furcht, sondern ...«

Da beginnt plötzlich irgendwer leise und unerwartet zu singen:

– – – – – – – – – – – – – – – – – – – –

Dein Gesicht ist schon im Schatten.

Und alle greifen das Lied auf und übertönen Mehaga, der Tschorkan zuschreit:

»Bring – dich – um!«

Und so singend, verfallen sie selbst in die gleiche Begeisterung, in die sie diesen armen Kerl versetzen wollten, bis am Ende alles in einer vollkommen wilden Sauferei endet.

Eine Februarnacht hatten sie so durchtobt und waren, gemeinsam mit ihrem Opfer Tschorkan, selbst zu Opfern ihres Unfugs geworden. Es war schon Tag geworden, als sie alle gemeinsam die Schenke verließen und so erhitzt, dampfend und mit vom Trunk geröteten Köpfen auf die Brücke hinausgingen, die fast ganz verödet und mit einer dünnen Eisschicht bedeckt dalag. Mit großem Geschrei und brüllendem Lachen, ohne auf die wenigen ersten Vorübergehenden zu achten, wetteten sie, wer es wagen würde, über die Brücke zu gehen, aber auf der steinernen Einfassung, die von dünnem Eis glitzerte.

»Tschorkan wagt es«, rief einer der Betrunkenen.

»Er wagt es nicht! Ausgerechnet Tschorkan!«

»Wer wagt es nicht? Ich? Jawohl, ich wage es, was kein lebender Mensch wagt«, schrie Tschorkan und schlug sich dröhnend auf die Brust.

»Du wagst es nicht! Versuch es doch!«

»Ich wage es, bei Gott!«

»Tschorkan wagt es, er wagt es!«

»Er wagt es nicht! Er lügt!«

So überschrien die betrunkenen Männer einander großsprecherisch, obgleich sie sich auch auf der breiten Brücke kaum auf den Beinen hielten, denn sie alle torkelten, rutschten und suchten aneinander Halt.

Sie bemerkten nicht einmal, als Tschorkan auf die steinerne Einfassung kletterte. Plötzlich sahen sie ihn, wie er über ihnen schwebte und sich, betrunken und außer Rand und Band, wie er war, bemühte, sich aufrecht zu halten und auf den Platten der Einfassung zu gehen.

Die steinerne Einfassung ist nur drei Spannen breit. Tschorkan taumelt bald nach links, bald nach rechts. Links ist die Brücke, und auf ihr, hier zu seinen Füßen, der Haufe trunkener Männer, die ihn begleiten und ihm einige Worte zurufen, die er kaum unterscheidet und nur als unverständliches Geräusch hört. Rechts aber ist Leere, und in dieser Leere, irgendwo tief unten, rauscht der unsichtbare Fluß, von ihm steigt ein dichter Dampf auf und erhebt sich wie weißer Rauch in den frostigen Morgen.

Die vereinzelten Passanten blieben stehen und betrachteten erschreckt und mit aufgerissenen Augen den betrunkenen Mann, der sich, statt auf der Brücke, auf deren schmaler und glatter Einfassung bewegte, emporgehoben über die Tiefe, verzweifelt mit den Armen schwenkend, um das Gleichgewicht zu halten. Auch von der betrunkenen Gesellschaft blieben einige etwas Nüchternere und Besonnenere wie erwacht stehen und betrachteten das gefährliche Spiel. Die anderen erfaßten die Gefahr nicht, gingen neben der Einfassung her und begleiteten mit ihrem Geschrei den Betrunkenen, der, schwankend und taumelnd, über der Tiefe tänzelte.

Durch seine gefährliche Stellung hatte sich Tschorkan plötzlich von ihnen getrennt und war jetzt wie ein riesenhaftes Ungeheuer hoch über ihnen. Die ersten Schritte waren vorsichtig und schwerfällig. Seine plumpen Schuhe glitten jeden Augenblick auf den eisüberzogenen Platten aus. Es schien ihm, als glitten die Füße unter ihm weg, als müsse er sich abstoßen und fallen, als fiele er schon. Aber die ungewöhnliche Stellung und die Nähe einer großen Gefahr gaben ihm neue Kraft und bisher unbekannte Fähigkeiten. Kämpfend, um sich im Gleichgewicht zu halten, tänzelte er immer lebhafter und knickte immer mehr in den Hüften und Knien ein. Statt zu gehen, begann er, selbst wußte er nicht wie, zu tanzen, leicht, sorglos, als sei er auf einem breiten, grünen Feld und nicht auf einem schmalen, vereisten Rande. Und plötzlich wurde er leicht und geschickt, wie man es manchmal im Traum wird. Sein untersetzter und ausgemergelter Körper war schwerelos. Der betrunkene Tschorkan tanzte und schwebte über dem Abgrund, als habe er Flügel. Er fühlte, wie aus seinem Körper mit der Musik, nach der er tanzte, eine frohe Kraft ausströmte, die ihm Sicherheit und Gleichgewicht gab. Der Tanz trug ihn, wohin ihn der Schritt nie gebracht hätte. Und nicht mehr an die Gefahr und die Möglichkeit eines Falles denkend, tänzelte er von einem Fuß auf den anderen und sang mit ausgebreiteten Armen, als begleite er sich selbst zur Laute:

»Tiridam, tiridam, tiridiiidiiidiridiri diridiridam, tiridam hai, hai, haihai!«

Tschorkan sang und gab sich selbst den Takt an, nach dem er sicher und tanzend seinen gefährlichen Weg zurücklegte. Die Beine beugte er in den Knien, und den Kopf neigte er bald nach links, bald nach rechts. »Tiridam, tiridam ... haihai!«

In dieser außergewöhnlichen und gefährlichen Stellung, hoch über allen, ist er nicht mehr jener arme Schlucker Tschorkan aus der Stadt und der Schenke; dies unter ihm ist auch nicht die glatte und schmale steinerne Einfassung der bekannten Brücke, an der er tausendmal sein Brot gegessen hatte und, an den süßen Tod in den Wellen denkend, im Schatten auf der Kapija eingeschlafen war. Nein, das ist jene ferne, undurchführbare Reise, von der sie ihm jeden Abend in der Schenke mit grobem Spott und Lachen erzählen und auf die er am Ende nun doch noch gegangen ist. Dies ist jene strahlende, ersehnte Straße der großen Taten; und dort, an ihrem fernen Ende, dort ist die kaiserliche Stadt Brussa mit wirklichem Reichtum und einem rechtmäßigen Erbe, dort ist irgendwo auch die untergegangene Sonne aus dem Lied und die schöne Paascha mit einem Knaben, seine Frau mit seinem Sohn.

So überschritt er, verzückt tanzend, auch jenen hinausragenden Teil der Einfassung, der das Sofa umgibt, und dann die andere Hälfte der Brücke. Als er am Ende angekommen war, sprang er auf die Straße und blickte sich verwirrt und, als erwache er, um, erstaunt, daß alles wieder auf der festen und wohlbekannten Wischegrader Landstraße endete. Die Gesellschaft, die ihn bis hier mit Ermutigungsrufen und Scherzen begleitet hatte, empfing ihn sofort. Auch diejenigen, die erschreckt zurückgeblieben waren, eilten herbei. Sie begannen ihn zu umarmen und ihn auf die Schultern und den ausgeblichenen Fez zu klopfen. Einstimmig riefen sie alle: »Bravo, Tschorkan, du Falke!« – »Bravo du Sieger!«

»Rum für Tschorkan!« brüllte Santo Papo mit dicker Stimme und spanischer Aussprache, denn er glaubte, er sei in der Schenke, und breitete die Arme aus, als zöge man ihn auseinander.

In diesem allgemeinen Gedränge und Geschrei schlug jemand vor, man solle nicht auseinandergehen und sich schlafen legen, sondern weiter trinken, um Tschorkans Heldentat zu feiern.

Die Kinder, welche damals acht oder neun Jahre alt waren und an diesem Morgen über die vereiste Brücke zu ihrer entfernten Schule eilten, blieben stehen und betrachteten das ungewöhnliche Schauspiel. Vor Staunen blieben ihnen die kleinen Münder offen stehen, aus denen weißer Dampf stieg. Klein und eingehüllt, mit ihren Tafeln und Büchern unter dem Arm, konnten sie dieses Spiel der erwachsenen Leute nicht verstehen, aber für ihr ganzes Leben blieb ihnen zugleich mit der Linie ihrer heimatlichen Brücke auch das Bild des wohlbekannten Tschorkan vor Augen, der, verwandelt und leicht, kühn und freudig, tanzend, wie durch Zauberkraft getragen, dort schreitet, wo es verboten ist und wo kein anderer geht.

16

Zwanzig Jahre waren vergangen, seit die ersten gelbgestrichenen österreichischen Heeresfahrzeuge über die Brücke gekommen waren. Zwanzig Jahre Besatzungszeit waren eine lange Reihe von Tagen und Monaten. Jeder dieser Tage und Monate erschien, einzeln betrachtet, unsicher und vorläufig, aber, alle zusammengenommen, bildeten sie den verhältnismäßig längsten Zeitraum der Ruhe und des materiellen Fortschrittes, dessen sich die Stadt je erinnerte, den Hauptteil des Lebens jener Generation, die im Augenblick der Besatzung in das Mannesalter eintrat.

Es waren jene Jahre scheinbaren Wohlstandes und sicheren, wenn auch geringen Verdienstes, da die Mütter, wenn sie von ihrem Sohne sprachen, hinzufügten: »Möge er gesund bleiben, und

Gott gebe, daß er sein Brot leicht verdient«, als auch die Frau des langen Ferhat, jenes ewigen Habenichts, der die städtischen Lampen auf den Straßen anzündete und dafür zwölf Gulden monatlich erhielt, mit Stolz sprach: »Dank sei dem lieben Gott, daß sogar mein Ferhat eine feste Anstellung bekommen hat.«

So vergingen auch die letzten Jahre des neunzehnten Jahrhunderts, Jahre ohne Aufregungen und große Ereignisse, wie ein ruhiger und breiter Strom vor seiner ungewissen Mündung dahinfließt. Es schien, nach diesen Jahren, als seien die tragischen Akzente im Leben der europäischen Völker und auch in der Stadt an der Brücke verschwunden. Soweit sie überhaupt noch irgendwo in der Welt auftauchten, drangen sie entweder nicht bis zu uns, oder sie waren uns fern und unverständlich.

So klebte eines Sommertages, nach so langer Zeit, wieder eine weiße, amtliche Bekanntmachung auf der Kapija. Sie war dieses Mal kurz und mit breitem schwarzem Rand und vermeldete, daß ihre Majestät, die Kaiserin Elisabeth, in Genf als Opfer eines verabscheuungswürdigen Attentates von der Hand des italienischen Anarchisten Luccheni gestorben sei. Die Bekanntmachung brachte weiter die Erbitterung und tiefe Trauer aller Völker der großen österreichisch-ungarischen Monarchie zum Ausdruck und forderte sie auf, sich in Untertanentreue noch fester um den Thron zu scharen und so dem Herrscher, den das Schicksal so schwer getroffen, der beste Trost zu sein.

Das Plakat war unterhalb der weißen Tafel mit der Inschrift angeklebt, wie einst der Aufruf General Filippowitschs über die Besetzung des Landes, und die Leute lasen es voller Erregung, denn es handelte sich um die Kaiserin, um eine Frau, aber ohne wahres Verständnis und tiefere Anteilnahme.

Einige Abende gab es auf der Kapija keinen Gesang und keine öffentliche Fröhlichkeit, denn so hatte es die Obrigkeit angeordnet.

In der Stadt gab es nur einen einzigen Menschen, den diese Nachricht schwer traf. Das war Pietro Sola, der einzige Italiener in der Stadt, ein Unternehmer und Maurer, Bildhauer und Kunstmaler, kurz gesagt, der Künstler und Meister für alles in der Stadt. Meister Pero, wie ihn die ganze Stadt rief, war schon mit der Besatzung gekommen, hatte sich hier niedergelassen und eine gewisse Stana geheiratet, ein armes Mädchen, das sich nicht gerade des besten Rufes erfreute. Sie war rothaarig, stark, zwei Köpfe größer denn er und galt als eine Frau mit scharfer Zunge und lockerer Hand, mit der man sich besser auf keinen Streit einließ. Meister Pero aber war ein kleiner, gebeugter, gutmütiger Mann mit sanften blauen Augen und einem herabhängenden Schnurrbart. Er arbeitete gut und verdiente ein schönes Geld. Mit der Zeit wurde er zu einem echten Wischegrader, nur Sprache und Aussprache vermochte er nie zu erfassen, ebenso wenig wie Lottika. Wegen seiner geschickten Hände und seiner Gutmütigkeit liebten ihn alle in der Stadt, und seine athletisch starke Frau führte ihn streng und mütterlich, wie ein Kind, durch das Leben.

Als Meister Pero, grau vom Steinstaub und bekleckst mit Farbe, von der Arbeit heimkehrend, die Bekanntmachung auf der Brücke las, drückte er sich den Hut tiefer in das Gesicht und biß krampfhaft auf seine dünne Pfeife, die er immer zwischen den Zähnen hielt. Und wen er von den angesehenen und ernsthaften Leuten traf, dem bewies er, daß er, obgleich Italiener, nichts mit diesem Luccheni und seinem abscheulichen Verbrechen gemein habe. Die Leute hörten ihn an, beruhigten ihn und versicherten, daß sie ihm glaubten, daß sie übrigens auch niemals derartiges von ihm gedacht hätten; er aber fuhr fort, jedem zu erklären, er schäme sich, daß er lebe, und daß er noch niemals in seinem Leben auch nur dem kleinsten Tier ein Härchen gekrümmt, wieviel weniger aber jemanden ermordet habe, und noch dazu eine Frau und so hohe Persönlichkeit. Schließlich ward seine Angst zu einer wahren Manie. Die Städter begannen über Meister Peros Sorge und Eifer und seine überflüssigen Versicherungen, daß er nichts mit Mördern und Anarchisten zu tun habe, zu lächeln. Die Stadtkinder aber erfanden sofort ein grausames Spiel. Versteckt hinter irgendeinem Zaun, riefen sie Meister Pero: »Luccheni!« Der Arme verteidigte sich gegen diese Zurufe wie gegen unsichtbare Wespen, drückte den Hut in die Augen und floh nach Hause, um seinen Kummer im weiten Schoß seiner Frau auszuweinen.

»Ick ssämen mick, ick ssämen mick«, schluchzte der kleine Mann, »ick kann keinem in die Augen ssauen.«

»Geh doch, Närrchen, warum schämst du dich? Weil ein Italiener die Kaiserin ermordet hat? Mag sich der italienische König schämen! Aber wer bist du, und was bist du, daß du dich schämst?«

»Ick ssämen mick, ssämen mick zu Tode«, klagte Meister Pero der Frau, die ihn aufrüttelte und sich bemühte, ihm Kraft und Entschlossenheit einzuflößen und ihn zu lehren, wie er mit frei erhobenem Haupt und ohne vor irgend jemand den Blick zu senken durch die Stadt gehen solle.

Zu dieser Zeit saßen auf der Kapija die älteren Leute und hörten unbeweglichen Gesichtes und gesenkten Blickes die Zeitungsberichte mit Einzelheiten über die Ermordung der österreichischen Kaiserin. Diese Nachrichten waren nur der Anlaß für allgemeine Gespräche über die Geschicke der gekrönten Häupter und großen Menschen. Einem Kreise angesehener, neugieriger und nicht belesener Mohammedaner aus der Stadt erläuterte der Wischegrader Muderis, Hussein Effendi, was und wer Anarchisten seien.

Der Muderis war noch genauso feierlich und steif, sauber und gepflegt wie damals vor zwanzig Jahren, als er auf dieser gleichen Kapija die ersten Schwaben empfing, zusammen mit Mullah Ibrahim und Pope Nikola, die schon seit langem, ein jeder auf seinem Friedhof, ruhten. Sein Bart war bereits grau, aber noch ebenso sorgfältig gestutzt und gerundet; das ganze Gesicht war glatt und ruhig, denn Menschen mit steifem Geist und hartem Herzen altern langsam. Die hohe Meinung, die er immer von sich selbst hegte, war in diesen zwanzig Jahren noch gewachsen. Übrigens, jene Kiste voller Bücher, auf der zu einem guten Teil der Ruf des Muderis als eines gelehrten Mannes beruhte, war noch immer unerschöpft und unausgelesen, seine Chronik unserer Stadt aber war in diesen zwanzig Jahren um ganze vier weitere Seiten gewachsen, denn, je älter der Muderis wurde, um so höher schätzte er sich selbst und seine Chronik ein und um so geringer alle Ereignisse um sich herum. Er sprach jetzt mit einer leisen Stimme und langsam, als läse er eine undeutliche Handschrift, aber würdig, feierlich und streng. Das Schicksal der ungläubigen Kaiserin nahm er nur als Anlaß und vermischte es in keiner Weise mit dem wahren Sinn seiner Deutung. Nach seiner Deutung – und auch sie ist nicht seine eigene, denn er hat sie in den guten, alten Büchern gefunden, die er von seinem einstigen Lehrer, dem arabischen Hodscha, geerbt – hat es das, was man heutigentags Anarchisten nennt, schon seit jeher gegeben und wird es auch geben bis an das Ende aller Zeiten. So sei nun einmal das menschliche Leben eingerichtet – und Gott, der Einzige, habe es so gewollt –, daß auf jedes Lot des Guten zwei Lot des Bösen gingen, daß es hier auf Erden keine Güte ohne Haß und keine Größe ohne Neid geben könne, wie es auch nicht den kleinsten Gegenstand ohne Schatten gäbe. Dieses gelte besonders für außergewöhnlich große, fromme und berühmte Menschen. Neben einem jeden von ihnen wüchse mit ihrem Ruhm auch ihr Henker und lauere auf eine Gelegenheit; manchmal finde er sie früher, manchmal später.

»Sehet, hier unser Landsmann Mehmed Pascha, der schon seit langem ein Bewohner des Himmels ist«, sagte der Muderis und zeigte auf die steinerne Platte über dem Plakat, »der drei Sultanen diente und weiser war denn Salomon, der auch diesen Stein, auf welchem wir sitzen, durch seine Kraft und seine Frömmigkeit aufrichtete, auch er ist unter diesem Messer gefallen. Trotz seiner Gewalt und Weisheit konnte er dieser Minute nicht entkommen. Diejenigen, welchen der Wesir in ihren Plänen im Wege stand, und das war eine große und starke Partei, fanden das Mittel, einen irrsinnigen Derwisch zu bewaffnen und zu überreden, daß er ihn ermorde, und noch dazu, als er in die Moschee ging, um sein Gebet zu verrichten. In einem fadenscheinigen Gewand, mit einer Gebetskette in der Hand, verstellte der Derwisch dem Gefolge des Wesirs den Weg und bat heuchlerisch und unterwürfig um ein Almosen, und als der Wesir in die Tasche greifen wollte, um ihm etwas zu geben, da stach er zu: Und so ist Mehmed Pascha als Märtyrer gestorben.«

Die Männer lauschten und blickten, den Rauch ausblasend, bald auf die steinerne Tafel mit dem Tarich, bald auf das weiße Plakat mit der schwarzen Einrahmung. Sie lauschten aufmerksam, auch wenn mancher von ihnen nicht jedes Wort aus der Deutung des Muderis verstand. Aber, durch den Rauch ihrer Zigaretten in die Ferne jenseits von Tarich und Plakat blickend, erahnten sie dort irgendwo in der Welt ein anderes Leben, ein Leben großen Aufstiegs und tiefen Falls, in dem sich die Größe mit der Tragik vermischte und das irgendwie das Gleichgewicht zu ihrem ruhigen und gleichmäßigen Dahinleben auf der Kapija hielt.

Aber auch diese Tage gingen vorüber. Auf der Kapija kehrte die alte Ordnung wieder ein, mit lauten Alltagsgesprächen, Scherzen und Liedern. Die Unterhaltungen über Anarchisten hörten auf. Und jenes Plakat über den Tod der den Leuten kaum bekannten und fremden Kaiserin verblaßte unter dem Einfluß von Sonne, Regen und Staub, bis der Wind es schließlich abriß und in Fetzen den Fluß und die Ufer hinabtrug.

Noch eine Weile riefen die Kinder Meister Pero »Luccheni!« nach, ohne selbst zu wissen, was dies bedeutete oder warum sie es taten, einfach aus dem kindlichen Bedürfnis, schwache und empfindliche Wesen zu reizen und zu quälen. Sie riefen es und hörten dann damit auf, weil sie einen anderen Zeitvertreib gefunden hatten. Ein wenig trug dazu auch Stana vom Mejdan dadurch bei, daß sie zwei der ärgsten Schreier mörderisch verprügelte.

Nach einigen Monaten erwähnte niemand mehr den Tod der Kaiserin und die Anarchisten. Dieses Leben um die Jahrhundertwende, das für immer gebändigt und gezähmt erschien, verbarg unter seinem breiten und gleichförmigen Lauf alles und hinterließ bei den Menschen das Gefühl, als beginne ein Jahrhundert ruhiger Arbeit bis in eine ferne und unabsehbare Zukunft.

Jene unaufhörliche und unaufhaltsame Geschäftigkeit, zu der die fremde Verwaltung verurteilt schien und mit der sich unsere Menschen so schwer abfanden, obgleich sie ihr eigentlich ihren

Verdienst wie ihren Wohlstand verdankten, hatte in diesen zwanzig Jahren mancherlei im äußeren Bild der Stadt, in der Kleidung und den Gewohnheiten ihrer Einwohner geändert. Es war nur natürlich, daß sie auch vor der alten Brücke mit ihrem ewig gleichen Gesicht nicht haltmachen würde.

Es war das Jahr 1900 herangekommen, das Ende jenes glücklichen Jahrhunderts und der Beginn des neuen, das nach der Meinung und dem Gefühl vieler noch glücklicher werden müßte, als von neuem Ingenieure erschienen und begannen, die Brücke abzuschreiten. Die Leute waren an sie schon gewöhnt, und die Kinder wußten, was es bedeutet, wenn diese Männer in Ledermänteln mit der Außentasche voller bunter Schreibstifte um irgendeinen Hügel oder ein Gelände herumzustreichen begannen. Da wurde etwas abgerissen, gebaut, umgegraben oder verändert. Nur konnte sich niemand denken, was sie an der Brücke arbeiten wollten, die für die ganze Stadt etwas Ewiges und Unveränderliches bedeutete, wie die Erde, auf der sie lebten, und der Himmel über ihnen. Die Ingenieure schritten die Brücke ab, maßen und zeichneten an, dann gingen sie wieder, und die Angelegenheit wurde vergessen. Aber um die Mitte des Sommers, als das Wasser am niedrigsten stand, kamen plötzlich Unternehmer und Arbeiter und begannen, in der Nähe der Brücke provisorische Baracken für die Unterbringung von Werkzeug zu bauen. Erst jetzt verbreitete sich das Gerücht, daß die Brücke ausgebessert würde, und schon wurden an den Pfeilern Gerüste errichtet, und auf der Brücke selbst wurden Winden aufgestellt, mit deren Hilfe sich die Arbeiter auf einem beweglichen Gerüst, wie auf einem schmalen, hölzernen Balkon, an den Pfeilern herabließen, wieder hochzogen und an den Stellen hielten, wo Risse waren oder Grasbüschel aus den Fugen hervorwuchsen.

Jeder kleine Riß wurde ausgefüllt, das Gras ausgerupft und die Vogelnester beseitigt. Als man damit fertig war, begann die Arbeit an der Ausbesserung der unterspülten Brückenfundamente. Das Wasser wurde abgedeicht und abgeleitet, so daß man die schwarz gewordenen und ausgenagten Steine und einzelne Eichenpfosten sah, die vom Wasser, in das man sie vor dreihundertunddreißig Jahren gerammt hatte, ausgeschliffen und versteinert waren. Die unermüdlichen Winden ließen Kasten auf Kasten voller Zement und Sand hinab, und die drei mittleren Pfeiler, die der scharfen Strömung am stärksten ausgesetzt und am meisten unterspült waren, wurden in den Fundamenten wie kranke Zähne an den Wurzeln ausgefüllt.

In diesem Sommer gab es kein Sitzen auf der Kapija und nicht das übliche Leben um die Brücke. Alles war versperrt von Pferden und Wagen, auf denen Zement und Sand herbeigeschafft wurden. Überall erschallten die Rufe der Arbeiter und die Anweisungen der Poliere. Auf der Kapija selbst hatte man aus Brettern einen hölzernen Vorratsschuppen errichtet.

Die Städter betrachteten die Arbeiten an der großen Brücke, staunten und fühlten sich unbehaglich, einige machten ihre Scherze darüber, andere winkten mit der Hand ab und gingen ihres Weges, allen aber schien es, als arbeiteten die Fremden auch dies, wie alles übrige, nur, weil sie etwas arbeiten müßten, weil sie die Arbeit brauchten, weil sie nicht anders konnten. Niemand sprach es so aus, aber alle empfanden es.

Alle, die es gewohnt waren, ihre Zeit auf der Kapija zu verbringen, saßen jetzt vor Lottikas Hotel, vor Zarijas Schenke oder auf den Stufen der Läden, die in der Nähe der Brücke lagen. Dort tranken sie ihren Kaffee, erzählten und warteten darauf, daß die Kapija frei werde und dieser Angriff auf die Brücke vorübergehe, so wie man das Ende eines Sturzregens oder eines sonstigen Unwetters abwartet.

In Alihodschas Laden, der hier eingezwängt zwischen dem Steinernen Chan und Zarijas Schenke lag, so daß man von ihm schräg auf die Brücke blickte, saßen schon seit dem frühen Morgen zwei Mohammedaner, zwei Nichtstuer aus der Stadt und sprachen über alles und alle Welt, am meisten aber über die Brücke.

Alihodscha hörte ihnen schweigend und mürrisch zu und blickte nachdenklich auf die Brücke, auf der die Arbeiter wie Ameisen wimmelten.

In diesen zwanzig Jahren war er zweimal verwitwet und hatte wieder geheiratet. Jetzt hatte er eine Frau, die viel jünger war als er, und boshafte Städter meinten, daß er deshalb immer bis Mittag schlechter Laune sei. Von diesen drei Frauen hatte er vierzehn lebende Kinder. Von ihnen wimmelte und schallte es in seinem Hause den ganzen Tag, und in der Stadt sagte man im Scherz, der Hodscha kenne nicht einmal alle seine Kinder mit Namen. Man hatte sich sogar eine Geschichte erdacht, wie eines seiner zahlreichen Kinder auf der Straße auf ihn zukommt, um ihm die Hand zu küssen, während ihm der Hodscha den Kopf streichelt und sagt: »Sollst lange leben! – aber wer ist denn dein Vater?«

Im Aussehen hatte sich der Hodscha nicht viel verändert. Nur war er fülliger geworden und nicht mehr so rot im Gesicht. Er bewegte sich nicht mehr so lebhaft und ging etwas langsamer den Weg zum Mejdan hinauf, denn schon seit einiger Zeit machte ihm das Atmen sogar im Schlaf Beschwerden. Er war deswegen sogar beim Kreisarzt, Dr. Marowski, gewesen, dem einzigen der Zugezogenen, den er anerkannte und achtete. Vom Arzt bekam er einige Tropfen, die die Krankheit zwar nicht heilen, aber dem Menschen helfen, sie zu ertragen; von ihm hatte er auch den lateinischen Namen seiner Krankheit gelernt: Angina pectoris.

Er war einer jener seltenen Türken in der Stadt, die nichts von den Neuerungen und Änderungen, die die Fremden mitbrachten, weder in der Tracht noch in den Auffassungen noch in der Sprache oder in der Art des Handelns und ihrer Geschäfte angenommen hatten. Mit jener gleichen Schärfe und Hartnäckigkeit, mit der er einst gegen jeden aussichtslosen Widerstand auftrat, erhob er sich in diesen Jahren gegen alles Schwäbische und Fremde, das in seiner Umgebung immer mehr Raum gewann. Deshalb war er auch damals mit den Leuten in Streit geraten und hatte Polizeistrafen zahlen müssen. Nun war er etwas müde geworden und enttäuscht. In seinem Wesen war er der gleiche geblieben wie damals, als er mit Karamanli auf der Kapija sprach, ein Mann mit eigenem Kopfe und immer und in allem abweichenden Ansichten. Nur hatte sich seine sprichwörtliche Gradheit in Bissigkeit und seine Kampflust in finstere Verbitterung verwandelt, der auch die schärfsten Worte als Ausdruck nicht genügten und die nur in der Stille und im Alleinsein erlosch und sich beruhigte.

Mit der Zeit verfiel der Hodscha immer mehr in eine gesetzte Nachdenklichkeit, in der er niemand brauchte, sondern ihm alle Menschen eher zur Last fielen und ihn störten, die müßigen Städter wie die Kundschaft, seine junge Frau wie diese Kinderschar, von der das Haus widerhallte. Schon vor Sonnenaufgang floh er aus dem Hause in den Laden und öffnete ihn früher als alle anderen Kaufleute. Hier verrichtete er auch sein Morgengebet. Hierher brachten sie ihm auch das Mittagessen. Und wenn ihn tagsüber Gespräche, Vorübergehende und Geschäfte langweilten, dann schloß er seinen Laden und zog sich in ein kleines Zimmerchen hinter dem Laden zurück, das er Tabut, den Sarg, nannte. Dies war ein abgelegener Raum, eng, niedrig und finster; der Hodscha füllte ihn fast ganz aus, wenn er sich dahin zurückzog. Da war eine kleine Sitzbank, auf der er mit untergeschlagenen Beinen sitzen konnte, einige Regale mit leeren Schachteln, alten Gewichten und allen möglichen Kleinigkeiten, für die im Laden kein Platz war. Aus diesem finsteren, engen Raum hörte der Hodscha durch die dünne Ladenwand die Geräusche des Lebens auf dem Marktplatz, das Trappeln der Pferde und die Rufe der Verkäufer. Alles dies drang zu ihm wie aus einer anderen Welt. Er hörte auch einzelne Vorübergehende, die vor seinem geschlossenen Laden stehen blieben und boshafte Bemerkungen und Scherze über ihn machten. Aber er hörte sie und vergaß sie im gleichen Augenblick. Denn er war, verborgen zwischen diesen paar Brettern, durch seine Gedanken völlig gefeit gegen alles, was dieses Leben zu bringen vermochte, das, seiner Auffassung nach, seit langem verderbt war und auf Abwegen verlief. Hier fand sich der Hodscha wieder und überließ sich seinen Gedanken über das Geschick der Welt und den Lauf der menschlichen Dinge und vergaß darüber alles übrige: die Stadt, die Sorgen über Schulden und schlechte Hintersassen, seine zu junge Frau, deren Jugend und Schönheit sich schnell in dumme, boshafte Zanksucht verwandelten, und diese Kinderschar, die zu erhalten auch für die Kasse des Sultans schwer gewesen wäre und an die er nur mit Schrecken dachte.

Wenn er sich dort gesammelt und erholt hatte, dann öffnete der Hodscha seinen Laden wieder, als sei er von irgendwoher zurückgekehrt.

So lauschte er auch jetzt auf das leere Gespräch dieser beiden Nachbarn.

»Da siehst du, was die Zeit mit Gottes Willen vermag; auch den Stein frißt sie an, wie der Stiefel den Strumpf. Aber der Schwabe läßt das nicht zu, nein, er flickt sofort, was zerbrochen«, philosophierte der erste, ein bekannter Nichtstuer aus der Stadt, und schlürfte Alihodschas Kaffee.

»Geh doch, du Dummkopf, solange die Drina Drina ist, wäre auch die Brücke Brücke gewesen, und hätte man sie auch nicht angerührt, hätte sie doch gehalten, solange es ihr bestimmt ist. Die vielen Kosten und die ganze Unruhe sind ganz umsonst«, sagte der zweite Gast, der dem gleichen Gewerbe nachging wie der erste.

Des langen und breiten hätten sie ihre müßigen Betrachtungen noch fortgesetzt, wäre nicht Alihodscha dazwischengefahren.

»Und ich sage euch, es ist nicht gut, daß sie die Brücke anrühren, und nichts Gutes wird bei diesem Ausbessern herauskommen, ihr werdet es sehen; so wie sie heute ausbessern, werden sie morgen zerstören. Mir hat der verstorbene Mullah Ibrahim gesagt, er habe in den Büchern gelesen, daß man fließendes Wasser nicht stören, es ableiten und seinen Lauf ändern soll, und sei es auch nur auf einen Tag oder auf eine Stunde, denn das ist große Sünde. Aber der Schwabe findet keine Ruhe, wenn er nicht an etwas herumklopft und bastelt. Sogar den Augapfel würden sie anrühren! Die Erde selbst würden sie umdrehen, wenn sie nur könnten.«

Der erste der beiden Müßiggänger meinte, daß es letzten Endes nicht schlecht sei, wenn die Schwaben auch die Brücke ausbesserten. Wenn es auch ihr Leben nicht verlängere, so werde es ihr jedenfalls auch nicht schaden.

»Woher weißt du denn, daß es ihr nichts schaden wird?« fiel ihm der Hodscha scharf ins Wort. »Wer sagt denn das? Weißt du nicht, daß ein einziges Wort Festungen zerstören kann, wieviel mehr erst solch ein Geschrei. Auf ein Wort wurde diese ganze Gotteswelt gegründet. Wärest du schreibkundig und belesen, wie du es nicht bist, dann wüßtest du, daß dies kein Bauwerk ist wie tausend andere, sondern eines von jenen, die zu Ehren Gottes und mit dem Willen Gottes errichtet wurden; eine Zeit und eine Art Menschen bauten sie, und eine andere Zeit und andere Menschen reißen sie ein. Du weißt, was die alten Leute erzählten, wie der Steinerne Chan war; er hatte nicht seinesgleichen im ganzen Türkischen Reiche; und wer hat ihn abgerissen? Wäre es nur nach Bau und Meisterschaft gegangen, hätte er tausend Jahre überdauert; und doch ist er geschmolzen, als sei er aus Wachs gewesen, aber dort, wo einst der Chan stand, da grunzen heute die Schweine und blasen die Schwaben ihre Trompeten.«

»Aber ich meinte doch nur, ich vermute ...«, verteidigte sich dieser.

»Falsch vermutest du«, unterbrach ihn der Hodscha. »Ginge es nach Leuten mit solchem Verstand, wie du ihn hast, dann würde weder etwas gebaut noch abgerissen. Das geht dir nicht in den Kopf. Ich aber sage euch, daß alles dies nicht mit rechten Dingen zugeht und auf nichts Gutes hindeutet, weder für die Brücke noch für die Stadt noch für uns, die wir das mit unseren eigenen Augen ansehen.«

»So ist es. Der Hodscha weiß besser, was die Brücke ist«, warf der andere Gast ein und erinnerte boshaft an Alihodschas einstiges Mißgeschick auf der Kapija.

»Freilich weiß ich es«, sagte der Hodscha voller Überzeugung und begann, schon völlig beruhigt, eine seiner Geschichten zu erzählen, über die die Leute lächelten und die sie doch immer wieder gern hörten.

»Mein verstorbener Vater hat einmal von Schech Dedija gehört und mir als kleinem Jungen weitererzählt: woher die Brücken auf dieser Welt kommen und wie die erste Brücke entstand. Als Allah der Allmächtige, sein Name sei gelobt, diese Welt geschaffen hatte, da war die Erde eben und glatt wie die schönste gravierte Platte.

Das ärgerte den Teufel, der den Menschen dieses Gottesgeschenk neidete. Und solange die Erde noch so war, wie sie aus Gottes Händen hervorgegangen, feucht und weich wie ein ungebranntes Gefäß, da schlich er sich hinzu und zerkratzte mit seinen Nägeln das Gesicht von Gottes Erde, soviel und so tief er konnte. So sind, wie die Geschichte erzählt, die tiefen Flüsse und Abgründe entstanden, die eine Gegend von der anderen trennen und die Menschen voneinander absondern und sie hindern, auf der Erde zu reisen, die ihnen Gott als Garten zu ihrer Ernährung und Erhaltung gegeben hat. Allah tat es leid, als er sah, was dieser Verfluchte getan, aber da er nicht von neuem an die Arbeit gehen konnte, die der Teufel mit seiner Hand verunreinigt hatte, da schickte er seine Engel aus, daß sie den Menschen hülfen und es ihnen leichter machten. Als die Engel sahen, wie die armen Menschen diese Abgründe und Tiefen nicht überschreiten und ihren Geschäften nachgehen konnten, sondern sich quälten und vergeblich einander von einem Ufer zum andern anschauten und sich zuriefen, da breiteten sie an diesen Stellen ihre Flügel aus, und die Leute begannen, über diese Flügel hinwegzugehen. So lernten die Menschen von den Engeln Gottes, wie man Brücken baut. Nun, daher gilt es, nach einem Brunnen, als das zweitgrößte Werk, eine Brücke zu bauen, und die größte Sünde, Hand an sie zu legen, denn jede Brücke, von jenem Steg über den Gebirgsbach bis zu diesem Bauwerk Mehmed Paschas, hat ihren Engel, der sie schützt und hält, solange es ihr von Gott beschieden ist zu stehen.«

»Schön, bei Gott!« bewunderten höflich die beiden.

So verkürzten sie sich die Zeit im Gespräch, während der Tag verging und die Arbeit dort an der Brücke fortschritt, von der das Quietschen der Karren und das Stampfen der Maschine, die Zement und Sand vermischte, bis zu ihnen herüberdrang.

Wie immer, behielt der Hodscha in diesem Streit das letzte Wort, denn niemand wollte oder konnte mit ihm bis zu Ende streiten, am wenigsten aber diese beiden Müßiggänger und Hohlköpfe, die Alihodschas Kaffee tranken und wußten, daß sie auch morgen einen Teil ihres langen Tages in seinem Laden verbringen müßten.

So sprach Alihodscha zu jedem, der geschäftlich oder im Vorübergehen in seinen Laden kam. Alle hörten ihm mit lächelnder Neugierde und scheinbarer Aufmerksamkeit zu, aber niemand in der Stadt teilte seine Meinung oder hatte Verständnis für seinen Pessimismus oder die bösen Vorahnungen, die er selbst nicht zu erklären oder mit Beweisen zu stützen vermochte. Im übrigen waren es alle seit je gewohnt, den Hodscha als einen Querkopf und Sonderling anzusehen, der jetzt, unter dem Einfluß seiner reifen Jahre, schwerer Umstände und einer jungen Frau, alles schwarz sah und allem ein böses Vorzeichen beimaß.

Die Leute in der Stadt waren größtenteils gleichgültig gegenüber diesen Arbeiten an der Brücke, wie auch gegenüber allem, was die Fremden schon seit Jahren in Stadt und Umgebung arbeiteten. Viele verdienten, indem sie Sand, Holz oder Verpflegung für die Arbeiter heranfuhren. Lediglich die Kinder waren enttäuscht, als sie sahen, wie die Arbeiter über das Holzgerüst durch jene schwarze Öffnung im Mittelpfeiler in das »Zimmer« hineingingen, in dem nach allgemeinem Kinderglauben der Schwarze Mann wohnt. Aus diesem Raum trugen die Arbeiter zahllose Körbe voll Vogelmist heraus und schütteten sie in den Fluß. Und das war alles. Der Schwarze Mann zeigte sich nicht. Und die Knaben kamen vergeblich zu spät zur Schule, denn sie hatten stundenlang am Flußufer darauf gewartet, daß der Schwarze Mann aus seiner Dunkelheit herauskommen und den ersten Arbeiter, der hineinging, vor die Brust stoßen würde, so stark, daß er in hohem Bogen von seinem beweglichen Gerüst hinunter in den Fluß flöge. Grollend, weil dies nicht geschah, versuchten einige der Kleinen zu erzählen, es sei doch geschehen, aber das klang nicht überzeugend. Die Knaben lachten sie aus. Auch Schwüre halfen nichts.

Kaum war die Arbeit an der Ausbesserung der Brücke beendet, da begann der Bau der Wasserleitung. Die Stadt hatte bisher Holzbrunnen gehabt, von denen nur die beiden auf dem Mejdan reines Quellwasser gaben; die anderen, unten in der Niederung, standen mit dem Flußwasser aus Drina und Rsaw in Verbindung und trübten sich, sobald sich einer dieser beiden Flüsse in der Sommerhitze trübte, wenn aber die Flüsse fielen, dann versiegten sie. Jetzt hatten die Ingenieure herausgefunden, daß dieses städtische Wasser ungesund sei. Neues Wasser wurde, sogar von den Bergen oberhalb von Kabernik, vom anderen Drinaufer, herangeleitet, so daß die Wasserleitung über die Brücke in die Stadt geführt werden mußte.

Und wiederum gab es auf der Brücke Gewimmel und Gehämmer. Die Platten wurden abgehoben und ein Lager für die Wasserrohre geschaffen, Feuer brannten, auf denen Teer gekocht und Blei geschmolzen wurde. Hanf wurde auseinandergedreht. Das Volk schaute wieder wie früher voller Mißtrauen und Neugierde den Arbeiten zu. Alihodscha knurrte über den Rauch, der über den Markt bis zu seinem Laden drang, und sprach verächtlich über das neue »unreine« Wasser, das durch eiserne Rohre gehe, so daß es weder zum Trinken noch für die rituellen Waschungen zu gebrauchen sei und das nicht einmal die Pferde saufen würden, gäbe es noch Pferde von der guten alten Rasse, wie sie einst gewesen. Er machte sich über Lottika lustig, die im Hotel Wasserleitungen anlegen ließ. Und jedem, der es hören wollte, bewies er, daß die Wasserleitung nur ein weiteres Vorzeichen der ungeahnten Heimsuchungen sei, die früher oder später über die Stadt hereinbrechen würden.

Im Sommer des nächsten Jahres wurde indessen die Wasserleitung ebenso fertiggestellt, wie auch alle früheren Arbeiten ausgeführt und vollendet worden waren. Reines, reichliches Wasser floß aus dem neuen eisernen Brunnen. Viele ließen sich das Wasser auf den Hof, einige sogar bis ins Haus legen.

Noch im gleichen Herbst begann der Bau der Eisenbahnstrecke. Das war eine viel längere und wichtigere Arbeit. Auf den ersten Blick schien sie mit der Brücke keine Verbindung zu haben. Aber das war nur scheinbar so.

Es war jene Schmalspurbahn, die in den Zeitungsartikeln und in der amtlichen Korrespondenz als »Ostbahn« bezeichnet wurde. Sie sollte Sarajewo mit der serbischen Grenze bei Wardischte und mit der Grenze des türkischen Sandschak Nowi Pasar bei Uwatz verbinden. Diese Strecke führte durch die Stadt selbst, die ihre wichtigste Station war.

In der Welt wurde viel von der politischen und strategischen Bedeutung dieser Bahn, von der bevorstehenden Annexion Bosniens und der Herzegowina, von den weiteren Zielen Österreich-Ungarns über den Sandschak nach Saloniki und über alle die verwickelten Probleme, die sich daraus ergaben, geschrieben und gesprochen. Aber hier in der Stadt zeigte sich noch alles in einem völlig harmlosen, ja sogar anziehenden Lichte. Neue Unternehmer, neue Arbeiterscharen, neue Verdienstmöglichkeiten für viele tauchten auf.

Dieses Mal ging alles im großen. Vier Jahre dauerte der Bau der hundertsechsundsechzig Kilometer langen Strecke, an der es etwa einhundert Brücken und Viadukte und rund hundertdreißig Tunnel gab und die den Staat vierundsiebzig Millionen Kronen kostete. Das Volk sprach diese große Millionenzahl aus und blickte dabei irgendwohin in die Ferne, als bemühe es sich vergebens, dort diesen Berg Geldes zu erschauen, der sich jeder Rechnung und Übersicht entzog.

»Vierundsiebzig Millionen!« sagte mancher Städter selbstbewußt und kennerisch, als habe man sie ihm auf die Hand gezählt. Denn auch in dieser abgelegenen Stadt, in der das Leben in zwei Dritteln seiner Erscheinungen noch vollkommen orientalisch war, begannen die Menschen zu Sklaven der Zahlen zu werden und an Statistiken zu glauben. Vierundsiebzig Millionen, »nicht ganz eine halbe Million, genau 445 782,12 Kronen auf den Kilometer«. So spülte sich das Volk das Maul mit großen Zahlen, aber es ward davon weder reicher noch gescheiter.

Als die Eisenbahn gebaut wurde, spürte das Volk zum ersten Male, daß es nicht mehr jener leichte, sichere und sorglose Verdienst aus den ersten Jahren nach der Besatzung war. Schon in den letzten paar Jahren waren die Preise für Waren und die alltäglichen Bedürfnisse sprunghaft gestiegen. Sie stiegen, aber sie fielen nicht wieder, sondern stiegen nach kürzerer oder längerer Zeit aufs neue. Auch Verdienst und Lohn waren zwar hoch, aber immer um mindestens zwanzig Prozent geringer als die Bedürfnisse. Dies war ein irrsinniges und heimtückisches Spiel, das einer wachsenden Zahl von Menschen das Leben immer häufiger verbitterte, gegen das man aber nichts vermochte, denn es kam von irgendwoher aus der Ferne, aus jenen unergründbaren und unbekannten Quellen, aus denen auch die Segnungen der ersten Jahre gekommen waren. Und viele Bürger, die vor fünfzehn, zwanzig Jahren, unmittelbar nach der Besatzung, reich geworden, die waren jetzt arme Leute, und ihre Söhne arbeiteten für fremde Rechnung. Es gab allerdings neue Leute, die es zu etwas gebracht hatten, aber auch in ihren Händen zerrann das Geld wie Quecksilber, wie ein Teufelsspiel, nach dem man leicht mit leeren Taschen und ohne Ehre dastehen konnte. Immer mehr zeigte sich, daß der Verdienst und das leichtere Leben, das er brachte, auch seine Schattenseiten hatten, daß das Geld und der es besitzt, nur der Einsatz in einem großen und sonderbaren Spiel waren, dessen Regeln niemand vollständig beherrschte oder dessen Ausgang niemand voraussehen konnte. Und nichtsahnend spielten wir alle in diesem Spiel mit, der eine mit kleinerem, der andere mit größerem Einsatz, aber alle mit ständigem Risiko.

Im Sommer des vierten Jahres fuhr der erste Zug, geschmückt mit Grün und mit Fahnen, durch die Stadt. Es gab ein großes Volksfest. Den Arbeitern wurde ein Mittagessen und Bier in Fässern spendiert. Die Ingenieure ließen sich an der ersten Lokomotive photographieren. Die Fahrt war an diesem Tage kostenlos. (»Einen Tag umsonst, und das ganze Leben für Geld«, verspottete Alihodscha diejenigen, die mit diesem ersten Zug fuhren.)

Erst jetzt, da die Eisenbahn fertiggestellt und dem Verkehr übergeben war, sah man, was dies für die Brücke, für ihre Rolle im Leben der Stadt und für ihr Schicksal überhaupt bedeutete. Die Bahn verlief längs der Drina; eingeschnitten in den Berg, umrundete sie die Stadt an jenem Steilhang unterhalb des Mejdan und trat bei den letzten Häusern am Ufer des Rsaw in die Ebene hinaus. Dort lag der Bahnhof. Der gesamte Personen- und Warenverkehr mit Sarajewo und über Sarajewo mit der übrigen westlichen Welt blieb jetzt auf dem rechten Drinaufer. Das linke Ufer und mit ihm die Brücke starben völlig ab. Über die Brücke kam nur noch das Volk aus den Dörfern vom linken Drinaufer, Bauern mit ihren kleinen, überladenen Pferden und Ochsenkarren oder Pferdegespanne, die Holz aus den entfernt gelegenen Wäldern zum Bahnhof führten.

Der Weg, der von der Brücke über Lijeska nach Semetsch stieg und von dort über Glasinatz und Romanija nach Sarajewo führte und einst vom Singen der Kutscher und den Glocken der Mietpferde widerhallte, begann mit Gras und jenem kleinen, grünen Moos zuzuwachsen, die das langsame Absterben einzelner Straßen und Bauwerke begleiten. Man reiste nicht mehr über die Brücke, begleitete niemand mehr über sie, verabschiedete sich nicht mehr auf der Kapija, saß nicht mehr auf und trank zu Pferde den Abschiedstrunk, einen Raki »auf den Weg«.

Die Fuhrleute und Pferde, die gedeckten Reisewagen und altmodischen kleinen Fiaker, in denen man einst nach Sarajewo reiste, waren nun ohne Beschäftigung. Die Reise dauerte nicht mehr wie bisher zwei volle Tage mit Übernachtung in Rogatitza, sondern nur noch vier Stunden. Und das waren jene Zahlen, vor denen dem Volk der Verstand stockte, aber das Volk sprach von ihnen auch weiterhin ohne Verstand, voller Erregung und errechnete alle Gewinne und Ersparnisse, welche die Geschwindigkeit brachte. Wie Wunderwesen wurden die ersten Städter angeschaut, die in einem Tage nach Sarajewo gereist waren, dort irgendein Geschäft erledigt hatten und am Abend nach Hause zurückkehrten.

Eine Ausnahme bildete Alihodscha, auch hierin mißtrauisch, starrköpfig, geradeheraus und mit seiner eigenen Meinung, wie auch in allem anderen. Jenen, die sich der Geschwindigkeit rühmten, mit der sie jetzt ihre Geschäfte erledigten und ausrechneten, wieviel Zeit, Mühe und Geld man sparte, erwiderte er mürrisch, es sei nicht wichtig, wieviel Zeit der Mensch spare, sondern was er mit dieser ersparten Zeit beginne; wenn er sie schlecht verwende, dann sei es besser, er habe sie nicht. Er bewies, daß es nicht die Hauptsache sei, daß der Mensch schnell fortkomme, sondern wohin er gehe und zu welchem Zwecke, und daß Geschwindigkeit daher auch nicht immer einen Vorzug bedeute.

»Wenn du zur Hölle gehst, dann ist es besser, du gehst langsam«, sprach er bissig zu einem jungen Kaufmann; »du bist ein Narr, wenn du glaubst, daß der Schwabe Geld ausgegeben und die Maschine hergeführt hat, nur damit du schneller reisen und deine Geschäfte schneller abschließen kannst. Du siehst nur, daß du fährst, aber du fragst nicht, was die Maschine außer dir und solchen, wie du es bist, noch fortbringt und heranschafft. Denn das will dir nicht in den Kopf. Fahre du nur, Freundchen, wohin du immer willst, ich fürchte nur, daß dir dieses Reisen eines Tages übel bekommen wird. Es wird noch die Zeit kommen, daß dich der Schwabe auch dahin fährt, wohin es dir nicht recht ist und wohin du nicht zu fahren gedachtest.«

Und so oft er das Pfeifen der Lokomotive hörte, die den Steilhang oberhalb des Steinernen Chan überquerte, runzelte Alihodscha die Stirn, seine Lippen bewegten sich in unverständlichem Geflüster, und, aus seinem Laden auf die steinerne Brücke unter dem ewig gleichen Gesichtswinkel blickend, spann er seinen alten Gedanken weiter: daß auch die größten Bauwerke auf ein Wort gegründet seien und daß sich Friede und Bestand ganzer Städte und ihrer Einwohner auf den Pfiff einer Lokomotive gründen könnten. Oder daß es zumindest dem ohnmächtigen Menschen, der viel erlebt hat und schnell altert, so erscheine.

Aber auch darin, wie in allem übrigen, stand Alihodscha als Sonderling und Eigenbrötler allein. Die Bauern gewöhnten sich allerdings schwer an die Eisenbahn. Sie benutzten sie, aber sie konnten mit ihr nicht vertraut werden und ihre sonderbaren Gewohnheiten begreifen. Mit dem ersten Morgengrauen steigen sie von ihrem Berg herab, mit dem ersten Sonnenstrahl treffen sie in der Stadt ein, und schon bei den ersten Läden fragen sie aufgeregt jeden, den sie treffen:

»Ist der Zug schon fort?«

»Gott erhalte dir deine Gesundheit, Gevatter, der ist schon lange fort«, lügen herzlos die müßigen Händler aus ihren Läden.

»Wirklich?«

»Morgen fährt wieder einer.«

Dies alles fragen sie, ohne stehen zu bleiben, und eilen weiter, während sie Frauen und Kinder, die zurückbleiben, anschreien.

So kommen sie im Laufschritt zum Bahnhof. Da beruhigt sie jemand vom Bahnpersonal und sagt ihnen, sie hätten sich getäuscht, und es seien noch gute drei Stunden bis zur Abfahrt des Zuges. Dann atmen sie auf, setzen sich an die Wand des Stationsgebäudes, öffnen ihre Taschen, frühstücken, unterhalten sich oder schnaufen, aber ständig sind sie auf dem Sprunge, und, sobald irgendwo eine Güterzuglokomotive pfeift, springen sie auf, beginnen ihre verstreuten Sachen zusammenzulesen und schreien:

»Steht auf, der Zug fährt ab!«

Der Bahnsteigbeamte schimpft mit ihnen und drängt sie wieder hinaus:

»Habe ich euch nicht gesagt, daß es noch mehr als drei Stunden bis zum Abgang des Zuges sind? Was rennt ihr denn so? Wo habt ihr denn euren Verstand?«

Sie kehren wieder auf ihre alten Plätze zurück und setzen sich wiederum nieder, aber Zweifel und Unglaube verlassen sie nicht. Und beim ersten Pfiff oder nur verdächtigen Geräusch springen sie wieder auf und stürmen auf den Bahnsteig, um erneut zurückgeschickt zu werden und geduldig zu warten und wachsam zu lauschen. Denn, soviel man ihnen auch sagt und beweist, auf dem Grunde ihrer Seele können sie sich die »Maschine« nicht anders vorstellen denn als eine schnelle, rätselhafte und hinterhältige schwäbische Schwindeleinrichtung, die dem Unvorsichtigen davoneilt, während er nur mit den Augen blinzelt, und die auch nur darauf ausgeht, den reisenden Bauern zu täuschen und ohne ihn abzufahren.

Nur waren dies alles Kleinigkeiten, diese Ungeschicklichkeit der Bauern, wie Alihodschas Schimpfen und Knurren. Das Volk trieb mit ihnen seinen Scherz und gewöhnte sich schnell an die Eisenbahn wie an alles andere, was neuer, leichter und angenehmer war. Es ging auch jetzt auf die Brücke und saß auf der Kapija, wie es dies immer getan, oder ging über die Brücke seinen alltäglichen Geschäften nach, aber es reiste in der Richtung und mit dem Mittel, auf die es die neuen Zeiten hinwiesen. Und schnell und leicht fand es sich mit dem Gedanken ab, daß der Weg über die Brücke nicht mehr war, was er einst gewesen: die Verbindung des Ostens mit dem Westen. Genauer gesagt, in seiner Mehrheit dachte das Volk nicht einmal daran.

Die Brücke aber stand auch weiterhin, so wie sie immer gewesen, in der ewigen Jugend vollendeter Ideen und guter und großer menschlicher Werke, die kein Altern und keine Veränderung kennen und, so wenigstens scheint es, nicht das Geschick der vorübergehenden Dinge dieser Welt teilen.

17

Aber dort neben der Brücke, in der Stadt, mit der sie das Schicksal verbunden hatte, reiften die Früchte der neuen Zeiten heran. Es kam das Jahr 1908 und mit ihm eine große Beunruhigung und dumpfe Drohung, die seitdem nicht wieder aufhörten, die Stadt zu bedrücken.

Eigentlich begann es schon viel früher; irgendwie mit dem Bau der Eisenbahn und mit den ersten Jahren des neuen Jahrhunderts. Zugleich mit dem Steigen der Preise und mit jenem unfaßbaren, aber fühlbaren Spiel des Steigens und Fallens der Wertpapiere, der Dividenden und des Geldes, begann man immer mehr von Politik zu sprechen.

Bisher hatten sich die Leute in der Stadt ausschließlich mit dem beschäftigt, was ihnen nahestand und bekannt war, mit ihrem Verdienst und ihrer Zerstreuung, in der Hauptsache nur mit den Angelegenheiten ihrer Familie und ihres Stadtviertels, der Stadt oder ihrer Glaubensgemeinschaft, immer aber unmittelbar und begrenzt, ohne viel in die Zukunft oder zurückzuschauen. Jetzt aber tauchten in den Gesprächen immer häufiger Fragen auf, die irgendwie ferner und außerhalb dieses Kreises lagen. In Sarajewo wurden serbische und mohammedanische religiöse und nationale Parteien und Organisationen gegründet und sofort danach auch ihre Unterausschüsse in Wischegrad. In die Stadt kamen die neuen Zeitungen, die in Sarajewo herausgegeben wurden. Lesehallen und Gesangvereine wurden gegründet, zuerst serbische, dann mohammedanische und schließlich auch jüdische. Die Gymnasiasten und die Studenten, die an den Universitäten in Wien und Prag studierten, kamen in den Ferien nach Hause und brachten neue Bücher, Broschüren und eine neue Ausdrucksweise mit. Durch ihr Beispiel zeigten sie den jüngeren Städtern, daß die Sprache nicht immer gehemmt sein und das Wort weit hinter dem Gedanken zurückbleiben müsse, wie die älteren stets meinten und behaupteten. Es tauchten Namen neuer religiöser und nationaler Organisationen auf breiten Grundlagen und mit kühneren Zielen und danach auch Arbeiterverbände auf. Damals hörte man zum ersten Male in der Stadt das Wort »Streik«. Die jungen Handwerksburschen machten ernste Gesichter. Am Abend führten sie auf der Kapija miteinander andere unverständliche Gespräche und tauschten kleine Heftchen ohne Umschlag, mit den Titeln »Was ist Sozialismus?«, »Acht Stunden Arbeit, acht Stunden Ruhe, acht Stunden Bildung«, »Ziele und Wege des Weltproletariats« aus.

Den Bauern erzählte man von der Agrarfrage, von Hörigkeit und vom Frondienst auf den feudalen Gütern. Die Bauern hörten zu, blickten ein wenig zur Seite, zuckten kaum merklich mit dem Schnurrbart und runzelten die Stirn, als bemühten sie sich, das alles zu behalten, um nachher darüber allein nachzudenken oder mit den Ihrigen zu sprechen.

Es gab noch genug Städter, die auch weiterhin vorsichtig schwiegen oder solche Neuerungen und eine solche Kühnheit des Gedankens und der Sprache von sich wiesen. Es gab aber noch mehr unter ihnen, besonders unter den jüngeren, ärmeren und müßigen, die all dies als »frohe Botschaft« aufnahmen, die ihren bisher verschwiegenen und unterdrückten inneren Bedürfnissen entsprach und jenes Große und Erregende in ihr Leben hereintrug, das ihnen bisher gefehlt hatte. Beim Lesen der Reden und Artikel, der Proteste und Memoranden der Religions- und Parteiorganisationen hatte jeder von ihnen das Gefühl, daß sich in ihm etwas löse, daß sich sein Horizont weite, die Gedanken befreiten und seine Kräfte mit anderen, fernen Menschen und Kräften verbänden, an die er bisher nicht gedacht. Jetzt begannen sie einander unter einem Gesichtswinkel anzuschauen, unter dem sie sich bisher noch nie gesehen hatten. Kurzum, es schien ihnen, als sei das Leben auch darin geräumiger und reicher geworden, als wichen die Grenzen des Unerlaubten und Unmöglichen zurück und als öffneten sich Ausblicke und Möglichkeiten, wie es sie bisher nicht gegeben, und auch für den, der sie bisher nicht besessen.

Eigentlich hatten sie auch jetzt weder etwas Neues bekommen, noch sahen sie irgend etwas besser, aber sie konnten den Blick über ihre städtische Alltagswelt erheben und die erregende Illusion von Weite und Kraft genießen. Ihre Gewohnheiten änderten sich nicht, ihre Lebensweise und die Formen des Verkehrs untereinander waren die gleichen, nur traten in das uralte Ritual des müßigen Sitzens bei Kaffee, Tabak und Raki ideologische Dispute, kühne Worte und neue Ausdrucksformen ein. Die Menschen begannen sich zu teilen und zusammenzuschließen, einander nach den neuen Maßstäben und auf neuen Grundlagen, aber mit der Kraft der alten Leidenschaften und ewigen Neigungen abzustoßen und anzuziehen.

Auch die äußeren Ereignisse begannen in der Stadt ihr Echo zu finden. Es kam der Thronwechsel in Serbien, im Jahre 1903, und dann die Änderung des Regimes in der Türkei. Die Stadt, unmittelbar an der serbischen Grenze und unweit der türkischen gelegen und durch tiefe und unsichtbare Bande mit dem einen wie dem anderen der beiden Länder verknüpft, empfand diese Änderungen, erlebte sie mit und deutete sie, obgleich über sie nicht öffentlich gesprochen, noch alles, was man dachte und empfand, offen gesagt wurde.

In der Stadt begannen die lebhaftere Tätigkeit und der Druck der Behörden, zunächst der zivilen, dann auch der militärischen, fühlbarer zu werden. Und das in einer völlig neuen Form: früher schaute man, was einer machte und wie er sich führte; jetzt aber fragte man, was einer dachte und wie er sich ausdrücke. Immer größer wurde die Zahl der Gendarmen in den umliegenden Dörfern längs der Grenze. Beim Ortskommando traf ein besonderer Nachrichtenoffizier, der der Volkssprache mächtig war, ein. Die Polizei verhaftete Jugendliche und belegte sie wegen unvorsichtiger Äußerungen und verbotener serbischer Lieder mit Geldstrafen. Verdächtige Fremde wurden ausgewiesen. Auch unter den Städtern selbst kam es zu Streit und Schlägereien wegen Verschiedenheit in den Auffassungen.

Mit der Einführung der Eisenbahnverbindung wurden nicht nur das Reisen kürzer und der Warentransport leichter; irgendwie beschleunigten zur gleichen Zeit auch die Ereignisse ihren Lauf. Die Menschen in der Stadt bemerkten das nicht einmal, denn die Beschleunigung geschah allmählich, und sie wurden alle von ihr erfaßt. Das Volk gewöhnte sich an Aufregung; aufregende Nachrichten waren keine Seltenheiten und Ausnahmen mehr, sondern alltägliche Neuerungen und ein wahres Bedürfnis. Das ganze Leben wurde irgendwie ungestüm und rasend schneller, so wie das Wasser eines Baches seinen Lauf beschleunigt, ehe es über steile Felsen niederstürzt und zum Wasserfall wird.

Es waren erst vier Jahre vergangen, seit der erste Zug durch die Stadt gefahren war, da wurde am Vormittag eines Oktobertages auf der Kapija, unmittelbar unter der Tafel mit der türkischen Inschrift, wieder einmal ein großes weißes Plakat angeklebt. Drago, der Bezirksamtsdiener, klebte es an. Zuerst versammelten sich die Kinder und Müßiggänger, und dann begannen auch die anderen hinzuzukommen. Die Schreibkundigen lasen, buchstabierten und bei schwierigen Ausdrücken und ungewöhnlichen Redewendungen stockend, die Bekanntmachung. Die anderen hörten schweigend und gesenkten Blickes zu, und, nachdem sie gehört und noch einen Augenblick verweilt hatten, gingen sie fort, ohne den Blick vom Erdboden zu erheben, und fuhren sich mit der Hand über den Bart und das Gesicht, als wollten sie das Wort wegwischen, das sie beinahe ausgesprochen hätten.

Als er sein Mittagsgebet verrichtet hatte, kam auch Alihodscha, nachdem er nur eine lange Stange quer vor die Ladentür gestellt hatte, zum Zeichen, daß sein Geschäft geschlossen sei. Schon seit langer Zeit waren die Aufrufe nicht mehr in türkischer Sprache angeschlagen, und der Hodscha vermochte sie nicht zu lesen. Ein Junge las die Bekanntmachung völlig mechanisch, wie in der Schule:

»PROKLAMATION
an das bosnische und hercegovinische Volk

Wir, Franz Josef I., römischer Kaiser von Österreich, König von Böhmen usw. und apostolischer König von Ungarn, an die Bewohner Bosniens und der Hercegovina.

Als vor einem Menschenalter unsere Truppen die Grenzen eurer Länder überschritten, ...«

Alihodscha fühlte, wie ihm das rechte Ohr unter der weißen Hodschabinde brannte, und, als sei es gestern gewesen, erschien vor seinem geistigen Auge der Streit mit Karamanli, die Gewalt, die man ihm damals angetan, dann das rote Kreuz, das in seinen Tränen schwamm, während ihn der schwäbische Soldat vorsichtig befreite, und schließlich das weiße Plakat mit dem damaligen auch türkischen Aufruf an das Volk.

Der Junge las weiter:

»... ward euch die Zu–Zusicherung, daß sie nicht als Feinde, sondern als Freunde kämen, mit dem festen Willen, den Übeln zu steuern, an denen eu–euer Va–Vater–Vaterland seit vielen Jahren so schwer gelitten hatte.

Dieses Wort, in einem ernsten Au–Augen–Augenblick ge–ge–ben, ...«

Alle erhoben ein Geschrei gegen den ungeübten Vorleser, der sich, verwirrt und rot geworden, unter der Menge verlor. An seine Stelle aber trat ein Unbekannter im Ledermantel und begann, als habe er nur darauf gewartet, schnell und fließend, wie ein Gebet, das er seit langem auswendig kennt, vorzulesen.

»Dieses Wort, in einem ernsten Augenblick gegeben, wurde redlich eingelöst. Es war das stete Bemühen Unserer Regierung, in ruhiger Gesetzlichkeit durch emsiges Schaffen das Land einer glücklicheren Zukunft entgegenzuführen.

Zu Unserer großen Freude dürfen wir sagen, der Samen, der damals in die Furchen eines aufgewühlten Bodens gestreut wurde, ist reichlich aufgegangen. Ihr selbst müßt es als Wohltat empfinden, daß an Stelle von Gewalt und Unterdrückung Ordnung und Sicherheit eingezogen, daß Handel und Wandel in steter Ausbreitung begriffen sind, daß sich der sittigende Einfluß vermehrter Bildung geltend gemacht hat und daß unter dem neuen Schirm einer geordneten Verwaltung jeder der Früchte seiner Arbeit frohzuwerden vermag. Auf dieser Bahn rasch vorwärts zu schreiten, ist unser aller ernste Pflicht.

Wir halten die Zeit für gekommen, den Bewohnern der beiden Länder einen neuerlichen Beweis Unseres Vertrauens zu ihrer politischen Reife zu geben. Um Bosnien und die Hercegovina auf eine höhere Stufe des politischen Lebens zu heben, haben Wir Uns entschlossen, den beiden Ländern verfassungsgemäße Einrichtungen, welche deren Verhältnissen und den allgemeinen Interessen Rechnung tragen, zu gewähren und so eine gesetzliche Grundlage für die Vertretung ihrer Wünsche und Bedürfnisse zu schaffen.

Ihr sollt mitreden können, wenn fürderhin über die Angelegenheiten eurer Heimat entschieden wird, die so wie bisher eine gesonderte Verwaltung haben soll. Für die Einführung dieser Landesverfassung bildet aber die Schaffung einer klaren und unzweideutigen Rechtsstellung der beiden Länder die unerläßliche Voraussetzung.

Aus diesem Grunde, wie auch eingedenk der in alten Zeiten zwischen Unseren glorreichen Vorfahren auf dem ungarischen Thron und diesen Ländern bestandenen Bande erstrecken wir die Rechte Unserer Souveränität auf Bosnien und die Hercegovina und wollen, daß auch für diese Länder die für Unser Haus geltende Erbfolgeordnung zur Anwendung gelange. Die Bewohner der beiden Länder werden damit all der Wohltaten teilhaftig, die eine dauernde Festigung der bisherigen Verbindung zu bieten vermag. Die neue Ordnung wird eine Bürgschaft sein, daß Kultur und Wohlstand in eurer Heimat eine gesicherte Stätte finden werden.

Bewohner Bosniens und der Hercegovina!

Unter den vielen Sorgen, die Unseren Thron umgeben, sollen die um euer materielles und geistiges Wohl nicht die letzten sein. Der hehre Gedanke des gleichen Rechtes aller vor dem Gesetze, die Teilnahme an der Gesetzgebung und Verwaltung der Landesangelegenheiten, der gleiche Schutz aller religiösen Bekenntnisse, der Sprache und nationalen Eigenart, all diese hohen Güter sollt ihr in vollem Maße genießen. Die Freiheit des Einzelnen und das Wohl des Ganzen, das wird der Leitstern Unserer Regierung für die beiden Länder sein ...«

Mit leicht geöffnetem Munde und gesenktem Kopfe lauschte Alihodscha diesen größtenteils ungewöhnlichen oder unbekannten Worten, und auch jene, die ihm an und für sich nicht fremd waren, erschienen ihm in dieser Zusammenstellung irgendwie sonderbar und unverständlich: »der Samen, der damals in die Furchen eines aufgewühlten Bodens gestreut wurde«, »für die Einführung dieser Landesverfassung bildet aber die Schaffung einer klaren und unzweideutigen Rechtsstellung der beiden Länder die unerläßliche Voraussetzung ...«, »Leitstern Unserer Regierung ...« Ja, das waren wieder diese »Worte des Kaisers«. Und bei jedem einzelnen von ihnen eröffnete sich vor dem inneren Blick des Hodscha bald ein ferner, ungewöhnlicher und gefährlicher Ausblick, bald senkte sich dicht vor seinen Augen ein schwarzer bleierner Vorhang. So wechselte es ständig: entweder sah er nichts, oder er sah etwas, das er nicht verstand und das auf nichts Gutes hindeutete. – In diesem Leben war nichts ausgeschlossen, und jedes Wunder war möglich. Da konnte man nun noch so aufmerksam zuhören und doch kein einzelnes Wort verstehen, aber dennoch alles zusammen völlig begreifen und richtig deuten. Dieser Samen, dieser Leitstern, diese Sorgen des Thrones, alles das hätte auch in irgendeiner fremden Sprache sein können, und der Hodscha hätte dennoch, so schien es ihm, verstanden, was man damit meinte und erreichen wollte. Dies riefen sich die Herrscher nun schon seit dreißig Jahren über die Länder, die Städte und die Köpfe ihrer Völker hinweg zu. Und schwer wog jedes Wort in jedem Aufruf eines jeden Herrschers. Von diesen Worten werden Länder zerteilt, Menschenleben zerstört. So etwas nannte man »Samen ... Leitstern ... Sorgen des Thrones«, um es nicht beim wahren Namen nennen und sagen zu müssen, was es war: daß Länder und Gebiete und mit ihnen auch die lebenden Menschen und ihre Niederlassungen wie Kleingeld von Hand zu Hand gingen, daß der rechtgläubige und gutwillige Mensch auf Erden nicht einmal so viel Frieden findet, wie er für seine kurze Lebenszeit braucht, daß sich sein Stand und Besitz unabhängig von ihm und entgegen seinen Wünschen und besten Absichten änderten.

Alihodscha lauscht, und es kommt ihm vor, als seien dies die gleichen Worte von vor dreißig Jahren, die gleiche bleierne Schwere in der Brust, die gleiche Botschaft, daß ihre Zeit vorüber, daß »das türkische Licht ausgebrannt« sei, nur daß man es ihnen wiederholen mußte, denn sie wollten es nicht begreifen und einsehen, sondern täuschten sich selbst und stellten sich unwissend.

»Ihr werdet euch dafür gewiß des in euch gesetzten Vertrauens würdig erweisen durch Anhängigkeit und Treue an Uns und Unser Haus.

Und so hoffen Wir, daß die edle Harmonie zwischen Fürst und Volk, dieses kostbarste Pfand alles staatlichen Fortschrittes, stets Unseren gemeinsamen Weg geleiten wird. Franz Josef I. m. p.«

So beendete der Mann im Ledermantel die Vorlesung, und plötzlich schrie er unerwartet und laut:

»Es lebe Seine Majestät, unser Kaiser!«

»Hoch!« rief jener lange Ferhat, der die städtischen Lampen anzündete, wie auf Bestellung. – Im gleichen Augenblick gingen alle anderen schweigend auseinander.

Noch war die Nacht an diesem Tage nicht völlig hereingebrochen, da war schon die große weiße Bekanntmachung zerrissen und in die Drina geworfen. Am nächsten Morgen wurden einige junge serbische Burschen unter dem Verdacht verhaftet, das getan zu haben, auf der Kapija aber wurde das weiße Plakat erneut angeklebt und daneben ein Gemeindewächter aufgestellt.

Sobald eine Regierung es für notwendig befindet, ihren Bürgern durch Plakate Frieden und Wohlstand zu versprechen, muß man auf der Hut sein und das Gegenteil davon erwarten. Schon Ende Oktober begann Militär einzutreffen, und zwar nicht nur mit der Bahn, sondern auch auf der alten, verlassenen Landstraße. Wie vor dreißig Jahren kam es die steile Landstraße von Sarajewo herunter und rückte mit Waffen und Troß über die Brücke in die Stadt ein. Außer der Kavallerie waren alle Waffengattungen vertreten. Alle Kasernen waren voll. Sie lagerten unter Zelten. Unaufhörlich trafen neue Einheiten ein, blieben ein paar Tage in der Stadt und wurden dann auf die Dörfer längs der Grenze gegen Serbien verteilt. Die Soldaten waren meist Reservisten der verschiedenen Nationalitäten und hatten Geld genug. Sie kauften ihre kleinen Bedürfnisse in den Läden und Obst und Süßigkeiten an den Straßenecken. Die Preise stiegen sprunghaft. Heu und Hafer waren überhaupt nicht zu haben. Auf den Bergen um die Stadt begann man, Befestigungen zu bauen. Auch auf der Brücke selbst hob eine sonderbare Arbeit an. In der Mitte, unmittelbar hinter der Kapija, wenn man von der Stadt auf das linke Drinaufer geht, begannen besonders herbeigeholte Arbeiter in einem Pfeiler eine Art Schacht von der Größe eines Quadratmeters auszuhauen. Die Baustelle war mit einem grünen Zelt überdeckt, unter dem man ein ständiges Klopfen hörte, das immer tiefer ging. Der ausgehauene Stein wurde sofort über die Einfassung in den Fluß geworfen. So geheim die Arbeit auch gehalten wurde, in der Stadt wußte man trotzdem, daß die Brücke miniert wird, das heißt daß man ein tiefes Loch in einen Brückenpfeiler gräbt und in sein Fundament Sprengstoff für den Fall legt, daß es zum Kriege kommt und die Sprengung der Brücke notwendig werden sollte. In den ausgehauenen Schacht wurden lange Eisenleitern hinabgelassen, und, als alles fertig war, wurde die Öffnung mit einem eisernen Deckel verschlossen. Schon nach ein paar Tagen hatte sich die Eisenplatte dem Stein und dem Staub angeglichen, und über sie fuhren die Wagen, gingen die Pferde und eilten geschäftig die Fußgänger hinweg, ohne an Minen und Sprengstoffe zu denken. Nur die Schulkinder blieben hier stehen, klopften neugierig auf diese Eisentür, rieten, was sich dahinter verstecke, phantasierten von einem neuen Schwarzen Mann, der in der Brücke versteckt sei, und stritten, was Sprengstoffe seien, welche Wirkung sie hätten und ob man überhaupt ein so großes Bauwerk sprengen könne.

Von den Erwachsenen ging Alihodscha als einziger hin und besah finster und argwöhnisch das grüne Zelt, solange gearbeitet wurde, und danach den eisernen Deckel, der auf der Brücke geblieben war. Er lauschte auf das, was man sprach oder flüsterte: daß in diesem Pfeiler ein Schacht wie ein Brunnen ausgehauen und in ihm Sprengstoff gelagert sei und daß er durch einen elektrischen Draht mit dem Ufer verbunden sei, so daß der Kommandant zu jeder Tages- und Nachtzeit die Brücke in der Mitte sprengen könne, als sei sie aus Zucker und nicht aus Stein. Der Hodscha hörte zu, schüttelte den Kopf und grübelte darüber am Tage, wenn er sich in seinen Verschlag, den er Tabut, Sarg, nennt, zurückzog, und des Nachts im Bett, wenn Schlafenszeit war; bald glaubte er es, bald wies er eine solche Möglichkeit als zu wahnwitzig und gottlos von sich, ständig aber machte er sich Sorgen darüber, so daß auch im Traum seine Vorfahren, die einstigen Mutevelija, die Verwalter der Stiftung Mehmed Paschas, erschienen und ihn streng fragten: was ist das, was geht dort mit der Brücke vor? Er selbst wälzte diese Sorge ständig in seinem Kopfe. Er wollte niemand im Kaufmannsviertel fragen, denn er meinte, daß ein vernünftiger Mensch schon lange niemanden mehr habe, bei dem er sich in dieser Stadt Rat holen oder mit dem er vernünftig sprechen könne, denn jedermann habe entweder Ehre oder Verstand verloren oder sei ebenso verwirrt und verbittert wie er selbst.

Dennoch bot sich ihm eines Tages die Möglichkeit, sich auch darüber zu unterrichten. Einer von den Beg Brankowitsch aus Crntsche, Muhammed, hatte beim Heer in Wien gedient, war dort als »Längerdiener« geblieben und hatte es bis zum Feldwebel gebracht. (Dies war ein Enkel jenes Schemsibeg, der sich nach der Besetzung in sein Crntsche eingeschlossen hatte und dort vor Kummer gestorben war und den man noch heute unter den alten

Mohammedanern als unerreichbares Beispiel moralischer Größe und Festigkeit erwähnte.) Muhammed Beg war in diesem Jahre auf Urlaub gekommen. Er war ein rothaariger, großer und fülliger Mann, in tadelloser Uniform, mit gelben Schnüren, roten Troddeln und silbernen Sternen am Kragen, schneeweißen Lederhandschuhen an den Händen und einem roten Fez auf dem Kopf. Glatt, lächelnd, tadellos sauber und gepflegt schlenderte er durch die Stadt, klirrte mit seinem langen Säbel diskret über das Pflaster und grüßte jeden liebenswürdig und trat sicher auf, wie ein Mann, der des Kaisers Brot ißt und weder an sich zweifelt, noch irgend etwas von anderen zu befürchten hat.

Als dieser Muhammed Beg auch zum Hodscha in den Laden kam, um ihn zu begrüßen, und sich niedersetzte, um einen Kaffee zu trinken, benützte Alihodscha die Gelegenheit, um ihn, als einen Mann des Kaisers, der fern der Stadt lebte, um eine Erklärung für die Sorge, die ihn bedrückte, zu bitten. Er sagte ihm, worum es sich handle, was man auf der Brücke gebaut habe und was man in der Stadt erzähle, und fragte ihn, ob so etwas Ungeheuerliches möglich sei: daß man planmäßig die Vernichtung einer Stiftung von allgemeinem Nutzen, wie es diese sei, vorbereite.

Sobald er gehört hatte, um was es sich handelte, wurde der Feldwebel plötzlich ernst. Das breite Lächeln verschwand, und sein rotblondes, gut ausrasiertes Gesicht nahm einen hölzernen Ausdruck an, als sei er auf der Parade, wenn eben »Habt acht« befohlen war. Er schwieg einen Augenblick, wie unangenehm berührt, und dann antwortete er mit leise gewordener Stimme:

»An alledem kann schon etwas sein. Aber wenn ich dir die Wahrheit sagen soll, das beste ist, nicht danach zu fragen und nicht darüber zu sprechen, denn das fällt unter die Vorsichtsmaßnahmen für den Fall eines Krieges und Dienstgeheimnisse und so weiter und so weiter.«

Der Hodscha haßte alle neuen Ausdrücke, ganz besonders aber dieses »Undsoweiter«. Nicht nur weil es ihn unangenehm berührte, sondern weil er klar empfand, daß gerade dieses Wort in der Rede der Fremden an Stelle verschwiegener Wahrheiten stand und daß alles, was davor gesagt worden war, im Grunde nichts aussagte.

»Ich bitte dich, komm mir um Gottes willen nicht mit diesem ›... und so weiter, weiter‹, sondern sage mir klipp und klar, wenn du es kannst, was geschieht dort auf der Brücke. Das ist doch kein Geheimnis. Was wäre das denn für ein Geheimnis, wenn es schon die ABC-Schützen wissen?«, fiel ihm der Hodscha ärgerlich ins Wort. – »Und was hat denn um Gottes willen die Brücke mit ihrer Kriegführung zu tun?«

»Sie hat es, Alihodscha, und wie«, antwortete Brankowitsch, nun schon wieder lächelnd.

Und er erläuterte ihm liebenswürdig und ein wenig von oben herab, wie man zu einem Kinde spricht, daß alles dies in den Dienstvorschriften vorgesehen sei, daß es dazu Pioniere und Pontoniere gäbe, daß in der kaiserlichen Armee ein jeder nur seine Arbeit kenne und sich um fremde »Branchen« keine Sorgen zu machen und nicht in sie sich einzumischen brauche.

Der Hodscha hörte ihm zu und blickte ihn an, aber er verstand nur wenig und hielt es nicht lange aus.

»Das ist ja alles schön und gut, mein Bester, aber wissen die denn auch, daß dies ein Vermächtnis des Wesirs ist, daß es zu seinem Seelenheil und aus Liebe zu Gott erbaut wurde und daß es Sünde ist, auch nur einen einzigen Stein davon fortzunehmen?«

Der Feldwebel breitete nur die Hände aus, zuckte mit den Schultern, preßte die Lippen zusammen und senkte die Augen, so daß sein Gesicht einen listig-höflichen Ausdruck, unbeweglich, blind und taub, erhielt, wie ihn die Menschen nach jahrelanger Arbeit in überalterten und morschen Verwaltungen erwerben, in denen die Diskretion seit langem in Geistlosigkeit und die Dienstbereitschaft in Unterwürfigkeit ausgeartet sind. Ein weißes, unbeschriebenes Blatt Papier sprach noch Bände gegenüber der stummen Vorsicht dieses Gesichtes. Sofort danach aber öffnete der Mann des Kaisers die Augen, ließ die Hände sinken, glättete sein Gesicht und nahm wieder den ständigen Ausdruck jener sicheren, lächelnden Heiterkeit an, in der Wiener Gutmütigkeit und türkische Höflichkeit zusammenflossen und sich wie zwei Gewässer mischten. Er wechselte das Gespräch, lobte in gewählten Worten die Gesundheit des Hodscha und sein jugendliches Aussehen und verabschiedete sich mit jener gleichen, unerschöpflichen Liebenswürdigkeit, mit der er gekommen war. Der Hodscha blieb verwirrt und in sich wankend gemacht, aber nicht weniger besorgt als vorher, zurück. Versunken in diese sorgenvollen Gedanken, blickte er von seinem Laden in die strahlende Schönheit des ersten Märztages hinaus. Schräg ihm gegenüber stand die ewige und ewig gleiche Brücke; durch ihre weißen Bögen blickte man auf die grüne, glitzernde und unruhige Oberfläche der Drina, so daß die Brücke wie ein ungewöhnliches, zweifarbiges Halsband aussah, das in der Sonne glänzte.

18

Diese Spannung, die man in der Welt als »Annexionskrise« bezeichnete und die auch hier ihren unheilverkündenden Schatten auf die Brücke und die Stadt neben ihr warf, endete schnell. In Notenwechseln und Besprechungen zwischen den interessierten Höfen fand sie irgendwo dahinten eine friedliche Beilegung.

Die Grenze, diese schon immer leicht entflammbare Grenze, fing dieses Mal kein Feuer. Das Militär, das in so großer Anzahl die Stadt und die Dörfer an der Grenze erfüllt hatte, begann mit den ersten Frühlingstagen abzurücken und weniger zu werden. Aber, wie es immer geschah, die Veränderungen, die die Krise verursacht hatte, überlebten sie. Die ständige Garnison in der Stadt blieb viel größer, als sie es früher gewesen. Auch die Brücke blieb miniert. Niemand dachte mehr daran, außer Alihodscha Mutewelitsch. Jenes Grundstück auf der linken Fläche neben der Brücke, oberhalb der alten Mauer, auf dem die Bezirksgärtnerei lag, wurde jetzt von den Militärbehörden übernommen. In der Mitte der Gärtnerei wurden die Obstbäume gefällt, und dort wurde ein schönes, einstöckiges Haus gebaut. Das war das neue

Offizierskasino, denn das bisherige, ein kleines, ebenerdiges Gebäude, oben auf dem Bikawatz, war für die größere Anzahl von Offizieren zu klein geworden. Es lag nun auf der rechten Seite der Brücke Lottikas Hotel und auf der linken das Offizierskasino, zwei weiße, fast gleiche Gebäude, zwischen ihnen der Markt, umgeben von Läden, und oberhalb des Marktes, auf einer kleinen Anhöhe, die große Kaserne, die das Volk in Erinnerung an Mehmed Paschas Karawan-Serail, das einst an dieser Stelle gestanden und dann ohne Spur verschwunden war, den Steinernen Chan nannte.

Die Preise, die im vergangenen Herbst durch die Anwesenheit von soviel Militär gestiegen waren, blieben unverändert und hatten viel eher die Neigung zu weiterem Steigen denn zur Rückkehr zum alten. In diesem Jahre wurden zwei Banken, die Serbische und die Mohammedanische, eröffnet. Das Volk benützte die Wechsel wie eine Arznei. Jetzt entschieden sich die Leute leichter, Schulden zu machen. Aber, je mehr Geld da war, desto mehr brauchte man. Nur denen, die, ohne nachzurechnen, mehr verbrauchten, als sie einnahmen, erschien das Leben noch irgendwie leicht und schön. Die Händler und Geschäftsleute aber waren besorgt. Die Zahlungsfristen für die Waren wurden immer kürzer, gute und sichere Kunden immer seltener. Immer mehr Artikel lagen in ihrem Preis jenseits der Kaufkraft der meisten Menschen. Es wurde nur in kleinen Mengen gekauft, und immer stärker wurde die Nachfrage nach billigerer Ware. Größere Einkäufe wurden nur noch von unsicheren Zahlern gemacht. Das einzig sichere und gute Geschäft waren Lieferungen für das Militär oder irgendeine Behörde, aber die konnten nicht jedem zufallen. Auch die staatlichen Steuern und Gemeindeabgaben wurden immer höher und zahlreicher, sie wurden immer strenger eingetrieben. Aus der Ferne fühlte man das ungesunde Schwanken an den Börsen. Der Gewinn daraus ging in unsichtbare Hände, der Schaden aber verbreitete sich bis in die entferntesten Winkel der österreichisch-ungarischen Monarchie und verteilte sich auf den Kleinhandel, hinunter bis zum Kleinhändler und zum Verbraucher.

Auch die allgemeine Stimmung in der Stadt war um nichts heiterer und ruhiger. Jenes plötzliche Nachlassen der Spannung brachte weder den Christen noch den Mohammedanern in der Stadt eine wahre Beruhigung der Gemüter; es blieben nur eine verhüllte Enttäuschung bei den einen und ein Rest von Mißtrauen und Furcht vor der Zukunft bei den anderen zurück. Die Erwartung großer Ereignisse begann ohne sichtlichen Grund und unmittelbaren Anlaß erneut zu wachsen. Das Volk hoffte auf irgend etwas und fürchtete irgend etwas – genauer gesagt, die einen hofften und die anderen fürchteten sich –, und nur von diesem Gesichtspunkt aus und in diesem Zusammenhang nahm es alles auf und betrachtete alle Dinge. Unruhig wurde das Herz der Menschen, auch der unwissenden und einfachsten, besonders aber der Jugendlichen, und niemandem genügte das einförmige Leben, das er bisher durch die Jahre schleppte.

Jeder wünschte sich mehr, forderte Besseres oder bangte vor Schlimmerem. Die älteren Leute trauerten noch jener »süßen Stille« nach, die in der Türkenzeit als das Endziel und die vollendetste Form des öffentlichen und privaten Lebens gegolten und noch in den ersten Jahrzehnten der österreichischen Verwaltung geherrscht hatte. Aber das waren nur wenige. Alle übrigen suchten ein lautes, erregendes und unruhiges Dasein. Sie wollten eigenes Erleben, das Echo fremder Erlebnisse oder wenigstens Buntheit, Geschrei und Erregung, die die Illusion des Erlebens gaben. Das aber änderte nicht nur Geist und Bewußtsein der Menschen, sondern auch das äußere Bild der Stadt. Sogar jenes uralte und ewig gleiche Leben auf der Kapija, jenes Leben ruhiger Gespräche und geruhsamen Nachdenkens, heiterer Scherze und Liebessehnsuchtslieder zwischen Wasser, Himmel und Bergen begann sich zu ändern.

Der Kaffeeverkäufer hatte sich ein Grammophon angeschafft, einen plumpen hölzernen Kasten mit einem großen Blechtrichter in der Form einer hellblauen Blüte. Sein Sohn wechselte die Platten und Nadeln und zog diesen Schreikasten unaufhörlich auf, von dem die Kapija dröhnte und beide Ufer widerhallten. Aber er mußte es anschaffen, um nicht hinter den anderen zurückzubleiben, denn das Grammophon hörte man nicht nur in Gesellschaften und Lesehallen, sondern auch in den bescheidensten Kaffeestuben, in denen man einst unter der Linde, auf dem Rasen oder auf dem lichten Altan gesessen und mit gedämpfter Stimme und sparsamen Worten lang hingezogene Gespräche geführt hatte. Überall schnarrten und krächzten die Grammophone türkische Märsche, serbische Volkslieder oder Arien aus Wiener Operetten, je nach den Gästen, für die man spielte. Denn, wo es kein Geschrei, keinen Glanz und keine Bewegung gab, dort kehrte das Volk nicht ein und kaufte auch nichts.

Die Zeitungen wurden gierig und viel, aber oberflächlich und wahllos gelesen; jeder suchte nur die Meldungen, die auf der ersten Seite unter sensationellen, fettgedruckten Überschriften standen. Klein und enggedruckte Artikel las kaum jemand. Alles, was geschah, war von Lärm und dem Glanz großer Worte umgeben. Die Jugend glaubte, einen Tag nicht gelebt zu haben, wenn ihr am Abend vor dem Schlafengehen nicht von dem, was sie tagsüber gehört und gesehen, die Ohren dröhnten und die Augen wie geblendet waren.

Ernst und äußerlich gleichmütig kamen die Aga und Effendi der Stadt auf die Kapija, um die Zeitungsnachrichten über den Türkisch-Italienischen Krieg in Tripolis zu hören. Gierig lauschten sie, was man in den Zeitungen über den jungen und tapferen türkischen Major Enver Bey schrieb, der die Italiener schlug und des Sultans Land verteidigte, als sei er ein Abkömmling Sokolowitschs oder Tschurprilitschs. Sie ärgerten sich über die laute Grammophonmusik, die sie in ihren Gedanken störte, und bangten unmerklich, aber tief und aufrichtig, um das Schicksal der fernen türkischen Provinz in Afrika.

Zu dieser Zeit kam auf dem Heimweg von der Arbeit auch jener Italiener, Meister Pero, in seinem Leinenanzug, weiß vom Steinstaub und beschmiert mit Farbe und Terpentin, hier vorüber. Er war älter geworden und noch gebeugter, bescheidener und furchtsamer. Wie auch bei Lucchenis Attentat auf die Kaiserin, war er nach einer ihm unverständlichen Logik wiederum schuld an etwas, das seine Landsleute, die Italiener, mit denen er schon seit langem nichts mehr gemein hatte, irgendwo in der Welt getan hatten. So schrie einer der türkischen Burschen:

»Eh, du Hundesohn, willst du Tripolis? Hier, da hast du es!«

Und dabei zeigten sie ihm den Unterarm »von der Hand bis zum Ellenbogen« und machten andere unanständige Gesten.

Meister Pero aber, müde und abgespannt, mit dem Werkzeug unter dem Arm, drückte nur den Hut tiefer ins Gesicht, preßte seine Pfeife fester zwischen die Zähne und eilte zu seinem Hause den Mejdan hinauf.

Dort erwartete ihn seine Stana, auch sie schon älter geworden und weniger kraftvoll, aber noch immer eine energische Frau mit lauter Stimme. Bitter beschwerte er sich über die türkischen Burschen, die ihm zuriefen, was sich nicht gehöre, und von ihm Tripolis forderten, von dem er noch bis vor ein paar Tagen nicht gewußt habe, daß es überhaupt existiere. Aber Stana wäre nicht Stana gewesen, wenn sie ihn verstanden und bedauert hätte; sie behauptete sogar noch, daß er selbst schuld sei, wenn man ihm alles mögliche zuriefe.

»Wenn du ein Kerl wärest, wie du es nicht bist, dann hättest du ihm mit dem Meißel oder dem Hammer eines auf den Schädel gegeben, dann wäre es den Bengeln nicht wieder eingefallen, dich anzupöbeln, sondern sie würden aufspringen, wenn du nur über die Brücke kommst.«

»Aber Stana, Stana«, antwortete Meister Pero gutmütig und ein bißchen traurig, »wie kann eine Men die andere denn mit das Hammer auf die Sädel slagen!«

So vergingen all diese Jahre in kleinen und großen Aufregungen und dem ständigen Bedürfnis nach solchen. So kam auch der Herbst 1912 und dann das Jahr 1913 mit den Balkankriegen und den serbischen Siegen über die Türken. Durch einen sonderbaren Zufall aber kam gerade das, was von so großer Bedeutung für das Geschick der Brücke und der Stadt mit allem, was in ihr lebte, war, stillschweigend und fast unbemerkt heran.

Rotglühend am Morgen und am Abend und golden leuchtend in der Mitte vergingen die Oktobertage über der Stadt, die die Maisernte und das Brennen des neuen Raki erwartete. Noch konnte man gut in der Mittagssonne auf der Kapija sitzen. Es schien, als habe die Zeit über der Stadt den Atem angehalten. Und gerade dann geschah es.

Noch ehe sich die Schreibkundigen in den widersprechenden Zeitungsnachrichten zurechtfanden, war der Krieg zwischen der Türkei und den vier Balkanstaaten schon ausgebrochen und zog seinen uralten Weg über den Balkan. Noch ehe aber das Volk Sinn und Umfang des Krieges recht erfaßt hatte, war er bereits durch den Sieg der serbischen und christlichen Waffen beendet. Alles dies geschah fern von hier, ohne das Lodern der Feuer auf den Anhöhen an der Grenze, ohne Geschützdonner und ohne abgeschnittene Köpfe wie einst auf der Kapija. Wie beim Geld und im Handel, verlief auch bei diesen größten Dingen alles in der Ferne und unfaßbar schnell. Irgendwo dort in der fernen Welt spielte man um Länder oder führte Krieg, und dort wurde auch unser aller Schicksal entschieden.

Aber wenn auch das äußere Bild der Stadt ruhig und unverändert war, so riefen diese Ereignisse dennoch wahre Stürme größter Begeisterung und tiefster Niedergeschlagenheit hervor. Denn wie alles, was in der Welt in den letzten Jahren geschah, wurde auch dies in der Stadt mit völlig entgegengesetzten Gefühlen bei Serben und Mohammedanern aufgenommen; lediglich an Stärke und Tiefe waren ihre Empfindungen einander vielleicht gleich. Diese Ereignisse überschritten alle Hoffnungen der einen, und alle Befürchtungen der anderen schienen gerechtfertigt. Die Wünsche, die viele Jahrhunderte vor dem langsamen Gang der Geschichte hergeflogen waren, konnten ihr jetzt nicht mehr folgen und sie in ihrem phantastischen Flug auf dem Weg der kühnsten Erfüllungen einholen.

Alles, was die Stadt von jenem schicksalschweren Krieg sehen und unmittelbar fühlen konnte, spielte sich blitzschnell und ungewöhnlich einfach ab.

Bei Uwatz, wo die Grenze zwischen Österreich-Ungarn und der Türkei längs des Flusses verlief und eine hölzerne Brücke die österreichische Gendarmeriekaserne von der türkischen Grenzwache trennte, trat der türkische Offizier mit seiner kleinen Besatzung auf österreichisches Gebiet über. Hier zerbrach er theatralisch seinen Säbel auf dem Brückengeländer und übergab sich den österreichischen Gendarmen. In diesem Augenblick kam von den Bergen die graugekleidete serbische Infanterie herunter. Sie löste die veralteten türkischen Wachposten längs der ganzen Grenze zwischen Bosnien und dem Sandschak ab. Die Dreiländergrenze zwischen Österreich, der Türkei und Serbien verschwand. Die türkische Grenze, die noch gestern nur fünfzehn Kilometer von der Stadt entfernt gewesen, zog sich plötzlich um mehr als eintausend Kilometer, sogar bis hinter Adrianopel, zurück.

So viele und so gewaltige Veränderungen in so kurzer Zeit erschütterten die Stadt bis in ihre Grundfesten.

Für die Drinabrücke war diese Veränderung schicksalhaft. Die Eisenbahnverbindung mit Sarajewo hatte, wie wir gesehen haben, alle ihre Verbindungen mit dem Westen abgetötet, und nun war plötzlich auch die Verbindung mit dem Osten unterbunden. Dieser Osten, der die Brücke geschaffen und noch bis vor kurzem, wenn auch erschüttert und angegriffen, so doch ständig und wirklich wie Himmel und Erde, in vielen Gemütern hiergewesen, war nun wie ein Spuk verschwunden, und jetzt verband die Brücke in der Tat nichts anderes denn zwei Teile der Stadt und jenes Dutzend Dörfer zu beiden Seiten der Drina.

Die große steinerne Brücke, die nach der Absicht und frommen Entscheidung des Wesirs aus Sokolowitschi wie eines der Kettenglieder des Reiches die beiden Teile der Türkei verbinden und »zu seinem Seelenheil« den Übergang zwischen Westen und Osten erleichtern sollte, war nun wirklich von Ost und West gleichermaßen abgeschnitten und wie ein gestrandetes Schiff oder eine verödete heilige Stätte sich selbst überlassen. Mehr als drei Jahrhunderte hatte sie alles ausgehalten und überlebt und unverändert getreu ihre Aufgabe erfüllt, aber die Bedürfnisse der Menschen hatten sich gewandelt und die Dinge in der Welt verändert; jetzt war ihre eigene Aufgabe ihr untreu geworden. Ihrer Größe, Festigkeit und Schönheit nach hätten noch jahrhundertelang Heere über sie hinwegziehen und Karawanen sich auf ihr aneinanderreihen können, aber im ewigen und unvorausschaubaren Spiel der menschlichen Beziehungen war nun plötzlich die Stiftung des Wesirs verworfen und wie durch Zauber aus dem Hauptstrom des Lebens herausgerissen. Die heutige Bedeutung der Brücke entsprach in nichts ihrem ewig jungen Aussehen und ihren riesenhaften und doch harmonischen Ausmaßen. Sie aber stand noch immer so, wie sie der große Wesir vor seinem inneren Blick hinter geschlossenen Augenlidern gesehen und sein Baumeister sie geschaffen hatte: mächtig, schön und ewig, erhaben über alle Veränderungen.

Es brauchte Zeit, und es kostete Mühe, bis die Menschen in der Stadt alles das verstanden, was hier in wenigen Zeilen gesagt worden ist und was sich in Wirklichkeit in wenigen Monaten abspielte. Nicht einmal im Traum ziehen sich Grenzen so schnell und in so weite Fernen zurück.

Alles, was in den Menschen schlummerte, uralt wie diese Brücke und stumm und unbeweglich wie diese, das lebte nun plötzlich auf und begann, sich auf das Alltagsleben, die allgemeine Stimmung und das persönliche Geschick jedes einzelnen auszuwirken.

Die ersten Sommertage des Jahres 1913 waren regnerisch und lau. Niedergeschlagen saßen die Mohammedaner der Stadt tagsüber auf der Kapija, ältere Männer, ihrer etwa zehn um einen jüngeren, der ihnen die Zeitung vorlas, fremde Ausdrücke und ungewohnte Namen verdolmetschte und ihnen die Geographie erklärte. Alle rauchten ruhig und blickten unerschütterlich vor sich hin, aber sie konnten es nicht ganz verbergen, daß sie besorgt und erschüttert waren. Ihre Erregung verbergend, beugten sie sich über die in der Zeitung abgebildete Karte, auf der die künftige Einteilung der Balkanhalbinsel eingetragen war. Sie betrachteten das Papier und sahen nichts in diesen krausen Linien, aber sie wußten und verstanden alles, denn sie trugen ihre Geographie im Blut und empfanden ihr Weltbild biologisch.

»Wem würde Üsküb[1] zufallen?« fragte scheinbar gleichmütig ein Alter den Jungen, der vorlas.

»Serbien.«

»Uch!«

»Und wem gehört Selanik?[2]«

»Griechenland.«

»Uch, uch!«

»Und Jedren[3]?« fragte ein anderer.

»Bulgarien, wahrscheinlich.«

»Uch, uch, uch!«

Dies waren keine lauten oder wehmütigen Seufzer wie bei Weibern oder Schwächlingen, sondern ein dumpfes und tiefes Ausatmen, das sich zugleich mit dem Tabaksrauch durch die dichten Schnurrbärte in der Sommerluft verlor. Mancher dieser Alten hatte das siebzigste Jahr schon überschritten. Zu ihrer Kindheit reichte die türkische Macht von Lika und Kordun an der österreichischen Grenze bis Stambul und von Stambul bis zu den unbestimmten Grenzen in den Wüsten des fernen und wegelosen Arabistan. (Und die »türkische Macht«, das war die große, unteilbare und unzerstörbare Gemeinschaft des mohammedanischen Glaubens, jener ganze Teil des Erdkreises, »soweit der Gebetsruf vom Minarett erschallt«.) Dessen erinnerten sie sich gut, aber sie wußten auch, wie später, zu ihren Lebzeiten, die türkische Macht aus Serbien nach Bosnien und dann aus Bosnien in den Sandschak zurückwich. Und nun mußten sie erleben, wie diese Macht gleich einer phantastischen Ebbe plötzlich abzog und bis in unabsehbare Ferne zurückwich, während sie, betrogen und bedroht, wie Meerespflanzen auf dem Trockenen, sich selbst und ihrem schlimmen Geschick überlassen, zurückblieben. Alles kommt von Gott, und zweifellos war auch dies in die Pläne Gottes einbezogen, aber es war schwer, alles zu verstehen; der Atem stockte ihnen, und das

1 Skople in Makedonien
2 Saloniki
3 Edirne, Adrianopel

Bewußtsein trübte sich, aber gleichmäßig fühlte jeder, wie sich ihm der Erdboden unter den Füßen wie ein Teppich entzog und wie Grenzen, die ewig und fest sein sollten, flüssig und veränderlich wurden, zurückwichen, sich entfernten und wie launische Frühlingsbäche verloren.

Mit solchen Empfindungen und Gedanken saßen die Alten auf der Kapija und lauschten abwesend und zerstreut, was die Zeitungen darüber schrieben. Schweigend hörten sie zu, obgleich ihnen die Worte, in denen man in den Zeitungen vom Türkischen Reich und den Staaten sprach, frech, wahnwitzig und unangebracht und die ganze Art zu schreiben als etwas Gottloses und den ewigen Gesetzen und der Logik des Lebens Widersprechendes erschienen, als etwas, das kein gutes Ende nehmen wird und womit sich der ehrbare und vernünftige Mensch nicht zufriedengeben konnte. Über ihren Köpfen kräuselte sich der Tabaksrauch. Hoch am Himmel zogen die weißen, zerrissenen Wolken eines regnerischen Sommers und unten auf der Erde ihre schnellen und breiten Schatten.

Bis spät in der Nacht saßen dort auf der gleichen Kapija die jungen Burschen aus den serbischen Häusern und sangen laut und trotzig das Lied vom serbischen Geschütz, aber niemand hinderte oder bestrafte sie. Unter ihnen bemerkte man oft Studenten und Schüler der Mittelschulen. Das waren meist blasse und magere Jünglinge mit langen Haaren und flachen, breitrandigen, schwarzen Hüten. In diesem Herbst kamen sie sehr häufig, obgleich das Schuljahr schon begonnen hatte. Mit der Bahn kamen sie aus Sarajewo, mit Empfehlungen und Losungen, und blieben den Abend über auf der Kapija, aber sie hielten sich nicht bis zum nächsten Morgen in der Stadt auf, denn die Wischegrader jungen Burschen brachten sie schon in derselben Nacht auf illegalen Wegen nach Serbien.

Mit den Sommermonaten aber, wenn die Zeit der Schulferien kam, belebten sich Stadt und Kapija mit Schülern und Studenten, die hier heimisch waren und nach Hause kamen. Sie beeinflußten das ganze Leben in der Stadt.

Ende Juni kam die Gruppe der Gymnasiasten aus Sarajewo und

in der ersten Julihälfte die Juristen, Mediziner und Philosophen, einer nach dem anderen, von den Universitäten in Wien, Prag, Graz und Zagreb. Mit ihrem Eintreffen änderte sich auch das äußere Bild der Stadt. Am Markt und auf der Kapija sah man ihre jungen, veränderten und fremden Gestalten. In Haltung, Sprache und Kleidung stachen sie von den althergebrachten Gewohnheiten und immer gleichen Trachten der Kleinstädter ab. Sie trugen Anzüge in gedeckten Farben nach neuestem Schnitt. Das war jene »Glockenfasson«, die in ganz Mitteleuropa als neueste Mode und Gipfel des guten Geschmackes galt. Auf dem Kopf trugen sie weiche Panamastrohhüte mit herabgebogener Krempe und einem Band in sechs verschiedenen diskreten Farben. An den Füßen hatten sie breite amerikanische Schuhe mit hohen Kappen. Die meisten trugen auch einen ungewöhnlich dicken Bambusstock. Im Knopfloch hatten sie das Metallabzeichen des Sokol oder einer Studentenverbindung.

Die Studenten brachten gleichzeitig auch neue Worte und Scherze, neue Lieder, neue Tänze von den winterlichen Bällen und besonders neue serbische, tschechische und deutsche Bücher und Broschüren mit.

Auch in den ersten zwanzig Jahren der österreichischen Besatzung kam es vor, daß junge Leute aus der Stadt auf die Universitäten gingen, aber weder waren es so viele, noch waren sie von einem solchen Geist beseelt gewesen. Einige von ihnen hatten in diesen beiden ersten Jahrzehnten das Lehrerseminar in Sarajewo absolviert und zwei oder drei Staatswissenschaft oder Philosophie in Wien studiert, aber alles dies waren seltene Ausnahmen gewesen, bescheidene junge Menschen, die ruhig und unbemerkt ihre Examina abgelegt und sich nach Beendigung ihrer Studien im grauen und unabsehbaren Heer der Staatsbeamten verloren hatten. Seit einiger Zeit war jedoch die Zahl der Studenten aus der Stadt gewaltig gewachsen. Mit Unterstützung der nationalen Bildungsgesellschaften gingen jetzt schon Bauernsöhne und die Kinder kleiner Handwerker auf die Universitäten. Noch mehr änderten sich aber Geist und Charakter der Studenten selbst.

Das waren nicht mehr jene einstigen Studenten aus den ersten Jahren nach der Besatzung, bescheidene und harmlose junge Menschen, im engsten Sinne des Wortes nur ihren Studien ergeben. Es waren aber auch nicht die ungebildeten Lebejünglinge der Stadt und einstigen jungen Burschen, die künftigen Besitzer und Handwerker, die eine Weile ihren Überschuß an Kraft und Jugend auf der Kapija austobten und von denen man in der Familie sagte: »Verheirate ihn, damit er aufhört zu singen!« Dies waren neue Menschen, die sich in verschiedenen Städten und Staaten und unter den verschiedensten Einflüssen bildeten und formten. Geblendet vom Gefühl stolzer Kühnheit, mit dem das erste und unvollständige Wissen den jungen Menschen erfüllt, und begeistert von den Ideen vom Recht der Völker auf Freiheit und des Einzelmenschen auf Genuß und Würde, kamen diese Jünglinge aus den großen Städten, von den Gymnasien und Universitäten, auf denen sie lernten. Mit jeden Sommerferien brachten sie freidenkerische Auffassungen in gesellschaftlichen und religiösen Fragen und den Schwung des neubelebten Nationalismus mit, der in der letzten Zeit, besonders nach den serbischen Siegen in den Balkankriegen, zu einem allgemeinen Glauben und bei vielen Jugendlichen zum fanatischen Wunsch nach Taten und persönlicher Aufopferung angewachsen war.

Die Kapija war ihr Haupttreffpunkt. Dort versammelten sie sich nach dem Abendessen. In der Dunkelheit, unter den Sternen oder beim Mondschein, in stiller Nacht, über dem rauschenden Fluß, erschallten ihre Lieder, Scherze, lauten Gespräche und endlosen neuen, kühnen, naiven, aufrichtigen und rücksichtslosen Dispute.

Mit den Schülern zusammen saßen dort regelmäßig auch ihre Freunde aus der Kindheit, die gemeinsam mit ihnen die Grundschule besucht hatten und danach als Lehrlinge, Handlungsgehilfen, als kleine Gemeindeschreiber oder in irgendeinem Betrieb in der Stadt geblieben waren. Unter ihnen gab es zwei Arten. Die einen waren zufrieden mit ihrem Geschick und dem Leben in der Stadt, in der sie zeit ihres Lebens bleiben würden. Mit Neugierde und Sympathie betrachteten sie ihre gebildeten Freunde, bewunderten sie, ohne sich je mit ihnen zu vergleichen; ohne die geringste Eifersucht nahmen sie teil an ihrem Fortschritt und Aufstieg. Die anderen gaben sich nicht mit dem Leben in der Stadt zufrieden, zu dem sie die Verhältnisse verurteilt hatten, sondern sie wünschten sich etwas, das sie für höher und besser hielten, das sich ihnen entzogen hatte und mit jedem Tage immer ferner rückte und unergründbarer wurde. Obgleich auch sie weiterhin mit ihren studierten Kameraden zusammenkamen, sonderten sich diese jungen Menschen gewöhnlich von ihren gebildeten Altersgenossen durch grobe Ironie oder feindseliges Schweigen ab. Sie konnten nicht auf gleichem Fuße an allen ihren Gesprächen teilnehmen. Gequält durch das Gefühl ihrer Unterlegenheit, betonten sie bald übertrieben und unaufrichtig im Gespräch ihre Einfachheit und Unbildung im Vergleich zu ihren glücklicheren Freunden, bald verlachten sie wiederum alles von der Höhe ihrer Unwissenheit. Im einen wie im anderen Falle strömte der Neid wie eine fast sichtbare und fühlbare Kraft aus ihnen. Aber die Jugend verträgt noch leicht die Anwesenheit auch der schlimmsten Triebe und lebt und bewegt sich frei und sorglos unter ihnen.

Es gab schon immer gestirnte Nächte über der Stadt, mit üppigen Sternbildern und Mondschein, und es wird sie auch weiterhin geben, noch nie aber gab es solche jungen Menschen, die in solchen Gesprächen, solchen Gedanken und Gefühlen auf der Kapija wachten, und wer weiß, ob es sie jemals wieder geben wird. Dies war eine Generation aufrührerischer Engel, in jenem kurzen Augenblick, da sie noch alle Macht und alle Rechte der Engel und den flammenden Stolz der Aufrührer besitzen. Diese Söhne von Bauern, Kaufleuten und Handwerkern aus dem abgelegenen bosnischen Städtchen hatten vom Geschick, ohne große eigene Anstrengung, freien Zugang zur Welt und die große Illusion der Freiheit erhalten. Mit den ihnen angeborenen Wischegrader Eigenheiten gingen sie hinaus in diese Welt und wählten, mehr oder weniger selbst, je nach ihren Neigungen, vorübergehenden Stimmungen oder den Launen des Zufalls, den Gegenstand ihrer Studien, die Art ihrer Unterhaltung und den Kreis ihrer Bekannten und Freunde. Die meisten von ihnen vermochten nicht viel von dem, was sie zu sehen bekamen, zu begreifen oder zu ergreifen, aber es gab keinen einzigen, der nicht das Gefühl gehabt hätte, daß er zugreifen *könne*, wo immer er wolle, und daß alles, was er ergreife, sein sei. Das Leben (dieses Wort kam sehr häufig in ihren Gesprächen wie auch in Literatur und Politik dieser Zeit vor, wo es stets groß geschrieben wurde), das Leben stand vor ihnen wie ein Objekt, wie eine Walstatt für ihre befreiten Sinne, für ihre geistige Neugierde und die Streifzüge ihrer Gefühle, die keine Grenzen kannten. Alle Wege standen ihnen offen, weit geöffnet bis in die Unendlichkeit; auf die meisten dieser Wege würden sie zwar niemals ihren Fuß setzen, aber die berauschende Lust des Lebens lag gerade darin, daß sie, zumindest theoretisch, frei wählen konnten, welchen Weg sie wollten, und vom einen zum anderen taumeln durften. Alles, was andere Menschen und Völker in anderen Ländern und zu anderen Zeiten, in langen Geschlechterreihen, in jahrhundertewährenden Mühen, um den Preis des Lebens, des Verzichtes und unter Opfern, größer und teurer denn das Leben, erreicht und erworben hatten, alles das lag vor ihnen wie ein zufälliges Erbe und eine gefährliche Gabe des Geschickes. Es schien phantastisch und unwahrscheinlich, dennoch aber war es Wahrheit: sie konnten mit ihrer Jugend tun, was sie wollten; in einer Welt, in der die Gesetze der gesellschaftlichen und persönlichen Moral, bis zu jener fernen Grenze des Kriminellen, gerade in diesen Jahren in Europa in voller Krise standen, frei gedeutet und von jeder Gruppe Menschen und von jedem einzelnen angenommen oder verworfen, konnten sie denken, wie sie wollten, frei und unbeschränkt über alles urteilen; sie durften sprechen, was sie wollten, und für viele von ihnen bedeuteten diese Worte dasselbe wie Taten, sie befriedigten ihre Urtriebe nach Heldentum und Ruhm, nach Gewalttätigkeit und Zerstörung, aber sie zogen weder die Verpflichtung zur Tat noch eine sichtbare Verantwortung ob des Ausgesprochenen nach sich. Die Begabtesten unter ihnen verachteten das, was man lernen sollte, schätzten das gering, was sie zu leisten vermochten, und begeisterten sich an dem, was jenseits ihrer Kraft lag. Man konnte sich schwerlich einen gefährlicheren Weg ins Leben und einen sichereren Weg zu außergewöhnlichen Taten oder zum völligen Zusammenbruch denken. Nur die Besten und Stärksten unter ihnen stürzten sich in der Tat mit dem Fanatismus von Fakiren in die Aktion und verbrannten dort wie Eintagsfliegen, nur um von ihren Altersgenossen sofort als Märtyrer und Heilige – denn es gibt keine Generation ohne ihre eigenen Heiligen – gefeiert und auf das Piedestal unerreichbarer Vorbilder erhoben zu werden.

Jede menschliche Generation hat ihre Illusionen über die Zivilisation, die einen glauben teilzuhaben an ihrem Aufflammen, die anderen, Zeugen ihres Erlöschens zu sein. In Wahrheit lodert sie und schwelt und erlischt, je nachdem, unter welchem Winkel wir sie betrachten. Diese Generation, die jetzt auf der Kapija unter den Sternen über dem Wasser philosophische, gesellschaftliche und politische Fragen diskutiert, war nur reicher an Illusionen, sonst aber in allem den anderen gleich. Auch sie hatte das Gefühl, die ersten Feuer einer neuen Zivilisation anzuzünden und die letzten Flammen einer anderen, die ausbrannte, zu löschen. Das Besondere, das man von ihr sagen kann, ist, daß es seit langem keine Generation gegeben hatte, die mehr und kühner phantasiert und vom Leben, von Genuß und der Freiheit geredet hatte und die dabei weniger vom Leben erhalten sollte, mehr Schiffbruch litt, versklavt wurde und zugrunde ging. In diesen Sommertagen des Jahres 1913 aber lag dies alles noch in kühnen, jedoch unbestimmten Ankündigungen. Alles schien wie ein erregendes und neues Spiel auf dieser uralten Brücke, die im Mondschein der Julinächte weiß glänzte, sauber, jung und unveränderlich, vollendet schön und stark, stärker denn alles, was die Zeit bringen und die Menschen erdenken und tun können.

19 Wie eine warme Sommernacht im August der anderen gleicht, so waren auch die Gespräche dieser Wischegrader Schüler und Studenten einander stets gleich oder ähnlich.

Sofort nach einem schnellen und hastigen Abendessen – denn der Tag verging mit Baden und Sich-Sonnen –, trafen sie einer nach dem anderen auf der Kapija ein. Janko Stikowitsch, Sohn eines Tuchschneiders vom Mejdan, studierte schon vier Semester Naturwissenschaften in Graz. Das war ein magerer Jüngling mit scharfem Profil und glattem, schwarzem Haar, eitel, empfindlich, unzufrieden mit sich selbst, aber mehr noch mit seiner Umgebung. Er las viel und verfaßte unter einem bereits bekannten Pseudonym Artikel für die jugoslawischen revolutionären Jugendzeitschriften, die in Prag und Zagreb erschienen. Er schrieb auch Gedichte und veröffentlichte sie unter einem anderen Pseudonym. Er hatte schon eine Gedichtsammlung vorbereitet, die der Verlag »Zora«, Morgenröte (»Verlagsanstalt für nationale Schriften«), herausgeben sollte. Außerdem war er ein guter Redner auf Studentenversammlungen. Welimir Stewanowitsch, ein gesunder und kräftiger junger Mensch, ein Adoptivkind nicht ganz geklärter Herkunft, ironisch, real, sparsam und fleißig. Er studierte Medizin in Prag. Jakob Herak, Sohn des gutmütigen und bekannten Wischegrader Briefträgers, ein schwarzer, schmächtiger Jurist, mit scharfem Blick und schnellen Worten, Sozialist, ein geborener Polemiker, der sich seines guten Herzens schämte und jegliches Gefühl verbarg. Ranko Michajlowitsch, ein schweigsamer und gutmütiger Jüngling, der in Zagreb Rechtswissenschaft studierte, schon jetzt an seine Beamtenkarriere dachte und an den kameradschaftlichen Disputen und Gesprächen über Liebe, Politik, Lebensauffassung und Gesellschaftsordnung nur wenig und nur mit halbem Herzen teilnahm. Von mütterlicher Seite war er ein Urenkel jenes Popen Michailo, dessen Kopf, mit einer Zigarette im Munde, auf einen Pfahl gespießt, auf dieser gleichen Kapija ausgestellt worden war.

Hier saßen auch einige Gymnasiasten aus Sarajewo, die gierig den älteren Kameraden und ihren Gesprächen über das Leben in den großen Städten lauschten und sich in ihrer Phantasie, die schülerhafte Eitelkeit und schlummernde Wünsche beflügelten, alles noch viel größer und schöner vorstellten, als es war und sein konnte. Da war auch Nikola Glasintschanin, ein blasser und steifer Jüngling, der infolge Armut, schwacher Gesundheit und geringer Erfolge das Gymnasium nach der vierten Klasse verlassen, in die Stadt zurückkehren und einen Schreiberposten bei einer deutschen Firma, die Holz ausführte, annehmen mußte. Er stammte aus einer heruntergekommenen angesehenen Familie vom Okolischte. Sein Großvater starb kurz nach der Besetzung in einem Irrenhaus in Sarajewo, nachdem er in seiner Jugend den größeren Teil des Besitzes verspielt hatte. Schon seit langem war auch sein Vater, Herr Peter, ein kränklicher Mann ohne Willen, Kraft und Ansehen, gestorben. Dieser Nikola verbrachte nun den ganzen Tag am Flußufer bei den Arbeitern, die die schweren Fichtenstämme wälzten und flößten, schrieb die Kubikmeter Holz auf, zählte sie hernach in der Kanzlei zusammen und übertrug sie in Listen. Diese einförmige Arbeit unter kleinen Leuten, ohne Schwung und weiteren Horizont, empfand er als Qual und Erniedrigung, und das Fehlen jeglicher Aussicht, daß er seine gesellschaftliche Stellung ändern oder in ihr vorwärtskommen könnte, hatte aus dem empfindsamen Jüngling einen frühreifen, verbitterten und schweigsamen Menschen gemacht. Er las viel in seiner Freizeit, aber diese geistige Nahrung stärkte und erhob ihn nicht, denn alles verlor in ihm Farbe und Leben. Sein Mißgeschick, Einsamkeit und Leid hatten ihm die Augen geöffnet und seinen Geist für viele Dinge geschärft, aber auch die schönsten Gedanken und wertvollsten Erfahrungen konnten ihn nur noch mehr entmutigen und verbittern, denn sie beleuchteten ihm nur noch schärfer seinen Mißerfolg und sein aussichtsloses Leben in der Stadt.

Da war schließlich auch Wlado Maritsch, ein Schlosser von Beruf, ein fröhlicher Bursche und guter Kerl, den seine Kameraden von den Universitäten gern mochten und sowohl wegen seines starken und schönen Baritons als auch wegen seiner Offenheit und Ehrlichkeit gern einluden. Dieser kräftige junge Mann mit seiner

Schlossermütze auf dem Kopfe gehörte zu jenen bescheidenen Menschen, die sich selbst genügen, sich mit niemand messen und vergleichen, ruhig hinnehmen, was ihnen das Leben bietet, und ohne viel Wesens davon zu machen, alles geben, was sie besitzen und können.

Da waren auch zwei Lehrerinnen aus der Stadt, Zorka und Sagorka, beide aus Wischegrad gebürtig. Um ihre Gunst rissen sich alle diese Jünglinge, und vor ihnen und um sie spielten sie ihr naives, verworrenes, gleißendes und gequältes Liebesspiel. Vor ihnen wurden Diskussionen wie die Turniere vor den Damen vergangener Jahrhunderte geführt; ihretwegen saß man schließlich auf der Kapija und rauchte in Dunkelheit und Einsamkeit oder sang mit einer Gesellschaft, die bis dahin irgendwo getrunken; um sie gab es unter den Kameraden geheime Haßgefühle, ungeschickt verborgene Eifersüchte und offene Streitigkeiten. Gegen zehn Uhr pflegten sie zu gehen. Die jungen Männer blieben noch lange, aber die Stimmung auf der Kapija sank, die kämpferische Beredsamkeit ließ nach.

Stikowitsch, der gewöhnlich das große Wort führte, rauchte und schwieg heute abend. Er war aus dem Gleichgewicht gebracht und unzufrieden mit sich selbst, aber er verbarg es, wie er immer alle seine wahren Gefühle verbarg, ohne sie je ganz verheimlichen zu können. Er hatte heute nachmittag das erste Stelldichein mit der Lehrerin Zorka, einem interessanten Mädchen mit fülligen Körperformen, blassem Gesicht und feurigen Augen, gehabt. Auf Stikowitschs großes Drängen hatte sie zustande gebracht, was in der Stadt das Allerschwerste war, daß sich ein junger Bursche und ein Mädchen an versteckter Stelle treffen, ohne daß dies jemand sieht oder erfährt. Sie hatten sich in ihrer Schule getroffen, die jetzt, während der Ferien, völlig verlassen war. Er war aus der einen Straße, durch den Garten, hineingegangen, und sie aus der anderen, durch den Haupteingang. Getroffen hatten sie sich in einem halbdunklen Raum, in dem bis zur Decke Schulbänke aufgestapelt waren. So muß die Liebesleidenschaft oft abgelegene und häßliche Orte aufsuchen. Sie hatten weder sitzen noch liegen können.

Beide waren sie befangen und ungeschickt gewesen. Und, zu begierig und heftig, hatten sie sich auf einer jener abgenützten Bänke, die sie so gut kannte, umarmt und vereinigt, ohne etwas von ihrer Umgebung zu sehen oder zu bemerken. Als erster hatte er sich ernüchtert, und grob, ohne Übergang, wie es junge Menschen tun, hatte er ungeschickt seine Kleider geordnet und sich verabschiedet. Das Mädchen hatte begonnen zu weinen. Die Enttäuschung war beiderseitig gewesen. Nachdem er sie irgendwie beruhigt, hatte er sie, fast fliehend, durch den Nebenausgang der Schule verlassen.

Zu Hause hatte er den Briefträger getroffen, der ihm die Jugendzeitschrift mit seinem Artikel »Der Balkan, Serbien und Bosnien und die Herzegowina« brachte. Er hatte seinen Artikel noch einmal gelesen, und das hatte seine Gedanken von diesem Erlebnis abgelenkt. Aber auch darin hatte er Ursache zur Unzufriedenheit gefunden. In dem Artikel waren Druckfehler gewesen, einige Sätze waren ihm lächerlich erschienen, jetzt, da sich nichts mehr ändern ließ, schien es ihm, daß sich viele Dinge hätten schöner, klarer und gedrängter sagen lassen.

Und nun saßen sie den ganzen Abend auf der Kapija und diskutierten vor derselben Zorka über seinen Artikel. Sein Hauptgegner war der beredte und kampflustige Herak, der alles vom orthodoxsozialistischen Standpunkt aus betrachtete und kritisierte. Die beiden Lehrerinnen aber schwiegen und flochten dem Sieger unsichtbare Kränze. Stikowitsch verteidigte sich schwach, erstens weil er jetzt plötzlich selbst viele Schwächen und unlogische Stellen in seinem Artikel erkannte, auch wenn er dies um keinen Preis vor den anderen zugegeben hätte, und zweitens, weil ihn die Erinnerung an den heutigen Nachmittag in dem staubigen und schwülen Schulzimmer und jene Begebenheiten quälten, die ihm jetzt lächerlich und häßlich vorkamen, die aber lange Gegenstand seiner heißesten Wünsche und lebhaftesten Bemühungen um die schöne Lehrerin gewesen waren. (Sie saß jetzt hier in der sommerlichen Dunkelheit und betrachtete ihn mit ihren glänzenden Augen.) Er fühlte sich als Schuldner und wie ein Schuldiger und hätte viel darum gegeben, wäre er heute nicht in der Schule gewesen und sie jetzt nicht hier. In dieser Stimmung erschien ihm Herak wie eine angriffslustige Wespe, deren er sich schwer erwehren konnte. Es schien ihm, als müsse er sich nicht nur seines Artikels wegen verantworten, sondern auch dessentwegen, was heute nachmittag in der Schule geschehen. Am liebsten wäre er jetzt allein gewesen, irgendwo weit von hier, wo er ruhig über irgend etwas nachdenken könnte, was weder Artikel noch Mädchen hieß. Aber die Eigenliebe trieb ihn, sich zu verteidigen. Stikowitsch zitierte Zwijitsch und Stroßmajer und Herak Kautsky und Bebel.

»Ihr zäumt das Pferd von hinten auf«, schrie Herak, während er Stikowitschs Artikel zerpflückte. »Mit dem Balkanbauern, der in Armut und jeglicher Not aufgewachsen ist, kann man in keinem Falle ein dauerhaftes und gutes Staatsgebilde begründen. Nur die vorhergehende wirtschaftliche Befreiung der ausgebeuteten Klassen, der Bauern und Arbeiter, also der überwältigenden Mehrheit des Volkes, kann die realen Voraussetzungen für die Bildung selbständiger Staaten schaffen. Das ist der natürliche Prozeß und der Weg, den man einschlagen muß, keinesfalls aber umgekehrt. Die nationale Befreiung, wie die Vereinigung, müssen daher im Geiste der sozialen Befreiung und Wiedergeburt vollzogen werden, sonst wird es geschehen, daß der Bauer, der Arbeiter und der Kleinbürger auch in die neuen Staatsgebilde als todbringenden Keim ihr Armeleutegefühl mit ihrem Sklavengeist und die zahlenmäßig geringen Ausbeuter ihre parasitenhafte und reaktionäre Mentalität und alle ihre antisozialen Neigungen hineintragen. Und daraus kann weder ein dauerhafter Staat noch eine gute Gesellschaft werden.«

»Das ist alles fremde Bücherweisheit, mein Lieber«, antwortete Stikowitsch, »die vor dem lebendigen Schwung der erwachten nationalen Kräfte, in erster Linie bei den Serben, dann aber auch bei den Kroaten und Slowenen, verblaßt, die alle nach dem gleichen Ziele streben. Die Dinge entwickeln sich nicht nach den Voraussagen der deutschen Theoretiker, dafür aber verlaufen sie in völliger Übereinstimmung mit dem tiefen Sinn unserer Geschichte und unserer rassischen Berufung. Seit der Aufforderung Karageorges, ›Ein jeder erschlage seinen Vogt!‹ werden die sozialen Fragen auf dem Balkan durch nationale Befreiungsbewegungen und -kriege gelöst. Und alles verläuft vollkommen logisch; vom Kleineren zum Größeren, vom Orts- und Stammesgebundenen zum Nationalen und Staatsgründenden. Sind etwa die serbischen Siege dieser Jahre, die von Kumanowo und Bregalnitza, nicht zugleich Siege des fortschrittlichen Gedankens und der sozialen Gerechtigkeit?«

»Das wollen wir erst sehen«, fiel Herak ein.

»Wer jetzt nicht sieht, der wird es nie sehen. Wir glauben ...«

»Ihr glaubt, wir aber glauben nichts, sondern wünschen uns durch wirkliche Beweise und Tatsachen zu überzeugen«, antwortete Herak.

»Sind etwa das Verschwinden der Türken und die Schwächung Österreich-Ungarns, als erster Schritt zu seiner Vernichtung, nicht in Wahrheit Siege der kleinen, demokratischen Völker und versklavten Klassen in ihrem Bestreben, ihren Platz an der Sonne einzunehmen?« setzte Stikowitsch seinen Gedanken fort.

»Wäre die Verwirklichung der nationalen Bestrebungen immer gleichbedeutend mit der Verwirklichung der sozialen Gerechtigkeit, dann würde es in den Staaten Westeuropas, die zum größten Teil ihre nationalen Ideale verwirklicht haben und in dieser Hinsicht befriedigt sind, keine großen sozialen Probleme, noch Bewegungen oder Konflikte mehr geben. Aber wir sehen, daß es nicht so ist, im Gegenteil.«

»Und ich sage dir wiederum«, antwortete Stikowitsch etwas müde, »daß ohne die Schaffung selbständiger Staaten auf der Grundlage nationaler Einheit und neuzeitlicher Auffassungen von persönlicher und gesellschaftlicher Freiheit von der ›sozialen Befreiung‹ keine Rede sein kann. Denn, wie jener Franzose sagte, die Politik hat den Vorrang ...«

»Der Magen hat den Vorrang«, fiel Herak ein.

Da stimmten die anderen in das Geschrei ein. Die naive Studentendiskussion verwandelte sich in einen jungenhaften Streit, in dem alle gleichzeitig sprachen und einander ins Wort fielen und der beim ersten Witzwort zerplatzte und sich in Gelächter und Zurufen verlor.

Für Stikowitsch war dies ein willkommener Anlaß, den Disput abzubrechen und zu verstummen, ohne daß es nach Niederlage und Rückzug aussah.

Nach Zorka und Sagorka, die gegen zehn Uhr in Begleitung Welimirs und Rankos nach Hause gegangen waren, begannen auch die übrigen auseinanderzugehen. Schließlich blieben nur Stikowitsch und Nikola Glasintschanin.

Die beiden waren Altersgenossen. Einst waren sie zusammen auf das Gymnasium gegangen und hatten zusammen in Sarajewo gewohnt. Sie kannten einander bis in die kleinsten Einzelheiten, und gerade deswegen konnten sie einander nicht richtig beurteilen und wirklich schätzen. Mit den Jahren wurde natürlich der Abstand zwischen ihnen beiden immer größer und immer qualvoller. In jeden Ferien trafen sie sich hier in der Stadt und maßen und betrachteten einander mit untrennbarer Haß-Liebe. Jetzt war auch noch diese schöne und unruhige Lehrerin Zorka zwischen sie getreten. Denn während der langen Wintermonate hatte sie sich zu Glasintschanin gehalten, der nicht verbarg und auch nicht verbergen konnte, wie sehr er in sie verliebt war. Er hatte sich an diese Liebe mit all jener Glut geklammert, die verbitterte und unbefriedigte Menschen in diese Dinge hineintragen können. Aber sobald die Sommermonate kamen und die Studenten auftauchten, konnte dem empfindlichen Glasintschanin die Aufmerksamkeit nicht entgehen, die die Lehrerin Stikowitsch schenkte. Daher war jene alte und vor der Welt immer verborgene Spannung zwischen ihnen beiden in der letzten Zeit noch gewachsen. In diesen Ferien hatten sie sich noch nicht ein einziges Mal so allein getroffen.

Jetzt, da sie zufällig so allein geblieben, war der erste Gedanke beim einen wie beim anderen, möglichst schnell und ohne Gespräch, das nur unangenehm werden konnte, auseinanderzugehen. Aber eine unsinnige Rücksicht, die nur die Jugend kennt, erlaubte ihnen nicht, das zu tun, was sie wünschten. In dieser unangenehmen Lage half ihnen der Zufall und erleichterte wenigstens für einen Augenblick das schwere Schweigen, das sie bedrückte. Im Dunkel hörte man die Stimmen zweier Spaziergänger, die langsam einhergingen und hier neben der Kapija, hinter der scharfen Ecke, haltmachten, so daß sie Stikowitsch und Glasintschanin von ihren Plätzen auf dem Sofa ebensowenig sehen konnten wie diese sie. Aber sie hörten jedes Wort, und diese Stimmen waren ihnen wohl bekannt. Es waren zwei ihrer etwas jüngeren Kameraden, Toma Galus und Fehim Bachtijarewitsch. Diese beiden hielten sich etwas abseits von jener Gruppe, zu der die große Mehrheit der Schüler und Studenten gehörte und die sich jeden Abend auf der Kapija um Stikowitsch und Herak versammelte, denn obgleich jünger, war Galus als Dichter und nationaler Redner Stikowitschs Rivale, den er nicht liebte und schätzte, und Bachtijarewitsch war ungewöhnlich schweigsam, stolz und zurückhaltend, der echte Patriziersohn.

Toma Galus war ein hochgewachsener junger Mensch mit roten Wangen und blauen Augen. Sein Vater, Alban Galus (Alban von Gallus), der letzte Sproß einer alten burgenländischen Familie, war sofort nach der Besetzung als Beamter in die Stadt gekommen. Hier war er einige zwanzig Jahre »Forstrat« gewesen, und nun lebte er in der Stadt als Pensionär. Gleich zu Anfang hatte er hier die Tochter eines der angesehensten Bürger der Stadt, des Hadschi Toma Stankowitsch, ein nicht mehr ganz junges und kräftiges Mädchen, mit dunklem Gesicht und starkem Willen, geheiratet. Mit ihr hatte er Kinder gezeugt, zwei Töchter und einen Sohn, die alle in der serbischen Kirche getauft waren und als wahre Wischegrader Kinder und Hadschi Tomas Enkel aufwuchsen. Der alte Galus, ein großer und einstmals schöner Mann mit einem vornehmen Lächeln und dichtem, völlig weißem Haar, war schon seit langem ein echter Wischegrader, »Herr Albo«, geworden, bei dem die jüngeren Leute überhaupt nicht auf den Gedanken kamen, er könne ein Fremder und Zugezogener sein. Er hatte zwei Leidenschaften, die niemand störten, die Jagd und die Pfeife. Im ganzen

Landkreis hatte er sowohl unter den Christen als auch unter den mohammedanischen Bauern, mit denen ihn die Jagdleidenschaft verband, gute Freunde. Als sei er mit ihnen geboren und aufgewachsen, hatte er viele ihrer Eigenschaften angenommen, besonders jene Art fröhlichen Schweigens und ruhigen Gesprächs, die so kennzeichnend ist für Menschen, die starke Raucher sind und Jagd, Wald und das Leben im Freien lieben.

Der junge Galus hatte in diesem Jahre in Sarajewo sein Abitur gemacht und sollte zum Herbst nach Wien auf die Universität kommen. Was die Frage seines Studiums betrifft, ist die Familie geteilter Meinung. Der Vater hätte gewünscht, daß sein Sohn Technik oder Forstwesen studiere, der Sohn aber *wollte* auf die philosophische Fakultät. Denn dieser junge Galus war nur in seinem Äußern das Ebenbild des Vaters, doch alle die ihm angeborenen Neigungen bewegten sich in völlig entgegengesetzter Richtung. Er war einer jener guten, in allem sittsamen und musterhaften Schüler, die mit Leichtigkeit und wie nebenbei alle Prüfungen bestehen, aber ihr ganzes eigentliches und aufrichtiges Interesse ihren etwas absonderlichen und ungeordneten geistigen Neigungen außerhalb der Schule und ihres amtlichen Programms widmen. Das sind jene Schüler heiteren und einfältigen Herzens, aber unruhigen und wissensdurstigen Geistes. Ihnen sind jene schweren und gefährlichen Krisen des Sinnes- und Gefühlslebens, die so viele junge Menschen ihres Alters durchmachen, fast unbekannt, dafür aber finden sie nur schwer Beruhigung ihrer geistigen Unrast und bleiben sehr häufig das ganze Leben lang Menschen, die von allem etwas können, unterhaltsame Sonderlinge ohne bleibende Leistung und ohne jegliche festgelegte Richtung. Wie jeder junge Mensch nicht nur die ewigen natürlichen Forderungen der Jugend und des Heranreifens erfüllen, sondern daneben auch den zeitgenössischen Geistesströmungen, ja sogar der Mode und den Gewohnheiten seiner Zeit, die gerade unter der Jugend herrschen, seinen Zoll zahlen muß, so schrieb auch Galus Verse und war aktives Mitglied revolutionärer nationaler Schülerorganisationen. Daneben hatte er fünf Jahre lang Französisch als wahlfreies Fach gelernt, sich mit Literatur und besonders mit Philosophie beschäftigt. Er war ein leidenschaftlicher und unermüdlicher Leser. Die Hauptlektüre der damaligen jungen Menschen auf dem Gymnasium in Sarajewo in fremder Sprache waren die Ausgaben des bekannten und großen deutschen Verlagshauses Reclam. Diese kleinen, billigen Heftchen mit gelbem Umschlag und außergewöhnlich kleinem Druck bildeten die wichtigste Geistesnahrung, die den Schülern dieser Zeit zugänglich war; aus ihr konnten sie nicht nur die deutsche Literatur, sondern auch alle größeren Werke der Weltliteratur in deutscher Übersetzung kennenlernen. Aus ihnen schöpfte auch Galus seine Kenntnisse der modernen deutschen Philosophen, besonders Nietzsches und Stirners, und konnte auf Spaziergängen an der Miljatzka über sie mit einer kühlen und heiteren Leidenschaft endlose Diskussionen führen, ohne auch nur im geringsten seine Kenntnisse, wie es sonst junge Menschen oft tun, mit seinem persönlichen Leben zu vermischen. Der Typ des frühreifen und mit dem verschiedenartigsten, aber ungeordneten und chaotischen Wissen überlasteten Abiturienten, war unter den damaligen Gymnasiasten nicht selten. Als sittsamer junger Mensch und guter Schüler kannte Galus die Freiheit und Unbändigkeit der Jugend nur in der Kühnheit der Gedanken und den Übertreibungen der Lektüre.

Fechim Bachtijarewitsch stammte nur mütterlicherseits aus der Stadt. Sein Vater war aus Rogatitza und war auch jetzt dort als Kadi tätig, seine Mutter aber stammte aus der großen hiesigen Familie der Osmanagitsch. Seit frühester Kindheit verbrachte er einen Teil der Sommerferien mit der Mutter bei deren Angehörigen in der Stadt. Er war ein schlanker Jüngling mit grazilen, gerundeten Formen, mit zarten, aber starken Gelenken. An ihm war alles gemessen, beherrscht und gedämpft. Das feine Oval seines Gesichtes war wie gebranntes Email, die Haut braun, mit einem leichten Übergang ins Dunkelblaue; seine Bewegungen waren kurz und knapp; die Augen schwarz, das Weiße in ihnen leicht blau überschattet, der Blick warm, aber ohne Glanz; er hatte starke, zusammengewachsene Augenbrauen und einen leichten schwarzen Bartflaum auf der geschwungenen Oberlippe. Auf persischen Miniaturen findet man solche Gesichter.

Auch er hatte in diesem Sommer sein Abitur bestanden und wartete jetzt auf ein Staatsstipendium, um in Wien orientalische Sprachen zu studieren.

Diese beiden jungen Menschen setzten irgendein früher begonnenes Gespräch fort. Es war die Rede vom Studium, das Bachtijarewitsch wählen wollte. Galus bewies ihm, daß er einen Fehler begehe, wenn er Orientalistik wähle. Überhaupt redete Galus viel mehr und lebhafter, denn er war es gewohnt, daß man ihm zuhörte, und er dozierte gern, während Bachtijarewitsch kurz und wenig sprach, wie ein Mensch, der seine feste Überzeugung besitzt und nicht das Bedürfnis hat, einen anderen zu überzeugen. Galus sprach, wie die meisten jungen und belesenen Menschen, mit jener naiven Freude am Wort, an bildhaften Ausdrücken und Vergleichen und mit einer Neigung zum Verallgemeinern, Bachtijarewitsch dagegen trocken, kurz, fast nachlässig.

Versteckt im Schatten und zurückgelehnt auf den steinernen Sitzen, schwiegen Stikowitsch und Glasintschanin, als hätten sie sich ohne Worte verständigt, unbemerkt dem Gespräch der beiden Kameraden auf der Brücke zu lauschen.

Die Diskussion über das Studium abschließend, sagte Galus feurig:

»Hier irrt ihr Mohammedaner aus den feudalen Familien häufig. Verwirrt durch die neuen Zeiten, habt ihr das richtige und vollständige Gefühl für euren Platz verloren. Eure Liebe zu allem, was orientalisch, ist nur ein moderner Ausdruck eures ›Willens zur Macht‹; für euch sind die östlichen Lebens- und Denkformen aufs engste verknüpft mit einer Gesellschafts- und Rechtsordnung, die die Grundlage eurer jahrhundertelangen Herrschaft war. Und das ist verständlich. Aber das bedeutet keinesfalls, daß ihr Sinn für die Orientalistik als Wissenschaft habt. Ihr seid Orientalen, aber ihr irrt, wenn ihr glaubt, ihr seiet darum berufen, Orientalisten zu sein. Ihr habt überhaupt weder Berufung noch wahre Neigung zur Wissenschaft.«

»Da schau her!«

»Nein, ihr habt sie nicht. Und wenn ich das behaupte, dann sage ich nichts Beleidigendes und Ungünstiges. Im Gegenteil. Ihr seid die einzigen Herren in diesem Lande oder seid es zumindest gewesen; ihr habt durch die Jahrhunderte euer Herrentum mit Schwert und Buch, rechtlich, glaubensmäßig und militärisch erweitert, gefestigt und verteidigt; das hat aus euch einen Typ von Kriegern, Verwaltern und Eigentümern gemacht, und diese Klasse von Menschen pflegt nirgendwo in der Welt die abstrakten Wissenschaften, sondern überläßt das denen, die nichts anderes besitzen und können. Für euch sind die Rechtswissenschaften und die Wirtschaft, denn ihr seid Menschen der praktischen Berufe. Das sind überall und immer die Menschen aus der herrschenden Klasse.«

»Das also bedeutet, daß wir ungebildet bleiben müssen.«

»Nein, das bedeutet es nicht, sondern es bedeutet, daß ihr bleiben müßt, was ihr seid oder, wenn du es willst, was ihr gewesen seid; ihr müßt es, denn niemand kann zugleich das, was er ist, und dessen Widerpart sein.«

»Aber wir sind doch heute keine herrschende Klasse. Heute sind wir doch alle gleich«, fiel Bachtijarewitsch mit leichter Ironie ein, in der sowohl Bitterkeit als auch Stolz lagen.

»Nein, selbstverständlich seid ihr es nicht. Die Verhältnisse, die aus euch das gemacht haben, was ihr seid, haben sich längst geändert, aber das bedeutet nicht, daß ihr euch mit der gleichen Geschwindigkeit ändern könnt. Das ist weder der erste noch der letzte Fall, daß eine Gesellschaftsklasse ihre Grundlage verliert und doch bleibt, was sie ist. Die Lebensbedingungen ändern sich, aber eine Klasse von Menschen bleibt, was sie ist, denn nur als solche vermag sie zu bestehen, und als solche geht sie auch unter.«

Das Gespräch der beiden unsichtbaren jungen Menschen wurde für einen Augenblick unterbrochen, erstickt durch Bachtijarewitschs Schweigen.

Am heiteren Junihimmel tauchte über den dunklen Bergen am Horizont der ausgewetzte Mond wie ein steuerlos dahintreibendes Boot auf. Die weiße Tafel mit der türkischen Inschrift leuchtete auf der erhöhten Wand plötzlich wie ein schwach erhelltes Fenster in der blauen Dunkelheit auf.

Bachtijarewitsch sprach jetzt etwas, aber mit so leiser Stimme, daß nur vereinzelte, zusammenhanglose und unverständliche Worte bis zu Stikowitsch und Glasintschanin vordrangen. Das Gespräch war bereits, wie dies immer in den Gesprächen junger Menschen geschieht, in denen die Assoziationen kühn und schnell sind, zu einem anderen Thema übergegangen. Vom Studium der orientalischen Sprachen waren sie auf den Inhalt der Inschrift auf der weißen Tafel vor ihnen gekommen und sprachen über die Brücke und den, der sie erbaut.

Galus' Stimme war viel stärker und ausdrucksvoller. An Bachtijarewitschs Lob für Mehmed Pascha Sokolowitsch und die damalige türkische Verwaltung, die solche Bauwerke errichtet, anknüpfend, entwickelte er jetzt lebhaft seine nationalistischen Ansichten über die Vergangenheit und Zukunft des Volkes und seiner Kultur und Zivilisation. (Denn in Schülergesprächen folgt jeder seinen eigenen Gedanken.)

»Du hast recht«, sprach Galus, »das muß ein genialer Mensch gewesen sein. Er ist weder der erste noch der letzte Mensch unseres Blutes, der sich im Dienste eines fremden Kaisers auszeichnete. Wir haben Stambul, Rom und Wien Hunderte solcher Menschen, Staatsmänner, Heerführer und Künstler gegeben. Der Sinn unserer nationalen Vereinigung zu einem großen und mächtigen modernen Nationalstaat liegt auch darin, daß dann unsere Kräfte im Lande bleiben, sich hier entwickeln und ihren Beitrag zur allgemeinen Kultur unter *unserem* Namen, und nicht von fremden Zentren aus, geben werden.«

»Und du glaubst, daß diese ›Zentren‹ zufällig entstanden sind und daß man, ganz nach Wunsch, wann man will und wo man will, neue schaffen kann?«

»Ob durch Zufall oder nicht, das ist heute nicht mehr die Frage; es ist nicht wichtig, wie sie entstanden sind, wichtig ist vielmehr, daß sie heute verschwinden, daß ihre Blüte vorüber ist und daß sie degenerieren und anderen, neuen Zentren Platz machen müssen, über die sich die jungen, freien Völker, die die Bühne der Geschichte betreten, unmittelbar äußern können.«

»Und du glaubst, daß Mehmed Pascha Sokolowitsch, wäre er als Bauernjunge da oben in Sokolowitschi geblieben, auch das geworden wäre, was er geworden ist, und daß er unter anderem auch diese Brücke errichtet hätte, auf der wir jetzt sprechen?«

»Zu jener Zeit natürlich nicht. Aber letzten Endes war es für Stambul nicht schwierig, solche Bauwerke zu errichten, nachdem es uns, wie so vielen anderen unterworfenen Völkern, nicht nur Besitz und Verdienst, sondern auch die besten Kräfte und das reinste Blut abgenommen hatte. Wenn wir bedenken, was und wieviel uns durch die Jahrhunderte abgenommen worden ist, dann sind alle diese Bauwerke nur Brosamen. Wenn wir aber einmal unsere nationale Freiheit und Selbständigkeit erwerben, dann werden unser Geld und unser Blut nur für uns da sein und bei uns verbleiben. Alles wird einzig und allein für den Aufbau einer nationalen Kultur da sein, die unser Siegel und unseren Namen trägt und das Glück und den Wohlstand der breitesten Schichten unseres Volkes vor Augen haben wird.«

Bachtijarewitsch schwieg, und dieses Schweigen forderte Galus heraus, als sei es der lebhafteste und beredteste Widerstand, und trieb ihn dazu, diese Note noch zu verstärken und zu verschärfen. Mit der ihm angeborenen Lebhaftigkeit und dem Wortschatz, der damals in der nationalen Jugendliteratur herrschte, zählte er die Pläne und Aufgaben der revolutionären Jugend auf. Alle lebendigen Kräfte der Rasse würden geweckt und in Tätigkeit gesetzt werden. Unter ihren Schlägen würde die österreichisch-ungarische Monarchie, dieser Kerker der Völker, ebenso zerfallen, wie die europäische Türkei zerfallen sei. Alle antinationalen und reaktionären Mächte, die heute unsere nationalen Kräfte fesselten, spalteten und einschläferten, würden besiegt und verdrängt werden. Alles dies würde durchführbar sein, denn der Geist der Zeit, in der sie lebten, sei ihr bester Verbündeter und auch die Anstrengungen der anderen kleinen und versklavten Völker seien mit ihnen. Der neuzeitliche Nationalismus werde über konfessionelle Unterschiede und veraltete Vorurteile triumphieren und das Volk von fremden, volksfeindlichen Einflüssen und fremder Ausbeutung befreien. Und dann würde der nationale Staat geboren werden.

Galus beschrieb danach die Vorteile und Schönheiten dieses neuen Nationalstaates, der um Serbien wie um Piemont alle Südslawen auf der Grundlage völliger Gleichberechtigung der Stämme, religiöser Duldsamkeit und staatsbürgerlicher Gleichheit sammeln würde. In seiner Rede mischten sich kühne Worte unklarer Bedeutung mit Ausdrücken, die genau die Bedürfnisse des zeitgenössischen Lebens aussprachen; die tiefsten Wünsche der Völker, denen es meist bestimmt ist, nur Wünsche zu bleiben, mit den berechtigten und erreichbaren Forderungen der Alltagswirklichkeit; große Wahrheiten, die in Generationen heranreifen, die aber nur von der Jugend im voraus empfunden und ausgesprochen werden können und dürfen, mit den ewigen Illusionen, die nie erlöschen, aber auch nie zur Verwirklichung gelangen, denn ein Geschlecht der Jugend übergibt sie dem anderen wie jene mythologische Fackel. In der Rede des Jünglings waren natürlich viele Behauptungen, die der Kritik der Wirklichkeit nicht standgehalten, und viele Voraussetzungen, die vielleicht die Probe der Erfahrung nicht überstanden hätten, es war in ihr aber auch etwas von jenem frischen Hauch und wertvollen Saft, mit dem sich der Stamm der Menschheit erhält und verjüngt.

Bachtijarewitsch schwieg.

»Du wirst sehen, Fehim«, versicherte der hingerissene Galus seinem Freunde, als sei das eine Angelegenheit dieser Nacht oder des morgigen Tages, »du wirst sehen, wir gründen einen Staat, der der wertvollste Beitrag zum Fortschritt der Menschheit sein wird, in dem jede Mühe gesegnet, jedes Opfer heilig, jeder Gedanke eigenwüchsig, getragen durch unsere Sprache und jedes Werk mit dem Siegel unseres Namens gezeichnet sein wird. Dann werden wir Werke schaffen, die das Ergebnis unserer freien Arbeit und Ausdruck unseres Rassengenius sein werden, Werke, denen gegenüber alles, was in den Jahrhunderten der Fremdherrschaft geleistet wurde, wie kleinliche Spielerei erscheinen wird. Wir werden breitere Flüsse und tiefere Abgründe überbrücken. Wir werden neue, größere und bessere Brücken bauen, und sie werden nicht fremde Zentren mit unterjochten Provinzen, sondern unsere Gebiete untereinander und unseren Staat mit der ganzen übrigen Welt verbinden. Denn, daran besteht kein Zweifel mehr, uns ist es bestimmt, das zu verwirklichen, wonach alle Generationen vor uns strebten: den Staat, in Freiheit geboren und auf Gerechtigkeit gegründet, als einen Teil des auf Erden verwirklichten göttlichen Willens.«

Bachtijarewitsch schwieg. Aber auch Galus' Stimme begann nachzulassen. So, wie sich seine Rede mit ihrem Sinn hob, so wurde auch seine Stimme immer leiser und undeutlicher, verwandelte sich in ein starkes und leidenschaftliches Flüstern und verlor sich schließlich in der großen Stille der Nacht. Nun schwiegen beide. Dennoch lag Bachtijarewitschs schweres und hartnäckiges Schweigen in der Nacht, losgelöst von ihm, erhob sich, fühlbar und wirklich, wie eine unübersteigbare Mauer in der Dunkelheit, und nur durch die Schwere seines Vorhandenseins leugnete es alles, was der andere gesprochen, und erklärte seinen stummen, klaren und unveränderlichen Sinn:

»Die Fundamente der Welt und die Grundlage des Lebens und der menschlichen Beziehungen in ihm sind für die Jahrhunderte festgelegt. Das bedeutet nicht, daß sie sich nicht änderten, aber, gemessen an der Dauer des Menschenlebens, erscheinen sie ewig. Das Verhältnis zwischen ihrer Dauer und der Länge des Menschenlebens ist das gleiche wie das Verhältnis zwischen der unruhigen, beweglichen und schnellen Oberfläche des Flusses und seinem ständigen und festen Bett, dessen Veränderungen langsam und unmerklich sind. Allein schon die Vorstellung einer Änderung dieser ›Zentren‹ ist ungesund und undurchführbar. Das ist das gleiche, als wollte jemand die Quellen der großen Flüsse und die Fundamente der Gebirge verrücken. Der Wunsch nach schnellen Veränderungen und die Vorstellung ihrer gewaltsamen Ausführung tauchen oft unter den Menschen wie eine Krankheit auf und spuken am stärksten in den Köpfen der Jugend; nur denken diese Köpfe nicht, wie es sich gehört, sie erreichen letzten Endes nichts und halten sich gewöhnlich nicht lange auf den Schultern. Denn nicht des Menschen Wunsch bestimmt und leitet den Lauf der Welt. Der Wunsch ist dem Winde gleich, er bewegt den Staub von einem Orte zum anderen, er verdunkelt manchmal das ganze Blickfeld, am Ende aber beruhigt er sich und verschwindet und läßt das uralte Bild der Welt, wie es immer gewesen war. Dauerhafte Werke werden auf Erden nach Gottes Willen geschaffen, der Mensch ist nur sein blindes und gehorsames Werkzeug. Ein Werk, das aus dem Wunsche, dem menschlichen Wunsche geboren wird, erlebt entweder keine Verwirklichung oder es ist nicht von Dauer; in keinem Falle ist es gut. Alle diese stürmischen Wünsche und kühnen Worte unter nächtlichem Himmel, auf der Kapija, werden im Grunde nichts ändern; sie werden an den großen und dauernden Wirklichkeiten der Welt vorübergehen und sich dort verlieren, wo sich Wünsche und Winde beruhigen. Und wahrhaft große Menschen, wie auch große Bauwerke, sprossen immer dort hervor, wo ihnen der Ort nach Gottes Ratschluß bestimmt ist, unabhängig von leeren, vergänglichen Wünschen und menschlicher Eitelkeit.«

Aber Bachtijarewitsch sprach kein einziges dieser Worte aus. Diejenigen, die wie dieser mohammedanische Jüngling, der Enkel eines Beg, ihre Philosophie in ihrem Blute tragen, leben und sterben nach ihr, aber sie vermögen sie nicht in Worte zu kleiden und empfinden auch nicht das Bedürfnis danach. Nach längerem Schweigen sahen Stikowitsch und Glasintschanin nur, wie einer von den beiden unsichtbaren Kameraden hinter der Mauer eine ausgebrannte Zigarette fortwarf und wie diese, wie eine Sternschnuppe, in hohem Bogen von der Brücke in die Drina fiel. Gleichzeitig hörte man, wie sie schweigend und langsam in Richtung zum Markt weitergingen. Mit ihnen verlor sich schnell das Echo ihrer Schritte.

Wiederum allein geblieben, fuhren Stikowitsch und Glasintschanin wie aus einem Traum auf und blickten einander an, als hätten sie sich erst jetzt getroffen.

Ihre Gesichter zeigten im schwachen Mondschein helle und dunkle Flächen, die sich scharf brachen und überschnitten, und erschienen viel älter, als sie waren. Die Glut ihrer Zigaretten nahm einen phosphornen Glanz an. Beide waren bedrückt. Der Anlaß war völlig verschieden, aber die Bedrückung war die gleiche. Beide hatten den gleichen Wunsch, aufzustehen und nach Hause zu gehen. Aber beide waren wie festgeschmiedet auf den steinernen Sitzen, die noch warm von der Tageshitze waren. Das Gespräch der beiden jüngeren Kameraden, dem sie zufällig und unbemerkt beigewohnt hatten, war ihnen als Verzögerung ihres Gespräches und ihrer gegenseitigen Rechtfertigung willkommen gewesen. Jetzt aber ließ sich dies Gespräch nicht mehr vermeiden.

»Hast du so etwas wie den Herak und seine Argumente gesehen?« begann Stikowitsch als erster, an seine Abenddiskussion anknüpfend, und empfand sofort darin eine gewisse Schwäche seinerseits.

Glasintschanin, der sich in diesem Augenblick wieder in der Rolle des Schiedsrichters befand, kostete seine Überlegenheit aus und antwortete nicht sofort.

»Ich bitte dich«, fuhr Stikowitsch ungeduldig fort, »heute noch von Klassenkampf zu sprechen und Kleinarbeit zu empfehlen, da es auch dem letzten unserer Leute klar ist, daß die nationale Einigkeit und Befriedigung, mit revolutionären Mitteln durchgeführt, die vordringlichste Aufgabe der Gemeinschaft sind! Das ist doch einfach lächerlich!«

In Stikowitschs Stimme lag eine Frage und die Aufforderung zum Gespräch. Glasintschanin aber antwortete wiederum nicht. In der Stille dieses rachsüchtigen und boshaften Schweigens drang zu ihnen Musik, die jetzt aus dem Offizierskasino am Ufer hörbar wurde. Im Erdgeschoß waren die Fenster erleuchtet und weit geöffnet. Es spielte eine Geige, von Klavier begleitet. Das war der Regimentsarzt Dr. Balasch, ihn begleitete die Frau des Garnisonskommandanten, Oberst Bauer. (Sie übten den zweiten Teil der

Schubert-Sonate für Klavier und Violine. Sie begannen gut und im richtigen Takt, aber noch ehe sie bis zur Mitte kamen, eilte das Klavier voraus. Die Violine brach das Spiel ab. Nach einer kurzen Stille, in der sie vielleicht über die strittige Stelle sprachen, begann das Spiel von neuem.) Sie übten fast regelmäßig so und spielten bis tief in die Nacht, während der Oberst im anderen Zimmer seine endlosen Preferancepartien spielte oder einfach bei Mostarer Wein und »schwäbischen« Zigarren vor sich hindöste, während die jüngeren Offiziere miteinander Witze über die verliebten Musikanten machten.

Zwischen Frau Bauer und dem jungen Arzt spann sich in der Tat schon seit Monaten eine verwickelte und schwierige Geschichte. Die wahre Natur ihrer Beziehungen vermochten auch die scharfsinnigsten unter den Offizieren nicht zu bestimmen. Die einen behaupteten, dies Verhältnis sei rein platonisch – und lachten natürlich darüber –, andere meinten, daß in alledem auch der Körper den ihm zustehenden Anteil habe. Die beiden aber waren unzertrennlich, mit der vollen, väterlichen Zustimmung des Obersten, der, eine Seele von Mensch und von Dienst, von Jahren, Wein und Tabak ziemlich stumpf geworden war.

Die ganze Stadt kannte die beiden als ein Paar. Sonst lebte diese ganze Offiziersgesellschaft völlig losgelöst ihr eigenes Sonderleben, ohne jegliche Verbindung, nicht nur mit dem ansässigen Volk und der Bürgerschaft, sondern auch mit den fremden Beamten. Am Eingang zu ihren Gärten, die voll runder und sternförmiger Beete mit seltenen Blumen waren, stand tatsächlich auf der gleichen Tafel am Park, daß das Mitbringen von Hunden verboten und der Zutritt für Zivilisten nicht gestattet sei. Ihre Unterhaltungen und Geschäfte waren allen, die nicht Uniform trugen, unzugänglich. Ihr ganzes Leben war in der Tat das Leben einer großen und in sich abgeschlossenen Kaste, die ihre Abgeschlossenheit als wichtigsten Teil ihrer Kraft pflegte und unter einem glänzenden und erstarrten Äußeren alles das in sich verbarg, was sonst das Leben den übrigen Menschen an Größe und Not, an Bitterkeit und Freude leiht.

Es gibt aber Dinge, die ihrer Natur nach so beschaffen sind, daß sie sich nicht verbergen lassen, und die jeden, auch den steifsten Rahmen sprengen und jede, auch die strengste Grenze überschreiten. (»Drei Dinge lassen sich nicht verbergen«, sagten die Osmanen, »das sind: Liebe, Husten und Armut.«)

Das galt auch für dieses Paar verliebter Menschen. Es gab in der Stadt keinen Greis und kein Kind, keine Frau und keinen Mann, der sie nicht auf einem ihrer Spaziergänge getroffen hätte, wenn sie, ins Gespräch versunken, völlig blind und taub für alles um sie herum, auf einsamen Wegen um die Stadt wanderten. Die Hütejungen hatten sich an sie gewöhnt wie an jene Käferpärchen, die man im Mai im Gebüsch am Wege findet; immer zu zweien, einer an den anderen geschmiegt. Überall sah man sie zu jeder Tageszeit: an der Drina und am Rsaw, unterhalb der Ruinen, der alten Festung, bei Straschischte, auf dem Wege, der aus der Stadt führt. Denn Liebespaaren ist die Zeit immer kurz, und kein Pfad ist ihnen lang genug. Sie ritten, sie fuhren im Gig, am meisten aber gingen sie zu Fuß, mit jenem Gang, in dem zwei Menschen gehen, die nur füreinander da sind, und in jenem besonderen Schritt, der zeigt, daß ihnen alles auf der Welt gleichgültig ist außer dem, was einer dem anderen zu sagen hat.

Er war ein magyarisierter Slowake aus einer Beamtenfamilie, arm, auf Staatskosten ausgebildet, jung, wirklich musikalisch, ehrgeizig, überempfindlich, besonders seiner Herkunft wegen, die ihn hinderte, sich als völlig gleichberechtigt mit den deutschen und ungarischen Offizieren aus angesehenen oder reicheren Familien anzusehen. Sie war eine Frau in den Vierzigern, acht Jahre älter als er, groß und blond, schon ein wenig verblüht, aber mit vollendet weißer und rosiger Haut, großen, glänzenden, blauen Augen glich sie in Aussehen und Haltung jenen Bildern von Königinnen, von denen die jungen Mädchen schwärmen.

Jeder dieser beiden Menschen hatte seine persönlichen, wirklichen oder eingebildeten, gewiß aber ernsten Gründe, mit dem Leben unzufrieden zu sein. Außerdem hatten sie auch einen starken gemeinsamen Grund: beide fühlten sich in dieser Stadt und in der Gesellschaft der Offiziere, größtenteils hohlköpfigen und nichtssagenden Menschen, wie Unglückliche und Verbannte. Darum klammerten sich die beiden krampfhaft, wie zwei Schiffbrüchige, aneinander. Sie verschmolzen miteinander, verloren sich und fanden Vergessen in langen Gesprächen oder, wie jetzt, in der Musik.

Das ist die Geschichte jenes unsichtbaren Paares, dessen Musik die quälende Stille zwischen den beiden jungen Menschen ausfüllte.

Die Musik, die sich in die stille Nacht ergossen hatte, verwirrte sich wieder und verstummte für eine Weile. In der Stille, die eingetreten war, sprach Glasintschanin mit hölzerner Stimme, an Stikowitschs letzte Worte anknüpfend:

»Lächerlich? Lächerlich ist so manches in dieser Diskussion, wenn wir ehrlich sein wollen.«

Stikowitsch nahm hastig die Zigarette aus dem Mund, und Glasintschanin fuhr langsam, aber entschlossen fort, seine Gedanken darzulegen, von denen man spürte, daß sie nicht von diesem Abend stammten, sondern ihn schon lange quälten.

»Ich hörte mir alle diese Diskussionen genau an, auch euch beide und andere Hochschüler in der Stadt; ich lese auch Zeitungen und Zeitschriften. Und je mehr ich euch anhöre, desto mehr überzeuge ich mich davon, daß die Mehrzahl dieser mündlichen oder schriftlichen Diskussionen mit dem Leben und seinen wirklichen Forderungen und Problemen nichts zu tun hat. Denn das Leben, das betrachte ich aus allernächster Nähe, ich sehe es bei den anderen, und ich spüre es am eigenen Leibe. Mag sein, daß ich mich täusche und daß ich mich nicht gut ausdrücken kann, aber es drängt sich mir oft der Gedanke auf, daß der technische Fortschritt und der relative Friede in der Welt eine Art Windstille geschaffen haben, eine besondere, künstliche und unwirkliche Atmosphäre, in der eine Klasse von Menschen, die sogenannten Intellektuellen, sich frei dem müßigen und unterhaltsamen Spiel mit Ideen und Lebens- und Weltanschauungen hingeben können. Eine Art geistigen Treibhauses, mit künstlichem Klima und einer exotischen Flora, aber ohne jegliche Verbindung mit der Erde, mit dem wirklichen und harten Boden, auf dem sich die Massen der Menschen bewegen. Ihr glaubt, über das Schicksal dieser Massen und ihren Einsatz im Kampf um die Erringung höherer Ziele, die ihr ihnen stellt, zu entscheiden, in Wirklichkeit aber haben die Räder, die sich in euren Köpfen drehen, weder Verbindung mit dem Leben der Masse noch mit dem Leben überhaupt. Hier wird euer Spiel sowohl für die anderen als auch für euch selbst gefährlich oder kann es wenigstens werden.«

Glasintschanin hielt inne. Stikowitsch war von dieser langen und durchdachten Ausführung so überrascht, daß er nicht einmal daran dachte, ihn zu unterbrechen und ihm zu antworten. Erst als er das Wort »gefährlich« hörte, machte er eine ironische Handbewegung. Das reizte Glasintschanin, der lebhafter fortfuhr.

»Jawohl, wenn man euch anhört, dann könnte man meinen, es seien alle Fragen glücklich gelöst, alle Gefahren für immer abgewendet, alle Wege geebnet und offen, und man brauchte sie nur zu beschreiten. In Wirklichkeit aber, im Leben ist weder etwas gelöst noch ist es leicht lösbar noch besteht Aussicht auf eine völlige Lösung, sondern alles ist schwer und kompliziert, muß teuer bezahlt werden und ist mit unverhältnismäßig hohem Risiko verbunden; nirgendwo ist auch nur eine Spur von Heraks kühnen Hoffnungen oder deinen großartigen Perspektiven. Der Mensch quält sich ewig und hat nie auch nur das, was er braucht, geschweige denn, was er wünscht. Aber mit Theorien wie den eurigen befriedigt man nur das ewige Spielbedürfnis des Menschen, schmeichelt man seiner Eitelkeit, täuscht man nur sich selbst und andere. Das ist Wahrheit, so wenigstens scheint es mir.«

»So ist es nicht. Du brauchst nur die verschiedenen Geschichtsepochen zu vergleichen, den sogenannten Fortschritt und den Sinn des menschlichen Kampfes, um damit auch die ›Theorien‹ zu erkennen, die dem Kampf die Richtung weisen.«

Glasintschanin meinte sofort, daß das eine Anspielung auf seine abgebrochene Schulbildung sei, und wie immer in solchem Falle, erzitterte er innerlich.

»Ich studiere nicht Geschichte«, begann er.

»Siehst du, wenn du sie studiertest, dann würdest du erkennen ...«

»Aber du studierst sie ja auch nicht.«

»Wie? Das heißt ... ja, natürlich studiere ich sie.«

»Neben den Naturwissenschaften?«

Die Stimme zitterte boshaft. Stikowitsch war einen Augenblick verwirrt, und dann sagte er mit toter Stimme:

»Na ja, wenn du es durchaus wissen willst, neben den Naturwissenschaften befasse ich mich auch mit politischen, historischen und sozialen Fragen.«

»Gut, wenn du es schaffst. Denn, soviel ich weiß, bist du daneben auch Redner, Agitator, Dichter und – Liebhaber.«

Stikowitsch lachte unwillkürlich. Wie etwas Fernes, aber Quälendes fuhr ihm der heutige Nachmittag im verlassenen Schulzimmer durch den Sinn, und erst jetzt erinnerte er sich, daß Glasintschanin und Zorka sich bis zu seinem Eintreffen in der Stadt gern gesehen hatten. Wer selbst nicht liebt, ist auch nicht fähig, die Größe fremder Liebe noch die Kraft der Eifersucht oder die Gefahr, die sich in ihr verbirgt, zu empfinden.

Das Gespräch der beiden jungen Menschen verwandelte sich ohne Übergang in den persönlichen Streit, der von Anfang an zwischen ihnen in der Luft gelegen hatte. Aber junge Menschen fliehen den Streit nicht, wie auch junge Tiere gern untereinander wütende und rauhe Spiele aufführen.

»Was ich bin und womit ich mich befasse, das geht letzten Endes niemand etwas an. Ich frage dich ja auch nicht nach deinen Kubikmetern und Baumstämmen.«

Jener Krampf, der Glasintschanin immer bei der Erwähnung seiner Stellung befiel, schmerzte ihn besonders tief.

»Laß du meine Kubikmeter. Ich lebe davon, aber ich hochstapele nicht damit, ich täusche und verführe niemanden.«

»Wen verführe ich denn?« verriet sich Stikowitsch.

»Jeden oder *jede*, die sich verführen läßt.«

»Das stimmt nicht!«

»Das stimmt. Du weißt selbst, daß es stimmt. Und da du mich nun einmal zum Reden gebracht hast, so will ich es dir sagen.«

»Ich bin nicht neugierig.«

»Aber ich will es dir sagen, denn, auch wenn man den ganzen Tag über Baumstämme steigt, kann man doch manches sehen und lernen und etwas denken und empfinden. Ich will dir sagen, was ich von deinen zahlreichen Berufen und Fähigkeiten, von deinen kühnen Theorien und auch von deinen Versen und deinen Liebschaften halte.«

Stikowitsch machte eine Bewegung, als wolle er aufstehen, aber er blieb auf der Stelle. Klavier und Geige aus dem Kasino hatten schon seit langem das Spiel – den dritten, fröhlichen und lebhaften Teil der Sonatine – wieder aufgenommen, und ihre Musik verlor sich in der Nacht im Rauschen des Flusses.

»Danke, das habe ich von anderen gehört, die klüger sind als du.«

»Nein, nein, entweder kennen dich die anderen nicht oder sie lügen dir etwas vor oder denken wie ich, aber schweigen. Alle deine Theorien, alle deine geistigen Beschäftigungen, auch deine Liebesgeschichten und deine Freundschaften, alles das entspringt deinem Ehrgeiz, dein Ehrgeiz aber ist verlogen und ungesund, denn er entspringt deiner Eitelkeit, einzig und allein deiner Eitelkeit.«

»Ha, ha!«

»Ja. Auch diese nationalen Ideen, die du jetzt so feurig predigst, auch sie sind nur eine besondere Form deiner Eitelkeit. Denn du bist unfähig, weder deine Mutter noch deine Schwester noch deinen eigenen Bruder zu lieben, geschweige denn eine Idee. Nur aus Eitelkeit könntest du gut, freigebig und aufopfernd sein. Denn deine Eitelkeit ist die Hauptkraft, die dich treibt, dein einziges Heiligtum, das einzige, was du mehr liebst als dich selbst. Wer dich nicht kennt, der könnte sich leicht täuschen, wenn er diesen Eifer und deine Kampflust, deine Hingegebenheit an das nationale Ideal, an Wissenschaft, Poesie oder sonst ein hohes Ziel sähe, das über der Persönlichkeit steht. Aber du kannst keiner Sache lange dienen und bei keiner dauernd bleiben, denn deine Eitelkeit läßt das nicht zu. Und in dem Augenblick, da diese Eitelkeit nicht in Frage steht, da wird alles etwas Fremdes und Fernes, für das du keinen Finger krümmen willst noch kannst. Auch dir selbst wirst du ihretwegen untreu werden, denn du bist selbst nur ein Sklave deiner Eitelkeit. Du weißt gar nicht, wie eitel du bist. Ich kenne dich bis auf den Grund deiner Seele, und nur ich weiß, welches Ungeheuer an Eitelkeit du bist.«

Stikowitsch antwortete nichts. Im ersten Augenblick war er von der überlegenen und leidenschaftlichen Rede seines Freundes überrascht, der nun plötzlich in einer unerwarteten Rolle und einem neuen Licht vor ihm auftauchte. Dann begann ihm diese bissige, gleichmäßige Rede, die ihn anfangs beleidigt und herausgefordert hatte, unterhaltsam, ja fast sogar angenehm zu werden. Einzelne Worte trafen ihn allerdings mitten ins Herz und taten weh, aber alles zusammen – dieses ganze scharfe und tiefe Eingehen auf seinen Charakter – schmeichelte und behagte ihm auf eine besondere Art. Denn einem jungen Menschen wie diesem zu sagen, er sei ein Ungeheuer, das bedeutet nur, den Trotz und die Eigenliebe in ihm zu kitzeln. Und wirklich wünschte er, Glasintschanin möge das grausame Wühlen in seinem Innern, diese grelle Projektion seiner versteckten Persönlichkeit fortsetzen, denn er fand darin nur einen weiteren Beweis seiner Außergewöhnlichkeit und seiner Überlegenheit. Sein starrer Blick ruhte auf der weißen Tafel der Mauer gegenüber, die sich im Mondlicht vom roten Stein abhob. Unverwandt starrte er auf diese unverständliche türkische Inschrift, als läse und erriete er aus ihr den tieferen, wahren Sinn dessen, was ihm dieser böse Freund neben ihm scharf und überlegt sagte.

»Auf nichts kommt es dir an, und in Wahrheit liebst du weder noch haßt du, denn für das eine wie das andere muß man, wenigstens für einen Augenblick, aus sich herausgehen, sich aussetzen, vergessen, über sich und seine Eitelkeit hinausgehen. Und das kannst du nicht; es gibt auch nichts, wofür du es tun würdest, selbst wenn du es könntest. Fremder Kummer kann dich nicht rühren, noch weniger dich schmerzen, nicht einmal dein eigener, es sei denn, er schmeichelte deiner Eitelkeit. Du wünschst dir nichts und freust dich über nichts. Du bist nicht einmal neidisch, aber nicht aus Güte, sondern aus grenzenloser Selbstsucht, denn du bemerkst fremdes Glück nicht einmal, ebensowenig wie fremdes Unglück. Dich kann nichts rühren oder bewegen. Du machst vor nichts halt, nicht weil du mutig bist, sondern weil in dir alle gesunden Neigungen verkümmert sind, weil es für dich, neben deiner Eitelkeit, weder Blutsbande noch angeborene Rücksichten, weder Gott noch die Welt, weder Verwandte noch Freunde gibt. Du schätzt nicht einmal deine eigenen Fähigkeiten. Statt des Gewissens kann dich nur verletzte Eitelkeit brennen, denn nur sie allein spricht immer und in allem aus dir und diktiert dein Verhalten.«

»Sagst du das wegen Zorka?« sagte Stikowitsch plötzlich.

»Wenn du es durchaus willst, wir können auch davon sprechen. Ja, auch wegen Zorka. Auch um sie ging es dir nicht soviel. Auch das war nur deine Unfähigkeit, vor irgend etwas haltzumachen oder dich zu beherrschen, wenn es sich dir zufällig und im Augenblick anbietet und deiner Eitelkeit schmeichelt. Ja, du eroberst arme, verwirrte und unerfahrene Lehrerinnen, so wie du Artikel und Gedichte schreibst, Reden und Vorträge hältst. Und noch hast du sie nicht völlig erobert, da fallen sie dir bereits zur Last, denn schon schreit deine Eitelkeit nach mehr und blickt gierig weiter. Aber das ist auch dein Fluch, daß du nirgends verweilen und niemals satt werden und Befriedigung finden kannst. Du unterwirfst alles deiner Eitelkeit, aber du bist ihr erster Sklave und größtes Opfer. Mag sein, daß du noch viel Ruhm und Erfolg erringen wirst, größere Erfolge, als es die Schwäche verrückt gemachter Frauen ist, aber in keinem einzigen wirst du Befriedigung finden, denn deine Eitelkeit wird dich weitertreiben, weil sie alles verschlingt, auch die größten Erfolge, und sie sofort vergißt, jeden, auch den kleinsten Mißerfolg und die kleinste Beleidigung aber behält sie ewig. Und wenn sie alles um dich herum entblättert, gebrochen, beschmutzt, erniedrigt, vertrieben oder vernichtet hat, dann wirst du in dieser Wüste allein bleiben, von Angesicht zu

Angesicht mit deiner Eitelkeit, und du wirst nichts haben, was du ihr anbieten könntest, und dann wirst du dich selbst auffressen, aber auch das wird dir nichts helfen, denn deine Eitelkeit, an bessere Bissen gewohnt, wird dich als Nahrung verschmähen und verwerfen. So bist du, auch wenn du in den Augen der meisten Menschen anders aussiehst, auch wenn du anders von dir denkst. Aber ich kenne dich.«

Hier verstummte Glasintschanin plötzlich.

Auf der Kapija spürte man bereits die Frische der Nacht, und die Stille, von einem stärkeren Rauschen des Wassers begleitet, breitete sich aus. Sie hatten nicht einmal bemerkt, wie die Musik am Ufer aufhörte. Die beiden jungen Menschen hatten vollkommen vergessen, wo sie sich befanden und was sie taten, hingerissen jeder von seinen Gedanken, wie sich nur die Jugend hinreißen läßt. Der eifersüchtige und auch unglückliche »Holzwurm« sprach das aus, worüber er so viele Male leidenschaftlich, tief und lebhaft nachgedacht, wofür er aber niemals die entsprechenden Worte und Ausdrücke hatte finden können; jetzt sagte er es leicht und flüssig, bitter und schwungvoll. Und Stikowitsch lauschte, unbeweglich und auf die weiße Tafel mit der Inschrift wie auf eine Filmleinwand blickend. Jedes Wort traf ihn, jede Schärfe fühlte er, aber in dem, was ihm dieser unsichtbare Kamerad neben ihm sagte, fand er keine Beleidigung und sah auch keine Gefahr mehr. Im Gegenteil, es schien ihm, als wüchse er mit jedem Wort Glasintschanins und als flöge er auf unsichtbaren Flügeln unhörbar und schnell, kühn und erregend, als flöge er hoch über allen Menschen auf der Erde und über ihren Bindungen, Gesetzen und Gefühlen, einsam, stolz und groß, glücklich oder in einem dem Glück ähnlichen Zustand. Er flog über allen. Und diese Stimme und die Worte des Gegners, das war wie das Murmeln der Wasser und das Geräusch der unsichtbaren, niederen Welt, irgendwo tief unter ihm, von der es ihm gleichgültig, was sie ist und wie sie ist, was sie denkt und was sie spricht, denn er überfliegt sie wie ein Vogel die Landschaft.

Der Augenblick, in dem Glasintschanin verstummte, ernüchterte sie beide gleichsam. Sie wagten es nicht, einander anzusehen. Wer weiß, in welcher Richtung der Streit weitergegangen wäre, hätten sich nicht auf der Brücke, vom Markt kommend, ein paar Betrunkene mit endlosem Gesang und lauten Zurufen gezeigt. Sie alle überschrie ein Tenor, der unaufhörlich und zu hoch das alte Lied sang:

Klug bist du, schön bist du,
Awdagas schöne Fata!

Schon an dieser Stimme erkannten sie ein paar jüngere Kaufleute und Besitzersöhne. Die einen gingen aufrecht und langsam, die anderen schwankten und torkelten. Aus den lauten Scherzen konnte man entnehmen, daß sie »Unter den Pappeln« gewesen waren.

Im Laufe der bisherigen Erzählung haben wir noch eine Neuheit in der Stadt vergessen. (Gewiß haben auch Sie bemerkt, wie leicht man das zu sagen vergißt, worüber man nicht gern spricht.)

Vor mehr als fünfzehn Jahren, noch ehe der Bahnbau begann, ließ sich ein Ungar mit seiner Frau in der Stadt nieder. Er nannte sich Terdik, und seine Frau hieß Julka. Sie sprach Serbisch, denn sie stammte aus Novi Sad. Sofort erfuhr man, daß sie mit der Absicht gekommen seien, in der Stadt ein Geschäft zu eröffnen, für das es im Volke keinen Namen gab. Und sie eröffneten es dort am Ende der Stadt, unter den hohen Pappeln, die am Fuße des Strachischte standen, im alten Hause eines Beg, das sie völlig umbauten.

Das war der schamvolle Ort der Stadt. In diesem Hause waren den ganzen Tag die Fenster verhängt. Mit der Dunkelheit aber wurde über dem Eingang eine weiße Karbidlampe angezündet, die die ganze Nacht brannte. Aus dem Erdgeschoß erschallten Lieder und die Töne eines automatischen Klaviers. Unter den jungen Burschen und Lebemännern nannte man die Namen der Mädchen, die Terdik mitgebracht hatte und in seinem Geschäft hielt. Anfangs waren es vier: Irma, Ilona, Frieda und Aranka.

An jedem Freitag konnte man »Julkas Mädchen« sehen, wie sie in zwei Fiakern zur wöchentlichen Untersuchung ins Krankenhaus fuhren. Sie waren weiß und rot geschminkt, trugen Blumen auf den Hüten und lange Sonnenschirme, an denen Spitzenvolants flatterten. Vor diesen Fiakern verbargen die Wischegrader Mütter ihre Töchter und wandten den Kopf mit Gefühlen ab, in denen sich Ekel, Scham und Mitgefühl mischten.

Als die Arbeiten an der Bahn begannen und ein Zustrom von Geld und Arbeitern einsetzte, wurde die Zahl der Mädchen erhöht. Neben dem alten, türkischen Hause baute Terdik ein neues, modernes, mit einem roten Ziegeldach, das man weithin sah. Hier gab es drei Abteilungen. Einen allgemeinen Raum, ein Extrazimmer und einen Offizierssalon. In jedem der drei Räume waren verschiedene Preise und verschiedene Gäste. Hier »Unter den Pappeln«, wie man in der Stadt sagte, konnten jetzt die Söhne und Enkel jener, die einst in Zarijas Schenke, oder später bei Lottika, getrunken hatten, ihr ererbtes oder erworbenes Geld lassen. Hier spielten sich gröbste Scherze, wildeste Schlägereien und Dramen der Leidenschaft, des Trunkes und des Gefühls ab. Viel persönliches und familiäres Unglück der Stadt hatte hier seinen Ursprung.

Mittelpunkt dieser betrunkenen Gesellschaft, die den ersten Teil der Nacht »Unter den Pappeln« verbracht hatte und nun gekommen war, um sich auf der Kapija abzukühlen, war ein gewisser Nikola Petzikosa, ein gutmütiger, blöder junger Bursche, den die Besitzersöhne betrunken machten, um mit ihm ihre Scherze zu treiben.

Ehe die Betrunkenen auf die Kapija kamen, blieben sie an der Einfassung stehen. Man hörte einen betrunkenen und lauten Disput. Nikola Petzikosa wettete um zwei Liter Wein, er wolle auf der steinernen Einfassung bis zum Ende der Brücke gehen. Sie schlossen die Wette, der junge Bursche stieg auf die Einfassung und schritt mit ausgebreiteten Armen, vorsichtig einen Fuß vor den anderen setzend, wie ein Nachtwandler dahin. Als er bis zur Kapija gekommen war, erblickte er die beiden späten Gäste, aber er sprach sie nicht an, sondern, etwas vor sich hinsingend, torkelte er betrunken seinen gefährlichen Weg zu Ende, während die ausgelassene Gesellschaft ihm folgte. Sein ungeheurer Schatten tanzte im schwachen Mondlicht auf der Brücke und brach sich an der Einfassung der gegenüberliegenden Seite.

Auch die Betrunkenen mit ihrem unbändigen Geschrei und ihren sinnlosen Bemerkungen zogen vorüber. Die beiden jungen Menschen erhoben sich nun und gingen ohne Gruß, ein jeder für sich, nach Hause.

Glasintschanin verschwand in der Dunkelheit auf dem Weg zum linken Drinaufer, der ihn zu seinem Hause oben auf dem Okolischte führte. Stikowitsch machte sich langsamen Schrittes nach der entgegengesetzten Seite, zum Markt, auf den Weg. Er ging langsam und unentschlossen. Er mochte den Ort nicht verlassen, an dem es heller und frischer war als in der Stadt. An der Brückeneinfassung blieb er stehen, denn er fühlte das Bedürfnis, sich an irgend etwas festzuhalten, an etwas anzulehnen.

Der Mond stand über der Widowa Gora. An die steinerne Einfassung unmittelbar am Ende der Brücke gelehnt, betrachtete der junge Mensch lange die großen Schatten und wenigen Lichter seiner Heimatstadt, als sähe er sie jetzt zum erstenmal. Im Kasino waren nur noch zwei Fenster erleuchtet. Die Musik war verstummt. Dort führte vielleicht jenes unglückliche Paar, der Arzt und die Frau des Obersten, seine Gespräche über Musik und Liebe oder über ihr persönliches Schicksal, mit dem sich beide weder abfinden noch untereinander einig werden konnten.

Von der Stelle, auf der Stikowitsch jetzt stand, sah man, daß auch in Lottikas Hotel noch ein Fenster erleuchtet war. Der junge Mensch betrachtete diese erleuchteten Fenster zu beiden Seiten der Brücke, als erwarte er von ihnen etwas. Er war erschöpft und traurig. Der halsbrecherische Spaziergang dieses verrückten Petzikosa erinnerte ihn plötzlich an seine früheste Kindheit, als er auf dem Schulweg im Nebel eines Wintermorgens den untersetzten Tschorkan gesehen hatte, wie er auf dieser gleichen Einfassung tanzte. Aber jede Erinnerung an die Kindheit erweckte in ihm Trauer und Unbehagen. Jenes Gefühl der unseligen, aber schwärmerischen Größe und des Weltenfluges über allem und jedem, das Glasintschanins feurige und harte Worte in ihm hervorgerufen, hatte sich jetzt verloren. Es schien ihm, als sei er steil heruntergekommen und krieche jetzt mühevoll auf der dunklen Erde wie alle übrigen. Es quälte ihn auch die Erinnerung an alles, was mit der Lehrerin gewesen und was nicht hätte sein sollen – gerade als habe das ein anderer in seinem Namen getan! – an den Artikel in der Zeitschrift, der ihm schwach und voller Mängel erschien – gerade als habe ihn ein anderer für ihn geschrieben und gegen seinen Willen, aber unter seinem Namen, veröffentlicht! –, an die lange Rede Glasintschanins, die ihm jetzt plötzlich voller Bosheit und Haß, voller schwerster Beleidigungen und wirklicher Gefahren erschien.

Er zitterte vor innerem Erschauern und der Frische, die vom Fluß kam. Als er gerade wachgeworden, bemerkte er erst jetzt, daß beide Fenster im Kasino dunkel geworden waren. Aus dem Gebäude traten die letzten Gäste. Über den dunklen Markt klapperten ihre langen Säbel und schallte ihre laute, gekünstelte Unterhaltung. Schwer löste sich der junge Mensch von der Mauer los, und nach einem Blick auf das erleuchtete Fenster im Hotel, als letztem Licht der ausgestorbenen Stadt, ging er mit langsamen Schritten zu seinem ärmlichen Hause oben auf dem Mejdan.

20

Das einzige Fenster im Hotel, das in dieser Nacht als letztes Zeichen wachenden Lebens in der Stadt hell geblieben, war jenes kleine Fenster im ersten Stock, wo sich Lottikas Zimmer befand. Dort saß Lottika auch heute abend an ihrem überladenen Schreibtisch. Genau wie einst, vor zwanzig und mehr Jahren, wenn sie in dieses Zimmer kam, um wenigstens für einen Augenblick vom Gewühl und Gedränge im Hotel Atem zu schöpfen. Nur daß jetzt unten alles ruhig und finster war.

Schon gegen zehn Uhr hatte sich Lottika in ihr Zimmer zurückgezogen, um schlafen zu gehen. Ehe sie sich niederlegte, ging sie an das Fenster, um noch einmal die Frische des Wassers einzuatmen, und blickte auf jenen letzten Bogen der Brücke im schwachen

Mondlicht, der der einzige und ewig gleiche Ausblick aus ihrem Fenster war. Dann erinnerte sie sich irgendeiner alten Rechnung und setzte sich an den Tisch, um sie zu suchen. Als sie aber einmal begonnen hatte, ihre Rechnungen durchzusehen, ließ sie sich fortreißen, vergaß die Zeit und ihr Schlafbedürfnis und blieb länger als zwei Stunden am Tisch sitzen.

Mitternacht war längst vorüber, aber Lottika reihte, schlaflos und vertieft, Zahl an Zahl und wendete ein Blatt nach dem anderen um.

Lottika war müde. Tagsüber, in Gesprächen und Geschäften, war sie noch immer lebhaft, beweglich und gesprächig, aber des Nachts, wenn sie allein blieb, fühlte sie die ganze Schwere ihrer Jahre und ihre Müdigkeit. Lottika war verfallen. Von ihrer einstigen Schönheit waren nur noch Spuren sichtbar. Sie war abgemagert, gelb im Gesicht, das Haar glanzlos und schütter am Scheitel, und ihre Zähne, einst glänzend und fest wie Stein, hatten sich gelichtet und gelb gefärbt. Der Blick der schwarzen, noch immer strahlenden Augen war hart und manchmal traurig.

Lottika war müde, aber nicht mit jener gesegneten und süßen Müdigkeit nach vieler Arbeit und großem Verdienst, die sie einst getrieben hatte, in diesem gleichen Zimmer Ruhe und Entspannung zu suchen. Das Alter war gekommen, und Zeiten waren angebrochen, die für sie nicht gut waren.

Sie hätte nicht mit Worten ausdrücken und auch sich selbst nicht recht erklären können, aber auf Schritt und Tritt fühlte sie, daß die Zeiten böse geworden waren, wenigstens für den, der nur seinen Gewinn und seine Familie vor Augen hat. Als sie vor dreißig Jahren nach Bosnien gekommen war und ihre Arbeit begonnen hatte, da sah das Leben aus, als sei es aus einem Stück. Alle kümmerten sich um das eine: das Geschäft und die Familie. Jeder stand an seinem Platze, und für jeden war Raum. Über allen aber standen eine Ordnung und ein Gesetz, eine feste Ordnung und ein strenges Gesetz. So war damals Lottika die Welt erschienen. Jetzt aber hatte sich alles verschoben und seinen Platz gewechselt. Die Menschen entzweiten sich und sonderten sich ab, und das, wie es ihr erschien, ohne Ordnung und sichtbaren Sinn. Das Gesetz von Gewinn und Verlust, jenes wunderbare Gesetz, das immer das menschliche Vorgehen geleitet hatte, schien nicht mehr zu gelten, denn so viele Dinge werden getan, geredet und geschrieben, deren Sinn und Ziel sie nicht erkennen und aus denen nur Unheil und Schaden erstehen können. Das Leben zerriß, zerbröckelte und zerfiel. Überhaupt schien es der jetzigen Generation mehr auf ihre Lebensauffassungen denn auf das Leben selbst anzukommen. Das schien irrsinnig und war ihr vollkommen unfaßlich, aber es war so. Und daher verlor das Leben an Wert und verbrauchte sich völlig in Worten. Das sah Lottika klar und fühlte es auf Schritt und Tritt.

Die Geschäfte, die einst vor ihren Augen wie eine Herde fröhlicher Lämmer herumgetanzt waren, lagen jetzt tot und schwer wie jene großen weißen Grabsteine auf dem jüdischen Friedhof. Schon zehn Jahre lang ging das Hotel schlecht. Der Wald um die Stadt war abgeholzt, und die Holzfällerei entfernte sich immer weiter und mit ihnen auch die beste Hotelkundschaft und der Verdienst. Dieser freche und schamlose Flegel Terdik hatte sein »Haus« unter den Pappeln eröffnet und viele von Lottikas Gästen zu sich herübergezogen, denen er leicht und unmittelbar bot, was sie in ihrem Hotel niemals und für kein Geld bekommen konnten. Lottika wütete lange gegen diese unloyale und schändliche Konkurrenz und meinte, das Ende der Zeiten sei gekommen, da es weder Gesetz noch Ordnung noch Möglichkeiten zu ehrlichem Verdienst gäbe. In ihrer Erbitterung hatte sie einmal, noch im Anfang, Terdik einen »Zuhälter« genannt. Er hatte sie vor Gericht verklagt, und Lottika war verurteilt worden und hatte eine Geldstrafe wegen Ehrbeleidigung gezahlt. Aber auch heute nannte sie ihn nicht anders, nur achtete sie ein wenig darauf, zu wem sie sprach. Das neue Offizierskasino hatte sein Restaurant, seinen Keller mit guten Getränken und seine eigenen Übernachtungszimmer, in denen die angesehenen Fremden abstiegen. Gustav, dieser brummige und hinterhältige, aber geschäftstüchtige Gustav, hatte nach so vielen Jahren ihr Hotel verlassen, selbst ein Kaffeehaus am Markt an verkehrsreicher Stelle eröffnet und war aus einem Mitarbeiter zum rücksichtslosen Konkurrenten geworden. Die Gesangvereine und verschiedenen Lesehallen, die, wie wir gesehen haben, in den letzten Jahren in der Stadt entstanden waren, hatten ihre eigenen Lokale und zogen viele Gäste an.

Es herrschte nicht mehr das einstige Leben, weder im großen Saal noch erst recht nicht im Extrazimmer. Dort aßen nur noch vereinzelte unverheiratete Beamte, las man Zeitungen und trank seinen Kaffee. Jeden Nachmittag kam Alibeg Paschitsch, der schweigsame und ergebene Freund aus Lottikas Jugend. Er war noch immer gemessen und diskret in Rede und Bewegung, ordentlich und sorgfältig gekleidet, aber er war völlig ergraut und schwerfällig geworden. Wegen seiner schweren Zuckerkrankheit, an der er schon seit Jahren litt, servierte man ihm den Kaffee mit Sacharin. Ruhig rauchte er und lauschte, nach seiner Gewohnheit schweigend, auf Lottikas Gespräch. Und wenn seine Zeit gekommen war, erhob er sich genauso ruhig und schweigend und ging zu seinem Hause in Crntsche. Hier war täglich auch Lottikas Nachbar, der Herr Pawle Rankowitsch. Schon seit langem trug er keine Volkstracht mehr, sondern europäische Kleidung, nur den flachen, roten Fez hatte er beibehalten. Noch immer trug er ein Hemd mit gestärkter Brust, steifem Kragen und runden Manschetten, auf denen er sich Nummern und vorübergehende Rechnungen aufschrieb. Schon seit langem war es ihm gelungen, den ersten Platz am Wischegrader Markt einzunehmen. Seine Stellung war jetzt gefestigt und gesichert, aber auch er war nicht frei von Sorgen und Schwierigkeiten. Wie alle älteren und wohlhabenderen Leute, verwirrten auch ihn die neuen Zeiten, der tosende Ansturm neuer Ideen und die neue Art zu leben, zu denken und sich auszudrücken. Für ihn war alles das von einem Wort umschlossen: »Politik.« Und diese »Politik« war das, was ihn verwirrte und ärgerte und ihm auch diese Jahre verbitterte, die nach so langen Jahren voller Arbeit, Sparsamkeit und Verzicht Jahre der Ruhe und der Zufriedenheit hätten sein sollen. Denn um keinen Preis wollte er sich von der Mehrzahl seiner Landsleute absondern oder sich ihnen entfremden, ebensowenig aber wollte er mit den Behörden in Konflikt geraten, mit denen er immer in Frieden und wenigstens formell in Übereinstimmung zu leben wünschte. Und das war schwer, fast unmöglich zu erreichen. Nicht einmal mit seinen eigenen Söhnen verstand er sich, wie es sich gehörte. Sie waren für ihn, wie auch die ganze übrige Jugend, einfach unbegreiflich und unberechenbar. Und mit der Jugend gingen aus innerem Bedürfnis oder aus Schwäche auch viele ältere Leute. Ihrer Haltung, ihrem Lebenswandel und ihrem ganzen Verhalten nach erschienen Herrn Pawle diese jungen Leute als Abtrünnige, als dächten sie nicht daran, daß es sich auch für sie gezieme, in dieser Ordnung der Dinge zu leben und zu sterben, sondern als wollten sie ihr Leben außerhalb der Gesetze wie Räuber in den Bergen verbringen. Diese Jugend achtete nicht darauf, was sie sagte, nicht auf das, was sie tat, zählte nicht, was sie verbrauchte; am wenigsten befaßte sie sich mit ihren eigenen Angelegenheiten, sie aß das Brot, ohne zu fragen, woher es käme, und sie redete, redete, redete, »bellt die Sterne an«, wie sich Herr Pawle in seinen Disputen mit seinen Söhnen ausdrückte.

Dies Denken ohne Grenzen, dies Sprechen ohne Maß und dies Leben ohne Verantwortung und gegen die Vernunft brachte ihn, der zeit seines Lebens mit Rechnungen und nach der Vernunft gelebt hatte, zu Wut und Verzweiflung. Wenn er sie sah und anhörte, ergriff ihn die Angst, es schien ihm, als rührten sie unvorsichtig und leichtmütig sogar an die Grundlagen des Lebens, an jenes, das ihm das Höchste und Heiligste war. Wenn er von ihnen eine Erklärung forderte, die ihn überzeugt und beruhigt hätte, dann antworteten sie ihm verächtlich und von oben herab mit großen und unklaren Worten wie: Freiheit, Zukunft, Geschichte, Wissenschaft, Ruhm, Größe. Und ihm sträubten sich bei diesen abstrakten Worten die Haare. Darum trank er gern seinen Kaffee bei Lottika, mit der er über Geschäfte und Ereignisse sprechen konnte, und zwar auf der Grundlage einer alten und anerkannten Ordnung, fern von »Politik« und gefährlichen großen Worten, die alles in Frage stellten, aber nichts erklärten oder bestätigten. Beim Gespräch zog er oft seinen kleinen Bleistift hervor, der zwar nicht mehr der von vor zwanzig Jahren war, aber genauso abgenützt und unsichtbar klein aussah, und alles, was sie sprachen, stellte er auf die unfehlbare und unbestechliche Probe der Zahlen. Im Gespräch ließen sie manches längst vergangene Erlebnis oder manchen Scherz aufleben, dessen Teilnehmer meist schon gestorben waren, dann ging auch Herr Pawle, gebeugt und besorgt, in seinen Laden am Markt hinüber. Und Lottika blieb allein mit ihren Sorgen und ihren verwickelten Rechnungen.

Nicht besser als um die Hoteleinnahmen stand es auch um Lottikas Spekulationen. In den ersten Jahren nach der Besetzung hatte es genügt, die Aktien irgendeines Betriebes zu kaufen, und man war sicher gewesen, daß man sein Geld gut angelegt hatte und daß nur die Höhe des Gewinns fraglich war. Aber damals war das Hotel eben erst eröffnet worden, und Lottika hatte weder über genug Bargeld verfügt noch damals den Kredit besessen, den sie sich später erwarb. Und als sie Geld und Kredit besaß, hatte sich die Lage auf den Märkten bereits geändert. Eine der größten zyklischen Krisen hatte um die Jahrhundertwende die österreichisch-ungarische Monarchie erfaßt. Lottikas Papiere begannen wie Staub vor dem Winde zu tanzen. Sie weinte vor Wut, wenn sie des Sonntags den Wiener »Merkur« mit den letzten Kursnotierungen las. Alle Einkünfte des Hotels, das damals noch gut ging, reichten bei weitem nicht aus, um die Löcher zu stopfen, die der allgemeine Sturz aller Werte gerissen hatte. Damals erlitt sie einen schweren Nervenzusammenbruch, der volle zwei Jahre anhielt. Sie war wie irrsinnig vor Schmerz. Sie sprach mit den Leuten, aber weder hörte sie, was man ihr sagte, noch dachte sie an das, was sie sprach. Sie sah ihnen starr ins Gesicht, aber sie sah nicht sie, sondern die kleinen Rubriken des »Merkur«, die ihr Glück oder Unglück bringen würden. Damals begann sie, Lose zu kaufen. Wenn schon alles nur Glücksspiel und Laune des Zufalls war, dann mochte es das auch ganz und gar sein. In dieser Zeit hatte sie alle nur möglichen Lose aus aller Herren Länder. Es gelang ihr, sich ein Viertellos der großen Spanischen Weihnachtslotterie, deren Hauptgewinn fünfzehn Millionen Peseten betrug, zu beschaffen. Sie zitterte vor jeder Ziehung und weinte über den Listen der gezogenen Lose. Sie betete zu Gott, es möge das Wunder geschehen, daß ihr Los den Hauptgewinn ziehe. Aber sie gewann nie.

Vor sieben Jahren hatte sich Lottikas Schwager Zahler mit zwei wohlhabenden Pensionären zusammengetan, und sie hatten in der Stadt eine »Moderne Milchgenossenschaft« gegründet. Drei Fünftel des Gründungskapitals hatte Lottika dazugesteuert. Das Geschäft war im großen geplant gewesen. Man hatte gerechnet, daß die ersten Erfolge, die nicht ausbleiben konnten, die Aufmerksamkeit von Kapitalgebern außerhalb der Stadt, ja auch außerhalb Bosniens auf sich ziehen würden. Gerade als sich das Unternehmen in diesem kritischen Übergangsstadium befand, brach indessen die Annexionskrise aus. Das vernichtete jede Hoffnung auf die Heranziehung neuen Kapitals. Diese Gebiete an der Grenze wurden so unsicher, daß auch die bereits investierten Kapitalien zu fliehen begannen. Die Genossenschaft wurde nach zwei Jahren unter völligem Verlust des ganzen angelegten Kapitals liquidiert. Lottika mußte die besten und sichersten Papiere, wie die Aktien der Sarajewoer Brauerei AG und der Tuslaer Sodafabrik Solvaj, abstoßen, um den Verlust zu decken.

Hand in Hand mit diesen finanziellen Mißerfolgen, als seien sie mit ihnen verbunden, gingen auch Sorgen und Enttäuschungen in der Familie. Die eine der Zahlerschen Töchter, Irene, hatte sich zwar unerwartet gut verheiratet. (Lottika gab die Aussteuer.) Aber die ältere Tochter Minna war sitzengeblieben. Verbittert über die Heirat der jüngeren Schwester und unglücklich in ihren Verlobungen, war sie vor der Zeit zu einer bissigen und schrulligen alten Jungfer geworden, die das Leben im Hause und die Arbeit im Hotel schwerer und unerträglicher machte, als sie ohnedies schon waren. Zahler, der nie lebhaft und beweglich gewesen, war noch schwerfälliger und unentschlossener geworden und lebte im Hause wie ein stummer und gutmütiger Gast, der weder Schaden noch Nutzen brachte. Zahlers Frau, Deborah, hatte trotz ihrer Kränklichkeit in vorgerückten Jahren noch einen Sohn geboren, der aber unentwickelt und verkrüppelt war. Jetzt war er schon zehn Jahre alt, aber noch immer konnte er weder richtig sprechen noch auf den Füßen stehen, sondern drückte sich in unklaren Lauten aus und kroch auf den Händen im Hause umher. Dieses kümmerliche Geschöpf war aber so gut und zutulich, und so krampfhaft klammerte es sich an seine Tante Lottika, die es mehr liebte als seine eigene Mutter, daß Lottika, trotz allen ihren Sorgen und Geschäften, sich auch um das Kind kümmerte, es fütterte, anzog und schlafen legte. Wenn sie jeden Tag diese Jammergestalt eines Kindes vor sich sah, dann tat es ihr in der Seele weh, daß die Geschäfte nicht besser gingen und man nicht mehr Geld hatte, um es nach Wien zu den großen Ärzten in eine Anstalt zu schicken, oder daß nicht ein Wunder geschah und die Gelähmten mit Gottes Willen von den guten Taten und Gebeten der Menschen gesund wurden. Auch jene Schützlinge Lottikas aus Galizien, die sie während der guten Jahre ausbilden ließ oder verheiratet hatte, machten ihr genug Sorge und brachten Enttäuschungen. Es gab unter ihnen auch solche, die ihre Familie gegründet, ein Geschäft angefangen und Vermögen erworben hatten. Von ihnen bekam Lottika regelmäßig Glückwünsche, Briefe voller Hochachtung und Dankbarkeit und regelmäßige Berichte über den Stand der Familie. Aber die Apfelmaier, die Lottika auf den Weg gebracht, auf Schulen geschickt oder an den Mann gebracht hatte, unterstützten und nahmen keine neuen armen Angehörigen auf, die in Galizien geboren wurden und heranwuchsen, sondern kümmerten sich, in fremden Städten wohnend, nur um sich und ihre eigenen Kinder. Es war, als läge für sie der größte Teil ihres Erfolges darin, Tarnow und das enge, ärmliche Milieu, aus dem sie hervorgegangen waren und sich glücklich befreit hatten, möglichst schnell und möglichst vollständig zu vergessen. Und Lottika selbst konnte nicht mehr wie einst geben und die armen Angehörigen aus Tarnow auf den rechten Weg bringen. Aber niemals legte sie sich nieder oder stand auf, ohne daß sie wie ein Schmerz der Gedanke durchzuckte, daß gerade jetzt einer der Ihren dort in Tarnow hoffnungslos und für immer in Unwissenheit und Schmutz versinke, in jener beschämenden Not, die sie so gut kannte und gegen die sie ihr ganzes Leben lang kämpfte.

Aber auch bei denen, die sie gefördert hatte, gab es genug Anlaß zu Trauer und Unzufriedenheit. Gerade die besten unter ihnen stolperten nach den ersten Erfolgen und schönen Hoffnungen und wurden wankend. Eine Nichte, eine begabte Pianistin, die mit Lottikas Hilfe und Bemühungen das Wiener Konservatorium besucht hatte, vergiftete sich vor einigen Jahren, zur Zeit ihrer ersten und schönsten Erfolge, niemand wußte warum.

Einer der Neffen, Albert, die Hoffnung der Familie und Lottikas Stolz, hatte seine ganze Ausbildung auf dem Gymnasium und auf der Universität mit ausgezeichnetem Erfolg abgeschlossen und nur, weil er Jude war, nicht »sub auspiciis regis« promoviert und den kaiserlichen Ring erhalten, wie Lottika insgeheim gehofft. Trotzdem hatte ihn sich Lottika wenigstens als angesehenen Rechtsanwalt in Wien oder Lemberg vorgestellt, wenn er schon als Jude kein hoher Staatsbeamter werden konnte, was ihrem Ehrgeiz am besten entsprochen hätte. Und auch darin hätte sie ihren Lohn für alle ihre Opfer um seine Ausbildung gesehen. Aber hier hatte sie eine schmerzliche Enttäuschung erleben müssen. Der junge Doktor der Rechtswissenschaften war unter die Journalisten gegangen und Mitglied der Sozialistischen Partei geworden, und zwar jenes extremen Flügels, der sich bei dem Wiener Generalstreik im Jahre 1906 hervortat. Und Lottika mußte mit eigenen Augen in den Wiener Zeitungen lesen, daß »bei der Säuberung Wiens von umstürzlerischen, fremden Elementen auch der bekannte jüdische Aufwiegler, Dr. Albert Apfelmaier, ausgewiesen wurde, nachdem er die ihm zugesprochene Strafe von zwanzig Tagen Arrest abgesessen hatte«. Das war in der Sprache des Städtchens das gleiche, als wäre er unter die Räuber gegangen. Nach einigen Monaten erhielt Lottika von ihrem lieben Albert einen Brief, in dem er sich als Emigrant aus Buenos Aires meldete.

In jenen Tagen fand sie auch in ihrem Zimmerchen keine Ruhe. Mit dem Brief in der Hand ging sie zu Schwester und Schwager, und, verzweifelt und ganz außer sich, schrie sie ihrer Schwester Deborah, die nur weinen konnte, zornerfüllt ins Gesicht:

»Was soll aus uns werden? Ich frage dich, was soll aus uns werden, wenn es niemand versteht, sich zu erheben und auf eigenen Füßen zu stehen. Sobald du ihn nicht mehr am Gängelband führst, da fällt er. Was kann aus uns werden? Verflucht sind wir, das ist es!«

»Gott, Gott, Gott!« seufzte die arme Deborah auf deutsch und vergoß dicke Tränen. Auf Lottikas Frage konnte sie natürlich nichts antworten. Lottika selbst fand keine Antwort, sondern schlug die Hände zusammen und hob die Augen zum Himmel, aber nicht weinerlich und eingeschüchtert wie Deborah, sondern wuterfüllt und verzweifelt.

»Sozialist ist er geworden! So-zia-list! Ist es denn noch nicht genug, daß wir Juden sind, nein, auch noch das! Oh, großer, einziger Gott, wo habe ich gefehlt, daß du mich so strafst? Sozialist!«

Sie beklagte Albert wie einen Verstorbenen und sprach nicht mehr von ihm.

Drei Jahre danach verheiratete sich eine der Nichten, eine Schwester des gleichen Albert, sehr gut in Budapest. Lottika kümmerte sich um die Aussteuer des Mädchens und führte das Hauptwort in der moralischen Krise, die diese Heirat in der zahlreichen Familie der Tarnower Apfelmaier hervorrief, die nur an Kindern und einer makellos reinen religiösen Tradition reich waren. Der Mann, den diese Nichte heiraten sollte, war ein reicher Börsenmakler, aber ein Christ, ein Calvinist, und er stellte als Bedingung, daß das Mädchen zu seinem Glauben übertrete. Die Eltern widersetzten sich, aber Lottika, die ständig das Interesse der *ganzen* Familie vor Augen hatte, erklärte, es sei schwer, mit soviel Menschen an Bord einen geraden Kurs zu steuern, und man müsse manchmal zur Rettung aller etwas Ballast über Bord werfen. Sie stützte das Mädchen. Und ihr Wort war entscheidend. Das Mädchen ließ sich taufen und heiratete. Lottika hoffte, daß es ihr mit Hilfe dieses Schwagers gelingen würde, wenigstens noch den einen oder anderen Verwandten, die herangewachsen waren, in die Budapester Geschäftswelt einzuführen. Aber das Unglück wollte es, daß der reiche Budapester Börsenmakler schon im ersten Jahre der Ehe starb. Vor Trauer wurde die junge Frau geistesgestört. Die Monate vergingen, und ihre große Niedergeschlagenheit wich nicht. Und nun lebte die junge Witwe schon das vierte Jahr in Budapest, ihrer unnatürlichen Trauer hingegeben, die wie ein stiller Wahnsinn war. Die große, reich eingerichtete Wohnung hatte sie mit schwarzem Tuch ausschlagen lassen. Und jeden Tag ging sie auf den Friedhof, setzte sich an das Grab des Mannes und las ihm leise und hingegeben die Tageskurse der Börse von Anfang bis Ende vor. Auf alle Bemühungen, sie davon abzubringen und aus der Lethargie, in die sie verfallen, herauszureißen, antwortete sie sanft, das habe der Verstorbene über alles geliebt und das sei ihm die schönste Musik gewesen, die er gekannt habe.

So hatten sich viele verschiedene Schicksale in diesem kleinen Zimmer angehäuft. Viele Rechnungen, viele unsichere Forderungen, viele für immer abgeschriebene und gelöschte Positionen in Lottikas großer und verzweigter Buchführung. Aber das Geschäftsprinzip war das gleiche geblieben. Lottika war müde, aber nicht entmutigt. Nach jedem Verlust und Mißerfolg sammelte sie sich, biß die Zähne zusammen und verteidigte sich weiter. Denn alle ihre Arbeit in den letzten Jahren war nur Verteidigung, aber sie wehrte sich mit dem gleichen Ziel vor Augen und mit der gleichen Hartnäckigkeit, mit der sie einst erworben und aufgebaut hatte. In diesem Hotel war sie der »männliche Kopf« und für die ganze Stadt »Tante Lottika«. Noch immer erwarteten, hier wie draußen in der Welt, genug Menschen ihre Hilfe, ihren Rat oder wenigstens ein gutes Wort, und sie fragten nicht und dachten nicht daran, ob Lottika vielleicht müde sei. Sie war wirklich müde; mehr, als irgend jemand ahnte, und mehr, als ihr selbst bewußt war.

Die kleine hölzerne Uhr an der Wand schlägt eins. Lottika erhebt sich schwer und stützt sich mit den Händen im Kreuz. Sorgfältig löscht sie die große grüne Lampe auf dem Holzgestell, und mit den kleinen Schritten einer alten Frau, mit denen sie sich nur in ihrem eigenen Zimmer und so vor dem Schlafen bewegt, begibt sie sich zur Ruhe.

Über der schlafenden Stadt schließt sich die volle Dunkelheit.

21 Schließlich war auch das Jahr 1914 herangekommen, das letzte Jahr der Chronik von der Drinabrücke. Es war gekommen wie alle früheren Jahre, im ruhigen Schritt der irdischen Zeitläufe, aber unter dem dunklen Getöse immer neuer und immer ungewöhnlicherer Ereignisse, die einander wie Wellen überstürzten. So viele Jahre Gottes waren über die Stadt neben der Brücke hinweggegangen und ebenso viele werden über sie noch hinweggehen. Allerlei Arten von Jahren waren es und werden es noch sein, aber das Jahr 1914 wird immer einzig dastehen. So wenigstens meinen jene, die es überlebt haben. Ihnen scheint es, als ob man – wieviel darüber auch gesprochen und geschrieben werden mag – niemals alles wird sagen können und dürfen, was man damals auf dem Grunde der menschlichen Geschichte, hinter dem Zeitgeschehen erschaut hatte. Wer vermöchte – so denken sie! – jene kollektiven Zuckungen auszudrücken und zu vermitteln, von denen plötzlich die Massen erschüttert wurden und die von den lebenden Wesen auch auf die toten Gegenstände, auf Landschaften und Gebäude übergingen? Wie sollte man jenes Wogen in den Menschen beschreiben, das von stummer, tierischer Angst bis zu selbstmörderischer Begeisterung, von den niedrigsten Trieben der Blutgier und des hinterhältigen Raubes bis zu den höchsten Taten des Märtyrertums reichte, in denen der Mensch über sich selbst hinauswuchs und für einen Augenblick die Sphären höherer Welten berührte, in denen andere Gesetze walten? Niemals wird das ausgedrückt werden können, denn wer es anschaute und überlebte, der verstummt für immer, und die Toten können ohnehin nicht sprechen. Das sind Dinge, die man nicht ausspricht, sondern vergißt. Denn vergäße man sie nicht, wie könnten sie sich dann wiederholen?

In jenem Sommer des Jahres 1914, als die Herren über die Geschicke der Menschen die Völker Europas vom Spielplatz des allgemeinen Wahlrechtes in die schon früher vorbereitete Arena der allgemeinen Wehrpflicht führten, bot die Stadt ein kleines, aber sprechendes Bild der ersten Symptome einer Erkrankung, die mit der Zeit Europa und dann die ganze Welt befallen sollte. Es war die Zeit an der Grenze zweier Epochen der menschlichen Geschichte. Nur sah man viel deutlicher den Abschluß jener Epoche, die hier endete, als man den Beginn der neuen erkannte, die sich erst eröffnete. Damals suchte man für Gewalttätigkeit noch eine Rechtfertigung und fand für Greueltaten irgendeinen Namen, den man aus der geistigen Schatzkammer des vergangenen Jahrhunderts entlehnte. Alles, was geschah, hatte noch das Aussehen scheinbarer Würde und den Reiz des Erstmaligen, jenen unheimlichen, kurzen und unaussprechlichen Reiz, der später so spurlos verschwand, daß ihn auch diejenigen, die ihn damals so lebhaft empfanden, nicht mehr in der Erinnerung wachrufen können.

Aber dies sind Dinge, die wir nur am Rande erwähnen und die die Dichter und Wissenschaftler künftiger Epochen mit Mitteln und in Formen, die wir nicht ahnen, und mit einer Klarheit, Freiheit und geistigen Kühnheit, die weit über der unsrigen liegen, untersuchen, deuten und wiederaufleben lassen werden. Sie werden wahrscheinlich auch für dieses sonderbare Jahr eine Erklärung zu finden wissen und ihm seinen Platz in der Geschichte der Welt und der Menschheitsentwicklung zu bestimmen vermögen. Hier für uns ist es einzig und vor allem das Jahr, in dem sich das Schicksal der Brücke über die Drina erfüllte.

Der Sommer 1914 wird in der Erinnerung jener, die ihn hier verlebten, als der strahlendste und schönste Sommer seit Menschengedenken bleiben, denn in ihrem Bewußtsein glänzt und leuchtet er auf einem ganzen gewaltigen und düsteren Horizont des Todes und Unglücks, der sich bis in das Unabsehbare erstreckt.

Und dieser Sommer begann in der Tat gut, besser als so viele frühere. Die Pflaumenbäume hatten, wie seit langem nicht, Frucht angesetzt, und das Getreide stand gut. Nach einem Jahrzehnt der Krisen und Erschütterungen hoffte das Volk wenigstens auf eine Windstille und ein gutes Jahr, das in jeder Hinsicht den Schaden und das Unheil der früheren wieder gutgemacht hätte. (Die schlimmste und tragischste Schwäche von allen Schwächen der Menschen ist zweifellos seine völlige Unfähigkeit, vorauszuahnen, die im allgemeinen Widerspruch zu seinen vielen Gaben, Künsten und seinem Wissen steht.)

Ein solches Ausnahmejahr mit einem besonders glücklichen und günstigen gegenseitigen Zusammenwirken von Sonnenwärme und Erdfeuchte war angebrochen, da diese breite Wischegrader Niederung vor Überfluß an Kraft und allgemeinem Bedürfnis, Frucht zu tragen, erbebte. Die Erde schwoll auf, und alles, was in ihr noch lebte, das keimte auf, trieb Knospen, setzte Blätter an und trug hundertfache Frucht. Förmlich sah man diesen Atem der Fruchtbarkeit, wie er als warmer, bläulicher Dunst über jeder Furche und jeder Scholle zitterte. Kühe und Ziegen spreizten die Hinterbeine und gingen schwer vor strotzend prallen Eutern. Die Weißfische, die jedes Jahr mit Beginn des Sommers in Scharen den Rsaw herabkommen, um an seiner Mündung zu laichen, traten in solchen Mengen auf, daß sie die Kinder aus den Untiefen mit kleinen Eimern zusammenschaufelten und auf dem Ufer ausschütteten. Auch der poröse Stein in der Brücke sog sich voll und strotzte, wie lebend, vor Kraft und Überfluß, die aus der Erde hervordrangen und über der ganzen Stadt wie eine freudige Glut schwebten, in der alles schneller atmete und lebhafter wucherte.

Nicht häufig sind solche Sommer in der Wischegrader Niederung. Aber wenn einer von ihnen kommt, dann vergessen die Menschen alles gewesene Übel und denken nicht an das, was noch kommen mag, sondern leben, selbst nur ein Teil in diesem Spiel der Feuchtigkeit und Wärme und der drängenden Säfte, das verdreifachte Leben dieser Niederung, auf die sich der Segen der Fruchtbarkeit herniedergesenkt hat.

Auch der Bauer, der immer einen Anlaß findet, über etwas zu klagen, muß zugeben, daß das Jahr gut wird, nur fügt er bei jedem Lobeswort hinzu: »Wenn es so bleibt ...« Die Städter stürzten sich damals kopfüber in die Geschäfte und tauchten leidenschaftlich in ihnen wie Bienen und Hummeln in den Blütenkelchen unter. Sie gehen auf die umliegenden Dörfer, um auf das Getreide auf dem Halm und die Pflaumen im Fruchtknoten ein Angeld zu geben. Verwirrt durch diesen Ansturm gerissener Kundschaft und durch den großen und ungewöhnlichen Ertrag, steht der Bauer vor den Obstbäumen, die sich schon unter ihrer Last biegen, oder vor dem wogenden Acker und kann gegenüber dem Städter, der sich zu ihm hinausbemüht hat, nicht vorsichtig und zurückhaltend genug sein. Diese Vorsicht und diese Zurückhaltung aber geben seinem Gesicht einen angestrengten und besorgten Ausdruck, der wie ein Zwillingsbruder jener betrübten Maske gleicht, die die Gesichter der Bauern in den Jahren der Mißernte tragen.

Zu den größeren und stärkeren Kaufherren kommt der Bauer selbst ins Haus. Der Laden von Kaufmann Pawle Rankowitsch ist an Markttagen voller Bauern, die Geld brauchen. So ist es auch der Laden des Kaufmanns Santo Papo, der schon seit langem der erste unter den Wischegrader Juden ist. (Denn wenn es auch schon seit vielen Jahren Banken und die Möglichkeit von Hypothekenkrediten gibt, so lieben es doch die Bauern, besonders die älteren, Geld auf alte Art bei den städtischen Kaufherren aufzunehmen, bei denen sie ihre Ware kaufen und bei denen schon ihre Väter Geld aufnahmen.)

Kaufmann Santos Laden und Magazin ist eines der höchsten und festesten am Wischegrader Markt. Es ist gebaut aus festem Stein, mit dicken Mauern und einem Fußboden aus Steinplatten. Die schweren Türen und die Fensterläden sind aus Schmiedeeisen, und an den hohen und schmalen Fenstern sind starke und dichte Gitter.

Der vordere Teil des Magazins dient als Laden. An den Wänden sind tiefe Holzregale voller Emailgeschirr. An der Decke, die ungewöhnlich hoch ist, so daß sie sich in der Dunkelheit verliert, hängt die leichtere Ware, Lampen in allen Größen, Kaffeetöpfe, dann Käfige, Mäusefallen und andere Gegenstände aus Drahtgeflecht. Alles das hängt, zusammengebunden zu großen Trauben. Am langen Ladentisch stehen aufgehäuft Kisten mit Nägeln, Säcke mit Zement, Gips und verschiedenen Farben; Hacken, Schaufeln und Spitzhacken ohne Stiel sind auf Draht zu schweren Ketten aufgereiht. In den Ecken stehen große Blechfässer mit Petroleum, Lack, Terpentin und Firnis. Hier herrscht mitten im Sommer Kälte und am Tage Dämmerung.

Der größte Teil der Ware aber befindet sich in den Räumen, die hinter dem Laden liegen und in die eine niedrige Öffnung mit eiserner Tür führt. Da ist die schwere Ware: eiserne Öfen, Schienen, Träger, Pflugscharen, Brechstangen und anderes schweres Werkzeug. Alles ist zu hohen Stapeln aufgeschichtet, so daß man zwischen der Ware nur auf schmalen Wegen wie zwischen hohen Wänden hindurchgeht. Hier herrscht ewige Dunkelheit, und man geht nicht ohne Lampe hinein.

Aus den dicken Mauern, dem Steinfußboden und den aufgeschichteten Eisenwaren weht ein eisiger und scharfer Hauch von Stein und Metall, der sich weder vertreiben noch erwärmen läßt. Dieser Hauch macht aus den frisch aussehenden, lebhaften Lehrlingen in ein paar Jahren schweigsame, blasse und aufgedunsene, aber kluge, sparsame und ausdauernde Handlungsgehilfen. Er ist zweifellos auch den Generationen der Eigentümer schwer und schädlich, aber er ist ihnen zugleich auch lieb und teuer als Gefühl des Besitzes, Gedanke an Verdienst und Quelle des Reichtums.

Der Mann, der jetzt im vorderen Teil dieses kalten und dämmerigen Magazins an einem kleinen Tisch neben einem großen stählernen Geldschrank, Marke Wertheim, sitzt, gleicht nicht im geringsten jenem stürmischen und lebhaften Santo, der einst, vor dreißig Jahren, so nachdrücklich »Rum für Tschorkan!« zu rufen vermochte. Die Jahre und die Arbeit im Magazin haben ihn verändert. Er ist dick und schwerfällig, gelb im Gesicht; um die Augen hat er dunkle Ringe, die bis auf die halbe Wange reichen; sein Augenlicht hat nachgelassen, seine schwarzen und stark hervorstehenden Augen, die hinter einer Brille mit dicken Gläsern und Metallrahmen hervorblicken, haben einen strengen und erschreckten Ausdruck. Noch immer trägt er einen Fez von kirschroter Farbe, als einzigen Überrest der einstigen türkischen Tracht. Sein Vater, Kaufmann Mento Papo, ein kleiner und weißhaariger Greis in den Achtzigern, hält sich noch ziemlich gut, nur auf seine Augen kann er sich nicht mehr verlassen. Wenn der Tag sonnig ist, dann kommt er in das Magazin. Mit seinen tränenden Augen, die hinter den dicken Gläsern aussehen, als wollten sie jeden Augenblick überlaufen, betrachtet er den Sohn an der Kasse und den Enkel am Ladentisch, atmet jenen Hauch des Magazins ein und geht dann, mit der rechten Hand auf die Schulter seines zehnjährigen Urenkels gestützt, wieder nach Hause.

Santo hat sechs Töchter und fünf Söhne, von denen die meisten verheiratet sind. Sein ältester Sohn, Rafo, hat schon erwachsene Kinder und hilft dem Vater im Geschäft. Einer der Söhne Rafos, der den Namen des Großvaters trägt, geht bereits auf das Gymnasium in Sarajewo. Er ist ein blasser, kurzsichtiger und schlanker Junge, der schon seit seinem achten Jahre bei Schulfeiern die humoristischen Gedichte des Dichters Zmaj vollendet deklamiert, sonst schlecht lernt, weder gern in die Synagoge geht noch in den Ferien im großväterlichen Magazin helfen mag, aber erzählt, er wolle Schauspieler oder irgend etwas anderes Berühmtes und Ungewöhnliches werden.

Kaufmann Santo sitzt, über das große, schon ziemlich abgegriffene und fettige Rechnungsbuch mit alphabetischem Register gebeugt, und neben ihm hockt auf einer leeren Nagelkiste der Bauer Ibro Tschemalowitsch aus Usawnitza. Kaufmann Santo rechnet zusammen, wie viel Ibro ihm bereits schuldet und wieviel er demgemäß und unter welchen Bedingungen jetzt als neues Darlehen erhalten könnte.

»*Cincuenta, cincuenta y ocho … cincuenta y ocho, sesenta y tres …*«, flüstert Kaufmann Santo, in altspanischer Sprache zusammenzählend.

Der Bauer sieht ihn voll besorgter Erwartung an, als handle es sich um ein Teufelsspiel und nicht um eine Rechnung, die er auf Heller und Pfennig kennt und sogar im Traum im Kopfe hat. Sobald Santo zusammengerechnet hat und den Betrag der Schuld mit Zinsen nennt, brummt der Bauer langsam durch die Zähne: »So viel wird es wohl sein?«, nur um dadurch Zeit zu gewinnen, seine Rechnung mit der von Santo zu vergleichen.

»*So* ist es, Ibraga, und nicht anders«, antwortet ihm Santo mit seiner für solche Fälle geheiligten Formel.

Nachdem sie sich so über den Stand der jetzigen Schuld einig geworden sind, muß der Bauer nun um ein neues Darlehen nachsuchen und Santo sich über seine Möglichkeiten und Bedingungen äußern. Aber das geht weder leicht noch schnell. Zwischen ihnen entspinnt sich nun ein Gespräch, das bis in die Kleinigkeiten den Gesprächen gleicht, die der Vater dieses Ibro mit Santos Vater Mento vor fünfzig Jahren an der gleichen Stelle um die Erntezeit führte. Das eigentliche Hauptthema des Gespräches muß in einem Wortschwall vorgebracht werden, der an und für sich nichts bedeutet und völlig überflüssig, ja sogar sinnlos erscheint. Ein Uneingeweihter, der sie sähe und ihnen zufällig zuhörte, würde oft meinen, daß sich das Gespräch überhaupt nicht um Geld und Darlehen dreht. So wenigstens erscheint es zeitweise.

»Die Pflaumen werden gut, und auch das andere Obst hat gut angesetzt, wie in keinem anderen Kreis«, sagt Santo, »es wird ein Jahr, wie es lange nicht gewesen ist.«

»So ist es, Gott sei Dank, alles ist gut gewachsen: gebe Allah, daß es so bleibt, dann gibt es Obst und Brot; wir werden keinen Mangel leiden. Aber wer weiß, wie die Preise werden«, sagt der Bauer besorgt, während er mit dem Daumen die Naht seiner Hose aus grobem grünem Stoff reibt und Santo von unten herauf anblickt.

»Jetzt weiß man das noch nicht, aber wenn du es nach Wischegrad bringst, dann wird man es wissen. Du kennst doch das Wort: Der Preis liegt in der Hand des Besitzers.«

»So ist es, wenn Gott es so bleiben und reif werden läßt«, wendet der Bauer wieder ein.

»Ja, ohne Gottes Willen erntet man natürlich nicht; und wenn der Mensch sich Tag und Nacht damit plagte, es hilft ihm alles nichts, wenn Gottes Segen fehlt«, fällt Santo ein und zeigt mit der Hand in die Höhe, aus der dieser Segen kommen soll, irgendwo über der hohen und schwarzen Ladendecke, von der blecherne Stallaternen in allen Größen und andere Kleinwaren in Bündeln herunterhängen.

»Es nützt nichts; bei Gott, du hast recht«, seufzt Ibro. »Der Mensch pflanzt und sät, aber es ist umsonst, beim großen und einzigen Gott, es ist, als ließe man es vom Wasser forttreiben; magst du auch umgraben, jäten, beschneiden und Unkraut ausreißen. Es hilft nichts! Wenn es nicht geschrieben steht, dann siehst du davon keinen Nutzen. Wenn aber Gott will, daß die heurige Ernte gut wird, dann wird niemand dabei zu kurz kommen, der Mensch wird seine Schulden bezahlen können und wieder neues Geld aufnehmen. Gott soll uns nur Gesundheit geben.«

»Ja ja, Gesundheit vor allem. Über die Gesundheit geht nichts. So ist nun einmal dieser eitle Mensch: gib ihm alles, und nimm ihm die Gesundheit, so ist es, als ob du ihm nichts gegeben hättest«, versichert Santo und wendet das Gespräch völlig in diese Richtung.

Dann äußert auch der Bauer seine Ansichten über die Gesundheit, die ebenso allgemein und bekannt sind wie die Santos. Und für einen Augenblick scheint es, als verlöre sich das ganze Gespräch in Bedeutungslosigkeiten und Gemeinplätzen. Aber im passenden Augenblick kehrt es dennoch, wie nach einem uralten Zeremoniell, zum Ausgangspunkt zurück. Erst dann beginnt das Verhandeln über das neue Darlehen, über die Höhe der Summe, die Zinsen, über Frist und Art der Abzahlung. Lange reden sie, bald lebhaft, bald ruhig und besorgt, am Ende aber einigen sie sich und schließen ab. Dann steht Santo auf, zieht die Schlüssel an der Kette aus der Tasche hervor und schließt, ohne sie von der Kette zu lösen, mit ihnen den Geldschrank auf, der zunächst knackt, dann sich langsam und feierlich öffnet und sich wie alle Geldschränke mit jenem leisen metallischen Geräusch, wie mit einem Ausatmen, schließt. Er zählt dem Bauern das Geld auf, bis auf den letzten kupfernen Heller, alles gleichmäßig sorgsam und vorsichtig, irgendwie traurig-feierlich. Und dann ruft er, aber viel lebhafter, mit veränderter Stimme:

»Nun, ist es dir so recht und genehm, Ibraga?«

»Ja, das ist es«, sagt der Bauer leise und nachdenklich.

»Möge Gott es dir nützlich und glückbringend sein lassen! Und in Gesundheit und Freundschaft wollen wir uns wiedersehen«, sagt Santo schon völlig lebhaft und heiter. Und er schickt den Enkel, vom Kaffeeverkäufer gegenüber zwei Kaffee zu holen, »einen bitteren, einen besonders süßen«.

Der nächste Bauer aber wartet schon vor dem Laden, um für das gleiche Geschäft und ähnliche Rechnungen an die Reihe zu kommen.

Mit diesen Bauern und ihren Geldgeschäften für die kommende Ernte dringt bis in die dämmerige Tiefe von Santos Magazin der warme und schwere Dunst des außergewöhnlich fruchtbaren Jahres. Von ihm schwitzt der grüne stählerne Geldschrank, und Santo weitet mit dem Zeigefinger das Hemd um den fetten, gelben und weichen Hals und putzt mit dem Taschentuch die beschlagenen Gläser seiner Brille.

So kündigt sich dieser Sommer an.

Dennoch fiel auf den Beginn dieses gesegneten Sommers ein kurzer Schatten der Angst und Trauer. Mit dem ersten Vorfrühling brach in Uwatz, einer kleinen Ortschaft an der ehemaligen türkisch-österreichischen und jetzt serbisch-österreichischen Grenze, eine Bauchtyphusepidemie aus. Da der Ort an der Grenze lag und zwei Typhusfälle in der Gendarmeriekaserne selbst auftraten, reiste der Wischegrader Militärarzt Dr. Balasch mit einem Sanitäter und den notwendigen Medikamenten nach Uwatz. Der Arzt unternahm sofort geschickt und entschlossen alles Notwendige, um die Kranken abzusondern, und beaufsichtigte selbst ihre Pflege. So starben von fünfzehn Erkrankten nur zwei, die Krankheit aber blieb auf das Dorf Uwatz beschränkt und wurde schon in den Anfängen unterdrückt. Der letzte Erkrankungsfall war Dr. Balasch selbst. Unerklärlich blieb, wie gerade er sich anstecken konnte; die kurze Dauer der Krankheit, unerwartete Komplikationen und ein plötzlicher Tod – das alles trug den Stempel außergewöhnlicher Tragik.

Wegen Ansteckungsgefahr mußte der junge Arzt in Uwatz beigesetzt werden. Frau Oberst Bauer mit ihrem Mann und noch einige Offiziere wohnten der Beerdigung bei. Sie veranlaßte, daß auf dem Grabe des Arztes ein Denkstein aus grob behauenem Stein errichtet wurde. Sofort danach aber verließ sie die Stadt und ihren

Mann. In der Stadt erzählte man, sie sei in ein Sanatorium bei Wien gegangen. Das heißt, die Wischegrader Mädchen flüsterten es einander zu, die Erwachsenen aber vergaßen Arzt wie Obristenfrau, sobald alle Gefahr vorüber und alle Maßnahmen wegen der Epidemie aufgehoben waren. Unsere unerfahrenen und einfachen Mädchen wußten nicht recht, was ein Sanatorium ist, aber sie wußten sehr wohl, was es bedeutet, wenn zwei Menschen auf Straßen und Hängen so einherwandern, wie es bis vor kurzem der Arzt und die Frau des Obersten taten. Und wenn sie dieses fremde Wort in ihren vertraulichen Mädchenunterhaltungen über das unglückliche Paar gebrauchten, stellten sie sich das, was man Sanatorium nennt, gern als einen geheimen, fernen und traurigen Ort vor, an dem schöne und sündige Frauen für ihre unerlaubte Liebe büßen.

Aber in diesem reichen und glänzenden Sommer wuchs und reifte es auf den Feldern und Hügeln um die Stadt. Abends waren die Fenster im Offizierskasino über dem Fluß neben der Brücke hell erleuchtet und weit geöffnet wie im vorigen Sommer, nur drang aus ihnen nicht mehr das Spiel von Violine und Klavier. An seinem Tisch, unter einigen älteren Offizieren, saß Oberst Bauer, gutmütig, lächelnd und schwitzend von sommerlicher Hitze und Rotwein.

Auf der Kapija saßen in der warmen Nacht die jungen Wischegrader Burschen. Das Ende des Juni kam heran, und man erwartete, wie jeden Sommer, die Schüler und Studenten. In solchen Nächten schien es auf der Kapija, als stehe die Zeit still, während das Leben unendlich reich und leicht weiterfloß und brauste, so, daß es sich nicht absehen ließ, wie lange es so andauern und wachsen würde.

Die Hauptstraßen waren jetzt auch in den Nachtstunden erleuchtet, denn schon im Frühjahr hatte die Stadt elektrisches Licht bekommen. Vor einem Jahr war am Fluß, zwei Kilometer von der Stadt entfernt, ein elektrisches Sägewerk und neben ihm eine Fabrik mit österreichischem Kapital errichtet worden, die die Fichtenholzabfälle verarbeitete, aus ihnen Terpentin zog und gleichzeitig Kolophonium erzeugte. Die Fabrik schloß mit der Stadtverwaltung einen Vertrag, daß sie aus ihrem Kraftwerk auch die Wischegrader Straßen beleuchten würde. So verschwanden die grünen Laternen mit den Petroleumlampen und der lange Ferhat, der sie anzündete und reinigte. Die Hauptstraße, die durch die ganze Stadt von der Brücke bis zum neuen Viertel lief, war mit Bogenlampen aus weißem Milchglas beleuchtet und die Nebenstraßen, die links und rechts von ihr abzweigten und sich um den Bikawatz wanden oder zum Mejdan und Okolischte anstiegen, mit einfachen kleinen Glühlampen. Zwischen diesen Reihen gleichmäßiger Lichter erstreckten sich unregelmäßige dunkle Flächen. Das waren die Höfe und ausgedehnten Gärten an den Hängen.

In einem dieser dunklen Gärten saßen Zorka, die Lehrerin, und Nikola Glasintschanin.

Das Zerwürfnis, zu dem es zwischen ihnen beiden im vergangenen Jahre, als Stikowitsch während der Schulferien auftauchte, gekommen war, dauerte bis zum Anfang des neuen Jahres. Dann hatten im Serbischen Heim, wie in jedem Winter, die Vorbereitungen für das Fest des heiligen Sawa, des Schutzheiligen der Schulen, mit Konzert und einem Theaterstück begonnen. An den Vorbereitungen hatten sich auch Zorka und Glasintschanin beteiligt und auf dem Heimwege von diesen Proben zum ersten Male seit dem vorigen Sommer wieder miteinander gesprochen. Anfangs waren diese Gespräche kurz, zurückhaltend und trotzig gewesen. Aber sie hatten nicht aufgehört, sich zu treffen und miteinander lange Gespräche zu führen – denn junge Menschen lieben auch den bittersten und hoffnungslosen Liebesstreit mehr denn Einsamkeit und Langeweile ohne Liebesspiel und -gedanken. Irgendwann im Verlaufe dieser endlosen Streite hatten sie sich versöhnt, ohne selbst zu merken, wann und wie. Jetzt, in diesen warmen Sommernächten, trafen sie sich schon regelmäßig. Manchmal noch tauchte zwischen ihnen das Bild des abwesenden Stikowitsch auf und entflammte von neuem den ganzen Streit ohne Ende, aber es trennte und entfernte sie nicht mehr voneinander, während jede Versöhnung sie einander näherbrachte.

Nun saßen sie in der warmen Dunkelheit auf einem alten, umgestürzten Nußbaum, hingen jedes seinen Gedanken nach und blickten auf die großen und kleinen Lichter unten in der Stadt am Fluß, der gleichmäßig rauschte. Glasintschanin, der lange gesprochen hatte, war für einen Augenblick verstummt. Auch Zorka, die den ganzen Abend geschwiegen hatte, schwieg, wie nur Frauen zu schweigen verstehen, wenn sie ihren Liebessorgen nachhängen, die für sie wichtiger und näher als alles im Leben sind.

Im vergangenen Jahre, als Stikowitsch auftauchte, da hatte sie geglaubt, es eröffne sich vor ihr der unabsehbare Himmel eines Liebesglücks, in dem völlige Verwandtschaft der Empfindungen und völliger Einklang der Wünsche und Gedanken die Süße eines Kusses und die Dauer eines Menschenalters haben; aber diese Illusion dauerte nicht lange. So unerfahren und berauscht sie war, konnte ihr nicht entgehen, daß dieser Mensch schnell entflammte, aber ebenso schnell erkaltete, und das nach irgendwelchen, ihm eigenen Gesetzen, ohne jegliche Rücksicht auf sie und ohne jede Beziehung zu dem, was sie als größer und wichtiger als sich und ihn ansah. Fast ohne Abschied war er abgereist. Sie blieb in schweren Zweifeln, an denen sie wie an einer heimlichen Wunde litt. Der Brief, der von ihm eintraf, war vollendet gereimt, ein kleines Muster literarischer Kunstfertigkeit, aber abgewogen wie die Meinung eines Advokaten und klar und durchsichtig wie ein leeres Glasgefäß. In ihm war von ihrer Liebe die Rede, aber so, als lägen sie bereits seit hundert Jahren als berühmte Tote in ihren Gräbern. Auf ihren lebhaften und gefühlswarmen Brief, den sie ihm als Antwort schickte, war eine Karte gekommen. »In den Arbeiten und Sorgen, die an mir zerren und auf mir lasten, denke ich an Dich wie an die ruhige Wischegrader Nacht voller Rauschen des Flusses und erfüllt vom Duft unsichtbarer Wiesen.« Und das war alles. Vergebens versuchte sie, sich zu erinnern, wann sie dieses Rauschen des Flusses gehört und den Duft unsichtbarer Wiesen gespürt habe. Das gab es nur auf seiner Karte. Sie erinnerte sich jedenfalls dessen nicht, so wie er sich anscheinend alles übrigen nicht erinnerte, was zwischen ihnen gewesen. Ihr Bewußtsein verdüsterte sich bei dem

Gedanken, daß sie sich getäuscht habe und getäuscht worden sei, dann aber tröstete sie sich wiederum mit etwas, von dem sie selbst nicht wußte, was es war, und das unwahrscheinlicher schien denn ein Wunder. »Er ist unfaßbar«, sagte sie sich, »fremd und kalt, selbstsüchtig, launisch und berechnend, aber vielleicht sind alle außergewöhnlichen Männer so.« Auf jeden Fall glich dies eher einem Leid denn einer Liebe. Je mehr sie grübelte und sich in diesen Gedanken verlor, desto mehr spürte sie, daß die ganze Last der Liebe, die er hervorgerufen, auf ihr lag, während er sich irgendwo im Nebel und in der Ferne verlor, die sie nicht mit ihrem wahren Namen zu nennen wagte. Denn eine liebende Frau liebt, auch wenn sie völlig enttäuscht wurde, ihre Liebe, als sei sie ein Kind, das ihr vom Schicksal nicht bestimmt wurde. Sie bezwang ihr Herz und antwortete nicht auf diese Karte. Aber nach einem längeren Schweigen von zwei Monaten kam wieder eine Karte. Er schrieb aus einem Hochgebirgsort in den Alpen. »In einer Höhe von zweitausend Metern, umgeben von Menschen aller Zungen und Nationalitäten, betrachte ich die Unendlichkeit der Aussichten und denke an Dich und den vergangenen Sommer.« Das war auch für ihre Jahre und ihre geringe Erfahrung ausreichend. Hätte dort gestanden: »Weder habe ich Dich je geliebt noch liebe ich Dich oder werde Dich jemals lieben«, es hätte für sie weder klarer noch schmerzlicher sein können. Denn letzten Endes handelte es sich um Liebe und nicht um ferne Erinnerungen oder darum, aus welcher Höhe über dem Meeresspiegel man schreibt, welche Menschen man um sich hat und mit welchen Zungen diese sprachen. Aber Liebe war nicht dabei.

Ohne Vater und Mutter, war Zorka hier im Hause ihrer Verwandten als Waisenkind aufgewachsen. Als sie das Lehrerseminar in Sarajewo beendet hatte, erhielt sie eine Anstellung in Wischegrad und kehrte in das gleiche Haus wohlhabender, aber einfacher Menschen zurück, mit denen sie nichts verband.

Zorka wurde blaß und magerte ab, sie zog sich in sich selbst zurück, aber sie vertraute sich niemandem an und antwortete auch nicht auf Stikowitschs Weihnachtsgruß, der ebenso kurz und kalt wie stilistisch makellos war. Sie wollte mit ihrer Schuld und Schande allein fertig werden, aber schwach, niedergeschlagen und unerfahren, wie sie war, verwirrte sich in ihr immer mehr das unentwirrbare Netz ihrer wirklichen Erlebnisse und ihrer tiefen Sehnsucht, ihrer Gedanken und seines unverständlich unmenschlichen Verhaltens. Hätte sie irgend jemand fragen oder von irgendwem Rat holen können, es wäre ihr zweifellos leichter gewesen, aber die Scham verbot es ihr. Auch so schien es ihr oft, als wüßte die ganze Stadt um ihre Enttäuschung und als träfen sie schadenfrohe und spöttische Blicke, wenn sie durch die Stadt ging. Nirgends eine Erklärung, weder bei den Menschen noch in den Büchern. Und selbst vermochte sie nichts zu erklären. Wenn er sie wirklich nicht liebte, wozu dann die ganze Komödie leidenschaftlicher Worte und Versicherungen während der letzten Ferien. Wozu dann die Szene auf den Schulbänken, die nur mit Liebe zu rechtfertigen und zu verteidigen war, ohne sie aber in den Schlamm einer unerträglichen Erniedrigung fiel? Konnte es Menschen geben, die sich und andere so wenig achteten, daß sie sich leichthin auf ein solches Spiel einließen? Was treibt sie, wenn es nicht die Liebe ist? Was waren dann seine feurigen Blicke, sein heißer, stoßweise gehender Atem und seine wilden Küsse? Was war das alles, wenn es keine Liebe war? Und Liebe war es nicht! Das sah sie besser und klarer, als ihr lieb war. Aber damit wiederum konnte sie sich nicht für die Dauer und wahrhaft zufriedengeben. (Wer hätte sich wohl je damit zufriedengegeben?) Das natürliche Ende aller dieser inneren Quälereien war der Gedanke an den Tod, der letztlich am Ende all unserer Träume von Glück lauert. Sterben, dachte Zorka, sich dort von der Kapija in den Fluß stürzen, wie zufällig, ohne Brief und Abschied, ohne Eingeständnis und Erniedrigung. Sterben! dachte sie in der letzten Sekunde vor dem Einschlafen und im ersten Glanz des Erwachens, mitten in der lebhaftesten Unterhaltung und unter der Maske eines jeden Lächelns. Alles in ihr sprach und wiederholte immer dieses gleiche – Sterben! Sterben! –, aber man stirbt nicht, sondern man lebt mit diesem unerträglichen Gedanken in sich.

Die Erleichterung kam von einer Seite, von der sie sie am wenigsten zu erhoffen gewagt hatte. Etwa um die Zeit der Weihnachtsferien hatte ihre versteckte Qual den Höhepunkt erreicht. Solche Gedanken und solche Fragen ohne Antwort untergraben einen Menschen und schaden mehr denn Krankheit. Alle hatten an ihr die bösen Veränderungen bemerkt, alle machten sich Sorgen um sie und rieten ihr, zum Arzt zu gehen, die Verwandten, ihr Rektor, ein heiterer Mann mit vielen Kindern, und ihre Freundinnen.

Der glückliche Zufall wollte, daß gerade damals die Proben für das Fest kamen und daß sie, nach vielen Monaten, das erstemal wieder mit Glasintschanin sprach. So lange war er jeder Begegnung und jedem Gespräch mit ihr ausgewichen. Aber die Wärme, die gewöhnlich bei diesen naiven, aber ehrlichen Theater- und Musikaufführungen in kleinen Orten herrscht, dann die hellen und kalten Nächte, in denen sie nach Hause gingen, alles das bewirkte, daß sich diese beiden jungen und entzweiten Menschen näherkamen. Sie trieb das Bedürfnis, sich ihre Qual zu erleichtern, und ihn die Liebe, die, wenn sie so aufrichtig und tief ist wie die seine, leicht verzeiht und vergißt.

Die ersten Worte waren natürlich kalt, trotzig, zweideutig und die ersten Gespräche lange, ausweglose Erklärungen. Aber auch das brachte dem Mädchen Erleichterung. Zum ersten Male konnte sie jetzt mit einem lebenden Menschen über ihre innere, verschämte Not sprechen, ohne sie bis in die kleinsten und schmerzlichsten Einzelheiten eingestehen zu müssen. Glasintschanin sprach mit ihr lang und lebhaft darüber, aber vorsichtig und mit Wärme, ihren Stolz schonend. Auch über Stikowitsch äußerte er sich nicht schärfer, als unvermeidlich war. Seine Erklärung war so, wie wir sie in jener Nacht auf der Kapija gehört haben. Kurz, sicher und schonungslos. Stikowitsch sei ein geborener Egoist und ein Ungeheuer von einem Menschen, der niemand lieben könne und der, solange er lebe, selbst gequält und unzufrieden, alle quälen werde, die sich von ihm täuschen ließen und sich ihm näherten. Über seine eigene Liebe sprach Glasintschanin nicht viel, aber sie drang aus jedem Wort, jedem Blick und jeder Bewegung. Das

Mädchen hörte ihn meist schweigend an. Alles behagte ihr an diesen Gesprächen. Nach jeder solchen Unterhaltung fühlte sie, wie es sich in ihr aufheiterte und beruhigte. Zum ersten Male nach so vielen Monaten hatte sie Stunden der Ruhe vor den inneren Stürmen, und zum ersten Male gelang es ihr, sich nicht als ein unwürdiges Geschöpf anzusehen. Denn die Worte des jungen Mannes, voller Liebe und Achtung, zeigten ihr, daß sie nicht unwiederbringlich verloren und ihre Verzweiflung nichts anderes denn eine Täuschung war, wie auch der Liebestraum vom verflossenen Sommer eine Täuschung gewesen war. Sie lenkten sie ab von jener düsteren Welt, in die sie schon begonnen hatte, sich zu verlieren, und brachten sie in die lebendige menschliche Wirklichkeit zurück, in der es für alles oder fast alles Heilung und Hilfe gab.

Die Gespräche gingen auch nach dem Fest des heiligen Sawa weiter. Der Winter verging und nach ihm auch das Frühjahr. Täglich sahen sie sich. Mit der Zeit sammelte sich das Mädchen, wurde stärker, gesundete und verwandelte sich, schnell und natürlich, wie es nur die Jugend kann. So war auch dieser fruchtbare und unruhige Sommer gekommen. Die Leute hatten sich schon daran gewöhnt, Zorka und Glasintschanin als zwei Menschen anzusehen, die »einander gut sind«.

Glasintschanins lange Reden, die sie während des Winters aufmerksam angehört und wie eine Medizin getrunken hatte, waren ihr jetzt allerdings weniger unterhaltsam. Manchmal empfand sie dieses Bedürfnis zu gegenseitigem Sichanvertrauen und Beichten als eine Last. Mit Furcht und Verwunderung fragte sie sich, woher diese Vertraulichkeit zwischen ihnen käme, aber dann erinnerte sie sich wieder, daß er im Winter »ihre Seele gerettet« habe, und, ihren Überdruß überwindend, hörte sie ihn, wie ein guter Schuldner, immer wieder so aufmerksam, wie sie konnte, an.

In dieser Sommernacht hielt er seine Hand auf der ihrigen. (Das war die äußerste Grenze seiner keuschen Kühnheit.) Durch diese Berührung drang der warme Reichtum dieser Nacht auch in ihn. In solchen Augenblicken war es ihm völlig klar, wieviel Werte in dieser Frau verborgen waren, und gleichzeitig fühlte er, wie sich die Bitterkeit und die Unzufriedenheit seines Lebens in fruchtbare Kräfte verwandelten, die ausreichten, um zwei Menschen bis zum fernsten Ziel zu geleiten, wenn sie nur die Liebe verband und stützte.

Erfüllt von solchen Gefühlen, war auch er in dieser Dunkelheit nicht mehr der alltägliche Glasintschanin, der kleine Angestellte des großen Unternehmens in Wischegrad, sondern ein anderer Mensch, sicher und stark, der sein Leben frei und weitsichtig gestaltete. Denn einem Menschen, den eine wahre, große und selbstlose Liebe erfüllt, mag sie auch noch so einseitig sein, eröffnen sich Horizonte und zeigen sich Möglichkeiten und Wege, die so vielen begabten, ehrgeizigen und egoistischen Menschen unbekannt und für immer verschlossen bleiben.

Er sprach mit dem Mädchen, das neben ihm saß.

»Ich glaube, ich täusche mich nicht. Wenn schon aus keinem anderen Grunde, so deswegen, weil ich dich nicht betrügen könnte. Während die einen reden und schreien und die anderen Geschäfte treiben und erwerben, verfolge und beobachte ich alles und sehe immer deutlicher ein, daß es hier keine Möglichkeit für ein anständiges Leben gibt. Lange noch wird es hier weder Frieden noch Ordnung oder nützliche Arbeit geben. Weder die Stikowitsch noch die Herak werden sie schaffen. Im Gegenteil, es wird immer schlimmer werden. Man muß von hier flüchten wie aus einem einstürzenden Hause. Diese zahlreichen und verworrenen Retter, die auf Schritt und Tritt auftauchen, sind das beste Zeichen, daß wir einer Katastrophe entgegengehen. Wenn man schon nicht helfen kann, dann soll man sich wenigstens retten.«

Das Mädchen schwieg.

»Ich habe dir noch nie etwas davon gesagt, aber ich habe oft und viel nachgedacht und auch etwas unternommen. Du weißt, daß Bogdan Djurowitsch, mein Freund vom Okolischte, bereits das dritte Jahr in Amerika ist. Schon seit dem vorigen Jahre schreiben wir uns. Ich habe dir auch sein Bild gezeigt, das er mir geschickt hat. Er ruft mich zu sich und verspricht mir sichere Arbeit und guten Verdienst. Ich weiß, daß es weder leicht noch einfach ist, das auszuführen, aber ich glaube, daß es nicht unmöglich ist. Ich habe über alles nachgedacht und alles berechnet. Ich würde verkaufen, was ich auf dem Okolischte habe. Wenn du einverstanden bist, würden wir möglichst schnell heiraten und, ohne irgend jemandem ein Wort zu sagen, nach Zagreb abreisen. Dort würden wir einen, zwei Monate warten, bis mir Bogdan das ›Affidavit‹ schickt. In der Zeit würden wir Englisch lernen. Sollten wir dort wegen meiner Militärpflicht keinen Erfolg haben, dann würden wir nach Serbien gehen und von dort reisen. Alles würde ich so ordnen, daß es für dich möglichst leicht wäre. Und dort, in Amerika, würden wir beide arbeiten. Drüben haben wir unsere Schulen, die Lehrerinnen brauchen. Auch ich würde Arbeit finden, denn drüben sind alle Berufe allen offen und zugänglich. Wir wären frei und glücklich. Alles würde ich tun, wenn du nur willst ..., wenn du einverstanden bist.«

Hier brach der junge Mann ab. Statt einer Antwort legte sie beide Hände auf seine. Er empfand darin einen Ausdruck großer Dankbarkeit. Aber ihre Antwort war weder *Ja* noch *Nein*. Sie dankte ihm für soviel Fürsorge und Aufmerksamkeit und für seine unendliche Güte, und im Namen dieser gleichen Güte bat sie nur um einen Monat Zeit, ehe sie die endgültige Antwort geben würde: bis zum Ende des Schuljahres.

»Ich danke dir, Nikola, ich danke dir! Du bist so gut«, flüsterte sie und drückte seine Hände.

Unten von der Kapija schallte zu ihnen der Gesang junger Burschen herauf. Das waren die Wischegrader Jungen, vielleicht auch schon die Schüler aus Sarajewo. In etwa vierzehn Tagen würden die Studenten von der Universität eintreffen. Bis dahin konnten sie keinerlei Entscheidung treffen. Alles schmerzte sie, am meisten aber die Güte dieses Menschen, dennoch hätte sie in diesem Augenblick nicht *ja* sagen können, auch wenn man sie in Stücke zerschnitten hätte. Sie hoffte auf nichts, aber sie wollte den Menschen noch einmal sehen, »der niemand lieben kann«. Noch einmal, und dann mochte kommen, was da wolle. Nikola würde warten, das wußte sie.

Sie erhoben sich und, einander an den Händen haltend, begannen sie langsam den steilen Weg zur Brücke hinunterzusteigen, von der das Lied heraufschallte.

22 Am Sankt-Veits-Tage veranstalteten die serbischen Vereine, wie in jedem Jahre, eine Kirmes auf dem Mesalin. Am Zusammenfluß der Drina und des Rsaw wurden auf dem grünen hohen Ufer unter den dichten Nußbäumen Zelte aufgeschlagen, in denen man Getränke ausschenkte und vor denen Hammel an Spießen über leichtem Feuer gedreht wurden. Im Schatten saßen die Familien, die ihr Essen mitgebracht hatten. Unter einem Dach aus grünen Zweigen spielte schon laut schmetternd die Musik. Auf der festgestampften Fläche wurde bereits seit dem Vormittag Kolo getanzt. Es tanzten nur die Jüngsten und Müßigsten, jene, die sofort nach dem Gottesdienst aus der Kirche geradeswegs zum Mesalin gegangen waren. Die eigentliche, allgemeine Kirmes sollte erst am Nachmittag beginnen. Aber der Kolotanz war schon lebhaft und feurig, schöner und lebhafter, als er es später sein würde, wenn alles herausströmen und auch verheiratete Frauen, lustige Witwer und kleine Kinder beginnen würden, sich daran zu beteiligen, und alles zu einem langen, aber verbindungslosen und ungeordneten Geflecht wurde. Dieser kurze Kolo, in dem mehr Jungen als Mädchen tanzten, war in Gang gekommen und bewegte sich wie eine hingeworfene Perlenschnur. Alles um sie war in Bewegung, alles wogte im Rhythmus der Musik: die Luft, die dichten Kronen der Bäume, die weißen Sommerwolken, das schnelle, klare Wasser der beiden Flüsse. Die Erde bewegte sich unter ihnen und um sie herum, und sie bemühten sich nur, die Bewegungen ihrer Körper der allgemeinen Bewegung anzupassen. Schon vom Wege her eilten die jungen Burschen heran, um im Kolo mitzutanzen, die Mädchen zierten sich noch etwas und standen eine Weile, dem Tanz zuschauend, als zählten sie die Takte und warteten auf irgendein geheimes Echo in sich, um dann plötzlich in den Kolo hineinzuspringen, mit leicht gebeugten Knien und gesenktem

Kopf, als stürzten sie sich begehrlich in kaltes Wasser. Ein starker Strom drang aus der sommerlichen Erde in die tanzenden Füße und verbreitete sich durch die Kette heißer Hände; an dieser Kette zitterte der Kolo wie ein einheitliches Lebewesen, erhitzt vom gleichen Blut und getragen vom gleichen Rhythmus. Die jungen Burschen tanzten mit zurückgeworfenen Köpfen, bleich, mit zitternden Nasenflügeln, die Mädchen mit geröteten Wangen, schamhaft gesenkten Augen, aus Furcht, durch ihren Blick die Freude zu zeigen, mit der sie der Tanz erfüllte.

In diesem Augenblick, da die Kirmes eben erst begonnen hatte, tauchten am Ende des Mesalin Gendarmen auf. Im Lichte des Mittags standen sie schwarz in ihren dunklen Tuchuniformen, nur ihre Waffen und Knöpfe glänzten. Es waren mehr als gewöhnlich in einer Streife, wenn sie Jahrmärkte und Kirmessen abging. Sie schritten geradeswegs zum Laubdach mit der Musik. Unharmonisch verstummte ein Instrument nach dem anderen. Der Kolo schwankte und blieb stehen. Man hörte verärgerte Männerstimmen. Alle hielten sich noch bei den Händen. Einige waren so hingerissen und voller Rhythmus, daß sie im Takt auf der Stelle stampften und darauf warteten, daß die Musikanten weiterspielten. Aber die Musiker standen schnell auf und wickelten ihre Trompeten und Geigen in ihr Wachstuch. Die Gendarmen gingen weiter zu den Zelten und den verstreuten Familien auf dem Rasen. Überall sprach der Wachtmeister sein Wort, ruhig und scharf, und wie durch eine Zauberformel erlosch überall sofort jeglicher Frohsinn, hörte der Tanz auf und brach die Unterhaltung ab. Und jeder, dem er sich näherte, gab seine bisher eingenommene Stellung auf, ließ alles liegen und trachtete nur danach, möglichst schnell alles zusammenzuraffen, was sein war, und fortzugehen. Als letztes löste sich der Kolo der jungen Burschen und Mädchen auf. Ihnen stand der Sinn nicht danach, den Tanz auf der Wiese aufzugeben, und es wollte ihnen ganz und gar nicht in den Kopf, daß Frohsinn und Tanz zu Ende sein sollten. Aber vor dem bleichen Gesicht und dem blutunterlaufenen Blick des Gendarmeriewachtmeisters wichen auch die Hartnäckigsten zurück.

Enttäuscht und noch in Ungewißheit kehrten die Menschen vom Mesalin auf der weißen, breiten Landstraße zurück, und je weiter sie in die Stadt hineinkamen, desto mehr stießen sie auf ein unbestimmtes und verängstigtes Flüstern über das Attentat, das an diesem Morgen in Sarajewo verübt worden, über die Ermordung des Erzherzogs Franz Ferdinand und seiner Gemahlin, über Serbenverfolgungen, die man überall erwartete. Vor dem Amtsgebäude trafen sie die ersten gefesselten Menschen, darunter auch den jungen Popen Milan; Gendarmen brachten sie in das Gefängnis.

So verwandelte sich die zweite Hälfte dieses Sommertages, der feierlich und fröhlich sein sollte, in Verwirrung, Verbitterung und angstvolles Abwarten.

Auf der Kapija herrschte statt der feiertäglichen Stimmung und Lebhaftigkeit müßiger Menschen tödliche Stille. Dort stand bereits eine Wache. Ein Soldat in neuer Montur schritt langsam vom Sofa bis zu jener Stelle, wo der eiserne Deckel den Eingang in den ruinierten Pfeiler verdeckte, und wiederholte unermüdlich diese fünf, sechs Schritte, und sooft er kehrt machte, blitzte sein Bajonett in der Sonne wie ein Signal. Schon am nächsten Tage klebte an der Mauer, unter der Tafel mit der türkischen Inschrift, eine weiße, amtliche Bekanntmachung, in fetten Buchstaben gedruckt und eingerahmt von einem breiten schwarzen Rand. In ihr wurde dem Volke die Nachricht vom Attentat bekanntgegeben, das in Sarajewo am Thronfolger verübt worden war, und die Empörung über diese Untat zum Ausdruck gebracht. Aber niemand der Vorüberkommenden blieb vor der Bekanntmachung stehen und las sie, sondern alle gingen an ihr und der Wache gesenkten Hauptes und so schnell sie konnten vorüber.

Von diesem Tage an blieb eine Wache auf der Brücke. Auch das ganze Leben der Stadt war mit einem Schlage unterbrochen und aufgehalten, wie jener Kolo auf dem Mesalin und jener ganze Sommertag im Juli, der eigentlich feierlich und fröhlich hätte sein sollen.

Unter stummem, angespanntem Lesen der Zeitungen vergingen

bedrückende Tage voll Flüstern, Trotz und Angst, Verhaftungen von Serben und verdächtigen Reisenden und beschleunigter Verstärkung der militärischen Maßnahmen an der Grenze. Die Sommernächte vergingen, aber ohne Gesang, ohne Zusammenkünfte der jungen Burschen auf der Kapija, ohne Flüstern der Paare im Dunkeln. In der Stadt sah man am meisten Militär. Und wenn um neun Uhr abends die Trompeten in den Baracken auf dem Bikawatz und in der großen Kaserne neben der Brücke die traurige Melodie des österreichischen Zapfenstreiches bliesen, dann verödeten die Straßen fast vollkommen. Es waren böse Zeiten für die, die sich liebten, sich sehen und miteinander ungesehen sprechen wollten. Jeden Abend ging Glasintschanin an Zorkas Haus vorüber. Sie stand am offenen Fenster im hohen Erdgeschoß. Dort unterhielten sie sich, aber kurz, denn er eilte, noch vor der völligen Dunkelheit über die Brücke zu kommen und auf den Okolischte zurückzukehren.

So war er auch an diesem Abend gekommen. Bleich, mit dem Hut in der Hand, bat er das Mädchen, zum Tor zu kommen, denn er müsse ihr etwas ganz leise sagen. Zögernd ging sie hinaus. Auf der Torschwelle stehend, war sie gleich groß mit dem jungen Menschen, der aufgeregt mit kaum hörbarem Flüstern sprach.

»Wir haben beschlossen zu fliehen. Heute abend, Wlado Maritsch und noch zwei. Ich glaube, daß alles gesichert ist und daß wir durchkommen werden. Wenn es aber nicht sein sollte ... wenn etwas passieren sollte. Zorka!«

Das Flüstern des jungen Menschen brach ab. In ihren weit geöffneten Augen sah er Angst und Verlegenheit. Auch er war verlegen, als reue es ihn, daß er es ihr überhaupt gesagt hatte und gekommen war, sich zu verabschieden.

»Ich habe gedacht, es wäre besser, daß ich es dir sage!«

»Danke! Es wird also nichts mit unserer ... nichts mit Amerika!«

»Nein, so ist es doch nicht. Hättest du ja gesagt, als ich dir vor einem Monat vorschlug, es sofort zu tun, dann wären wir vielleicht heute fern von hier. Aber vielleicht ist es besser so. Du siehst ja jetzt, wie es steht. Ich muß mit den Kameraden. Der Krieg ist da, und unser aller Platz ist jetzt in Serbien. Wir müssen, Zorka, wir müssen, denn das ist Pflicht. Und wenn ich lebend wiederkomme und wenn wir frei werden, dann werden wir vielleicht nicht in jenes Amerika über das Meer gehen müssen, denn wir werden hier unser Amerika haben, ein Land, in dem man viel und ehrlich arbeitet und gut und frei lebt. Da wird auch für uns beide Platz sein, wenn du willst. Von dir wird es abhängen. Ich werde ... an dich denken, und du ... manchmal ...«

Hier hob der junge Mann, dem die Worte fehlten, plötzlich die Hand und strich schnell über ihr reiches braunes Haar. Das war schon immer sein größter Wunsch gewesen, und jetzt war es ihm, wie einem Verurteilten, gestattet, ihn zu verwirklichen. Erschreckt wich das Mädchen zurück, und er blieb stehen, die Hand in der Luft. Das Tor schloß sich unhörbar, und schon im nächsten Augenblick erschien Zorka, bleich, mit weit aufgerissenen Augen und ineinandergekrampften Händen am Fenster. Der junge Mensch ging unmittelbar unter dem Fenster vorüber, hob den Kopf höher und zeigte ein lächelndes, sorgloses, fast schönes Gesicht. Als fürchtete sie sich zu sehen, was weiter geschah, zog sich das Mädchen in das Zimmer zurück, in dem es bereits dunkel war. Dort setzte sie sich auf die Polsterbank, senkte den Kopf und begann zu weinen.

Sie weinte anfangs still vor sich hin, dann, unter dem Gefühl einer schweren allgemeinen Ausweglosigkeit, immer stärker. Und je mehr sie weinte, desto mehr fand sie Grund zum Weinen und desto hoffnungsloser schien alles um sie herum. Nirgends ein Ausweg oder eine Lösung; niemals würde sie diesen guten und grundanständigen Nikola, der nun fortging, ganz von Herzen und, wie er es verdiente, lieben können; niemals würde sie es erleben, daß jener andere, der niemand lieben konnte, sie liebte; niemals würden die schönen und frohen Tage wiederkehren, die noch im vorigen Jahre über der Stadt leuchteten; nie würde es einem der unseren gelingen, sich aus diesem Kreise finsterer Berge zu retten noch jenes Amerika zu sehen oder hier ein Land zu schaffen, in dem man, wie alle sagten, viel arbeiten, aber gut und frei leben würde. Niemals!

Am nächsten Morgen erfuhr man, daß Wlado Maritsch, Glasintschanin und noch einige junge Leute nach Serbien geflüchtet waren. Alle übrigen Serben blieben mit ihren Familien und allem, was sie hatten, in diesem Hexenkessel wie in einer Falle. Mit jedem Tag verdichtete sich fühlbar über der Stadt die Atmosphäre von Gefahr und Drohung. Und dann brach, an einem der letzten Julitage, hier an der Grenze jenes Ungewitter los, das sich mit der Zeit auf die ganze Welt ausbreiten und so vielen Ländern und Städten, und damit auch dieser Brücke über die Drina, zum Verhängnis werden sollte.

Die richtige Hetze gegen die Serben und alle, die mit ihnen in Verbindung standen, begann erst jetzt. Die Menschen zerfielen in Verfolgte und Verfolger. Jenes hungrige Tier, das im Menschen lebt und sich nicht zeigen darf, solange nicht die Dämme der guten Sitten und der Gesetze entfernt werden, war jetzt befreit. Nun war das Zeichen gegeben, die Dämme weggeräumt. Wie oft in der menschlichen Geschichte waren Gewalt und Raub, ja auch der Mord, stillschweigend zugelassen, unter der Bedingung, daß sie im Namen höherer Interessen, unter festgelegten Losungen und gegen eine begrenzte Zahl von Menschen eines bestimmten Namens und einer bestimmten Überzeugung verübt wurden. Wer damals mit reiner Seele und offenen Augen lebte, der konnte sehen, wie sich eine ganze Gesellschaft in einem Tage verwandelte. Verschwunden war in wenigen Augenblicken diese Stadt, die auf einer jahrhundertealten Tradition aufgebaut war, wenn es auch in ihr immer heimliche Haßgefühle, Eifersüchteleien, religiöse Unduldsamkeiten, gewisse, von der Gewohnheit geheiligte Grobheiten und Grausamkeiten, aber daneben auch Menschlichkeit und das Gefühl für Ordnung und Maß gegeben hatte, Gefühle, die alle diese bösen Triebe und rohen Gewohnheiten in erträglichen Grenzen gehalten, sie letzten Endes versöhnt und den allgemeinen Interessen des gemeinsamen Lebens untergeordnet hatten. Männer, die vierzig Jahre lang in der Stadt das Wort geführt hatten, verschwanden über Nacht, als wären sie alle plötzlich, zugleich mit den Gewohnheiten, Auffassungen und Einrichtungen, die sie verkörperten, verstorben.

Schon am Tage nach der Kriegserklärung gegen Serbien begann eine Kompanie des Schutzkorps durch die Stadt zu streifen. Diese Kompanie, die man in aller Eile bewaffnet hatte und die die Behörden bei der Verfolgung der Serben unterstützen sollte, bestand aus Trunkenbolden und anderen Arbeitsscheuen, größtenteils aus Menschen, die schon seit langem mit der guten Gesellschaft auf Kriegsfuß lebten und mit dem Gesetz in Konflikt standen. Ein gewisser Huso Kokoschar, ein Zigeuner ohne Ehre und festen Beruf, dem die Lustseuche schon in frühester Jugend die Nase abgefressen hatte, führte das zerlumpte Häuflein an, das mit alten Gewehren, System Werndl, und langen Bajonetten bewaffnet war, und hatte in der Stadt das große Wort.

Angesichts dieser Drohung ging Kaufherr Pawle Rankowitsch als Vorsitzender der serbischen Kirchen- und Schulgemeinde mit noch vier angesehenen Gemeindemitgliedern zum Bezirksamtmann Sabljak. Das war ein dicker und bleicher, völlig kahler Mann; er stammte aus Kroatien und war erst seit kurzem auf diesem Posten in Wischegrad. Jetzt war er aufgeregt und unausgeschlafen; seine Augenlider waren gerötet und die Lippen blutleer und trocken. Er trug Stiefel und im Knopfloch seiner grünen Lodenjacke ein Abzeichen in zwei Farben: Schwarz und Gelb. Er empfing sie stehend, ohne sie aufzufordern, Platz zu nehmen. Kaufherr Pawle, mit gelbem Gesicht, aus dem die Augen wie aus zwei schwarzen, schrägen Schlitzen hervorstachen, sprach mit heiserer, fremder Stimme.

»Herr Amtmann, Sie sehen, was im Gange ist und was sich vorbereitet, und Sie wissen, daß wir serbischen Wischegrader Bürger das nie gewünscht haben.«

»Nichts weiß ich«, unterbrach ihn sofort mit bissiger Stimme der Amtmann. »Und ich will auch nichts wissen. Ich habe jetzt anderes, Wichtigeres zu tun, als mir Reden anzuhören. Das ist alles, was ich Ihnen zu sagen habe.«

»Herr Amtmann«, begann Kaufherr Pawle wieder ruhig, als wollte er mit seiner Ruhe auch diesen bissigen und aufgeregten Menschen besänftigen, »wir sind gekommen, um Ihnen unsere Dienste anzubieten und Ihnen zu versichern ...«

»Ich brauche Ihre Dienste nicht, und Sie haben mir nichts zu versichern. Sie haben in Sarajewo gezeigt, was Sie können.«

»Herr Amtmann«, fuhr Kaufherr Pawle mit unveränderter Stimme und immer eindringlicher fort, »wir möchten innerhalb der Grenzen der Gesetze ...«

»So, jetzt erinnern Sie sich der Gesetze! Auf welche Gesetze wagen Sie sich denn zu berufen?«

»Auf die Staatsgesetze, Herr Amtmann, die für alle gelten.«

Der Amtmann wurde ernst, beinahe ein wenig ruhiger. Kaufherr Pawle nützte sogleich diese Stille des aufgeregten Mannes aus.

»Herr Amtmann, wir nehmen uns die Freiheit, Sie zu fragen, ob wir, mit unseren Familien, unseres Lebens und unseres Eigentums sicher sind, und, falls wir es nicht sind, was wir tun sollen.«

Da breitete der Amtmann seine Hände aus, drehte die Handflächen zu Kaufherrn Pawle, zuckte mit den Schultern, schloß die Augen und kniff krampfhaft die schmalen, blassen Lippen zusammen.

Kaufherr Pawle kannte gut diesen charakteristischen, erbarmungslosen, taubstummen und blinden Ausdruck, den die Staatsverwaltung in wichtigen Augenblicken annahm, und sah sofort ein, daß eine weitere Unterhaltung nutzlos sein würde. Der Amtmann aber senkte seine Hände, öffnete die Augen und sagte etwas milder:

»Die Militärbehörden werden jeden anweisen, was er zu tun hat.«

Jetzt breitete Kaufherr Pawle die Hände aus, schloß die Augen, zuckte einen Augenblick mit den Schultern und sagte dann mit tiefer, veränderter Stimme:

»Ich danke Ihnen, Herr Amtmann!«

Die vier Gemeindemitglieder verbeugten sich steif und ungeschickt. Und alle gingen wie Verurteilte hinaus.

Die Stadt war voller verwirrter Bewegungen und leiser Verabredungen.

In Alihodschas Laden saßen einige der angesehenen Wischegrader Mohammedaner, Nailbeg Turkowitsch, Osmanaga Schabanowitsch, Suljaga Mesildschitsch. Sie waren bleich und besorgt, mit jenem schweren und verkrampften Gesichtsausdruck, der sich immer bei Menschen zeigt, die etwas zu verlieren haben, wenn sie sich vor unerhofften Ereignissen und großen Veränderungen sehen. Auch sie waren von den Behörden aufgefordert worden, sich an die Spitze des Schutzkorps zu stellen. Jetzt hatten sie sich, wie zufällig, hier zusammengefunden, um sich auf unauffällige Art zu besprechen, was sie tun sollten. Die einen waren dafür, mitzumachen, die anderen aber für Zurückhaltung. Alihodscha, aufgeregt, mit gerötetem Gesicht und dem alten Glanz in den Augen, lehnte entschieden jeden Gedanken an irgendeine Beteiligung im Schutzkorps ab. Besonders wütete er gegen Nailbeg, der dafür war, Waffen anzunehmen und sich als angesehene Männer an Stelle der Zigeuner an die Spitze der mohammedanischen Freiwilligeneinheiten zu stellen.

»Solange ich lebe, mache ich das nicht mit. Und wenn du Verstand hättest, tätest auch du es nicht. Siehst du denn nicht, daß die Ungläubigen unter sich eine Abrechnung miteinander haben, aber wir schließlich doch die Zeche zahlen?«

Und mit der gleichen Beredsamkeit, mit der er in seiner Jugend einst auf der Kapija Osman Effendi Karamanli widerlegt hatte, bewies er nun, daß weder auf der einen noch auf der anderen Seite etwas Gutes für die Mohammedaner herauskäme und daß jede Einmischung für sie nur schädlich sein könne.

»Schon lange kümmert sich niemand um uns und unsere Meinung. Der Schwabe ist nach Bosnien gekommen, und weder Sultan noch Kaiser haben uns gefragt: ›Ist es gestattet, ihr Begs und türkischen Herren?‹ Dann haben sich Serbien und Montenegro, bis gestern noch Raja, erhoben und das halbe Türkische Reich fortgenommen, und uns hat niemand auch nur eines Blickes gewürdigt. Und jetzt bekriegt der Kaiser von Österreich Serbien, und wiederum fragt uns niemand. Man will uns einfach ein paar Gewehre und schwäbische Uniformen geben, damit wir für die Schwaben Zutreiber spielen. Sie wollen uns die Ehre erweisen, daß wir für sie die Serben verfolgen, damit sie sich nicht selbst in den Bergen herumschlagen müssen. Merkst du denn gar nichts: nachdem sie uns bei so vielen großen Dingen so viele Jahre lang überhaupt nicht gefragt haben, woher denn jetzt diese Gnade, von der die Rippen krachen? Ich aber sage dir, das sind große Dinge, und am besten wird es für den ausgehen, der seine Nase nicht tiefer hineinsteckt, als er muß. Hier an der Grenze hat es angefangen, aber wer weiß, wie weit es noch um sich greifen wird. Irgend jemand steht hinter diesem Serbien. Anders kann es nicht sein. Aber du hast da draußen in deinem Nesuke den Berg dicht vor den Fenstern, und du siehst auch nicht weiter als bis zu diesem Felsen. Gib auf, was du begonnen hast; geh nicht in das Schutzkorps und überrede auch niemanden dazu. Besser, du lebst weiter von deinem Dutzend Hintersassen, die dir noch verblieben sind, solange sie noch etwas hergeben.«

Alle schwiegen unbeweglich und ernst. Es schwieg auch Nailbeg, offensichtlich beleidigt, obgleich er das verbarg, und wälzte, bleich wie ein Toter, irgendeinen Entschluß in seinem Kopfe. Außer Nailbeg hatte Alihodscha sie alle umgestimmt und abgekühlt. Sie rauchten und blickten stumm, wie sich über die Brücke ein unabsehbarer Zug von Wagen und beladenen Pferden wälzte. Und dann erhoben sie sich einer nach dem anderen und verabschiedeten sich. Der letzte war Nailbeg. Auf seinen finsteren Gruß sah ihm Alihodscha noch einmal in die Augen und sagte fast traurig: »Ich sehe, daß du entschlossen bist zu gehen. Auch dir steht der Sinn nach Sterben; du hast Angst, die Zigeuner könnten dir zuvorkommen. Aber merke dir, was die alten Leute schon immer gesagt haben. Noch ist nicht die Zeit zum Sterben gekommen, erst wollen wir sehen, ob einer vom rechten Schlag ist. Und solche Zeiten sind auch jetzt gekommen.«

Der Markt, der den Laden des Hodschas von der Brücke trennte, war erfüllt mit Wagen, Pferden, Soldaten aller Waffengattungen und mit Reservisten, die fortgingen, um sich zum Militär zu melden. Von Zeit zu Zeit führten Gendarmen eine Gruppe gefesselter Bauern oder Städter, Serben, vorüber. Die Luft war voller Staub. Alle sprachen lauter und bewegten sich schneller, als es das erforderte, was sie zu sagen oder zu tun hatten. Die Gesichter waren schweißbedeckt und glühend, man hörte fluchen in allen Sprachen. Die Augen glänzten von Alkohol, Übermüdung und jener gequälten Unruhe, die immer in der Nähe der Gefahr und blutiger Ereignisse herrscht.

Mitten auf dem Markt, gegenüber der Brücke, sägten ungarische Reservisten in neuen Uniformen einige Balken. Hastig klopften die Hämmer und schnitten die Sägen. Über den Markt ging ein Flüstern: »Dort wird ein Galgen errichtet.« Um sie sammelten sich die Kinder. Alihodscha sah von seinem Laden, wie zunächst zwei Balken aufgerichtet wurden und wie dann ein schnauzbärtiger Reservist hinaufkletterte und sie oben durch einen dritten, waagrechten verband. Das Volk strömte herbei, als würde Halwa ausgeteilt, und bildete einen lebendigen Kreis um den Galgen. Meist waren es Soldaten, dazwischen aber auch arme mohammedanische Häusler von den Dörfern und Zigeuner aus der Stadt. Sodann wurde ein Weg freigemacht und von irgendwo ein Tisch und zwei Stühle für den Offizier und seinen Schreiber herbeigebracht, und dann führten Schutzkorpsleute zwei Bauern und danach einen Städter heran. Die Bauern waren Gemeindeälteste aus den Grenzdörfern Posdertschitza und Kamenitze und der Städter ein gewisser Wajo aus der Lika, der vor vielen Jahren als Unternehmer in die Stadt gekommen war und sich hier verheiratet hatte. Alle drei waren gefesselt, verstört und staubbedeckt. Ein Trommler begann einen lauten Wirbel auf seiner Trommel zu schlagen. Im allgemeinen Lärm und der Unruhe klang der Trommelwirbel wie ein fernes Donnern. In jenem Kreis um den Galgen trat Ruhe ein. Der Offizier, ein ungarischer Oberleutnant der Reserve, verlas mit scharfer Stimme in deutscher Sprache die Todesurteile, und nach ihm übersetzte ein Feldwebel. Alle drei waren vom Standgericht zum Tode verurteilt, denn es hatten Zeugen unter Eid ausgesagt, sie hätten gesehen, wie sie während der Nacht Lichtsignale über die serbische Grenze gegeben hätten. Das Aufhängen sollte öffentlich auf dem Markt neben der Brücke vollzogen werden. Die Bauern schwiegen und blinzelten wie in Verlegenheit. Jener Wajo aus der Lika aber wischte sich den Schweiß von der Stirn und versicherte mit schwacher, trauriger Stimme, er sei unschuldig, und suchte mit weit aufgerissenen, wie wahnsinnigen Augen in seiner Umgebung nach einem, dem er das noch sagen könnte.

Die Vollstreckung des Urteils sollte gerade beginnen, da drängte sich durch diesen Kreis zusammengelaufener Menschen ein Soldat, rothaarig, klein, mit X-Beinen. Das war Gustav, der einstige Zahlkellner in Lottikas Hotel und jetziger Kaffeehausbesitzer in der Unterstadt. Er trug eine neue Uniform mit den Abzeichen eines Gefreiten, sein Gesicht war gerötet und die Augen noch stärker blutunterlaufen als gewöhnlich. Der Feldwebel wollte ihn fortschicken, aber der kriegerische Kaffeehausbesitzer ließ sich nicht abweisen.

»Ich bin hier seit fünfzehn Jahren Nachrichtenorgan, Vertrauensperson der höchsten militärischen Kreise«, schrie er auf deutsch mit betrunkener Stimme, »und man hat mir erst im vorigen Jahre in Wien versprochen, daß ich mit eigener Hand zwei Serben aufhängen dürfte, wenn die Zeit dazu gekommen wäre. Sie wissen nicht, mit wem Sie es zu tun haben. Ich habe das Recht darauf erworben. Und Sie wollen mich jetzt ...«

In der Menge entstand ein Murmeln und Flüstern. Der Feldwebel war in Verlegenheit. Gustav wurde immer zudringlicher und forderte um jeden Preis, daß man ihm zwei der Verurteilten überlasse, damit er sie mit eigener Hand aufhänge. Da erhob sich der Oberleutnant, ein magerer, dunkelhaariger Mann von vornehmem Äußeren, verzweifelt, als sei er selbst verurteilt, ohne einen Tropfen Blut im Gesicht. Obgleich er betrunken war, nahm Gustav Haltung an, aber sein dünner, roter Schnurrbart zitterte und seine Augen wanderten bald nach links, bald nach rechts. Der Offizier trat ganz nahe an ihn heran und sagte ihm in sein betrunkenes Gesicht hinein, als wollte er ihn anspeien:

»Wenn Sie nicht machen, daß Sie aus diesem Kreise fortkommen, dann lasse ich Sie gefesselt abführen. Und morgen melden Sie sich zum Rapport. Haben Sie verstanden? Und jetzt scheren Sie sich fort! Marsch!«

Der Oberleutnant sprach Deutsch mit ungarischem Akzent, vollkommen ruhig, aber so scharf und erbittert, daß der betrunkene Kaffeehausbesitzer plötzlich klein wurde und sich, unaufhörlich militärisch grüßend und unverständliche Entschuldigungsworte stotternd, in der Menge verlor.

Erst jetzt wandte sich die allgemeine Aufmerksamkeit wieder den Verurteilten zu. Die beiden Bauern zeigten die völlig gleiche Haltung. Sie blinzelten und zogen krause Stirnen vor dem Sonnenglanz und der Schwüle, die aus der dichtgedrängten Menge aufstieg, als sei das alles, was sie quäle. Wajo aber versicherte mit schwacher und weinerlicher Stimme, daß er unschuldig sei, daß ihn sein Konkurrent auf dem Gewissen habe, daß er weder je im Heer gedient noch irgendwann in seinem Leben gehört habe, daß man mit Licht Zeichen geben könne. Er konnte etwas Deutsch und reihte verzweifelt ein Wort an das andere in seinem Mühen, irgendeinen überzeugenden Ausdruck zu finden, durch den er diesen Mahlstrom aufhalten könnte, der ihn seit gestern mitriß und drohte, ihn ohne Schuld und Fehl von dieser Welt fortzutragen.

»Herr Leutnant, Herr Leutnant, um Gottes willen ... Ich unschuldiger Mensch ... viele Kinder ... Unschuldig! Lüge! Alles Lüge!« wählte Wajo seine Worte, als suchte er, welches das richtige und rettungbringende sei.

Die Soldaten traten schon zu dem ersten Bauern. Er nahm schnell die Mütze ab, wendete sich zum Mejdan, auf dem die Kirche stand, und bekreuzigte sich zweimal inbrünstig. Mit einem Blick befahl ihnen der Offizier, zuerst Wajo hinzurichten. Der verzweifelte Mann aus der Lika hob, als er sah, daß die Reihe an ihn gekommen war, die Hände und begann in gebrochenem Deutsch aus vollem Halse zu schreien.

»Nein! Nein! Nicht, um Gottes willen! Herr Leutnant, Sie wissen ... alles Lüge ... Gott ... alles Lüge!« schrie Wajo, aber die

Soldaten hatten ihn schon an den Füßen und um die Hüften gefaßt und auf das Holzgerüst unter dem Seil gehoben.

Atemlos verfolgte die Menge das alles wie ein Spiel zwischen dem unglücklichen Unternehmer und dem Oberleutnant, zitternd vor Neugierde, wer gewinnen und wer verlieren würde.

Alihodscha, der bis dahin unverständliche Stimmen gehört hatte und nicht ahnte, was in diesem Kreis dicht gedrängten Volkes vorging, erblickte plötzlich Wajos entseeltes Gesicht über allen Köpfen, und sofort sprang er auf und schloß seinen Laden, obgleich die ausdrückliche Anordnung der Militärbehörden bestand, daß alle Läden offenzuhalten seien.

In der Stadt trafen immer neue Truppen und mit ihnen Munition, Verpflegung und Ausrüstung ein, aber nicht nur mit der Bahn, die überlastet war, sondern auch auf der alten Landstraße über Rogatitza. Tag und Nacht zogen Wagen und Pferde über die Brücke, und das erste, was sie begrüßte, wenn sie die Stadt von der Brücke her betraten, waren die drei Gehenkten auf dem Marktplatz. Und da die Spitze der Kolonne gewöhnlich in den überfüllten Straßen stockte, mußte jede Truppe hier auf der Brücke oder auf dem Markt so lange stehen bleiben, bis dort vorn wieder Luft geschaffen war. Verstaubt, erhitzt und heiser von Schreien und Wut, ritten die Feldwebel zwischen den Wagen und Packpferden hindurch, gaben mit den Händen verzweifelte Zeichen und fluchten in allen Sprachen der österreichisch-ungarischen Monarchie auf alle Heiligen aller anerkannten Konfessionen.

Am frühen Morgen des vierten oder fünften Tages, als die Brücke gerade wieder so mit Trossen verstopft war, die nur langsam durch die enge Stadt weiterrückten, ließ sich plötzlich ein scharfes und ungewöhnliches Pfeifen über der Stadt hören, und mitten auf der Brücke, unmittelbar neben der Kapija, schlug eine Granate auf der steinernen Einfassung ein. Eisen- und Steinsplitter trafen Pferde und Menschen, es entstand ein Gedränge, die Pferde bäumten sich auf, und eine allgemeine Flucht setzte ein. Die einen flüchteten vorwärts in die Stadt, die anderen zurück auf dem Weg, den sie gekommen waren. Sofort schlugen noch drei Granaten ein, zwei im Fluß und eine wiederum unter den zusammengedrängten Menschen auf der Brücke. Im Handumdrehen war die Brücke leer; auf dem freigewordenen Raum sah man wie dunkle Flecken umgestürzte Wagen, tote Pferde und Menschen. Von den Butkower Felsen meldete sich die österreichische Feldartillerie und begann, die serbische Gebirgsbatterie zu suchen, die jetzt die versprengten Trosse zu beiden Seiten der Brücke unter Schrapnellfeuer nahm.

Seit diesem Tage beschoß die Gebirgsbatterie vom Panos ständig die Brücke und die Kaserne neben ihr. Nach einigen Tagen, wiederum des Morgens, hörte man von Osten, aus der Gegend von Golesch, ein neues Geräusch. Die Abschüsse klangen ferner und tiefer, und die Granaten heulten schwerer über die Stadt. Das waren Haubitzen, und zwar zwei Stück. Die ersten Geschosse fielen in die Drina, danach auf den freien Platz vor der Brücke, wo sie die umliegenden Häuser, Lottikas Hotel und das Offizierskasino beschädigten, und dann begannen sie in regelmäßigen Abständen genauer zu treffen, und zwar nur die Brücke und die Kaserne. Schon nach einer Stunde brannte die Kaserne. Die Soldaten, die Löschversuche machten, nahm die Gebirgsbatterie vom Panos unter Schrapnellfeuer. Schließlich überließen sie die Kaserne ihrem Schicksal. In der heißen Luft brannte alles, was aus Holz war, und in die niedergebrannte Ruine schlugen von Zeit zu Zeit die Granaten ein und zerstörten das Innere des Gebäudes. So wurde der Steinerne Chan zum zweiten Male zerstört und wieder zu einem Haufen Steine gemacht.

Die beiden Haubitzen in Golesch beschossen danach ständig und gleichmäßig die Brücke, am meisten den Mittelpfeiler. Die Granaten fielen bald in den Fluß, links und rechts der Brücke, bald explodierten sie auf den massiven Steinpfeilern oder schlugen auf der Brücke selbst ein, aber keine von ihnen traf den eisernen Dekkel über der Öffnung, die in das Innere des Mittelpfeilers führte, in dem die Ladung für die Sprengung der Brücke lag.

Durch diese ganze zehntägige Beschießung entstand aber auch sonst auf der Brücke keinerlei größerer Schaden. Die Granaten trafen die glatten Pfeiler und runden Wölbungen, prallten von ihnen ab und explodierten in der Luft, ohne auf den steinernen Wänden andere Spuren als flache, weiße, kaum sichtbare Kratzer zu hinterlassen. Die Schrapnellsplitter aber prallten von den glatten, festen Mauern wie Hagelkörner ab. Lediglich die Granaten, die die Fahrbahn selbst trafen, hinterließen auf der Brücke im festgestampften Kies flache Löcher und aufgewühlte Stellen, aber die bemerkte man nicht, ehe man auf die Brücke kam. So stand in diesem ganzen neuen Unwetter, das sich über der Stadt entlud und uralte Gewohnheiten, lebendige Menschen und tote Dinge von Grund auf änderte und verwandelte, die Brücke auch weiterhin weiß, fest und unverwundbar, wie sie immer gewesen.

23 Wegen der ständigen Beschießung war tagsüber jeder größere Verkehr über die Brücke eingestellt: die Zivilisten gingen frei hinüber, auch einzelne Soldaten liefen ungehindert über die Brücke, aber sobald sich eine etwas größere Gruppe zeigte, wurde sie vom Panos mit Schrapnellen zugedeckt. Nach einigen Tagen hatte sich eine gewisse Regelmäßigkeit herausgebildet. Die Menschen hatten herausbekommen, wann das Feuer stärker, wann es schwächer war und wann es völlig eingestellt wurde, danach richteten sie sich und erledigten, soweit sie die österreichischen Streifen nicht daran hinderten, ihre notwendigen Wege.

Die Gebirgsbatterie vom Panos schoß nur tagsüber, aber die Haubitzen hinter Golesch meldeten sich auch des Nachts und versuchten, Truppenverschiebungen und Troßverlegungen von einer Seite der Brücke zur anderen zu behindern.

Die Städter, deren Häuser im Innern der Stadt, in der Nähe der Brücke und der Landstraße lagen, zogen mit ihren Familien auf den Mejdan oder in andere geschützte und entfernte Stadtviertel zu Verwandten oder Bekannten, um sich vor der Beschießung in Sicherheit zu bringen. Diese Flucht mit den Kindern und der notwendigsten Habe erinnerte an jene schweren Nächte, wenn über die Stadt das große Wasser hereinbrach. Nur daß dieses Mal die Menschen der verschiedenen Glaubensrichtungen nicht vermischt und durch das Gefühl der Solidarität und eines gemeinsamen Unglücks wie einst verbunden waren. Die Mohammedaner waren in den mohammedanischen Häusern und die Serben, wie Pestkranke, nur in den serbischen. Aber trotz dieser Scheidung und Zersplitterung lebten sie mehr oder weniger das gleiche Leben. Zusammengedrängt saßen sie in fremden Häusern, ohne zu wissen, was sie mit der langen Zeit und ihren besorgten und fassungslosen Gedanken beginnen sollten, müßig und mit leeren Händen, wie Ausgebrannte, in Angst um das Leben, Ungewißheit über den Besitz und gequält von widersprechenden Hoffnungen und Wünschen, die sie natürlich, die einen wie die anderen, verbargen.

Wie einst während der großen Hochwasser, bemühten sich die älteren Leute, bei den einen wie bei den anderen, alles in ihrer Umgebung mit Scherzen und Erzählungen, durch erzwungene Ruhe und künstliche Fröhlichkeit aufzuheitern. Aber es schien, als wollten bei dieser Art Unglück die alten Scherze und Vertuschungsversuche nicht mehr helfen, als hätten alle einstigen Erzählungen ihre Farbe und alle Scherzworte Geschmack und Sinn eingebüßt, und neue bilden sich nicht so schnell.

In den Nächten stellten sich alle schlafend, wenn auch in Wirklichkeit niemand ein Auge schließen konnte. Sie sprachen flüsternd, obgleich sie selbst nicht wußten, wozu diese Vorsicht, da doch jeden Augenblick bald die serbischen und bald die österreichischen Geschütze dröhnten. Die Menschen befiel eine Angst davor, dem Feind Zeichen zu geben, obgleich niemand wußte, wie man solche Zeichen geben sollte oder was das eigentlich bedeutete. Aber die Angst war so groß, daß es niemand wagte, auch nur ein Streichholz anzureißen. Wenn die Männer rauchen wollten, dann sperrten sie sich in dumpfe Zimmerchen ohne Fenster ein oder sie deckten sich eine Decke über den Kopf und rauchten darunter. Die Schwüle war drückend und erstickend. Alle waren in Schweiß gebadet, aber alle Türen waren verriegelt, alle Fenster geschlossen und verhängt. Die Stadt glich einem Unglücklichen, der die Augen mit den Händen bedeckt und so die Schläge abwartet, gegen die er sich nicht wehren kann. Alle Häuser sahen aus, als habe sie der Tod verschlossen. Denn wer am Leben bleiben wollte, der mußte sich tot stellen, aber nicht einmal das half immer.

In den mohammedanischen Häusern ging es etwas lebhafter und freier zu. Hier waren viele alte kriegerische Neigungen, aber zur Unzeit, erwacht und in diesem Zweikampf, den zwei Artillerien, beides christliche, über ihren Häuptern ausfochten, in Verwirrung geraten und unsicher geworden. Aber auch große und verhüllte Sorgen gab es und Unglück ohne Ausweg und sichtbare Lösung.

In Alihodschas Hause unterhalb der Festung wimmelte es wie in einer Glaubensschule. Zu seinen vielen Kindern waren noch die neun Kinder Mujaga Mutapdschitschs gekommen; davon waren nun drei erwachsen, alle anderen aber klein und unmündig und wie die Orgelpfeifen. Um sie nicht hüten und jeden Augenblick im Hof rufen zu müssen, hatte man sie, zusammen mit Alihodschas Kindern, in das kühle und geräumige Erdgeschoß eingesperrt, und dort plagten sich ihre Mütter und älteren Schwestern in einem unaufhörlichen und allgemeinen Geschrei und Geheul mit ihnen ab.

Dieser Mujaga Mutapdschitsch, genannt der Uschitzer, denn er stammte aus Uschitze, war in der Stadt ein Zugewanderter. (Wir werden gleich erfahren, wie und warum.) Er war ein großer Mann in den Fünfzigern, völlig grau, mit einer Adlernase und stark zerfurchtem Gesicht, tiefer Stimme und kurzen, militärischen Bewegungen. Er sah älter aus als Alihodscha, obgleich er in Wirklichkeit jünger war als dieser. Er saß mit Alihodscha im Hause, rauchte unaufhörlich, sprach selten und wenig und hing seinen Gedanken nach, deren Schwere sich auf seinem Gesicht und in jeder Bewegung widerspiegelte. Es hielt ihn an keinem Fleck. Immer wieder stand er auf, ging vor das Haus und betrachtete vom Garten aus die Berge um die Stadt zu beiden Seiten des Flusses. Er stand mit erhobenem Kopfe da und blickte fragend, als handle es sich um ein

Unwetter. Alihodscha, der ihn nie allein ließ und sich ständig bemühte, ihn in ein Gespräch zu ziehen und zu beruhigen, ging mit ihm hinaus.

Hier im Garten, der zwar etwas steil, aber schön und groß war, herrschten Friede und die Reife der Sommertage. Die Zwiebeln waren schon abgeknickt, die Sonnenblumen standen in voller Blüte, um ihre schwarzen und schweren Köpfe summten Bienen und Hummeln, die kleinen Blumen in den Ecken schossen bereits in den Samen. Von dieser erhöhten Stelle sah man unten die Stadt verstreut auf der sandigen Landzunge wie in einer Gabel zwischen den beiden Flüssen, Drina und Rsaw, und den Kranz verschieden hoher und ungleich geformter Berge. In der Niederung um die Stadt und an den steilen Hängen der Hügel wechselten Streifen und Äcker reifer Gerste mit Flächen von grünem Mais ab. Weiß glänzten die Häuser, und schwarz schimmerten die Wälder, die die Höhen bedeckten. Das mäßige Geschützfeuer von beiden Seiten klang von hier feierlich und harmlos, so weit war die Erde und so hoch schwebte der Himmel über ihm in der Heiterkeit des Sommertages, der erst zu wachsen begann.

Hier löste sich auch dem besorgten Mujaga die Zunge. Er antwortete Alihodscha auf dessen gute Worte und erzählte ihm sein Schicksal, nicht, weil es der Hodscha etwa nicht kannte, sondern weil er hier in der Sonne irgendwie den Knoten lösen mußte, der ihn im Halse erstickte und würgte, und weil sich dieses Schicksal gerade hier und jetzt, in jedem einzelnen Augenblick dieses Sommertages, mit jedem Artillerieschuß von der einen wie der anderen Seite, entschied.

Er war noch keine fünf Jahre alt gewesen, als die Türken die Städte in Serbien verlassen mußten. Die Osmanli waren in die Türkei gegangen, sein Vater aber, Suljaga Mutapdschitsch, ein zwar noch junger, aber bereits angesehener Mann und einer der Ersten unter den Türken in Uschitze, hatte beschlossen, mit den Seinen nach Bosnien zu gehen, woher sie auch einst gekommen waren. Er hatte die Kinder in Tragkörbe gesetzt und mit dem Geld, das er unter solchen Umständen aus Land und Haus lösen konnte, für immer Uschitze verlassen. Mit einigen hundert Flüchtlingen aus Uschitze war er nach Bosnien gekommen, wo noch immer die türkische Macht galt, und hatte sich mit seiner Familie in Wischegrad niedergelassen, wo schon von früher her ein Zweig der Uschitzer Mutapdschitsch lebte. Hier hatte er etwa zehn Jahre gelebt, und gerade als er begonnen hatte, in der Stadt festen Fuß zu fassen, da war die österreichische Besatzung gekommen. Als harter, unverträglicher Mensch, hatte er gemeint, es habe keinen Sinn, vor *einer* christlichen Obrigkeit zu flüchten, um dann unter einer anderen zu leben. Ein Jahr nach der Ankunft der Österreicher hatte er wiederum mit der ganzen Familie Bosnien verlassen, zusammen mit noch einigen Familien, die ihr Leben nicht in einem Lande verbringen wollten, »wo die Kirchenglocken läuten«, und war nach Nowa Warosch im Sandschak, das noch unter türkischer Verwaltung stand, übergesiedelt. (Unser Mujaga war damals ein Junge von etwas mehr als fünfzehn Jahren.) Dort hatte Suljaga Mutapdschitsch einen Handel eröffnet, und dort wurden ihm auch die übrigen Kinder geboren. Niemals aber hatte er verschmerzt, was er in Uschitze zurückgelassen, und niemals sich den neuen Menschen und dem andersartigen Leben im Sandschak anzupassen vermocht. Das war auch die Ursache seines vorzeitigen Todes gewesen. Die Töchter, alle schön und von gutem Ruf, hatten sich gut verheiratet. Die Söhne hatten das kleine väterliche Erbe übernommen und erweitert. Und gerade als sie sich verheiratet hatten und sich anschickten, in dem neuen Lebenskreis tiefere Wurzeln zu schlagen, war der Balkankrieg des Jahres 1912 gekommen. An dem Widerstand, den das türkische Heer bei Nowa Warosch dem serbischen und montenegrinischen Heer leistete, hatte sich auch Mujaga beteiligt. Der Widerstand war kurz, und man kann weder sagen, daß er schwach, noch daß er an und für sich erfolglos war, aber dennoch hatte das türkische Heer den Sandschak wie durch ein Wunder geräumt, gerade, als würde das ganze Schicksal des Krieges und so vieler Tausender lebender Menschen nicht hier entschieden, sondern irgendwo in der Ferne, unabhängig von jedem Widerstand, mochte er stärker oder schwächer sein. Da er den

Gegner, vor dem er als Kind aus Uschitze geflohen war und dem er sich auch jetzt erfolglos widersetzt hatte, nicht abwarten wollte und nicht wußte, wohin er sich sonst wenden konnte, hatte Mujaga beschlossen, zurück nach Bosnien zu fliehen, gerade unter jene gleiche Obrigkeit, vor der sein Vater ausgewandert war. Und so war er, zum dritten Male als Flüchtling, mit seiner ganzen Familie in diese Stadt gezogen, in der er seine Kindheit verlebt hatte.

Mit etwas Bargeld und mit Unterstützung der Wischegrader Mohammedaner, unter denen er auch Verwandte besaß, hatte er sich in diesen zwei Jahren bemüht, ein Geschäft anzufangen. Das war aber nicht leicht gewesen, denn die Zeiten waren, wie wir gesehen haben, knapp und unsicher, und das Verdienen auch für diejenigen schwer, die schon seit langem festen Fuß gefaßt hatten. In der Hauptsache hatte er, auf bessere Zeiten wartend, von seinem Gelde gelebt. Und nun war nach nur zwei Jahren eines solchen schweren Flüchtlingslebens in Wischegrad ein solcher Sturm hereingebrochen, gegen den er nicht ankonnte und nichts vermochte; es blieb ihm nur übrig, seinen Verlauf sorgenvoll zu betrachten und vor seinem Ausgang und Ende zu zittern.

Darüber sprachen jetzt die beiden, ruhig, abgerissen und ohne Zusammenhang, so wie man über Dinge spricht, die nur zu gut bekannt sind und die man vom Ende, vom Anfang oder von irgendeinem Punkt in der Mitte betrachten kann. Alihodscha, der Mujaga ungewöhnlich liebte und schätzte, bemühte sich, irgendein Wort zu finden, das ihn tröstete oder beruhigte, nicht weil er glaubte, daß es vielleicht etwas helfen könnte, sondern weil er das Bedürfnis hatte und die Pflicht empfand, seine Anteilnahme am bösen Geschick dieses anständigen, unglücklichen Mannes und wahrhaften Mohammedaners zu zeigen. Mujaga saß und rauchte, das Bild eines Menschen, dem das Schicksal zu Schweres aufgebürdet hat. Auf seinem Haupt und an seinen Schläfen traten dicke Schweißperlen hervor, standen dort eine Weile, bis sie wuchsen und schwerer wurden, dann blitzten sie in der Sonne und liefen wie Bäche das faltige Gesicht hinunter. Aber Mujaga spürte sie nicht, noch wischte er sie fort. Mit trüben Augen starrte er auf den Rasen vor sich und lauschte entrückt auf das, was in ihm vorging und was stärker und lauter war als jedes Trostwort und als die lebhafteste Kanonade. Von Zeit zu Zeit winkte er nur leicht mit der Hand ab und sprach irgendein Wort, das viel eher Teil seiner inneren Zwiesprache denn Antwort auf das war, was man zu ihm sagte oder was um ihn geschah.

»Ja, mein Alihodscha, nun ist es soweit gekommen, daß man nicht mehr ein noch aus weiß. Gott allein weiß, daß wir, mein seliger Vater und ich, alles getan haben, um im wahren Glauben und im echten Islam zu bleiben. Meines Großvaters Gebeine ruhen in Uschitze; wahrscheinlich findet man heute keine Spur mehr von seinem Grab. Den Vater habe ich in Nowa Warosch begraben, und ich weiß heute nicht, ob nicht die Herden der Christen es vielleicht zertreten haben. Ich habe geglaubt, daß wenigstens ich hier sterben würde, wo noch der Gebetsruf vom Minarett erschallt, aber nach allem scheint es mir, daß uns geschrieben steht, unser Same solle ausgerottet und unsere Grabstätte unbekannt sein. Vielleicht ist es so Gottes Wille? Ich weiß jedenfalls nicht mehr ein noch aus. Es ist die Zeit gekommen, da der wahre Glaube keinen anderen Weg und Ausweg mehr hat als den, sich zu Tode zu grämen. Denn was bleibt mir übrig? Soll ich etwa mit Nailbeg und den Schutzkorps losziehen, um mit einem schwäbischen Gewehr in der Hand zu sterben in dieser Welt und in jener mit Schande bedeckt, oder soll ich so dasitzen und warten, bis Serbien auch hierher kommt und ich hier das empfange, wovor wir fünfzig Jahre lang von einem Ort zum anderen geflohen sind?«

Alihodscha wollte gerade etwas sagen, das ermutigen und eine kleine Hoffnung eröffnen sollte, als ihn eine Salve der österreichischen Batterie von den Butkower Felsen unterbrach, auf die sofort die Geschütze vom Panos antworteten. Es meldeten sich auch die hinter Golesch. Sie schossen genau über ihre Köpfe hinweg, und noch dazu ziemlich niedrig, so daß in beiden Richtungen die Granaten der verschiedenen Kaliber ständig mit jenem düsteren Heulen über sie hinwegzogen, das dem Menschen die Eingeweide erstarren läßt und seine Blutgefäße bis zum Schmerz zusammenkrampft. Alihodscha erhob sich und schlug vor, wenigstens unter dem Vordach Schutz zu suchen, und Mujaga folgte ihm wie ein Nachtwandler.

In den serbischen Häusern dagegen, die um die Kirche auf dem Mejdan zusammengedrängt lagen, gab es weder Klagen über die Vergangenheit noch Furcht vor der Zukunft, sondern nur Angst und Mühsal der Gegenwart. Hier herrschte jene besondere, stumme Benommenheit, die immer bei den Menschen nach den ersten Schlägen eines großen Terrors, nach Verhaftungen und Morden ohne Recht und Gericht zurückbleibt. Aber unter dieser Benommenheit war alles das gleiche, wie es früher und schon immer gewesen; das gleiche heimliche Lauschen wie einst, vor mehr als hundert Jahren, als auf dem Panos die Feuer der Aufständischen aus Serbien brannten, die gleiche Hoffnung, die gleiche Vorsicht, die gleiche Entschlossenheit, alles zu ertragen, wenn es nicht anders ginge, und der gleiche Glaube an ein besseres Ende, dort irgendwo am Ende aller Dinge.

Die Enkel und Urenkel jener, die von diesem Hügel, ebenso in ihren Häusern verschlossen, besorgt und erschreckt, aber bis auf den Grund ihrer Seele erschüttert, angestrengt gelauscht hatten, ob sie nicht vielleicht den Donner von Karageorges Geschütz oben vom Weletowo hören könnten, lauschten jetzt, wie in der warmen Dunkelheit über ihren Köpfen die schweren Haubitzgranaten heulten und rauschten, rieten nach dem Geräusch, welches die österreichischen und welches die serbischen waren, lobten oder verfluchten sie und belegten sie mit Kosenamen oder Schimpfworten, solange die Geschosse hoch flogen und in der Umgebung der Stadt einschlugen. Legte sich aber das Feuer auf Stadt und Brücke, dann verstummten sie plötzlich, das Wort stockte ihnen im Halse, denn sie meinten, und sie hätten sich darauf verschworen, daß in dieser allgemeinen Stille und bei so viel Raum die eine wie die andere Seite nur auf sie und das Haus zielten, in dem sie sich befanden. Und erst nachdem sich der Schall der nahen Explosion verzogen, sprachen sie mit veränderter Stimme weiter und versicherten einander, daß diese Granate ganz in der Nähe eingeschlagen habe und daß sie von einer ganz besonders bösen Sorte gewesen sei, schlimmer als alle anderen Granaten.

In Ristitschs Haus, das unmittelbar hinter der Pfarre liegt, aber schöner und größer als diese und durch steile Pflaumengärten auf beiden Seiten gegen das Artilleriefeuer geschützt, haben sich die meisten der unsrigen geflüchtet. Nur wenige Männer sind da, aber genug Frauen, deren Männer verhaftet oder als Geiseln fortgeführt wurden; sie haben sich mit ihren Kindern hierher geflüchtet.

Das Haus ist geräumig und reich. In ihm leben nur Michaile Ristitsch mit seiner Frau und Schwiegertochter, eine Witwe, die, nachdem sie verwitwet war, nicht wieder hatte heiraten oder nach Hause zurückkehren wollen, sondern hiergeblieben war, um bei den beiden alten Leuten ihre Kinder zu erziehen. Ihr ältester Sohn war vor zwei Jahren nach Serbien geflüchtet und im Balkankrieg als Freiwilliger bei Bregalnitza gefallen. Er war nur achtzehn Jahre alt geworden.

Der alte Michaile, seine Frau und seine Schwiegertochter bewirten diese ungewöhnlichen Gäste wie bei einer Familienfestlichkeit. Besonders der Alte ist unermüdlich. Er ist barhäuptig, was ungewöhnlich ist, denn sonst nimmt er seinen roten Fez nie ab; dichtes graues Haar fällt ihm über die Ohren und in die Stirn, und sein silberner, starker Schnurrbart, unten gelb vom Tabak, umgibt den Mund wie ein ständiges Lächeln. Sobald er merkt, daß jemand verängstigter oder eingeschüchterter ist als die übrigen, geht er zu ihm hin, zieht ihn in ein Gespräch und bietet ihm Raki, Kaffee und Tabak an.

»Ich kann nicht, Gevatter Michailo, ich danke dir wie meinem Vater, aber ich kann nicht, es ist mir hier wie zugeschnürt«, verteidigt sich eine noch junge Frau und zeigt auf ihren runden und weißen Hals.

Sie ist die Frau des Petar Gatalo von Okolischte. Petar war eines Tages in Geschäften nach Sarajewo gefahren. Dort hat ihn der Krieg überrascht, und seit damals hat die Frau keine Nachricht von ihm. Das Militär hat sie aus dem Hause vertrieben, und nun hat sie mit ihren Kindern hier bei Michaile Zuflucht gefunden, mit dem sie von der Familie des Mannes her seit alters Gevatterschaft verbindet. Von Sorgen um den Mann und das verlassene Haus ist sie ganz niedergeschlagen. Sie ringt die Hände und klagt und seufzt abwechselnd.

Michailo läßt sie nicht aus den Augen und ist ständig in ihrer Nähe. Heute morgen hat er erfahren, daß man Petar bei der Rückkehr aus Sarajewo als Geisel aus dem Zug geholt, nach Wardischte gebracht und dort bei einem falschen Alarm versehentlich erschossen hat. Das halten sie noch vor ihr geheim, und Michailo paßt auf, daß es ihr niemand jäh und rücksichtslos mitteilt. Die Frau steht jeden Augenblick auf, sie will in den Hof hinausgehen, um nach dem Okolischte zu schauen, aber Michailo hält sie auf und überredet sie auf alle mögliche Art, denn er weiß gut, daß das Anwesen der Gatalos auf dem Okolischte schon brennt, und will der unglücklichen Frau wenigstens dieses Schauspiel ersparen. Er scherzt und lächelt und bietet unaufhörlich an.

»Komm, Gevatterin Stanujka, komm mein Lämmchen. Nur ein Gläschen. Das ist ein Labetrunk und Sorgenbrecher und kein gewöhnlicher Raki.«

Und die Frau trinkt gehorsam. Michailo bietet der Reihe nach an. Mit seiner unwiderstehlichen und unermüdlichen Herzlichkeit zwingt er jeden, sich zu stärken. Dann kehrt er wieder zu Petar Gatalos Frau zurück. Jener schmerzhafte Knoten in ihrem Halse hat sich wirklich gelöst. Jetzt ist sie ruhiger; sie blickt nur nachdenklich vor sich hin. Aber Michailo verläßt sie nicht, sondern erzählt ihr wie einem Kinde, daß alles vorübergeht, daß ihr Petar heil und gesund aus Sarajewo zurückkehren und sie alle wieder in ihr Haus auf dem Okolischte ziehen werden.

»Ich kenne den Petar, ich war doch bei seiner Taufe dabei. Von dieser Taufe hat man lange erzählt. Und ich weiß es noch wie heute: ich war ein junger Bursche und ging auf Freiersfüßen, als ich mit meinem verstorbenen Vater, der bei Jankos Kindern Pate stand, auf den Okolischte ging, um deinen Petar zu taufen.«

Und er erzählt die Geschichte von Petar Gatalos Taufe, die sie alle kennen, die ihnen aber in diesen ungewöhnlichen Nachtstunden wie neu erscheint.

Die Männer und Frauen rücken näher heran, lauschen und vergessen beim Lauschen die Gefahr und achten nicht auf den Geschützdonner. Michailo aber erzählt.

In den guten Friedenszeiten, als der berühmte Pope Nikola noch Pfarrer in Wischegrad war, da ward dem Janko Gatalo vom Okolischte nach langen Jahren der Ehe und nach einer ganzen Reihe von Mädchen noch ein Sohn geboren. Gleich am nächsten Sonntag trugen sie das Kind zur Taufe, und außer dem glücklichen Vater gingen noch einige Verwandte und Nachbarn mit. Schon auf dem Weg vom Okolischte herunter machten sie oft halt und tranken aus der großen Flachflasche des Paten einen tüchtigen Schluck scharfen Raki. Und als sie auf dem Wege über die Brücke zur Kapija gekommen waren, setzten sie sich dort nieder, um ein wenig zu verschnaufen und noch einen Schluck zu nehmen. Es war ein kalter Tag und spät im Herbst, auf der Kapija war kein Kaffeeverkäufer mehr, und auch die Wischegrader Türken kamen nicht, um Kaffee zu trinken und hier zu sitzen. Also ließen sich die vom Okolischte häuslich nieder, öffneten die Taschen, in denen sie das Essen trugen, und nahmen einen neuen Schluck Raki. Und wie sie so einander wortreich und von Herzen zutranken, da vergaßen sie das Kind und den Pfarrer, der es nach dem Gottesdienst taufen sollte. Weil zur damaligen Zeit, unter der Türkenherrschaft – in den siebziger Jahren des 19. Jahrhunderts –, die Kirche noch keine Glocke hatte und auch keine haben durfte, so merkten die fröhlichen Leute nicht einmal, daß die Zeit verging und der Gottesdienst längst vorüber war. In ihren Gesprächen, in denen sich kühn und weitschweifig die Zukunft des Kindes mit der Vergangenheit der Eltern mischte, war die Zeit nicht wichtig und abgemessen. Ein paarmal schlug dem Paten das Gewissen, und er mahnte zum Aufbruch, aber die übrigen beschwichtigten ihn sofort.

»Kommt, Leute, wir müssen weitergehen, damit wir noch schaffen, was Gesetz und christliche Ordnung fordern«, stotterte der Pate.

»Herrgott, was hast du es denn so eilig, in unserem Sprengel ist noch keiner ungetauft geblieben«, antworteten die anderen und boten ihm jeder aus seiner Flasche an.

Auch der Vater trieb eine Zeitlang zum Aufbruch, aber der Raki ließ die Gewissensbisse schließlich verstummen und machte sie alle einig. Die Frau, die bis dahin das Kind in ihren blaugefrorenen Händen gehalten hatte, legte es auf den steinernen Sitz und wikkelte es in ein Einschlagtuch. Das Kind aber war still, als läge es in der Wiege, bald schlief es, bald öffnete es neugierig die Äuglein, ganz als hätte es Anteil an der allgemeinen Fröhlichkeit. – »Man sieht, es ist ein Wischegrader«, sagte der Pate, »es liebt die Gesellschaft und einen schönen Platz zur Unterhaltung.«

»Leben sollst du, Janko«, rief einer der Nachbarn, »möge dein Sohn glücklich werden und lange leben; gebe dir Gott, daß er eine Zierde unter den Besitzern und einer der Ersten im Stamme der Serben werde und an allem Gut und Überfluß seinen ehrenvollen Anteil habe. Gebe dir Gott ...«

»Ja, aber wie wäre es, wenn wir jetzt erst einmal zur Taufe gingen«, unterbrach ihn der Vater.

»Das Taufen schaffen wir schon noch«, riefen sie alle einstimmig und nahmen einen tüchtigen Schluck Raki.

»Ragib Effendi Borowatz ist ja auch nicht getauft, und sieh ihn dir an, was für ein Kerl der ist: das Pferd biegt sich unter ihm«, sagte einer der Nachbarn unter allgemeinem Gelächter.

Hatte aber die Zeit für diese Menschen auf der Kapija ihr Maß verloren, so hatte sie es nicht für Pope Nikola, der eine Weile vor der Kirche gewartet hatte, dann wütend geworden war, seinen Fuchspelz angezogen hatte und vom Mejdan in die Stadt hinunter gegangen war. Dort sagte ihm irgend jemand, daß die Leute mit dem Kind auf der Kapija seien. Er ging zu ihnen hinaus, um sie auszuschelten, wie nur er zu schelten vermochte, sie aber empfingen ihn mit einer so freudigen und aufrichtigen Hochachtung, mit so feierlichen Entschuldigungen und so warmen Wünschen und guten Worten, daß auch Pope Nikola, der ein scharfer und strenger Mann, aber in seinem Herzen ein echter Wischegrader war, nachgab und sich zu einem Bissen und einem Schluck aus der Flasche niedersetzte. Er beugte sich über den Kleinen und sagte vor lauter Zärtlichkeit einen saftigen Fluch auf seine Großmutter; das Kind aber betrachtete friedlich sein breites Gesicht mit den großen blauen Augen und dem langen rotblonden Vollbart.

Es stimmt nicht ganz, was man erzählt, daß der Kleine auf der Kapija auch getauft worden sei, soviel aber ist richtig, daß sich dort eine lange Unterhaltung mit schwerem Trinken und vielen Trinksprüchen entspann. Erst spät am Nachmittag stieg die ganze lustige Gesellschaft zum Mejdan hinauf und öffnete die Kirche, in der sich der Pate, mit schwerer Zunge und Schluckauf, im Namen des neuen Wischegraders vom Teufel lossagte.

»So haben wir Gevatter Petar getauft, möge er lange leben und gesund bleiben, nun ist er schon über die Vierzig hinaus, und nichts fehlt ihm«, schließt Pate Michaile seine Erzählung.

Alle erfrischen sich mit noch einem Raki und einem Kaffee und vergessen dabei die Wirklichkeit, um sie leichter zu ertragen. Alle sprechen sie leichter und freier, und allen kommt irgendwie zum Bewußtsein, daß es im Leben noch andere, menschlichere und frohere Dinge gibt als diese Finsterheit, Furcht und menschenmordende Schießerei.

So vergeht ihnen die Nacht und mit ihr das Leben, erfüllt von Gefahr und Tod, aber klar, unbeugsam und gerecht in sich. Geleitet von uralten und ererbten Trieben, teilen und zerlegen sie es in vorübergehende Eindrücke und unmittelbare Bedürfnisse und verlieren sich völlig in ihnen. Denn nur so, jeden Augenblick für sich durchlebend, ohne vorwärts oder rückwärts zu schauen, läßt sich ein solches Leben ertragen und der Mensch sich für kommende bessere Tage bewahren.

Dann aber dämmert es. Das bedeutet nur, daß das Feuer lebhafter wird und daß das unverständliche und unabsehbare Spiel des Krieges im Licht des Tages weitergeht. Denn der einzelne Tag hat weder Namen noch Sinn mehr, die Zeit hat Bedeutung und Wert verloren. Die Menschen vermögen nur zu warten und zu bangen. Im übrigen denken, arbeiten, sprechen und bewegen sie sich wie Automaten.

So und ähnlich lebte das Volk in den steilen Stadtvierteln unterhalb der Festung und auf dem Mejdan.

Unten aber, um den Marktplatz, waren nur wenige Einwohner geblieben. Schon am ersten Kriegstage hatte man befohlen, die Geschäfte offen zu halten, damit das Militär seine kleinen Einkäufe besorgen könne, noch mehr aber, um der Bevölkerung zu zeigen, daß der Feind noch in weiter Ferne sei und keine Gefahr für die Stadt bestehe. Dieser Befehl war irgendwie auch jetzt noch während der Beschießung in Kraft geblieben, aber jeder suchte unter einer bequemen Entschuldigung, seinen Laden den größten Teil des Tages geschlossen zu halten. Die Geschäfte in unmittelbarer Nähe der Brücke und des Steinernen Chan, wie die Läden der Kaufleute Pawle Rankowitsch und Ali-hodscha, waren den ganzen Tag geschlossen, denn sie waren der Beschießung zu sehr ausgesetzt. Ebenso war auch Lottikas Hotel völlig geräumt und geschlossen; sein Dach war durch eine Granate beschädigt und die Wände von Schrapnellsplittern zerkratzt.

Alihodscha kam nur ein- oder zweimal täglich von seinem Hügel herunter, um nachzusehen, ob noch alles in Ordnung sei, und kehrte dann wieder zu seinem Hause zurück.

Schon am ersten Tage, als die Beschießung der Brücke begann, hatte Lottika mit der ganzen Familie das Hotel verlassen. Sie waren auf das linke Drinaufer gegangen und hatten Schutz in einem neuen und geräumigen türkischen Hause gefunden. Das Haus lag abseits der Straße, versteckt in einer Senke und verborgen in einem dichten Obstgarten, aus dem nur sein rotes Dach hervorlugte. Sein Besitzer war mit der ganzen Familie aufs Land gezogen.

Mit der ersten Dunkelheit, in der gewöhnlich völlige Ruhe herrschte, hatten sie das Hotel verlassen. Von der Bedienung war nur der treue und unveränderliche Milan geblieben, ein alter Hagestolz, der noch immer wie geleckt aussah, aber schon lange niemand mehr aus dem Hotel hinauszuwerfen hatte; die anderen waren, wie es unter solchen Umständen oft geschieht, geflohen, sobald die erste Granate über die Stadt heulte. Wie immer und in allem, hatte Lottika auch bei diesem Umzug alles geleitet und verteilt, allein und ohne Widerrede. Sie hatte bestimmt, was als das Wichtigste und Wertvollste mitzunehmen und was zurückzulassen sei, was wer anziehen solle, wer Deborahs verkrüppeltes und geistesschwaches Kind zu tragen habe, wer die kranke und weinerliche Deborah selbst führen werde und wer Minna, jene dicke, alte Jungfer, die vor Furcht fast außer sich war. So waren sie, Lottika, Zahler, Deborah und Minna, die Dunkelheit der schwülen Sommernacht ausnützend, mit einigen Sachen und dem kranken Jungen auf einem Handwagen und mit Koffern und Bündeln in der Hand, über die Brücke gegangen. Seit dreißig Jahren war jetzt das Hotel zum ersten Male völlig geschlossen und verlassen. Dunkel, schon von den ersten Granaten beschädigt, glich es bereits einer alten Ruine. Gealtert und unmündig, lahm oder fett geworden, krummbeinig und des Gehens ungewohnt, hatten auch sie, schon nach den ersten Schritten über die Brücke, plötzlich das Aussehen armer Juden angenommen, kümmerlicher Flüchtlinge, wie sie seit undenklichen Zeiten die Landstraßen der Welt bevölkern.

So waren sie auf das andere Ufer hinübergekommen und hatten sich in dem geräumigen türkischen Hause zum Übernachten niedergelassen. Auch hier hatte Lottika alles untergebracht und verteilt, das Flüchtlingsgepäck und die Familie. Aber als sie sich selbst im halbleeren, fremden Zimmer niederlegen sollte, ohne ihre Sachen und Papiere, mit denen sie ein Menschenalter verbracht hatte, da war sie zusammengebrochen, und zum ersten Male in ihrem Leben hatten sie alle Kräfte zugleich verlassen. Durch das öde türkische Haus schallten ihre Klagen; es geschah, was noch niemand je gesehen oder gehört, noch geahnt hatte: Lottika weinte, grausig, schwer und unterdrückt, wie ein Mann, aber unaufhaltsam und unaufhaltbar. In der Familie trat darauf ein erschrecktes, beinahe andächtiges Schweigen ein, und dann begann ein allgemeines Wehgeschrei und Klagen. Für sie war dieser Zusammenbruch von Tante Lottikas Kraft ein schwererer Schlag als

Krieg, Flucht und Verlust von Haus und Hof, denn mit ihr ließ sich alles überstehen und überwinden, ohne sie aber konnte man nichts beginnen und erdenken.

Als am nächsten Morgen ein strahlender Sommertag mit Vogelgesang, rosafarbenen Wolken und ausgiebigem Tau anbrach, da beschien er statt der bisherigen Lottika, die noch bis gestern abend die Geschicke aller Ihrigen geleitet hatte, eine auf der Erde zusammengekauerte, alte und hilflose Jüdin, die nicht einmal für sich selbst zu sorgen vermochte, die nur vor unverständlicher Furcht zitterte und wie ein Kind weinte, ohne sagen zu können, wovor sie sich fürchtete oder was ihr wehtat. Aber da trat ein neues Wunder ein. Jener alte, schwerfällige, schläfrige Zahler, der nicht einmal in seiner Jugend einen eigenen Willen und eine eigene Meinung gehabt hatte, sondern sich, wie auch die ganze Familie, von Lottika hatte leiten lassen, der eigentlich nie jung gewesen war, zeigte sich jetzt plötzlich als wahres Oberhaupt der Familie, voll weiser Entschlossenheit, mit der Fähigkeit, die notwendigen Entscheidungen zu fällen, und auch mit der nötigen Kraft, sie in die Tat umzusetzen. Er tröstete und pflegte seine Schwägerin wie ein krankes Kind und sorgte für alle, so wie sie es noch bis gestern getan hatte. Während der Feuerpause ging er in die Stadt und holte aus dem verlassenen Hotel die notwendigen Nahrungsmittel, Sachen und Kleider. Er fand irgendwo auch einen Arzt und brachte ihn zu der Kranken. Der Arzt stellte bei der übermüdeten und gealterten Frau einen völligen Nervenzusammenbruch fest und empfahl, die Kranke so schnell wie möglich außer Reichweite der militärischen Operationen zu bringen, verschrieb einige Tropfen und ging dann zu einem Verwundetentransport. Zahler ordnete mit den Militärbehörden alles, um einen Wagen zu erhalten und die ganze Familie zunächst nach Rogatitza und dann nach Sarajewo zu bringen. Man mußte nur ein bis zwei Tage warten, bis sich Lottika wenigstens so weit gesammelt hätte, daß sie reisen konnte. Aber Lottika lag wie gelähmt, weinte aus vollem Halse und redete in ihrer bilderreichen und gemischten Sprache zusammenhanglose Worte äußerster Verzweiflung, Angst und Abscheu. Um sie herum kroch auf dem nackten Fußboden Deborahs unglücklicher Junge, sah der Tante neugierig ins Gesicht und rief sie mit jenen unverständlichen Kehllauten, die Lottika so gut verstand, auf die sie aber jetzt nicht antwortete. Sie wollte nichts zu sich nehmen und niemanden sehen. Furchtbar litt sie unter sonderbaren Vorstellungen rein körperlicher Unglücksfälle. Bald schien es ihr, als öffneten sich plötzlich die Dielen unter ihr wie eine heimtückische Falle und als fiele sie zwischen ihnen hindurch in unbekannte Tiefen und als besäße sie außer ihrem eigenen Geschrei nichts, womit sie sich wehren und halten könnte. Bald kam sie sich groß, leicht und stark vor, als hätte sie Siebenmeilenstiefel und starke Flügel und als liefe sie, ähnlich dem Vogel Strauß, aber mit Schritten, die weiter reichten als von hier nach Sarajewo. Flüsse und Meere spritzten unter ihren Füßen wie kleine Pfützen auf, und Städte und Dörfer prasselten wie Kieselsteine und zerbrochenes Glas. Davon klopfte ihr Herz und ihr Atem keuchte. Sie wußte nicht, wo dieser beflügelte Lauf enden, noch wohin er sie führen würde, aber sie wußte, daß er sie vor diesen scheinbar und tückisch zusammengelegten Brettern rettete, die mit Blitzesschnelle unter ihr auseinanderfuhren. Sie wußte, daß sie das Land hinter sich zurückließ, in dem nicht gut verweilen war, und daß sie die schmutzigen Pfützen, Ansiedlungen und großen Städte überspringt, in denen die Menschen einander mit Worten und Zahlen belogen; wenn aber die Worte ausgespielt hatten und die Zahlen verwirrt waren, dann änderten sie plötzlich das Spiel, wie ein Gaukler die Szene verwandelt, und brachten, entgegen allem, was man sagte und rechnete, Kanonen und Gewehre und eine andere, neue Art von Menschen mit blutunterlaufenen Augen hervor, mit denen es kein Verhandeln, keine Abmachungen und keine Verständigung gab. Vor diesem Ansturm war sie plötzlich nicht mehr der gewaltige und wilde, laufende Vogel, sondern eine ohnmächtige, niedergeschlagene, arme alte Frau auf hartem Boden. Aber diese Leute schwärmten zu Tausenden, zu Millionen; sie erschossen, erschlugen und erwürgten alles der Reihe nach, sie vernichteten ohne Mitleid und Vernunft. Einer von ihnen beugte sich über sie, sein Gesicht sah sie nicht, aber sie fühlte, wie er ihr die Spitze des Bajonetts gerade in die Magengrube setzte, dort, wo sich die Rippen teilen und der Mensch am empfindlichsten ist.

»Nein, neinnn! Nicht! Nicht! Rettet mich!« Mit diesem Schrei erwachte Lottika und riß die Fransen von dem grauen, leichten Schal, mit dem man sie zugedeckt hatte.

Der kleine Kretin hockte, an die Wand gelehnt, und betrachtete sie mit seinen großen schwarzen Augen, in denen mehr Neugierde als Furcht oder Mitleid lag. Aus dem anderen Zimmer stürzte Minna herein, beruhigte Lottika, wischte ihr den kalten Schweiß von der Stirn und gab ihr Wasser zu trinken, in das sie vorher sorgfältig Baldriantropfen gezählt hatte.

Aber der lange Sommertag über der grünen Senke schien so endlos, daß man vergaß, wann er angebrochen war, und nicht daran dachte, daß er jemals enden würde. Auch hier war es heiß, aber man spürte die Schwüle nicht. Im Hause hallten die Schritte. Es kamen auch andere Einwohner aus der Stadt. Vereinzelte Soldaten oder Offiziere fanden sich dazu. Essen und Obst gab es im Überfluß. Milan röstete unaufhörlich Kaffee. Alles hätte wie ein längerer Feiertagsaufenthalt auf dem Dorfe aussehen können, hätte man nicht von Zeit zu Zeit Lottikas verzweifeltes Wehklagen gehört und wäre es nicht das dumpfe Grollen der Kanonen gewesen, das in diese Schlucht wie ein wütendes Knurren drang und verriet, daß etwas in der Welt nicht in Ordnung und das allgemeine und alle angehende Unglück viel näher und viel größer war, als es nach der weiten und harmlosen Heiterkeit dieses Tages erscheinen mochte.

Das hatte der Krieg aus Lottikas Hotel und seinen Einwohnern gemacht.

Auch Kaufmann Pawle Rankowitschs Laden war geschlossen. Am zweiten Tag des Krieges hatte man Kaufmann Pawle mit noch einigen angesehenen Serben als Geiseln festgenommen. Die einen von ihnen waren auf dem Bahnhof, wo sie mit ihrem Leben für Ordnung, Ruhe und regelmäßigen Verkehr hafteten, die anderen saßen unweit der Brücke, am unteren Ende des Marktes, in einer kleinen Holzbaracke, in der an Markttagen die Stadtwaage stand und die Eichgebühr bezahlt wurde. Hier hafteten auch sie mit ihrem Leben, daß niemand die Brücke zerstöre oder beschädige.

Hier saß Kaufmann Pawle auf einem Kaffeehausstuhl. Die Hände auf den Knien und mit gesenktem Kopf, glich er einem Menschen, der sich, völlig erschöpft, nach einer großen Anstrengung hier niedergesetzt hatte, um sich ein wenig auszuruhen. Aber schon seit Stunden saß er so unbeweglich in der gleichen Haltung. An der Tür hockten auf einem Haufen leerer Säcke zwei Soldaten, Reservisten. Die Tür war geschlossen, und in der Baracke herrschten Halbdunkel und schwerer Dunst. Wenn vom Panos oder aus Golesch die Granaten heranheulten, dann verschluckte Kaufmann Pawle seinen Speichel und lauschte, wo sie einschlugen. Er wußte, daß die Brücke schon seit langem miniert war, und ständig grübelte er und fragte sich, ob wohl eine solche Granate den Sprengstoff entzünden könne, wenn sie bis zu ihm durchschlüge. Und bei jeder Ablösung hörte er, wie der Unteroffizier den Soldaten, die Posten standen, seine Anweisungen gab. Jedes Mal endete diese Anweisung mit den Worten: »Bei dem geringsten Versuch, die Brücke zu beschädigen, oder bei dem geringsten verdächtigen Anzeichen, daß irgend so etwas vorbereitet wird, ist dieser Mann sofort zu erschießen.« Kaufmann Pawle hatte sich schon daran gewöhnt, diese Worte ruhig anzuhören, als bezögen sie sich nicht auf ihn. Mehr beunruhigten ihn die Granaten und Schrapnelle, die manchmal so nahe bei der Baracke explodierten, daß der aufspritzende Kies und Stahlsplitter an die Bretter schlugen. Am meisten aber quälten ihn die lange, endlose Zeit und seine eigenen unerträglichen Gedanken.

Kaufmann Pawle grübelte, was aus ihm, aus seinem Haus und seinem vielen Besitz werden sollte. Und je mehr er nachdachte, desto mehr schien ihm alles wie ein böser Traum. Denn wie sollte er sich erklären, was in diesen wenigen letzten Tagen auf ihn und die Seinen herabgestürzt war. Zwei Söhne, Studenten, hatten die Gendarmen schon am ersten Tage geholt. Zu Hause war nur die Frau mit den Töchtern. Die große Schnapsbrennerei mit den Fässerschuppen in Osojnitza war vor seinen Augen niedergebrannt. Die Häuser seiner Hintersassen in den umliegenden Dörfern waren wahrscheinlich abgebrannt; soviel ausgeliehenes Geld und Forderungen im ganzen Landkreis verloren. Sein Laden, der schönste in der Stadt, nur einige Schritte von ihm entfernt, war geschlossen und würde wahrscheinlich geplündert werden oder durch einen Granattreffer ausbrennen. Und er selbst saß in dieser halbdunklen Baracke als Geisel, mit seinem Kopfe für etwas haftend, was ganz und gar nicht von ihm abhing: für das Schicksal der Brücke.

Ungestüm und ungeordnet, wie nie zuvor, drängten sich die Gedanken in seinem Kopfe, überkreuzten sich und erloschen. Was hatte gerade er mit der Brücke zu tun, der sich sein ganzes Leben nur um sein Geschäft und sein Haus gekümmert hatte? Weder hatte er sie miniert, noch beschoß er sie. Nicht einmal hatte er, als Handlungsgehilfe, auf der Kapija gesessen, noch seine Zeit mit Singen und müßigen Scherzen verbracht, wie es die Wischegrader Jugend tat. Sein ganzes Leben zog vor seinen Augen vorüber, mit Einzelheiten, die er schon längst vergessen hatte.

Er erinnerte sich, wie er als vierzehnjähriger Junge in zerlumpten Opanken und hungrig aus dem Sandschak gekommen war. Er hatte sich bei Kaufmann Petar verdingt, für ein Kleid, Nahrung und zwei Paar Opanken jährlich zu dienen. Er hatte die Kinder getragen, im Laden geholfen, Wasser geholt, die Pferde gestriegelt. Und geschlafen hatte er unter der Treppe, in einem engen und finsteren Verschlag ohne Fenster, in dem er sich nicht einmal ganz ausstrecken konnte. Er hatte dieses schwere Leben ausgehalten und war in seinem achtzehnten Jahre völlig in das Geschäft übergegangen, »gegen Gehalt«, und an seine Stelle war ein neuer Bauernjunge aus dem Sandschak getreten. Damals hatte er den großen Sinn der Sparsamkeit erkannt und sich zu eigen gemacht, er hatte die scharfe, aber herrliche Lust und große Kraft empfunden, die Sparsamkeit gibt. Fünf Jahre lang hatte er in einem kleinen Zimmerchen hinter dem Laden geschlafen. In diesen fünf Jahren hatte er sein Zimmer nie geheizt und war nie bei Licht schlafen gegangen. Als er dreiundzwanzig Jahre alt war, hatte ihn Kaufmann Petar persönlich mit einem guten und wohlhabenden Mädchen aus Tschajnitsche verheiratet. Auch sie war eine Kaufmannstochter. Nun hatten sie zu zweit gespart. Damals war die österreichische Besatzung gekommen und mit ihr lebhafterer Handel und leichterer Verdienst, aber auch mit leichterem Geldausgeben. Er hatte die Verdienstmöglichkeit genützt und das Geldausgeben vermieden. So hatte auch er ein Geschäft eröffnet und begonnen, zu verdienen. Damals war es nicht schwer gewesen, zu verdienen. Viele hatten damals leicht verdient und noch leichter verloren. Es war aber schwer gewesen, das Erworbene zu verteidigen. Er hatte es verteidigt und es mit jedem Tage von neuem erworben. Und als diese letzten Jahre und mit ihnen Unruhe und »Politik« gekommen waren, da hatte er, schon bei Jahren, alles getan, um die neue Zeit zu erfassen, sich ihr entgegenzustellen und sich ihr anzupassen, um sie so ohne Schaden und ohne Schande zu überstehen. Er war Vizebürgermeister, Vorsteher der Kirchengemeinde, Vorsitzender des serbischen Gesangsvereins »Einigkeit«, Hauptaktionär der Serbischen Bank und Mitglied des Aufsichtsrates der Landbank geworden. Er hatte sich gemüht, nach den Regeln der bürgerlichen Ordnung und Sitte klug und mit Anstand zwischen den Gegensätzlichkeiten hindurchzusteuern, die sich mit jedem Tage anhäuften und wuchsen, und seine Interessen durch alle diese Schwierigkeiten hindurchzulavieren, ohne dabei die Obrigkeit zu verärgern oder sich vor dem Volke mit Schande zu bedecken. In den Augen aller Wischegrader galt er als ein unerreichtes Beispiel des Fleißes, der Geschicklichkeit und der Vorsicht.

Über ein halbes Menschenalter hatte er so gearbeitet, erworben, sich gemüht und darauf geachtet, keinem auch nur ein Haar zu krümmen, sich vor jedem gebeugt, nur vor sich geblickt und war schweigend und verdienend seinen Weg gegangen. Und dahin hatte ihn nun dieser Weg geführt: daß er wie ein ganz gewöhnlicher Räuber zwischen zwei Soldaten saß und wartete, bis eine Granate oder irgendeine Höllenmaschine die Brücke beschädigte und man ihn deswegen erschlagen oder erschießen würde. Es kam ihm der Gedanke – und das schmerzte ihn am meisten –, daß er sich vergeblich gemüht und geplagt habe, daß er überhaupt auf dem falschen Weg gewesen sei und daß seine Söhne und das übrige »junge Volk« recht behalten hätten, daß wirklich Zeiten ohne Maß und Ziel oder mit neuen Maßen und neuen Zielen gekommen seien; auf jeden Fall aber, daß sich seine Rechnung als falsch und sein Maß als zu kurz erwiesen habe.

So ist das, sagte Kaufmann Pawle zu sich, so ist das nun: alles lehrt und drängt dich zum Arbeiten und Sparen, die Kirche, Obrigkeit und deine eigene Vernunft. Und du hörst darauf, bist vorsichtig und lebst rechtschaffen, besser gesagt, du lebst überhaupt nicht, sondern arbeitest, sparst und sorgst dich, und darüber vergeht dein Leben. Und dann schlägt plötzlich dieses ganze Spiel in sein Gegenteil um, es kommen Zeiten, da die Menschen der Vernunft spotten, die Kirchen sich schließen und verstummen und die Obrigkeit sich in nackte Gewalt verwandelt, da diejenigen, die ehrlich und sauer erworben haben, verlieren, die Taugenichtse und Gewalttätigen aber gewinnen. Niemand erkennt deine Anstrengungen an, und keiner ist da, der dir hilft und rät, wie du das Erworbene und Ersparte verteidigen sollst. Kann denn so etwas sein? Darf das etwa sein? fragte sich Kaufmann Pawle unaufhörlich, und da er keine Antwort fand, kehrte er wieder an den Ausgangspunkt seiner Gedanken, daß er alles verlieren sollte, zurück.

So sehr er sich auch bemühte, irgend etwas anderes zu denken, es gelang ihm nicht. Immer wieder bestürmten ihn die gleichen Gedanken. Und die Zeit kroch tödlich langsam dahin. Es schien ihm, als läge diese Brücke, über die er Tausende von Malen gegangen war, jetzt mit ihrem ganzen Gewicht auf seinen Schultern, wie ein unerklärliches und schicksalhaftes Geheimnis, wie ein Alb in einem Traum, aber in einem Traum ohne Erwachen.

Daher saß Kaufmann Pawle so niedergedrückt, mit gesenktem Kopf und hängenden Schultern. Er fühlte, wie ihm der Schweiß unter dem steifen, gestärkten Hemd, dem Kragen und den Manschetten aus allen Poren brach. Unter dem Fez lief der Schweiß in Bächen. Er wischte ihn nicht fort, sondern ließ ihn in schweren Tropfen von seinem Gesicht zu Boden fallen, und es schien ihm, als vergehe und verrinne damit auch sein Leben selbst.

Die beiden Soldaten, ungarische Bauern, Männer in reiferen Jahren, schwiegen und aßen Brot und mit Paprika bestreuten Speck; sie aßen langsam, mit ihren kleinen Taschenmessern bald ein Stück Brot und bald eine Scheibe Speck abschneidend, als seien sie auf dem Acker. Dann spülten sie mit einem Schluck Wein aus der blechernen Feldflasche nach und zündeten ihre kurzen Pfeifen an. Schmatzend sagte der eine von ihnen ruhig:

»Na, so habe ich noch keinen schwitzen gesehen.«

Danach rauchten sie in völliger Stille weiter.

Aber nicht nur Kaufmann Pawle schwitzte diesen blutigen Schweiß und verlor sich in einem Traum, aus dem es kein Erwachen gab. Auf diesem Fleckchen Erde zwischen Drina und der trockenen Grenze, in der Stadt, in den Dörfern, auf den Wegen und in den Wäldern, überall suchten die Menschen in diesen Sommertagen im Schweiße ihres Angesichts den Tod, den eigenen, wie den des anderen, zur gleichen Zeit aber flohen sie und verteidigten sich gegen ihn mit allen Mitteln und allen ihren Kräften. Dieses sonderbare menschliche Spiel, das sich Krieg nennt, griff immer mehr um sich, breitete sich aus und unterwarf alle Lebewesen und alle toten Dinge seiner Macht.

Unweit dieser Gemeindebaracke lag an jenem Morgen eine Abteilung ungewöhnlichen Militärs. Sie trugen weiße Uniformen und weiße Tropenhelme. Es waren deutsche Soldaten, die sogenannte Skutari-Abteilung. Sie waren vor dem Kriege nach Albanien geschickt worden, wo sie, gemeinsam mit den Abteilungen anderer Staaten, als internationale Truppe, Ruhe und Ordnung aufrechterhalten sollten. Als der Krieg ausbrach, hatten sie Befehl erhalten, Skutari zu verlassen und sich dem nächsten Kommando der österreichischen Truppen an der serbischen Grenze zur Verfügung zu stellen. Sie waren in der vergangenen Nacht eingetroffen und ruhten sich jetzt in der Senke aus, die den Markt von der Stadt trennte. Hier, im toten Winkel, warteten sie auf den Befehl zum Angriff. Es waren etwa einhundertzwanzig Mann. Ihr Hauptmann, ein dicker, blonder Mann, der die Hitze schlecht vertrug, schnauzte gerade jetzt den Gendarmeriewachtmeister Danilo Repatz an, wie nur Vorgesetzte im deutschen Heer zu schnauzen vermögen, laut, rücksichtslos und pedantisch. Der Hauptmann beschwerte sich, daß er und seine Soldaten vor Durst umkämen, daß sie nicht einmal das Notwendigste besäßen, während um sie herum die Läden, in denen es wahrscheinlich alles gäbe, geschlossen seien, obgleich der Befehl bestehe, die Läden offen zu halten.

»Was sind Sie eigentlich hier? Gendarmerie oder Popanze? Ich kann hier mit meinen Leuten verrecken! Oder soll ich vielleicht wie ein Räuber in die Läden einbrechen? Sofort holen Sie die Eigentümer und stellen uns die notwendigen Lebensmittel und gesunde Getränke sicher! Sofort! Wissen Sie, was das heißt, sofort?«

Mit jedem Wort schoß dem Hauptmann das Blut mehr zu Kopfe. In der weißen Uniform, mit seinem wie der Mohn roten, kahl geschorenen Schädel brannte er wie eine Fackel vor zorniger Gewalt.

Wachtmeister Repatz zitterte, völlig gelähmt, und wiederholte nur:

»Zu Befehl, Herr Hauptmann. Sofort. Zu Befehl. Sofort.«

Und dann, ohne Übergang aus seiner kataleptischen Starre in eine fast irre Beweglichkeit verfallend, machte er kehrt und eilte zur Stadt. Es schien, als habe sich der Wachtmeister zu sehr jenem Hauptmann genähert, der vor Wut brannte, und als sei nun auch er von dieser Flamme erfaßt, die ihn trieb, zu schimpfen, zu laufen, zu drohen und um sich zu schlagen.

Das erste Lebewesen, auf das er bei seinem Laufe stieß, war Alihodscha. Er war gerade aus seinem Stadtviertel heruntergekommen, um nach seinem Laden zu schauen. Als er den wohlbekannten Wachtmeister Repatz erblickte, der völlig verändert auf ihn zuschoß, fragte sich der Hodscha überrascht, ob dieser wildgewordene, verängstigte Mensch wirklich jener gleiche Wachtmeister sei, den er jahrelang gesehen hatte, wie er ruhig, würdig und höflich an seinem Laden vorüberging. Jetzt blickte ihn der finstere und grobknochige Repatz mit völlig neuen Augen an, die niemanden mehr kannten und nichts als ihre eigene Angst sahen. Der Wachtmeister begann sofort zu brüllen, als wiederhole er, was er eben von dem deutschen Hauptmann gesehen und gehört hatte.

»Aufhängen sollte man euch alle, der Teufel soll euch holen! Habt ihr denn nicht Befehl, die Läden offen zu halten! Und ich muß mich euretwegen, euretwegen ...«

Und noch ehe der verwirrte Hodscha ein Wort sagen konnte, bekam er eine schallende Ohrfeige, daß ihm die Hodschabinde vom rechten Ohr auf das linke rutschte.

Der Wachtmeister eilte besinnungslos weiter, um die anderen Läden öffnen zu lassen. Der Hodscha aber rückte seinen Turban zurecht, öffnete die Ladentür und setzte sich, noch immer außer sich vor Staunen, an ihr nieder. Vor dem Laden reihten sich Soldaten fremden Aussehens, in weißen Uniformen, wie er sie noch nie gesehen. Alles das erschien dem Hodscha wie ein Traum. Aber er wunderte sich über nichts mehr in dieser Zeit, da die Maulschellen vom Himmel fielen.

So verging der ganze Monat unter zeitweiligem Beschuß der Brücke und Schießereien auf den umliegenden Bergen, unter Leiden und Gewalt aller Art und in der Erwartung noch schlimmeren Unheils. Schon in den ersten Tagen hatte der größere Teil der Bevölkerung die Stadt verlassen, die zwischen zwei Feuern lag. Ende September aber begann die völlige Räumung der Stadt Wischegrad. Auch die letzten Beamten wurden nachts und auf der Landstraße, über die Brücke, zurückgezogen, denn die Bahn war bereits abgeschnitten. Danach wurde schrittweise auch das Militär vom rechten Drinaufer zurückgenommen. Es blieben nur unbedeutende Nachhuten sowie kleinere Pionierabteilungen und verstreute Gendarmeriestreifen. Bis auch sie an die Reihe kamen.

Wie verurteilt, aber noch immer im Wesen unberührt und unversehrt, stand die Brücke zwischen zwei sich bekriegenden Welten.

24 Während der Nacht hatte sich der Himmel bewölkt, und wie im Herbst hatten sich die Wolken in den Bergen verfangen und am Himmel zu einer Decke geschlossen. Die Österreicher hatten die dunkle Nacht ausgenützt, um auch die letzten Abteilungen zurückzunehmen. Noch vor dem Hellwerden stand alles nicht nur auf dem anderen Drinaufer, sondern schon auf den Höhen hinter den Bergen von Lijeska, außer Sicht- und Reichweite der serbischen Geschütze.

Seit Tagesanbruch fiel ein feiner, fast herbstlicher Regen. In diesem Regen gingen die letzten Patrouillen die Häuser und Läden in der Nähe der Brücke ab, um zu sehen, ob sich dort nicht etwa noch jemand aufhalte. Alles war wie ausgestorben; das Offizierskasino, Lottikas Hotel, die zerstörte Kaserne und jene drei bis vier Läden am Eingang zur Stadt. Nur vor Alihodschas Laden trafen sie den Hodscha, der gerade von seinem Hause gekommen war und die Läden geöffnet hatte. Die Gendarmen, die den Hodscha als Sonderling kannten, ermahnten ihn auf das ernsthafteste, sofort das Geschäft zu schließen und den Markt zu verlassen, denn jedes weitere Verweilen in der Nähe der Brücke sei strengstens verboten und »lebensgefährlich«. Der Hodscha sah sie wie Betrunkene an, die nicht wissen, was sie reden, und wollte ihnen gerade antworten, gefährlich sei das Leben hier schon seit langem, wir seien sowieso alle bereits tot und warteten nur, bis wir mit der Beisetzung an die Reihe kämen, aber gelehrt durch die schlechten Erfahrungen der letzten Tage, besann er sich und sagte ihnen ruhig und natürlich, er sei nur gekommen, um etwas aus dem Laden zu holen, und werde sofort wieder gehen. Die Gendarmen, denen es offenbar eilte, ermahnten ihn noch einmal, er solle möglichst schnell diese Gegend verlassen, und gingen über den Markt zur Brücke. Alihodscha sah sie mit unhörbaren Schritten auf dem Staub gehen, aus dem der Regen einen feuchten, dicken Teppich gemacht hatte. Er sah noch, wie sie, geschützt durch die steinerne Einfassung, so daß man nur ihre Schultern, Köpfe und die langen, aufgepflanzten Bajonette sah, über die Brücke gingen. Auf den Spitzen der Butkower Felsen meldete sich der Sonnenaufgang.

So sind alle ihre Befehle, streng, wichtigtuerisch und im Grunde sinnlos, dachte Alihodscha und lachte sich ins Fäustchen, wie ein Schuljunge, der dem Lehrer ein Schnippchen geschlagen hat. Er hob den Laden so weit, daß er hineinkriechen konnte, dann lehnte er ihn wieder an, so daß das Geschäft von außen wie geschlossen aussah. In der Dunkelheit allein geblieben, zog er sich in jenes kleine Hinterzimmerchen zurück, in das er sich so oft vor der angriffslustigen Welt, vor Gesprächen, die verderbten und langweilten, vor der Familie und seinen eigenen Sorgen zurückgezogen hatte. Er setzte sich auf die harte, kurze Bank, schlug die Beine unter und atmete auf. Noch wogte sein Inneres von den äußeren Eindrücken, dann aber beruhigte es sich und schwang aus wie eine gute Waage. Der enge Raum des Tabut erfüllte sich schnell mit der Wärme seines Körpers, und der Hodscha empfand die Wohltat der Einsamkeit, des Friedens und des Vergessens, die aus dem engen, dunklen und staubigen Zimmerchen unabsehbare himmlische Gärten mit grünen Gestaden und unsichtbaren, leise rauschenden Wassern schuf.

Noch in die Dunkelheit und Enge dieses schmalen Raumes fühlte man die Frische des regnerischen Morgens und des Sonnenaufganges. Auch draußen herrschte eine ungewöhnliche Stille, die – welch Wunder! – weder von einem Flintenschuß, einer menschlichen Stimme, noch einem Schritt unterbrochen wurde. Alihodscha war von Glück und Dankbarkeit erfüllt. Siehst du, dachte er bei sich, diese paar Bretter genügen, um mit Gottes Hilfe den rechtgläubigen Menschen wie eine Arche vor jeder Not und Fährnis, vor ausweglosen Sorgen und den feuerspeienden Geschützen zu retten und zu schützen, mit denen sich über seinem Haupte zwei Todfeinde, beide Ungläubige, und der eine ärger als der andere, bekämpfen. Seit der Krieg ausgebrochen, hat es eine solche Stille nicht gegeben, dachte der Hodscha erfreut weiter, und die Stille ist süß und gut; in ihr kehrt, wenigstens für einen Augenblick, etwas von jenem wahren, menschlichen Leben zurück, das schon seit langem immer seltener wird und das unter dem Donner der Geschütze der Ungläubigen völlig verschwunden ist. Die Stille ist zum Gebet bestimmt, sie ist selbst wie ein Gebet.

In diesem Augenblick fühlte der Hodscha, wie der Sitz unter ihm emporschoß und auch ihn wie ein Spielzeug emporhob; wie seine »süße« Stille zerbrach und sich plötzlich in ein Dröhnen und berstendes Krachen verwandelte, das die Luft erfüllte, das Gehör betäubte und für das Ohr überhaupt unmeßbar wurde; wie die Regale an der gegenüberliegenden Wand zu knirschen begannen und die Gegenstände, die auf ihnen gelegen hatten, auf ihn zuflogen und er auf sie. Oh, stöhnte der Hodscha. Eigentlich stöhnte nur sein Gedanke, denn er besaß weder Stimme noch Gehör mehr, so wie er auch auf der Erde keine Stätte mehr besaß. Alles war zugleich mit ihm übertönt, betäubt, aus den Wurzeln gerissen und fortgeschleudert. Am wahrscheinlichsten war noch, daß jene sandige Landzunge zwischen den beiden Flüssen, auf der die Stadt lag, unter furchtbarem Heulen aus der Erde herausgerissen und in den Raum geschleudert war, in dem sie noch immer flog; daß beide Flüsse aus ihrem Bett herausgerissen und das Unterste zuoberst gen Himmel geworfen waren und jetzt mit dem ganzen Gewicht ihrer Wassermassen wie zwei Wasserfälle, die noch nicht den Boden erreicht und ihre Kraft gebrochen haben, in die Leere hineinstürzten. War nicht vielleicht der Jüngste Tag angebrochen, jene Stunde des Gerichtes, von der die Bücher und die weisen Männer sprechen, in der diese ganze verlogene Welt im Augenblick verbrennen würde, so wie ein Funke erlischt? Aber wozu brauchte Gott, der mit seinem Blick Welten anzünden und auslöschen kann, einen solchen Heidenlärm? Dies war nichts Göttliches. Woher hatte aber dann die menschliche Hand eine solche Gewalt? Wie sollte er darauf antworten, überrascht, betrogen und angewidert, wie er von diesem heimtückischen Stoß war, der alles niederschlagen, zerbrechen und betäuben wollte, alles, auch die Gedanken der Menschen. Er wußte nicht, was ihn trug, noch wohin er flog, noch wo er sich aufhalten würde, aber er wußte, daß er, Alihodscha, immer und in allem recht behalten hatte. – »Oh«, stöhnte noch einmal der Hodscha, und zwar schmerzlich, denn die gleiche Gewalt, die ihn hochgerissen hatte, warf ihn grob und wütend wieder zurück, aber nicht auf die gleiche Stelle, sondern auf den Fußboden, zwischen der Holzwand und der umgestürzten Holzbank. Er spürte einen dumpfen Schlag auf den Kopf und einen Schmerz unter den Knien und auf dem Rücken. Er konnte noch mit dem Gehör als getrenntes Geräusch im allgemeinen Donnern unterscheiden, wie etwas schwer auf das Ladendach schlug und dort hinter der Trennwand ein Klirren und Krachen von metallenen und hölzernen Gegenständen einsetzte, als seien alle Dinge im Laden lebendig geworden, aufgeflogen und im Flug zusammengestoßen. Diesem Schlag folgte ein Regen kleiner Steinsplitter auf Dach und Pflaster. Er aber hatte schon das Bewußtsein verloren und lag reglos in seinem Tabut.

Draußen war es völlig Tag geworden.

Er hätte auch nicht annähernd sagen können, wie lange er so gelegen. Ein Lichtschein und zugleich einige Stimmen rissen ihn aus seiner tiefen Bewußtlosigkeit. Nur schwer kam er zu sich. Er wußte genau, daß er dort in völliger Dunkelheit gesessen hatte, jetzt aber drang durch den engen Durchlaß ein Lichtschein aus dem Laden. Er erinnerte sich, daß die Welt von einem Geräusch und Getöse erfüllt gewesen, vor dem das Gehör versagte und das die Eingeweide im Menschen vergehen ließ. Auch jetzt herrschte Stille, aber sie glich nicht jener Stille, deren er sich gefreut hatte, ehe das Getöse einsetzte, das ihn hier niedergeworfen, sondern sie war wie deren böse Schwester. Wie tief diese Stille war, das empfand er am besten an einer leisen Stimme, die, wie aus weiter Ferne, etwas wie seinen Namen rief.

Nachdem ihm klargeworden, daß er noch am Leben und in seinem Tabut sei, arbeitete sich der Hodscha aus den Dingen heraus, die ihm aus den Regalen auf den Kopf gefallen waren, und erhob sich stöhnend und sein schmerzliches »Oh!« wiederholend. – Jetzt hörte er deutlich Stimmen und Zurufe von der Straße. Er bückte sich und zwängte sich durch die niedrige Öffnung, die in den Laden führte. Dort war alles versperrt von heruntergefallenen und zerschlagenen Gegenständen, und alles lag im hellen Tageslicht.

Das Geschäft stand weit offen, denn der Laden, den er nur angelehnt hatte, war von der Erschütterung abgefallen.

In diesem wüsten Durcheinander von verstreuten Waren und herumgeworfenen Gegenständen lag mitten im Laden ein schwerer Stein in Kopfesgröße. Der Hodscha hob den Blick. Auch von oben schien das Licht hinein. Offenbar hatte der Stein das schwache Dach und die hölzerne Decke von oben durchschlagen. Dann betrachtete er wieder den Stein, er war weiß, porös, auf zwei Seiten glatt und behauen, auf der anderen scharf und grob abgeschlagen. Die Brücke! blitzte in ihm der Gedanke auf, aber jene Stimme von der Straße rief ihn immer schärfer und lauter und ließ ihn nicht weiter denken.

Völlig zerschlagen und noch nicht ganz zu sich gekommen, fand sich der Hodscha vor einer Gruppe von fünf, sechs jungen, unrasierten und verstaubten Menschen, die fahlgraue Uniformen, Serbenmützen und Opanken trugen. Alle waren bewaffnet und trugen gekreuzte Patronengürtel, die voll kleiner, glänzender Geschosse steckten. Mit ihnen ging auch Wlado Maritsch, der Schlosser, aber ohne seine »Schlosserschirmmütze«, er trug eine Pelzkappe und über der Brust gekreuzte Patronengürtel. Einer dieser Leute, offenbar der Vorgesetzte, ein junger Mensch mit einem dünnen, schwarzen Schnurrbart, geradem Gesicht, scharfen Zügen und entzündeten Augen, wandte sich sofort an den Hodscha. Das Gewehr trug er nach Jägerart umgehängt, und in der rechten Hand hatte er eine dünne Haselgerte. Der Mann fluchte wütend und hob sofort die Stimme.

»He, du? Sag mal, läßt man seinen Laden etwa so offen stehen? Und wenn nachher etwas fehlt, dann behauptest du, meine Leute hätten deinen Laden geplündert. Soll ich vielleicht auf deine Ware aufpassen?«

Das Gesicht dieses Mannes war ruhig, fast unbeweglich, seine Stimme aber scharf, und der Stock in seiner Hand erhob sich drohend. Da trat Wlado Maritsch heran, und leise sagte er etwas.

»Schön, schön, mag er gut und anständig sein, wenn ich seinen

Laden aber noch einmal so ohne Aufsicht finde, dann kommt er nicht so leicht davon.«

Und die bewaffneten Männer gingen weiter.

»Das sind also die anderen«, sprach der Hodscha zu sich und blickte ihnen nach. »Wie sind sie nur so schnell hereingekommen und ausgerechnet auf mich gestoßen! Das ist wahrhaftig mein Schicksal: Es geschieht keine Veränderung in dieser Stadt, bei der ich nicht eins über den Kopf kriege.«

So stand er vor seinem beschädigten Laden, verstört, mit schwerem Kopf und zerschlagenen Gliedern. Vor ihm lag der Markt, der, mit großen und kleinen Steintrümmern, Dachziegeln und zerbrochenen Holzbalken übersät, im Licht der Morgensonne einem Schlachtfelde glich. Sein Blick schweifte weiter zur Brücke. Die Kapija war noch an ihrem Platze, aber unmittelbar hinter der Kapija war die Brücke unterbrochen. Der siebte Brückenpfeiler fehlte. Zwischen dem sechsten und achten Pfeiler gähnte eine Leere, durch die in schräger Sicht das grüne Wasser des Flusses durchschimmerte. Vom achten Pfeiler an setzte sich die Brücke wieder fort und lief bis zum anderen Ufer, glatt, gerade und weiß, wie sie gestern und seit je gewesen.

Der Hodscha blinzelte ein paarmal ungläubig, dann schloß er die Augen. Vor seinem inneren Blick tauchte die Erinnerung an die Soldaten auf, die er vor fünf, sechs Jahren gesehen hatte, wie sie, verdeckt von dem grünen Zelt, etwas in diesem gleichen Pfeiler gruben, das Bild jenes eisernen Deckels blitzte auf, der später jahrelang den Eingang in das minierte Innere des Pfeilers bedeckt hatte, und daneben das rätselhafte und sprechende, taube, blinde und stumme Gesicht des Feldwebels Blankowitsch. Er raffte sich auf und öffnete wieder die Augen, aber in seinem Gesichtsfeld war immer noch das gleiche: der Markt, übersät mit großen und kleinen Steintrümmern, die Brücke, in der ein Pfeiler fehlte und zwischen zwei grob zerbrochenen Bögen eine Leere gähnte.

Nur im Traum konnte man solche Dinge erleben und sehen. Nur im Traum. Aber wenn er sich von dem unwahrscheinlichen Bild abwandte, dann stand sein Laden mit dem großen Stein, einem

Teil des siebten Pfeilers, zwischen den umhergeworfenen Waren vor ihm. Wenn es ein Traum war, dann war er überall.

Von der anderen Seite des Marktes hörte man Rufen, laute serbische Kommandos und eilige Schritte, die sich näherten. Alihodscha legte schnell den Laden vor, schob das große Vorhängeschloß durch den Vorlegebalken und machte sich auf den Weg nach oben zu seinem Hause.

Auch früher war es geschehen, daß ihm, während er so bergauf ging, der Atem ausblieb und er sein Herz dort klopfen fühlte, wo es nicht sollte. Schon seit langem, seit seinem fünfzigsten Jahr, wurde dieser heimatliche Berg irgendwie immer steiler und der Heimweg immer länger. Aber nie so sehr wie heute, da er möglichst schnell aus der Stadt fortkommen und zu Hause sein möchte. Das Herz schlägt, wie es nicht soll, es würgt ihm den Atem ab und zwingt ihn, stehenzubleiben.

Dort unten singen sie wohl. Dort unten ist auch die zerstörte Brücke, furchtbar und grausam in der Mitte zerschnitten. Er braucht sich nicht umzuwenden – und er hätte sich auch um nichts in der Welt umgedreht –, um das ganze Bild zu sehen; der Pfeiler, wie ein gewaltiger Baumstumpf, oberhalb der Wasserfläche abgeschnitten und in tausend Trümmern über die Umgebung verstreut, die Bögen links und rechts des Pfeilers jäh unterbrochen. Zwischen ihnen gähnt eine Leere von etwa fünfzehn Metern. Und die abgebrochenen Seiten der getrennten Bögen streben schmerzlich zueinander.

Nein, um nichts in der Welt würde er sich umwenden! Aber er kann auch nicht vorwärts, bergauf, denn immer mehr erstickt ihn sein eigenes Herz, und die Füße versagen den Dienst. Er beginnt zu atmen, so tief er kann, langsam, gleichmäßig, mit jedem Male tiefer. Das hat früher noch immer geholfen. Das hilft auch jetzt. In der Brust wird es irgendwie leichter. Zwischen dem gleichmäßigen, tiefen Atmen und dem Schlag des Herzens stellt sich ein Gleichgewicht her. Er schreitet weiter, und der Gedanke an sein Haus und an das Bett treibt ihn und spornt ihn an.

Er schreitet mühselig und langsam, vor den Augen ist ihm ständig, als bewege sich dies Schauspiel der zerstörten Brücke vor ihm her. Es genügt nicht, einer Sache den Rücken zuzuwenden, damit sie uns nicht weiter verfolge und quäle. Auch wenn er die Augen schlösse, er würde nur dies sehen.

Ja, denkt der Hodscha, schon ein wenig leichter atmend, jetzt sieht man, was ihre ganze Geschäftigkeit und Emsigkeit war und wozu sie wirklich diente, diese ganze Dringlichkeit und dieser ganze Arbeitseifer. Immer war er im Recht geblieben, immer, in allem und gegen alle. Aber auch das kann ihn jetzt nicht mit Genugtuung erfüllen. Es ist das erstemal, daß ihm nichts daran liegt. Nur zu sehr war er im Recht! – So viele Jahre hat er mit angesehen, wie sie die Hände nicht von der Brücke lassen: sie haben sie gepflegt, gereinigt, die Fundamente ausgebessert, die Wasserleitung herübergelegt, elektrisches Licht auf ihr angebracht, und dann haben sie sie eines Tages in die Luft gesprengt, als sei sie ein Fels in den Bergen und kein Vermächtnis, keine Stiftung und keine Schönheit. Jetzt sieht man, wer sie sind und worauf sie ausgehen. Er hat das schon immer gewußt, aber jetzt, jetzt kann es auch der letzte Narr einsehen. An das Festeste und Dauerhafteste haben sie gerührt und von dem genommen, was Gottes ist. Und wer weiß, wo das noch enden wird. Nun hat auch die Brücke des Wesirs begonnen, wie eine Perlenkette zu zerreißen, und wenn es einmal beginnt, kann niemand mehr Einhalt tun.

Der Hodscha bleibt wieder stehen. Der Atem ist ihm ausgegangen, und die Steile des Weges ist jäh vor ihm gewachsen. Wieder muß er durch tiefes Atemholen das Herz beschwichtigen. Und wiederum gelingt es ihm, den Atem zu beruhigen und lebhafter und schneller weiterzuschreiten.

Aber wenn auch hier zerstört wird, denkt er weiter, irgendwo wird gebaut. Irgendwo muß es doch friedliche Gegenden geben, in denen vernünftige Menschen um gute, gottgefällige Werke wissen. Wenn Gott seine Hand von dieser unglücklichen Stadt an der Drina abgezogen hat, so hat er sie vielleicht doch nicht von der ganzen Welt und allen Ländern unter dem Himmel abgezogen. Auch diese werden es nicht ewig treiben können. Aber wer weiß? – Oh, wenn er doch nur ein wenig tiefer und ein wenig mehr Luft einatmen könnte! – Wer weiß, vielleicht werden diese Unmenschen, die mit ihrem Tun alles ordnen, putzen, ändern und zurechtmachen, um es sofort danach zu verschlingen und zu zerstören, sich über die ganze Erde verbreiten, vielleicht werden sie aus der ganzen weiten Welt ein wüstes Feld für ihr sinnloses Bauen und henkerisches Vernichten machen, eine Weide für ihren unersättlichen Hunger und ihre unfaßbaren Gelüste? Alles kann sein, eines aber kann nicht sein: es kann nicht sein, daß die großen, mitfühlenden Menschen ganz und für immer verschwinden, die nach Gottes Gebot dauerhafte Bauwerke errichten, auf daß die Erde schöner sei und der Mensch auf ihr leichter und besser lebe. Würden sie verschwinden, dann hieße dies, daß Gottes Liebe auf Erden ausgelöscht und verschwunden sei. Das aber kann nicht sein.

Mit solchen Gedanken schreitet der Hodscha immer schwerer und langsamer.

Jetzt hört man ganz deutlich, daß in der Stadt gesungen wird. Wenn er doch nur mehr Luft einatmen könnte, wenn doch der Weg nur weniger steil wäre, und wenn er bis zu seinem Hause kommen könnte, um sich auf sein Lager zu legen und noch jemanden von den Seinen zu hören oder zu sehen. Das ist das einzige, was er wünscht. Aber er kann nicht. Er kann nicht mehr das rechte Verhältnis zwischen Atem und Herz herstellen; das Herz hat den Atem völlig abgewürgt, so wie es manchmal im Traum geschieht; nur gibt es hier kein rettendes Erwachen. Weit öffnet er den Mund, und er fühlt, wie ihm die Augen aus dem Kopfe treten. Die Steile des Weges, die auch bisher ständig gewachsen war, erhebt sich nun unmittelbar nahe vor seinem Gesicht. Sein ganzes Blickfeld ist erfüllt von dem festen, abschüssigen Weg, der sich in Dunkelheit verwandelt und ihn ganz umschließt.

Auf der Steigung, die auf den Mejdan führt, lag Alihodscha und hauchte in kurzen Stößen sein Leben aus.

Die Romane des Jahrhunderts im suhrkamp taschenbuch

Besonders sorgfältig und aufwendig ausgestattet mit schwarzer Klappenbroschur, geprägten metallischen Farben und gutem Papier, unterstreichen diese Bände den bleibenden Charakter dieser großen Romane des 20. Jahrhunderts – zum Lesen, Sammeln, als persönliches Geschenk.

Bisher erschienen:

Isabel Allende, *Das Geisterhaus.* Roman. Aus dem Spanischen von Anneliese Botond. 504 Seiten. suhrkamp taschenbuch 2887.

Ivo Andrić, *Die Brücke über die Drina.* Eine Wischegrader Chronik. Roman. Aus dem Serbokroatischen von Ernst E. Jonas. 408 Seiten. suhrkamp taschenbuch 3460.

Ivo Andrić, *Wesire und Konsuln.* Roman. Aus dem Serbokroatischen von Hans Thun. 576 Seiten. suhrkamp taschenbuch 3308.

Djuna Barnes, *Nachtgewächs.* Roman. Aus dem Englischen von Wolfgang Hildesheimer. 200 Seiten. suhrkamp taschenbuch 2817.

Ingeborg Bachmann, *Malina.* Roman.
360 Seiten. suhrkamp taschenbuch 2700.

Jurek Becker, *Jakob der Lügner.* Roman.
322 Seiten. suhrkamp taschenbuch 2939.

Samuel Beckett, *Molloy.* Roman. Aus dem Französischen von Erich Franzen. 260 Seiten. suhrkamp taschenbuch 3302

Thomas Bernhard, *Auslöschung.* Ein Zerfall.
652 Seiten. suhrkamp taschenbuch 2558.

Thomas Bernhard, *Holzfällen.* Eine Erregung.
328 Seiten. suhrkamp taschenbuch 3188.

Volker Braun, *Hinze-Kunze-Roman. Berichte von Hinze und Kunze.*
235 Seiten. suhrkamp taschenbuch 3194.

Bertolt Brecht, *Dreigroschenroman.*
394 Seiten. suhrkamp taschenbuch 2804.

Bernard von Brentano, *Theodor Chindler. Roman einer deutschen Familie.* 452 Seiten. suhrkamp taschenbuch 3279.

Hermann Broch, *Schlafwandler.* Romantrilogie.
760 Seiten. suhrkamp taschenbuch 2586.

Guillermo Cabrera Infante, *Drei traurige Tiger.*
Roman. Aus dem kubanischen Spanisch von Wilfried Böhringer.
742 Seiten. suhrkamp taschenbuch 2846.

Alejo Carpentier, *Explosion in der Kathedrale*. Roman. Aus dem Spanischen von Hermann Stiehl. 444 Seiten. suhrkamp taschenbuch 2945.

Joseph Conrad, *Herz der Finsternis*. Erzählung. Aus dem Englischen und mit einem Nachwort versehen von Reinhold Batberger. 192 Seiten. suhrkamp taschenbuch 3326.

Julio Cortázar, *Rayuela. Himmel-und-Hölle*. Roman. Aus dem argentinischen Spanisch von Fritz Rudolf Fries. 636 Seiten. suhrkamp taschenbuch 2579.

Alfred Döblin, *Berge Meere und Giganten*. Roman. 544 Seiten. suhrkamp taschenbuch 3267

Max Frisch, *Homo faber*. Ein Bericht. 240 Seiten. suhrkamp taschenbuch 2740.

Max Frisch, *Mein Name sei Gantenbein*. Roman. 320 Seiten. suhrkamp taschenbuch 2879.

Max Frisch, *Stiller*. Roman. 426 Seiten. suhrkamp taschenbuch 2647.

Peter Handke, *Mein Jahr in der Niemandsbucht. Ein Märchen aus den neuen Zeiten*. 632 Seiten. suhrkamp taschenbuch 3084.

Peter Handke, *Die Wiederholung*. 340 Seiten. suhrkamp taschenbuch 3010.

Jaroslav Hašek, *Die Abenteuer des braven Soldaten Schwejk*. Roman. Aus dem Tschechischen von Grete Reiner. 802 Seiten. suhrkamp taschenbuch 3078.

Hermann Hesse, *Das Glasperlenspiel*. 608 Seiten. suhrkamp taschenbuch 2572.

Hermann Hesse, *Narziß und Goldmund*. 328 Seiten. suhrkamp taschenbuch 2640.

Hermann Hesse, *Siddhartha. Eine indische Dichtung*. Mit Texten aus dem Umkreis. 190 Seiten. suhrkamp taschenbuch 2931.

Hermann Hesse, *Der Steppenwolf*. 280 Seiten. suhrkamp taschenbuch 2786.

Ödön von Horváth, *Ein Kind unserer Zeit*. Roman. 286 Seiten. suhrkamp taschenbuch 2716.

Bohumil Hrabal, *Ich habe den englischen König bedient*. Roman. Aus dem Tschechischen von Karl-Heinz Jähn. 304 Seiten. suhrkamp taschenbuch 2923.

Hans Henny Jahnn, *Fluß ohne Ufer*. Roman. Vier Bände. 2160 Seiten. suhrkamp taschenbuch 3142.

Hans Henny Jahnn, *Perrudja*. Roman.
814 Seiten. suhrkamp taschenbuch 2913.

Uwe Johnson, *Jahrestage. Aus dem Leben von Gesine Cresspahl.* In einem Band. 1728 Seiten. suhrkamp taschenbuch 3220.

James Joyce, *Ulysses*. Roman. Aus dem Englischen von Hans Wollschläger. 990 Seiten. suhrkamp taschenbuch 2551.

Franz Kafka, *Amerika*. Roman. 314 Seiten.
suhrkamp taschenbuch 2654.

Franz Kafka, *Der Prozeß*. 280 Seiten. suhrkamp taschenbuch 2837.

Franz Kafka, *Das Schloß*. Roman.
426 Seiten. suhrkamp taschenbuch 2565.

Wolfgang Koeppen, *Tauben im Gras*. Roman.
240 Seiten. suhrkamp taschenbuch 2953.

Wolfgang Koeppen, *Der Tod in Rom*. Roman.
208 Seiten. suhrkamp taschenbuch 3261.

György Konrád, *Der Komplize*. Roman. Aus dem Ungarischen von Hans Henning Paetzke. 478 Seiten. suhrkamp taschenbuch 3039.

Stanislaw Lem, *Sterntagebücher.* Aus dem Polnischen von Caesar Rymarowicz. 526 Seiten. suhrkamp taschenbuch 3313.

Gert Ledig, *Vergeltung*. Roman.
224 Seiten. suhrkamp taschenbuch 3241.

José Lezama Lima, *Paradiso*. Roman. Aus dem Spanischen von Curt Meyer-Clason unter Mitwirkung von Anneliese Botond. 648 Seiten. suhrkamp taschenbuch 2708.

Heinrich Mann, *Die kleine Stadt*. Roman.
434 Seiten. suhrkamp taschenbuch 3176.

Thomas Mann, *Lotte in Weimar*. Roman.
398 Seiten. suhrkamp taschenbuch 3051.

Robert Menasse, *Selige Zeiten, brüchige Welt*. Roman. 484 Seiten. suhrkamp taschenbuch 3441

Czesław Miłosz, *Das Tal der Issa*. Roman. 304 Seiten. Aus dem Polnischen von Maryla Reifenberg. suhrkamp taschenbuch 3426.

Adolf Muschg, *Der Rote Ritter*. Eine Geschichte von Parzivâl.
1104 Seiten. suhrkamp taschenbuch 3420.

Vladimir Nabokov, *Lolita*. Roman.
Deutsch von Helen Hessel, Maria Carlsson, Kurt Kusenberg, H. M. Ledig-Rowohlt und Gregor von Rezzori, bearbeitet von Dieter E. Zimmer. 528 Seiten. suhrkamp taschenbuch 3314.

Cees Nooteboom, *Die folgende Geschichte*. Aus dem Niederländischen von Helga van Beuningen. 160 Seiten. suhrkamp taschenbuch 3405.

Cees Nooteboom, *Rituale*. Roman. Aus dem Niederländischen von Helga van Beuningen. 240 Seiten. suhrkamp taschenbuch 2862.

Hans Erich Nossack, *Spirale*. Roman.
304 Seiten. suhrkamp taschenbuch 3233.

Kenzaburo Oe, *Eine persönliche Erfahrung*. Roman.
Aus dem Japanischen von Siegfried Schaarschmidt.
292 Seiten. suhrkamp taschenbuch 3072.

Juan Carlos Onetti, *Das kurze Leben*. Roman. Aus dem Spanischen von Curt Meyer-Clason. Mit einem Nachwort von Durs Grünbein.
380 Seiten. suhrkamp taschenbuch 3017.

Juan Carlos Onetti, *Leichensammler*. Roman. Aus dem Spanischen von Anneliese Botond. 208 Seiten. suhrkamp taschenbuch 3200.

Amos Oz, *Der dritte Zustand*. Roman. Aus dem Hebräischen von Ruth Achlama. 376 Seiten. suhrkamp taschenbuch 3182.

Ernst Penzoldt, *Die Powenzbande. Zoologie einer Familie*.
288 Seiten. suhrkamp taschenbuch 3332.

Sylvia Plath, *Die Glasglocke*. Aus dem Englischen von Reinhard Kaiser.
264 Seiten. suhrkamp taschenbuch 2854.

Marcel Proust, *In Swanns Welt. Auf der Suche nach der verlorenen Zeit*. Erster Band. Aus dem Französischen von Eva Rechel-Mertens.
572 Seiten. suhrkamp taschenbuch 2671.

João Ubaldo Ribeiro, *Brasilien, Brasilien*. Roman.
Aus dem brasilianischen Portugiesisch von Curt Meyer-Clason und Jacob Deutsch. 734 Seiten. suhrkamp taschenbuch 3098.

Rainer Maria Rilke, *Die Aufzeichnungen des Malte Laurids Brigge*.
256 Seiten. suhrkamp taschenbuch 2870.

Anna Seghers, *Das siebte Kreuz. Ein Roman aus Hitlerdeutschland*.
400 Seiten. suhrkamp taschenbuch 3025.

Sascha Sokolow, *Die Schule der Dummen*. Roman. Aus dem Russischen von Wolfgang Kasack. Mit einem Vorwort von Iris Radisch. 240 Seiten. suhrkamp taschentuch 3255.

Jorge Semprun, *Was für ein schöner Sonntag!* Aus dem Französischen von Johannnes Piron. 396 Seiten. suhrkamp taschenbuch 3032.

Mario Vargas Llosa, *Das grüne Haus.* Roman. Aus dem Spanischen von Wolfgang A. Luchting. 504 Seiten. suhrkamp taschenbuch 2827.

Mario Vargas Llosa, *Der Krieg am Ende der Welt.* Roman. Aus dem Spanischen von Anneliese Botond.
726 Seiten. suhrkamp taschenbuch 3066.

Mario Vargas Llosa, *Tante Julia und der Kunstschreiber.* Roman. Aus dem Spanischen von Heidrun Adler. 400 Seiten.
suhrkamp taschenbuch 3320.

Martin Walser, *Halbzeit.* Roman.
780 Seiten. suhrkamp taschenbuch 2657.

Martin Walser, *Ehen in Philippsburg.* Roman.
346 Seiten. suhrkamp taschenbuch 2974.

Martin Walser, *Das Einhorn.* Roman.
448 Seiten. suhrkamp taschenbuch 3365.

Robert Walser, *Geschwister Tanner.* Roman.
358 Seiten. suhrkamp taschenbuch 2724.

Ernst Weiß, *Der arme Verschwender.* Roman.
504 Seiten. suhrkamp taschenbuch 3004.

Ernst Weiß, *Der Augenzeuge.* Roman.
298 Seiten. suhrkamp taschenbuch 3122.

Peter Weiss, *Die Ästhetik des Widerstands.* Roman.
980 Seiten. suhrkamp taschenbuch 2777.

Oscar Wilde, *Das Bildnis des Dorian Gray.* Aus dem Englischen von Hedwig Lachmann und Gustav Landauer. Herausgegeben von Norbert Kohl. 332 Seiten. suhrkamp taschenbuch 2732.

Józef Wittlin, *Das Salz der Erde.* Aus dem Polnischen von Izydor Berman, durchgesehen von Marianne Seeger. Mit einem Vorwort von Peter Härtling. 304 Seiten. suhrkamp taschenbuch 3169.